LES LIONS DE SICILE

Née à Trapani mais Palermitaine de cœur, Stefania Auci est enseignante. Elle a publié en 2015 un premier roman historique, *Florence*, avant d'inaugurer en 2019 avec *Les Lions de Sicile* une saga magistrale sur les Florio. Véritable phénomène littéraire international, il a été traduit en une dizaine de langues et est en cours d'adaptation en série.

STEFANIA AUCI

Les Lions de Sicile

ROMAN TRADUIT DE L'ITALIEN PAR RENAUD TEMPERINI

ALBIN MICHEL

Titre original :

I LEONI DI SICILIA La saga dei Florio – 1
Paru chez Casa Editrice Nord s.u.r.l., Gruppo editoriale Mauri Spagnol.

ISBN : 978-2-253-93691-6 – 1re publication LGF

À Federico et Eleonora :
au courage, à l'inconscience, à la peur et à la folie
que nous avons partagés en des jours perdus et retrouvés

« Qu'importe la perte du champ de bataille : tout n'est pas perdu. Une volonté insurmontable, l'étude de la vengeance, une haine immortelle, un courage qui ne cédera, ni ne se soumettra jamais, qu'est-ce autre chose que n'être pas subjugué ? »

John MILTON, *Le Paradis perdu*[1]

1. Traduction de Chateaubriand, édition de Robert Ellrodt, Paris, Gallimard, « Poésie », 1995, p. 46. (N.d.T.)

PROLOGUE

Bagnara, Calabre, 16 octobre 1799

Cu nesci, arrinesci.
« Réussir à quitter sa terre, c'est réussir. »

PROVERBE SICILIEN

Le tremblement de terre est un sifflement qui naît sur la mer et s'enfonce dans la nuit. Il s'enfle, s'accroît, se transforme en un grondement qui lacère le silence.

Dans les maisons, les gens dorment. Certains se réveillent au tintement de la vaisselle ; d'autres, au claquement des portes. Mais lorsque les murs se mettent à trembler, ils sont tous debout.

Des mugissements, des aboiements, des prières, des imprécations. Les montagnes s'ébrouent pour se débarrasser de leurs rochers et de leur boue, le monde chavire.

La secousse atteint la bourgade de Pietraliscia, s'empare des fondations d'une maison, les ébranle violemment.

Arraché de son sommeil par la vibration des murs, Ignazio ouvre les yeux. Il a l'impression que le plafond bas s'effondre sur lui.

Ce n'est pas un cauchemar, mais la pire des réalités.

Devant lui, le lit de Vittoria, sa jeune nièce, ondoie entre le mur et le milieu de la pièce. Un petit coffret de métal chancelle puis tombe d'un banc sur le plancher, en même temps qu'un peigne et un rasoir.

Des cris de femmes résonnent dans la maison : « Au secours, au secours ! Un tremblement de terre ! »

En entendant ce hurlement, Ignazio bondit sur ses pieds. Pas pour prendre la fuite. Il doit d'abord mettre Vittoria en sécurité : elle n'a que neuf ans et elle a si peur. Il la dépose sous le lit, à l'abri des gravats.

« Reste ici. Tu as compris ? Surtout, ne bouge pas. »

Elle hoche la tête. La terreur l'empêche de parler.

Paolo. Vincenzo. Giuseppina.

Ignazio sort de sa chambre en courant. Le couloir semble interminable ; il n'est pourtant pas très long. La paroi glisse sous la paume de sa main, il réussit à s'y appuyer, mais elle est aussi mobile qu'un être vivant.

Il arrive devant la chambre de son frère Paolo. Une lame de lumière filtre à travers les volets. Giuseppina, sa belle-sœur, a déjà sauté du lit. Alertée par son instinct maternel qu'une menace pèse sur Vincenzo, son fils de quelques mois, elle s'est réveillée. Elle essaie d'attraper le nouveau-né, qui dort dans son berceau suspendu aux poutres du plafond, mais le couffin en osier oscille au rythme des ondes sismiques. Giuseppina pleure de désespoir et tend les bras, sans pouvoir arrêter son balancement frénétique.

Son châle tombe de ses épaules nues. « Mon fils ! Viens là ! Sainte Vierge Marie, aidez-nous ! »

Giuseppina parvient enfin à attraper le bébé. Les yeux écarquillés, Vincenzo se met à pleurer.

Au milieu de ce chaos, Ignazio aperçoit l'ombre de son frère Paolo qui empoigne sa femme et la pousse dans le couloir. « Dehors, vite ! »

Ignazio crie : « Attends ! Je vais chercher Vittoria ! »

Il la retrouve dans le noir, sous son lit, recroquevillée et la tête entre les mains. Il la soulève et s'enfuit en courant. Le grondement du tremblement de terre continue, des morceaux de plâtre se détachent des murs.

La petite essaie de s'abriter, elle s'agrippe à la chemise d'Ignazio au point d'en tordre l'étoffe. Elle est si effrayée qu'elle le griffe.

Paolo les pousse dans l'escalier. « Par ici, venez. »

Ils se précipitent au milieu de la cour au moment où la secousse atteint son paroxysme. Ils se serrent très fort les uns contre les autres, leurs têtes se touchent, leurs paupières restent fermées. Ils sont cinq. Ils sont tous là.

Ignazio prie, tremble et espère. La secousse commence à perdre en intensité. Il faut qu'elle s'arrête.

Le temps se pulvérise en des millions d'instants.

Puis, aussi vite qu'il était apparu, le grondement diminue et s'éteint.

L'espace d'un instant, il n'y a plus que la nuit.

Mais Ignazio sait bien que cette sensation de paix est trompeuse. Il l'a apprise très jeune, la leçon du tremblement de terre.

Il lève la tête. À travers sa chemise, il sent la panique de Vittoria, ses ongles qui s'enfoncent dans sa peau, ses frissons. Il reconnaît la peur sur le visage de sa belle-sœur, le soulagement sur celui de son frère ; il voit Giuseppina chercher le bras de son mari, et Paolo se dégager pour se rapprocher du bâtiment. « Grâce à Dieu, la maison est encore debout. Demain, quand il fera jour, nous pourrons nous rendre compte de l'étendue des dégâts et… »

Vincenzo choisit ce moment pour se remettre à pleurer à chaudes larmes. Giuseppina le berce pour le consoler : « Tiens-toi tranquille, mon amour, tiens-toi tranquille. » Puis elle s'avance vers Ignazio et Vittoria, encore terrorisée : Ignazio s'en aperçoit à sa respiration haletante, à l'odeur de sueur et d'effroi qu'elle dégage, mêlée au parfum de savon de sa chemise de nuit.

Il demande à sa nièce : « Comment tu te sens, Vittoria ? Tout va bien ? »

La petite hoche la tête, mais elle s'accroche plus que jamais à la chemise de son oncle. Ignazio lui détache de force la main de son vêtement, mais il comprend sa terreur : elle est orpheline de son frère Francesco, mort en même temps que sa femme quelques années plus tôt, et elle a été confiée depuis à Paolo et à Giuseppina, les seules personnes qui pouvaient lui offrir une famille et un toit.

« Je suis là. Ne t'inquiète pas. »

Vittoria ne répond rien et le fixe du regard, puis, telle une naufragée, elle s'agrippe à Giuseppina comme elle l'avait fait avec lui l'instant d'avant.

La fillette vit avec Giuseppina et Paolo depuis leur mariage, il y a un peu moins de trois ans. Et elle a le même caractère que son oncle Paolo : taciturne, orgueilleux, réservé. Pourtant, en ce moment, ce n'est plus qu'une petite fille terrifiée.

La peur porte de nombreux masques. Ignazio sait, par exemple, que son frère ne va pas rester là à pleurer. Les mains sur les hanches, Paolo contemple déjà d'un œil torve la cour et les montagnes qui enserrent le vallon. « Sainte Vierge, mais ça a duré combien de temps ? »

Sa question retombe dans le silence. Puis Ignazio répond: « Je ne sais pas. Assez longtemps, je crois. » Il essaie de calmer son agitation intérieure. Il a les traits tendus par la frayeur, la mâchoire parsemée d'une barbe claire et hirsute, des mains fines et nerveuses. Il est plus jeune que Paolo, qui de son côté semble plus vieux que son âge.

La tension se relâche en une sorte d'épuisement et fait place à des sensations physiques: l'humidité, la nausée, le frottement des pieds contre les pavés. Ignazio est sans souliers et en chemise de nuit, autant dire presque nu. Il repousse en arrière les cheveux qui lui tombent sur le front pour observer son frère et sa belle-sœur.

Sa décision est vite prise.

Lorsqu'il se dirige vers la maison, Paolo se lance à sa poursuite et l'attrape par le bras: « Tu vas où, comme ça ?

— Elles ont besoin de couvertures, lui dit Ignazio en désignant d'un geste de la tête Vittoria et Giuseppina, qui berce son bébé. Reste ici avec ta femme, je m'occupe de tout. »

Sans attendre de réponse, il monte les marches d'un pas à la fois rapide et prudent. Il s'arrête ensuite devant l'entrée, pour permettre à ses yeux de s'habituer à la pénombre.

Les assiettes, les ustensiles de cuisine, les chaises: tout est tombé par terre. Près de la huche, un nuage de farine flotte encore au-dessus du plancher.

Ignazio a le cœur serré: cette habitation, Giuseppina l'a apportée en dot à son frère Paolo. C'est la maison du couple, bien sûr, mais c'est aussi un lieu chaleureux où il se sent chez lui. Et il est effaré de la voir dans un tel état.

Il hésite. Il sait ce qui peut arriver, en cas de nouvelle secousse.

Pourtant son hésitation est brève. Il entre et arrache les couvertures des lits.

Dans sa chambre, il trouve la besace où il range ses outils de travail, la ramasse et découvre enfin le coffret en fer. À l'intérieur, l'alliance de sa mère, brillant dans l'obscurité, semble vouloir le réconforter.

Ignazio glisse le coffret dans son sac.

Sur le sol du couloir, il aperçoit le châle de Giuseppina : sa belle-sœur a dû le perdre en s'enfuyant. Elle ne s'en est jamais séparée, depuis le jour où elle est entrée dans la famille.

Ignazio le saisit, revient vers l'entrée, fait un signe de croix en direction du crucifix accroché au-dessus de la porte.

Aussitôt après, la terre recommence à trembler.

*

« Dieu merci, cette secousse-là a été plus courte. » Ignazio partage les couvertures avec son frère et il en donne une à Vittoria.

Quand il rend son châle à Giuseppina, elle tâte sa chemise de nuit et sa peau nue : « Mais…

— Je l'ai trouvé par terre », lui explique Ignazio en baissant les yeux.

Après avoir murmuré un vague « Merci », elle s'emmitoufle dans l'étoffe pour y chercher un refuge contre le froid saisissant. Un frisson fait d'angoisse et de souvenirs.

« Ça ne sert à rien, de rester là à la belle étoile. » Paolo ouvre grand la porte de l'étable. La vache pousse un faible cri de protestation lorsqu'il la tire par une corde pour l'attacher au mur. Puis il allume une lanterne avec son briquet et dispose du foin contre les parois. « Vittoria, Giuseppina, asseyez-vous. »

Le geste de Paolo se veut affectueux, Ignazio en est conscient, mais le ton de sa voix est celui d'un ordre. Les femmes fixent le ciel et la route d'un air hagard. Elles passeraient toute la nuit dans la cour si personne ne leur disait ce qu'elles doivent faire. C'est le rôle du chef de famille : être fort, protéger ; voilà la tâche de l'homme, et surtout d'un homme tel que Paolo.

Vittoria et Giuseppina se laissent tomber sur une botte de foin. La petite fille s'y blottit, les mains plaquées sur son visage.

Giuseppina la regarde, elle la regarde et ne veut pas se rappeler, mais la mémoire est sournoise, mauvaise : elle remonte en elle, la saisit à la gorge et l'entraîne dans le passé.

Son enfance. La mort de ses parents.

La jeune femme baisse les paupières et chasse le souvenir en respirant profondément. Ou du moins, elle essaie. Elle serre Vincenzo très fort contre elle et baisse sa chemise de nuit ; de ses petites mains, le bébé saisit aussitôt la peau fine de son sein, ses ongles laissent des traces de griffures autour de l'aréole.

Elle est vivante et son fils aussi. Il ne sera pas orphelin.

Ignazio, lui, reste immobile sur le seuil. Il observe

la silhouette de la maison et s'efforce de distinguer, malgré l'obscurité, des signes d'affaissement, des lézardes, des fissures sur les murs ; il n'en trouve pas. Dans son incrédulité, il ose à peine espérer que *cette fois-ci* il ne se passera plus rien.

Le souvenir de sa mère est une rafale de vent dans la nuit. Sa mère qui riait, lui tendait les bras et lui, encore tout petit, qui courait vers elle. Tout à coup, le coffret rangé dans sa besace lui semble très lourd. Il le prend, en sort l'alliance en plaqué or et la serre, la main posée contre son cœur.

« Maman. »

Il l'a dit du bout des lèvres. C'est une prière, et peut-être la recherche d'une consolation. D'une étreinte qui lui manque depuis l'âge de sept ans. Depuis la mort de Rosa, sa mère. C'était en 1783, l'année du châtiment divin, l'année où la terre avait tremblé jusqu'au moment où, à Bagnara, il n'y avait plus eu que des décombres. Ce séisme dévastateur avait frappé la Calabre et la Sicile, et causé des milliers de morts : en une seule nuit, il y en avait eu plusieurs dizaines dans leur village.

À l'époque, Giuseppina et Ignazio étaient déjà très proches.

Il s'en souvient bien : une petite fille maigre et pâle, coincée entre son frère et sa sœur, les yeux rivés sur deux amoncellements de terre surmontés d'une seule croix. Ses parents étaient morts dans leur sommeil, écrasés sous les ruines de leur chambre.

Ignazio, en revanche, était à côté de son père et de sa sœur ; un peu en retrait, les poings serrés, Paolo avait une expression sombre sur son visage d'adolescent. À l'époque, personne n'avait pleuré seulement ses proches : les funérailles de Giovanna et Vincenzo Saffiotti, les parents de Giuseppina, s'étaient déroulées le même jour que celles de la mère d'Ignazio, Rosa Bellantoni, et de nombreux autres habitants de Bagnara. Les noms de famille étaient toujours les mêmes : Barbaro, Spoliti, Di Maio, Sergi, Florio.

Ignazio baisse les yeux sur sa belle-sœur. Lorsque Giuseppina lève les siens et que leurs regards se croisent, il comprend qu'elle est, elle aussi, traquée par les souvenirs.

Ils parlent la même langue, partagent la même douleur et portent en eux la même solitude.

*

« On devrait aller voir ce qui s'est passé chez les autres. » Ignazio désigne la colline qui s'élève au-delà des dernières habitations de Bagnara. Dans l'obscurité, des lumières signalent la présence de maisons et d'hommes. « Enfin quoi, tu n'as pas envie de savoir s'ils vont bien, Mattia et Paolo Barbaro ? »

Sa voix trahit une légère agitation. Il a vingt-trois ans et c'est un homme fait ; pourtant, ses gestes rappellent à Paolo le petit garçon qui se cachait derrière la maison de famille, encore plus loin que la forge de leur père, quand leur vraie maman les grondait. Après, avec l'autre, la nouvelle épouse de son père, Ignazio n'avait jamais pleuré. Il se contentait de la fixer d'un regard rempli de haine et de rancœur, sans rien dire.

Paolo hausse les épaules. « Ce n'est pas la peine. Si les maisons sont debout, il n'a rien dû leur arriver. Et puis, il fait nuit, il fait sombre, et c'est loin, la Pagliara. »

Ignazio regarde la route et les hauteurs qui, plus loin, entourent le village. « Eh bien moi, j'y vais. » Et il s'engage sur le sentier qui conduit dans le centre de Bagnara, accompagné par une insulte et un cri de son frère : « Reviens ! »

Ignazio lève la main pour faire signe que non, il ne fera pas demi-tour.

Il est pieds nus, en chemise de nuit, mais peu importe : il veut savoir comment va sa sœur. Il descend de la colline où se trouve Pietraliscia et rejoint très vite le village. Le sol est jonché de gravats, de morceaux de toitures, de tuiles brisées.

Ignazio entrevoit un homme qui court. Il a une blessure à la tête. Le sang brille à la lueur de la torche dont il se sert pour éclairer la petite rue. Ignazio traverse la place et s'engage dans des ruelles encombrées de poules, de chèvres, de chiens en fuite. Trop de confusion.

Dans les cours, des femmes et des enfants récitent leur rosaire ou s'interpellent pour avoir des nouvelles. Les hommes cherchent des bêches et des pioches, ils ramassent leurs besaces avec leurs outils de travail, plus précieux encore que la nourriture et les vêtements, seul moyen d'assurer leur subsistance.

Ignazio grimpe le sentier qui mène à Granaro, la bourgade où se trouve l'habitation des Barbaro.

Des baraques en pierre et en bois longent le bord de la route.

Autrefois, c'étaient de vraies maisons : Ignazio était encore petit à l'époque, mais il s'en souvient bien. Puis le tremblement de terre de 1783 les avait détruites. Ceux qui avaient pu les avaient reconstruites de leur mieux, avec ce qu'ils avaient réussi à sauver. Les autres s'étaient servis des ruines pour bâtir des maisons plus grandes et plus riches, comme Paolo Barbaro, le mari de sa sœur, Mattia Florio.

Et la première personne qu'il voit, c'est justement elle, assise pieds nus sur un banc. Ses yeux noirs lancent des éclairs ; sa fille Anna s'agrippe à sa chemise de nuit, son fils Raffaele dort dans ses bras.

Ignazio revoit soudain sa mère en elle, ses couleurs sombres. Sans prononcer un mot, il va vers elle et la prend dans ses bras. L'étau se desserre autour de son cœur.

Mattia lui demande : « Tout le monde va bien ? Paolo ? Vincenzo ? Et Vittoria ? » Puis elle lui prend le visage entre ses mains et l'embrasse sur les yeux. Sa voix trahit sa peine. « Et Giuseppina, comment va-t-elle ? » Tandis qu'elle serre une nouvelle fois son frère entre ses bras, il respire une odeur de pain et de fruit, un parfum domestique de douceur.

« Ils sont tous sains et saufs, grâce à Dieu. Paolo les a installés dans l'étable. Je suis venu pour savoir comment tu vas… comment vous allez. »

Paolo Barbaro surgit de derrière la maison. Il tire un âne au bout d'une corde.

Mattia se raidit. Ignazio la laisse se détacher de lui.

« Ah, tu es là ? Très bien. Je me préparais à venir vous chercher, ton frère et toi. » Il attache l'animal à une charrette. « Il faut aller au port contrôler l'état du bateau. Si tu es tout seul, je m'en contenterai. »

Ignazio écarte les bras et laisse tomber sa couverture. « Tu veux que je vienne dans cette tenue ? À moitié nu ?

— Eh bien quoi ? Ne me dis pas que tu as honte. »

Paolo est petit et trapu, contrairement à Ignazio qui a un physique élancé, un corps nerveux, sec et jeune. Mattia, gênée par ses deux enfants qui ne la lâchent pas, s'avance péniblement vers eux.

« Il y a des vêtements dans la commode, Ignazio pourrait mettre… »

Son mari l'interrompt : « Je t'ai demandé ton avis ? Ce besoin de se mêler tout le temps de ce qui ne te regarde pas… Et toi là, dépêche-toi, monte. Personne ne fera attention à ta tenue. »

Ignazio essaie de défendre sa sœur : « Mattia voulait juste m'aider. » Il ne supporte pas de la voir comme ça, la tête baissée et les joues rougies par l'humiliation.

Son beau-frère monte sur la charrette. « Ma femme parle toujours trop. Allons-y, maintenant. »

Ignazio s'apprête à répliquer, mais Mattia l'en dissuade d'un regard suppliant. Barbaro ne respecte personne, il le sait bien.

*

La mer visqueuse, d'un noir d'encre, se confond avec la nuit. Ignazio saute de la charrette dès qu'ils arrivent au port.

Devant lui, la baie balayée par le vent est protégée par un cailloutis de pierres et de sable, à l'abri de la masse pointue des montagnes et du cap Marturano.

Autour des bateaux, des hommes crient, contrôlent les chargements, serrent des cordes.

L'activité est d'une telle frénésie qu'on se croirait en plein jour.

« Allons-y. » Barbaro se dirige vers la tour du Roi-Ruggero, là où la mer est profonde et où sont amarrées les plus grandes embarcations.

Ils arrivent devant un bateau à voiles à quille plate, le *San Francesco di Paola*, qui appartient en commun aux Florio et aux Barbaro. Le grand mât oscille au rythme des vagues, le beaupré se tend vers la mer, les voiles sont repliées et les haubans en bon ordre.

Un faisceau de lumière se fraie un chemin à travers l'écoutille. Barbaro se penche en avant, il écoute les grincements, l'air mi-surpris, mi-irrité. « C'est toi, beau-frère ? »

La tête de Paolo Florio apparaît à l'écoutille. « Et qui voudrais-tu que ce soit d'autre ?

— Est-ce que je sais, moi ? Avec ce qui s'est passé cette nuit… »

Paolo Florio ne l'écoute déjà plus. Il regarde Ignazio. « Ah te voilà, toi ! Merci, hein, d'avoir filé comme un voleur. Allez, monte à bord, vite. » Sur ces mots, il disparaît dans le ventre du bateau et son frère le suit. Leur beau-frère, lui, reste sur le pont pour vérifier la muraille bâbord, qui a heurté le môle.

Ignazio s'enfonce dans la cale, au milieu des caisses et des sacs de toile destinés à quitter la Calabre pour rejoindre Palerme.

C'est leur métier : le commerce, et en particulier le commerce maritime. Quelques mois plus tôt, le royaume de Naples a connu de grands bouleversements : le roi a été chassé et des rebelles ont fondé la République parthénopéenne. Un groupe de nobles et d'intellectuels a diffusé des idées de démocratie et de liberté, exactement comme en France lors de la Révolution qui a vu tomber les têtes de Louis XVI et de Marie-Antoinette. Ferdinand IV et Marie-Caroline ont cependant été plus avisés : ils se sont enfuis à temps, avec l'aide des troupes demeurées fidèles aux Anglais, les ennemis historiques de la France ; ils ont pu ainsi échapper à la fureur des *lazzari*, les gens du peuple.

Mais les montagnes calabraises n'ont subi que les effets indirects de cette révolution. Il y a eu des homicides, les soldats ne savaient plus à qui ils devaient obéir et les brigands, qui infestent la région depuis toujours, ont poussé l'audace jusqu'à dépouiller les commerçants établis sur la côte. À cause d'eux et des révolutionnaires, les routes sont devenues très dangereuses, et la mer, même sans églises ni tavernes, est désormais plus sûre que les voies de communication terrestres du royaume des Bourbons.

À l'intérieur de la petite cale, l'air est étouffant. On y trouve du bois de cèdre, commandé par des parfumeurs, et surtout de la merluche et du hareng salé. Vers le fond, des pièces de cuir sont prêtes à partir pour Messine.

Paolo inspecte les sacs de marchandises. L'odeur du poisson salé se mêle à celle, acide, du cuir.

Les épices, quant à elles, ne sont pas dans la cale. Elles restent à la maison jusqu'au jour du départ : l'humidité et le sel de la mer pourraient les détériorer, et il faut les conserver avec soin. Leurs noms exotiques prennent toute leur saveur rien qu'à les prononcer et évoquent des images de soleil et de chaleur : poivre, clous de girofle, tormentille, cannelle. Elles sont la vraie richesse.

Tout à coup, Ignazio s'aperçoit que Paolo est nerveux. Il le voit à ses gestes et le devine à ses propos, étouffés par le clapotis contre la virure. Il lui demande : « Qu'est-ce qui ne va pas ? » Il craint qu'il ne se soit disputé avec Giuseppina. Car sa belle-sœur n'a rien de la docilité attendue d'une épouse. Ou en tout cas de l'épouse dont Paolo a besoin. Mais ce n'est pas cela qui le trouble, Ignazio le sent. Il répète sa question : « Qu'est-ce qui ne va pas ?

— Je veux quitter Bagnara. »

La phrase tombe dans un court moment de répit entre deux assauts de vagues.

Ignazio espère qu'il a mal compris. Il sait toutefois que Paolo a déjà exprimé plusieurs fois ce désir par le passé. Plus affligé que surpris, il pose une nouvelle question : « Pour aller où ? » Il a peur. Une peur soudaine, ancienne, une bête sauvage qui a l'haleine acide de l'abandon.

Mattia et Paolo l'ont toujours soutenu. Seulement, Mattia a sa propre famille désormais, et voilà que Paolo veut s'en aller. Le laisser tout seul.

Son frère baisse la voix, il murmure presque : « À vrai dire, j'y pense depuis longtemps. Et la secousse de cette nuit m'a convaincu. Je ne veux pas que Vincenzo grandisse ici, qu'il craigne toute sa vie de voir sa maison s'écrouler sur lui. Et puis… » Il regarde son frère. « Je me sens trop à l'étroit ici, Ignazio. Ce village ne me suffit plus. Cette vie ne me suffit plus. Je veux aller à Palerme. »

Ignazio ouvre la bouche pour répondre et la

referme aussitôt. Il est décontenancé, les mots qui lui viennent se transforment en cendres.

C'est pourtant un choix évident, Palerme. Barbaro et Florio, comme on les appelle à Bagnara, y ont déjà une *putìa*, un magasin d'épices.

Ignazio se souvient. Tout a commencé à peu près deux ans plus tôt, avec une petite remise où ils entreposaient les marchandises qu'ils achetaient le long de la côte avant de les revendre sur l'île. Au début, elle répondait à un simple besoin ; mais très vite, Paolo avait deviné qu'elle pouvait leur offrir l'occasion de développer leur activité à Palerme, alors l'un des principaux ports de la Méditerranée. La remise était donc devenue une échoppe. Et Ignazio se dit qu'une importante communauté de gens originaires de Bagnara est désormais établie à Palerme. C'est une place commerciale dynamique, riche et pleine de promesses, surtout depuis l'arrivée des Bourbons chassés par la Révolution.

De la tête il indique le pont, au-dessus de lui, où l'on entend résonner les pas de leur beau-frère.

Non, Barbaro n'est pas encore au courant. Paolo fait signe à Ignazio de se taire.

En songeant à la solitude qui le guette, Ignazio sent sa gorge se serrer.

*

Le retour à la maison se fait en silence. Bagnara est prisonnière d'un temps suspendu, en attendant le jour. Aussitôt à Pietraliscia, les deux frères se rendent à l'étable. Vittoria et Vincenzo dorment. Giuseppina, elle, est éveillée.

Paolo s'assied à côté de sa femme. Elle est crispée, sur ses gardes.

Ignazio se cherche une place sur la paille et se blottit près de Vittoria, qui pousse un soupir. D'un geste instinctif, il la prend dans ses bras ; mais pas moyen de s'endormir.

Il a du mal à accepter la nouvelle. Comment va-t-il se débrouiller, tout seul, lui qui ne l'a jamais été ?

*

L'aube transperce l'obscurité à travers les fissures de la porte. Sa lumière dorée rappelle qu'on est au tout début de l'automne. Ignazio tremble de froid : son dos et son cou sont engourdis, et ses cheveux couverts de chaumes. Il secoue doucement Vittoria.

Paolo est déjà levé. Il montre des signes d'agacement tandis que Giuseppina berce le bébé, qui a recommencé à geindre.

Elle déclare, d'un ton agressif : « Il faut retourner à la maison. Vincenzo a besoin d'être changé et je ne peux pas rester ici habillée comme ça. Ce n'est pas correct. »

Paolo, toujours aussi énervé, ouvre la porte en grand : le soleil envahit l'étable. La maison est encore debout ; à la lueur de l'aube, on aperçoit quelques gravats et des tuiles cassées. Aucune fissure, en revanche, aucune lézarde. Giuseppina marmonne une bénédiction. Ils peuvent rentrer.

Paolo pénètre le premier dans leur habitation, aussitôt suivi par Ignazio, qui entend derrière lui les pas hésitants de Giuseppina. Il l'attend pour lui proposer son aide.

Ils franchissent le seuil. Le sol de la cuisine est jonché d'ustensiles brisés.

« Sainte Mère de Dieu, quel désastre. » Giuseppina presse contre elle son bébé, dont les cris plaintifs sont désormais irrépressibles. Il émane de son corps une odeur de lait caillé. « Vittoria, aide-moi à mettre un peu d'ordre ! Je ne peux pas tout faire. Allez, du nerf ! » La petite fille entre à son tour. Les lèvres serrées, elle se penche et se met à ramasser les débris. Elle ne pleurera pas, elle ne doit pas pleurer.

Giuseppina s'engage dans le couloir qui donne sur les chambres. À chaque pas, une plainte et un pincement au cœur. Sa maison, sa fierté, est remplie de plâtras et d'objets cassés. Il va falloir des journées entières pour tout ranger.

Lorsqu'elle arrive dans sa chambre, ses premiers gestes consistent à laver Vincenzo. Puis elle le dépose sur le matelas pour pouvoir faire sa propre toilette. Le bébé gigote, essaie d'attraper son petit pied et pousse un éclat de rire aigu.

« Amour de ma vie ! » lui dit sa mère.

Vincenzo est sa *puddara*, son « étoile polaire ». Elle l'aime plus que n'importe qui au monde.

Après avoir passé sa robe d'intérieur, elle épingle son châle derrière ses épaules.

Au moment où elle installe son fils dans son berceau, Paolo entre dans la pièce.

Lorsqu'il ouvre la fenêtre en grand, l'air d'octobre s'engouffre dans la chambre, accompagné du bruissement des hêtres qui ont commencé à rougeoyer vers la montagne. Une pie voleuse babille près du potager que cultive Giuseppina. « Nous ne pouvons pas rester à Pietraliscia. »

Ces mots la surprennent alors qu'elle bat un oreiller, et elle se fige aussitôt. « Pourquoi ? Il y a beaucoup de dégâts ? Où ça ?

— Le toit est branlant mais de toute façon, ce n'est pas une question de dégâts. Nous allons partir d'ici. Quitter Bagnara. »

Giuseppina est stupéfaite, et l'oreiller lui échappe des mains. « Pourquoi ?

— Parce que. » Le ton de Paolo ne laisse pas la moindre place au doute : sa décision est irrévocable.

Sa femme le dévisage. « Qu'est-ce que tu racontes ? Tu ne t'imagines tout de même pas que je vais partir de chez moi ?

— De chez nous. »

De chez *nous* ? La question lui reste sur le bout des lèvres. Elle fait face à son mari, mâchoires crispées, ses pensées empoisonnées par la rancœur : *Ici, c'est chez* moi. *Cette maison, je vous l'ai apportée en dot, à toi et à ton père, parce que vous vouliez toujours plus d'argent et selon vous il n'y en avait jamais assez…* Giuseppina se les rappelle bien, les sempiternelles arguties des Florio pour obtenir ce qu'ils voulaient, et les efforts surhumains qu'il avait fallu faire pour contenter ces messieurs, alors qu'elle ne voulait même pas se marier. Et là, de but en blanc, Paolo veut partir. Elle aimerait bien savoir pourquoi.

Ou plutôt non, elle ne veut ni le savoir ni prolonger la discussion. Elle se précipite dans le couloir.

Paolo la suit. « Il y a des fissures sur les murs intérieurs et des tuiles sont tombées. Au prochain tremblement de terre, nous y laisserons tous notre peau. »

Lorsqu'ils arrivent dans la cuisine, Ignazio ne tarde pas à comprendre. Il a appris à reconnaître les présages d'une tempête, qui sont tous là. Il fait signe à Vittoria de s'en aller et elle prend l'escalier pour sortir à l'air libre. Ignazio recule vers le couloir mais ne s'éloigne pas du seuil de la pièce : il craint les réactions de son frère et les colères de sa belle-sœur.

Giuseppina attrape un balai pour nettoyer le plancher de la couche de farine qui le recouvre. « Tu n'as qu'à faire des travaux, c'est toi, le chef de famille. Ou bien appelle des ouvriers.

— Je ne peux pas rester ici à surveiller le travail des maçons et je n'ai pas le temps de m'en occuper moi-même. Si je ne me déplace plus, nous n'aurons plus de quoi manger. Je dois faire la navette entre Naples et Palerme, et j'en ai assez d'être *le gars de Bagnara*. Mon fils et moi, nous méritons mieux. »

Giuseppina émet un son à mi-chemin entre l'exclamation de mépris et le rire grossier. « Même si tu étais reçu à la cour des Bourbons, tu serais et tu resterais toujours *le gars de Bagnara*. On ne peut pas renier ce qu'on est ni renoncer à jouer son rôle, y compris avec des flots d'argent. Et ton rôle à toi consiste à transporter des marchandises à bord d'un bateau dont la moitié appartient à ton beau-frère. Lequel beau-frère n'a jamais renoncé à te traiter comme un esclave. »

Ignazio entend le bruit des assiettes cognées les unes contre les autres, il imagine les gestes nerveux de sa belle-sœur, penchée sur l'évier, et entrevoit les mouvements saccadés de son dos.

Il sait ce qu'elle doit ressentir : de la colère, du trouble, de l'effroi. De l'angoisse.

Tout ce qu'il ressent lui-même depuis la nuit dernière.

« Nous partirons dans les prochains jours. Ce serait bien que tu préviennes ta grand-mère que… »

Une assiette se brise. « Je ne partirai pas de chez moi ! Mets-toi bien ça dans le crâne !

— Chez toi ! » Paolo réprime un juron. « Chez toi ! Toujours la même rengaine, depuis le début de notre mariage. Toi et tes parents, toi et ton argent ! C'est grâce à moi que tu y vis, dans cette maison, grâce à mon travail !

— Elle est à moi, cette maison, je l'ai héritée de mes parents. Sans moi, tu n'aurais jamais fait qu'en rêver, d'une maison pareille. Tu l'as oublié, le temps où tu vivais dans la grange de ton beau-frère ? Tous tes ducats, tu les dois à mon oncle et à mon père, et tu te crois autorisé à partir d'ici ? » Elle empoigne une casserole en cuivre et la jette violemment au sol. « Je ne m'en irai pas ! Cette maison m'appartient ! Le toit est troué ? On le réparera. De toute façon, tu n'es presque jamais là, tu t'absentes une fois par mois. Va-t'en donc, va-t'en où tu voudras. Mon enfant et moi, nous ne bougerons pas de Bagnara.

— Oh que si. Tu es ma femme, Vincenzo est mon fils et tu feras ce que je te dirai. » Paolo a prononcé ces mots sur un ton glacial.

Le visage de Giuseppina perd toutes ses couleurs.

Elle le cache derrière son tablier et se frappe le front à coups de poing, dans un accès de rage à l'état pur.

Ignazio voudrait intervenir, calmer les choses ; mais la conscience de son incapacité à y parvenir le contraint à détourner les yeux.

Au milieu de ses sanglots, Giuseppina s'écrie : « Espèce de bandit ! Alors tu veux vraiment tout me prendre ? Ma tante et ma grand-mère habitent à Bagnara, et c'est aussi là que sont enterrés mon père et ma mère. Et toi, par cupidité, tu voudrais me forcer à tout quitter ? Mari indigne !

— Ça suffit, maintenant. »

Elle ne l'écoute même pas. « Toujours aussi têtu, toi, hein ? Et d'ailleurs, on peut savoir où tu as l'intention de nous emmener, au moins ? »

Paolo observe les tessons de l'assiette en terre cuite et en déplace un avec la pointe de sa chaussure. Il attend que les sanglots de sa femme s'apaisent avant de lui répondre. « À Palerme. Barbaro et moi, nous y avons ouvert un magasin d'épices. C'est une ville autrement plus riche que Bagnara. » Il s'approche de Giuseppina, lui caresse le bras. « Et puis, au port, il y a plusieurs personnes originaires de notre village. Tu ne serais pas toute seule. » Son geste a beau être maladroit, un peu brusque, il est dicté par un sentiment de délicatesse.

Giuseppina repousse la main de son mari avec une sorte de grognement. « Non, ne compte pas sur moi. »

Alors le regard clair de Paolo se durcit. « C'est moi qui ai le droit de dire *non*. Je suis ton mari et tu me suivras à Palerme, même si je dois te tirer par les cheveux d'ici à la tour du Roi-Ruggero. Commence à préparer tes bagages. Nous partirons avant la fin de la semaine prochaine. »

DES ÉPICES

novembre 1799-mai 1807

Cu manìa 'un pinìa.
« Qui s'active ne meurt pas de faim. »

PROVERBE SICILIEN

Dès 1796, un vent révolutionnaire commence à souffler sur l'Italie, dans le sillage des troupes placées sous le commandement d'un jeune général ambitieux : Napoléon Bonaparte.

En 1799, les jacobins du royaume de Naples se sont rebellés contre la monarchie des Bourbons et ils ont institué la République parthénopéenne. Ferdinand IV et son épouse Marie-Caroline de Habsbourg sont contraints de se réfugier à Palerme. Ils ne reviennent à Naples qu'en 1802 ; l'expérience républicaine s'achève alors dans une répression féroce.

Depuis 1798, plusieurs États ont formé une coalition pour endiguer l'expansion de la France ; on compte parmi eux la Grande-Bretagne, l'Autriche, la Russie et le royaume de Naples. Mais après la défaite de Marengo (14 juin 1800), l'Autriche signe le traité de Lunéville (9 février 1801) ; un an plus tard, avec le traité d'Amiens (25 mars 1802), la Grande-Bretagne conclut elle aussi la paix avec la France et parvient au moins à sauvegarder ses possessions coloniales. La marine anglaise renforce même sa présence en Méditerranée, notamment en Sicile.

Le 2 décembre 1804, Napoléon s'autoproclame empereur des Français ; après la victoire décisive d'Austerlitz (2 décembre 1805), il décrète la fin de la dynastie des Bourbons et envoie à Naples le général André Masséna, avec mission d'y établir sur le trône son frère Joseph Bonaparte, qui prend dès lors le titre de « roi de Naples ». Ferdinand est de nouveau contraint de s'enfuir à Palerme sous la protection des Anglais et il continue de régner sur la Sicile.

De la cannelle, du poivre, du cumin, de l'anis, de la coriandre, du safran, du sumac, de la casse…

Non, les épices ne servent pas seulement à cuisiner. Ce sont aussi des remèdes, des cosmétiques, des poisons, des parfums, des souvenirs de terres lointaines que peu de gens ont eu la chance de voir.

Avant de se retrouver sur le comptoir d'un magasin, un bâton de cannelle ou une racine de gingembre doit passer par des dizaines de mains, voyager à dos de mulets ou de chameaux formant de longues caravanes, traverser les océans, atteindre les ports européens.

Bien entendu, les coûts augmentent à chaque étape.

Ceux qui peuvent se permettre de les acheter sont riches, et ceux qui parviennent à les vendre le deviennent. Les épices de cuisine, et plus encore celles qui servent à la préparation de médicaments ou de parfums, sont réservées à quelques privilégiés.

Venise a fondé sa prospérité sur leur commerce et ses droits de douane. Mais au début du XIXe siècle, ce commerce est désormais l'apanage des Anglais et des Français. Venus de leurs colonies d'outre-mer, des navires arrivent chargés d'herbes médicinales, de sucre, de thé, de café, de chocolat.

Les prix baissent, le marché s'élargit, les ports s'ouvrent, les quantités de marchandises en circulation s'accroissent. En Italie, Naples, Livourne et Gênes ne sont pas les seules villes portuaires concernées : à Palerme, les marchands d'épices fondent une corporation ; ils ont même leur propre église, Sant'Andrea degli Amalfitani.

Et leur nombre ne cesse de s'élever à son tour.

*

Ignazio retient son souffle.

C'est toujours la même chose. Chaque fois que le bateau arrive en vue du port de Palerme, son estomac se noue comme celui d'un amoureux. Il sourit et serre le bras de son frère, qui répond à son geste.

Non, Paolo ne l'a pas abandonné à Bagnara. Il a voulu le garder à ses côtés.

« Alors, tu es content ? » Ignazio acquiesce. Face à la beauté de la ville, son visage s'illumine et sa poitrine se gonfle. Il s'agrippe au bout d'amarrage et s'avance vers le beaupré.

Il a quitté la Calabre et sa famille, ou du moins ce qu'il en reste. Mais le ciel et la mer remplissent maintenant ses yeux, et il n'a plus peur de l'avenir. Sa terreur de la solitude s'est désormais dissipée.

À l'arrière-plan des murs d'enceinte du port, le camaïeu de bleus plongés dans la lumière de l'après-midi lui coupe le souffle. Puis, les yeux rivés sur les montagnes, il caresse l'alliance de sa mère, qu'il porte à l'annulaire droit. Il prétend que c'est pour ne plus risquer de la perdre. En réalité, quand il la touche, il a la sensation que sa mère est encore près de lui, qu'il peut entendre sa voix : elle l'appelle et il l'écoute.

Devant lui, la ville se dévoile et prend forme.

Des coupoles en majolique, des tours crénelées, des tuiles. Et voici la Cala, la petite baie en forme de cœur coincée entre deux langues de terre et encombrée de felouques, de brigantins, de goélettes. À travers la forêt des mâts, on distingue à peine les portes de la cité, enchâssées dans des bâtiments construits au-dessus et autour d'elles : la porte Doganella, la porte Calcina, la porte Carbone. Les maisons, collées les unes aux autres, donnent l'impression de vouloir se frayer un passage pour mieux voir la mer. Sur la gauche, le campanile de l'église Santa Maria di Porto Salvo est à moitié caché par les toits ; un peu plus loin, on entrevoit l'église San Mamiliano et la tour élancée de l'église de l'Annonciation ; plus loin encore, presque adossée aux murs, la coupole octogonale de San Giorgio dei Genovesi. Sur la droite, Santa Maria di Piedigrotta, une petite église trapue, et la silhouette imposante du Castello a Mare, entouré d'un fossé ; enfin, sur une langue de terre qui s'enfonce dans la mer, le lazaret destiné aux marins malades mis en quarantaine.

Au-dessus de l'ensemble, la masse menaçante du mont Pellegrino. Derrière lui, une ceinture de montagnes couvertes de forêts.

Une senteur venue de la terre flotte sur l'eau, un mélange de sel, de fruits, de bois brûlé, d'algues et de sable. Selon Paolo, c'est l'odeur de la terre ferme.

Ignazio y reconnaît plus volontiers le parfum de la ville.

Le vacarme est celui d'un port en pleine activité. L'arôme de la mer est supplanté par des relents âcres de fumier, de sueur, de poisson et d'eaux stagnantes.

Ni Paolo ni Ignazio ne s'aperçoivent que Giuseppina a encore les yeux fixés sur le grand large, comme si elle pouvait toujours voir Bagnara.

Ils ne savent pas qu'elle songe à l'étreinte chaleureuse de Mattia. Pour elle, cette femme est bien plus qu'une belle-sœur : elle est l'amie la plus fiable, la voix qui l'a guidée lors des premiers mois, difficiles, de son mariage avec Paolo.

Giuseppina a même espéré que Barbaro et Mattia pourraient les accompagner à Palerme ; ses espoirs ont vite été déçus. Paolo Barbaro a déclaré qu'il continuerait à assurer la navette avec Palerme mais qu'il resterait à Bagnara, pour commercer avec les régions du Nord et disposer d'un second port, à toutes fins utiles. Et aussi parce qu'il a besoin que sa femme s'occupe de la maison et des enfants. À vrai dire, Giuseppina le soupçonnait de vouloir isoler Mattia de ses frères : il n'appréciait pas leur complicité, et en particulier le lien très fort qui unissait son épouse à Ignazio.

Une larme solitaire coule sur la joue de Giuseppina et se brise sur son châle. Elle repense au bruissement des arbres qui, du haut des montagnes, descendent vers la mer, aux courses dans les rues de Bagnara jusqu'à la tour du Roi-Ruggero, dans la lumière réfractée du soleil, entre l'eau et les galets de la plage.

Sur le môle, en bas de la tour, Mattia l'a embrassée sur la joue. « Dis-toi bien que tu ne seras jamais seule.

Je dicterai des lettres à l'écrivain public, et tu feras pareil. Je t'en supplie, ne pleure plus.

— Ce n'est pas juste ! s'est exclamée Giuseppina en serrant les poings. Je ne veux pas ! »

Mattia l'a prise dans ses bras. « Ma chérie, il faut bien se résigner. Nous appartenons à nos maris, nous n'avons pas le pouvoir de décider. Allez, courage. »

Giuseppina a secoué la tête en signe de refus : elle ne supporte pas d'être déracinée de sa terre. Les femmes appartiennent à leurs maris, certes, ce sont eux qui commandent. Il n'en reste pas moins que, souvent, ils ne savent pas se les attacher.

Paolo, par exemple.

Après s'être éloignée de Giuseppina, Mattia s'est avancée vers Ignazio. « Je savais que ce jour arriverait, tôt ou tard. Ce n'était qu'une question de temps. » Elle l'a embrassé sur le front et béni. « Que Dieu vous vienne en aide et que la Madone vous accompagne. »

Il a répondu par un « Amen ».

Ensuite, Mattia a serré Giuseppina et Ignazio en même temps dans ses bras. « Veille bien sur notre frère Paolo. Il est trop dur avec tout le monde, et surtout avec elle. Dis-lui de se montrer plus patient. Tu peux le faire, toi, tu es son frère et tu es un homme. Moi, il ne m'écoute pas. »

En revoyant cette scène, Giuseppina sent son estomac se nouer. La tête posée sur l'épaule de sa belle-sœur, elle a étouffé des larmes de tendresse et frotté sa joue sur l'étoffe rêche de son manteau. « Merci, mon petit cœur. »

En réponse, elle a reçu une caresse.

Quand Ignazio a entendu les mots de sa sœur, son

visage s'est rembruni. Il s'est retourné pour observer Paolo Barbaro. « Et ton mari, Mattia ? Il est patient ? Il te respecte ? » Il a poussé un léger soupir. « Tu n'imagines pas la peine que je ressens, à l'idée de te laisser seule avec lui. »

Sa sœur a baissé les yeux. « C'est comme ça. Il fait ce qu'il doit faire. »

Barbaro a la main leste avec Mattia, il la maltraite. Leur mariage a été arrangé par leurs familles pour des questions d'intérêts, comme celui de Giuseppina avec Paolo.

Les hommes ne peuvent pas comprendre que toutes les deux ont le cœur brisé.

Vittoria l'appelle : « Tantine, regardez ! On arrive ! » Elle est heureuse et enthousiaste. La perspective d'aller vivre ailleurs, loin de Bagnara, l'a tout de suite comblée de joie. La veille du départ, elle a dit à Giuseppina : « Vous allez voir, tantine, ce sera très beau. »

Sa tante lui a rétorqué, avec une grimace : « Tu es trop jeune pour comprendre. Ce ne sera pas comme ici, au village… »

Vittoria ne s'est pas laissé décourager. « Justement ! Rendez-vous compte, une ville, une vraie ville ! »

Giuseppina a secoué la tête, rongée par le chagrin, la rancœur et la colère.

La petite fille bondit sur ses pieds et désigne quelque chose du doigt. Paolo hoche la tête, Ignazio gesticule.

Une chaloupe se détache de la masse des embarcations et les aide dans les manœuvres d'accostage. Lorsque le bateau arrive à quai, une petite foule de curieux s'est déjà rassemblée. Barbaro tend le bras pour se saisir du bout d'amarrage et l'attacher à une borne. Un homme vient à leur rencontre.

« Emiddio ! »

Paolo et Barbaro sautent à terre et lui adressent un salut plein à la fois de familiarité et de respect. Tout en déployant la passerelle afin de permettre à sa belle-sœur de descendre du bateau, Ignazio les voit discuter. Immobile sur le pont, Giuseppina presse son fils contre elle comme si elle voulait le protéger d'une menace. Ignazio, attentionné, l'aide à quitter le navire et lui explique : « Ce monsieur, c'est Emiddio Barbaro, un cousin de Paolo. Il nous a aidés à acheter notre magasin d'épices. »

Vittoria bondit sur le quai et court vers Paolo qui, d'un mouvement brusque, lui fait signe de se taire.

Sur le visage de son mari, Giuseppina perçoit une tension étrange, une sorte de vibration profonde, une fêlure sur ce masque de confiance en soi qui la pousse si souvent à étouffer un cri de colère. Mais c'est l'affaire d'un instant. Les traits de Paolo redeviennent anguleux, son expression dure et son regard circonspect. S'il a peur, il le cache bien.

Giuseppina hausse les épaules : peu lui importe. Elle s'adresse à Ignazio, à voix assez basse pour que personne ne puisse les entendre : « Je le connais, cet Emiddio. Jusqu'à il y a deux ans, quand sa mère était encore en vie, il revenait à Bagnara, de temps à autre. » Elle ajoute ensuite, sur un ton adouci et dans un murmure : « Merci. » Enfin, elle incline la tête, et offre ainsi à la vue d'Ignazio un fragment de sa peau nue entre son cou et sa clavicule.

Il ralentit le pas, puis la suit.

Il pose le pied sur le quai. La vision de Palerme lui remue les entrailles. Maintenant, il fait partie de cette ville.

Une sensation merveilleuse et chaude l'envahit. Elle suscitera en lui un souvenir mélancolique lorsque, quelques années plus tard, il l'éprouvera de nouveau.

*

Paolo appelle Ignazio : il a besoin de son aide pour charger leurs bagages sur la charrette qu'Emiddio s'est procurée.

« Je vous ai trouvé un logis dans un quartier où habitent beaucoup de nos voisins originaires de Bagnara. Vous devriez vous y plaire.

— C'est une grande maison ? » Paolo jette un panier d'osier rempli de vaisselle sur la charrette. Un craquement indique qu'au moins une assiette s'est cassée. Aussitôt après, des porteurs déposent la *corriola*, la caisse qui contient le trousseau de mariée de Giuseppina.

Emiddio accompagne d'une grimace sa réponse à la question de Paolo : « Un rez-de-chaussée de trois pièces. Oh, bien sûr, elles ne sont pas aussi spacieuses que celles de votre maison en Calabre. Quelqu'un de chez nous m'a signalé que la place était libre, après le retour de son cousin à Scilla. Le principal avantage, c'est que vous serez à deux pas de votre boutique. »

Giuseppina fixe le môle en pierre et se tait.

Tout a été décidé d'avance.

La colère monte en elle, rugit, recolle les fragments

de son cœur brisé mais pêle-mêle, les lui enfonçant cruellement entre les côtes et la gorge.

Giuseppina serait prête à aller jusqu'en enfer, plutôt que de rester là.

Pendant que Paolo et Barbaro continuent de décharger des marchandises sur le quai, Emiddio sert de guide à Giuseppina et Ignazio, qu'il conduit vers la porte Calcina.

Tout au long du trajet, Giuseppina se sent agressée par les bruits de la ville, elle les trouve brutaux et disgracieux.

Il règne une odeur de pourriture et tout est sale ici, la jeune femme s'en est aperçue au premier coup d'œil. Palerme est un endroit misérable.

Devant elle, sa nièce pousse des éclats de rire retentissants et fait des pirouettes. Giuseppina a des pensées méchantes : *Je me demande bien ce qu'elle a, à être si heureuse. Cela dit, au fond, c'est normal : elle n'avait rien et elle n'a rien perdu. Elle a tout à y gagner, elle, dans cette histoire.*

Et de fait, Vittoria rêve d'un avenir où elle ne serait plus la pauvre petite orpheline recueillie par charité. Elle s'y voit déjà : un peu d'argent de côté, un mari trouvé en dehors de la famille, davantage de liberté que si elle était restée dans ce village prisonnier entre mer et montagnes.

Giuseppina, à l'inverse, se sent misérable et sur le point de sombrer dans la folie.

Au-delà de la porte Calcina, des ateliers et des boutiques donnant directement sur la rue côtoient de véritables taudis. Giuseppina reconnaît certains visages, et ne répond pas à leurs saluts.

Elle a honte.

Elle les connaît bien, ces gens-là. Ils ont quitté Bagnara des années plus tôt. Sa grand-mère les traitait de « pouilleux » et son oncle de « crève-la-faim » qui avaient choisi de mener une vie d'expédients loin de leur terre natale, contraignant leurs femmes à servir comme domestiques chez des étrangers. La Sicile, ce n'est pas chez eux, c'est un monde à part qui n'a rien à voir avec le continent.

Et si Giuseppina Saffiotti est tellement en colère, c'est parce qu'elle n'est pas une pauvresse obligée d'émigrer pour gagner son pain, elle. Elle a apporté des terres, un trousseau de mariée, une dot.

Plus les rues s'étrécissent, plus elle a le cœur lourd. Pas moyen d'avancer au même rythme que les autres. Elle ne veut pas.

Sur une petite place, ils découvrent, à gauche, une église dont le portique est fermé par des colonnes. Emiddio donne des indications à Giuseppina : « Ça, c'est Santa Maria la Nova. Et là, c'est San Giacomo. » Puis il ajoute, d'un ton conciliant : « Vous aurez l'embarras du choix, pour vos dévotions. »

Elle le remercie et se signe, mais à l'heure qu'il est, les prières sont la dernière de ses préoccupations. Elle repense à tout ce qu'elle a dû abandonner, et regarde les pavés où des restes de fruits et de légumes se noient dans des flaques de boue. Aucun vent ne pourra jamais chasser l'odeur de mort et de fumier qui s'en dégage.

Le petit groupe finit par s'arrêter sur la place. Certains passants ralentissent leur marche et lancent des coups d'œil furtifs ; d'autres, plus effrontés, saluent

Emiddio et en profitent pour scruter les bagages des étrangers, leurs vêtements, leurs gestes, afin de tout deviner de leur vie en quelques regards.

Giuseppina voudrait hurler : *Allez-vous-en, tous ! Dehors !*

« Nous sommes arrivés », annonce Emiddio.

Des paniers de fruits, de légumes et de pommes de terre sont entassés devant les battants d'une porte en bois.

Emiddio s'approche, donne un coup de pied dans une hotte, met les mains sur ses hanches et parle du ton dont on fait une annonce : « Mastro Filippo, vous voulez bien me débarrasser tout ça ? Les nouveaux locataires viennent d'arriver de Bagnara. »

Le vendeur, un vieillard au dos voûté et à l'œil aqueux, s'avance du fond du magasin en s'appuyant aux murs. « Ça va, ça va... Je suis là ! » Lorsqu'il soulève la tête, il montre un autre œil bien plus vif, qui examine Ignazio et s'attarde sur Giuseppina.

Emiddio l'apostrophe : « À la bonne heure ! Je vous l'ai demandé ce matin, d'enlever tous ces paniers. »

Le vieillard se traîne jusqu'à eux et en attrape un. Quand Ignazio veut l'aider, Emiddio lui pose une main sur le bras. « Mastro Filippo est plus fort que toi et moi réunis. »

Ces mots en disent beaucoup plus qu'ils n'en ont l'air.

Pour Ignazio, c'est une première leçon : à Palerme, une demi-phrase peut valoir davantage qu'un long discours.

Le négociant libère le passage à grand renfort de

halètements et de soupirs. Il reste des feuilles et des écorces d'orange.

Un coup d'œil d'Emiddio, et elles sont aussitôt balayées.

Les autres peuvent enfin entrer.

Giuseppina regarde autour d'elle. Elle se rend compte tout de suite que la maison est inhabitée depuis bien plus de deux mois. Le fourneau de cuisine est là, tout près de la porte. Le carneau montant fonctionne mal, puisque le mur est noirci et que les faïences ébréchées sont tachées de suie. Il n'y a qu'une table et aucune chaise, seulement un tabouret. Sur plusieurs armoires encastrées dans les murs, le bois des portes est gonflé et fendu. Des toiles d'araignée recouvrent les poutres et des vers courent sur le plancher humide, qui craque sous les pieds.

Il fait sombre.

Sombre.

La colère de Giuseppina devient de la répulsion, remonte de ses entrailles et se transforme en un fiel si amer qu'elle en a la nausée.

Une maison, ça ? Ma *maison ?*

Elle rejoint Emiddio et Ignazio dans la chambre à coucher. Cette pièce étroite ressemble presque à un couloir et reçoit une lumière blafarde à travers une fenêtre grillagée donnant sur une cour intérieure, d'où provient le gargouillis d'une fontaine.

Les deux autres pièces sont à peine plus grandes que des débarras. Des rideaux tiennent lieu de portes.

Giuseppina serre Vincenzo contre sa poitrine, regarde autour d'elle et n'en croit toujours pas ses yeux. Pourtant, tout est bien réel. Cette crasse. Cette misère.

Vincenzo se réveille. Il a faim.

Giuseppina retourne à la cuisine. Maintenant, elle est seule : Ignazio et Emiddio sont dehors, sur le seuil. Ses jambes flageolent et elle se laisse choir sur le tabouret pour éviter de s'écrouler par terre.

Le soleil se couche, l'obscurité ne va pas tarder à tomber sur Palerme et sur cette masure, qui prendra alors l'aspect d'une tombe.

Quand Ignazio revient, Giuseppina n'est pas sortie de sa prostration ; à côté d'elle, son bébé pleurniche.

Ignazio lui propose de l'aider à s'occuper des bagages. « Paolo va bientôt arriver avec les autres paniers et ton trousseau de mariée. » Il voudrait faire disparaître l'expression horrifiée qu'il lit sur le visage de sa belle-sœur. Il voudrait la distraire. Il voudrait…

« Arrête. » Elle l'a dit d'une voix brisée. Puis elle soulève la tête et demande, le souffle coupé, sans colère et sans force : « Nous ne pouvions rien nous permettre de mieux que ce taudis ? »

Ignazio essaie de lui expliquer : « Pas à Palerme. Tu sais… en ville… tout est plus cher. Ce n'est pas comme dans notre village. » Mais il comprend que parler ne sert à rien.

Le regard de Giuseppina reste perdu dans le vide. « C'est un bouge, ici. Voilà où il m'a emmenée, ton frère. »

*

C'est l'aube. Il n'y a encore presque personne sur le piano San Giacomo, la place où se trouve le magasin des Florio et de Barbaro.

La porte de l'herboristerie grince. Paolo pénètre à l'intérieur. Une odeur de moisissure agresse ses narines.

Derrière lui, Ignazio laisse échapper un soupir angoissé. Le bois du comptoir est gonflé d'humidité. Les pots et les bocaux sont dépareillés.

Le découragement passe d'un frère à l'autre, les enveloppe, s'installe entre leur poitrine et leur gorge. L'apprenti, qui leur a remis les clefs, essaie de se justifier : « Personne ne nous a prévenus de votre arrivée. Et puis, comme vous savez, don Bottari est malade… Il n'a pas bougé de son lit depuis des semaines. »

La maladie n'explique pas tout, se dit Ignazio, Bottari a complètement négligé le magasin. Une telle désolation n'est pas le fruit de quelques jours.

Paolo ne fait aucun commentaire, il préfère donner des ordres à l'apprenti : « Apporte-moi un balai. Et va chercher des seaux d'eau. » Puis il se met à balayer le plancher d'un mouvement rageur mais contrôlé. La dernière fois qu'il est venu à Palerme, le magasin était dans un tout autre état.

Après une légère hésitation, Ignazio va vers la pièce que l'on entrevoit à travers une tenture.

De la saleté. Du désordre. Des amoncellements de papiers un peu partout. De vieilles chaises, des pilons abîmés.

Ignazio se laisse envahir par la sensation de s'être trompé sur toute la ligne, d'avoir misé et perdu. Et le bruit rythmique du balai lui fait comprendre que Paolo ressent la même chose.

Splash, splash.

Chaque coup est une gifle. Rien ne s'est passé comme prévu. Rien.

Ignazio ramasse les papiers et vide un sac de jute pour y jeter les ordures. Une grosse blatte lui tombe sur les pieds.

Splash, splash.

Le cœur du jeune homme est une petite pierre qu'on pourrait tenir entre les doigts.

Il éloigne l'insecte d'un mouvement brusque de la jambe.

*

Quand les douze coups de midi retentissent, ils ont fini de nettoyer. Debout sur le pas de la porte, pieds nus, les manches de chemise retroussées, Paolo essuie son visage en sueur.

Maintenant, l'herboristerie sent le savon. L'apprenti dépoussière les pots, les cornets de pharmacie, et les range en obéissant aux indications de son patron.

« Tiens ! Alors c'était vrai ? Ils ont rouvert. »

Paolo se retourne.

Le monsieur qui vient de parler est un homme entre deux âges, dont les yeux sont d'un bleu si pâle qu'ils paraissent délavés. Sa calvitie naissante dessine une tache claire sur son front. Il porte un costume en drap de laine, un plastron et une épingle à cravate en or.

Derrière lui, on aperçoit une jeune fille vêtue d'une pèlerine bordée de satin, des boucles en perles aux oreilles ; elle s'appuie sur le bras d'un jeune homme qui demande : « Vous l'avez loué à Domenico Bottari, ce magasin ? »

Paolo regarde cet individu à la voix de stentor, à l'accent sicilien très prononcé et au visage couvert de taches de rousseur. « C'est moi le propriétaire, avec mon frère et mon beau-frère. » Sur ces mots, il essuie sa main humide sur son pantalon retroussé aux chevilles et la tend à son interlocuteur.

Le jeune homme est secoué par un grand éclat de rire. « C'est vous, le propriétaire ? Et vous n'avez personne pour nettoyer à votre place ? »

Sans attendre la réponse, la jeune fille s'exclame : « Encore un Calabrais ! Mais c'est une invasion ! Quand ils parlent, on croirait qu'ils chantent !

— Et on peut savoir quelles sont vos intentions ? Vous allez continuer dans le commerce d'épices ? » Le monsieur plus âgé a ignoré la plaisanterie de… sa fille ? *Peut-être bien*, se dit Paolo, *en tout cas, elle lui ressemble beaucoup.*

Le jeune homme s'avance vers lui en le toisant. « À moins que vous ne comptiez vendre *autre chose* ? Et vous avez pensé à qui, pour votre approvisionnement ? »

Le vieux monsieur insiste : « J'imagine que vous avez des contacts avec d'autres Calabrais et avec les Napolitains. C'est à eux que vous achèterez vos épices ?

— Je… nous… » Paolo aimerait faire cesser cette grêle de questions. Il cherche des yeux Ignazio, hélas parti chez le menuisier acheter des planches pour réparer plusieurs étagères et des chaises bancales.

Près du magasin, un seau d'eau à la main, l'apprenti

regarde les visiteurs d'un air révérencieux. Paolo lui fait signe d'approcher mais comprend tout de suite que non, il ne viendra pas.

Le monsieur plus âgé s'avance vers la porte. « Vous permettez ? » Il entre dans le magasin sans en avoir reçu l'autorisation. « Il marchait plutôt bien, ce commerce, avec Bottari, mais ça fait un moment que… » Un coup d'œil lui suffit. « Vous allez en avoir du travail, avant de pouvoir vendre quoi que ce soit sans faire mauvaise figure. » Il se frotte les mains. « Si vous ne savez ni à qui acheter ni comment vendre, vous n'ouvrirez qu'entre Noël et le 26 décembre. »

Paolo pose son balai contre le mur et réajuste les manches de sa chemise. Sa voix n'a plus rien de cordial. « C'est vrai. Mais nous ne manquons ni de ressources ni de volonté.

— Vous aurez aussi besoin de beaucoup de chance. » Le jeune homme a suivi le monsieur plus âgé. Il examine les étagères, compte les cornets de pharmacie, lit les étiquettes sur les pots. On a l'impression qu'il évalue le prix de tout ce qu'il voit. « Vous n'irez pas loin, avec ce genre de marchandises. Ce n'est pas la Calabre, ici. Vous êtes à Palerme, dans la capitale de la Sicile, et les crève-la-faim ne sont pas les bienvenus. » Il saisit un cornet et pose un doigt sur une fêlure. « Vous pensez en faire quoi, de ces récipients ébréchés ?

— Nous avons nos fournisseurs et notre propre bateau. Mon beau-frère nous approvisionnera en épices tous les mois. Le temps de nous installer, et tout ira bien. » Paolo est sur la défensive malgré lui : son visiteur le harcèle, le tourne en dérision, le met en difficulté.

« Ah, je comprends mieux. Vous êtes de simples revendeurs, pas des apothicaires. »

Le jeune homme donne un coup de coude à son voisin et ne prend même pas la peine de baisser la voix. « Qu'est-ce que je vous disais ? Je trouvais ça bizarre, aussi… Le Collège des pharmaciens et apothicaires n'avait reçu aucune demande. Ce ne sont que des boutiquiers.

— Tu as raison », répond le vieux monsieur.

Paolo voudrait les flanquer à la porte : ils sont venus se mêler de ses affaires, fureter partout, se payer sa tête… « Maintenant, sauf votre respect, il me reste encore beaucoup de travail. Je vous souhaite une bonne journée. » Il leur indique la porte.

Le vieux monsieur se balance sur ses pieds, jette à Paolo un regard méprisant, claque des talons à la manière d'un militaire et sort sans dire au revoir.

Le jeune homme, en revanche, s'attarde un instant pour continuer d'observer les étagères. « Je vous donne deux mois. D'ici là, vous en serez réduits à demander l'aumône. Dans deux mois, on ferme ! »

*

Quand Ignazio revient, Paolo a les traits tirés et les mains tremblantes. Il déplace des bocaux et des pots, les examine, secoue la tête. Ignazio lui demande aussitôt ce qui s'est passé. Pour que son frère soit aussi bouleversé, il a dû arriver quelque chose de grave.

« Je viens de recevoir la visite de deux hommes et

d'une femme. J'ai cru qu'ils n'en finiraient jamais, avec leurs questions : et vous êtes qui ? et vous faites quoi ? et qu'est-ce que vous vendez ?...

— Bref, des curieux. » Ignazio soulève quelques-unes des planches qu'il a trouvées chez le menuisier pour réparer les chaises et les étagères. Il prend un clou, le tient entre deux doigts et commence à taper dessus à coups de marteau. « Qu'est-ce qu'ils voulaient ?

— La question serait plutôt de savoir qui ils étaient.

Ignazio se fige. La voix de son frère exprime autre chose que de l'agacement et de l'antipathie : une sorte de malaise, et peut-être même de la peur. Il plisse le front. « Paolo, qui était-ce ? Qu'est-ce qu'ils nous voulaient ?

— C'est l'apprenti que nous a envoyé Bottari qui me l'a dit. Il avait tellement la frousse qu'il ne s'est même pas approché. » Ignazio pose une main sur le bras de Paolo. « C'était Canzoneri, frangin. Canzoneri et son gendre, Carmelo Saguto. Et je préfère ne pas te raconter comment ils se sont comportés. »

Ignazio pose son marteau sur le comptoir. « Canzoneri... le grossiste qui fournit aussi l'armée royale ?

— Et toute la noblesse de la région. Lui-même.

— Qu'est-ce qu'il venait faire ici ? »

Paolo désigne l'herboristerie du doigt. Entre ses bras écartés, un vide se crée et s'insinue dans la pénombre de cet après-midi d'automne languissant. « Nous avertir que nous n'irons pas loin, d'après lui. » Il y a dans la voix de Paolo une nuance de découragement et de résignation qui atteint Ignazio jusqu'au plus profond de son être. Et qui lui est insupportable.

Il reprend son marteau et son clou. « Laisse-le parler. »

Un coup de marteau.

« Laisse-les parler, Paolo, tous autant qu'ils sont. Nous ne sommes pas venus ici pour mourir de faim et repartir en Calabre au beau milieu de la nuit, à la sauvette, comme des miséreux. » Il s'exprime d'un ton dur et ne dissimule pas sa colère, son indignation, sa fierté. Nouveau coup de marteau. « Nous sommes venus ici pour y rester. »

*

Après Canzoneri, d'autres apothicaires sont venus fouiner. Ils ont rôdé autour de la boutique, lorgné à travers les vitres, envoyé leurs garçons de courses jeter un coup d'œil.

On lit sur leurs visages de l'hostilité, de la raillerie ou de la commisération. L'un d'eux, un certain Gulì, leur a conseillé sur un ton amical de ne pas trop jouer les *malins*, parce qu'à Palerme « c'est difficile ».

La ville examine les Florio. En profondeur. Et elle ne leur fait pas de cadeaux.

Dans l'immédiat, la clientèle les boude.

Pourtant, les épices ne manquent pas et elles sont de première qualité.

Quand ils entendent la porte grincer, quelques semaines après la visite de Canzoneri, ils n'en croient pas leurs oreilles.

C'est une femme. Un mouchoir sur la tête, un

tablier autour des hanches, elle tient à la main un bout de papier qu'elle tend à Paolo. « Je ne sais pas ce qu'il y a écrit dessus. Mon mari a mal au ventre et beaucoup de fièvre. On m'a dit d'acheter ça, mais je n'ai pas beaucoup d'argent et je ne peux pas me permettre d'aller chez un pharmacien. Gulì m'a même dit qu'avec ce que j'ai, je ne peux rien acheter du tout. Vous auriez quelque chose pour moi, vous ? »

Les deux frères échangent un regard.

Paolo lit l'ordonnance. « C'est une préparation contre la constipation. Je vais voir ce que je peux faire. » Il énumère la liste des ingrédients : « De la rue, de la fleur de mauve… »

Ignazio grimpe sur les étagères, prend des herbes dans les bocaux et les broie dans un mortier. Pendant ce temps, Paolo continue d'écouter leur cliente.

« Depuis quatre jours, mon mari a tellement mal qu'il ne sort plus de son lit. » Elle lance un regard inquiet en direction d'Ignazio. « Il va guérir, avec vos produits ? Parce que moi, je n'ai pas d'autre solution. J'ai dû mettre mes boucles d'oreilles en gage, pour payer le docteur ; le chirurgien-barbier n'avait rien compris à rien. »

Paolo se masse le menton. « Vous dites qu'il a beaucoup de fièvre ?

— Oui, et il n'arrête pas de se retourner sous ses draps, il n'a pas un moment de tranquillité, le pauvre.

— Je vois… Et si la fièvre est forte… »

Ignazio désigne un gros bocal posé derrière lui. Paolo comprend.

Un morceau d'écorce sombre se retrouve au fond du mortier.

La femme regarde Ignazio d'un air soupçonneux. « Qu'est-ce que c'est ? »

Paolo lui explique, sans s'impatienter : « Ça s'appelle de l'écorce du Pérou ou du quinquina. On s'en sert pour faire baisser la fièvre. »

La femme n'en reste pas moins inquiète et glisse une main dans sa poche. Ignazio entend le tintement des *grani* et des *tarì*[1] qu'elle est en train de compter. « Cette fois-ci, pas besoin de payer. Ne vous inquiétez pas », lui dit-il.

La femme, stupéfaite, dépose quelques pièces sur le comptoir. « Mais les autres… »

Paolo lui pose une main sur le bras. « Les autres, ce sont les autres, ils font ce qu'ils veulent. Nous, nous sommes les Florio. »

Et c'est ainsi que tout commence.

*

Au fil des semaines qui s'égrènent, Noël approche.

Un jour, Giuseppina rend visite aux deux frères peu après que les cloches ont sonné les douze coups de midi. Ils sont occupés à ranger des bocaux et de petites balances.

« Je vous ai apporté votre déjeuner. » Elle tient à la main un panier rempli de pain, de fromage et d'olives. Ignazio lui tend une chaise, mais elle lui fait signe

1. Le *grano*, le *tarì* et l'*onza* étaient les monnaies siciliennes de l'époque. Le *grano*, en cuivre, équivalait à un vingtième de *tarì*. Le plus souvent en argent, le *tarì* équivalait quant à lui à un trentième d'*onza*. (N.d.A.)

qu'elle ne s'assiéra pas. « Il faut que j'y aille. Vittoria est toute seule avec Vincenzo. »

Paolo l'attrape par le poignet. « Pourquoi est-ce que tu t'enfuis tout le temps comme ça ? » demande-t-il avec une étrange douceur. D'un pas prudent, elle revient à côté de son mari, qui lui offre une tranche de pain trempée dans de l'huile.

« J'ai déjà mangé. »

Il lui serre un peu plus fort le poignet. « Et alors ? Un petit supplément ne te fera pas de mal. » Giuseppina accepte, mais elle garde les yeux baissés.

Ignazio mâche lentement. Il les observe.

Ils badinent. Ou plutôt, Paolo essaie. Giuseppina avale les bouchées qu'il lui présente, mais sans jamais cesser de froncer les sourcils.

Quelqu'un frappe à la porte.

« Pas moyen d'être tranquille une seconde… » Paolo s'essuie la bouche sur sa manche de chemise et se dirige vers le comptoir, tandis qu'Ignazio avale son dernier morceau de fromage et se lève aussitôt.

Giuseppina le saisit par le bras. « Ignazio ! »

La voix de Giuseppina est d'une telle dureté qu'il a l'impression d'entendre son frère. « Quoi ?

— J'ai besoin de ton aide. Je… » Un tintement de bocaux retentit dans la pièce voisine. « Je voudrais envoyer une lettre à Mattia. Tu pourrais me l'écrire ? »

— Pourquoi ne demandes-tu pas à Paolo ?

— C'est déjà fait. » Giuseppina pose une main sur la table, la contracte puis l'avance, effleure celle de son beau-frère. « Il m'a répondu qu'il n'a pas beaucoup de temps et que je ne devais pas lui en faire perdre encore plus. La vérité, c'est qu'il ne veut pas, je le sais, et quand je le lui ai dit, il s'est mis en colère. Mattia ignore comment nous allons, si nous sommes bien installés… Avant, je la voyais tous les jours à l'église. Aujourd'hui, je ne sais même pas si elle est vivante. Je voudrais au moins lui écrire… »

Ignazio soupire. Ils sont comme l'eau et l'huile, ces deux-là : on peut toujours les verser dans le même bol, ils ne se mélangeront jamais.

Giuseppina baisse la voix, le touche, referme la main sur la sienne. « Je ne sais pas à qui m'adresser. Ici, je ne connais encore personne, et je n'ai pas envie de faire des confidences à un étranger. Toi au moins, aide-moi. »

Ignazio réfléchit. *Non. Elle n'a qu'à aller voir un écrivain public.* Il ne veut pas savoir pourquoi Giuseppina a l'air si malheureuse, pourquoi Paolo lui fait des avances tout en sachant qu'elles seront repoussées.

Et même s'il le savait, ça ne servirait à rien. Il les côtoie tous les jours, et ils ont beau ne jamais se disputer devant lui, il y a des choses qu'il devine instinctivement. Il les aime autant l'un que l'autre et se sent tiraillé entre eux deux.

Lui, le frère doux, gentil et généreux a alors l'impression qu'un serpent venimeux sort de sa cachette pour venir le tenter. Ignazio a appris à le chasser à coups de pierres, il ne doit pas l'écouter ni dire à Paolo comment se comporter avec sa femme.

La bouche de Giuseppina est tout près de son oreille. « S'il te plaît. »

Ignazio sait qu'il ferait mieux de ne pas se mêler de tout ça, de répéter à Giuseppina d'en parler avec Paolo et de sortir de la pièce.

À cet instant, il s'aperçoit que leurs doigts se sont entrelacés.

Il libère sa main d'un mouvement brusque et tourne le dos à sa belle-sœur avant de lui répondre : « D'accord. Mais maintenant, va-t'en. »

*

Quand Ignazio explique à Paolo pourquoi il a apporté de l'encre et du papier à la maison, il voit le visage de son frère se rembrunir. « Fais comme tu veux. Moi, je n'ai pas l'intention de subir ses réprimandes aussi par lettres. »

À dîner, la conversation se limite à quelques mots. Chacun se sert directement dans un grand plat posé au milieu de la table ; en guise de dessert, du raisin et des fruits secs. Vittoria se promène dans la pièce, Vincenzo pendu à son cou. Elle chante :

Regardez-le, mon tout-petit,
regardez comme il est beau.
Dors, dors,
dors content, l'heure est venue,
c'est le bon moment.
Et toi, sommeil, viens, viens,
viens et prends-le avec toi,
mon enfant, mon tout-petit.

Giuseppina s'essuie les mains sur son tablier, s'approche de Vittoria et l'embrasse. « Et maintenant, au lit tous les deux ! J'ai quelque chose à faire avec ton oncle. » Elle se laisse tomber sur un banc et écarte les cheveux qui lui retombent sur le visage. « Alors ?

— Je vais chercher ce qu'il nous faut. » Ignazio entre dans la chambre qu'il partage avec Vittoria, cherche l'encre et tend l'oreille en direction de la cuisine.

« On peut savoir pourquoi tu ne m'as pas demandé à moi ?

— Tu m'as dit que tu n'avais pas le temps. » La voix de Giuseppina déborde d'amertume.

« Ah bon. » Un grincement de chaise. « Eh bien, je vais me coucher. »

Ignazio se précipite dans la pièce principale et bloque le passage à son frère. « Voilà, voilà, je suis prêt ! Paolo, viens, écris quelques lignes pour donner de tes nouvelles, toi aussi. »

Giuseppina regarde son mari, l'air de lui dire : *Reste.*

Et Paolo reste.

Il s'assied et se met à écrire. C'est vrai, il a un caractère difficile ; mais comment pourrait-il en être autrement, vu la façon dont il a été élevé ? Et puis, il est comme tous les Florio : orgueilleux.

Lorsqu'il a terminé, il tend la feuille à Ignazio, qui prend une plume et fait signe à Giuseppina de commencer à dicter.

« Ma chère Mattia… » Elle s'interrompt, reprend son souffle, puis donne l'impression que plus rien ne pourrait l'arrêter :

« Le bébé grandit bien et tes frères travaillent du matin au soir…

« La maison est petite, mais elle est tout près de l'herboristerie...

« Ici, je ne trouve pas les plantes que nous avions l'habitude de cueillir ensemble dans la montagne...

« Palerme est immense et je ne connais encore que les rues qui conduisent au port... »

Ignazio reste concentré.

Il le sent bien, ce que sa belle-sœur veut vraiment dire :

Vincenzo, lui au moins, m'apporte des satisfactions, alors que Paolo et Ignazio me laissent seule toute la journée. J'ai l'impression de devenir folle, dans ce trou. Oui, parce que cette maison est à peine plus qu'une annexe du magasin, et j'y passe mes journées dans une solitude à peu près totale, avec mon fils et Vittoria, et dans cette ville gigantesque il n'y a pas de place pour moi, et toi tu n'es pas là, et moi je me perds au milieu de tous ces murs, de toute cette boue, de tout ce vide.

Giuseppina finit par se taire.

Paolo s'approche d'elle et pose un bras autour de ses épaules. « Demain matin, j'irai poster la lettre. » Il lui caresse les cheveux d'un geste très lent nourri de regrets, de tendresse et d'appréhension. Il ouvre la bouche pour ajouter quelque chose, mais il s'abstient, et quitte la pièce sous le regard hébété de sa femme.

Il aurait pourtant tout intérêt à lui parler, pense Ignazio. *À l'écouter. C'est ça, le mariage, non ? Porter à deux le poids de l'existence.*

En tout cas, c'est ce qu'il ferait, lui.

*

« Grand merci, don Florio. Bonne journée !

— Toujours à votre service. Au revoir. »

En 1799, les fêtes de Noël sont passées vite. L'année suivante, l'activité de l'herboristerie s'est peu à peu développée. Les frères Florio ont réussi tant bien que mal à se faire connaître. Pendant longtemps, la suspicion des Palermitains et les rumeurs répandues par Saguto, le gendre de Canzoneri, leur ont fait beaucoup de tort. En partie par méfiance et en partie par souci de ne pas déplaire à ce même Canzoneri, les autres vendeurs d'épices ont pris soin de ne pas fréquenter leur boutique. Paolo se souvient encore des journées où il est resté sur le pas de la porte, à attendre l'arrivée d'un client ou d'un autre commerçant susceptible de lui passer une grosse commande. Pire encore, il a dû supporter les regards de Saguto, son expression de jubilation chaque fois qu'il trouvait le magasin désert. Paolo s'est juré de lui effacer, un jour ou l'autre, le petit air insolent qu'il arbore en permanence.

En cette journée du début de l'année 1801, le froid et la pluie sévissent. L'espace d'un instant, alors que la porte se referme en émettant son grincement désormais familier, le bruit de l'averse pénètre dans le magasin en même temps que le vent d'hiver et l'odeur de bois brûlé.

Paolo regarde autour de lui, puis il remet de l'ordre dans les récipients restés sur le plan de travail.

À la fin de l'année précédente, une violente épidémie de grippe a fait rage. Les chants des messes de Noël ont alterné avec les lamentations de nombreuses funérailles.

Les provisions de quinquina presque épuisées, les

herboristeries les plus importantes, par exemple celle de Canzoneri, le vendaient littéralement à prix d'or; et tant pis pour ceux qui ne pouvaient pas s'en acheter.

Mais dans les premiers jours de janvier, contre toute attente, Barbaro est arrivé avec un lourd chargement de caisses remplies d'épices, qui ont aussitôt trouvé leur place sur les rayonnages du magasin. Le bruit s'est répandu comme une traînée de poudre. Dans la vie, comme chacun sait, «le malheur des uns fait le bonheur des autres», c'est une loi du destin. Dès le lendemain, la boutique était bondée, et pas seulement de pauvres diables à la recherche d'herbes médicinales, mais aussi d'herboristes, de petits pharmaciens et de quelques chirurgiens.

Ils faisaient la queue à la porte de la boutique, le chapeau à la main et de l'argent en poche, et suppliaient les Florio de leur vendre le quinquina qu'ils ne pouvaient se procurer ailleurs.

Un beau jour, Carmelo Saguto s'était immobilisé et avait jeté un regard incrédule sur la kyrielle d'apothicaires venus s'approvisionner chez ces Calabrais qui, jusque-là, n'avaient su gagner la confiance de personne. Il s'était précipité à l'intérieur du magasin, avait bousculé les autres clients et demandé à parler à Paolo, à voir son quinquina: ça ne pouvait pas être vrai, on avait dû se moquer de lui…

Paolo avait déposé une poignée de poudre sur le comptoir. «Eh oui, c'est bien de l'écorce du Pérou. Elle vient d'arriver et j'ai déjà tout vendu. Sans rancune, monsieur Saguto.»

Carmelo avait reculé de quelques pas, sous les regards embarrassés des herboristes et des chirurgiens. Son visage enflé était déformé par une grimace. Puis il s'était figé et il avait craché au sol en disant : « Vous êtes la lie de la terre ! »

Le lendemain, Canzoneri avait fait savoir à toute la ville qu'il disposait de nouvelles réserves, qu'il avait baissé ses prix et qu'il accorderait un traitement de faveur à ses clients les plus fidèles. Mais le mal était fait.

« Vivre et laisser mourir », avait commenté Paolo.

Désormais, il a compris. Voilà comment les choses fonctionnent.

Et c'est à ce moment-là qu'il avait cessé d'être *le gars de Bagnara* pour devenir *don* Paolo Florio.

À présent, c'est écrit sur ses lettres de change, ses documents officiels et les contrats conclus avec les négociants qui connaissent la qualité de ses marchandises et se fournissent auprès de lui.

Paolo range un dernier bocal sur une étagère.

C'est vrai : ce chargement de quinquina avait été un coup de chance ; la suite, en revanche, ne devait rien au hasard.

À travers les vitres, Paolo voit son apprenti, Michele, courir sous la pluie en serrant contre sa poitrine une cassette enveloppée dans de la toile cirée. Il entre dans le magasin, s'ébroue et s'exclame : « Il pleut des cordes ! » avant de déposer la cassette sur le comptoir. « Tenez : de la noix muscade et du cumin. J'ai pris aussi un peu de dictame blanc, il n'en restait presque plus.

— Dans quel état est l'entrepôt ?

— Il y fait froid et humide. Mais avec cette pluie, on n'y peut rien.

— Ça tue les arômes, l'humidité. » Paolo soupire. « Plus tard, Domenico et toi, vous irez mettre tous les sacs en hauteur, loin du plancher, et vous calfeutrerez les portes avec du papier. »

Le jeune garçon acquiesce, puis il disparaît dans l'arrière-boutique. Le rideau a été remplacé par une porte et les volets ont été revernis.

Ce n'est d'ailleurs pas le seul changement intervenu dans leurs locaux.

Le magasin n'étant plus assez grand, Paolo et Ignazio ont pris en location un entrepôt via dei Materassai, dans le quartier de Castellammare. Ils peuvent y stocker leurs marchandises venues des quatre coins de la Méditerranée. Cette amélioration considérable s'est imposée lorsqu'ils se sont lancés dans la vente en gros.

Paolo appelle Michele.

« À vos ordres, don Paolo.

— Je vais devoir m'absenter. Ignazio est en retard et je ne voudrais pas qu'il y ait des problèmes avec la douane. Je te confie le magasin. »

La cascade de pluie qui l'accueille dehors le fait frissonner. En traversant le piano San Giacomo, il jette un coup d'œil vers sa maison : de la lumière filtre à travers les persiennes. Giuseppina doit être en train de cuisiner.

Quant à Vincenzo…

C'est un enfant intelligent. Le soir, Paolo le regarde jouer avec Vittoria ou essayer de comprendre les explications d'Ignazio, qui leur apprend l'alphabet.

Giuseppina apparaît à la porte et jette une bassine d'eau sale. Elle l'a vu, Paolo en est certain, elle a fait comme si de rien n'était et ne lui a pas adressé le moindre geste.

Il rentre la tête dans les épaules et, d'un pas rapide, poursuit sa marche vers le palais Steri. Sa femme n'a aucune affection pour lui. Il le sait, mais il a toujours fait passer son métier avant tout le reste. Les voyages en mer ne lui manquent pas et l'herboristerie suffit à remplir ses journées.

Seulement, parfois, il aurait besoin d'un câlin, pour s'endormir bien au chaud avec la sensation d'être aimé.

*

La porte se referme derrière Giuseppina avec un bruit sourd. C'était Paolo, sur la place.

Qui sait où il allait.

Elle a le cœur noir, comme on dirait à Bagnara.

Elle déteste cette maison. Elle déteste cette ville et ce temps humide. L'hiver et la pluie l'obligent à garder les fenêtres fermées et les lampes allumées.

Et puis, ce n'est vraiment pas le jour. Comme elle ne se sentait pas très bien, au réveil, elle est restée un peu au lit, pendant que Vittoria faisait le ménage.

Elle est enceinte.

Depuis quelques jours, plus aucun doute possible. Elle n'a pas eu son cycle et sa poitrine lui fait mal.

Il ne manquait plus que ça : un autre enfant, ici, à Palerme, dans cette maison privée de lumière.

Elle devrait en parler à Paolo. Mais elle n'a trouvé ni le bon moyen ni la bonne occasion.

La vérité ? Elle n'en veut pas, de ce bébé.

Elle n'a aucune confiance en Paolo, loin de là. Parfois, elle a même peur de lui. À d'autres moments, le respect révérenciel qu'une femme doit à son époux se transforme en une hargne douloureuse, comme si une lame de couteau lui fouillait les entrailles. Et maintenant, un enfant de lui ? Encore un ?

Malgré toute la honte que lui inspire cette pensée, il pourrait bien ne jamais voir le jour.

Elle jette un châle sur ses épaules, enfile ses chaussures, sort de chez elle, longe le piano San Giacomo et descend vers le port. C'est là, dans une des masures sordides, que vit Mariuccia Colosimo, la sage-femme des habitants originaires de Bagnara. Arrivée devant sa porte, Giuseppina sent une odeur de savon et de linge mis à sécher. Elle hésite, puis se décide. « Donna Mariuccia, vous êtes là ? »

La sage-femme apparaît à la porte. Son visage semble sculpté dans le tuf, ses lèvres sont fines et des gouttelettes de sueur perlent sur sa peau. « Donna Giuseppina… je suis en train de faire ma lessive. Vous avez besoin de quelque chose ? » Sur ces mots, elle essuie ses mains rougies sur son tablier.

Giuseppina reste indécise. Ce n'est pas bien, ce qu'elle veut faire, c'est un péché. Sa grand-mère le lui avait bien expliqué : chaque fois qu'une femme se débarrasse d'un enfant, la Madone détourne les yeux.

Pourtant…

Giuseppina s'approche de Mariuccia et lui parle presque à l'oreille : « Je peux repasser vous voir un de ces jours ? »

La sage-femme penche à peine la tête. Elle exhale une odeur simple et naturelle, une odeur de foin et de lait. « Quand vous voulez. Un nouvel œuf dans le nid, j'imagine ? »

Giuseppina hoche la tête, avant d'ajouter dans un murmure : « Mon mari n'est pas encore au courant. »

Mariuccia redresse le buste. Elle ne pose pas de questions et se contente d'écarter les mains. Elle comprend, elle comprend tout, elle sait que ce que les femmes taisent va bien au-delà des capacités de compréhension des hommes. « Vous savez où me trouver. Je vous attends. »

Giuseppina acquiesce de nouveau, la sage-femme disparaît derrière sa porte.

Giuseppina rentre chez elle à pas lents. La pluie a trempé son châle et se glisse maintenant dans son corset. De grosses gouttes, lourdes, qui gênent ses mouvements. Arrivée au piano San Giacomo, elle jette un coup d'œil furtif sur l'herboristerie. Elle entrevoit des silhouettes à travers les vitres, peut-être des clients.

Elle soupire. Si sa grand-mère lui avait donné Ignazio pour mari, tout aurait pu se passer autrement.

Elle se souvient du jour où, des années plus tôt, on avait enterré des membres de leurs familles après le tremblement de terre qui avait détruit Bagnara. Elle se souvient de cet enfant au regard doux, de son visage anguleux rougi par les pleurs, de la manière dont il fixait le monceau de terre sous lequel on avait enseveli sa mère Rosa. Et elle, qui venait de perdre ses deux parents, se sentait pareille à une branche sèche et tordue. Les poings serrés contre sa robe, elle en voulait au monde entier de lui avoir enlevé sa maman et son papa. Elle s'était approchée d'Ignazio et lui avait donné un mouchoir, pour qu'il puisse s'essuyer le nez.

« Ne pleure pas. Un garçon, ça ne doit pas pleurer. » Elle l'avait dit d'un ton hargneux, peut-être parce qu'elle lui enviait ses larmes libératrices, elle qui n'en avait plus. Il l'avait regardée en reniflant et ne lui avait rien répondu.

*

Lorsqu'elle est de retour chez elle, l'ourlet de sa jupe est gorgé d'eau et son châle a besoin d'être essoré. Vittoria l'interroge d'abord des yeux, puis de la voix : « Tantine, vous êtes toute mouillée ! Vous êtes sûre que tout va bien ?

— Oui, oui… j'ai dû aller voir Mariuccia pour lui demander quelque chose. »

Vincenzo la distrait en tirant sur sa jupe. « Maman, prenez-moi dans vos bras ! »

Giuseppina le presse contre elle et flaire le parfum tiède qui émane de son cou. Son fils est tout ce que son mari lui a apporté de bien. Mais elle n'en veut pas d'autre, elle ne veut pas de celui qui grandit dans son ventre, qui la fatigue et lui coupe la respiration. Il pourrait ressembler à Paolo…

La rancune qu'elle éprouve envers son époux s'exacerbe. Elle ne date pas d'aujourd'hui et elle la couve amoureusement dans sa poitrine, juste au-dessous du cœur. Elle voulait se marier et avoir des enfants, mais si elle avait su que c'était ça, le mariage, elle se serait enfuie dans les montagnes.

Oh, bien sûr, Paolo s'est toujours montré très respectueux. Mais il n'a que deux choses en tête : son travail et l'argent. Même le jour de Noël, il est allé contrôler les colis à l'herboristerie et les a laissées, Vittoria et elle, manger des châtaignes en se regardant dans le blanc des yeux.

Il n'a jamais été comme Ignazio.

*

La pluie redouble. Il est presque midi quand Paolo franchit la grande porte cochère du palais Steri, le siège de la douane : ce cube troué d'étroites fenêtres jumelées est une véritable forteresse ; il a été successivement le palais de la famille Chiaramonte, la prison de l'Inquisition et une caserne ; il est le témoin muet de l'histoire de la ville.

Paolo s'abrite sous un passage qui relie deux cours intérieures, au milieu des déchargeurs et des commerçants.

Il y est encore quand il aperçoit, dans la cour carrée, Ignazio qui court après un homme et discute avec lui. Il les reconnaît. « Barbaro ! Ignazio ! »

Eux ne l'entendent pas. Barbaro bouscule Ignazio, qui ne réagit pas.

« Qu'est-ce qui vous prend ? Qu'est-ce qu'il y a ? » s'écrie Paolo en se précipitant hors de son abri.

Barbaro fonce vers lui. « Tiens, te voilà, toi ! J'ai réchauffé un serpent dans mon sein, voilà ce qu'il y a ! C'est comme ça que vous me remerciez de vous avoir donné du pain, quand vous creviez de faim ? En louant des entrepôts sans me prévenir ? En signant des papiers à ma place ?

— Qu'est-ce que tu racontes ? » Paolo ne comprend

pas. Il regarde tour à tour son beau-frère et Ignazio. « Qu'est-ce que c'est que cette histoire ? »

Ignazio essaie de lui expliquer : « Un des ouvriers de Canzoneri lui a dit que nous avons pris un entrepôt en location, et il prétend que nous avons voulu le rouler… »

Barbaro s'obstine : « Parce que ce n'est pas vrai, peut-être ? Il faut que j'apprenne par des étrangers que vous faites des choses dans mon dos ? Nom de Dieu, nous sommes parents et associés, et vous me faites des coups pareils ? Seulement attention, n'oubliez pas d'où vient l'argent ! Je n'ai qu'à lever le petit doigt, et vous vous retrouvez les quatre fers en l'air ! »

Paolo éclate de colère. « Et tu comptes faire quoi, hein, on peut savoir ? Qui est-ce qui travaille ici, nous ou toi ? C'est nous qui avons réorganisé l'herboristerie et qui l'avons fait redémarrer. Quand nous étions encore à Bagnara, tu prétendais que tout allait bien, alors que le magasin était rongé par les vers et l'humidité. Maintenant, les clients viennent et l'argent rentre. Et au lieu de nous en être reconnaissant, tu voudrais qu'on te rende des comptes ? Viens travailler avec nous, tu verras que nous avons eu raison de louer un entrepôt. Et arrête de crier !

— Non mais écoutez-le, celui-là ! Vous auriez dû m'en parler avant !

— Pourquoi ? Il nous fallait ton autorisation ? »

Barbaro pose les mains sur la poitrine de Paolo et lui donne une bourrade. Ignazio s'interpose avant que son frère ne réagisse et dit d'une voix sifflante : « Ça suffit, maintenant. Tout le monde nous regarde. »

Des dizaines d'yeux remplis de haine sont en effet dardés sur eux.

« Rentrons au magasin. Nous serons mieux pour parler. »

Ils s'éloignent tous les trois, Barbaro loin devant Paolo et Ignazio, qui restent côte à côte.

*

Carmelo Saguto observe la scène depuis une colonnade du palais Steri. Il ne manifeste pas la moindre joie, la moindre satisfaction.

Du moins en apparence.

Quand don Canzoneri le rejoint, après le départ des Florio, Carmelo demande : « Vous avez vu la scène qu'il leur a faite, le Calabrais ? J'ai cru qu'ils allaient en venir aux mains. »

Son beau-père acquiesce. « Tu n'es au courant de rien, toi, n'est-ce pas ? »

Carmelo écarte les bras. Il exprime une innocence trempée dans du venin. « Moi ? Je n'y suis pour rien. C'est Leonardo, un de nos déchargeurs, qui n'a pas su tenir sa langue. » Il se garde bien d'ajouter qu'il a encouragé son subordonné à parler et qu'il est l'auteur des bruits qui circulent parmi les employés de la douane, selon lesquels les Florio ne cesseraient de se disputer et accumuleraient les dettes. Il ne dit pas que la calomnie est son arme préférée, mais son beau-père le sait. Voilà pourquoi il le surveille de près, de plus près que ses propres enfants.

Les deux hommes éclatent de rire.

« Allons-nous-en, va. Rentrons à la maison. »

Canzoneri indique sa voiture, puis se tourne vers son gendre. « Tu vois ce qui arrive, quand on est en affaires avec les membres de sa propre famille ? Il faut faire très attention à la manière dont on se comporte, apprendre à rester à sa place. »

Carmelo cesse aussitôt de rire. « Vous croyez que je n'en suis pas conscient ? Il ne me semble pas vous avoir jamais manqué de respect, à vous et à mes beaux-frères.

— Justement. Je te le disais parce que si c'était le cas, ça finirait très mal. » Canzoneri donne un coup de canne sur le toit de la voiture, qui se met en mouvement. « Tu es assez malin pour savoir comment te comporter, tu es un chien qui connaît bien son maître. N'est-ce pas ? »

Carmelo répond par l'affirmative tout en rongeant son frein. Parce que oui, aucun doute, il n'est rien de plus qu'un chien de garde. Il le sait et se le répète tous les jours devant son miroir. Il a moins de liberté que ces deux Calabrais qui n'ont peur de rien et ne demandent jamais l'autorisation avant d'agir. C'est pour ça qu'il les déteste autant, les Florio : parce qu'ils peuvent être ce que lui ne sera jamais.

*

Ce soir-là, contrairement à ses habitudes, Paolo Barbaro ne reste pas dormir chez les Florio. La discussion a été longue et animée, voire violente. À un moment donné, Paolo s'est levé et il est retourné au magasin après avoir claqué la porte derrière lui ; il en avait assez, de s'entendre répéter qu'il avait essayé de tromper son beau-frère. Ignazio, lui, est resté. Il a continué à s'expliquer. Avec calme. Avec patience.

Sur le seuil de la maison, Barbaro s'est adressé, pour finir, à Giuseppina : « Dis à ton mari de bien réfléchir. Sinon, terminé, les affaires entre nous ! Parce que moi, je ne veux pas d'un associé qui essaie de me gruger. »

Giuseppina n'a rien répliqué, ce n'est pas le rôle d'une bonne épouse. Mais elle sait une chose : Paolo et Ignazio sont honnêtes. Son mari consacre plus de temps à son travail qu'à sa famille. Et surtout, Ignazio serait incapable d'escroquer qui que ce soit.

Ils dînent tard, après le retour de Paolo. Personne ne reparle de la dispute.

Ignazio a l'air fatigué, fiévreux. Il marmonne un vague « Bonne nuit » avant même d'avoir fini de manger, et part se coucher. Vittoria et Vincenzo l'imitent.

Paolo et Giuseppina restent seuls.

Il tient un bol de terre cuite entre les mains. « On va se coucher, nous aussi ? »

Elle continue de débarrasser la table, sans répondre.

Il dépose le bol et passe les bras autour de la taille de sa femme. Elle comprend ce qu'il veut. « Laisse-moi. »

Il insiste. « Toujours non, avec toi. Mais pourquoi ?

— Je suis fatiguée. »

Paolo la serre un peu plus fort. « Que faut-il que je fasse ? Que je te supplie pour obtenir un peu de ce à quoi j'ai droit ? Qu'est-ce que je te demande de si étrange ? » Une nuance d'imploration vibre dans sa voix. Puis il coince Giuseppina contre le mur de la pièce ; l'espace d'un instant, elle s'imagine qu'il veut la prendre là, quitte à courir le risque que les autres entendent tout. Elle repousse la main qui vient de soulever sa jupe et se débat.

Pourtant, elle ressent un tressaillement dans le bas-ventre : son propre sexe la trahit, elle a de plus en plus de mal à réfréner le désir qui monte en elle. « Non. Je t'ai dit de me laisser tranquille ! »

Paolo s'immobilise. Il ne sait pas s'il a envie de se mettre à crier, de gifler sa femme ou de sortir une fois de plus en claquant la porte et de se défouler avec la première venue. Il ne veut rien d'autre qu'un peu de réconfort.

Il attrape sa femme par le poignet, la conduit dans leur chambre et la déshabille. Elle garde les yeux fermés, pendant que son mari cherche en elle l'amour qu'elle est tenue de lui donner.

*

Dans la pièce à côté, derrière le rideau qui tient lieu de porte, Ignazio a été réveillé par le froid. Les yeux rivés sur l'obscurité, il écoute.

*

Le lendemain matin, Giuseppina se lève avant l'aube et s'habille en toute hâte. Son mari dort. Elle ne le regarde pas.

Elle ouvre la porte. L'agression de l'hiver contre Palerme est impitoyable.

À l'exception de quelques passants qui se dirigent

vers la Cala, le piano San Giacomo est désert. Giuseppina allume la lampe pour avoir un peu de lumière. Elle se met à préparer des tartines de pain et de miel ; elle prend sur une étagère une assiette remplie de morceaux de fromage et la dépose sur la table. Vittoria apparaît sur le seuil de la pièce, murmure « Bonjour » et repart s'habiller.

Un élancement au ventre oblige Giuseppina à appuyer une main dessus.

On lui a appris que les enfants sont envoyés par Dieu et que c'est un péché mortel de les refuser. Elle y croit, elle sait que c'est au Seigneur de donner et de reprendre, qu'il la punira si elle fait du mal à cet enfant. Seulement ce n'est pas sa faute si elle a la sensation qu'il ne lui appartient pas. Rien à voir avec Vincenzo, qui avait été la chair de sa chair bien avant de venir au monde. Cette créature-là lui est étrangère…

Elle tente de se convaincre elle-même, en se répétant que ce n'est peut-être qu'une question de temps. Il faut qu'elle s'habitue, qu'elle laisse la nature suivre son cours, lui apprendre de nouveau à être mère.

Et puis, qui sait, l'envie de perdre l'enfant est déjà, à elle seule, un grave péché.

Cette pensée l'habitera tout au long des années à venir. Chaque fois qu'elle s'en souviendra, elle aura l'impression qu'un clou s'enfonce en elle.

Une nouvelle crampe la contraint à s'asseoir, à respirer profondément. Vittoria la rejoint aussitôt après.

« Tantine, qu'est-ce que vous avez ?

— Rien, des douleurs de femme. »

Vittoria n'est pas encore formée, mais elle sait de

quoi il s'agit. « Ne bougez pas, je vais m'occuper du petit déjeuner. » Elle est éveillée, intelligente. La nuit dernière, elle aussi a entendu les bruits qui venaient de la chambre de son oncle et de sa tante, elle a compris et elle a acquis une conviction : elle ne veut pas d'un homme qui donne des ordres comme lui. Elle veut un mari qui la respecte, qui la laisse parler, même si Giuseppina lui a dit que ça n'existe pas.

Peu après, toute la famille est réunie autour de la table. Des courants d'air glacial s'engouffrent sous la porte et refroidissent la pièce.

La tête rentrée dans les épaules, tout le monde mange très vite. Ignazio et Paolo s'enveloppent dans leurs grands manteaux avant de se diriger respectivement vers la douane et l'herboristerie.

Mais Paolo se fige, revient sur ses pas, s'approche de sa femme et lui fait une caresse.

Elle ne réagit pas et le regarde s'éloigner.

*

Le sol à balayer, les lits à faire, les légumes à laver, les ustensiles de cuisine à astiquer. En revenant de la fontaine où elle est allée remplir des seaux d'eau, Vittoria a les mains paralysées de froid. Vincenzo proteste, il voudrait sortir. La fatigue de Giuseppina augmente de minute en minute, en même temps que ses élancements au ventre. Elle voudrait se reposer, mais ce n'est pas possible : il faut mettre le linge à bouillir et faire la lessive. De la sueur glisse sur son dos et entre ses seins.

Tout à coup, Vittoria lui demande, pétrifiée, une

main devant la bouche : « Tantine, qu'est-ce qui vous arrive ? »

Giuseppina baisse les yeux. Des taches sombres maculent sa jupe. « Qu'est-ce que… »

Soudain, elle comprend que le liquide chaud qui coule entre ses jambes n'est pas de la transpiration, mais du sang. Son trouble se transforme en terreur. Elle a juste le temps de demander, dans un murmure, qu'on appelle la sage-femme ; puis elle s'effondre sur le sol.

*

Vittoria court pieds nus sur les pavés de la via San Sebastiano. Elle trébuche, se relève, va chercher Mariuccia : elle sait que c'est elle, la sage-femme des anciens habitants de Bagnara. Paolo lui a dit que des femmes et des jeunes filles viennent souvent lui acheter des herbes qu'elle leur a recommandées.

La gamine trouve l'adresse et hurle, terrorisée à l'idée que le dernier lambeau de famille qui lui reste puisse disparaître : « Madame Mariuccia, ma tante perd du sang ! Elle s'est évanouie ! Venez, vite ! »

Un visage bouleversé apparaît à une fenêtre. « Hein, quoi, qui ça ?

— Donna Giuseppina, la femme de don Florio. Dépêchez-vous !

— Sainte Anne mère de la Vierge, aidez-nous. »

La sage-femme disparaît à l'intérieur de la maison. Des pas bruyants résonnent dans l'escalier et, quelques instants après, Mariuccia se tient devant

Vittoria, un panier à la main. « Calme-toi et raconte-moi tout depuis le début.

— On se préparait à faire la lessive et je me suis aperçue qu'il y avait des taches sur sa robe. »

À ce moment-là, une voix l'oblige à s'interrompre : « Vittoria ? Qu'est-ce que tu fais là ?

— Oncle Ignazio ! » La petite fille se précipite dans ses bras, puis elle éclate en sanglots.

« Qu'est-ce qui se passe ? »

Au récit de Vittoria, Ignazio devient tout pâle. « Com... elle était enceinte ? »

Vittoria secoue la tête en tremblant de tous ses membres. « Je ne sais rien, tonton. »

Ignazio attire sa nièce vers lui et la protège sous un pan de son manteau. « Michele, apporte la marchandise à l'entrepôt et dis à Paolo de me rejoindre chez nous. Vittoria, viens avec moi. » Ils se précipitent vers le piano San Giacomo.

Mariuccia les a précédés.

Elle est maintenant agenouillée à côté de Giuseppina, réveillée et en pleurs ; sa jupe est retroussée presque à la hauteur de son bassin. Dans la pièce voisine, Vincenzo hurle. Sur le plancher, une tache de sang.

Giuseppina murmure : « Vittoria, va voir Vincenzo, essaie de le calmer. »

La petite fille obéit, sans quitter la tache rouge des yeux. Les cris de Vincenzo cessent brusquement.

Mariuccia lève la tête. « Il n'y a que vous ici ?

— Je suis son beau-frère. Il faut que je... »

La sage-femme agite une main. « Peu importe.

Allez, un peu de courage, même si vous êtes un homme. Aidez-moi à la mettre au lit. »

Ignazio ne bronche pas. « Elle était vraiment enceinte ? »

La sage-femme hoche la tête. Elle prend un morceau de tissu dans son panier et essuie Giuseppina, qui pousse un gémissement de honte et cache son visage au creux du bras de Mariuccia. « Oui. Et elle n'aurait pas dû se fatiguer. Il n'y a plus rien à faire. »

Ignazio enlève son manteau, arrache Giuseppina des bras de Mariuccia, la soulève et ordonne, d'un ton sans réplique : « Libérez le passage. Je vais la porter dans sa chambre.

— Tu vas salir tes vêtements », lui dit Giuseppina d'une voix plaintive. Puis elle ajoute, tout en s'agrippant à sa chemise : « Tu es toujours là pour moi, toi. Pas lui. »

Elle a prononcé ces mots si bas qu'il pense avoir mal entendu. Mais non, il ne s'est pas trompé, et la douleur s'ajoute à la douleur.

Mariuccia dispose des draps et des serviettes sur le lit pour éviter de souiller le matelas, car elle va devoir mener à terme ce que la nature a commencé.

Ignazio chuchote une question : « Paolo ne savait pas ? »

Giuseppina secoue la tête. Elle continue de pleurer, et lui ne peut que murmurer une demande de pardon entre ses cheveux trempés de sueur. Il l'aide à s'étendre sur le lit, s'apprête à sortir, fait demi-tour, lui prend une main et l'embrasse sur la paume. Puis il s'éloigne. Il ne veut pas laisser voir à la sage-femme l'enfer qu'il porte en lui.

*

Quand Paolo rentre à la maison, Vittoria est en train de nettoyer le plancher à genoux. Elle lui dit à voix basse : « Ma tante est dans la pièce à côté. » Elle plonge les mains dans l'eau rougeâtre, essore sa serpillière et la passe à nouveau sur le sol.

Paolo s'approche d'elle. « Ce n'est pas à toi de faire ce genre de choses...

— Ah bon ? Et qui d'autre peut s'en occuper ? » rétorque Vittoria d'une voix dure et avec une nuance de reproche.

Soudain, son oncle constate à quel point elle a grandi, c'est presque une femme. Mais elle ne lui laisse pas le temps de poursuivre son examen et lui dit d'un ton tranchant, sévère : « Ma tante ne se sentait pas bien depuis plusieurs jours, elle avait des nausées et elle était tout le temps fatiguée. Vous ne vous en étiez pas aperçu ? »

Paolo balbutie quelques mots et fait signe que non. Un sentiment de culpabilité naissant lui comprime le cœur comme un étau. C'est seulement maintenant qu'il comprend, et en particulier la résistance de sa femme, la veille au soir.

Vittoria l'observe sans un mot. Elle se lève et va jeter l'eau sale devant le pas de la porte. Son regard sombre et tranquille n'a plus rien d'accusateur. On y perçoit plutôt de la peine. De l'apitoiement. Et peut-être même de la compréhension.

« Où est Ignazio ? Et Vincenzo ? »

Vittoria prend une assiette et commence à couper en morceaux des légumes dont elle va faire un bouillon, comme pour les accouchées. « Mon oncle Ignazio a emmené Vincenzo dehors, il ne voulait pas qu'il reste là pendant que donna Mariuccia soignait ma tante. » Sa voix s'est adoucie. « Allez donc la voir. Il ne faut pas qu'elle reste trop longtemps seule, la pauvre, sinon, elle va penser que tout est sa faute. »

Mais alors, tout est ma faute à moi ? songe Paolo. *Moi qui ne me suis même pas aperçu qu'elle n'allait pas bien ?*

En regardant sa femme depuis le seuil de leur chambre à coucher, il éprouve des remords douloureux. S'il avait su, hier soir, il n'aurait pas insisté.

Il s'approche de Giuseppina à pas prudents. « Tu aurais pu m'en parler. » Il n'y a aucun reproche dans sa voix, juste de l'amertume. Il est accablé. À présent que ses yeux sont remplis de sa souffrance à elle, la culpabilité le dévore. « Pourquoi est-ce que tu ne m'as rien dit ? » demande-t-il.

Des larmes coulent des paupières de sa femme jusque sur ses joues, le long d'un sentier déjà tracé. Paolo s'étend à côté d'elle sur le lit. « Ne pleure plus, s'il te plaît. » Il essuie une de ses larmes. « Ç'aurait peut-être été un autre garçon. Il faut croire que le destin était contre nous. »

Giuseppina reste immobile, les yeux fixés sur le mur. Pas la moindre demande de pardon, pas la moindre excuse. Alors qu'Ignazio, lui…

Mariuccia se faufile discrètement hors de la pièce.

*

La Cala est presque déserte. Il fait froid. Quelques déchargeurs et quelques marins s'activent autour des navires. De violentes rafales de vent fouettent les murs de la ville, font claquer les volets et tourbillonner le linge mis à sécher.

« Et ce bateau-là ? »

Pendu au cou d'Ignazio, Vincenzo désigne la mer. Son oncle met un pan de son manteau devant lui pour le protéger de la tramontane. L'église de Piedigrotta est fermée, il n'y a même pas de mendiants devant la porte. Sur les murs du Castello a Mare, une sentinelle fait sa ronde en retenant son chapeau.

« Ça s'appelle un *schifazzo*, comme le bateau que nous avons pris pour venir ici, quand tu étais petit.

— Petit comment ?

— Minuscule. Tu tenais dans un panier. »

Vincenzo gigote. Quand Ignazio le dépose à terre, il s'approche du bord en pierre du môle et regarde vers le bas, en direction de l'eau noirâtre et agitée.

« Elle est très profonde, la mer ?

— Oh que oui », lui répond Ignazio en le prenant par la main. Vincenzo a des yeux sombres qui expriment la confiance, et des cheveux clairs semblables à ceux de son père. « Plus profonde que tu ne pourras jamais te le figurer. Et tu sais que plus loin, au-delà de l'horizon, il y a d'autres pays ?

— Oui, je sais. Il y a Bagnara. Maman m'en parle tout le temps.

— Non, pas seulement Bagnara. Plus loin encore, il y a la France, l'Angleterre, l'Espagne ; et encore encore plus loin, l'Inde, la Chine, le Pérou. Il y a des pays d'où viennent des bateaux bien plus grands que celui-là, et ils transportent des épices comme celles que nous vendons, ton papa et moi, et puis de la soie, des étoffes, des objets que tu ne peux même pas imaginer. »

Le visage du petit garçon n'est qu'émerveillement. Sa main frémit dans celle de son oncle, il voudrait se mettre à courir, mais Ignazio le retient fermement : le sol est glissant et il a peur que son neveu ne tombe à l'eau.

« Qu'est-ce que c'est, la soie, tonton ? » Vincenzo a encore un peu de mal avec la prononciation des *s*.

« La soie… C'est une étoffe précieuse pour les gens riches.

— La soie… » Sur ces lèvres d'enfant, le mot acquiert la valeur d'une découverte. « Moi aussi, un jour, je veux m'habiller avec de la soie. Et je veux en faire une robe pour ma maman. »

Ignazio le reprend dans ses bras. Le petit garçon renifle les vêtements de son oncle et il y reconnaît l'odeur des épices : un parfum familier, chaud, qui lui donne le sentiment d'être protégé. L'adulte et le gamin se dirigent ensemble vers la via dei Materassai. « Alors tu vas devoir beaucoup travailler, ça coûte très cher, toutes ces choses-là. » Ignazio n'éprouve aucune difficulté à lui tenir ce genre de propos. Ce petit est intelligent. Très intelligent.

« Je le ferai, oncle Ignazio », répond Vincenzo après une longue pause, d'un air étrange et à voix basse.

Sur le ton d'une promesse.

*

La porte de l'herboristerie grince d'une manière toujours aussi désagréable, mais le comptoir a été refait et les bocaux pour les herbes et les épices ont été remplacés.

Sur les volets repeints, on ne lit plus que le nom des Florio.

Nous sommes en février 1803 et, depuis un mois, la société de Paolo Barbaro et Paolo Florio n'existe plus.

Après la dispute à la douane, plusieurs autres ont éclaté. La dernière, quelques semaines plus tôt, a porté sur une cargaison d'ivoire et de cannelle.

Paolo était allé à la Cala : il avait appris par Michele que Barbaro était arrivé mais n'était pas venu à l'herboristerie, contrairement à ses habitudes. Il l'y avait trouvé en pleine discussion avec un négociant, un certain Curatolo. Barbaro venait de conclure un accord avec lui et de lui céder sa cargaison à un prix dérisoire.

Curatolo s'était éloigné sans saluer Paolo, avec un embarras manifeste. Paolo n'avait rien pu faire d'autre que regarder les marchandises partir avec lui. Aussitôt après, il s'en était pris à Barbaro : « Tu es devenu fou ou quoi ? Tout ton ivoire à notre concurrent ? » Il n'en croyait pas ses yeux. « Et comment on va faire, maintenant ?

— Notre ? Il existe encore un *notre*, avec toi ?

— C'était bien notre cargaison, non ?

— Je fais comme toi, avait répondu Barbaro d'une voix méchante. Tu te fiches de moi, et moi je me fiche de tes besoins. » Il avait fait tinter les pièces de monnaie dans sa poche. « Et cet argent, je le garde. »

Paolo lui avait tourné le dos. Il était rentré chez lui, son orgueil en miettes. Il avait tout raconté à son frère et à Giuseppina, et interdit à sa femme d'entretenir la moindre relation avec les Barbaro, y compris Mattia.

La société était morte devant notaire. Après avoir vendu le bateau et une partie des marchandises restées dans leurs entrepôts, ils s'étaient partagé la somme obtenue. Un papier, deux ou trois signatures apposées sans même se regarder en face : Paolo devenait propriétaire de l'herboristerie et Barbaro, qui lui cédait l'entrepôt de la via dei Materassai, était allé s'en chercher un via dei Lattarini, près de ceux qu'occupaient d'autres habitants de Bagnara.

Paolo portait encore les cicatrices de cette lutte, mais une colère froide avait désormais pris la place de sa rage cuisante.

*

Vincenzo trottine derrière sa mère et s'arrête souvent pour regarder tout ce qui l'entoure. Il suce un bâton de réglisse d'un air pensif. Maintenant qu'il peut marcher et courir tout seul, le monde lui semble immensément grand.

Giuseppina l'attrape par l'épaule au moment où il est sur le point de poser le pied dans une flaque. « Attention ! Il faudra que je te le répète combien de fois, de regarder où tu vas ? Tu auras bientôt quatre ans, tu n'es plus un bébé. »

Il lui lance un regard coupable. Elle pousse un soupir. Vincenzo reste le seul et unique amour de sa vie.

Autour d'eux, les conversations se font en plusieurs langues. Un paysan essaie de vendre un chargement d'agrumes à un commerçant anglais vêtu d'une redingote en drap de laine et chaussé de bottes. Son chariot gêne la circulation des passants, et certains protestent.

« *No, I won't buy those… They are rotten !*

— Comment ça, pourries ? Regardez donc comme elles sont belles, et sentez-moi ce parfum ! » Le paysan prend une orange et la montre à l'Anglais, mais son interlocuteur ne se laisse pas convaincre et indique une nuée de moucherons qui se régalent de tous ces fruits.

En observant la scène, un marin napolitain lève les mains au ciel : « Vous nous prenez vraiment pour des imbéciles ! Il y en a partout, de ces insectes… »

Des gens originaires de tous les pays, des langues nouvelles. Depuis que les Français ont recommencé à sillonner la mer Tyrrhénienne, la paix est finie. Les Anglais ont de nouveau déclaré la guerre à la France, Napoléon a repris les hostilités et il attaque les bateaux qui circulent en Méditerranée. Les navires marchands ne sont plus en sécurité et les Anglais, naguère maîtres du commerce maritime, ont été marginalisés. Palerme et la Sicile sont devenus des lieux sûrs, à l'abri de la domination française. Surtout, sa position stratégique au cœur de la Méditerranée a fait de Palerme une ville qui grouille de commerçants et de marins venus de toute l'Europe. Les épices des Français y arrivent en provenance des ports de l'Italie du Nord et celles des Anglais en provenance de Malte. Mais on y trouve aussi des produits importés de Turquie, d'Égypte, de Tunisie et d'Espagne.

Giuseppina n'y comprend pas grand-chose. Une femme ne doit pas se mêler de ces affaires-là, comme elle se tue à le répéter à Vittoria qui, au contraire, s'entête à vouloir tout savoir et bombarde Ignazio de questions.

Giuseppina arrive à l'herboristerie. À travers la vitre, elle aperçoit Paolo à son comptoir et, en face de lui, un homme vêtu d'un habit de velours. Un peu plus loin, presque devant l'église, elle remarque une chaise à porteurs peinte en vert et or.

La mère et son fils entrent dans la boutique. Paolo les voit, fait signe à Vincenzo de se taire et poursuit sa conversation avec son client. « Notre quinquina est d'une extrême pureté, monsieur le baron. Il vient directement du Pérou, et nous sommes les fournisseurs d'une grande partie des pharmaciens de Palerme... Sentez cet arôme. » Il prend une poignée de quinquina, noir et farineux, dont quelques grains retombent sur le plan de travail.

Le monsieur fait une grimace. « Quelle odeur !

— C'est parce que nous savons comment le conserver. » Paolo baisse la voix. « Vous souhaitez que je vous en prépare un peu et que je le mélange avec du fer, n'est-ce pas ?

— Oui, merci. Vous savez ce que c'est... J'ai un esprit de jeune homme, mais je n'ai malheureusement plus le corps de mes vingt ans. Je ne dispose plus d'autant de cartouches dans mon arme à feu. Vous ne pouvez pas imaginer à quel point il est désagréable de devoir battre en retraite, dans certaines circonstances, explique le client avec embarras.

— Eh bien, le fer va vous donner une vigueur nouvelle. Nous allons aussi y ajouter des graines de fenouil et de l'écorce de citron, cela vous assurera une protection contre la fièvre. J'ajoute le tout à la note de la semaine dernière.

— Non, non. » L'embarras alterne désormais avec l'orgueil. « Voici le solde de ce que je vous dois. Les bons comptes... » Quelques pièces brillent dans sa main. « Tenez. Je sais que je peux compter sur votre discrétion. Si j'ai choisi de venir chez vous plutôt que chez certains de vos collègues plus prestigieux, c'est parce qu'on m'a dit que vous n'étiez pas bavard.

— Vous pouvez me considérer comme votre confesseur. »

Paolo sait se montrer courtois sans tomber dans la servilité. Les nobles palermitains sont tout de même de drôles de gens : attachés bec et ongles à leurs privilèges, endettés jusqu'au cou, mais couverts de velours et de bijoux. Ils vendent des demeures et des propriétés qu'ils ne sont plus en mesure d'entretenir, et ils s'imaginent pouvoir s'en servir comme de cartes truquées.

Vincenzo choisit ce moment pour se libérer de l'étreinte de sa mère. « Papa, papa ! » Il s'agrippe au bord du comptoir et tend la main à son père.

Paolo se tourne vers lui, agacé. « Pas maintenant, Vincenzo. »

Le petit garçon retire ses doigts, contourne le plan de travail et file dans l'arrière-boutique. Il y trouve Ignazio penché sur les livres comptables.

« Tonton ?

— Qu'est-ce que tu fais là, toi ? » Il l'assied sur la table, déplace son encrier et se remet à écrire en classant des monceaux de factures. « Tu es venu avec ta maman ?

— Hmmm. » Vincenzo suce sa réglisse tout en balançant les jambes. Puis il renifle l'air et ajoute : « Ça sent bon ici. C'est du girofle ?

— Oui, des clous de girofle. Ils sont arrivés hier. Allons, tiens-toi tranquille. » Ignazio pose une main sur le genou du petit garçon, et son geste se transforme en caresse. « Qu'est-ce qui lui arrive, à ta maman ?

— Un marin lui a apporté un papier. Quand elle l'a vu, elle s'est agitée dans tous les sens.

— Un papier ? Tu veux dire, une enveloppe ?

— Hmmm. »

Ignazio lève la tête. Un frisson d'inquiétude lui traverse le dos. « Et ta maman, elle a demandé à qui de lui lire cette lettre ?

— À une des femmes de chambre du palais des Fitalia, celle qui est au courant de tout ce qui arrive à sa maîtresse et qui le raconte à maman et à tante Mariuccia. »

Ignazio soupire. « Le pire choix possible. » Il retient à la fois son souffle et ses pensées. Plus de deux ans se sont écoulés depuis la fausse couche de Giuseppina. Pendant tout ce temps, la distance n'a fait qu'augmenter entre elle et Paolo. Ils vivent ensemble, mais leurs existences s'effleurent sans s'unir, sans rien partager. Ils sont comme des étrangers dans une même maison.

Peu à peu, Giuseppina s'est résignée. Elle s'est prise d'affection pour Mariuccia, la sage-femme, qui est devenue presque une amie. Ensuite, il y a eu deux autres jeunes filles d'origine calabraise, et en particulier cette Rosa, la domestique à laquelle Vincenzo vient de faire allusion. Une vraie commère, selon Ignazio ; quant à Paolo, il ne peut pas la supporter.

« Et après, qu'est-ce qui s'est passé ? »

Le petit garçon lâche sa réglisse et prend un air sérieux, réprobateur. « Maman s'est mise à pleurer. Et puis elle m'a tiré par la main jusqu'ici pour parler avec papa. »

Ignazio s'immobilise. Sa plume reste en l'air quelques instants, avant d'être redéposée dans l'encrier.

Giuseppina n'est pas du genre à pleurer sans raison.

Ignazio tend l'oreille. Il entend les salutations que Paolo adresse à son client et, aussitôt après, la voix de sa belle-sœur. Il fait signe à son neveu de ne plus parler et s'approche de la porte.

Paolo interroge sa femme : « Alors ? Qu'est-ce qu'il y a ? »

Giuseppina lui tend une enveloppe. « Une lettre de Mattia. Elle est désespérée, elle nous demande d'aider son mari ; il est en ville, seul et malade, il n'a personne pour le soigner. Et nous sommes là, à Palerme… »

Un lourd silence s'abat sur l'herboristerie.

La main de Giuseppina reste tendue un long moment dans le vide, avant que Paolo ne prenne la lettre.

Il la déchire en mille morceaux.

Plus affligée que surprise, Giuseppina balbutie : « Mais… tu ne l'as même pas lue. Une lettre de ta sœur ! »

Paolo lui tourne le dos. « De mon *ex*-sœur, depuis qu'elle a décidé d'épouser une crapule. »

Giuseppina écarte les bras. « Parce que tu crois qu'on lui a laissé le choix ? Elle avait quatorze ans et ton père l'a mariée pour se débarrasser d'elle. Aucune femme n'est libre de dire non, ni le jour de ses noces, ni avant, ni après. J'ai pu me révolter, moi, quand tu m'as traînée ici ? »

Paolo ne s'attendait pas à ce reproche. « Encore cette histoire ? Tu es aveugle au point de ne pas voir combien notre vie s'est améliorée ? Tu aurais voulu quoi ? Rester à Bagnara pour cultiver la terre ? Alors qu'ici... Tu n'as pas compris que je gagne beaucoup d'argent ? D'après toi, je les ai payés comment, tes vêtements neufs et la commode que je t'ai fait fabriquer ?

— Ah oui ? En attendant, nous habitons toujours dans un taudis... une étable...

— Nous déménagerons bientôt.

— Quand ? Pour le moment, j'ai l'impression d'être une domestique dans ma propre maison.

— Surveille un peu ton langage, sinon je te jure devant Dieu que tu vas recevoir une sacrée raclée. »

Giuseppina appuie ses poings serrés sur ses hanches. « Mattia n'y est pour rien, si tu t'es fâché avec Barbaro. Et que tu le veuilles ou non, c'est toujours ton beau-frère. Vous avez travaillé ensemble, vous avez partagé vos efforts et votre pain... Enfin quoi ! Tu ne crois pas que vous pourriez au moins essayer de vous réconcilier ? Ta sœur... »

Paolo fait taire sa femme d'un regard glacial. Son attitude, ses gestes, son visage : tout en lui révèle une inflexibilité nourrie de rancœur. Même Ignazio perçoit sa colère. « Tant pis pour lui. Quand on trahit ma confiance une fois, c'est déjà trop. Tu sais ce qu'il attend de moi ? De l'argent. *Mon* argent, celui que je rapporte à la maison après des journées où je me tue au travail, pendant qu'il joue les patrons. Sur ces pièces, il y a les traces de la sueur de mon front, de mon sang et de celui de mon frère. Tu l'as peut-être oublié, toi, ce que Barbaro m'a fait ? » À chaque phrase, sa voix enfle et se remplit de fiel. « Il a semé la zizanie entre nous et nos fournisseurs, il a dit aux autres commerçants que nous devions lui rendre des comptes. Que *je* devais lui rendre des comptes. *Moi*, moi qui ai fait de cet endroit ce qu'il est devenu. »

Giuseppina a peur. Elle recule vers les étagères. « Mais tout de même, ta sœur...

— Tu ne manques pas de culot, de me demander de lire la lettre d'une femme qui a trahi son propre sang. Pour moi, ils sont morts, tous autant qu'ils sont. »

Giuseppina est coincée entre les rayonnages et son mari, qui reprend :

« Attends un peu... mais bien sûr... ta grand-mère était une Barbaro... et ils viennent te demander de l'aide. Je t'avais pourtant défendu de rester en rapport avec eux.

— Maintenant ça suffit, Paolo. »

Ignazio sort de l'arrière-boutique et pose une main sur l'épaule de son frère. Il sait comment le calmer.

Lui non plus ne pardonnera jamais à Barbaro. Mais ce n'est pas tant à cause des affronts qu'il leur a infligés, ou des insinuations qui ont failli ruiner leurs affaires ; il lui en veut surtout de la rupture qu'il a provoquée entre Mattia, Paolo et lui.

Giuseppina pose alternativement des regards décontenancés sur son mari et sur Ignazio. Puis elle se précipite auprès de Vincenzo pour le prendre dans ses bras. La dernière chose que les deux frères voient d'elle, c'est le pan de son manteau derrière lequel la porte claque.

« Pourquoi t'en es-tu pris à ta femme avec une telle violence ? Elles s'aiment beaucoup, elle et Mattia.

— Elles s'aiment beaucoup ! » Le rire de Paolo a quelque chose d'amer. « Seulement, ce qu'on dit et ce qu'on fait à son mari, elle s'en fiche. » Il se passe une main dans les cheveux pour essayer de dissimuler son amertume.

Ignazio voudrait le serrer contre lui. L'apaiser. Mais il sait que cela ne servirait à rien : Paolo s'accroche de tout son être à sa rancœur.

Alors, Ignazio se penche pour ramasser les morceaux de la lettre de Mattia. Il aperçoit son propre prénom sur l'un d'eux, et celui de Paolo sur un autre. Sa famille est aussi déchirée que ce bout de papier, et il n'a pas pu l'empêcher.

*

Giuseppina rentre chez elle en pressant très fort la main de son fils. Il l'observe en silence, son bâton de réglisse à nouveau entre les dents.

Lorsqu'il franchit la porte, Vittoria se précipite à sa rencontre, l'attrape, le chatouille et lui couvre le cou de baisers.

Giuseppina, quant à elle, se laisse tomber sur une chaise. « Rien à faire. » Elle mime le geste de Paolo. « Il l'a déchirée sous mes yeux. Il ne veut même plus entendre parler de ta tante. » Elle met les mains devant sa bouche pour se retenir : une bonne épouse ne doit pas dire du mal de son mari, surtout devant d'autres membres de la famille. Pourtant, Dieu lui en est témoin, elle se mettrait volontiers à brailler comme une folle.

Le visage de Vittoria se rembrunit. Elle dépose Vincenzo par terre, qui s'enfuit vers sa chambre. « Tantine, vous n'y pouvez rien. » Elle écarte une mèche de cheveux qui retombe devant le visage fatigué de Giuseppina. « Il est comme il est, l'oncle Paolo. Et puis, l'offense de l'oncle Barbaro était trop grave, il fallait bien réagir. »

Giuseppina ne réplique rien. Vittoria sait-elle seulement ce que cela signifie, de ne plus avoir personne à qui se confier ? Sait-elle comment Mattia l'a accueillie et aidée ?

*

Le carrosse qui stationne devant l'entrepôt des Florio, via dei Materassai, bloque la circulation et gêne le passage des piétons. Les premières hirondelles volent dans le ciel et on sent dans l'air un parfum frais où l'odeur de foin se mêle à celle, encore timide, de quelques fleurs.

À l'intérieur, Michele sert un artisan venu se réapprovisionner en laque et en minium. Ignazio, de son côté, est aux petits soins pour une cliente.

Une aristocrate.

Une belle femme enveloppée dans un manteau ourlé de renard, pour échapper au froid de ce mois de mars. Sur sa peau, une couche de poudre savamment appliquée cache les traces du passage des années. Tout en esquissant un sourire, Ignazio continue de broyer un mélange d'absinthe, d'anis étoilé et de dictame.

On ne le voit plus beaucoup au comptoir, dorénavant. Depuis la brouille entre Barbaro et les Florio, en 1803, leurs affaires ont le vent en poupe. Ils ont noué des contacts avec des marchands napolitains et anglais, et sont même devenus leurs meilleurs fournisseurs. Ces clients sont fiables et ils ont tout intérêt à maintenir de bons rapports avec les Siciliens, compte tenu de la domination écrasante des Français sur tout le reste de l'Italie. Palerme reste un des rares ports soustraits à l'influence de Napoléon, une place commerciale précieuse pour les États de la coalition antifrançaise.

Ignazio se consacre pour l'essentiel à l'administration et à la tenue des comptes. Mais il n'hésite pas à sortir de son bureau lorsqu'il faut s'occuper de clients d'exception.

« Venir dans votre magasin a toujours quelque chose de si… *exotique*. On y sent les parfums de terres lointaines. À propos, où est don Paolo ?

— Mon frère ne devrait pas tarder. Dès qu'il a vu le carrosse de Votre Seigneurie, il s'est dit que vous pourriez être intéressée par quelques-uns des produits dont il vous avait parlé lors de votre dernière visite. »

Le regard de la dame devient attentif. « Vous voulez parler du collier d'ambre, n'est-ce pas ? »

Ignazio acquiesce, sans pour autant s'arrêter de piler des herbes dans son mortier. « De l'ambre de la Baltique, d'une extrême pureté. Il provient des steppes de l'Asie et il est déjà sous forme de perles. »

Les gonds de la porte grincent.

« Madame. » Paolo Florio salue l'aristocrate en s'inclinant, avant de déposer sur le comptoir un écrin en bois et ivoire. « Je vous prie de bien vouloir excuser mon retard, je travaillais pour vous. »

L'aristocrate tend le cou d'un air impatient. « Eh bien ?

— L'écrin est à lui seul un joyau, et pourtant ce n'est encore rien, comparé à son contenu. » Une lueur dorée se répand sur le comptoir. « Regardez. Une véritable splendeur, n'est-ce pas ? Il s'agit exactement de ce dont vous aviez besoin. Saviez-vous que l'ambre soulage les douleurs d'estomac et aide le corps à conserver toute son énergie ?

— Vraiment ? » La dame touche les perles, retire la main et s'écrie, étonnée : « Elles sont chaudes !

— Pour une raison très simple : ce n'est pas de la pierre, mais de la résine. On dit même que sa lumière renferme l'étincelle de la vie. Si vous me permettez… » Paolo se penche en avant et lui tend le collier. « Je vous en prie, essayez-le. »

Le bijou brille de tous ses feux. La dame l'effleure, l'admire. Son émerveillement laisse place au désir. Sa décision est prise. « Combien ? »

Paolo fronce les sourcils, fait semblant d'hésiter et murmure enfin un chiffre.

Une grimace se dessine sur la bouche de la dame. « Mais c'est une folie. Mon mari va m'accabler de reproches pendant des jours et des jours. » Ses doigts n'en continuent pas moins de caresser les perles. Elle baisse la voix, et parle maintenant sur un ton amer et dépité. « Alors que lui dilapide ma dot aux tables de jeu, moi je ne peux pas me permettre le moindre caprice.

— Oh, madame. Il ne s'agit en l'occurrence pas du tout d'un caprice. Vous achetez un remède précieux pour votre santé, au même titre que le fortifiant que mon frère est en train de préparer pour vous. Et d'ailleurs, à ce sujet, comment vont vos maux d'estomac ?

— Beaucoup mieux. Vous aviez raison, ce n'était rien de grave.

— Vous m'en voyez très heureux. Je vous avais donné un vieux remède, que je réserve à quelques clients privilégiés. Si j'avais eu l'impression que vous souffriez d'une maladie compliquée, j'aurais été le premier à vous adresser à don Trombetta, porte Carini. C'est un excellent pharmacien, et aussi un de nos clients. » *Un de ceux qui ont lâché Canzoneri pour se fournir chez nous.* Mais il garde cette pensée pour lui.

De toute façon, la dame ne l'écoute plus : la lumière ambrée brille dans ses yeux. Elle pousse un soupir théâtral. « Bien. Je vous laisse un acompte et un engagement écrit de vous payer le solde. Mon mari passera le déposer. »

Ignazio dissimule sa déception derrière un léger toussotement.

Encore et toujours des engagements écrits, des ventes à tempérament. Il ne reste plus à certains Siciliens, en guise de richesses, que des noms et des titres qui ne valent même pas les pierres sur lesquelles sont sculptées leurs armoiries.

Paolo, pourtant, n'hésite pas une seule seconde. « Et je me ferai un plaisir de le recevoir. »

Il passe ensuite dans l'arrière-boutique pour y

prendre du papier et un encrier. Ignazio verse, dans un récipient contenant de l'alcool, les herbes qu'il vient de piler, remue le tout avec une tige en verre et appelle la servante de sa cliente.

« Écoute-moi bien. Ce fortifiant doit être conservé dans l'obscurité. Ensuite, tu en serviras un petit verre à ta maîtresse tous les soirs, après l'avoir filtré. Tu as compris ? »

La servante marmonne un terme dialectal d'assentiment qui trahit ses origines paysannes. Ignazio scelle le bouchon, recouvre le récipient d'une étoffe sombre et le remet à la domestique au moment où sa maîtresse signe l'engagement de paiement.

Paolo la raccompagne jusqu'à la sortie. Son carrosse libère enfin la via dei Materassai de son encombrante présence.

« C'est agréable, d'avoir des clients qui ne marchandent pas sur les prix », dit Paolo en passant une main sur son beau gilet. Ignazio en porte un très ressemblant, par-dessus une chemise blanche retroussée jusqu'aux coudes.

« Espérons simplement que le *cavaliere* Albertini ne fera pas trop d'histoires. Chaque fois que sa femme vient nous acheter quelque chose, il se plaint qu'elle finira par le mettre sur la paille. » Ignazio lit l'engagement de paiement signé par la noble dame. « Il serait tout à fait en droit de prétendre qu'il ne l'a jamais autorisée à faire cette dépense. Tu en es conscient, au moins ?

— Il ne le fera pas. Il a des notaires et des juges dans sa famille, et il possède un entrepôt à Bagherìa. Il finira par payer, ne serait-ce que pour ne pas perdre la face. » Paolo observe son frère. « Tu devrais baisser tes manches. Nous ne sommes pas des hommes de peine. »

Pourtant, tout le monde les considère encore comme tels. Aucun des deux frères ne l'admet ouvertement, mais c'est peut-être précisément à cause de cela qu'ils se montrent si attentifs à la bonne tenue de leur magasin et à leur habillement.

Ignazio sait comment on les appelle, et il en souffre. Certains souvenirs équivalent à des blessures à vif sur lesquelles on jette du sel.

Il se souvient de la scène, deux semaines plus tôt.

C'était à l'Office des écritures de la douane, le bureau d'enregistrement des épices et des opérations comptables liées aux importations et aux exportations de marchandises. Une grande pièce rectangulaire qui donne sur la cour carrée du rez-de-chaussée.

Ignazio était là pour les formalités de dédouanement de produits qui venaient d'être déchargés au port, et le paiement des taxes au notaire. En attendant d'être reçu, il avait engagé la conversation avec un jeune Anglais nommé Ben Ingham, arrivé depuis peu à Palerme.

« Je trouve que c'est une ville très animée mais aussi… comment dire… *really chaotic…* »

Ignazio avait eu un léger sourire. « La vie n'y est pas facile, je dois le reconnaître. C'est une ville ingrate, pire qu'une femme. Elle commence par vous flatter, mais après… » Il avait fait un geste avec son index et son pouce. « Beaucoup de promesses pour presque rien.

— Oh, je m'en suis rendu compte. J'ai bien compris qu'il faut se montrer prudent et… *as you say…*

— Surveiller son manteau ? »

L'Anglais avait froncé les sourcils en essayant de déchiffrer cette expression. Il en devinait le sens, il avait même tenté de la répéter, mais l'inutilité de ses efforts lui avait au bout du compte arraché un éclat de rire rauque.

Tout à coup, la voix de Carmelo Saguto avait envahi la pièce. Ignazio l'avait vu passer devant tout le monde et se présenter directement devant le notaire, qui l'avait accueilli avec force révérences.

On avait entendu quelques vagues bougonnements, mais pas de véritables protestations. Saguto était le gendre de Canzoneri, et personne n'osait s'opposer à lui.

Peu après, le tour d'Ignazio était arrivé.

Puis, lorsque Saguto était sorti du bureau du notaire, il l'avait pris pour cible. « Tiens, don Florio ! Enfin, le plus petit des deux. » Il avait accompagné ces mots d'un geste ironique, et cherché du regard la complicité des employés. « Comment vont vos affaires, Excellence ?

— Plutôt bien, je vous remercie.

— Vous en avez de la chance, vous autres. » Saguto s'était approché d'une table et avait lorgné un papier. « Eh bien, ça en fait de l'argent ! »

Un employé avait confirmé : « C'est qu'ils se donnent du mal, les Florio. Vous devriez dire à votre beau-père de se tenir sur ses gardes. »

Un autre l'avait contredit : « Sauf votre respect, ils en ont encore, du chemin à faire, avant d'arriver là où en sont les Canzoneri.» Puis il avait ajouté, à l'intention de Carmelo : «Une famille honorable. Je m'en souviens encore, du père de votre beau-père. Un grand travailleur...»

Ils parlaient comme si Ignazio n'avait pas été là. Comme si sa personne, son labeur, son argent et son existence elle-même n'avaient pas eu la moindre valeur.

Il avait presque arraché le reçu des mains de l'employé. «Si vous avez terminé...»

Mais Saguto n'avait pas l'intention de le laisser partir. Bien au contraire. Il avait haussé le ton, tout en lui bloquant le passage. «Et dites-moi, comment se porte votre beau-frère ? Je veux parler du *gars de Bagnara* qui a un entrepôt via dei Lattanzi et qui a été obligé de brader toutes ses marchandises. Vous êtes devenu muet ?» Il avait eu un rire grinçant, qui rappelait le frottement d'une lime sur du fer. «Même les animaux ne se comportent pas comme ça avec les membres de leur famille.»

Ignazio avait dû appeler à l'aide tous les saints du paradis pour ne pas perdre son calme. «Nous allons tous bien, merci. Mais je vous serais reconnaissant de ne pas vous mêler de mes affaires, puisque de mon côté je ne vous fais pas de remarques sur votre attitude envers vos parents.»

Autour des deux hommes, le ton des conversations avait baissé. Saguto avait fait quelques pas, puis il était revenu en arrière. «Vous ne voudriez tout de même pas m'apprendre comment on se comporte, dans une vraie famille ? Vous, le pauvre petit chien perdu sans collier. *On ne regarde pas à la dépense, quand les liens du sang sont en jeu*. Vous avez une idée de la somme qu'ils représentent, ces papiers ? » Il lui avait secoué sous le nez toute une liasse de reçus.

« Tout compte fait, je n'ai pas l'impression que vous soyez tellement plus riches que nous. Et puis, avec mon frère, nous ne sommes que deux. Et vous, combien êtes-vous ? Quatre, cinq ? Vous devez le partager entre combien de personnes, votre argent ? De toute façon, vous n'êtes jamais que le secrétaire de don Canzoneri, vous n'êtes pas pharmacien, comme ses fils. Vous n'êtes qu'un employé. »

Carmelo Saguto était devenu livide, puis écarlate. « Si moi je suis un employé, alors vous deux, vous n'êtes que des hommes de peine. Je me souviens encore du jour où j'ai vu ton frère balayer par terre, dans votre magasin. »

Un silence glacial s'était tout à coup établi.

Dans le dos d'Ignazio, quelqu'un avait murmuré : « Tous des hommes de peine, ces *gars de Bagnara*, c'est bien vrai. » Quelqu'un d'autre avait ajouté : « Le Seigneur est le seul à savoir comment ils ont gagné tout cet argent. »

À la porte, marchands, marins et commis ressemblaient à des chiens qui attendent en bavant qu'on leur jette un os. Ils piaffaient d'impatience à l'idée d'en apprendre davantage sur cette scène qu'ils avaient observée de loin et d'aller en colporter le récit aux quatre coins du quartier de Castellammare, sans manquer d'accentuer sa violence et de l'enrichir de nouveaux détails.

Une main s'était posée sur le bras d'Ignazio. « Si vous avez fini, c'est mon tour, maintenant. » Il s'était retourné et avait reconnu Ben Ingham, le jeune Anglais.

À la sortie, Ignazio lui avait dit : « Je vous dois un fier service.

— Je ne doute pas que vous me le rendrez un jour. Et je suis sûr que vous en auriez fait autant pour moi. Ce n'est jamais bon, de se donner en spectacle, surtout devant un tel public. »

À y repenser, Ignazio frémit encore de colère : la scène s'est gravée dans sa mémoire, pas moyen de l'effacer. Et il reste reconnaissant à Ingham d'avoir prononcé cette phrase qui l'a empêché de casser la figure à Saguto devant tout le monde. Il retire son tablier, passe sa veste et son manteau. « Je n'aime pas travailler avec mes manches de chemise baissées, les poignets se couvrent de poussière et de taches. En tout cas, quand cette dame est entrée dans le magasin, elle voulait déjà le collier d'ambre. Le fortifiant n'était qu'un prétexte. »

Paolo rit. « Je le lui avais décrit d'une manière tellement alléchante qu'elle a dû en avoir l'eau à la bouche. »

Dans l'arrière-boutique, on entend le bruit des pilons dans les mortiers en pierre, dont le rythme irrégulier scande les journées des Florio. En plus de Michele, ils ont maintenant deux apprentis chargés de la préparation des poudres. Par ailleurs, Ignazio a désormais pour adjoint Maurizio Reggio, un comptable qui l'aide, entre autres, pour ses factures.

Ignazio se dirige vers la porte, puis revient sur ses pas. « Et dis-moi, il n'y avait pas que le collier d'ambre, dans le coffret ? »

Paolo caresse l'écrin demeuré sur le comptoir, avant de l'ouvrir. « Tu as raison. » Il en sort une paire de boucles d'oreilles en corail et en perles. « J'ai demandé au capitaine Pantero de me chercher un cadeau pour Giuseppina à Naples, c'est bientôt le jour de sa fête. Il m'a trouvé ça. J'espère qu'elles lui plairont. »

Ces derniers temps, Giuseppina semble avoir perdu un peu de sa dureté. C'est peut-être le signe qu'elle a conclu, de guerre lasse, une sorte de paix avec Paolo ; elle ne l'aime pas, mais elle a fini par éprouver de l'affection pour lui, à force de vivre à ses côtés.

Ignazio profite de l'arrivée d'un valet de chambre en livrée pour s'esquiver et aller rejoindre leur comptable.

Les Florio viennent de louer un nouvel entrepôt dans des locaux situés derrière les bureaux de la douane, toujours à l'intérieur du gigantesque palais Steri. Ces pièces fraîches, bien surveillées, sont disposées le long d'un couloir qui aboutit à une cour de service, derrière l'Office des écritures ; ils y emmagasinent des épices en transit vers d'autres ports, ou en attente d'être cédées à d'autres marchands. Les taxes ne sont exigibles qu'au moment où les produits sont effectivement sur place, pas avant. Cette pratique est courante chez les grossistes et très avantageuse : mieux vaut verser le loyer d'un entrepôt que payer des taxes supplémentaires. On trouve là des épices importées des Indes par les Anglais et celles des colonies françaises, d'abord écoulées à Livourne, ensuite acquises par des marins italiens et enfin revendues à Palerme. Les Florio disposent de marchandises d'excellente qualité en provenance de tout le bassin méditerranéen. Ils ne peuvent certes pas prétendre être aussi riches que les Canzoneri, mais leurs activités se sont beaucoup développées.

L'entrepôt de la via dei Materassai est devenu trop petit.

Quand Ignazio arrive à l'Office des écritures, il constate avec plaisir que Maurizio a expédié la quasi-totalité des affaires à régler.

« Je me suis occupé du dédouanement des colis reçus et de la préparation de l'expédition de quinquina à Messine et Patti. Les sacs partiront d'ici à demain soir. » Il montre les documents et désigne une charrette placée sous la garde d'un des aides de l'herboristerie.

« Alors file au magasin pour enregistrer les cessions et dis à mon frère que je ne vais pas tarder. »

Resté seul, Ignazio s'autorise le luxe d'une promenade jusqu'à la Cala. La ligne d'horizon est bleue et nette. La lumière a gagné en pureté et le vent n'est plus aussi mordant qu'au cours des semaines précédentes. Il flotte dans l'air un parfum de printemps.

Ignazio se décide en un éclair.

Il se retrouve vicolo della Neve. Un souffle frais chasse les relents de promiscuité qui règnent dans la ruelle. Il passe devant la boutique où l'on vend de la neige des Madonies ; quelque part au-dessus de lui, le son d'un violon et la voix d'un professeur qui reprend son élève. Dans ces rues, dans ces entrepôts, dans ces magasins, les langues et les accents se mêlent : du génois, du toscan, un peu d'anglais et de napolitain…

Le long de la via Alloro, Ignazio ne s'attarde pas à observer les riches palais de la noblesse palermitaine.

Il rejoint ensuite la strada dei Zagarellai, qui grouille de femmes chargées de hottes ou traînant derrière elles des enfants braillards. Elles s'arrêtent devant les magasins, réfléchissent, font des achats. Ignazio s'approche d'un étalage aménagé sous une arche en pierre. Des rubans de toutes sortes y sont exposés : en soie, en dentelle, en velours.

Son regard se pose sur un ruban doré. Il l'imagine sur le corset en bure verte que Paolo a acheté à Giuseppina, il y a quelque temps.

La vendeuse le tire d'embarras : « C'est celui-là que vous voulez, monsieur ?

— Oui. » Il s'éclaircit la voix. « Je souhaiterais en faire cadeau à quelqu'un. Il en faut combien, pour un corset ? »

Autour de lui, les gens échangent des coups d'œil perplexes. « Ça dépend. Vous voulez l'offrir à votre femme ? » La vendeuse indique l'alliance qu'Ignazio porte au doigt. Il fait signe que non de la main, qu'il n'est pas marié.

« C'est pour ma sœur. » Sans qu'il sache pourquoi, ce mensonge improvisé le fait rougir de honte comme un enfant.

La vendeuse l'observe d'un air sceptique. « Vous en voulez combien ? »

Ignazio panique.

« Selon vous, j'ai besoin de quelle quantité ?

— Encore une fois, tout dépend de la taille de votre sœur. »

Il aimerait bien pouvoir répondre, mais il n'en a pas la moindre idée. Qu'est-ce qui lui a pris, d'aller se fourrer dans une situation pareille ?

« Elle est forte de poitrine ? Elle aime les choses simples ou elle préfère qu'il y ait beaucoup d'ornements ? »

Une autre femme, jusque-là occupée à examiner les dentelles, s'immisce dans la conversation : « Vous voulez le mettre en volants ou sur les coutures ? »

Puis un véritable chœur féminin le harcèle de questions pour savoir comment elle est faite, sa sœur.

Dieu du ciel, il n'en sait rien. Il se hasarde à dire : « Elle ressemble à mademoiselle. » Il désigne une jeune fille qui essaie un cordonnet ; elle éclate de rire.

« Cristina, apportes-en deux pièces. Comme ça, la sœur de monsieur pourra les coudre elle-même. » Ces mots ont été prononcés par une vieille femme assise dans un coin, dont le visage ressemble à de l'écorce. C'est sans doute elle, la patronne. « Et apporte-nous aussi des broches. »

Peu après, Cristina les montre à Ignazio. La vieille a raison, certaines sont très belles. Il en choisit une en forme de sirène.

Sur le chemin du retour, il cache son paquet sous son manteau. La via dei Materassai n'est plus très loin. Il a suivi un parcours tortueux et se trouve maintenant vicolo dei Chiavetteri, envahi par une odeur de limaille de fer et par le sifflement des tours à métaux.

Il se dit : *C'est pour sa fête. Giuseppina a fait d'immenses efforts pour nous, elle mérite bien ça, et même plus. Nous l'avons obligée à venir avec nous jusqu'ici, et puis elle a toujours été très respectueuse envers moi, et…*

Soudain, le paquet lui paraît très encombrant.

Il ne peut pas lui faire un cadeau de ce genre. Il

n'est pas vraiment son frère… Ou peut-être que si, après tout ? D'ailleurs, quelle importance ? Ils sont parents et se connaissent depuis toujours.

Ils appartiennent à la même famille, non ?

*

Le jour de sa fête, Giuseppina reçoit le cadeau de Paolo avec un sourire de stupeur qui se transforme en remerciement. Elle prend les boucles d'oreilles, les tient bien haut pour empêcher Vincenzo de les lui arracher des mains et les essaie.

Son mari continue de sourire pendant qu'elle se regarde dans un miroir, incrédule et heureuse.

Ignazio garde derrière son dos le paquet qui contient les rubans et la broche. Lui aussi se contente de sourire et il se sent stupide : ce n'est ni le bon endroit ni le bon moment.

Il s'éloigne, rejoint sa chambre et dissimule le paquet dans un coffre, au pied de son lit.

C'est là que Giuseppina le trouvera, après sa mort.

*

Vincenzo court à toute allure dans les ruelles, sans se préoccuper des taches de boue qui maculent son pantalon. Arrivé via della Tavola Tonda, il tambourine à une porte. « Ohé, Peppino, descends ! Le brigantin vient d'arriver, allons-y, vite ! »

Un gamin apparaît sur le seuil de la porte. Il semble âgé d'environ six ans, à peu près comme Vincenzo. Il a l'œil vif, les cheveux ébouriffés et les pieds sales.

Les deux amis rient et courent, l'un pieds nus, l'autre chaussé de souliers en cuir. Leurs yeux expriment tout le plaisir qu'ils éprouvent à être ensemble.

« Ton père t'a dit qu'il venait d'où déjà, ce bateau ?

— De Marseille. Les Français donnent des épices à des marins napolitains, qui les revendent à mon père. Et lui les propose à ses clients de l'herboristerie. »

Ils franchissent la porte de la douane accrochés à une charrette. Quand le conducteur s'en aperçoit, il les menace en agitant sa canne, mais ils s'enfuient à toutes jambes et se moquent de lui.

Ils arrivent au môle trempés de sueur, le visage rouge. Les cheveux de Vincenzo brillent au soleil de septembre. Il voit son oncle examiner la cargaison sur le pont, au fur et à mesure qu'on la remonte de la cale. Derrière lui, des papiers à la main, Reggio compte à haute voix.

D'autres commerçants attendent leur tour, mais ce sont les Florio qui ont obtenu la plus grosse partie du chargement. Vincenzo le sait parce qu'il a entendu son père le dire avec orgueil, la veille au soir. Et il sait aussi que si la vente est menée à bonne fin, ils pourront déménager. Ça, c'est sa mère qui l'a dit.

Peppino grimpe, suivi de Vincenzo, au sommet d'un tas de cordages. « Dis donc, il porte des bottes, ton oncle, comme les aristos !

— Oui, il y tient. D'après lui, les gens comprennent qui tu es à la façon dont tu leur parles, mais si tu es mal habillé, ils ne t'écoutent pas. » Vincenzo met ses mains devant ses yeux pour les protéger de la lumière. Le parfum des épices parvient jusqu'à ses narines et recouvre l'odeur du sel marin. Il reconnaît les clous de girofle, la cannelle et, par bouffées, la vanille.

Ignazio l'aperçoit au moment où il se retourne pour parler à Reggio et il reconnaît aussi son copain, Giuseppe Pastore, le fils d'un marin de Bagnara qui a épousé une Palermitaine.

Si Paolo savait que son fils fréquente un tel garnement, il piquerait une colère noire, et il n'aurait peut-être pas tort : Francesco Pastore, le père de Peppino, vit d'expédients, et c'est sa femme qui subvient aux besoins du ménage grâce à son travail de fille de cuisine. Ignazio ne voit cependant pas les choses de la même façon. Selon lui, Vincenzo doit s'habituer à entretenir des relations avec toutes sortes de gens, et apprendre à rester digne quel que soit son interlocuteur. Et puis – que diable ! – eux aussi ont joué pieds nus dans les rues de Bagnara.

Reggio l'interrompt dans ses pensées : « Nous avons fini, don Ignazio. Je fais tout déposer à la douane ?

— Oui, sauf un ballot d'indigo et un de safran. Ceux-là, tu les feras porter à l'entrepôt de la via dei Materassai. »

Ignazio entend alors, en provenance du môle, une sorte de murmure qu'il interprète comme un soulagement général de le voir partir.

Enfin quoi, on ne va tout de même pas lui reprocher de s'être adjugé la plus grande partie de la cargaison. Ils n'avaient qu'à proposer une meilleure offre. Mais à en juger aux regards féroces rivés sur lui, quand il met pied à terre, il y a là autre chose que de l'envie. Il y a de la malveillance.

« Ça y est, vous avez fini ? »

La question lui a été posée par Mimmo Russello, un commerçant de la via dei Lattarini, un de ceux qui, jadis, plaçaient sur le marché des épices de qualité douteuse et vivotaient à l'ombre de Canzoneri ou de Gulì. « Navré de vous avoir fait attendre. Allez-y, je vous en prie », lui répond Ignazio en esquissant une révérence.

Son geste est accueilli par quelques rires et des toussotements discrets.

« Autrefois, ici, Canzoneri était seul à dicter la loi. Depuis que vous vous êtes installés, on ne peut plus travailler. Vous avez conclu un accord avec lui ou quoi ? marmonne Russello.

— Nous, un accord avec Canzoneri ? » L'étonnement d'Ignazio est sincère. « On ne s'assiérait même pas à côté de lui à l'église !

— C'est ça, moquez-vous ! En attendant, les gens sont au chômage et meurent de faim. Dès que vous arrivez à la douane, vous ou Saguto, tout s'arrête. C'est vous qui décidez des prix et qui prenez les meilleures denrées. Et maintenant, même au port, vous jouez les patrons. »

Ignazio ne rit plus. « Je fais mon travail, ni plus ni moins. Et ce n'est pas ma faute si les clients ne vont pas chez vous, mastro Russello. » Il a bien insisté sur ce *mastro*, pour que les personnes présentes mesurent l'abîme qui le sépare de *don* Florio. « Si nos prix sont élevés, c'est parce que nous avons les meilleurs produits de Palerme, et les gens le savent. Vous voulez plus d'épices ? D'autres marchandises ? Rendez-nous visite et nous en discuterons.

— Ben voyons ! Entre vous et Canzoneri, j'y laisserai ma peau.

— Alors ne venez pas vous plaindre. » La froideur a remplacé le sarcasme. « Personne ne vous vole quoi que ce soit. Encore une fois, je ne fais que mon travail. » Il a dit cette dernière phrase dans un palermitain impeccable, presque sans accent calabrais.

Russello plisse les yeux et dit : « Certes » d'une voix sifflante. Puis il observe la tenue vestimentaire d'Ignazio, de la tête aux pieds, et désigne ses bottes du menton. « Elles ne vous font pas trop mal ? Non, je dis ça parce que, quand on a été habitué à marcher pieds nus, après, on ne supporte pas les chaussures fermées. »

Autour d'Ignazio, le silence et les regards fixes trahissent à la fois l'étonnement et l'embarras. Seuls les marins, peu soucieux de ce qui se passe, continuent à s'interpeller à grands cris.

Russello est déjà arrivé au milieu de la passerelle quand la réponse d'Ignazio frappe ses oreilles. « Non, je n'ai pas de douleurs aux pieds. Je peux m'offrir des bottes en cuir souple, moi. Mais vous, bientôt, c'est votre bourse qui vous fera mal, elle sera si peu remplie que vous en pleurerez. »

Ces mots ont été prononcés sur le ton d'une pure et simple constatation. Pourtant, les commerçants s'écartent, en proie à un certain trouble. Ignazio Florio, le doux Ignazio, n'avait jusqu'ici jamais proféré de menaces.

Il s'éloigne sans regarder personne en face, envahi par une colère cuisante, corrosive, injuste. À Palerme, il ne suffit pas de se tuer au travail. Il faut sans cesse hausser le ton, imposer un pouvoir réel ou présumé, se battre contre ceux qui parlent trop ou mal à propos. C'est l'apparence qui compte. Le mensonge accepté. Le décor en carton-pâte de la comédie que tout le monde joue. La vraie richesse, personne ne vous la pardonne.

Les yeux d'Ignazio rencontrent ceux de Vincenzo, encore juché sur son tas de cordages. Le visage du gamin s'assombrit, prend un air inquiet. Ignazio l'attrape par le bras avant qu'il ait le temps de parler. « Qui t'a dit de venir ici ? Et avec l'autre voyou, par-dessus le marché. Qu'est-ce qu'on va penser de nous ? » Sa rancœur a besoin de s'exprimer, d'une manière ou d'une autre. « Si ton père savait que tu traînes dans les rues comme ça, tu n'aurais pas fini de recevoir des coups de bâton. »

Le petit garçon balbutie des excuses. Il se demande ce qu'il a bien pu faire de si répréhensible.

Derrière lui, Peppino descend à son tour du tas de cordages et s'éloigne de quelques pas.

Tandis qu'Ignazio le tire par le bras, Vincenzo se retourne plusieurs fois vers Peppino. Son regard va de son oncle à son ami et de son ami à son oncle.

Il ne comprend pas.

*

Une toux sèche, persistante.

Paolo erre chez lui, une main devant la bouche pour ne pas réveiller Ignazio, Vincenzo, Vittoria ou Giuseppina.

Enveloppé dans une couverture qu'il a jetée sur

ses épaules, il frissonne et transpire à la fois. Arrivé dans la salle à manger, il s'appuie sur le buffet pour reprendre son souffle. Deux tapisseries ornent les murs.

Il s'approche de la fenêtre, à la recherche d'un peu de fraîcheur, mais s'immobilise aussitôt : l'air est trop froid.

Le pavé de la place, blanchi par le clair de lune, est luisant d'humidité. Les paniers vides du marchand de fruits gisent au bas de la porte, devant l'ancienne habitation des Florio.

Leur nouvelle demeure est belle. Elle occupe un premier étage, elle a de vraies fenêtres et de vraies portes, le foyer de la cuisine fonctionne bien.

Après une nouvelle quinte de toux, Paolo se masse la poitrine. Chaque accès lui donne la sensation que son thorax se déchire. Il a dû attraper un mauvais rhume qui ne veut pas s'en aller. D'ailleurs, comment le pourrait-il ? Qu'il pleuve, qu'il neige ou qu'il vente, Paolo est sans cesse sur la brèche…

Il entend des pas derrière lui et se retourne.

Un visage qui apparaît dans l'ombre. Une chemise de nuit qui descend à peine jusqu'à des pieds nus reposant sur le sol en brique.

Son fils le regarde.

Quand il sera devenu adulte, la première image que Vincenzo gardera de son père, ce sera celle-là. Ni sa voix, ni ses gestes, ni une émotion. Sa mémoire impitoyable lui restituera la vision d'un homme voûté qui l'observe d'un œil fiévreux et porte sur lui les symptômes de la maladie.

Il se remémorera l'angoisse ressentie cette nuit-là

lorsqu'il a eu l'intuition confuse que sa vie allait changer.

Il retrouvera dans sa gorge sa voix fluette d'enfant et, dans son nez, cette odeur de maladie qu'il a déjà appris à détester.

« Qu'est-ce que vous avez, papa ? »

Vincenzo a grandi. Il a sept ans et des yeux qui ne laissent rien transparaître. Mais Paolo perçoit, dans la façon dont il a prononcé sa question, une crainte impossible à nommer.

« Juste un peu de toux, Vincenzo. Retourne te coucher. »

Son fils secoue la tête en signe de refus, attrape une chaise dans un coin et s'assied à côté de lui. Ils s'appuient l'un sur l'autre, respirent au même rythme, posent leurs regards sur les mêmes pierres.

Vincenzo prend la main de son père. « Je pourrai venir à l'herboristerie, demain ?

— Et ton précepteur ? Qu'est-ce qu'on va lui dire quand il se présentera ici ? »

Le petit garçon insiste : « Après la leçon ?

— Non. »

Depuis que son père a décidé qu'il devait suivre des études, c'en est fini pour Vincenzo des jours de liberté passés entre la Cala et les ruelles du port en compagnie de Peppino et des autres enfants originaires de Bagnara. Il n'y a toutefois pas renoncé tout à fait et ne perd pas une occasion de se précipiter à la Cala ou chez ses copains, de jouer avec eux à la toupie sur les grandes dalles lisses qui forment le pavé de la piazza Sant'Oliva. C'est là que sa mère l'attrape par l'oreille avant de le ramener de force à la maison, où Antonino

Gagliano, un jeune homme destiné à la prêtrise, lui donne des cours.

Lire, écrire, compter. À vrai dire, Vincenzo aime apprendre ; mais il préfère rester derrière le comptoir, écouter son oncle discuter avec des fournisseurs et des capitaines de navire, découvrir des noms de lieux, reconnaître les silhouettes des bateaux qui arrivent au port et les odeurs d'épices : le quinquina, les clous de girofle, l'arnica et même la férule persique. Son père semble lire dans ses pensées. « Il faut être patient. Patient et persévérant. Si tu n'acquiers pas les connaissances nécessaires, tu ne pourras jamais faire mon métier.

— Vous n'avez pourtant pas fait d'études, vous.

— C'est vrai. » Paolo soupire. « Et c'est bien pour ça que j'ai dû autant trimer et qu'on a réussi à me rouler, parfois. Avec toi, ça devrait être plus difficile, si tu retiens bien tes leçons. Plus tu en sauras, moins on pourra te manquer de respect. »

Vincenzo n'est pas convaincu. « Il faut voir les choses, papa, pas seulement les étudier.

— Quand tu seras plus grand… » Paolo essaie de prendre son fils dans ses bras, mais il est trop faible et un vertige l'oblige à s'appuyer sur sa chaise. « Allez, retournons nous coucher. Je suis fatigué. »

Vincenzo serre son père très fort contre sa poitrine, cache son visage entre son épaule et son cou et inhale son odeur, un mélange d'herbes médicinales et de sueur. Le nez plongé dans ces senteurs, il y perçoit aussi quelque chose de nouveau, de désagréable et d'acide, qui détonne avec le reste.

Toute sa vie, il se souviendra de cette étreinte.

*

L'an 1806 touche à sa fin; la toux de Paolo, en revanche, ne cesse pas. Elle est devenue caverneuse et chronique. Malgré l'insistance d'Ignazio, son frère refuse d'aller chez le médecin. Il est tout le temps exténué et ne passe plus que quelques heures par jour au magasin.

Maurizio Reggio tient les comptes et Ignazio s'occupe du reste. C'est lui que les clients trouvent derrière le comptoir, c'est à lui que les détaillants s'adressent pour leurs commandes. Toutes ces années de labeur ont durci ses traits délicats. Il se présente maintenant sous l'aspect d'un jeune homme à la voix posée, peu enclin à s'émouvoir, et dont le visage ne trahit rien des soucis que lui causent la conduite des affaires et la maladie de poitrine de Paolo.

Il est pourtant très inquiet.

Il en prend pleinement conscience au moment où Orsola, la femme de ménage que Paolo a engagée pour alléger les tâches domestiques de Giuseppina, arrive au magasin. « Don Ignazio, venez, vite ! » Elle a le souffle court et frotte ses mains sur sa robe. « Votre frère a eu un malaise. »

L'hiver s'installe, il ne reste que quelques jours avant Noël et il fait froid, mais Ignazio ne prend même pas le temps d'enfiler son manteau. Il court, monte l'escalier à toute allure et s'arrête sur le seuil de la chambre de son frère; dans un coin, recroquevillée sur une chaise, les mains sur la bouche, Vittoria se balance d'avant en arrière et murmure, encore et encore: « Mon Dieu, mon Dieu. »

Giuseppina, debout, tient une cuvette remplie de mouchoirs sales. Elle a le visage de quelqu'un qui a compris, mais qui refuse de l'admettre.

Ignazio entre tout doucement et lui retire la cuvette des mains. Les doigts de Giuseppina tremblent ; l'espace d'un instant, son beau-frère pose les siens par-dessus. « Va à la cuisine et dis à Orsola d'appeler tout de suite Caruso, le chirurgien. Ensuite, lavez-vous, toi et le petit, et toi aussi, Vittoria. Et faites une lessive de tout le linge dans de l'eau bouillante. »

Giuseppina et Vittoria sortent de la pièce, et c'est seulement alors qu'Ignazio trouve le courage de se tourner vers son frère.

Paolo est calé sur ses oreillers. Ses lèvres et ses moustaches sont tachées de sang. Il esquisse un sourire qui se transforme en grimace. « Et voilà. Je le savais bien, que ce n'était pas un simple coup de froid. »

Ignazio hésite un instant avant de s'asseoir sur le lit. Il prend son frère dans ses bras et le serre très fort contre lui, peu importe le risque de contagion. « Ne t'inquiète pas, je vais m'occuper de tout. » Puis il appuie son front sur celui de Paolo, comme celui-ci l'avait fait avec lui plusieurs années auparavant. « Je ne te laisserai pas tout seul. » Il lui serre la nuque. « Je vais te faire préparer tout de suite de la teinture d'échinacée. Et je te trouverai une maison en dehors de la ville, du côté de La Noce ou de San Lorenzo. Tu y seras bien au chaud et tu respireras du bon air. Tu vas guérir, je te le jure. »

*

À la cuisine, Vittoria et la domestique préparent des chaudrons d'eau pour y plonger draps et vêtements. La gamine a un teint terreux et ses lèvres serrées évoquent l'image d'une blessure.

Giuseppina ne parvient pas à faire cesser le tremblement de ses mains. Enveloppé dans des serviettes, Vincenzo est assis sur la table. Un baquet fume à ses pieds. Il voit que sa mère est bouleversée, mais il ne sait pas trop pourquoi.

Ignazio se montre à la porte. Il a l'air d'avoir vieilli d'un seul coup. « Il va falloir que nous passions tous une visite de contrôle. » Sa voix s'est durcie, elle a perdu toute sa chaleur.

Giuseppina voudrait parler, mais elle a l'impression qu'une pierre lui obstrue la gorge. Derrière elle, son fils devine qu'il se passe quelque chose de grave. Il le perçoit à la manière des enfants, sous la forme d'une illumination qui se fait certitude.

« Papa est malade ? »

Giuseppina et Ignazio se retournent en même temps.

Vincenzo comprend.

Sa mère s'avance vers lui, mais Ignazio la retient. Il s'adresse à son neveu comme à un homme : « Oui, Vincenzo. »

Le regard sombre de l'enfant s'éteint. Il glisse en bas de la table, traverse la pièce et se précipite dans sa chambre. Son précepteur lui a laissé des devoirs à faire, notés sur une ardoise.

Vincenzo s'assied sur son lit et se met à écrire.

*

Cette nuit-là, personne ne dort.

Paolo est une âme en peine qui ne cesse pas un instant de tousser. Vincenzo ne parvient pas à imaginer ce qui va arriver à son père, et il étouffe ses sanglots dans son oreiller. Vittoria voit s'approcher le spectre d'une nouvelle solitude.

Giuseppina, le dos tourné à son mari, fixe l'obscurité et garde sa peur en elle.

Ignazio arpente la maison pieds nus, la chemise hors de son pantalon et son gilet déboutonné. Il accueille avec plaisir la sensation de froid que lui apporte le plancher.

La maladie de Paolo change tout.

Ignazio sait déjà que la nouvelle va circuler dans Palerme et que certains – à commencer par Canzoneri – vont essayer de profiter de la situation.

Le poids des affaires reposera entièrement sur ses épaules. Il aura besoin d'un nouvel apprenti. Il devra s'assurer que Vincenzo poursuit ses études sans se laisser distraire. Et il devra prendre soin de Giuseppina.

Cette seule idée lui donne des frissons.

Impossible d'imaginer ce que lui réservent les prochains mois. Impossible de déterminer où en est la maladie, et quelles en seront les conséquences.

Il repense à un matin d'automne où son frère, encore adolescent, l'avait traîné chez Mattia et Paolo Barbaro, pour lui permettre d'échapper à la mauvaise humeur de leur belle-mère et à l'indifférence de leur père. Il lui avait sauvé la vie, Ignazio le comprend maintenant.

Mattia.

Elle a déménagé à Marsala, avec sa famille. De

temps à autre, Ignazio lui a envoyé de l'argent, pour payer les études de Raffaele ou simplement pour l'aider à subvenir à ses besoins : depuis sa maladie, Paolo Barbaro n'est plus en état de travailler, et il a trouvé là-bas une maison pas trop chère, où il habite avec sa femme et ses enfants.

Mais peut-être aussi qu'Ignazio a versé cet argent pour se donner bonne conscience, comme il l'admet maintenant à sa grande honte.

Il doit prévenir sa sœur. Paolo ne le sait pas, mais Giuseppina a désobéi à son ordre de rompre toute relation avec elle. Leurs échanges épistolaires ont repris, d'abord timidement, puis à un rythme régulier. Giuseppina a dicté des lettres à Ignazio, qui n'a pas refusé de les écrire.

Il s'agrippe de toutes ses forces à ce morceau de famille, à ce morceau de vie. C'est un secret qu'il partage avec sa belle-sœur, un de ces non-dits qui les unissent depuis toujours.

*

L'occasion de se mettre en contact avec Mattia se produit quelques jours plus tard. Paolo s'est installé à la campagne et Giuseppina l'a accompagné, le temps de lui trouver une servante disposée à prendre soin de lui nuit et jour. Ignazio et Vincenzo, en revanche, sont restés en ville.

En ce début d'après-midi, les apprentis sont partis déjeuner chez eux.

« Il y a quelqu'un ? »

Vincenzo, jusque-là occupé à calculer des divisions au comptoir du magasin, lève les yeux. « Tonton, quelqu'un vous demande. »

Ignazio apparaît à la porte de l'arrière-boutique. Le visiteur est un de leurs expéditionnaires, il navigue à bord d'une felouque et il est venu chercher une cargaison d'anis. « Mastro Salvatore, soyez le bienvenu. Entrez, je vous en prie.

— Dieu vous bénisse, don Florio. Vous avez une mine splendide. Et votre frère, comment va-t-il ? Au port, on m'a dit que sa santé n'est pas très bonne… » Prononcés à voix basse et sur un ton respectueux, ces mots sont suivis de coups d'œil obliques en direction de Vincenzo.

« Merci pour votre bénédiction, nous en avons grand besoin… Quant à mon frère… il ne se porte pas trop mal. Il a des douleurs à la poitrine, mais il n'est certes pas moribond. Il se soigne en dehors de la ville et il s'en remet à la volonté divine.

— Ah… On m'avait donné des nouvelles beaucoup plus inquiétantes. Les gens racontent vraiment n'importe quoi.

— Il faut croire qu'ils n'ont rien de mieux à faire… Mais venez. » D'un geste courtois, Ignazio entraîne le visiteur vers l'arrière-boutique. L'odeur chaude et salée de cet homme lui évoque des souvenirs d'adolescence.

Qui sait si son frère y pense encore, à la mer et aux journées passées sur le *San Francesco*, entre Naples et Messine ?

Tout en signant les documents d'expédition, Ignazio interroge le marin sur les prochaines étapes de son voyage.

« J'arrive de Messine, et j'avais l'intention de descendre vers Mazara del Vallo et Gela… Pourquoi ? »

Ignazio l'examine de bas en haut, le menton appuyé sur ses mains. « Si je vous demandais de faire halte à Marsala et d'y déposer une lettre, vous me rendriez ce service ?

— Oui, bien sûr. Il s'agit de quelque chose d'important ? »

Ignazio prend une enveloppe dans un tiroir de son bureau. « C'est de la plus haute importance. Il faudra remettre ce pli à Mattia Florio, épouse Barbaro, en mains propres. Regardez, j'ai indiqué sa dernière adresse connue. Même si elle n'y est plus, elle ne devrait pas être bien loin. »

Le marin hoche la tête et fronce les sourcils. Il se souvient d'un racontar, à propos d'un beau-frère des Florio qu'ils auraient exclu de leur société et dont ils auraient provoqué la faillite. Sans le moindre scrupule, comme avec des étrangers.

Salvatore glisse la lettre dans la poche de sa veste, sans poser de questions : il ne veut rien savoir, ce ne sont pas ses affaires.

Ignazio le raccompagne jusqu'à la porte.

« Le Seigneur vous vienne en aide et la Madone soit avec vous, don Florio. Et tous mes respects à votre frère, je prierai saint François de Paule pour obtenir sa guérison.

— Mes meilleurs vœux à vous aussi, mastro Salvatore. »

Il le regarde s'éloigner d'un pas oscillant, comme s'il était encore sur le pont d'un navire. Ignazio regrette presque de lui avoir confié cette lettre.

Seulement, il n'a pas le choix. Le temps presse.

*

Le front appuyé sur une main, Giuseppina a les yeux rivés sur le rectangle de ciel qu'elle aperçoit à travers la fenêtre. Son bleu vif est celui d'un printemps encore hésitant mais déjà, par moments, impérieux et ardent.

La santé de Paolo s'est beaucoup dégradée ; sa toux est parfois si violente qu'elle lui coupe la respiration. Giuseppina a chargé Orsola d'en informer Ignazio, qui dirige désormais l'herboristerie à plein temps.

Une main se pose sur son épaule. Elle la saisit et l'embrasse. Mattia Barbaro s'assied devant elle, dans un froissement d'étoffe.

Les deux femmes se regardent sans parler.

Mattia est arrivée deux jours plus tôt de Marsala, avec son fils Raffaele ; Ignazio a réglé les frais du voyage. La vie est de plus en plus difficile chez les Barbaro, mais pas question de retourner à Bagnara : Paolo Barbaro est trop orgueilleux pour exposer sa triste situation à tous les regards indiscrets ; surtout, il n'est pas disposé à écouter les habitants de son village parler à longueur de journée des succès des Florio.

Pour la première fois après des années de soumission, Mattia a eu une violente dispute avec son mari, qui refusait de la laisser partir sous prétexte qu'ils n'avaient pas d'argent et que Paolo ne méritait pas un tel sacrifice.

Elle a tenu bon : c'est une Florio, elle, et les liens du sang lui imposent de rester près de son frère.

Son visage est un masque de résignation. Elle a les

traits tirés par la fatigue ; le temps et les chagrins ont blanchi ses cheveux et alourdi ses paupières.

À l'autre bout de la pièce, on entend des voix d'enfants : Vincenzo montre ses livres à Raffaele, son cousin plus âgé que lui de quelques années. Vittoria les surveille et tend par moments l'oreille pour écouter la conversation de ses tantes. Elle a été très troublée, elle aussi, à la vue du visage de Mattia froissé par le temps et les souffrances.

Giuseppina observe le petit groupe d'un air découragé. « Il n'a pas compris que son père est en train de mourir. » Elle l'a dit sur un ton angoissé, avec une note de rancœur. « Je le vois parfois, immobile devant la porte de la chambre ; il n'ose pas entrer, même quand Paolo lui fait signe d'approcher. À croire qu'il ne veut plus le voir dans un tel état, et qu'il ne se rend pas compte de la peine qu'il fait à ce pauvre homme.

— Ce n'est encore qu'un enfant : pour le moment, il a peur de ce qui se passe. Mais toi, toi tu ne dois pas désespérer. Dans ce genre de circonstances, il faut lutter de toutes ses forces et demander de l'aide au Seigneur.

— Dieu n'en a rien à faire, de moi. Si nous étions restés à Bagnara, il ne nous serait rien arrivé, j'en suis certaine.

— Non, tu n'as pas le droit de dire ça. Nos maris auraient pu faire naufrage, ou disparaître dans un nouveau tremblement de terre. Qu'est-ce que nous en savons, de ce que la vie nous réserve ? » Mattia les connaît par expérience, les sentiments amers de Giuseppina et le mal qu'ils sont capables de faire. « Il faut arrêter de te torturer l'esprit avec ce qui s'est passé et ce qui aurait pu se passer. Moi non plus, je ne voulais pas déménager à Marsala ; mais j'ai dû me résigner, quand mon mari est tombé malade. D'après lui, je devais oublier ma famille ; aux yeux de mon frère, je n'existais plus. Et pourtant, tu vois ? Nous sommes là, à nouveau réunis. »

Giuseppina essaie en vain d'arranger sa coiffure : une mèche s'obstine à descendre sur son front. Une sensation d'impuissance lui brûle la gorge et elle tient des propos pleins d'aigreur : « Tu as encore un mari, toi, et tu as Ignazio. C'est ton frère. Moi, je n'ai plus personne. Mes parents sont tous morts... » Son châle tombe en un pli disgracieux. « Tu peux me le dire, toi, ce qui me reste ? »

Dans le silence qui suit cette question, Mattia ferme les yeux. Puis elle répond à Giuseppina, avec un sourire triste : « Il te reste ton fils, qui est beau comme une fleur. Et toi aussi, tu as Ignazio. Tu ne t'en es jamais rendu compte ? »

*

Quand Giuseppina avait fait savoir à Ignazio que l'état de santé de Paolo s'était aggravé, il avait appelé Caruso. Le chirurgien lui avait alors promis qu'il irait examiner son frère dès qu'il disposerait d'un véhicule pour le conduire auprès de lui. « C'est peut-être un bouchon de mucus ou une accumulation d'humeurs. Dès que j'aurai ausculté ses poumons, je serai plus précis. »

Ignazio a donc loué une calèche et il est passé chercher Caruso en bas de chez lui. En traversant les oliveraies de La Noce, assis à côté du chirurgien, il se dit que sa visite va faire du bien à son frère ; il lui annoncera l'arrivée de Mattia et saura lui redonner de l'optimisme.

Il doit exister des raisons d'espérer.

*

La nuit est maintenant très avancée.

Les yeux rougis, Ignazio entre d'un pas lourd. Vincenzo et Raffaele dorment déjà, collés l'un à l'autre, épuisés par les émotions de cette longue journée. Vittoria aussi est allée se coucher, après avoir balayé par terre.

Les deux belles-sœurs, quant à elles, attendent à la cuisine.

Lorsque Ignazio se montre à la porte, Giuseppina lit l'abattement sur son visage. Elle s'avance vers lui puis s'immobilise ; elle retient son châle de ses mains crispées. « Alors ? »

Mattia se tient derrière elle. Ignazio secoue la tête. « Rien à faire. Il ne veut pas te voir. »

Elle met les mains devant sa bouche, essaie d'étouffer ses sanglots et oscille sur ses pieds, d'avant en arrière. « Même malade… Même malade, il reste toujours aussi dur. » Giuseppina la prend dans ses bras, mais Mattia la repousse. « Il n'a pas de cœur, pas de conscience. Qu'est-ce qu'il faut que je fasse, pour mériter son pardon ? »

Ignazio la presse contre lui. « Je suis désolé. Il s'est mis à crier et à cracher du sang. J'ai dû lui donner du laudanum pour le calmer. » Il cherche un signe d'encouragement sur le visage de Giuseppina, figée derrière Mattia, les poings toujours serrés et les yeux luisants.

Il ne lui parlera pas de la colère noire de Paolo, des horreurs qu'il a éructées. De la peine qu'il lui a faite, quand il lui a dit qu'à ses yeux Mattia était morte. Et que si elle était venue pour l'argent, elle pouvait repartir crever ailleurs : il s'était déjà occupé du testament et sa carogne de mari n'aurait rien, pas un sou.

À quoi bon raconter tout ça à Giuseppina ? Elle le sait.

Il ne lui parlera pas non plus de l'expression qu'a eue le chirurgien, après avoir ausculté Paolo. Ou du moins, pas tout de suite.

Mattia se dégage de l'étreinte de son frère. « Le jour du Jugement dernier, j'aurai à me justifier de nombreux péchés, mais pas d'une telle rancœur. » Elle se donne un coup de poing sur la poitrine. « C'est mon frère, je l'aime et je prie Dieu de lui pardonner, mais il n'avait pas le droit de me faire ça. Je me suis fâchée avec mon mari pour venir, et lui, il me rejette comme une lépreuse ? »

Elle éclate à nouveau en sanglots. Giuseppina la conduit vers la chambre à coucher et lui murmure : « Calme-toi, mon petit cœur. Allez, viens dormir. »

Elles n'ont pas une goutte de sang en commun, et on dirait deux sœurs, pense Ignazio.

Giuseppina se retourne vers lui. « Je t'ai mis de côté une assiette de macaronis aux brocolis. Ils doivent être encore chauds. Toi aussi, tu devrais manger et te reposer. »

Ignazio acquiesce, mais il n'a pas faim.

Mattia s'arrête à la porte de la pièce. « Toutes les mauvaises actions qu'on commet, on finit par les payer un jour ou l'autre et elles vous retombent dessus, génération après génération. Je ne suis pas la seule à qui il fait du mal, il en fait à toute la famille. Il ne doit jamais l'oublier. »

Giuseppina frémit, et même Ignazio frissonne.

Les mots de Mattia ont retenti comme une malédiction. Il y a des choses sur lesquelles on ne peut pas revenir, une fois qu'elles ont été dites.

Au fil du temps, elles se transmettent de descendants en descendants, jusqu'au moment où elles se réalisent.

*

Giuseppina attend que Mattia se soit endormie avant de retourner à la cuisine laver la vaisselle.

Sa belle-sœur n'a pas cessé de répéter : « Je ne méritais vraiment pas un tel affront. Je l'ai nourri comme une mère, j'ai lavé ses vêtements, je l'ai protégé. Et pour me remercier, il me renie ? » Giuseppina a essuyé ses larmes et senti la colère monter en elle.

Et maintenant ? Qu'est-ce qu'elle espère ? Que son mari, qu'elle n'a jamais aimé, guérisse et rentre à la maison ?

Pour une femme comme elle, un homme, c'est la sécurité, la seule dont elle puisse disposer. C'est l'assurance d'une assiette à table, de seaux de charbon bien remplis.

Giuseppina se blottit dans son châle. Non, ce n'est pas ça qui lui fait réellement peur. Il y a quelque chose d'autre, quelque chose qui ne concerne qu'elle et qui se situe juste à la lisière de ses pensées.

Elle sursaute en apercevant une ombre dans l'obscurité de la cuisine.

C'est Ignazio. Il a la tête posée sur la table et ses épaules sont secouées de tremblements.

Il pleure.

Ses sanglots retenus, étouffés, sont ceux d'un homme qui ne parvient pas à garder en lui une douleur trop forte, mais qui ne veut pas la partager.

Giuseppina recule d'un pas et regagne sa chambre.

*

Cette nuit-là, Ignazio dort peu et mal. Il espérait que pleurer lui apporterait un peu de soulagement, et c'est tout le contraire. Il a peur de ne pas être à la hauteur de la tâche qui l'attend. D'échouer.

Cette pensée qu'il ose à peine formuler dans son esprit, il peut encore moins la confier à qui que ce soit.

Il se lève et s'habille avec soin, les Florio ne doivent pas prêter le flanc à la moindre critique. L'heure est si matinale que l'aube est à peine perceptible. Peu importe. L'herboristerie l'attend.

En entrant dans la cuisine, il a la surprise d'y trouver Giuseppina et lui demande des nouvelles de Mattia.

« Elle dort encore, la pauvre. Cette nuit, elle a fait des cauchemars. »

Ignazio observe sa belle-sœur tandis qu'elle lui sert un bol de lait chaud. « Et toi, tu as dormi ?

— Un peu. »

Elle attrape un balai et se met à nettoyer le sol, pendant que son beau-frère trempe son pain dans son bol.

Tout à coup, elle se fige et lui parle sans le regarder : « Dis-moi la vérité. »

Il comprend aussitôt. D'ailleurs, il l'a toujours comprise. Le lait prend soudain un goût amer. « Son état s'est aggravé, ça ne servirait à rien de te le cacher.

— C'est le chirurgien qui te l'a expliqué ?

— Oui.

— Il est en train de mourir ? »

Ignazio ne répond pas.

Un vide se crée autour de lui : il n'entend plus aucun son, il n'éprouve plus aucune sensation, et Giuseppina semble s'être muée en statue.

Un premier sanglot est suivi d'un deuxième. Le balai tombe brusquement au sol. Puis le désespoir de la jeune femme éclate ; ses larmes coulent, son corps est secoué de tremblements, sa bouche reste grande ouverte.

Ignazio l'a compris depuis longtemps : quand on vit ensemble, des liens finissent toujours par se créer. On n'aime plus une personne, mais l'idée que l'on a conçue d'elle, les impressions qu'elle provoque et même la haine qu'elle suscite. On va jusqu'à s'attacher à ses propres démons. Il implore sa belle-sœur : « Je t'en supplie… Arrête… » Mais il ne peut rien faire d'autre que la serrer contre sa poitrine, ses sanglots sont d'une telle violence qu'on la croirait sur le point de se briser en mille morceaux.

Il étouffe les gémissements de Giuseppina en appuyant sa tête au creux de sa propre épaule, puis il s'aperçoit qu'il pleure lui aussi et ils restent tous deux ainsi, enlacés. Mais lorsque les larmes de Giuseppina cessent de couler, il sent qu'elle se raidit. Elle lève les yeux. Leurs visages s'effleurent.

Le fantôme qu'Ignazio porte en lui se transforme en un corps de chair et d'os qui, à présent, est à lui.

Ni à son frère ni à son neveu. *À lui.*

Il a toujours gardé ses distances vis-à-vis de sa belle-sœur. Son attitude envers elle n'a jamais été moins que respectueuse.

Mais maintenant Paolo est confiné au fond de son lit. Giuseppina aussi paraît troublée. Mais lorsqu'elle fixe Ignazio droit dans les yeux, son désarroi disparaît. Elle pose une main sur sa joue, puis lui caresse les lèvres.

Pendant un court instant, il imagine ce qui aurait pu arriver, s'il avait été à la place de Paolo.

Si Giuseppina avait été sa femme, Vincenzo son fils et cette maison la leur. Il imagine les jours et les nuits qu'ils y auraient passés, les enfants qu'ils auraient pu avoir, à Bagnara ou à Palerme. Une vie en commun discrète, modeste, qui leur aurait apporté le bonheur, ou en tout cas la sérénité.

Les vicissitudes de l'existence en ont décidé autrement.

Giuseppina est la femme de Paolo et lui, Ignazio, un traître. Oui, voilà ce qu'il est : un frère indigne.

Il ferme les yeux et retient en pensée, quelques secondes encore, son rêve d'une vie différente ; il s'y agrippe de toutes ses forces avant de le laisser s'évanouir et de se précipiter hors de la pièce, pour fuir la tentation.

Quelques jours plus tard, Mattia rentre à Marsala

à bord de la felouque de mastro Salvatore. Ignazio lui a donné un peu d'argent, mais elle part le cœur lourd et rien n'a pu soulager sa douleur, ni la longue embrassade avec Giuseppina, ni les tendres adieux de Vittoria, ni le sourire édenté et timide de Vincenzo. Elle sait qu'elle ne reverra jamais son frère Paolo. Elle sait que certaines blessures sont incurables, et qu'il est désormais trop tard.

*

Dans la chambre, l'odeur fétide de la maladie est étouffante, malgré le parfum d'agrumes qui s'insinue du dehors par bouffées. Un citronnier tend ses branches vers la fenêtre, le soleil brille et l'on entend les premiers chants des cigales. Debout sur le seuil, Giuseppina observe la poitrine de Paolo, qui se soulève et s'abaisse péniblement. Elle se mord les lèvres. Les choses s'accélèrent.

Une main se pose sur son bras. « C'est moi. J'ai fait aussi vite que j'ai pu. » Ignazio lui parle à l'oreille. « Tout est en ordre, au magasin. Maurizio va me remplacer jusqu'à ce que… aussi longtemps que nécessaire. » Mais Giuseppina n'a pas écouté, elle a gardé les yeux perdus dans le vide. « J'ai amené Vincenzo. Il est en train de jouer près des arbres, tu devrais aller le rejoindre. »

Elle accueille cette suggestion d'un air soulagé. Elle voudrait pleurer, mais elle n'y parvient pas. Elle souffre à la fois pour ce mari et pour elle-même, car elle sait que son absence va créer un vide qu'elle devra affronter au cours de toutes les années à venir.

Elle a vécu aux côtés de Paolo sans l'aimer, parfois même en le haïssant. Impossible, dorénavant, de lui demander pardon pour tout le mal qu'ils se sont fait l'un l'autre. Il s'approche d'une frontière au-delà de laquelle les mots deviennent impuissants, et ils ne peuvent déjà plus se parler. Le sentiment de culpabilité qui opprime Giuseppina sera son purgatoire sur Terre.

Ignazio entre dans la pièce et congédie la domestique, qui veille dans un coin. En entendant sa voix, Paolo tourne la tête. Il a les yeux luisants de fièvre.

Son frère s'assied sur le lit et ne lui demande même plus comment il va. Il a renoncé à cette formalité hypocrite depuis que le chirurgien est venu le voir à l'herboristerie, quelques jours plus tôt, pour lui dire que la maladie de poitrine de Paolo lui a dévoré les poumons, avant d'ajouter : « Il ne lui reste plus très longtemps à vivre. »

Ignazio l'a remercié, il lui a réglé ses honoraires et s'est remis au travail.

Pour le moment, Paolo fait mentir le pronostic du chirurgien. La robustesse et l'opiniâtreté des Florio l'aident à résister.

Il prend la main de son frère et lui dit : « Aujourd'hui, la servante m'a emmené m'asseoir sous le citronnier. Je me suis mis à tousser et j'ai craché une telle quantité de sang qu'il a fallu changer tous mes vêtements. » Il a du mal à parler. « À ce qu'il paraît, le Seigneur donne et reprend. » Il esquisse un sourire amer. « Moi, Il est en train de tout m'enlever. » Après une longue et douloureuse quinte de toux, sa voix ressemble au raclement d'un objet en fer sur une pierre. « Maître Leone t'a dit que j'ai rédigé mon testament ?

— Oui. » Ignazio a la gorge sèche.

Paolo étouffe. Son frère lui soulève la tête, l'aide à boire un verre d'eau et reprend : « Tant que je resterai en vie, je veillerai sur Vincenzo. Je lui ai déjà trouvé un nouveau précepteur pour lui apprendre le latin et quelques autres matières. Antonino Gagliano sera bientôt ordonné prêtre et… »

Paolo l'interrompt d'un geste. « Très bien, très bien. » Il serre le bras d'Ignazio, qui sent alors à quel point il s'est affaibli. « Maintenant, écoute-moi et parlons de toi. Il va falloir que tu me remplaces.

— Tu sais bien que je l'aime autant que si c'était mon fils. » Il pose sa main sur celle de son frère.

« Non, ce n'est pas assez, je me suis mal expliqué. Je veux que tu l'éduques. Les autres ne s'occuperont que de l'argent, mais toi, tu seras son père. Tu as compris ? Son père. » Il scrute Ignazio comme s'il voulait lire dans son esprit.

Incapable de soutenir ce regard, Ignazio se lève. Dans le jardin, Vincenzo et Giuseppina jouent sous le citronnier. Pour ne pas agiter Paolo, Ignazio pèse bien ses mots, avant de lui annoncer : « J'ai rencontré un de nos cousins Barbaro, au port. Il m'a transmis un message de la part de notre beau-frère. »

Paolo tape du poing sur son lit. « Oh mon Dieu, ce que j'ai pu y penser, à lui et à Mattia. » Il pleure, à présent. « Je le sais très bien, que Dieu me punit de ce que j'ai fait. Quand Barbaro est tombé malade, j'aurais pu l'aider. Ç'aurait été un acte de miséricorde. Quand notre sœur est venue ici, j'aurais pu accepter de la voir, la pauvre, et au lieu de ça… je n'ai rien fait… Pire encore, je l'ai repoussée. » Il s'essuie les yeux. « Tu le lui diras, à Mattia, que je lui ai pardonné, tu le lui diras, hein ? Et tu lui diras aussi qu'il faut me pardonner, à moi. Je suis maudit, maudit ! Personne n'y peut plus rien ! Le diable m'avait pris mon âme. »

Ignazio regarde son frère. Il voudrait trouver des paroles de réconfort, mais sa voix reste bloquée dans sa gorge et son cœur se contracte. Il perçoit de la terreur sur le visage de Paolo. Il doit sentir la mort toute proche, s'il en est arrivé à demander pardon et à se repentir de sa dureté.

Paolo soulève la tête de son oreiller. Ses cheveux trempés de sueur lui collent au front. « Alors ? Qu'est-ce qu'il dit dans son message, Barbaro ? »

Ignazio se force à répondre. Sa voix, jusque-là prisonnière, se libère dans un soupir : « Il dit qu'il prie pour toi et qu'il te souhaite une prompte guérison. » Sans savoir pourquoi, Ignazio trouve cette phrase ridicule. Il se met à rire et, au bout d'un moment, son frère l'imite.

Ils rient ensemble, à l'unisson, comme si l'existence était une immense plaisanterie, comme si la phtisie de Paolo était une blague du bon Dieu, comme s'ils pouvaient revenir en arrière et tout réparer. Et pourtant non, mais c'est ça le plus drôle : tout est vrai, la paix n'est plus possible, tout restera sans solution, interrompu, brisé.

Puis le rire de Paolo se transforme en quinte de toux. Ignazio lui tend aussitôt une cuvette, où il crache des caillots de sang et des glaires.

Paolo est d'une maigreur effroyable. La maladie l'a

consumé, elle ne lui a laissé que la peau et les os, et un esprit indomptable qui ne veut pas céder. Pas encore.

*

Quelques jours plus tard, quand on frappe à la porte de la maison et que Vincenzo va ouvrir, il se retrouve en face d'un homme vêtu d'une soutane noire et d'une étole violette. C'est don Sorce, le prêtre de l'Olivuzza. Son visage est marqué par la chaleur. « Ta mère m'a fait appeler, où est-elle ? »

Sur ces entrefaites, la domestique arrive. « Par ici, je vous en prie. »

Le petit garçon le regarde s'éloigner, puis disparaître. Les effluves de l'été et la chaleur lui parviennent à travers la porte qui donne sur le jardin.

Vincenzo se précipite dehors. Il ne veut ni savoir ni entendre.

*

À l'arrivée d'Ignazio, tout est fini.

Giuseppina, assise au pied du lit, ne parle et ne pleure pas ; elle se mord les poings. Elle semble très distante, et peut-être l'est-elle vraiment.

Les yeux rivés sur le cadavre, un rosaire entre les doigts, elle murmure : « Il faut préparer ses plus beaux vêtements. »

Ignazio hoche la tête, machinalement. « Je vais aller via dei Materassai pour organiser les funérailles et dire à Maurizio Reggio de fermer le magasin pendant deux jours. » Il marque une pause. « Ensuite il faut que j'écrive à Mattia et aux membres de la famille qui sont restés à Bagnara. J'emmène Vincenzo. »

Giuseppina a beau s'éclaircir la gorge, sa voix ne va pas au-delà du chuchotement : « N'oublie pas les messes. Je veux beaucoup de messes, pour la purification de son âme : il a fini par se repentir de tout ce qu'il a fait à sa sœur. Il me l'a dit quand je lui ai changé sa chemise de nuit, après sa confession. Et n'oublie pas non plus les offrandes pour les orphelins, c'est important. Dis à Vittoria de s'en occuper. »

Ignazio acquiesce, tout en retenant son souffle. Puis il respire. Il le peut encore, lui.

Il s'approche du corps de Paolo, qui a conservé un peu de chaleur. La peau du visage est diaphane. Les mains, autrefois fortes et calleuses, sont osseuses. Les cheveux et la barbe ont blanchi.

Ignazio tend une main, caresse la tête de son frère, se penche tout à coup pour l'embrasser sur le front et ne bouge plus, les lèvres posées sur sa peau et la gorge nouée.

Toute sa vie, il gardera le souvenir de cet instant. Son baiser est le sceau d'une promesse, d'un serment silencieux que Paolo et lui sont les seuls à pouvoir entendre.

Il se relève et sort de la maison. Vincenzo l'attend sous le citronnier.

« Tu as dit au revoir à ton père ? »

L'enfant ne le regarde pas. Il joue avec un bout de bois qu'il casse en petits morceaux. « Oui.

— Tu veux retourner le voir ?

— Non. »

Vincenzo se saisit de la main qu'Ignazio lui tend.

Puis ils se dirigent tous deux vers la calèche qui les attend au bord du chemin.

*

Un groupe nombreux, composé pour l'essentiel de Calabrais, attend devant le magasin. Sur le seuil, Maurizio Reggio prend Ignazio dans ses bras avant d'écouter ses instructions. Quelques minutes plus tard, les volets en bois sont refermés et bordés de noir.

Ignazio n'échappe pas aux regards. Sur son passage, certains se signent, d'autres essaient de le réconforter. Lui marche tout droit, sans lâcher la main de son neveu. À la maison, Vittoria les accueille avec des larmes silencieuses, attire son cousin à elle, l'embrasse et le serre très fort. « Tu es comme moi, maintenant, tu n'as plus de père. »

Vincenzo reste immobile. Muet.

Giuseppe Barbaro, un parent d'Emiddio, se met à la disposition de la famille pour l'organisation des funérailles et ajoute : « Dieu ait son âme. »

Ignazio lui répond par un « Amen ».

Dans l'appartement, tout se tait. Orsola emmène Vincenzo dans sa chambre pour l'habiller en vêtements de deuil. Dans celle de ses parents, quelqu'un fouille dans un coffre.

Un bruissement d'étoffes s'accompagne de bouts de phrases prononcées par Vittoria, Ignazio et Emiddio.

« Sa maladie de poitrine était trop avancée. »

« Il est mort en paix. »

« On va s'occuper du cercueil, dit soudain Vittoria.

— Il faudra le faire décorer par un peintre. Et la

messe devra être chantée par des religieux. Ce n'est pas… ce n'était pas n'importe qui, mon frère, c'était *don* Paolo Florio. Si notre herboristerie est aussi renommée, ici à Palerme, c'est grâce à son travail. »

Tout à coup, Vincenzo comprend *pour de bon*.

La pression de la main de son père sur son épaule. Son étreinte. Sa barbe qui lui frottait le visage. Son regard sévère. Sa façon de peser du quinquina sur la balance. L'odeur d'épices qui ne le quittait jamais.

D'un pas titubant, Vincenzo rejoint la chambre de ses parents.

Son père ne reviendra plus. Au moment où cette vérité s'impose à lui, il croise le regard d'Ignazio et y retrouve un vide douloureux identique au sien.

Subitement, cette sensation de vide se dilate au point de l'envahir tout entier.

Alors Vincenzo s'enfuit, les yeux remplis de larmes. Ses pieds glissent sur le sol en pierre. Il s'échappe de la maison, convaincu de pouvoir abandonner derrière lui le chagrin qui l'écrase.

*

« Vincenzo ! »

C'est Ignazio qui l'appelle, mais le petit garçon donne l'impression de voler au-dessus des pavés. Via San Sebastiano, son oncle le perd de vue.

Ignazio s'arrête, les mains sur les genoux, et murmure : « Tu ne vas pas t'y mettre, toi aussi… » Après avoir repris son souffle, il se remet à chercher son neveu parmi la foule du port. Il éconduit les gens qui présentent leurs condoléances et se fraie un chemin au milieu des cargaisons prêtes pour l'embarquement.

Il parcourt du regard tout le centre de la Cala, depuis l'église de Piedigrotta jusqu'au Lazzaretto. L'ombre du Castello a Mare s'étend sur le port. Des dizaines de mâts et de voiles brouillent la vue d'Ignazio.

Puis il retrouve enfin Vincenzo, assis, jambes pendantes, à l'extrême bout de la jetée.

Il pleure.

Ignazio s'approche prudemment et l'appelle à nouveau. Le gamin ne se retourne pas, mais il redresse les épaules.

Son oncle voudrait l'accabler de reproches, et il aurait peut-être toutes les raisons de le faire : pourquoi une fuite aussi inconsidérée, après tout ce qui vient de se passer ? Et puis c'est un garçon, et un garçon ne pleure pas. Pourtant, il ne le gronde pas.

Il s'assied à côté de lui. Pendant un long moment, ils gardent tous deux le silence. Ignazio aimerait consoler Vincenzo, lui parler de ce qu'il a éprouvé, quand sa mère est morte dans le tremblement de terre. Il avait plus ou moins le même âge que lui, et il se souvient bien de cette sensation d'abandon, de vide.

De désolation.

Et son père, en revanche ?

Pas moyen de se le représenter : son père, mastro Vincenzo Florio, forgeron à Bagnara, est à peine plus qu'un vague souvenir, Ignazio l'a trop peu connu. Avec Paolo, au contraire, ils étaient restés ensemble depuis qu'ils avaient commencé, longtemps auparavant, à travailler en mer.

À l'heure qu'il est, Ignazio a une peur bleue de ce qui l'attend. Seulement, il ne peut se confier à personne, et surtout pas à un enfant.

Vincenzo est le premier à parler : « Comment est-ce que je vais faire, sans lui ?

— Il faut se soumettre à la volonté de Dieu. » Ignazio cherche, dans ses propres mots, une explication qui puisse valoir aussi pour lui-même. « Le jour où nous venons au monde, notre destin est déjà écrit. Et personne n'y peut plus rien. »

Le silence n'est rompu que par le clapotis de la mer sur le môle.

« Si c'est ça, la volonté de Dieu, eh bien moi, je la refuse. » Le petit garçon retient ses larmes.

« Vincenzo, mais qu'est-ce que tu racontes ? »

Un tel blasphème est trop fort, trop violent, dans la bouche d'un enfant de huit ans. « Si je dois mourir comme ça, alors je ne veux pas avoir d'enfants. Maman n'arrête pas de pleurer, et vous aussi, vous souffrez, je le vois bien. » Sur ces mots prononcés d'un ton féroce, il lève la tête. « Maintenant, je vais devoir vivre sans lui, et je ne sais pas comment faire. »

Ignazio fixe l'eau noire. Au-dessus de lui, des mouettes voltigent dans le ciel de l'après-midi. « Moi non plus, je ne sais pas comment faire. J'ai l'impression que la terre se dérobe sous mes pieds. Il a toujours été là, et maintenant… » Il prend une respiration profonde. « Maintenant, je suis seul.

— *Nous* sommes seuls », murmure Vincenzo en appuyant son épaule contre celle de son oncle.

Tout a changé, se dit Ignazio.

Il ne peut plus se concéder le luxe d'être un fils et

un frère. C'est lui le chef, à présent. C'est à lui de se charger de tout le travail. C'est sur lui que reposent toutes les responsabilités.

Il n'a aucune autre certitude.

DE LA SOIE

été 1810-janvier 1820

'U putiàru soccu ave abbànìa.
« Le marchand vante toujours sa marchandise. »

PROVERBE SICILIEN

Joseph Bonaparte étant devenu roi d'Espagne, Napoléon le remplace, à la tête du royaume de Naples, par son beau-frère Joachim Murat, qui monte sur le trône le 1er août 1808.

En 1812, une révolte éclate en Sicile pour protester contre une taxe sur les importations imposée par Ferdinand IV. Le parlement local promulgue une Constitution – inspirée du modèle anglais – qui destitue de facto le souverain bourbon, prévoit l'abolition du système féodal et remanie l'appareil étatique. L'objectif poursuivi consiste à réformer la société sicilienne, mais aussi à resserrer les liens avec les Anglais, qui ont tout intérêt à garantir l'indépendance de l'île.

La même année, Napoléon s'engage dans la désastreuse campagne de Russie. Après la défaite de Leipzig (19 octobre 1813), Murat s'allie avec l'Autriche dans l'espoir de conserver son royaume. Réconcilié avec Napoléon en 1815, il est cependant battu par les Autrichiens à Tolentino (2 mai 1815). La signature du traité de Casalanza (20 mai 1815) entraîne le retour à Naples de Ferdinand IV, qui installe son fils François à Palerme en qualité de lieutenant du royaume.

Le 8 décembre 1816, Ferdinand procède à un coup de force, réunit sous une seule couronne les royaumes de Naples et de Sicile et prend le titre de Ferdinand Ier, roi des Deux-Siciles. La Constitution de 1812 est abolie. L'île est désormais traitée à la manière d'une colonie et soumise à un régime fiscal d'une extrême dureté.

Le marché de la soie n'appartient pas à Palerme. Il appartient à Messine.

Ou plutôt, il lui appartenait.

De son détroit jusqu'à la plaine de Catane, des familles de paysans élevaient des vers à l'ombre de mûriers séculaires, dont les feuilles servaient à les nourrir. C'étaient surtout des femmes qui, moyennant salaire, se chargeaient de ce travail ingrat effectué dans des lieux pestilentiels. Elles étaient plus libres et plus indépendantes que les paysannes au sens strict ou les domestiques des familles nobiliaires. Et elles pouvaient garder leurs revenus pour elles.

Cet argent précieux, gagné à la sueur de leur front, elles le dépensaient pour se constituer un trousseau de mariée ou acheter des meubles destinés à leur future maison.

Mais un jour, on découvre qu'en Extrême-Orient la soie est produite en quantités supérieures et à bien moindre coût. Les Anglais se sont mis à exploiter les matières premières venues de leurs colonies et à les tisser dans leur pays, ou encore à importer des soieries ornées de dessins exotiques. Finies, les rayures et les couleurs tristes imprimées en Europe. Après les longues années de guerres napoléoniennes, le public a envie de fantaisie et de vitalité.

Les exportations depuis la Sicile vers le reste de l'Italie commencent à diminuer, puis elles cessent presque entièrement.

La mode des chinoiseries s'étend au mobilier, aux porcelaines, aux sculptures en ivoire.

Et aussi, bien entendu, aux étoffes.

Même les Bourbons s'y montrent sensibles : le roi Ferdinand décide par exemple que son pavillon de chasse – dont il a aussi fait sa *garçonnière* * – devra désormais porter le nom de « Pavillon chinois ».

Tous les gens riches ont au moins une pièce tapissée de soie chez eux.

Et tous les gens riches portent des vêtements de soie.

*

La porte s'ouvre. Les vitres ne tintent plus et les gonds, bien huilés, ne produisent plus aucun grincement.

Une main caresse le comptoir en marbre et en acajou, lisse comme du velours. Des yeux s'attardent sur les carreaux de majolique au sol, puis sur les tiroirs en noyer où sont gravés des noms d'épices. Une odeur de bois frais et de vernis flotte dans l'air.

Ignazio se tient au centre de la pièce. Il est seul et ne voudrait surtout pas être accompagné.

---

* En français dans le texte.

Il rêve de ce moment depuis deux ans, depuis que l'ancien patron, Vincenzo Romano, a accepté de lui céder son magasin. La douleur causée par la mort de Paolo était encore, à l'époque, une blessure qui avait du mal à cicatriser.

Et c'était déjà l'été.

*

« En voilà une drôle d'idée ! » Après avoir écouté Ignazio lui exposer son offre, Vincenzo Romano, le propriétaire de l'immeuble de la via dei Materassai, avait ouvert des yeux ronds.

Assis à son bureau, Ignazio l'avait examiné de bas en haut.

Car désormais, c'était lui qui convoquait les gens, et il n'avait même pas invité son interlocuteur à s'asseoir. Il l'avait forcé à rester debout, comme un solliciteur quelconque, pour le troubler. Le mettre mal à l'aise. Et il l'avait fait attendre longtemps, pendant que lui-même signait une quantité considérable de papiers : les affaires des Florio prospéraient.

Alors seulement, il avait avancé sa proposition.

« Vous êtes devenu fou ? » Romano s'était agrippé au bord du bureau. « Je ne vendrai jamais, même sur mon lit de mort ! »

Ignazio connaissait la cupidité de Romano, il avait prévu de se retrouver face à un mur qu'il était cependant prêt à abattre. Il avait mené son offensive sans agressivité, mais avec fermeté. Et il avait recouru, comme toujours, à ses deux armes de prédilection : la patience et l'amabilité. « Essayez de me comprendre.

Le rez-de-chaussée et l'entresol ont besoin de travaux, de travaux considérables. Vous le savez aussi bien que moi. La maison Florio ne peut plus se permettre de recevoir ses clients dans des locaux où il y a des taches de moisissure sur les murs, sans parler de la porte qui grince.

— Eh bien, vous n'avez qu'à repeindre les murs et mettre un peu d'huile sur les gonds.

— Ce n'est pas tout, hélas. Il y a aussi les fuites d'eau, l'état catastrophique du plancher… Je vous le répète, il faut faire beaucoup de travaux, et vite. Je doute que vous trouviez facilement des locataires aussi compréhensifs que nous, et de toute façon, si nous partions, vous seriez bien forcé de tout réaménager. »

Vincenzo Romano avait d'abord eu l'intention de refuser, mais il avait vite changé d'idée. Il savait qu'Ignazio avait raison.

Voilà. Un léger doute avait suffi à lézarder le mur de la rebuffade. On pouvait s'en rendre compte au regard désorienté et à la bouche entrouverte du propriétaire.

Ignazio avait donc enfoncé le clou : « Si vous voulez bien m'écouter, je souhaiterais vous proposer un compromis qui serait dans notre intérêt à tous les deux.

— À savoir ? »

C'est seulement alors qu'Ignazio lui avait fait signe de s'asseoir.

« Une emphytéose.

— Magnifique ! Comme ça, il ne me resterait plus que le titre de propriétaire, c'est vous qui auriez tous les droits et je ne pourrais plus disposer de mon bien. » Romano avait juré à voix basse.

« Réfléchissez-y. Grâce à cette solution, vous demeureriez, aux yeux de tout le monde, le propriétaire du magasin. Les travaux seraient pris en charge par ma société. Et puisque vous ne voulez pas vendre… » Ignazio avait écarté les bras d'un geste éloquent. « … Libre à vous de ne pas le faire, et libre à nous de déménager. »

Le ton d'Ignazio trahissait une détermination inébranlable. Il avait su dissimuler ses craintes, liées au risque réel qu'il prenait. Un refus de Romano l'aurait en effet obligé à chercher dans un autre quartier de nouveaux locaux pour son herboristerie et ses entrepôts.

À quitter les lieux où tout avait commencé, aux côtés de Paolo.

D'autre part, il ne pouvait pas rester plus longtemps dans un tel magasin. Le contraste était trop criant, par rapport à ce qu'était devenue la maison Florio.

Romano ne s'attendait pas à la proposition d'Ignazio. Il s'était mis à arpenter la pièce avant de demander, d'un air plus étonné que sarcastique : « C'est Canzoneri et Gulì qui vous font envie parce qu'ils sont propriétaires de leurs boutiques ?

— Absolument pas. Mais j'ai besoin de certitudes. Je sue sang et eau pour développer mon commerce, je ne veux dépendre de personne et je ne vais pas me mettre à investir de l'argent dans un magasin que vous pourriez, ensuite, vendre à quelqu'un d'autre. Vous me comprenez ? »

Bien sûr qu'il le comprenait.

Romano avait pris congé sur un vague « Je vais y réfléchir ».

Et il avait réfléchi moins longtemps qu'Ignazio ne l'avait redouté, avant d'accepter sa proposition.

L'emphytéose avait été signée et les travaux avaient commencé : plomberie, menuiserie, carrelages, vitres… Puis, au bout de six mois, Ignazio avait versé les sommes nécessaires pour devenir le propriétaire exclusif de l'herboristerie.

*

Au souvenir de ces six mois, son cœur exulte.

Les étagères sont couvertes de cornets et de pots de pharmacie en bas desquels on a peint le mot *Florio.* Dans les entrepôts de la via dei Materassai, à la boutique du piano San Giacomo et à la douane, des sacs regorgent de morceaux d'écorces importés du Pérou, prêts à être broyés pour se transformer en poudre de quinquina.

L'herboristerie Florio est devenue ce dont Ignazio avait toujours rêvé, un authentique magasin d'épices.

Il a conservé un seul objet de l'ancienne boutique : la balance de précision que son frère avait utilisée dès le premier jour.

Elle lui sert à se rappeler qui il est et d'où il vient.

De l'autre côté de la porte d'entrée, on entend le brouhaha produit par des curieux et des domestiques de la noblesse qui lorgnent à l'intérieur, en attendant la réouverture. À en croire leurs propos, ils ont envie de voir ce qu'est devenue cette échoppe mal en point reprise par le *gars de Bagnara* ; mais leurs visages les trahissent et ils offrent à Ignazio, avec leur mélange d'indiscrétion et de méfiance, un spectacle réjouissant. Ils n'avoueraient pour rien au monde que l'envie et l'étonnement les ont poussés à venir.

Quant à Ignazio, il s'apprête à prendre sa revanche sur tous ceux qui, jusqu'à maintenant, lui ont mis des bâtons dans les roues. Une nouvelle compétition s'engage, non seulement avec Canzoneri et Saguto, mais encore avec tous les herboristes de Palerme, qui d'ores et déjà se plaignent, se posent des questions et commencent à avoir peur.

Car les Florio ne sont plus de simples revendeurs. Dorénavant, ce sont des commerçants à part entière, et ils peuvent revendiquer ce statut la tête haute.

La porte s'ouvre. Quelqu'un entre.

Ignazio se retourne.

C'est Giuseppina.

« Mon Dieu… c'est une vraie splendeur ! » Elle en reste bouche bée. Entre ses sourcils, une ride s'aplanit. La jeune femme lisse sa robe sombre d'une main gantée. « Je n'aurais jamais cru qu'elle pourrait changer autant. »

Giuseppina aussi a changé.

L'aisance financière a apporté dans son sillage des domestiques, des vêtements fabriqués par une couturière et non plus rapiécés à la lueur des chandelles, des souliers et des manteaux neufs. La table est plus riche, pour elle, pour Vincenzo et pour Vittoria, qui habite encore avec eux bien qu'elle exprime de plus en plus souvent le désir de fonder sa propre famille. Les tenues plus élégantes et les mains désormais sans gerçures n'expliquent cependant pas tout.

Une lumière nouvelle luit dans les yeux de Giuseppina. Et elle semble sereine.

Ignazio l'observe pendant qu'elle explore le magasin : elle passe la main sur les tiroirs, en ouvre un, hume des épices.

Puis elle lève la tête et sourit à son beau-frère.

Et lui ne parvient pas à cesser de la regarder.

Elle déclare à mi-voix : « Tu as fait du très beau travail. »

Il voudrait lui effleurer la joue, en sentir la chaleur. Au lieu de cela, il croise les bras sur la poitrine en prenant bien soin de ne pas froisser la veste qu'il a commandée spécialement pour la réouverture. Aussitôt entrés, les visiteurs doivent comprendre qu'ils n'ont plus affaire à un commis en manches de chemise.

Sur ces entrefaites entre Vincenzo. « Maman ! Tonton ! Vous ne m'avez pas attendu ? »

Il est grand pour son âge : onze ans à peine, et il a déjà l'air d'un adolescent.

Ignazio lui passe une main dans les cheveux. « Nous n'avons pas bougé d'ici. Et ce que vous devez voir est à l'arrière. La peinture n'est même pas encore sèche. »

Il précède la mère et son fils le long du couloir qui mène aux bureaux. Des encriers, des rames de papier et des tampons sont posés sur des tables de travail flambant neuves.

Ignazio désigne une longue enseigne en bois peint, aux couleurs vives et fraîches, posée par terre au fond d'une pièce. En bas de la composition, Salvatore Burgarello, un peintre bien connu à Castellammare, a apposé sa signature tracée d'une écriture fine. « Il l'a terminée ce matin et il m'a dit de la laisser sécher à l'ombre, sinon les couleurs risquent de s'abîmer. »

Giuseppina met les mains devant sa bouche, comme pour retenir une exclamation.

Le regard de Vincenzo va et vient entre l'enseigne et son oncle. Puis il désigne l'inscription :

IGNAZIO ET VINCENZO FLORIO. MARCHANDS D'ÉPICES

« Vous avez fait mettre mon nom aussi ! Mais pourquoi ? »

Ignazio lui passe un bras autour des épaules. « Parce que tu es mon neveu et l'héritier de ton père. »

Et aussi parce que, pense-t-il avec une tendresse qui lui réchauffe le cœur, *tu as beau ne pas être mon enfant par la chair, tu es mon fils spirituel.*

Le panneau représente une forêt. En bas, un torrent jaillit des racines d'un arbre, et un lion vient s'y désaltérer.

Cet arbre est un quinquina.

*

« C'est toujours un plaisir de vous servir, donna Margherita. Au revoir. »

La vieille dame trottine vers la sortie, appuyée au bras de Vincenzo, maintenant un grand adolescent au physique anguleux et qui dépasse la cliente d'une bonne tête. Elle hoche la tête et esquisse de la main un geste de bénédiction. « Merci ! Je te connais depuis ton enfance, toi. Quand tu étais tout petit, on voyait déjà que tu étais un gamin comme il faut. Et maintenant que tu es devenu grand, tu es toujours aussi respectueux. C'est très bien, très bien… Le Seigneur t'en récompense ! »

Vincenzo continue à sourire jusqu'au moment où la porte se referme. Dès que la cliente est partie, il met les mains devant son visage. « Oh mon Dieu, j'ai cru qu'elle n'en finirait jamais ! »

Les commis ricanent. Margherita Conticello, qui habite dans le rione dei Tribunali, est une mégère insupportable. Et tous les employés prennent un malin plaisir à laisser Vincenzo, en sa qualité d'apprenti, se débrouiller seul avec elle.

Le son d'une conversation arrive des bureaux.

Puis on voit apparaître Ignazio, accompagné d'un homme au visage cuit par le soleil. Il s'agit de Vincenzo Mazza, le énième habitant de Bagnara installé à Palerme.

« Parfait, alors je vous le ferai savoir. » Après avoir prononcé ces mots avec un très fort accent calabrais, il serre la main d'Ignazio et tape sur l'épaule de Vincenzo. « Eh, Vincenzino, c'est fou ce que tu as grandi. Qu'est-ce qu'on te donne à manger ?

— Du pain, des olives et des oignons.

— Et ta mère te met de l'eau sous les pieds ; comme ça, tous les jours, tu pousses un peu plus. »

Les employés éclatent de rire.

Quand Ignazio, son visiteur parti, revient vers l'arrière-boutique, Vincenzo l'arrête au passage. « Tonton, je peux vous parler ? »

Ignazio, qui a déjà deviné ce que son neveu a l'intention de lui dire, pousse un soupir. « Suis-moi. » Assis à son bureau, il se masse les tempes. Il se tue au travail, mais Vincenzo n'en est pas pleinement conscient : il regarde le monde du haut de ses quinze ans, plein d'égoïsme et convaincu de tout savoir. Son oncle lui indique une chaise. « Je t'écoute. »

Vincenzo s'affale comme un sac vide. « Donna Conticello est encore revenue. » Il pose à nouveau les mains devant son visage. « J'en sais plus que son médecin, à propos de sa goutte. Et elle ne veut avoir affaire qu'à vous ou à moi, les patrons ou rien, personne d'autre n'est assez bien pour elle. »

Ignazio se frotte les lèvres. « Qu'est-ce qu'il y a de mal à ça ? Elle a besoin de parler, cette pauvre femme, et elle te trouve sympathique. Si tu ne la contraries jamais, elle sera toujours contente. Et assieds-toi correctement : le dos droit, le regard franc et les mains sur les genoux. Combien de fois faudra-t-il que je te le répète ? »

Vincenzo se redresse, mais il garde les mains devant son visage. Puis il regarde son oncle à la dérobée, d'un air suppliant. « Je dois vraiment rester tout le temps au comptoir ? Je ne peux pas supporter les gens qui se plaignent, j'ai envie d'aller les noyer à la Cala. Je vous serais plus utile dans les bureaux, avec M. Reggio, vous savez que je suis doué en calcul. S'il vous plaît ! »

D'un regard sévère, Ignazio le cloue sur son siège. « Non. Et je t'ai déjà expliqué pourquoi.

— Parce qu'au comptoir je me familiarise avec les clients et je m'habitue à deviner ce qu'ils veulent. Parce que c'est une bonne discipline et un exercice de résistance à la fatigue. Parce que j'apprends à respecter le travail d'autrui. » Vincenzo énumère les arguments de son oncle en comptant sur ses doigts. « J'ai oublié quelque chose ?

— Oui. » Ignazio désigne la pièce où ils se trouvent. « Tout ce que tu vois autour de nous, ton père et moi, nous l'avons gagné à la sueur de notre front. Nous avons commencé dans des locaux qui ressemblaient à un cagibi. Je veux que tu prennes conscience de la signification de ce lieu, pour la famille Florio. »

Tête basse, la respiration haletante, le jeune homme se tait.

« Maintenant, retourne travailler », lui ordonne Ignazio.

Lorsque son neveu a disparu derrière la porte, ses traits se détendent. Vincenzo ressemble à Paolo, c'est vrai ; on aurait pourtant du mal à imaginer deux êtres plus différents l'un de l'autre. Il a quelque chose de solaire, il aime rire, il aborde la vie sans crainte.

Il est sa fierté, sa joie, et il apprend vite. Mais ce n'est pas assez. Il faut aussi qu'il apprenne à garder les pieds sur terre. Ignazio est encore perdu dans ses pensées quand la porte vitrée s'ouvre à nouveau. « Vous pourriez au moins me dire ce qu'il voulait, M. Mazza. »

Ignazio lève les yeux au ciel. « Tu ne renonces jamais, toi, hein ? » Il lui indique une liasse de papiers. « Tiens, lis. »

Vincenzo ne se le fait pas répéter. Il attrape les papiers et les parcourt des yeux. « Une police d'assurance ?

— Oui. Mazza et moi, nous avons l'intention d'assurer une grosse quantité de sumac. En versant une certaine somme, on se prémunit contre d'éventuels préjudices.

— Comme ça, il ne nous arrivera pas la même histoire qu'avec le bateau du commandant Olsen, quand vous avez dû vous acquitter d'un réméré pour récupérer les ballots d'épices ? »

Ignazio lui montre un passage du document. « Exactement. Tu te souviens sans doute que ça nous a coûté les yeux de la tête.

— Ici à Palerme, personne ne souscrit d'assurance. Pourtant, il semblerait que ce soit plutôt avantageux », conclut Vincenzo en rendant les papiers à son oncle. Bien qu'encore adolescent, il est presque aussi grand que lui.

Ignazio reprend ses explications : « Tout à fait. Avec une assurance, pas de risque de se retrouver sur la paille, même en cas de perte de la cargaison. Mais tout le monde ne le comprend pas. Je me suis laissé convaincre parce que Abraham Gibbs est l'administrateur de la compagnie. Les Anglais savent se faire respecter et, contrairement à nous, ils disposent d'une flotte qui les défend contre les Français. Nous devons sauvegarder nos intérêts, et apprendre à le faire en prenant exemple sur eux. Les entrepôts qu'ils ont loués ici leur permettent d'étendre leur commerce à toute la Méditerranée. Pour eux, Palerme et Malte sont des escales sûres. Et ils savent protéger leurs navires marchands : ils ont mis au point des systèmes d'assurance depuis des décennies. Gibbs a beaucoup d'expérience dans ce domaine, et en plus d'être commerçant, il est aussi consul d'Angleterre, ce qui nous offre des garanties supplémentaires. D'ailleurs, maintenant que j'y pense... » Ignazio cherche un papier et le tend à Vincenzo. « Puisque tu as envie de t'éloigner du comptoir, j'imagine que tu ne verras pas d'inconvénient à me servir de garçon de courses. Cette lettre est pour Ingham, et surtout, veille bien à ce qu'il la lise lui-même.

— Une lettre pour Beniamino ? » Les yeux de Vincenzo s'illuminent. Il a toujours été très intrigué par ce monsieur qui parle avec un fort accent étranger et donne des ordres d'un simple geste de la main. Un monsieur si riche qu'il peut se permettre d'affréter un navire entier pour expédier en Grande-Bretagne les marchandises qu'il achète en Sicile. Il est le plus connu des marchands anglais, plus encore que John Woodhouse, James Hopps et Gibbs lui-même. Ce n'est peut-être pas le plus fortuné – *pour le moment*, pense le jeune homme – mais en tout cas, c'est le plus malin. Le plus déterminé.

« Vincenzo, pour toi, ce sera toujours M. Ingham. Souviens-toi que si tu veux être respecté, il faut commencer par respecter les autres. Le fait qu'il soit notre voisin ne t'autorise pas à te laisser aller à des familiarités déplacées. Et maintenant, ouste ! »

Le garçon disparaît derrière la porte.

Ignazio soupire. Parfois, il a vraiment l'impression d'être son père, et c'est pour cela qu'il le gronde et qu'il l'aime tant.

Seulement...

Il y a chez ce gamin une part d'ombre que son oncle ne perçoit qu'en certaines circonstances, une inquiétude profonde, un esprit de rébellion qui le préoccupe ; n'ayant jamais rien éprouvé de tel, Ignazio ne sait pas vraiment quelles réponses il doit y apporter.

*

Via dei Materassai, le printemps s'épanouit sur les balcons étroits, les fleurs et les pots de plantes aromatiques, le linge étendu à sécher au soleil d'un immeuble à l'autre, l'odeur de savon et de sauce à la tomate fraîche. Des rideaux blancs ondoyants ont pris la place des volets fermés protégeant des tempêtes hivernales.

Habillés à la mode anglaise, avec gilet et veste en drap de laine, des marchands circulent à pied. On entend les cris des vendeurs installés sur le piano San Giacomo et, plus loin, du côté de la via degli Argentieri, les coups de marteau des artisans. Dans un mélange d'arabe et de sicilien, un marin à la peau très sombre discute avec un homme roux dont le teint porte les traces de violents coups de soleil.

Les mains dans les poches et le cœur léger, Vincenzo parcourt les quelques mètres qui séparent le magasin des Florio de la demeure de Benjamin Ingham, le plus riche habitant de la rue, plus riche même que certains nobles palermitains.

Vincenzo arrange le col de sa veste avant de frapper à la porte. Un majordome en livrée l'introduit dans l'antichambre, où Ingham vient ensuite le rejoindre. « Monsieur Florio le jeune ! Soyez le bienvenu ! Venez, nous serons mieux par là.

— Monsieur... » Vincenzo suit son hôte dans son bureau, les yeux rivés sur son dos. Ils ont à peine quinze ans d'écart, mais de douloureuses expériences personnelles et commerciales ont à tel point marqué le jeune Anglais qu'il paraît plus vieux que son âge.

Ben Ingham est vêtu d'un habit à *plastron** d'une élégance sobre. Sur son visage tavelé, des rides trahissent sa ténacité, sa rigueur et sa discipline. Vincenzo perçoit nettement la sensation de pouvoir qui émane de cet homme, une sorte de chaleur qui l'enveloppe, de souffle puissant qui oblige les gens à garder une distance respectueuse, quelque chose de physique et d'impalpable à la fois. À l'inverse d'autres commerçants, il ne hausse jamais la voix et ne se met jamais en colère. Il n'en a pas besoin.

Vincenzo ne sait pas, il ne peut pas savoir quels efforts immenses Ingham a dû fournir pour atteindre la position qu'il occupe. Arrivé à Palerme après le naufrage du navire qui transportait un chargement de drap de laine fabriqué à Leeds par sa famille, mis du jour au lendemain sur la paille, il s'était retrouvé tout seul dans une ville inconnue, sans moyens de subsistance. Lorsque Ignazio l'avait rencontré pour la première fois, à la douane, il cherchait à prendre pied sur le marché sicilien des tissus ; ses connaissances se limitaient en effet au drap de laine, à la soie et au coton, et il ne savait parler de rien d'autre. Depuis, il avait à tel point élargi son champ d'action qu'il vendait aussi du soufre, du sumac et de la peausserie à des marchands anglais.

« Vous avez quelque chose pour moi ? »

Vincenzo lui remet le pli qu'il se met aussitôt à lire.

Pendant ce temps, l'adolescent examine la pièce. Il n'y est jamais venu et il la trouve tout à fait fascinante, si différente de l'herboristerie et de son vacarme. Les bruits y parviennent feutrés et l'air y est imprégné d'un parfum discret, peut-être un mélange de tabac et de feuilles de menthe.

Elle regorge de lumière, de cuir, de boiseries, de livres. Les documents y portent des tampons étrangers.

Un léger bruissement de papiers et une conversation à voix basse sont suivis de l'entrée d'un secrétaire qui montre un document à Ingham et lui demande quelque chose en anglais. Vincenzo, qui connaît à peine quelques mots de cette langue, ne comprend pas de quoi ils parlent. Il dévisage le secrétaire et le regarde disparaître aussi silencieusement qu'il est venu.

Quand Ingham s'en aperçoit, il fronce les sourcils. « Puis-je vous être utile en quoi que ce soit ? »

Surpris et embarrassé, Vincenzo bredouille une tentative de justification : « Non… voilà… je… Je vous prie de bien vouloir m'excuser… mais… votre bureau est si… » Il désigne les murs de la main. « … différent.

— Un morceau d'Angleterre transplanté en Sicile. » Ingham ne cache pas sa satisfaction et invite son visiteur à s'approcher. « L'ordre. C'est le secret de tout. Regardez ces volumes : ils sont classés par années et chacun inclut une section pour le crédit et une autre pour le débit. Je crois d'ailleurs que don Ignazio a adopté la même méthode.

— Oui. » Vincenzo lit les inscriptions tracées sur le dos des livres de comptes, puis une pensée lui échappe des lèvres : « J'aimerais beaucoup visiter votre pays, monsieur. Il ne doit pas ressembler au mien.

— Et qui vous en empêche ? Puisque vous importez des produits de là-bas, vous pourriez demander à votre oncle de partir à bord du navire qui va les chercher. Ce serait une expérience des plus instructives. »

Le jeune homme devient tout à coup circonspect. « C'est vrai, nous importons deux ou trois bricoles d'Angleterre. » Il y a en effet une règle qu'il a bien retenue : ne jamais trop en dire sur les affaires de sa famille.

Ingham se met face à lui. « *Deux ou trois bricoles* ? Sauf erreur de ma part, il s'agirait plutôt de cargaisons assez considérables. Cela fait un bon moment que vos activités commerciales ne se limitent plus aux épices.

— Nous traitons des marchandises en provenance de nombreux ports, c'est exact, et pas seulement de ports méditerranéens.

— Je n'ai aucune peine à l'imaginer. Vous n'êtes pas arrivés là où vous êtes en vendant uniquement de la cannelle et des clous de girofle à des pâtissiers. » Ingham rend sa lettre à Vincenzo après avoir griffonné quelques mots. « À ce propos, dites à votre oncle qu'il n'y a rien à craindre : les personnes dont il me parle sont on ne peut plus solvables. »

La prudence du jeune homme ne résistant pas à sa curiosité, il essaie de lire la réponse à la dérobée. « Ce sont des traites à escompte, n'est-ce pas ? »

Ingham baisse les paupières pour dissimuler ses vraies pensées. « Entre autres. Mais si votre oncle ne vous en a pas parlé, ce n'est certes pas moi qui le ferai. »

Alors, Vincenzo comprend pourquoi Ignazio l'a

envoyé là. Et une esquisse de sourire se dessine sur ses lèvres.

De retour au magasin, il file tout droit au comptoir pour y rejoindre ses collègues, désormais sans protester. Sa tête bouillonne d'idées ; ses yeux ont conservé l'image de la bibliothèque d'Ingham, et ses narines un arôme de tabac ; il sent en lui une envie inconnue de mer et de cieux infinis, qui lui vient de ses racines et du passé de sa famille.

Dans son bureau, Ignazio parcourt la réponse du marchand anglais et sourit, en lisant la dernière phrase :

Vincenzo me semble être un garçon très prometteur. Il finira par vous voler votre place, tôt ou tard.

*

Le soir tombe quand Ignazio et Vincenzo quittent enfin l'herboristerie. Le ciel printanier passe du gris au bleu sombre, et les rares passants encore dans les rues marchent d'un pas lourd après leur journée de travail.

Vincenzo étouffe un bâillement. « Tonton, vous m'autorisez à faire quelques pas avant de rentrer à la maison ? J'ai besoin de m'éclaircir les idées. »

Ignazio lui répond par une bourrade sur l'épaule. « À condition que tu sois de retour quand les cloches de San Domenico sonneront l'angélus. J'imagine d'avance les cris de ta mère si on passe à table en retard, tu sais à quel point elle n'aime pas ça.

— Je sais. Et de toute façon, il faut que je révise mes leçons, j'ai cours avec don Salpietra, demain.

— Alors file. »

D'un air indulgent, Ignazio regarde son neveu s'éloigner. Puis il parcourt les quelques mètres qui séparent l'herboristerie de son habitation et ouvre lentement la porte. Une bonne odeur de pot-au-feu lui chatouille les narines et lui rappelle qu'il n'a pas déjeuné.

Assise dans la cuisine, un rosaire à la main et la tête appuyée sur un poing fermé, Giuseppina s'est assoupie sur une chaise, devant la table déjà dressée. Le sommeil adoucit ses traits.

Ignazio demeure immobile, indécis : ne sachant pas s'il doit la réveiller ou la laisser dormir, il s'accorde la possibilité de continuer à la regarder, à observer les cheveux échappés de sa tresse, qui encadrent un visage où sont apparues les premières rides. Puis elle ouvre les yeux, et son expression sereine laisse place aussitôt à une mine coupable. « Sainte Mère de Dieu, je me suis endormie pendant les prières. »

Ignazio dépose son pardessus sur un dossier de chaise. Giuseppina murmure une oraison et embrasse son rosaire. Lorsqu'elle regarde à nouveau Ignazio, elle reconnaît chez lui cette douceur désarmante qui fait battre son cœur et l'oblige à détourner les yeux.

Il s'approche d'elle et lui dit avec empressement : « Tu es fatiguée ? Olimpia ne t'aide pas assez ? Tu voudrais une domestique supplémentaire ? Tu sais que nous pouvons nous le permettre, maintenant ? »

Elle lui adresse un signe de refus et noue son châle devant sa poitrine. « Non, je n'en ai pas besoin. Je sais bien que ce n'est plus comme avant et que désormais… Et c'est justement pour ça que je repensais au passé, à Paolo. À ce que nous étions, aux épreuves que nous avons traversées. Je me suis mise à prier pour lui. »

Paolo.

Cela fait sept ans qu'il est mort, et Giuseppina continue à prier pour le salut de son âme, à porter des vêtements de deuil. Mais la douleur n'y est pour rien. Il y a en elle une volonté tenace d'expier des fautes que tout le monde ignore, un besoin de se punir du mal qu'ils se sont fait, son mari et elle.

Elle dit soudain, comme pour répondre aux pensées d'Ignazio : « Avec lui… non, je n'étais pas heureuse. Seulement, c'était le mari qui m'avait été donné par ma famille et par la volonté de Dieu, et je l'avais accepté. S'il avait vécu plus longtemps, j'aurais peut-être appris à avoir de l'affection pour lui ; au fond, ce n'était pas quelqu'un de méchant. Il était sérieux et travailleur, il ne pouvait pas se passer de faire son métier. Et s'il nous arrivait de nous disputer, c'est parce que nous étions pareils. »

Frappé par de tels propos, Ignazio rétorque : « Vous vous disputiez parce que vous ne vouliez pas les mêmes choses. Parce que quand tu disais blanc, il disait noir. Parce que tu ne pouvais pas le supporter. Parce qu'il t'obligeait à agir contre ta volonté, et que tu en souffrais. » Ignazio n'a pas pu se retenir. Il aimait son frère plus que lui-même et il en conserve jalousement le souvenir ; en revanche, pas question de tolérer que Giuseppina l'idéalise et s'accuse de fautes qu'elle n'a pas commises.

Elle lève une main, voudrait répondre et finit par acquiescer. « Tu as raison. Mais on n'a pas le droit de dire du mal des morts. »

Une fois de plus, Ignazio sent l'espoir renaître en lui. Mais il sait aussi que c'est une mauvaise herbe et, comme toujours, il l'arrache. Les poings serrés, il observe Giuseppina s'affairer à la cuisine, sans pouvoir étouffer la sensation d'injustice qui lui tord les viscères. Il murmure : « Paolo est mort. Il repose en paix et tu serais bien inspirée, de ton côté, de faire la paix avec toi-même. »

Giuseppina se fige, les mains sur ses casseroles. Elle hausse les épaules et se maudit en silence. « Je n'y arrive pas. Je n'y arrive pas. » Elle met dans ces mots toute la douleur et toute la colère qu'elle porte en elle, ses remords, son sentiment de solitude, son incapacité de pardonner aux autres et de se pardonner à elle-même.

*

Au retour de Vincenzo, chacun d'eux est plongé dans ses propres réflexions, enfermé dans un silence dont il n'est pas en mesure de déchiffrer la signification. En mangeant le pot-au-feu, tous trois n'échangent que quelques phrases sur ce qu'ils ont fait pendant la journée.

Ignazio est le premier à se retirer. Il donne une tape sur l'épaule de son neveu, s'approche ensuite de sa belle-sœur et la frôle. Les bras encombrés de vaisselle, elle s'immobilise sur le seuil de la cuisine.

Quand il lui souhaite une bonne nuit, son souffle

effleure ses cheveux. Elle sent quelque chose remuer dans sa poitrine, elle entend l'écho d'un événement qui n'a jamais eu lieu, d'une vie qu'elle n'a même pas eu le courage de rêver.

Elle tend son visage vers Ignazio, mais il détourne le sien et s'éloigne.

Vincenzo observe la scène sans comprendre. *Ils se sont peut-être disputés. Ou bien maman a mal pris ce que mon oncle lui a dit. Allez savoir...* Aussi loin qu'il se souvienne, il les a toujours vus côte à côte, et il ne s'est jamais posé de questions. Ils ont été – ils sont – sa famille ; ils l'ont élevé chacun à sa façon ; tout cela est dans l'ordre des choses.

Mais ce soir-là, il a pour la première fois l'impression que ce n'est plus le cas. D'une manière encore confuse, et pourtant sans équivoque, il devine que ces deux êtres forment un couple. Qu'ils ont construit autour de lui une famille, peut-être au prix d'un lourd sacrifice. Qu'ils ressentent l'un pour l'autre un attachement qui n'a rien à voir avec le mariage, mais qui n'en est pas pour autant moins fort et moins résistant. Et qu'un fantôme se dresse entre eux : celui de son père, Paolo.

Alors, il comprend que certains sentiments, même s'ils ne portent pas le même nom que l'amour, sont aussi puissants et aussi dignes d'être éprouvés, malgré toutes les souffrances qu'ils infligent.

*

L'église des herboristes, Sant'Andrea degli Amalfitani, est bondée. Les messieurs sont en habit sombre et les dames – peu nombreuses – portent une voilette. Non loin de là, on entend les bruits et on sent les odeurs de la Vucciria.

Un carrosse funéraire stationne devant le portail, avec ses chevaux aux harnachements de deuil et aux grands panaches noirs. Derrière eux, le cortège des orphelins est déjà en place. Deux pleureuses se frappent la poitrine tout en lorgnant vers l'intérieur, prêtes à hausser le ton de leurs lamentations à la sortie du cercueil.

Ce sont les funérailles de Salvatore Leone, un vieil apothicaire palermitain et l'un des meilleurs clients de la maison Florio.

Sa bière longe la nef, suivie du prêtre et des enfants de chœur agitant des encensoirs. Viennent ensuite la veuve en larmes et ses deux filles, vêtues de soie et de crêpe noirs.

Vincenzo est assis sur l'un des derniers bancs, derrière son oncle. Il transpire. Une chaleur lourde règne sur ce mois de septembre, l'été est encore bien là.

« Un vrai enterrement de première classe. Les orphelins, les enfants de chœur… Le carrosse funéraire, à lui tout seul, doit coûter une fortune. » Après avoir murmuré ces réflexions, l'adolescent passe deux doigts entre sa gorge et son col de chemise, là où le frottement de sa barbe le démange le plus. Ses dix-sept ans lui ont fait cadeau de poils rêches avec lesquels il a du mal à se familiariser.

Ignazio hoche la tête. « Et dire que sa famille a pu organiser de si belles obsèques malgré la crise. Comme quoi, il est toujours important de conserver sa dignité, dans la vie aussi bien que dans la mort. »

Le neveu et son oncle s'approchent de la famille du défunt et lui présentent leurs condoléances. Les trois femmes, bouleversées, leur serrent la main en pleurant.

Pendant que les pleureuses reprennent leurs lamentations, les représentants du Collège des pharmaciens et apothicaires, qui portent son étendard, se regroupent autour de la veuve et de ses deux filles, tout en les observant et en parlant à voix basse.

« Vous avez vu ? demande Vincenzo à Ignazio. Ils doivent être au courant de notre accord avec le beau-frère de Ben, Joseph Whitaker, pour le poivre de Sumatra ?

— Peut-être, Vincenzo, mais c'est leur problème, pas le nôtre. Ce poivre, nous allons le payer à un prix très élevé ; mais nous avons au moins réussi à nous en procurer. Eux non. »

Le cri des pleureuses est suivi des sanglots de la veuve. Le carrosse se met en mouvement, cahin-caha, et la procession le suit. Les deux Florio se tiennent à l'écart des autres commerçants.

« Messieurs… Je vous cherchais. » Grand, bien bâti, parfumé au santal, Giuseppe Pajno s'est approché d'eux par-derrière, sans qu'ils s'en aperçoivent. Ce grossiste vend et achète des marchandises aux Florio, ils se connaissent bien et nourrissent des sentiments d'estime réciproque. Ils ont fait beaucoup d'affaires ensemble, en particulier l'acquisition de produits coloniaux volés par des corsaires siciliens et revendus à Palerme.

« Comment allez-vous ? lui demande Ignazio.

— Mieux que don Leone, en tout cas. » Pajno se

place entre l'oncle et son neveu et leur parle à voix basse. « Le pauvre, toute une vie de labeur, et puis… C'était votre client, n'est-ce pas ?

— Un de nos meilleurs. Même si, ces derniers temps, il payait ses factures avec moins de régularité qu'avant.

— Comme tout un chacun, en ce moment. »

Une sonnette d'alarme retentit dans la tête d'Ignazio, qui réplique : « C'était aussi un client à vous, si je ne me trompe ?

— Oui. Vous saviez qu'il avait cédé son fonds à don Nicchi, il y a quelques jours ? »

Non, Ignazio ne le savait pas, mais il n'en montre rien et répond : « Je l'avais entendu dire, en effet. Je comptais rendre visite à la famille de don Leone d'ici peu. Compte tenu des circonstances, il m'aurait semblé tout à fait déplacé de parler boutique. »

Pajno ralentit imperceptiblement le pas. « Vous êtes un grand seigneur, don Ignazio. Et tout le monde n'a pas vos scrupules. » Il désigne du menton l'étendard de la corporation.

« Ah. » Vincenzo a compris. « Et qu'est-ce qu'ils racontent, maintenant ? Ils ne font que dire du mal des gens et créer des difficultés. Déjà l'autre jour, à la douane… »

Pajno lui pose une main sur le bras. « Il existe, hélas, des gens qui ne vous estiment pas beaucoup. Plus on monte haut, plus on rencontre d'obstacles ; et souvent, ce sont les bavards qui font les plus gros dégâts. » Puis il ajoute, à l'intention cette fois de ses deux interlocuteurs : « Voyez-vous, moi aussi je suis marchand, comme vous. À mes yeux, ce qui compte, c'est de savoir qui travaille et qui me paie. Et comme nous entretenons de bons rapports, j'estime qu'il est de mon devoir de vous informer que certaines personnes racontent de vilaines choses à votre sujet.

— Quelles vilaines choses ? » Ignazio ne quitte pas le cercueil des yeux et son visage reste impassible.

— On prétend que vous n'avez plus d'argent en caisse et que cette histoire de poivre, vous l'avez inventée de toutes pièces pour inciter les gens à vous acheter de la marchandise. Depuis le départ des Anglais, Palerme est devenue une ville sinistre. Nous espérions tous qu'après la défaite des Français les affaires allaient reprendre. Et au lieu de ça, rien ne bouge, alors qu'on a envoyé Napoléon en exil, là où le Seigneur a perdu ses chaussures, comme on dit. Avec la crise, trouver des épices à importer est devenu très difficile, les routes maritimes ne sont plus sûres et on ne sait plus à qui s'adresser. Et voilà que tout à coup, sans crier gare, vous vous vantez d'avoir reçu du poivre en provenance directe de Sumatra. » Pajno baisse la voix. « Vous admettrez que ça peut paraître bizarre.

— C'est pourtant la stricte vérité ! Nous... »

Un coup d'œil sévère d'Ignazio pousse Vincenzo à se taire.

« Je vous parie la totalité de mes marchandises entreposées à la douane que je sais qui a mis ces calomnies en circulation. C'est Saguto, non ? » La voix d'Ignazio est tranchante comme un rasoir.

Pajno hoche lentement la tête. « D'après lui, vous êtes au bord de la faillite. Pas plus tard que tout à l'heure, il disait que vous étiez endettés jusqu'au cou et que vous alliez mettre la clef sous la porte avant la fin de l'année. Une vraie vipère, cet homme. Je ne sais pas pourquoi il en a tellement après vous, mais il est très habile dans l'utilisation de l'arme des faibles. Je veux dire, la malveillance. Et il sait embobiner les gens, croyez-moi. »

Ignazio, très en colère, serre les mains dans ses poches, mais sa voix ne trahit pas la moindre émotion : « Pour signer le contrat, Whitaker a donné sa procuration à Ingham, qui est à la fois son beau-frère et son agent à Palerme. Vous n'oseriez tout de même pas mettre sa parole en doute ?

— À titre personnel, je m'en garderais bien. » Pajno fixe la pointe de ses souliers. « Seulement… Ingham est un étranger, et à cause de cela, malgré son immense richesse, beaucoup de gens persistent à ne pas lui accorder leur confiance.

— Carmelo Saguto n'est qu'une petite teigne. À force de mordre et de piquer, il a fini par convaincre certaines personnes. Mais vous, Pajno, vous le croyez ? »

Le grossiste joint les mains derrière son dos. « Vous ne m'avez toujours pas réglé une fourniture que vous avez reçue il y a deux mois. »

Ignazio prend le temps de réfléchir, avant de répondre : « Je comprends. Si ma mémoire ne me trompe pas, je vous ai signé une traite à trois mois.

— C'est exact. Eh bien, mettons que j'ai juste voulu vous rendre service et vous exhorter à protéger vos arrières. Vous êtes un négociant fiable, don Florio, et quelqu'un de sérieux.

— Mais alors, pourquoi êtes-vous venu nous trouver ? *Même quand le noir ne tache pas, il salit*, comme dit le proverbe. »

Vincenzo choisit cet instant pour intervenir dans la conversation et parler d'un ton dur. « Si vous aviez autant d'estime pour nous que vous le prétendez, vous auriez aussi bien pu nous demander directement si nous sommes solvables. Ce n'était pas la peine de jouer toute cette comédie.

— Vincenzo ! En voilà des manières ! »

Le bref éclat de rire de Pajno est un aveu de culpabilité. « Ah, comme c'est beau, la jeunesse. » Le grossiste exprime sa méfiance sur un ton presque léger, un ton d'excuse qui se voudrait complice. « Vous aussi, vous feriez très attention, si vous aviez peur de perdre de l'argent. »

À ce moment-là, le cortège funèbre s'arrête pour la bénédiction. De nouvelles lamentations s'unissent aux prières.

Ignazio reste en arrière, à côté de Pajno, et lui déclare : « Vous aurez votre argent en temps et en heure, crise ou pas crise. Les Florio paient toujours leurs dettes. Et si ma signature ne vous suffit pas, vous avez aussi ma parole. »

Ignazio tend une main que Pajno serre dans la sienne. « Je lui accorde toute ma confiance, à votre parole. Et je vous attends. »

*

Sur le chemin du retour, Vincenzo regarde son oncle marcher tête basse. Il perçoit bien son indignation et sa colère.

Puis il lui demande de but en blanc, avec un étonnement sincère : « Pourquoi est-ce que certaines personnes nous haïssent autant ? Et je ne parle pas seulement de Canzoneri et de son ordure de gendre. Tôt ou tard, ces deux-là, je leur casserai la figure... »

Ignazio ralentit le pas. « Je ne sais pas. Pourtant, ça fait longtemps que je me pose la question. Au début, j'ai pensé que c'était parce que nous étions des étrangers, dans cette ville : on nous accusait de pratiquer des prix bas pour accaparer la clientèle. Et quand nous avons commencé à bien gagner notre vie, personne ne nous l'a pardonné. Nous avons essayé de faire les choses à notre façon, sans demander de l'aide à qui que ce soit. Il y a des gens qui seraient prêts à mettre le feu à notre magasin, s'ils le pouvaient.

— Nous sommes tous des étrangers, ici, à commencer par Ingham ! Et on ne lui fait aucun reproche, à lui.

— Il a eu la chance d'arriver avec les Anglais. Comment voulais-tu qu'on dise non aux alliés du roi ? Mais maintenant que la guerre contre Napoléon est terminée, il a les mêmes difficultés que nous. Je suis même étonné qu'il ait décidé de rester, alors que la plupart de ses compatriotes sont partis. »

Le soleil et la fraîcheur accueillent l'oncle et le neveu sur le piano San Giacomo. Vincenzo respire à pleins poumons. « Peut-être que lui aussi se sent à la maison, ici. »

Cette phrase réveille chez Ignazio le souvenir de son arrivée à Palerme, quand il était encore à la recherche d'un endroit bien à lui. Il se rappelle le départ de Bagnara, la façon dont le bateau piloté par

Paolo s'était éloigné du môle. On aurait cru que le *San Francesco di Paola* répugnait à s'en aller. Il avait avancé péniblement jusqu'à l'entrée du port, sa voile latine cognant contre le mât, à la recherche désespérée de la moindre brise.

Sur le moment, Ignazio s'était dit que Bagnara ne voulait pas les laisser partir. Mais dès qu'ils étaient sortis de la rade, un vent puissant s'était engouffré dans les haubans, qui avaient commencé à craquer. La voile latine s'était gonflée et celle du beaupré s'était déployée comme une aile. L'accélération avait été immédiate.

Ignazio revoit Paolo tenir le gouvernail d'une main ferme et diriger le navire vers le large. Il repense aux promesses que Palerme lui avait faites à son arrivée, lorsqu'elle l'avait séduit par la diversité de sa population, la richesse de ses couleurs et de sa vitalité. Même si les débuts avaient été très durs, même s'il avait dû se donner un mal de chien, même s'il avait été le premier à consentir des sacrifices pour garantir un minimum de bien-être à Vincenzo, à Giuseppina et à Vittoria, il était heureux. Il avait beaucoup travaillé, mais toujours avec joie.

En retour, Palerme s'était révélée trompeuse. Elle avait repris d'une main ce qu'elle avait donné de l'autre. Avec elle, les transactions n'étaient jamais équitables.

*

Giuseppina se tient immobile sur le seuil de la chambre de son fils. Elle observe Vincenzo, qui scrute la rue. Il a l'air d'attendre l'arrivée de quelqu'un.

Elle a maintenant quarante ans, et elle n'a jamais aimé personne plus que lui.

Il est la chair de sa chair. Et voilà pourquoi elle sait.

Il est amoureux.

Pour la première fois de sa vie, elle sent en elle les effets du passage du temps. Elle a accepté sans difficulté l'apparition de ses premières rides et haussé les épaules quand elle a aperçu des fils blancs dans sa chevelure. En revanche, une femme qui lui enlève son fils, ça, non. Elle n'ose même pas l'imaginer. Le morceau de son âme qu'elle a déposé en lui ne lui appartiendrait plus. Elle se retrouverait seule.

Il faut bien que cela arrive un jour, elle le sait, c'est une loi de la nature. Mais pas tout de suite, il est trop tôt.

À pas feutrés sur le tapis moelleux, elle retourne à l'office où Marianna, la cuisinière, prépare le dîner.

Giuseppina soupire. Elle n'a personne à qui se confier. Vittoria, qui a décidé d'épouser un parent éloigné, vit maintenant à Mistretta, et elle lui manque. Il s'appelle Pietro Spoliti, il est commerçant ; comme jadis les Florio, il avait un petit bateau à bord duquel il écumait, de port en port, la mer Tyrrhénienne. Il venait souvent leur apporter des nouvelles de Bagnara, leur dire qui s'était marié, qui était mort, qui était parti ; et Giuseppina, désireuse de garder un lien avec son village et le monde de ses souvenirs, l'invitait à partager leur repas pour se délecter encore un peu de ses récits et de son accent si familier.

Un jour, Pietro avait attiré Vittoria à l'écart et l'avait demandée en mariage. Il était conscient de ne pas être en mesure de lui assurer le train de vie des

Florio, mais avec lui, elle mènerait une vie digne et libre. Elle ne serait plus leur bonne à tout faire. Elle deviendrait une maîtresse de maison à part entière.

Sur le moment, elle n'avait pas trop su quoi penser et s'était retrouvée en pleine confusion des sentiments. Ensuite, son sens pratique avait pris le dessus : elle allait bientôt avoir vingt-cinq ans ; elle passait ses journées à aider sa tante dans ses tâches domestiques ou à broder ; elle avait de plus en plus la sensation de mener une vie de religieuse, d'être une de ces vieilles filles chargées de travaux ménagers en échange du gîte et du couvert, qui se rendent invisibles pour ne surtout pas déranger, avant de finir victimes du passage des années.

Quand Pietro était revenu, elle lui avait dit oui ; puis ils avaient annoncé la nouvelle à Ignazio et à Giuseppina. Son oncle s'était montré très généreux : il lui avait donné une dot très conséquente, l'avait serrée dans ses bras longuement et lui avait dit qu'elle avait pris la bonne décision. Giuseppina, au contraire, l'avait gratifiée d'un regard hostile, comme si elle se sentait trahie ; elle lui avait même demandé, d'un air affligé : « Pourquoi est-ce que tu veux t'en aller ? Il t'est déjà arrivé de manquer de quoi que ce soit, chez nous ? »

Vittoria lui avait répondu, à voix basse : « Je n'ai jamais manqué de rien chez vous, ma tante. Vous avez été une vraie mère pour moi. Mais je veux avoir ma propre maison, et décider moi-même de ce que j'entends faire de mon existence. Ici, c'est impossible. Je ne suis que votre nièce, je dors sous un toit qui ne m'appartient pas et je ne gagne aucun argent.

Je m'estime chanceuse d'avoir rencontré Pietro, parce que c'est un homme honnête, et je crois qu'il me respectera. »

Comment Giuseppina aurait-elle pu trouver quoi que ce soit à objecter ? L'évidence s'imposait : Vittoria était plus lucide et plus courageuse qu'elle. Elle avait choisi de vivre dans une maison plus pauvre, loin de Palerme, mais de rester maîtresse de sa destinée.

Giuseppina regarde autour d'elle et chasse ces pensées mélancoliques. Leur habitation ne pourrait certes pas être qualifiée de luxueuse, mais ils ont une domestique à demeure, et une autre vient les aider pour les travaux les plus pénibles. De tout le mobilier apporté de Bagnara, il reste uniquement le coffre qui contient son trousseau de mariée. Tout le reste a été renouvelé, et le linge aussi.

Vingt ans plus tôt, elle n'aurait même pas osé imaginer un tel confort. Et malgré cela, elle regrette toujours Bagnara. Elle regrette le temps où son fils encore bébé s'agrippait à son sein.

Elle a la sensation d'être une île dans une île, coupée de sa terre d'origine.

Elle renoncerait volontiers à tout pour revenir en arrière. Pour qu'on lui rende Bagnara et Vincenzo encore enfant.

Qui sait ? Elle pourrait peut-être même tomber amoureuse de Paolo.

Elle a oublié le son de la voix de son mari, mais elle a conservé le souvenir de son visage sévère, de ses gestes brusques, de ses reproches acerbes. En plus de son teint, Vincenzo tient de lui son regard tranchant et cette détermination qui frôle l'inflexibilité.

Si Giuseppina pense à une attitude chaleureuse, à des gestes affectueux, à des encouragements muets, alors c'est un autre visage qui lui vient à l'esprit, celui d'un homme pour lequel elle éprouve à la fois – encore et toujours – un sentiment timide et un attachement d'animal sauvage.

*

Giuseppe Pajno n'est pas le seul commerçant à avoir entendu des rumeurs inquiétantes au sujet des Florio. Le lendemain des funérailles de Salvatore Leone, dans l'après-midi, Ignazio et Vincenzo reçoivent la visite de Guglielmo Li Vigni, le secrétaire de Nicolò Raffo, un autre grossiste. Il souhaite savoir s'ils ont des réserves de sumac et il leur demande, au détour de la conversation, s'ils paieront dans les délais prévus la cargaison de sucre du mois précédent. C'est ainsi qu'ils apprennent que Saguto s'est présenté chez Raffo pour lui proposer de lui racheter leurs traites. À sa manière mesquine habituelle, tout en sous-entendus et en insinuations, il s'est prétendu certain que les Florio ne régleraient pas leurs dettes et il a tout fait pour convaincre Raffo de lui remettre les documents nécessaires au transfert du crédit. Guglielmo conclut en soupirant : « Je ne vous cache pas que ça nous aurait bien arrangés, don Ignazio. Il était là, l'argent à la main… Mais j'aurais eu des scrupules à vous jouer un si mauvais tour. Franchement, je n'ai jamais compris pourquoi il vous déteste tellement. Vous êtes un honnête homme.

— Je vous sais gré de votre estime, don Li Vigni.

Carmelo Saguto vit de haine et de jalousie, et mon neveu et moi, nous n'y sommes en réalité pour rien. C'est lui qui est rongé d'envie parce qu'il a des prétentions exorbitantes et qu'il n'est en fin de compte que le secrétaire de don Canzoneri. Nous traversons tous une période difficile, mais je vous jure sur mon honneur que vous toucherez votre argent, jusqu'au dernier centime. »

Après le départ de Li Vigni, Vincenzo demande à son oncle, avec une nuance de préoccupation dans la voix : « Tonton, c'est vrai que nous ne sommes pas solvables ? »

Ignazio ferme la porte et se dirige vers le coffre-fort. « Nous ne disposons pas de beaucoup de liquidités, ce n'est pas la même chose.

— Pourtant, nous avons des lettres de change… »

Ignazio s'appuie des deux mains sur son bureau. « Vincenzo, on peut retourner la question dans tous les sens, le résultat reste identique : si nos débiteurs ne nous paient pas – et c'est malheureusement assez fréquent par les temps qui courent –, nous n'aurons pas assez de trésorerie. Les lettres de change ne sont jamais que des bouts de papier. » Soudain, sa gorge se noue. « Il va falloir demander un prêt. Nous avons besoin d'argent comptant. »

L'estomac de Vincenzo se contracte. Jusqu'à présent, son oncle l'a tenu à l'abri du moindre souci, et voilà que… « Mais tout le monde va le savoir ! Ce crétin de Saguto ne perdra pas l'occasion de le crier sur tous les toits.

— Tu crois peut-être que je n'en suis pas conscient ? » Ignazio tape du poing sur son bureau, l'encrier tressaute. « Quand on n'a pas le choix, on doit mettre son orgueil de côté. *Faire le dos rond et laisser passer l'orage*, comme disent les vieux. Et c'est exactement l'attitude que nous allons adopter. » Il se frotte le nez. « Toi, rentre à la maison. De mon côté, je vais aller parler à deux ou trois personnes. Et s'il te plaît, ne dis rien à ta mère. »

Vincenzo, vexé, murmure : « Tu peux compter sur moi. » Puis il attrape sa veste et file hors de la pièce. Toutes ses pensées sont effacées par ce nouveau motif d'inquiétude, y compris l'image des deux yeux noirs qui, depuis quelques semaines, le font rougir et balbutier comme un gamin.

La situation est très délicate.

Et ce n'est pas une simple question d'orgueil. En affaires, il n'est jamais facile de savoir à qui on peut se fier, de trouver un prêteur qui sache rester discret.

Mais Vincenzo devra atteindre l'âge actuel de son oncle avant de comprendre *vraiment* ce que cette décision lui a coûté.

*

La soirée est déjà très avancée quand on entend un bruit de clef dans la serrure.

C'est Ignazio.

Giuseppina l'aide à retirer son pardessus. Lui aussi a des touffes de cheveux blancs sur les tempes, et les paupières alourdies.

Elle lui demande à l'improviste : « Tu es sûr que tu dors assez ? »

Il se sent désarçonné. « J'aurai l'éternité, pour me

reposer. En attendant, je n'ai pas trop le temps, surtout depuis la guerre contre les Français. » Il pose une main sur le visage de Giuseppina. « Merci de ta sollicitude, en tout cas. »

Sa belle-sœur se dérobe à cette caresse.

Un nœud amer à la gorge, Ignazio retire sa main. « Vincenzo ?

— Il est dans sa chambre. Et justement, je voulais te parler de lui. »

Le silence qui suit est rempli de questions muettes.

Ignazio accompagne Giuseppina à la cuisine, où Marianna est occupée à dessaler du thon en le plongeant à plusieurs reprises dans un récipient dont elle change l'eau chaque fois. Une odeur épaisse de sauce tomate et de pommes de terre aiguise l'appétit du maître de maison.

Giuseppina fait un signe à la cuisinière, qui s'éloigne en refermant la porte derrière elle. « Vincenzo est bizarre en ce moment, tu ne trouves pas ? »

Ignazio goûte un croûton de pain trempé dans la sauce tomate. « Oh que oui ! Il est resté toute la journée le visage collé à la vitre du magasin. À mon avis, il attendait quelqu'un. » Il se lèche les doigts. « Excellente, cette sauce tomate ! »

Giuseppina pâlit. « Il attendait qui ?

— J'ai ma petite idée… Mais surtout, ne va pas en faire un drame. C'est normal, à son âge, de courir après les jupons. » Ignazio ne voudrait pas trop en dire et trahir son neveu.

Mais Giuseppina est une mère, et elle a le flair et la persévérance d'un chien de chasse. « Qui est-ce ?

— La fille du baron Pillitteri. J'ai remarqué que

Vincenzo s'assied toujours derrière elle à la messe, et qu'il a empêché un des commis de la servir pour s'occuper d'elle en personne. Lui qui déteste rester au comptoir, il a littéralement bousculé son collègue pour pouvoir parler à la demoiselle.

— Isabella Pillitteri ? Cette petite chose qui n'a que la peau sur les os ? La fille des nobles qui se sont ruinés aux cartes ?

— Elle m'a l'air beaucoup plus raisonnable que ses parents. Et puis, elle parle à voix basse, elle a toujours une attitude modeste…

— Pas étonnant ! Son père et son frère ont dû vendre jusqu'à leur chemise pour éponger leurs dettes. Elle ferait mieux de ne pas sortir de chez elle, ou de s'enfermer dans un couvent ; cela dit, même là, on ne voudrait pas d'elle, ils n'auraient pas les moyens de payer la dot d'entrée. » Giuseppina arpente la cuisine d'un pas saccadé, puis elle s'immobilise en face d'Ignazio. « Tu es sûr que c'est elle ?

— Non, mais ça me paraît très probable. D'ailleurs, elle habite à deux pas d'ici, sur la piazzetta Sant'Eligio. » Ignazio se garde bien d'ajouter qu'à au moins deux reprises Vincenzo s'est porté volontaire pour aller effectuer des livraisons tout près de là.

Giuseppina reprend ses allées et venues dans la cuisine, les mains posées sur le front. « Tu ne crois pas qu'on aurait intérêt à le marier dès que possible avec une fille de Bagnara ? »

Ignazio ne retient plus sa colère : « Ah non, s'il te plaît, ne me parle plus jamais de Bagnara et de mariages arrangés par les familles ! Vincenzo a presque atteint l'âge adulte et c'est un garçon, tu ne peux pas le garder près de toi pour l'éternité, ce n'est plus un bébé. Tu es consciente qu'il va bientôt avoir dix-huit ans ? Et tiens, à propos, il faut que je te parle d'un projet que je mûris depuis longtemps : d'ici à quelques mois, il partira pour l'Angleterre en compagnie d'Ingham et de son secrétaire. Il me l'a demandé plusieurs fois, et Ingham a accepté de l'emmener et de l'héberger. Ça lui fera du bien de changer d'air, et ça lui permettra aussi de ne plus penser à la demoiselle.

— Quoi ? Partir en Angleterre ? » Giuseppina s'affale sur une chaise, une main sur la poitrine. « Mon fils va partir et tu ne me disais rien ? Je comprends maintenant pourquoi il apprend l'anglais avec le secrétaire de ce marchand.

— Vincenzo doit voyager et accumuler autant de connaissances que possible. Et tu verras, à son retour, la petite Pillitteri lui sera sortie de l'esprit. »

Giuseppina secoue la tête. Elle est bouleversée à la perspective de ce voyage qu'elle imagine semé d'embûches, et plus encore à l'idée que son fils, *son* Vincenzo, ait jeté son dévolu sur cette pimbêche. « Il va falloir qu'il l'oublie, celle-là, et vite ! »

Ignazio hausse le ton. « Ça suffit ! Pour l'instant, nous ne savons pas de quoi il retourne exactement ; et même s'il s'est entiché de cette jeune fille, nous le convaincrons de bien réfléchir. Quant à ce voyage, il ne peut lui faire aucun mal. Maintenant, mets le couvert, j'ai encore du travail après le repas. »

*

Le dîner se déroule en silence.

Vincenzo, perplexe, observe sa mère à la dérobée tout en mangeant : il ne comprend pas pourquoi elle a l'air si contrariée.

Une fois la table débarrassée, il s'assied à côté de son oncle pour contrôler les registres.

Ignazio classe les factures et les lettres de change ; Vincenzo fait les comptes et s'exclame :

« Il y a trop de mauvais payeurs ! Heureusement que nous avons nos clients à l'herboristerie, parce que pour les ventes en gros, on ne trouverait pas preneur même en faisant cadeau de la marchandise. Entre les guerres, les dettes et le froid, tout va mal. »

Comme pour illustrer cette dernière constatation, la domestique pénètre dans la pièce et remet du charbon dans le poêle. On manque cruellement de chaleur, en ce début d'année 1817.

Ignazio laisse sortir la femme, frissonne et fait une grimace. « Après l'obtention du prêt, ce sera déjà un miracle de ne pas être en déficit à la clôture de l'exercice.

— Nous ne serions pas les seuls, tout le monde a de grosses difficultés, en ce moment. Même Saguto a demandé un nouvel échelonnement des paiements de son beau-père… qui d'ailleurs ne pèse peut-être plus très lourd. Depuis son attaque d'apoplexie, c'est son fils aîné qui gère ses affaires.

— Saguto n'est qu'un sous-fifre. Ils le ménagent à cause de tout l'argent qu'il a apporté, quand il a épousé la fille du vieux, mais il est et restera toujours un moins que rien. Un chien qui se déchaîne contre les faibles et lèche les mains des puissants.

— Un chien peureux qui n'a plus trop de raisons d'aboyer. Même les Canzoneri font des dettes, maintenant. Fini de se moquer des autres.

— Vincenzo, la moitié de la ville fait des dettes. Et l'autre moitié se retrouve avec des créances douteuses. »

Le neveu d'Ignazio ne lui répond rien et se replonge dans ses calculs en ruminant ses pensées. Il est allé à la Cala, dans la matinée. Le long du chemin, à l'ancien emplacement des entrepôts anglais, il n'a plus vu que des volets clos et des portes fermées à double tour. Au débit de boissons fréquenté par les marchands, via San Sebastiano, il a aperçu le patron balayer le plancher d'une salle vide.

La défaite de Napoléon a certes débarrassé la Méditerranée de la menace française, mais la Sicile a du même coup perdu toute importance stratégique aux yeux des Britanniques ; ils peuvent désormais commercer où ils veulent, comme ils veulent et avec qui ils veulent. Et ils ont quitté les ports de l'île.

Palerme présente l'aspect d'une ville morte.

Au retour, Vincenzo est passé devant l'herboristerie de Gulì, il n'a pas résisté à la curiosité.

Il y avait toujours des volets en noyer et des pots en albâtre, mais la boutique était déserte. Gulì en personne, appuyé sur le comptoir, regardait vers l'extérieur d'un air navré. Quand il a reconnu Vincenzo, il a craché par terre.

C'est ça, vas-y, crache, pense maintenant le jeune homme. Il esquisse un sourire lorsqu'il retrouve, parmi les lettres de change, celle que ce même Gulì a signée de sa propre main, noir sur blanc.

Ignazio entrouvre la fenêtre pour chasser la fumée du poêle. « Il ne m'était jamais arrivé de voir autant de magasins fermer en si peu de temps. Ingham aussi m'a dit qu'il reçoit beaucoup moins de commandes...

— Il espérait quoi ? Le départ de ses compatriotes a tué le commerce. Et ils étaient bien contents de nous laisser nous débrouiller tout seuls avec les Napolitains. »

Vincenzo secoue la tête. Ces dernières années, les changements ont été trop nombreux et trop rapides.

Personne n'avait réussi à empêcher le retour des Bourbons, les Siciliens étaient trop divisés. Palerme détestait Messine ; Trapani, alliée de Messine, haïssait Palerme ; Catane faisait bande à part. Les habitants de l'île pouvaient s'enorgueillir de posséder le plus ancien parlement du monde, mais ils avaient amplement prouvé leur incapacité à s'en servir. Un seul sentiment les unissait : la haine de tout ce qui se situait « au-delà du phare », de l'autre côté du détroit de Messine.

Et puis, le désastre s'était produit. Les Bourbons étaient remontés sur le trône de Naples.

Depuis décembre 1816, les fonctionnaires, les douaniers et les hauts gradés militaires étaient tous napolitains. Palerme avait perdu son pouvoir et son indépendance. Les taxes s'étaient alourdies. L'application de nouvelles restrictions et de nouvelles contraintes aux activités commerciales avait donné le coup de grâce.

Déjà mal en point, l'économie sicilienne était devenue stagnante.

Vincenzo referme son registre d'un coup sec. « Ce mois-ci, nos dépenses ont dépassé nos recettes ; mais plusieurs lettres de change vont arriver à échéance. » Il écarte les bras, penche la tête en arrière et bâille bruyamment.

L'oncle lance un regard désapprobateur à son neveu, qui marmonne quelques mots d'excuse et se redresse ; puis Ignazio déclare, tout en prenant les lettres de change : « Nous ne sommes pas une société philanthropique. À partir de maintenant, nous n'accorderons plus de délais. »

Le travail se poursuit. Par moments, Ignazio se perd dans ses pensées ; il s'imagine que son frère est encore à ses côtés et il lui parle en calabrais. Lorsque son neveu relève la tête, il se rend compte de son erreur.

Alors, il sent son estomac se nouer et son souvenir se transformer en regret.

*

Le lendemain, au réveil de Vincenzo, Ignazio est déjà prêt à sortir.

Il palpe l'alliance de sa mère et observe la façon dont elle brille à la lumière du jour. Puis il dévisage son neveu.

Comment savoir ce que Rosa Bellantoni aurait pensé de lui ?

Au beau milieu de ses réflexions, Ignazio entend l'adolescent pester à mi-voix, aux prises avec une cuvette et un rasoir. Il le voit ensuite essuyer avec une serviette une coupure qu'il s'est faite juste sous la lèvre, et qui saigne encore.

« Déjà nerveux de si bon matin ? Donne-moi ça, je vais t'aider. »

Vincenzo s'assied en maugréant.

La main d'Ignazio est ferme et rapide. Il parle à voix basse, pour que sa question ne parvienne pas jusqu'aux oreilles de Giuseppina. « Qu'est-ce qui t'arrive, Vincenzo ? » Il rince le rasoir, dont le métal tinte contre la céramique. « Tu es bizarre, en ce moment. Même ta mère s'en est aperçue. »

La réponse de l'adolescent reste vague : « J'ai des soucis, tonton.

— Ne bouge pas, sinon je vais te faire mal. » Ignazio lui soulève le menton d'un geste autoritaire. « Il t'est arrivé quelque chose de grave ? Tu as des ennuis d'argent dont tu ne m'as pas parlé ?

— Non. »

Ignazio passe et repasse le rasoir. La peau affleure sous le savon.

« Une jeune fille, peut-être ? »

Après un instant d'hésitation, Vincenzo a un mouvement imperceptible d'acquiescement.

« Ah. »

L'adolescent rougit.

« Vincenzo, surveille bien tes fréquentations. » La lame glisse délicatement sous la mandibule. « Prends garde à ce que tu fais, et avec qui. Un rien suffit pour se laisser entraîner dans une grosse bêtise, surtout si on a le sang chaud. »

Le regard du jeune homme exprime à la fois l'embarras et l'agacement. « Tonton, vous savez bien que je ne suis plus un gamin…

— C'est vrai. Mais les femmes sont capables de

transformer n'importe quel homme en parfait imbécile. Et je n'ai pas envie que tu en deviennes un.» Ignazio a fini et il lui rend son rasoir. «Dépêche-toi de te préparer, je t'attends au magasin.»

*

Isabella Pillitteri a seize ans, des cheveux noirs, l'œil vif, un long cou de cygne, des manières raffinées et une grâce qui mêle une timidité de novice à une sensualité exubérante.

Elle est belle. Très belle.

À Palerme, elle a déjà fait tourner plus d'une tête. Seulement, elle est pauvre. Car son père – paix à son âme – avait la passion des cartes. Du palais qu'il possédait à Bagheria aux bijoux de sa femme, les créanciers lui ont tout pris. Puis, un jour, on l'a trouvé mort dans son lit.

Isabella sait qu'il s'est empoisonné, mais il ne faut pas le dire. À l'église, les suicidés n'ont droit à aucune bénédiction.

Quant à son frère, il se ruine pour des femmes dont la fréquentation lui vaut les reproches continuels de sa mère.

Désormais, plus personne ne leur fait crédit. À l'exception notable du jeune homme de l'herboristerie.

Isabella s'est bien rendu compte qu'il lui fait les yeux doux. Elle ne s'étonne donc pas de le voir matin et soir, piazzetta Sant'Eligio, sous les fenêtres du palais où elle habite et qu'un oncle maternel a mis à la disposition de sa mère, moins par affection que par pitié.

Ce jeune homme est à peine plus âgé qu'elle, il est aimable et sa famille a un peu d'argent, du moins à en croire ce qu'on raconte ici et là. Mais un parti de ce genre est loin de lui convenir. Elle est et elle reste la fille d'un baron, même sans propriétés foncières, même avec des dettes jusqu'à la prochaine génération. Elle mange encore dans de la vaisselle en porcelaine, et peu importe que sa pitance s'y réduise à des brocolis à l'oignon. Alors que son soupirant n'est qu'un fils de boutiquier enrichi.

Pourtant…

Tiens, le voilà, comme chaque matin.

Isabella se cache derrière le rideau et annonce : « Maman, il est revenu. »

La baronne Pillitteri arrive en courant. « Encore ? Quel casse-pieds ! » Elle éloigne sa fille de la fenêtre. « Ne l'autorise jamais à se montrer familier avec toi. Nous n'avons surtout pas besoin d'un gendre comme lui. Tous nos espoirs reposent sur toi, désormais. Alors cherche-toi un bon parti, et vite. »

Isabella résiste aux injonctions de sa mère ; elle lance un nouveau regard en direction de Vincenzo et lui fait un signe auquel il répond par un salut.

La baronne l'entraîne violemment vers l'arrière. « Qu'est-ce que tu fais ? Non mais tu n'as pas honte ? » Elle tire le rideau et secoue sa fille. « Tu veux tout gâcher ? Tu n'as pas le droit de te comporter comme ça avec un malotru qui se salit les mains au travail. Ces gens appartiennent à la plèbe, ils ne connaissent pas les bonnes manières. »

Isabella se résigne à obéir. Elle sait que les aristocrates ne fréquentent que leurs semblables et qu'ils sont tous très friands d'une beauté comme la sienne. Mais elle sait aussi que la beauté est éphémère.

En tout cas, pas moyen pour elle d'oublier le regard de ce Vincenzo Florio. Il est si différent de ceux des galants jeunes gens de la noblesse : il entre en elle, l'embarrasse, la fascine, éteint tout sourire sur ses lèvres et lui fait mal.

*

Le dimanche suivant, aux vêpres de San Domenico, Vincenzo réussit à s'asseoir juste derrière Isabella Pillitteri.

Il s'est arrangé pour ne pas accompagner sa mère à la messe du matin, à Santa Maria La Nova. Giuseppina est devenue étouffante, elle lui demande à longueur de temps ce qu'il fait, où il va. Vincenzo préfère encore Ignazio, qui se contente de le surveiller d'un air sérieux.

Et puis, quelle importance, après tout ? Pour sentir sur lui les yeux félins d'Isabella, il est prêt à supporter aussi bien l'indiscrétion de sa mère que la désapprobation muette de son oncle.

La peau de la jeune fille est d'un blanc marmoréen, qui forme un contraste saisissant avec le noir de sa chevelure. Vincenzo a presque l'impression d'en percevoir la chaleur, le parfum poudré. Elle exerce une telle attirance sur lui qu'il s'imagine sentir sous ses doigts le battement de la veine bleue de son cou, cachée sous le col de son corsage.

Il rêve de la voir vêtue d'une luxueuse robe en soie dont le décolleté laisserait entrevoir sa poitrine couleur de lait. Il en caresserait le tissu, sentirait, juste en dessous, son corps proche du sien, descendrait plus bas vers…

Il cache son visage dans ses mains.

Cette jeune fille, il en est conscient, pourrait le rendre fou.

À la fin de la messe, il se précipite vers la sortie de manière à précéder Isabella, qui, plus petite que lui, est obligée de lever la tête. Elle fronce ensuite légèrement les sourcils, avec une expression d'interrogation muette.

Cet instant dure une éternité.

Vincenzo toussote et cède le pas à la demoiselle en murmurant, d'une voix caverneuse qu'il a lui-même du mal à reconnaître : « Je vous en prie. » Alors, elle éclate d'un rire où il entend la plus belle musique du monde.

Isabella s'apprête à le remercier, mais sa mère l'attrape par le bras et l'éloigne de force. « Qu'est-ce que tu as à traîner comme ça ? Allons, dépêche-toi ! »

Vincenzo n'a d'yeux que pour la jeune fille, qui se retourne à plusieurs reprises vers lui ; il n'a donc pas remarqué le regard froid et dédaigneux de la baronne.

Immobile à côté de son neveu, Ignazio, lui, l'a très bien vu.

Il répond par un regard tout aussi glacial.

*

« Il lui tourne encore autour, l'autre, là ? » lance Giuseppina d'un ton rageur.

Ignazio choisit de l'ignorer, prend ses couverts et commence à manger. Après une matinée passée à répondre aux questions de fonctionnaires napolitains qui, s'ils avaient pu, lui auraient fait payer une taxe sur ses chaussures, il se sent fatigué et affamé.

Giuseppina va jusqu'à la fenêtre, se rassied, se relève. Son assiette de pâtes à la sauce tomate reste intacte. « Et toi, tu ne dis rien ? »

Ignazio, imperturbable, continue de manger et se contente de répondre : « Il doit comprendre par lui-même que ce n'est pas la bonne personne, et…

— Ah oui ? Seulement, imagine que les choses aillent trop loin. Il ne nous restera plus que nos yeux pour pleurer quand on aura sur les bras une petite catin, ses dettes et son bâtard…

— Ça suffit maintenant, calme-toi. » Ignazio fait signe à sa belle-sœur de s'asseoir à sa place. « Avant d'en arriver là, nous en discuterons avec lui. Et c'est moi qui m'en chargerai. Tu as beau être sa mère, moi je suis un homme, et je sais ce qui lui passe par la tête. Et puis, si elle a un comportement de fille facile, ce n'est certainement pas la faute de Vincenzo. Il est devenu adulte et c'est tout à fait normal que… » Ignazio s'éclaircit la voix. « … qu'il cherche à obtenir ce que tous les hommes veulent. »

Le regard de son beau-frère fait rougir Giuseppina. Elle oublie parfois que c'est aussi un homme et qu'il a certains *besoins*.

On entend un bruit de clef dans la serrure. Vincenzo, tout essoufflé, entre dans la pièce. « Excusez-moi pour le retard, je…

— Non, je ne t'excuse pas. Tu étais où ?

— Maman, mais qu'est-ce qui…

— Tais-toi et écoute-moi bien. Je ne veux plus entendre parler de la petite Pillitteri, tu as compris ? Son frère se ruine dans les maisons de passe et sa mère espère trouver quelqu'un d'assez riche et d'assez bête pour l'épouser. Vu la façon dont tu te comportes, il semblerait que tu sois le candidat idéal.

— Seigneur Dieu ! » Ignazio se prend la tête entre les mains. « Tu ne pouvais pas attendre que je m'en occupe, hein ? »

Vincenzo s'éloigne de la table. « Je ne vous permets pas de me parler comme ça. Isabella est…

— Isabella ? Ah, parce que tu l'appelles déjà par son prénom ?

— Il se trouve que c'est le sien… Et oui, je me suis présenté sous ses fenêtres. La belle affaire ! » Vincenzo aussi a haussé le ton. « Qu'est-ce qui vous laisse penser que ce n'est pas une… jeune fille honnête ?

— Il suffit de regarder comment elle marche pour comprendre le genre de fille que c'est. » Lorsqu'elle est dans une telle fureur, aucune puissance humaine ou divine ne serait capable de ramener Giuseppina à la raison.

Et c'est à ce moment-là qu'Ignazio la voit, la part d'ombre de Vincenzo, celle dont il a toujours deviné l'existence. Une force destructrice nourrie de détermination et de colère, qui frémit et irradie, là, sous ses yeux.

« Vincenzo, calme-toi. » Ignazio s'approche de lui mais il ne l'écoute pas et le repousse. On aurait presque l'impression qu'il ne reconnaît plus sa mère, cette furie qui lui crache des insultes à la figure et dont l'expression méprisante le blesse au plus profond de son être.

« De quel droit vous croyez-vous supérieure à elle ? Enfermée comme vous êtes dans votre petit monde étriqué, vous avez toujours eu le jugement facile, vous n'avez jamais voulu voir la réalité en face ! Vous vous amusez à torturer les autres, voilà ce que vous aimez faire !

— Je suis ta mère !

— Vous ne… » La colère étouffe Vincenzo et l'empêche de parler. Il recule vers la porte. « Regardez-vous dans un miroir et demandez-vous qui vous êtes vraiment, avant d'injurier les gens. » Sur ces mots, il sort en claquant la porte.

Il rejoint en quelques pas l'herboristerie qui, grâce au ciel, est déserte à cette heure-là : tous les autres sont rentrés déjeuner chez eux.

Vincenzo essaie de se calmer en énumérant un certain nombre d'épices et leurs utilisations.

L'hamamélis : bon lénitif.

Le clou de girofle : indiqué pour les nausées et les indigestions.

La tormentille : utile contre les infections intestinales.

La racine de marronnier : soulage les varices.

Le quinquina : fait baisser la fièvre…

*

Ignazio termine rapidement ses pâtes froides, pendant que Giuseppina continue à criailler.

Il ne l'avouera jamais, mais il est conscient que les craintes de sa belle-sœur ne sont pas tout à fait infondées : l'arrivée d'un bâtard est la dernière chose dont leur famille a besoin. Il sort donc sans dire au revoir et rejoint à son tour l'herboristerie.

Il y trouve son neveu seul, à son bureau, penché sur les registres, et lui pose une main sur l'épaule. « Tu me fais toujours confiance ? »

Vincenzo acquiesce.

« Qu'est-ce qui s'est passé, avec la fille de la baronne ?

— Rien, tonton. Je vous le jure. »

Ignazio reconnaît à nouveau, dans son regard, cette exhalaison obscure qui affleure désormais à la surface et qu'il est impossible de dissiper.

« Elle n'est pas ce que maman prétend. Si ma mère parle d'elle de cette manière, c'est parce que… » Il passe une main dans ses cheveux épais en désordre. « Ou plutôt… non… je ne sais pas.

— Tu es son fils, elle a peur que tu la négliges. » *Et elle est jalouse. Parce que ta mère ne t'aime pas comme un fils, elle t'aime comme une partie d'elle-même, d'un amour qui ne laisse pas la moindre place à quoi que ce soit d'autre.*

Vincenzo appuie les coudes sur sa table de travail. « En tout cas, je crois qu'elle aussi, elle m'aime. Je veux dire, Isabella.

— Qu'est-ce qui te le fait penser ?

— L'autre jour, quand je suis passé devant chez elle, elle était derrière un rideau et elle m'a salué. Elle me sourit sans se cacher, même si sa mère est là, quitte à se faire gronder après. Cette sale vieille, elle me fuit comme si j'avais la peste.

— Il faut la comprendre, elle veut le bonheur de sa fille.

— Et moi alors, je ne vaux rien, peut-être ? »

Ignazio ne répond rien. Les Florio font partie des nantis, c'est incontestable. Mais Vincenzo n'est pas l'héritier d'une famille noble et, dans l'esprit de ces gens-là, la naissance passe avant tout le reste. Ignazio lui caresse les cheveux. « Écoute-moi. Dans quelques semaines, tu partiras pour la Grande-Bretagne et tu y resteras plusieurs mois. À ton retour, si tu veux toujours d'elle, j'essaierai de convaincre ta mère. Pour le moment, c'est encore trop tôt. En l'état actuel des choses, si je lui présentais la demoiselle, elle l'étranglerait de ses propres mains. »

Vincenzo laisse échapper un éclat de rire, mais son regard s'assombrit. « Vous savez, tonton, j'y ai bien réfléchi, à ce voyage. Et je ne suis plus très sûr que ce soit une bonne idée. »

Ignazio est stupéfait. « Quoi ?

— Je ne suis plus certain d'avoir envie de partir.

— Tu dois y aller, Vincenzo. » Ignazio ne s'est pas départi de son calme habituel ; il a pourtant le sentiment d'être plongé en enfer.

Le jeune homme laisse tomber sa plume. Une goutte d'encre se répand sur le papier. « Et si Isabella…

— Ce n'est jamais qu'une femme. Elle est encore jeune et belle et elle te remue le sang, mais certaines choses ne sont pas éternelles. Ce qui résistera au temps, c'est notre travail !

— Si sa mère la marie à un autre, je…

— Non. » Ignazio hausse la voix et secoue

Vincenzo. « Je t'interdis ne serait-ce que de l'imaginer. Tu te rends compte de l'ingratitude que ce serait, après tous les sacrifices que j'ai faits pour toi et pour notre commerce ? Toi aussi, il faut que tu t'occupes de ce magasin et des personnes qui y gagnent leur vie. Tu ne peux plus te permettre de ne penser qu'à toi. »

*

Tu ne peux plus te permettre de ne penser qu'à toi.

Ces paroles résonnent dans le crâne de Vincenzo, tandis qu'il marche la tête basse et les poings dans les poches. Elles pèsent aussi lourd que des blocs de pierre.

Le jeune homme a du mal à se débarrasser du sentiment de culpabilité qui l'écrase. Car c'est vrai : son oncle s'est dévoué corps et âme à l'herboristerie, pour lui et sa mère. Il a la sensation d'étouffer, d'être un animal pris au piège. Il n'a jamais été aussi conscient qu'à ce moment-là d'appartenir à une famille.

Ses pas le conduisent jusqu'à la Cala.

Il y a un an, le port était envahi de navires et le môle couvert de caisses venues d'Angleterre ou de ses colonies. Aujourd'hui, tout le quartier semble replié sur lui-même, enveloppé d'un silence épais qui laisse entendre le clapotis de la mer.

La pensée du voyage en Grande-Bretagne réapparaît, plus forte que jamais.

Oh mon Dieu, oui, je veux partir. Depuis qu'il a fait la connaissance d'Ingham, Vincenzo n'a pas de désir plus pressant. Ou, pour être honnête, il y a aussi, désormais, le désir suscité par les promesses que contiennent parfois deux yeux à demi dissimulés derrière un rideau.

Vincenzo se précipite jusqu'à la piazzetta Sant'Eligio.

Au diable les bonnes manières. Il a besoin de savoir.

*

L'après-midi est déjà très avancé lorsque Isabella, en sortant de chez elle, découvre Vincenzo appuyé contre un mur, devant sa porte cochère.

Il la rejoint, lui prend la main et lui demande : « Alors ? Tu peux me le dire, maintenant. »

Elle retient son souffle, voudrait répondre, n'y parvient pas, réessaie : « Je… »

Un coup d'éventail asséné sur ses lèvres l'interrompt brusquement. D'un mouvement leste, la baronne se glisse entre les deux jeunes gens. « Quoi, *alors* ? Qu'est-ce que tu veux, toi ?

— Parler à Isabella, pas à vous.

— Comment oses-tu l'appeler par son prénom ? Pour toi, ce sera toujours Mlle Pillitteri. Allez, file avant que je demande à mon fils de te donner les coups de bâton que mérite un *homme de peine* comme toi ! »

Derrière la baronne, sa fille, très pâle, ne réagit pas. Elle garde les poings fermés devant sa bouche.

Vincenzo sent la colère monter en lui. « *Madame…* » Il s'adresse à la baronne en se gardant bien de la gratifier de son titre nobiliaire. « À l'heure qu'il est, votre fils doit être occupé à cuver son vin dans un des lupanars où il dilapide le peu d'argent qui vous reste. »

La vieille aristocrate blêmit. Dans sa jeunesse, elle a peut-être eu autant de charme qu'Isabella ; mais les vicissitudes de l'existence lui ont ôté jusqu'à la plus petite étincelle de grâce. « Espèce de chien galeux ! Comment oses-tu me parler sur ce ton ?

— Jusqu'à présent, je ne vous avais jamais manqué de respect. On ne peut pas en dire autant de vous. »

Autour d'eux, des gens s'arrêtent pour assister à la scène, et quelques visages apparaissent aux fenêtres. « Mes ancêtres faisaient fouetter les gens de ton espèce, quand ils avaient l'audace de lever les yeux sur nous ou de tenir des propos inconvenants. Et toi, tu te crois permis de m'insulter ? Retournez donc dans le cloaque d'où vous venez, toi et ta famille de déchargeurs ! »

Vincenzo toise cette femme des pieds à la tête. Les dentelles de sa robe ont été reprisées et ses volants sont si usés qu'ils s'effilochent par endroits. « Vous avez choisi vous-même votre tenue pour sortir ? À moins que vous ne vous en soyez remise aux soins de votre domestique… Mais non, suis-je bête : vous n'avez plus de femme de chambre personnelle, n'est-ce pas ? En tout cas, vous auriez dû mieux choisir ; la soie de votre jupe est déchirée, *madame.* »

Le bruit d'une gifle retentit dans toute la place.

Vincenzo demeure pétrifié.

Il ne se souvient plus à quand remonte la dernière taloche qu'il a reçue de sa mère.

Le visage terreux, Isabella recule, pleine de honte, jusqu'à la porte cochère. Quand il s'en aperçoit, Vincenzo écarte la baronne, oublie sa joue en feu, s'élance vers la jeune fille et l'appelle : « Isabella ! »

Elle secoue la tête à plusieurs reprises, en signe d'un refus qu'elle exprime ensuite à voix haute, avant de disparaître dans l'obscurité de la cour.

« *Non.* »

Alors, la baronne s'approche de Vincenzo, se dresse sur la pointe des pieds et murmure à son oreille, d'une voix tranchante : « Plutôt que de laisser quelqu'un comme toi lui toucher ne serait-ce qu'un cheveu, je préférerais la savoir morte ou déshonorée. Je préférerais qu'elle se prostitue dans un bordel. » Elle s'éloigne puis elle parle plus fort, pour être sûre que tout le monde l'entende : « Même si tu devenais riche à millions, ton argent sentirait toujours la sueur. Tu es et tu resteras un homme de peine. C'est le sang qui fait toute la différence. »

*

Vincenzo demeure immobile au centre de la place ; il a l'impression que tout Palerme défile autour de lui. Des fenêtres se referment et des éclats de rire se dissipent dans le fracas des véhicules sur le pavé. Les regards des passants trahissent tantôt de la sympathie, tantôt de la pitié, tantôt un mépris non dissimulé.

C'est le sang qui fait toute la différence.

Vincenzo s'éloigne de la place. La tête haute et le dos droit. Mais il a des semelles en plomb.

Tout se brise en lui. Seul le sentiment de l'humiliation l'empêche d'éclater en mille morceaux.

Plus jamais, se dit-il.

Plus jamais.

*

« Alors, que pensez-vous du Yorkshire ? »

Benjamin Ingham, assis en face de lui dans son carrosse, lui parle en anglais.

Le nez collé contre la vitre, Vincenzo observe la campagne. Il finit par répondre : « C'est très beau. Mais dans l'ensemble, l'Angleterre est très différente de ce que j'imaginais. Je pensais qu'il y avait plus de villes et de maisons. Et puis toute cette pluie, en plein mois d'août !

— Ce sont les vents océaniques qui l'apportent, lui explique Ingham. Nous ne sommes pas en Sicile, il n'y a pas de montagnes pour s'opposer à l'avancée des nuages. » Ingham observe la tenue vestimentaire du jeune homme et hoche la tête d'un air satisfait. « Mon tailleur a fait du très bon travail. Les habits que vous aviez apportés de Palerme ne sont pas adaptés à notre climat. »

Vincenzo tâte le tissu de sa veste : il est chaud, résistant, et fait barrière à l'humidité. Mais ce qui l'a vraiment étonné, c'est le coton des chemises que l'on fabrique ici, infiniment plus moelleux que celui auquel il est habitué. On l'obtient grâce à des métiers à tisser qui fonctionnent à la vapeur, dont Ingham lui a fait une description enthousiaste.

Quelques semaines ont suffi à Vincenzo pour en apprendre davantage qu'en une année entière d'études. Tout, dans ce voyage, a la saveur de la découverte : l'océan, son immensité intimidante ; les falaises de la côte française ; le soleil réduit à l'état de présence évanescente. Et les usines, surtout. Il y en a tellement !

Dès leur arrivée, Ingham le lui a d'ailleurs promis : « Avant de nous rendre chez moi, à Leeds, nous irons visiter une des manufactures textiles dont je suis propriétaire. On y tisse du drap de laine avec des métiers actionnés à la vapeur. Une vraie merveille, vous verrez ! »

C'est justement là qu'ils vont.

En descendant du carrosse, Vincenzo est saisi par l'odeur du charbon brûlé, une odeur âcre, amère, qui se mêle au vent du nord.

Les ouvriers s'activent autour de chariots remplis de marchandises et de caissons recouverts de bâches.

Vincenzo observe les murs en brique de la cour : pas d'enduit, pas d'ornements. Au centre, une construction dotée d'un large portail, d'une cheminée et d'un toit en ardoise.

Le directeur de l'établissement s'avance à la rencontre d'Ingham. Il est si gros que sa veste paraît sur le point de craquer. Tout en accompagnant les deux visiteurs vers l'entrée, il fait allusion aux pannes d'un des moteurs.

Benjamin le rassure et lui promet qu'ils reparleront de tout cela plus tard. Puis il fait signe à Vincenzo de le suivre.

À l'intérieur de l'édifice, des sifflements, des bruits sourds, des chuintements et un grincement permanent qui semble provenir du toit produisent un vacarme assourdissant. Vincenzo se sent immergé dans l'obscurité et la chaleur.

Autour de lui, les mouvements des corps lui rappellent certains passages de l'*Enfer* de Dante qu'il a étudiés avec don Salpietra, et en particulier celui où les indolents courent dans tous les sens et se cognent les uns contre les autres, en poursuivant une enseigne qu'ils n'attraperont jamais.

Au bout de quelques secondes, il distingue des hommes, des femmes et des enfants d'âges variés qui s'agitent autour des machines. Beaucoup sont trempés de sueur et portent un mouchoir sur la tête.

Benjamin tire Vincenzo par le bras. « Cette usine emploie plus de trente personnes, et son organisation est très rigoureuse : là-bas, on prépare des fils qui sont ensuite retravaillés dans ce secteur-ci. » Il désigne une partie du hangar qui semble plus lumineuse que les autres. Vincenzo aperçoit des gamins occupés à carder de la laine. « Avant, c'étaient des bergers qui pratiquaient le tissage chez eux ; maintenant, ils ont un salaire assuré et un toit au-dessus de leurs têtes. »

Après avoir entendu un sifflement à sa droite, Vincenzo se penche sur la canette mécanique qui entrelace les fils de trame et les fils ourdis. Il a la tentation de les toucher, mais il en est dissuadé par la vue des doigts de la femme qui fait jouer le mécanisme : il y manque deux phalanges.

Des gouttes de sueur perlent entre les omoplates du jeune homme et glissent le long de son dos. Il retire son pardessus et se demande comment font tous ces gens pour supporter une atmosphère aussi étouffante.

Ingham lui indique plusieurs cylindres noirs, séparés des espaces de travail : c'est de là que proviennent les sifflements et les claquements. Plus on s'en approche, plus la chaleur devient suffocante. Les ouvriers ont des visages de malades fiévreux, certains sont torse nu ; ils ne prêtent aucune attention aux nouveaux venus. Vincenzo saisit toutefois au passage, dans les regards furtifs de certains d'entre eux, un mélange d'acrimonie et de résignation.

On est ici au cœur de la manufacture. Le moteur à vapeur est un monstre à la carapace noire, luisante de graisse. Une plaque dissimule les pistons actionnés par la chaleur. D'un geste prudent, presque révérencieux, Vincenzo tend la main vers l'un des tubes. Il sent sous sa paume un mouvement vibratoire, la pulsation de cette machine qui paraît animée d'une vie propre.

*

Ingham a raison d'affirmer qu'en Sicile rien de tout cela ne pourrait fonctionner. En Angleterre, les ouvriers travaillent sans se plaindre ni se livrer à des filouteries. On ne manque ni d'eau ni, surtout, d'entrepreneurs.

Au terme de la visite, Ingham conduit Vincenzo dans son bureau avant de lui dire : « Ici et là-bas, les gens n'ont pas les mêmes choses dans la tête. » Une domestique leur apporte du thé, un breuvage auquel le jeune Sicilien n'a jamais goûté et qui sent la fleur. Il soulève sa tasse en s'efforçant de s'adapter aux us et coutumes anglais, si différents des rituels simples de sa famille.

« Il ne suffit pas d'avoir de l'argent pour assurer le succès d'une entreprise. Il faut aussi avoir des idées et le courage de les défendre. Je vous donne tout de suite un exemple. Combien y a-t-il d'herboristes, à Palerme, qui font le même chiffre d'affaires que vous ?

— Il ne doit pas y en avoir beaucoup, deux ou trois peut-être, Canzoneri et Gulì.

— Et je suppose que vous vous êtes déjà demandé pourquoi.

— Ils exercent leur métier depuis plusieurs générations, c'est devenu une routine, pour eux… » Soudain, des pensées sur lesquelles Vincenzo avait jusque-là achoppé se mettent en ordre et prennent un sens. « Ils n'ont jamais cru qu'ils pourraient agir autrement et…

— Ils se contentent de ce qu'ils ont : une simple herboristerie, une *putiedda*, comme vous dites. » Ce mot prend une résonance étrange, prononcé avec l'accent anglais.

Pendant qu'Ingham savoure son thé, Vincenzo baisse les yeux et réfléchit. L'espace d'un instant, son raisonnement est troublé par le souvenir d'Isabella, mais il le chasse en même temps que celui des injures de la baronne. « Si on installait toutes vos machines en Sicile, on obtiendrait une diminution des coûts de fabrication, n'est-ce pas ?

— Oui et non. » Ingham pose sa tasse, il est l'heure de se remettre en route. « Oh, n'allez pas croire que je n'y ai jamais songé. Seulement, il faudrait faire venir les métiers à tisser et toutes leurs pièces de rechange, sans compter les ouvriers qualifiés. Et puis, le charbon est plus facile à trouver ici que sur votre île. L'idéal, ce serait de disposer d'une manufacture qui fabriquerait directement sur place les machines et l'outillage nécessaires.

— Il n'y en a hélas pas, conclut Vincenzo d'un air

navré. Et même s'il y en avait une, elle perdrait beaucoup d'argent. »

Au moment où ils remontent en carrosse, Ingham pose une main sur l'épaule de son hôte. « En tout cas, arrêtons les formalités ! Appelle-moi Ben. »

*

Le sirocco recouvre Palerme telle une couverture humide.

Les nobles ont rejoint San Lorenzo ou Bagheria pour passer l'été dans leurs villas entourées de jardins. Parmi les habitants restés en ville, les plus chanceux demeurent enfermés chez eux toute la journée, mouillent leurs rideaux pour rafraîchir un peu l'air ou se réfugient dans leurs caves.

Les enfants n'ont même plus envie de jouer. Ils vont sur la plage, au-delà de la Cala, se courent après et plongent du haut des rochers.

Les personnes obligées de travailler parcourent les rues tête baissée, sous le soleil mordant. Ignazio déteste la chaleur, qui exacerbe sa lassitude et lui coupe la respiration. Il arrive à l'herboristerie à l'aube et en repart alors que Palerme est déjà enveloppée dans le crépuscule.

C'est à ce moment-là que les Palermitains se la réapproprient. Dans les ruelles étroites en tuf et en pierre qui longent les somptueux palais aristocratiques aux volets clos, la vie reprend ses droits. Des rafales de vent chargées d'humidité y parviennent du port ; ceux qui en ont les moyens louent un carrosse ou une calèche pour une promenade en bord de mer.

À côté des fiacres aux vernis rutilants apparaissent des charrettes décorées d'images de paladins, des voitures sans prétention où des gens s'entassent pour aller chercher ailleurs un air plus respirable. On a célébré il y a peu le Festino, la grande fête populaire en l'honneur de sainte Rosalie, patronne de la ville, qui enivre ses participants de liesse et de couleurs.

On installe des chaises et des tabourets devant les portes ; les femmes bavardent tout en surveillant leurs enfants ; les ouvriers dorment sur des paillasses aménagées tant bien que mal sur des balcons.

Une broderie à la main, Giuseppina guette le retour d'Ignazio par la fenêtre. Puis ils dînent dans un silence tranquille, familier.

Ils terminent leur soirée au balcon, à observer les gens dans la rue. Elle tient d'une main un éventail en feuilles de palmier et, de l'autre, un verre d'eau à l'anis ; lui plonge de temps à autre les doigts dans un bol de graines de courge grillées.

Un soir, tout à coup, le visage de Giuseppina se rembrunit.

« Qu'est-ce qu'il y a ? lui demande Ignazio, plus par habitude que sous l'effet d'une véritable inquiétude.

— Rien. »

Il insiste : « Qu'est-ce que tu as ? »

Elle hausse les épaules puis murmure, mélancolique : « Il t'arrive d'y penser, toi, à notre maison de Pietraliscia ? »

Son beau-frère pose son bol par terre. « Parfois, oui. Pourquoi ?

— Moi, j'y pense tout le temps. J'aimerais y retourner, ne serait-ce que pour y mourir. » Elle penche la tête en arrière, à la recherche d'étoiles qu'elle ne trouve pas. « Je veux rentrer chez moi.

— Qu'est-ce que tu racontes ? » Ignazio est abasourdi.

Giuseppina l'écoute à peine et elle reprend, plus pour elle-même que pour lui : « Tu as ton travail, toi, ça t'occupe. Alors que moi… je ne sais pas ce que je fais là. À part Mariuccia, qui n'est plus toute jeune, et quelques vagues connaissances, je n'ai personne. Je pourrais demander à Vincenzo de m'accompagner à Pietraliscia et t'aider de là-bas à organiser vos activités… »

Ignazio n'en croit pas ses oreilles. Agrippé à la balustrade, il a du mal à trouver ses mots. « Non mais tu te rends compte de ce que tu dis ? Nous envoyons des bateaux à Marseille, et tu viens me parler de la Calabre ! Vincenzo parle l'anglais et le français, et il irait vivre à Bagnara ? C'est un citadin maintenant, un vrai Palermitain, et tu voudrais le confiner dans un patelin ? » Il est animé à la fois par de la véhémence, de l'incrédulité et de la colère. « Ça fait presque dix-huit ans que nous habitons cette ville, et ton mari y est même enterré.

— Un homme formidable, ton frère ! Il m'a tout pris, sans me donner la moindre miette d'amour en échange. Il a profité de l'argent de ma dot et il m'a reléguée dans un coin.

— Tu en es encore à ruminer ces pensées-là ? Ta dot lui appartenait et toi, tu vas rester ici. Tu voudrais aller où, toute seule ? Et puis, qui s'occuperait de moi et de ton fils ? »

Sur le visage de Giuseppina, les rides forment une

grimace de hargne. « Vous êtes vraiment tous les mêmes, dans votre famille. Alors je dois vous servir de domestique jusqu'à la fin de mes jours, c'est ça ? Pauvre idiote que je suis ! Et moi qui te croyais différent des autres… Tu es pareil, égoïste et voleur. » Elle se lève. « Et tu sais ce qui me fait le plus de peine ? C'est que mon fils est en train de devenir comme vous, avec un cœur de pierre et…

— Mais qu'est-ce que tu as, ce soir ? Qu'est-ce que ton fils a à voir là-dedans ?

— Je n'ai rien, je réfléchis, c'est tout. Et puis, inutile d'en parler, toi aussi, tu as tout oublié. Pour toi, il n'y a que l'argent et le magasin qui comptent. » Elle disparaît derrière le rideau.

Ignazio reste sur le balcon, toujours agrippé à la balustrade.

Elle est d'une ingratitude… Comme si c'était ma faute.

Il a envie de hurler. Giuseppina lui a adressé des accusations cruelles et injustes, elle ne lui est reconnaissante de rien, lui qui a tant fait pour elle.

Soudain, il se demande s'il a eu raison de se tuer au travail sans chercher la moindre affection nulle part. Il ne pense pas à celle dont Giuseppina a toujours fait preuve à son égard, en prenant soin de lui.

Il songe à autre chose, à une sensation qui lui mord la chair et trouble son sommeil depuis de trop nombreuses années.

Ça suffit.

Il rejoint sa belle-sœur dans sa chambre. Elle s'est changée et elle a enfilé une chemise de nuit toute simple, sans fioritures, qui faisait partie de son trousseau de mariée. Assise devant un miroir, elle démêle ses cheveux et en retire des barrettes.

Ignazio ne se retient plus. « Tu ne le sais peut-être pas, ce que tu représentes pour moi ? Pourquoi est-ce que tu dois toujours remuer le passé ? »

Giuseppina laisse retomber ses bras le long de son corps. « Je te l'ai déjà expliqué cent fois. Ce n'est pas moi qui ai choisi. Pour moi, rester ici, c'est une pénitence.

— Tu n'as pas le droit de me le reprocher. Beaucoup d'autres ont eu le courage de quitter Bagnara et de refaire leur vie en Sicile… Je te rappelle que Vittoria et Pietro Spoletti vivent à Mistretta. Qui reste-t-il, d'après toi, à Pietraliscia ? »

Giuseppina ne répond pas. Elle sait qu'Ignazio a raison. Mais elle a nourri une telle rancœur, pendant tant d'années, qu'elle ne peut plus vivre sans elle. Son ressentiment lui donne la sensation d'avoir une épine entre les côtes. Elle jette ses barrettes et commence à se brosser les cheveux. « Va-t'en, s'il te plaît. » Elle donne des coups de brosse sur la commode et hurle : « Va-t'en ! »

Elle entend des pas s'éloigner.

La rancœur, elle, ne part pas.

Des mots s'échappent de la bouche de Giuseppina sans qu'elle s'en aperçoive, car la rage trop longtemps accumulée en elle est devenue irrépressible : « Voilà ce que vous êtes, les Florio : des gens qui prennent ce qu'ils veulent ! Ton frère d'abord, et toi ensuite : vous m'avez pris ma vie. Vous avez fait de moi une moins que rien et à cause de vous, mon fils est devenu une carogne, un chien galeux. »

On entend d'autres pas.

Tout à coup, des bras la saisissent si fort qu'ils lui font mal. Ils déchirent sa chemise de nuit, dévoilant ses seins. Derrière elle, Ignazio se colle contre son dos. Il tremble.

Tous deux se regardent dans le miroir.

Giuseppina y voit un étranger, et elle en a peur. Cet homme qui vient de l'empoigner avec autant de brutalité, ce ne peut pas être Ignazio, le doux et patient Ignazio. C'est un homme désespéré, prêt à tout.

Il murmure : « Si j'étais comme les gens de ma famille, il y a des années que j'aurais pris ce que je désire. » Il le lui a chuchoté à l'oreille, et ses mains le lui confirment.

Giuseppina est terrorisée. Elle n'a jamais vu son beau-frère dans un tel état, et ce qu'elle lit sur son visage rend ses jambes flageolantes.

Mais elle y reconnaît aussi sa propre envie. Le souffle court, elle rougit de honte.

Il suffit d'un rien, tous deux en sont conscients.

C'est elle qui décide de sauter le pas. Elle se retourne et enlace Ignazio. Peu importe si elle a des remords dès le lendemain matin. Peu importe s'ils le regrettent tous les deux et n'osent plus se regarder en face. Peu importe si leurs mains parcourent le chemin que leurs yeux et leurs désirs ont si souvent suivi. Peu importe s'ils s'interdisent ensuite de les assouvir pour le restant de leurs jours.

Ils enfouiront cette nuit au tréfonds de leur mémoire, parce que le sentiment de culpabilité et la conscience d'avoir trahi celui qui n'est plus seront insupportables. Et même s'il s'était agi d'un rêve, ce serait resté un motif de honte à ensevelir pour toujours dans leurs souvenirs.

*

Dix-neuf ans.

En cette journée ensoleillée du 3 avril 1818, cela fait dix-neuf ans que Vincenzo est au monde et qu'Ignazio lui tient lieu de père. Dix-neuf ans qu'il forme, avec Giuseppina, une famille faite d'absences et de silences.

Ce jour-là, après la fermeture, des liqueurs et des biscuits sont apparus sur le comptoir : Ignazio a invité les employés de l'herboristerie à participer à un vin d'honneur. Vincenzo et lui sont ensuite rentrés à la maison, où Giuseppina leur a préparé un ragoût pour l'occasion.

Quand Vincenzo était revenu d'Angleterre, en octobre 1817, son oncle et sa mère l'attendaient sur la jetée. Dès qu'il avait posé le pied sur la terre ferme, Giuseppina l'avait pris dans ses bras avec toute sa fougue possessive. Vincenzo, embarrassé, n'avait pas bougé et avait cherché le regard d'Ignazio qui, resté à l'écart, lui avait fait signe d'approcher. Puis ils s'étaient serré la main.

Ni plus ni moins.

Mais Ignazio avait tout de suite compris que ces trois mois en Grande-Bretagne avaient été des plus bénéfiques : le gamin au cœur brisé avait disparu pour laisser place à un jeune homme fier, à la bouche fine et dure, aux épaules larges et à l'expression déterminée.

À la maison, pendant que les porteurs montaient

les bagages, ils s'étaient assis tous deux au salon pour bavarder.

« Tonton, vous ne pouvez pas imaginer ce que j'ai vu. Là-bas, il y a des machines qui font tout le travail en deux fois moins de temps que des humains. » Vincenzo avait complété son propos par d'interminables descriptions de moteurs à vapeur, de métiers à tisser, de locomotives. Par moments, Giuseppina quittait sa cuisine pour s'approcher de son fils, lui caresser les cheveux et l'écouter, pleine d'orgueil.

Ignazio, quant à lui, l'avait dévisagé avec une extrême attention ; puis il avait eu ce commentaire : « Je comprends mieux pourquoi les Anglais peuvent se permettre de proposer des prix aussi compétitifs.

— Exactement. Et c'est là que nous pourrions intervenir, en leur apportant ce dont ils ont besoin. » Vincenzo avait tiré une enveloppe de sa poche et l'avait tendue sans ajouter un mot à son oncle, qui l'avait parcourue des yeux avant de répondre :

« Des noms et des adresses de manufactures et de mandataires commerciaux. Félicitations ! Ingham a été un excellent professeur. »

Vincenzo avait joint les mains sous le menton, en accompagnant son geste d'un vague sourire. « Pendant la dernière partie de mon séjour, je suis resté avec lui à Londres. J'ai rencontré des agents, et même des propriétaires d'usine. Ils me prenaient tous pour un gamin et ils parlaient avec Ingham comme si je n'étais pas là. Seulement moi, j'ai bien écouté, et j'ai compris qu'ils en ont assez, de s'approvisionner auprès d'un trop grand nombre de fournisseurs. »

Ignazio retrouvait, chez son neveu, la passion qui

l'avait si longtemps animé jadis. « Et qu'est-ce que tu en as conclu ?

— Que ça pourrait être nous, leurs intermédiaires en Sicile. Prenons l'exemple du tanin : eux s'en servent pour travailler les peausseries et les cuirs et pour fixer les couleurs. Nous, en Sicile, nous avons du sumac, n'est-ce pas ? Achetons-en, faisons-le broyer, transformons-le en tanin et revendons-le aux tanneries. »

Ignazio avait posé à nouveau les yeux sur la liste de noms, puis sur son neveu. Sa barbe naissante lui donnait un air plus mûr, certes ; mais c'était en premier lieu son attitude qui avait changé du tout au tout : il était devenu sérieux, voire sévère. Ignazio avait avancé une objection : « Ingham le fait déjà.

— Je sais bien. Mais il est anglais, et nous sommes palermitains. Nous pourrions obtenir des prix plus bas… »

Giuseppina avait interrompu leur conversation en les appelant à table.

Vincenzo lui avait fait signe d'attendre, il s'était approché d'une malle et en avait sorti deux paquets. « Celui-ci est pour vous, tonton. L'autre est pour ma mère. »

Giuseppina avait ouvert son cadeau avec une joie d'enfant et entrevu, sous le papier déchiré, un morceau d'étoffe à motifs orientaux qu'elle avait ensuite approché de son visage. « De la soie ! Ça a dû te coûter une fortune !

— De la soie chinoise, pour être précis. Et j'ai largement les moyens d'en acheter. » Vincenzo avait alors regardé son oncle et il lui avait demandé : « Vous n'ouvrez pas le vôtre ? »

C'était du drap de laine sombre, en quantité suffisante pour tailler un habit et une cravate. Ignazio avait apprécié la qualité et le moelleux du tissu.

« Il vient d'une des manufactures de Ben. Je t'en reparlerai pendant le repas. »

Ils en avaient reparlé, en effet. Encore et encore.

Depuis ce jour-là, ils n'avaient même jamais cessé.

*

Ignazio est assis à son bureau ; Vincenzo feuillette les registres des années précédentes et ceux de l'année en cours, lui communique des chiffres, compare les entrées et les sorties de marchandises. Le quinquina reste leur ressource la plus importante, mais ce n'est pas la seule.

« Par rapport à l'an dernier, nous avons augmenté nos ventes de sumac. » Vincenzo passe un doigt sur les pages des livres de comptes. « Presque toutes sur le marché anglais. Et puis, il y a les cargaisons de soie chinoise. Aussitôt dédouanées, aussitôt vendues.

— Il n'empêche que les Français ne sont pas en reste. L'autre jour, Gulì a fait partir un gros chargement de sumac à destination de Marseille. » Ignazio se mord la lèvre et réfléchit quelques secondes, avant de poursuivre : « Tu sais quoi, Vincenzo ? À mon avis, en plus du tanin, on pourrait vendre des peausseries semi-travaillées. Les Anglais utilisent beaucoup de peaux d'agneaux et de chèvres et on n'en manque pas, ici. Qu'est-ce que tu en dis ? »

Vincenzo acquiesce. «J'en dis qu'il faut tenter le coup. Mon père et vous, vous avez fait vos débuts dans un cagibi, vous me l'avez assez répété ; et aujourd'hui, nous recevons des cargaisons en provenance de toute l'Europe. Et puisque nous en sommes à échanger des propositions… Pendant que vous pensiez aux peaux, de mon côté, j'ai pensé au soufre. Vous savez que les Français en achètent d'énormes quantités et que… »

Sans répondre, Ignazio désigne quelques papiers posés sur son bureau ; Maurizio Reggio les a couverts de notes. «J'ai eu l'idée avant toi. Je me suis renseigné sur les conditions de vente auprès de marchands et de directeurs de mine. » Il jette à son neveu un regard chargé d'une certaine ironie. « Qu'est-ce que tu crois ? Que tu vas m'apprendre mon métier ? »

Le grand éclat de rire de Vincenzo lui réchauffe le cœur.

*

Il fait très froid, en ce mois de janvier 1820. Depuis quelque temps, Ignazio souffre de rhumatismes, et il a demandé qu'on allume un poêle dans son bureau de l'herboristerie.

Vincenzo épluche des oranges dont il jette les écorces dans le charbon ; une bonne odeur d'agrumes envahit la pièce.

Le jeune homme a beaucoup grandi, en deux ans. Ignazio l'observe et se rend compte que son esprit a changé autant que son corps, qu'il est devenu de plus en plus froid et calculateur.

Il l'a montré par exemple quand il s'est mis en

tête d'importer et de vendre du quinquina anglais, tout en sachant très bien que les pharmaciens de Palerme n'apprécieraient pas du tout cette nouveauté. Quelques jours plus tôt, son projet s'est concrétisé : l'archiatre, le médecin qui contrôle la commercialisation de nouveaux médicaments en Sicile, lui a accordé son autorisation et l'a ainsi mis à l'abri de toute poursuite. Les acquéreurs de ce quinquina raffiné, d'excellente qualité, ne devraient pas manquer.

Pas plus que les protestations, a aussitôt pensé Ignazio.

Et de fait, un commis frappe à sa porte pour lui annoncer qu'une délégation de pharmaciens est venue « demander des explications ». L'oncle et le neveu ont tout juste le temps d'échanger un regard complice : le petit groupe formé par ces messieurs, enveloppés dans leurs grands manteaux noirs, est déjà sur le seuil, avec à sa tête Carmelo Saguto et son beau-frère, Venanzio Canzoneri, reconnaissable à ses épais favoris roux.

Ignazio se lève pour les accueillir, les prie de bien vouloir prendre place et se rassied derrière son bureau. Vincenzo, en revanche, reste debout et leur jette des regards menaçants.

Canzoneri est le premier à parler, sur le ton de quelqu'un qui est habitué à donner des ordres : « Dites-nous un peu, Florio, qu'est-ce que c'est que cette histoire ? Il paraîtrait que vous auriez obtenu la permission de vendre des médicaments ? J'ai quelque peine à le croire.

— Bien le bonjour à vous aussi, don Canzoneri, réplique Ignazio en levant les yeux au plafond. Je vous trouve en grande forme.

— Et moi, je n'ai aucun mal à deviner qui vous a appris la nouvelle», ajoute Vincenzo avant d'aller se placer derrière Saguto, de se pencher sur son épaule et de lui murmurer à l'oreille: «Vous êtes toujours aussi bavard, à ce que je vois, une vraie pipelette !

— J'ai rêvé ou le gamin a dit quelque chose ?» Saguto fait volte-face et il essaie en vain d'attraper Vincenzo, qui bondit en arrière et lui rit au nez.

Ignazio lui fait alors signe de venir s'asseoir à côté de lui ; Vincenzo obtempère, de mauvaise grâce. Son oncle aimerait éviter qu'une rixe n'éclate dans son bureau, mais il n'est pas disposé pour autant à se laisser intimider.

«Don Venanzio, votre beau-frère, si connu pour sa discrétion, vous a dit la vérité. À propos, comment se porte votre père ? J'ai appris qu'il avait eu un nouveau malaise, il y a quelques semaines, et qu'il a du mal à s'en remettre.

— Grâce à Dieu, il est toujours en vie.» Canzoneri croise les mains sur son ventre. Parler de son père, désormais réduit à l'état de légume, l'agace au plus haut point et lui donne la sensation de ne pas être à sa place, alors même qu'il est maintenant le patron incontesté de la pharmacie familiale. «Revenons-en plutôt à nos affaires et à votre autorisation. Vous savez que vous n'avez pas le droit de vendre des médicaments ? Sauf erreur de ma part, ni vous, ni votre neveu, ni aucun de vos employés ne possédez le titre de pharmacien ou d'apothicaire.

— Nous ne ferons jamais rien d'illégal. L'archiatre nous a accordé un permis spécial dont nous lui sommes reconnaissants, et dont les termes sont tout à fait clairs. Je ne peux donc que m'étonner, à mon tour, de votre présence ici. »

Canzoneri pousse un soupir et s'agite sur sa chaise. Derrière lui, Pietro Gulì, le vieux pharmacien qui s'était tant moqué de Paolo et d'Ignazio, à leur arrivée à Palerme, s'essuie les lèvres et prend à son tour la parole : « Les statuts du Collège des pharmaciens et apothicaires sont sans ambiguïté, et vous ne comptez pas parmi ses membres. Mais vous avez fait pire encore : vous n'avez jamais demandé à notre corporation l'autorisation de vendre des herbes médicinales. Vous ne respectez aucune de ses règles.

— Vos règles ne sont pas les seules en vigueur, lui rétorque aussitôt Vincenzo d'un ton mordant. Vous avez grand tort, don Gulì, de croire que les lois sont faites par et pour vous, que vous pouvez les édicter et les abroger selon votre bon plaisir.

— C'est pourtant la stricte vérité, mon garçon. » Venanzio Canzoneri a prononcé ces mots, à voix basse, autant pour répondre à Vincenzo que pour dissuader Gulì de donner libre cours à son indignation. « Vous pouvez considérer notre venue ici comme un avertissement sans frais, que nous vous donnons à toutes fins utiles. »

Vincenzo se penche en avant. Il sent monter en lui une rage insidieuse, mais se contente de demander : « Ce qui signifie ?

— Vous vivez à Palerme depuis… combien de temps, déjà ? Vingt ans, n'est-ce pas ? Et pourtant, vous continuez à raisonner comme des étrangers. Jusqu'ici, vous avez eu beaucoup de chance, et je dois même admettre que vous n'avez jamais épargné vos efforts. D'un autre côté, vous n'avez toujours pas compris qu'ici, pour changer les choses, il ne suffit pas de le vouloir et d'obtenir des autorisations ; il faut qu'un certain nombre de conditions soient réunies.

— Et elles le sont. Nous sommes les fournisseurs exclusifs de plus de la moitié des pharmaciens de Palerme. »

Saguto écarte les bras en un de ces gestes théâtraux dont il est coutumier. « Pour l'instant, oui. Parce que l'argent circule. Mais supposons qu'il ne passe plus entre vos mains…

— Saguto, je n'aime pas beaucoup la façon dont vous nous parlez. Il y a des moments où…

— Vincenzo, non ! » Ignazio pose une main sur le bras de son neveu. Son comportement n'est pas digne d'un Florio.

Vincenzo recule d'un pas, les yeux toujours rivés sur Saguto qui ricane d'un air satisfait.

Ignazio observe Gulì, puis un visiteur qui est jusque-là resté à l'écart et qu'il connaît bien. Il s'agit de Gaspare Pizzimenti, un pharmacien du quartier Tribunali. Déjà un peu âgé, il a une allure distinguée et un visage grêlé, peut-être à cause d'une variole remontant à son enfance. « Dites-moi, Gulì, et vous aussi, Pizzimenti. À qui avez-vous acheté vos provisions de quinquina, ces deux dernières années ? »

Pizzimenti s'éclaircit la voix. « À vous, mais…

— Vous avez toujours dit que nos produits étaient les meilleurs sur le marché, et que vous mettiez notre quinquina anglais en bouteille sans avoir besoin de le raffiner. N'ayez pas honte de le reconnaître, nous sommes entre hommes d'honneur ici, n'est-ce pas ?

demande Ignazio en laissant ces derniers mots résonner dans le silence pendant une poignée de secondes. Allons, du courage, personne ne vous fera de reproches et vous n'êtes pas le seul dans ce cas. Pourtant, à en croire les insinuations de vos collègues ici présents, vous pourriez soudain ne plus trouver votre intérêt à nous garder comme fournisseurs, et il en irait de même pour plusieurs de vos confrères. Moi, je suis convaincu du contraire : rompre avec nous ne serait ni facile ni indolore. Pour vous, du moins. »

Vincenzo devine immédiatement ce qu'il a à faire.

Il ouvre un tiroir du bureau du comptable, y prend quelques papiers et les tend à son oncle, qui dépose devant lui des liasses de lettres de change classées par signataires et par montants.

Les noms des visiteurs y apparaissent tous.

Ignazio croise les bras devant sa poitrine et les dévisage un à un. Il attend qu'ils comprennent. « Vous avez tout à fait raison, il y a des règles à respecter, si on ne veut pas perdre son honneur. Et payer ses dettes en fait partie, non ? »

Le ricanement de Saguto s'estompe et se métamorphose en grimace. Pizzimenti se réfugie dans l'ombre. Gulì baisse la tête et fixe la pointe de ses souliers.

Venanzio Canzoneri pousse un lourd soupir qu'on pourrait croire libérateur, et il finit par s'avouer vaincu : « En effet. »

Quelques instants plus tard, la délégation se retire. Canzoneri garde la tête haute et ne daigne adresser la parole à personne. Saguto, en revanche, se retourne vers Ignazio et Vincenzo, et serre le poing droit. Il n'oubliera jamais ce qui vient de se passer.

DU QUINQUINA

juillet 1820-mai 1828

'U pisu di l'anni è lu pisu cchiù granni.
« Le poids des ans est le plus lourd à porter. »

PROVERBE SICILIEN

Attisée par l'aristocratie palermitaine et répandue grâce à un dense réseau de sociétés secrètes, l'hostilité envers les Bourbons ne fait que croître. On les juge coupables de n'avoir tenu aucun compte de la volonté d'indépendance de l'île, en unifiant le royaume de Naples et le royaume de Sicile et en abrogeant la Constitution de 1812. Le 15 juin 1820, une révolte éclate à Palerme ; le prince François est contraint de se réfugier à Naples, le Parlement sicilien rétabli et la Constitution remise en vigueur. Un vent révolutionnaire souffle aussi sur le continent : le 7 juillet, une insurrection guidée par le général Guglielmo Pepe pousse Ferdinand Ier à accepter la Constitution promulguée en mars par Ferdinand VII d'Espagne.

L'esprit indépendantiste du gouvernement sicilien visant ouvertement à restaurer le royaume de Sicile, il se heurte de front aux Bourbons. Ces derniers profitent toutefois des discordes entre plusieurs villes (en particulier Palerme, Messine et Catane) pour réprimer la révolte dans le sang. Dès le mois de novembre, ils réaffirment leur autorité et la Sicile repasse sous le contrôle du gouvernement napolitain. En mars 1821, à la demande de Ferdinand Ier, les puissances de la Sainte Alliance (Prusse, Autriche et Russie) écrasent les derniers rebelles ; le 24 mars, les troupes autrichiennes entrent à Naples et rétablissent le souverain sur son trône. Elles y restent jusqu'en 1827, lorsque François Ier des Deux-Siciles, qui a succédé à son père Ferdinand en 1825, parvient enfin à les éloigner.

Un lion blessé se désaltère à un ruisseau. Non loin de là, les racines d'un arbre plongent dans l'eau, où elles libèrent leurs propriétés curatives.

Voilà l'image emblématique de l'activité des Florio : on la retrouve sur l'enseigne de leur herboristerie, mais aussi sur la sculpture de Benedetto De Lisi érigée devant leur tombeau familial, au cimetière Santa Maria del Gesù de Palerme.

Cet arbre qui plonge ses racines dans le ruisseau, c'est un quinquina, et son écorce a sans doute sauvé des millions de vies humaines. Du Pérou à la Bolivie, les Indiens d'Amérique ont été les premiers à se rendre compte de son efficacité contre la fièvre ; elle n'a pas échappé non plus aux jésuites, qui l'ont introduite en Espagne au cours du XVIIe siècle. Transformée en poudre et enfermée dans des sacs, elle a ensuite été expédiée vers les plus grands ports européens.

On l'appelle alors « écorce du Pérou ».

À l'époque de ses premières utilisations thérapeutiques, il s'agit d'un médicament réservé à quelques privilégiés : son ingrédient principal vient de très loin et doit être broyé à la main. Dc plus, le quinquina fait certes baisser la température, mais il épuise et affaiblit les malades, ce qui, aux yeux des gens simples, apparaît parfois plus grave que la fièvre elle-même.

Le XIXe siècle marque un tournant : des meules mécaniques permettent d'obtenir en peu de temps des quantités considérables de poudre de quinquina raffinée, et ses prix baissent en conséquence. Dès 1817, Pierre Joseph Pelletier et Joseph Bienaimé Caventou en extraient la quinine. Mais c'est seulement à la fin du siècle qu'on apporte la preuve indiscutable du lien entre la malaria et les parasites combattus par cette substance ; en Italie, il faut même attendre le début du XXe siècle pour que l'État autorise sa mise en vente chez les marchands de sel et de tabac, à une époque où la malaria tue encore quinze mille personnes par an.

*

« Vite, vite, tout le monde au port ! Il paraît que les bateaux espagnols sont arrivés.

— Pas du tout ! Ce sont des bateaux napolitains. Ils amènent le roi Ferdinand, parce qu'à Naples c'est la fin du monde !

— Le roi ? S'il débarque, on le jettera à l'eau !

— Les soldats, les soldats de Naples ont pris le pouvoir ! Ils ont demandé une Constitution, et le roi la leur a donnée !

— À eux oui, et pas à nous ? Deux poids, deux mesures !

— Il va falloir qu'il nous la rende, Ferdinand,

notre Constitution, celle qu'il nous a retirée en 1816. Nous y avons droit. Vive le royaume de Sicile !

— La révolution ! C'est la révolution ! »

Des hommes, des véhicules, des chevaux. Depuis la veille, Palerme est en ébullition. Les rues et les places retentissent d'un tumulte permanent. Ignazio entend les cris de la foule rassemblée sur le piano San Giacomo.

« Attention ! » Il écarte son neveu juste à temps pour lui éviter d'être renversé par une voiture lancée à toute allure.

Tous ceux qui le peuvent quittent Palerme. D'autres, au contraire, cherchent une occasion de se mettre en avant et d'attiser la colère du peuple. Difficile, dans ces conditions, de prévoir l'issue de la révolte.

Vincenzo repousse une mèche de cheveux retombée devant son visage. « Il faut barricader les portes de nos entrepôts, au cas où quelqu'un se mettrait en tête de les saccager…

— S'ils décident de mettre la ville à feu et à sang, ce n'est pas deux planches en plus qui les en dissuaderont. Allons voir ! »

Les deux hommes remontent la via dei Materassai, à contre-courant de la foule. Ignazio entre dans l'herboristerie : les volets ont été refermés ; seule la porte reste ouverte sous la surveillance d'un commis.

Ignazio regarde autour de lui, mais son esprit est ailleurs, il repense à un endroit et à un temps éloignés. Il habitait encore Bagnara, au moment de la fondation de la République parthénopéenne. À l'époque, des désordres avaient déjà éclaté dans tout le royaume. La plupart n'avaient rien à voir avec la politique et avaient surtout servi de prétexte à des règlements de comptes personnels, des homicides, des pillages. Il s'agissait d'abord et avant tout de se venger de ses ennemis : parents jalousés, paysans braconniers, éleveurs trop rusés, prêtres trop gourmands quand ils percevaient la dîme…

Non, cette fois-ci, ce n'est pas pareil, se dit Ignazio.

À Naples, des garnisons entières se sont mutinées. On a découvert que de nombreux officiers avaient adhéré au carbonarisme, et une grande quantité de soldats sont passés du côté des rebelles. Ferdinand s'est vite retrouvé dans une situation difficile. Il a même été obligé, quelques jours plus tôt, d'octroyer à ses sujets une charte reconnaissant les droits de la noblesse et du peuple et prévoyant la création d'un parlement.

Les Siciliens ne se sont pas contentés d'un simple rôle de spectateurs. Bien au contraire. Impossible pour eux d'oublier l'affront de 1816, la disparition du royaume de Sicile et l'abrogation de la Constitution de 1812. Le 14 juillet 1820, lors des festivités en l'honneur de sainte Rosalie, une foule immense a donné le signal de la révolte. Plus personne ne veut se sentir prisonnier chez lui. Les aristocrates, les intellectuels et le peuple ont profité des troubles de Naples pour proclamer l'indépendance de la Sicile.

Les nobles ont allumé la première étincelle. En 1799, ils avaient accueilli à bras ouverts les Bourbons en exil. Mais en guise de récompense, on les a privés de leur autorité, de leurs privilèges, des charges qu'ils ont toujours occupées parce que c'est la tradition et qu'il faut la respecter : la Sicile doit être gouvernée par les Siciliens, et les roturiers par les aristocrates.

La Sicile est un pays étrange. Le roi n'y a pas d'alliés parmi les nobles : ils voient en lui un rival étranger venu faire la loi chez eux, alors qu'ils vivent là depuis des générations, depuis l'époque des Arabes et des Normands. Ce sont eux qui l'ont façonnée, cette île, avec leur pouvoir, leurs rituels, leur sang, leurs mariages. Ce sont eux qui ont pétri la pâte de sel, de terre et d'eau de mer dont elle est faite. Et ils ont développé un talent inégalé pour manipuler les pauvres gens, pour les pousser à se brûler les ailes à leur place.

« Allons-nous-en, dit Ignazio à Vincenzo.

— Où ça ?

— J'ai entendu parler d'une réquisition des marchandises conservées à la douane, et je ne m'explique pas pourquoi. Je ne comprends plus rien à rien, avec tout ce désordre !

— Alors notre cargaison…

— Immobilisée, oui. Aucun bateau n'a plus le droit de partir ! » Ignazio est furieux. « Il paraît qu'un gouvernement provisoire est en train de se former. En attendant, à la douane, c'est le chaos, Ben Ingham vient de m'en informer. Allez, dépêche-toi, il nous attend là-bas. »

Ignazio marche d'un pas décidé. Pendant que la foule se presse dans les ruelles, les deux hommes rejoignent la cour carrée de la douane, prise d'assaut par des commerçants et des marins.

Sur les visages des soldats chargés de garder l'entrée, on lit l'envie d'être n'importe où, sauf là où ils sont. Ils tiennent la foule à distance en agitant leurs fusils et menacent de tirer, mais personne ne les écoute.

« Je me permets d'insister. Vous allez nous laisser passer parce que nous en avons le droit. »

Vincenzo reconnaîtrait la voix de Benjamin Ingham entre mille.

Ignazio s'approche de lui. « M. Ingham a raison. Un de nos navires s'apprête à larguer les amarres et tous les documents nécessaires sont là-dedans. » Il désigne du doigt l'édifice blanc, derrière le soldat. « Si nous n'expédions pas nos marchandises, nous allons perdre des sommes colossales, par votre faute.

— Nous ne pouvons pas vous laisser entrer, monsieur, lui répond un soldat. Et de toute manière, ça ne vous servirait à rien. La consigne est formelle : aucun départ jusqu'à nouvel ordre. »

Des cris de protestation s'élèvent dans la foule.

« Qui a donné cette consigne ?

— Nous exigeons de parler à un responsable !

— Nous voulons voir des papiers où c'est écrit noir sur blanc !

— Qui a pris cette décision, alors ? »

Les soldats échangent des regards terrorisés.

Des employés choisissent ce moment pour essayer de se faufiler hors de l'Office des écritures. Accueillis par des vociférations et quelques jets de fumier, ils font de vains efforts pour se réfugier dans les renfoncements du bâtiment. La foule attend des réponses.

Un des employés, en nage et tremblant de peur, finit par s'avancer vers elle en criant : « Inutile de rester ici ! Tout est bloqué, aucun navire ne lèvera l'ancre. On vous le coulerait à coups de canon !

— Et peut-on savoir pourquoi, de grâce ? »

Vincenzo est stupéfait par la capacité d'Ingham à se faire entendre au milieu de tout ce vacarme, sans pour autant hausser le ton. Un douanier lui hurle en guise de réponse, avant de s'éloigner : « Parce que. Maintenant, rentrez chez vous ! »

Un soldat lui fait écho, tout en levant son fusil : « Vous avez entendu ? Rentrez chez vous ! »

Quelques marchands reculent.

Vincenzo, lui, ne s'avoue pas vaincu. Il court après le douanier, l'attrape d'une main par la manche et lui dit d'une voix sifflante : « Ne me prenez pas pour un imbécile. Vous n'avez reçu aucun ordre. » Les visages des deux hommes se touchent presque. « Allez raconter vos bobards aux autres, mais pas à moi. Personne ne donne d'instructions à personne, aujourd'hui. »

Le douanier essaie de libérer son bras. « Lâchez-moi, ou j'appelle les soldats.

— Combien ? »

Le douanier écarquille les yeux. « Qu... quoi ? »

La main libre de Vincenzo le saisit au collet. « Combien, pour laisser partir notre bateau ? »

Ingham et Ignazio se sont rapprochés. Le marchand anglais se place à côté de Vincenzo et murmure, les yeux fixés sur le pavé : « Je me joins à la requête de M. Florio le jeune. Combien ? »

Leur interlocuteur hésite. « Je... »

Ignazio aperçoit un capitaine de navire, tout près, qui attend, et il a une exclamation d'impatience : « Allons, décidez-vous ! »

D'un geste du menton, le douanier désigne les entrepôts. Ses yeux expriment la panique et la cupidité. « Retrouvez-moi un peu plus tard à la porte qui donne sur l'arrière. Vous trois, et personne d'autre. »

*

Dans la ruelle derrière la douane, les espaces à l'ombre sont rares. Les minutes paraissent aussi longues que des heures. Une poignée de soldats montent la garde devant la porte Doganella, fermée à double tour.

Le soleil de juillet donne libre cours à sa férocité. Le visage d'Ingham, couvert de taches de rousseur, est écarlate. Ignazio s'essuie le front avec un mouchoir.

Tout à coup, un des portails s'ouvre. Le visage blanc du douanier surgit de l'obscurité. « Venez. »

Ignazio, Vincenzo et Ingham échangent un coup d'œil avant de se glisser à l'intérieur du bâtiment. L'ombre leur donne une sensation de fraîcheur et une odeur d'humidité les enveloppe.

« Combien ? » leur demande le douanier.

Vincenzo ressent un élan de pitié. Après tout, cet homme n'est qu'un pauvre diable mort de peur.

La confirmation de son intuition ne tarde pas à arriver, sous la forme d'un murmure : « J'ai trois jeunes enfants à nourrir, et à cause de vous, je risque de perdre mon travail. »

Vincenzo s'approche de la porte pour vérifier que personne n'arrive. Ingham propose un prix, le douanier marchande, une bourse passe des mains d'Ignazio à celles de l'employé, qui compte les pièces.

Aussitôt après, il leur remet les autorisations.

«J'ai antidaté les documents de trois jours, pour éviter les ennuis. Le navire devra partir pendant la nuit, toutes lumières éteintes et avec une voilure réduite. Pour le moment, le port reste ouvert. Je m'arrangerai pour qu'il n'y ait pas de soldats près du bateau… mais je ne garantis rien en cas de troubles.»

Le sourire d'Ingham est aussi tranchant qu'une lame de couteau. «Vous ferez en sorte qu'il n'y en ait pas, j'en suis certain.»

Ignazio appelle Vincenzo auprès de lui. «Nous avons les permis, pour nous et pour Ingham. Cours jusqu'au bateau, remets-les au capitaine et explique-lui tout. À lui, et surtout à personne d'autre.»

Vincenzo, suivi du douanier, se précipite dehors. Après avoir emprunté plusieurs couloirs, Ingham et Ignazio rejoignent la cour, déserte, sur laquelle donnent les entrepôts loués à des particuliers. Les serrures sont fermées et les portes barrées.

Tout semble en ordre. Les deux marchands poussent un soupir de soulagement.

Une lourde torpeur s'abat sur Palerme. La chaleur et les émotions ont épuisé la ville, qui s'endort dans l'accablement de l'après-midi. Ingham et Ignazio longent les murs jusqu'à la porte Felice, la seule à être restée ouverte.

«J'ai été très frappé par l'attitude de Vincenzo, tout à l'heure.» Ingham marche avec indolence, les mains dans les poches. «Il a fait preuve d'une présence d'esprit très rare chez la plupart des gens de son âge. D'une certaine brutalité, aussi, mais les circonstances sont peu propices à la subtilité.

— En effet.»

Le commerçant anglais observe son interlocuteur du coin de l'œil. « Vous n'êtes pas content de lui ?

— Oh que si. Je suis même fier de lui, il a eu du cran. C'est juste que parfois... » Ignazio cherche ses mots sans les trouver. Vincenzo agit avec un détachement dont l'explication lui échappe en partie.

À la Cala, le vent marin fait entendre son bruissement entre les mâts des embarcations. Près de la porte Doganella, les traces des échauffourées de la matinée sont encore visibles.

Ingham écarte un chariot renversé. « Vincenzo a un caractère très... affirmé. Sa détermination a quelque chose de stupéfiant. »

Ignazio reconnaît le navire qu'ils ont affrété. Sur le quai, son neveu discute avec un petit groupe de marins. « Vous trouvez ?

— Oui. » Ingham fixe son regard sur Vincenzo. « Vous savez, j'ai beaucoup de neveux en Angleterre, les enfants de ma sœur. Ce sont tous des jeunes gens compétents et rigoureux, mais aucun d'eux n'a une telle rage chevillée au corps. Ne vous méprenez pas, je veux parler d'une rage d'ambition très saine, qui permet d'aller loin. »

Dans la voix du marchand britannique, Ignazio perçoit de l'admiration mais aussi, peut-être, une pointe d'envie. Pourtant, il ne parvient pas à s'en réjouir.

*

Vincenzo a passé tout l'été en Angleterre. À son retour, il avait dans ses bagages une grande caisse en bois. Un forgeron anglais, avec qui il est le seul à pouvoir communiquer, l'accompagnait. Ils se sont enfermés des journées entières dans l'entrepôt du piano San Giacomo. Et c'est justement après une de ces séances de travail, à une heure où la nuit est tombée sur Palerme, que Vincenzo se retrouve sous les fenêtres d'Isabella Pillitteri. Il a beau se dire qu'il est arrivé là par hasard, presque contre sa volonté, il sait que ce n'est pas vrai.

La maison est déserte et les fenêtres sont barricadées. Vincenzo a entendu raconter que la mère et la fille ont été obligées de s'installer juste à la sortie de la ville : leur parent propriétaire de leur habitation s'étant refusé à les entretenir à vie, elles ont dû quitter les lieux et transporter à bord d'une charrette les quelques biens qui leur restent. Quant au frère d'Isabella, il se serait, paraît-il, engagé dans l'armée napolitaine pour ajouter le montant de sa solde au maigre budget familial.

Les yeux fixés sur ces balcons que le temps et l'incurie effritent peu à peu, Vincenzo se dit qu'il existe une sorte de justice divine lente et tortueuse, une loi non écrite du destin : quand on blesse quelqu'un, tôt ou tard, on souffre de la même douleur.

Cette pensée suscite en lui une considération amère : comme il a changé, le gamin au cœur brisé qui s'apprêtait à partir pour l'Angleterre ! À l'époque, ce pauvre idiot avait permis à une vieille sorcière de l'insulter en public. Maintenant, c'est un homme. Et malgré tout, il ressent encore un peu de colère et des regrets. De la colère, parce que Isabella n'avait pas voulu l'écouter, parce qu'elle s'était enfuie, parce qu'elle avait attaché trop d'importance à la noblesse du sang. Des regrets, parce qu'on ne lui avait pas accordé la moindre chance de fonder une famille avec elle.

Tout ça, c'est du passé. Il a vingt-cinq ans et il finira bien par trouver une jeune fille disposée à lui donner des enfants. Mais pour le moment, il ne veut pas se compliquer l'existence avec des histoires de femmes. Dans l'immédiat, il s'agit de devenir très riche et d'effacer, sur le visage des gens comme la baronne Pillitteri, cette expression horripilante de suffisance et de mépris. Alors, rien ne s'opposera plus à son mariage avec une demoiselle dont la famille sera autant bardée de titres que grevée d'hypothèques.

Une demoiselle noble qui s'abaissera à épouser un bourgeois.

L'argent et les biens matériels ne mentent pas, eux. Contrairement aux hommes, ils n'ont qu'une parole. En Angleterre, Vincenzo a appris à jouir d'un corps de femme, et il sait aussi apprécier la qualité d'un bon vin ou d'un mets raffiné ; mais ce qui lui donne le plus de plaisir, c'est son travail. Le profit. La reconnaissance sociale viendra ensuite, coûte que coûte ; il saura se montrer patient.

*

Le lendemain soir, Vincenzo est rentré à la maison en sueur et les vêtements couverts de taches de graisse, mais content. Il a demandé à son oncle de le rejoindre, le matin suivant, avec Maurizio Reggio et un apprenti, et d'apporter un sac d'écorce de quinquina.

Quand Ignazio a demandé des explications, il s'est entendu répondre : « Vous verrez. »

Et le voilà maintenant qui n'en croit pas ses yeux.

La machine se présente sous l'aspect d'une coquille en fer dont s'échappe un sifflement. Composée de deux éléments eux aussi en fer, la meule est fermée par un couvercle hermétique.

Ignazio tend la main puis regarde Vincenzo, qui attend sa réaction, bras croisés. Non loin de là, Reggio est abasourdi et fasciné.

Vincenzo fait signe à l'ouvrier anglais de stopper la machine et de soulever le couvercle. Ignazio et Maurizio s'avancent. Leurs yeux se mettent aussitôt à papilloter, tandis que l'odeur du quinquina se répand dans toute la pièce. Une poudre à la consistance semblable à celle de la cendre s'est accumulée sous la plaque de métal.

Très impressionné, Ignazio murmure, sans quitter son neveu des yeux : « Tu m'en avais parlé dans une de tes lettres, mais je ne pensais pas qu'elle était aussi rapide. Elle broie plus de quinquina en une demi-heure que cinq ouvriers en une heure. On le prépare comme ça, en Angleterre ?

— Oui, et uniquement avec ce genre de machine. Après, on l'exporte dans les colonies. Et regardez : comme les déchets restent au fond, la poudre est beaucoup plus pure, et déjà prête pour la vente. Plus besoin de la tamiser, il n'y a qu'à la verser dans des petits récipients en verre. »

Maurizio Reggio enfonce un doigt dans la poudre. « Quelle finesse… C'est vraiment incroyable ! »

Vincenzo se laisse aller à un bref éclat de rire. Il

referme le couvercle pour éviter la dispersion des substances volatiles et ordonne à l'apprenti de prendre plusieurs récipients. « Scelle les bouchons et appose notre cachet à la cire. » Puis il remercie le forgeron en anglais et explique à son oncle : « Quand il aura fini d'apprendre à nos ouvriers à manœuvrer la machine, il pourra repartir en même temps que notre prochaine expédition à destination de Leeds. »

Ignazio, Vincenzo et Maurizio sortent à l'air libre. Le soleil est encore chaud, mais la lumière n'est plus aveuglante et l'on perçoit, dans le souffle du vent, une fraîcheur vive tout droit venue de la mer.

« L'Angleterre te fait du bien. À nous aussi, d'ailleurs. » Ignazio prend le bras de son neveu. Il a les cheveux ébouriffés de Paolo et les yeux en amande de sa mère.

Giuseppina.

Elle vieillit, comme son beau-frère, mais elle a conservé ce regard farouche qui l'a fasciné dès leur première rencontre. Depuis toutes ces années, il est resté à ses côtés pour prendre soin d'elle.

C'est plus fort que lui.

Il caresse l'alliance de sa mère. Paolo – paix à son âme – est mort depuis de nombreuses années. Vincenzo est de plus en plus autonome.

Ignazio serait donc en droit de se chercher une femme qui lui apporterait de l'affection et lui permettrait de fonder enfin sa propre famille. D'avoir sa part de bonheur. Et peut-être même de tendresse.

Mais il préfère demeurer auprès de Giuseppina et de Vincenzo.

Il a fait ce choix et il n'a aucun mal à se l'avouer, il a

la sérénité des gens qui n'ont plus de comptes à régler avec leur passé.

On aurait tort de lui objecter qu'il s'illusionne. Ignazio sait très bien qu'il n'agit pas ainsi par sens du devoir.

Son sentiment envers Giuseppina n'a plus la saveur de la passion. Il rappellerait plutôt la douceur de certaines soirées d'automne où l'été n'est plus qu'un souvenir, à l'approche de l'hiver.

*

Il est presque midi lorsqu'ils arrivent à l'herboristerie.

« Quand tu m'as écrit de Londres pour m'informer de ton intention d'acheter cette machine, j'ai d'abord été perplexe. Maintenant que je l'ai vue en action, je n'ai plus de doutes. » Ignazio réfléchit à voix haute. « Si nous vendons du quinquina dans des pots scellés, nous aurons des clients dans toute la Sicile.

— Tonton, c'est exactement ce que j'avais en tête. »

Maurizio les précède et leur ouvre la porte du magasin. Le parfum des épices s'y mêle à l'odeur marine qui provient de la Cala. Ignazio rétorque à son neveu : « Mais à mon avis, il est encore trop tôt. Les esprits ne sont pas préparés à un tel bouleversement. Et puis les pharmaciens vont protester, tu verras. »

Vincenzo hausse les épaules. « Ils changeront d'avis, simple question de temps. Et nous leur montrerons comment faire. » Il a prononcé ces mots avec une grande assurance, tout en franchissant le passage qui sépare le comptoir de l'arrière-boutique.

Les clients les saluent. Ignazio serre quelques mains et discute un instant avec un commis, mais il ne parvient pas à chasser le souvenir qui lui revient à l'esprit. Quatre ans plus tôt. Son idée de demander à l'archiatre l'autorisation de commercialiser des médicaments. Le permis accordé. La visite des pharmaciens furieux, et réduits au silence uniquement par la vue d'une liasse de lettres de change… *Les circonstances sont-elles vraiment si différentes, par rapport à ce jour-là ?* Ignazio se pose la question en se dirigeant vers son bureau.

Vincenzo est plongé dans des calculs et des prévisions de ventes. « Tonton, nous disposons déjà d'une autorisation, pour les poudres médicinales. Les pharmaciens et les apothicaires ne peuvent rien y trouver à redire. Jusqu'à présent, nous ne nous en sommes pas prévalus, mais maintenant… »

Ignazio passe une main dans ses cheveux poivre et sel. « Tu es informé des quantités de quinquina que les pharmaciens nous achètent et de leur prix, non ? Tu imagines ce que leur rapporte la vente au détail ? Si nous empiétons encore un peu plus sur leurs plates-bandes, il n'est pas difficile de prévoir ce qui va se passer, tu ne crois pas ? »

Vincenzo marmonne un juron entre ses dents.

Ignazio se fige un court instant. « À moins que… Je crois que j'ai trouvé la solution pour protéger nos arrières. » Il tambourine des doigts sur son bureau. « Appelle Maurizio. Il faut adresser une requête au vice-roi. »

*

Les jours passent. La requête est préparée avec le plus grand soin, et le terrain sondé à l'occasion de conversations informelles.

Pour finir, Ignazio et Vincenzo se présentent au palais de Pietro Ugo, marquis des Favare et vice-roi de Sicile.

Ils attendent longtemps, assis sur des divans de brocart dans une antichambre au plafond très haut, à côté d'autres solliciteurs. Les domestiques leur jettent des regards où s'expriment autant de mépris que de curiosité. *Qu'est-ce qu'ils veulent encore, ces déchargeurs endimanchés ? Ils ont un sacré culot, de demander à parler au vice-roi en personne.*

Ignazio demeure impassible. S'il est devenu l'un des marchands les plus importants de toute la Sicile, c'est bien, entre autres, parce qu'il n'a jamais accordé d'importance à l'opinion de ces laquais de père en fils.

Vincenzo, au contraire, arpente la pièce les mains sur les hanches. Il s'agace chaque fois que des visiteurs arrivés après eux leur passent devant, par exemple ce prêtre en mantelet de velours.

Son irritation prend alors la forme d'un soupir sonore.

« Vincenzo ! » Ignazio lève à peine les yeux. « Du calme.

— Mais enfin, tonton… »

Ignazio lève la main. « Ça suffit. »

Son neveu se mord les lèvres et revient s'asseoir près de lui.

L'attente se prolonge une bonne partie de la journée.

Pietro Ugo ne les reçoit qu'en toute fin d'après-midi.

Un valet en livrée les introduit dans son cabinet, avant de se confondre de nouveau avec la tapisserie.

Le vice-roi a d'abondants favoris, un œil vif et un front élargi par la calvitie. Assis derrière son bureau à la marqueterie en écaille de tortue et en bois précieux, il examine les deux quémandeurs des pieds à la tête, avec une attention particulière pour le plus âgé. Au bout d'une poignée de secondes, il daigne autoriser ces messieurs à s'asseoir.

Le dos bien droit, Ignazio parle à voix basse, désigne certains documents du doigt, décrit la meule mécanique et explique qu'il a déjà obtenu un permis de vente de médicaments.

Pietro Ugo, qui l'a écouté avec intérêt, lui demande : « Mais alors que voulez-vous de plus, puisque vous avez déjà une licence officielle ? Sauf erreur de ma part, le quinquina est un médicament et il est donc déjà inclus dans l'autorisation de l'archiatre.

— Oui et non. Jusqu'à présent, les pharmaciens ont eu le monopole de sa commercialisation. » Ignazio croise les mains sur son ventre. « La question est très épineuse, Excellence. Nous ne prétendons en aucune manière posséder la moindre compétence médicale, notre domaine d'activité est de nature purement économique. Et nous ne voudrions pas nous retrouver dans l'impossibilité d'utiliser notre machine pour des raisons d'ordre bureaucratique.

— Je comprends. Vous souhaiteriez obtenir une autorisation *ad hoc.* » Le marquis caresse sa barbiche, les yeux perdus dans le vague. « Je chargerai mon secrétaire d'étudier l'affaire et… »

Vincenzo s'appuie des deux mains sur le bureau et plaide sa cause avec fougue : « Excellence, nous ne revendiquons rien d'autre que la protection de nos droits. Nous voulons exercer notre métier de commerçants en paix, et cette machine nous permettra d'innover. Nous ne sommes les laquais de personne, nous ne demandons aucun traitement de faveur. Nous souhaitons juste qu'on nous laisse travailler en toute tranquillité. »

Le vice-roi, surpris, donne l'impression de s'apercevoir seulement maintenant de la présence de ce garçon. « Peut-on savoir qui vous êtes, jeune homme ?

— Vincenzo Florio, Excellence.

— Mon neveu », précise Ignazio.

Les deux Florio tiennent en substance les mêmes propos, mais l'un avec embarras et l'autre avec orgueil.

Le marquis les observe d'un air amusé et murmure : « L'eau et le feu. » D'un mouvement lent, il se cale contre le dossier de son fauteuil, les yeux rivés sur le bord ciselé de son bureau. « Voyez-vous, j'ai entendu toute la journée les requêtes de toutes sortes de gens : certains voulaient de l'argent, d'autres avaient besoin de ma protection, un prêtre convoitait je ne sais plus quelle paroisse… » Il lève les yeux et le ton de sa voix se modifie. « Vous êtes les premiers à me demander la reconnaissance du droit de travailler. »

Il se met debout. Ignazio et Vincenzo l'imitent. L'entretien est terminé.

Contre toute attente, le vice-roi leur tend la main, non pas pour qu'ils l'effleurent des lèvres, mais pour qu'ils la lui serrent. Ils se montrent alors plus surpris qu'hésitants. Le valet les raccompagne ensuite à la porte, où la voix du marquis les rejoint : « Vous aurez des nouvelles très bientôt. »

*

Elles arrivent à la fin de l'année 1824.

Peu avant Noël, un document portant le cachet royal est remis à l'administration en charge des permis de ventes.

L'information se répand dans toute la ville avant même de parvenir jusqu'à la via dei Materassai.

Les Florio fêtent l'événement : ils vont pouvoir vendre du quinquina en poudre non seulement à Palerme, mais encore à Licata, Canicattì, Marsala, Alcamo et Agrigente.

Des verres de vin passent de main en main. Maurizio Reggio brandit une bouteille. « Aux Florio et à leurs employés ! »

Ignazio trinque, le rire aux lèvres. L'année a été fructueuse : outre l'obtention du permis de vente, ils sont devenus copropriétaires, quelques mois plus tôt, d'une goélette baptisée l'*Assunta*. « Nous l'utiliserons pour approvisionner tous les ports de Sicile, annonce Ignazio en appuyant sa main libre sur une carte de l'île. Du quinquina conditionné dans des flacons scellés à la cire avec notre cachet. Une livraison par mois ! »

Vincenzo se joint au toast de son oncle.

Soudain, un bruit de vitre brisée retentit dans le magasin. Il est aussitôt suivi de cris.

« Qu'est-ce qui se passe ? » Ignazio se précipite pour aller voir, suivi de Maurizio et Vincenzo. Deux clientes effrayées s'enfuient en abandonnant leurs commandes déjà prêtes sur le comptoir.

« Voleurs ! Bande de crapules ! De qui avez-vous graissé la patte pour obtenir votre autorisation ? »

Carmelo Saguto s'emploie à saccager la boutique. Francesco, le commis principal, essaie de le repousser.

Des morceaux de verre couverts de poussière craquent sous les chaussures d'Ignazio : un bocal de cannelle s'est écrasé par terre.

Saguto continue de vociférer : « Venez un peu, si vous êtes des hommes ! Cocus ! Escrocs ! Vous savez qu'il faut avoir fait des études, pour vendre des médicaments ? Ils sont où, vos diplômes ? Montrez-les ! Vous voulez vendre de la poudre de quinquina ? Commencez par passer des examens, au lieu de corrompre des fonctionnaires ! »

Ignazio s'approche à pas prudents et lui dit à voix basse : « Nous avons déjà obtenu un permis de vente de poudres médicinales il y a quatre ans. Vous devez vous en souvenir, non ? Où est la nouveauté ?

— Du quinquina en poudre ! Et puis qu'est-ce que c'est que cette histoire de machine ? Encore une invention de votre neveu à moitié anglais, hein ?

— En quoi cela vous regarde-t-il ? » Vincenzo est prêt à en découdre, mais son oncle le retient.

« Tiens, le chiot se met à aboyer ! » Saguto rit, essuie sa salive sur sa manche et adresse un regard féroce à Ignazio et à Vincenzo. « Bien sûr que je m'en souviens. Vous les avez encore, les lettres de change ? »

Ignazio ne réplique d'abord rien. Mais il sent derrière lui le frémissement d'indignation de Vincenzo et prend les devants, sur un ton calme : « Il s'agit d'une meule mécanique, don Saguto. Elle fait le même travail que les ouvriers avec leur mortier, mais plus vite et mieux. » Il ne souhaite plus qu'une chose : le départ de cet homme.

« Allez raconter ça aux crétins qui vous en achèteront. Les machines n'ont pas d'œil, elles broient tout sans faire de distinction. Eh bien, vous savez quoi ? Allez-y ! Vendez-la, votre maudite poudre ! Elle vous conduira à la faillite. Vous êtes des bandits ! Dès que les gens le comprendront enfin, vous ne pourrez plus fourguer vos cochonneries à personne. » Il crache sur le plancher. « Contentez-vous de votre travail de gagne-petit, vous êtes doués pour ça. »

Ignazio écarte les bras, les laisse retomber le long de son corps et rétorque, sur un ton glacial : « Vous auriez mieux fait de vous taire. Allez-vous-en. » Il lui indique la porte.

Saguto éclate d'un rire méprisant.

Francesco le repousse vers la sortie. « Ouste…

— Bas les pattes, le sous-fifre ! » hurle Saguto. Il refait son nœud de cravate, à la recherche désespérée d'une élégance qu'il n'aura jamais.

Puis il fusille Vincenzo du regard. « Je m'en vais, ne vous inquiétez pas. Ah, une dernière chose : même avec tout l'argent du monde, vous resteriez ce que vous êtes, votre comportement le montre assez.

— Je vous ai dit de vous en aller ! »

Les mains sur les hanches, Vincenzo se place à côté de son oncle. « Non, non, attendez. Je veux vous l'entendre dire. Nous sommes quoi, d'après vous ?

— Des pouilleux enrichis. Des hommes de peine, voilà ce que vous êtes et ce que vous avez toujours été. »

Un silence glacial s'abat sur le magasin.

Le coup de poing de Vincenzo est si rapide, si inattendu, que Saguto n'a pas le temps de l'esquiver. Il le reçoit entre les yeux et la base du nez, et tombe à la renverse.

Aussitôt après, Vincenzo l'attrape par le col de sa veste et l'entraîne hors de la boutique, sur la via dei Materassai. Il le frappe de manière violente et méthodique, les mâchoires serrées, sans rien dire.

Francesco, Ignazio et Maurizio ne parviennent pas à les séparer. Vincenzo s'acharne sur Saguto, qui réussit néanmoins à lui donner un coup de poing dans l'œil et à le faire chanceler.

Mais Vincenzo est jeune et souple. Il réplique par un coup de tête dans l'estomac et projette Saguto dans la boue de la rue.

« Ça suffit, maintenant ! » Ignazio s'interpose entre les deux adversaires ; Maurizio et Francesco réussissent enfin à ramener Vincenzo, agité et haletant, à la porte du magasin. « Toi, à l'intérieur ! » lui ordonne son oncle avant de s'adresser à Saguto, dont le pantalon est souillé et la veste déchirée.

Vincenzo a frappé pour faire mal.

« Si je ne prends pas le relais de mon neveu, c'est uniquement par respect de moi-même. Vous êtes un lâche, Saguto. Toute votre vie, vous et les Canzoneri, vous avez craché votre venin sur les Florio, vous nous avez insultés, vous vous êtes moqués de nous, vous vous êtes montrés arrogants. Aujourd'hui, c'est terminé. Vous m'avez entendu ? Terminé. Vous comptez pour du beurre, maintenant. Nous avons été des hommes de peine ? Eh bien, vous aussi. À cette différence près que ma famille et moi, nous avons travaillé dur pour améliorer notre condition. » Il désigne la boutique. « Alors que vous… Vous étiez, vous êtes et vous resterez pour l'éternité le larbin des Canzoneri. Allez, fichez le camp, et ne revenez que pour nous présenter vos excuses. »

Il rentre dans l'herboristerie sans daigner accorder le moindre regard supplémentaire à Saguto et au petit groupe de curieux qui s'est rassemblé autour d'eux. Il respire à fond : son cœur bat trop vite et ses mains tremblent légèrement.

Lorsqu'il relève la tête, il rencontre les regards abasourdis des commis et de Francesco, et leur dit d'une voix essoufflée : « Tout le monde au travail. » Puis il rejoint son bureau, d'où s'élève une série d'imprécations. Maurizio a obligé Vincenzo à s'asseoir et lui a appliqué un linge mouillé sur la pommette.

Il explique à Ignazio : « J'ai envoyé un garçon de courses chercher de la glace via dell'Alloro. » Il retire la compresse et la remplace par une autre, plus fraîche. « Quelle canaille ! Venir ici insulter des gens qui travaillent honnêtement. Il a un de ces culots ! »

Ignazio reste debout à observer son neveu. « Fais voir. » Un bleu est en train d'apparaître entre l'œil et la mâchoire.

Vincenzo ne se plaint pas et garde le silence, le regard perdu dans le vide. Son visage rembruni n'exprime ni la rage ni la colère, mais un sentiment plus obscur, indéfinissable.

« Laisse-nous, Maurizio. »

La voix d'Ignazio, d'une froideur métallique, fait tressaillir le comptable. C'est la première fois que son patron lui parle sur ce ton. Il quitte la pièce.

Ignazio s'approche de Vincenzo en ouvrant et en refermant une main. L'envie de le gifler le démange, mais il se contente de lui parler à voix basse et furieuse : « Ne recommence jamais, tu m'as compris ? Ne montre jamais que tu es sensible à leurs insultes. Jamais. »

Le regard de Vincenzo s'assombrit de plus en plus, ses pupilles se dilatent et se contractent, exprimant toute son amertume. « Je n'ai pas pu me retenir. La colère m'a aveuglé.

— Et qu'est-ce que tu crois ? Que je ne sais pas comment ils nous appellent ? Que pour eux nous serons éternellement des hommes de peine ? » Ignazio secoue son neveu et hausse la voix, lui toujours si maître de lui. « Depuis vingt ans, ils rient dans notre dos et nous mettent des bâtons dans les roues. Tu étais encore trop jeune pour comprendre, à l'époque où on nous revendait au dernier moment des marchandises de mauvaise qualité, où les fonctionnaires nous faisaient lambiner et laissaient d'autres marchands passer devant nous. Au début, c'était parce que mon frère et moi étions dans une situation quasi désespérée. Ensuite, parce que nous avons eu la prétention de jouer dans la cour des grands, d'avoir des nobles dans notre clientèle. Ils pensaient avoir affaire à des concurrents chanceux, pas à des besogneux qui se tuaient au travail. Tu t'imagines que je ne le sais pas, qu'on nous considère comme la lie de la terre ?

Mais je ne suis pas comme eux, et toi non plus. La situation a changé. Désormais, on dit du mal de nous parce que… ouvre bien les oreilles, Vincenzo : parce qu'on nous envie. À cause de nous, ils enragent et ils ont peur. La seule chose que tu doives leur jeter à la figure, c'est l'argent que tu gagnes, la preuve matérielle de leur échec. Les coups de poing, c'est bon pour les déchargeurs du port. N'oublie jamais de laisser les faits parler à ta place. »

Vincenzo se lève brusquement, mais un léger vertige l'oblige à se rasseoir. Ignazio ne lui a jamais parlé de tout ça à cœur ouvert. « Mais alors… tu…

— Le calme et la maîtrise de soi, tout est là. J'ai ignoré les médisants pendant des années, mais je n'ai rien oublié. » Il se touche le front. « Tout est noté là-dedans. J'ai gardé le souvenir de tout ce qu'on m'a infligé. Mais il ne faut montrer sa colère en aucune circonstance, sinon, on commet les pires bêtises. Ces gens raisonnent avec leurs tripes, et nous avec notre cerveau. Il faut t'endurcir, Vincenzo, apprendre à suivre ton chemin sans tenir compte des ragots. »

L'oncle et le neveu se regardent.

« Tu as compris ? »

Vincenzo hoche la tête.

« Alors, remettons-nous au travail. »

Ignazio retourne à son bureau. Il ignore la sensation d'oppression et d'essoufflement qui pèse sur sa poitrine. Il prend des feuilles et une plume, mais avant de se mettre à écrire, il lève les yeux vers son neveu, assis la tête entre les mains. Vincenzo n'est pas la chair de sa chair, certes ; il n'en reste pas moins qu'il lui a légué son âme. Il aimerait épargner les souffrances et les déceptions à ce fils spirituel, même s'il est conscient qu'elles l'aideront à grandir, à devenir plus fort et plus rusé, à « se faire les dents », comme le répètent volontiers les vieux Palermitains.

Il le regarde et son cœur se serre. Il voudrait le débarrasser de sa douleur, mais c'est impossible. La loi de l'existence est aussi inéluctable que le cycle des saisons : chacun porte en soi la marque de ses propres souffrances.

*

Étendu sur son lit, Vincenzo observe le plafond éclairé par la lune. Sa pommette lui fait très mal.

Il entend le vent souffler et le linge mis à sécher battre contre la grille du balcon.

Il se retourne sous ses couvertures.

Saguto l'a traité d'homme de peine.

La dernière image d'Isabella Pillitteri lui vient à l'esprit. Sa mère, cette vieille mégère, avait employé le même terme. Il peut se l'avouer maintenant : c'est à cause de cela qu'il s'est laissé aveugler par la colère. Sans l'intervention d'Ignazio, il serait peut-être allé jusqu'à tuer son adversaire.

Isabella.

Son souvenir ne le torture plus autant. Mais il lui reste la honte, ça oui, et le désir de vengeance. La jeune fille en elle-même n'est plus qu'une ombre, un fantôme perdu dans les méandres d'une adolescence où Vincenzo n'avait été que trop protégé. Il y a quelque temps, il a lu dans les journaux l'annonce de son mariage avec un marquis âgé de vingt ans de plus qu'elle.

Ce n'est pas arrivé parce que ça ne pouvait pas et que ça ne devait pas arriver.

La voix d'Ignazio résonne dans sa tête. Il fait une grimace et les ombres du linge agité par le vent semblent lui répondre. La rage est un sentiment familier. Il le nourrit depuis des années et l'élève comme un fils.

Un éclair déchire la nuit. Il va bientôt pleuvoir.

Vincenzo se dit qu'il n'a ni la patience, ni la maîtrise de soi, ni le courage de son oncle. Ou plus exactement : du courage, si, il pense en avoir ; quant à la patience et à la maîtrise de soi… il lui reste des progrès à faire.

Il a vingt-cinq ans. C'est un homme accompli et il dort encore dans sa chambre d'enfant, sur un lit à la tête en cuivre. Il a fait des études et des voyages. La coupe de ses vêtements est impeccable. Il croyait que sa famille était respectée. Elle l'est sans doute, mais pas par tout le monde et pas de la bonne façon.

Voilà la vraie cause de son indignation. Découvrir qu'il n'en fera jamais assez. Qu'il porte sur lui les stigmates d'un péché originel dont il n'est en rien responsable.

Dans le quartier de Castellammare, les Florio sont des commerçants respectés, des grossistes en marchandises coloniales, des personnes dignes d'estime : on n'hésite pas à s'adresser à eux pour un conseil sur un lot de produits ou une lettre de garantie.

Mais ce quartier est une ville dans la ville, tourné vers la mer. Il entretient peu de rapports avec ceux situés au-delà du Cassaro, la grande artère qui, en croisant l'écrin baroque des Quattro Canti à la hauteur de la via Maqueda (l'élégante rue pavée aménagée au temps des vice-rois espagnols), divise Palerme en quatre secteurs bien distincts : l'ancienne Kalsa, dite maintenant mandamento dei Tribunali ; l'Albergheria, où se trouve le Palazzo Reale ; le Monte di Pietà, avec son marché del Capo ; et enfin Castellammare, dit autrefois quartier della Loggia.

Une pluie violente frappe les vitres. Vincenzo tape du poing sur son matelas.

Il les voit comme s'ils étaient devant lui, ces gens hautains qui le narguent, le défient et lui intiment de leur céder le passage.

La plupart du temps, il détourne la tête. Il ne le fera plus. Il gardera la tête haute, il prendra exemple sur son oncle : Ignazio, lui, est devenu d'une dureté minérale et ne se laisse intimider par personne.

Vincenzo les obligera tous à ravaler leur arrogance : les hommes ordinaires comme Saguto et les nobles comme les Pillitteri.

Il se le jure à lui-même, et scelle son serment au sceau de sa rage.

Il lui faut de la patience. De la patience et de la hargne.

*

Un peu plus loin, dans une autre chambre, Ignazio regarde l'orage.

Giuseppina frappe à sa porte et apparaît sur le

seuil. Elle a les cheveux en désordre et les yeux gonflés.

« Si tu n'étais pas là, Dieu sait combien de fois il se serait attiré des ennuis. » Elle parle si bas que l'orage couvre presque le son de sa voix. « Tu l'as élevé comme ton propre fils. » Elle ravale quelques larmes d'orgueil. « Paolo ne se serait jamais comporté comme toi avec lui. »

Ignazio est étonné. Un tressaillement lui traverse la poitrine. Mais il ne veut pas interpréter de travers les paroles de Giuseppina : elle est encore furieuse de tout ce que son mari – et le destin – lui a imposé, et elle le sera jusqu'au bout.

Pourtant…

« J'aime Vincenzo, voilà tout. » Et il ajoute, avec les yeux : *Je t'aime aussi, toi, je serai toujours à tes côtés.*

Sa belle-sœur hoche la tête. Elle voudrait lui dire tant de choses, mais elle reste muette. Son ressentiment a construit une digue en pierre entre son esprit et sa bouche. Et il sert d'alibi à son malheur.

*

En ce mois de mai 1828, l'air est tiède. Il y flotte une odeur de mer et de sang.

Ignazio regarde les thons qu'on décharge l'un après l'autre, les victimes du massacre organisé juste après les festivités du Santissimo Crocifisso. Leurs grands yeux luisants ont une expression presque stupéfaite, leur peau argentée a été déchirée par les harpons.

En fond de cale, d'autres attendent leur tour. On les traînera ensuite à l'intérieur de la madrague, on les suspendra par la queue pendant au moins deux jours pour les purger de leur sang et de leurs humeurs et on les éviscérera.

Ignazio cherche Ignazio Messina des yeux, et le voit en pleine conversation avec le patron de la madrague.

Messina est leur nouveau secrétaire. Ils l'ont engagé quand Maurizio Reggio a quitté ses fonctions, après avoir admis en toute franchise qu'il se sentait dépassé par le volume d'activité désormais considérable des Florio. De son côté, Ignazio savait que Maurizio n'était plus à la hauteur de sa tâche, mais il ne souhaitait pas le mettre à la porte après tant d'années de bons et loyaux services. Sa démission avait été un soulagement pour tout le monde : le développement de la Maison Florio exigeait l'emploi de collaborateurs enthousiastes et expérimentés ; or Maurizio ne l'était plus.

Bien que déjà mûr, Ignazio Messina a séduit Ignazio Florio par son énergie débordante, par sa roublardise et surtout par son regard en apparence inoffensif, pourtant capable de fouiller jusqu'aux tréfonds la personnalité de ses interlocuteurs.

Il a l'air satisfait. « La pêche a été bonne, une fois de plus. J'ai dit à don Alessio de passer demain dans nos bureaux pour retirer sa paye et celle de son équipage. »

Ignazio marmonne un vague « Très bien » et met sa main en visière pour se protéger du soleil. Les pêcheurs terminent le déchargement : certains apportent des seaux d'eau pour nettoyer le sang pendant que d'autres attachent les bouts d'amarrage.

De l'endroit où il est, Ignazio aperçoit la côte jusqu'aux Madonies.

Un peu plus bas, la Cala et Palerme déploient leurs coupoles en majolique et leurs murs ocre. Il se souvient de son arrivée et de son émotion à la vue de cette ville bruyante et riche en promesses.

La vie avait suivi son cours, les affaires avaient bien marché, Vincenzo avait grandi. Après toutes ces années, même la douleur cuisante causée par la mort de Paolo s'est atténuée : elle s'est transformée en une pensée mélancolique qui prend souvent la forme de soupirs involontaires.

Ignazio souffre parfois de l'absence de son frère, et alors les regrets l'emportent : regrets d'un passé condamné à ne jamais revenir, d'un corps jadis vigoureux, d'espérances et d'enthousiasmes, d'un amour voué à l'échec qui pourtant lui donnait le sentiment d'être vivant.

Il regrette de ne plus être ce qu'il était.

Et la mer lui manque.

Un élancement aux côtes le lui fait comprendre lorsque le roulis, sous ses pieds, lui restitue la sensation de liberté qu'il éprouvait, trente ans plus tôt, à bord de son navire.

Le marin amoureux du grand large a été contraint de devenir un homme de terre et d'argent.

Tout à coup, sa respiration s'accélère et son cœur bat la chamade. Il ferme les yeux et prend appui sur le bras de Messina.

Ce n'est pas la première fois.

« Que se passe-t-il, don Ignazio ? »

L'étau se desserre autour de sa poitrine, il retrouve

ses esprits et rétorque d'un ton brusque: «Rien, un peu de fatigue.

— Vous travaillez trop et vous ne vous reposez pas assez.» Son secrétaire semble sincèrement inquiet. «Votre neveu se débrouille très bien avec les clients et vous pourriez tout à fait...

— Mêlez-vous de ce qui vous regarde.» La brusquerie d'Ignazio a monté d'un cran.

Messina n'ose rien ajouter.

Les deux hommes longent à pas lents le mur de l'établissement.

Ignazio reprend, à voix si basse que le vent emporte ses paroles: «J'ai toujours aimé cet endroit. Il y a deux ou trois ans, quand j'en ai repris la gestion, il n'était pas très rentable. La pêche rapportait peu, les Anglais venaient de partir, il n'y avait plus d'argent en circulation. Et puis, au bout de quelques années...» Il claque des doigts. «... tout a changé.»

Le secrétaire regarde autour de lui. «Cette année, la mer s'est montrée généreuse.» Il fait un signe de tête en direction de la madrague, d'où provient un mélange de cris, de bruits sourds et de grincements de chaînes. «Nous allons pouvoir vendre du thon salé sur tout le continent.

— En effet.»

Ignazio s'appuie contre le mur, les yeux éblouis par le contraste entre les rochers sombres et les reflets du soleil.

Toujours la même chose, dans sa vie: une alternance de périodes fastes et de moments difficiles. Il a bien fallu s'adapter, et il doit peut-être même son succès à cette obligation d'agir en contrariant sa nature.

Il se détache du mur. « Bon, retournons via dei Materassai, j'ai beaucoup de choses à régler.

— Don Ignazio, il est déjà très tard et nous serons de retour en ville à l'heure des vêpres !

— Il ne faut pas remettre au lendemain… Et puis, Vincenzo m'attend pour boucler certaines affaires. »

Il remonte dans sa calèche après un dernier coup d'œil à la mer, devant la madrague de l'Arenella. Il a le cœur lourd de désirs insatisfaits.

*

Le 18 mai 1828, à son réveil, Ignazio aperçoit des rais de lumière à travers les volets du balcon qui donne sur la via dei Materassai. Ajoutée aux cris des hirondelles dans les combles, cette lueur proclame l'arrivée définitive du printemps.

Ignazio est épuisé par une énième mauvaise nuit. Depuis quelque temps, sa digestion difficile l'oblige parfois à se contenter de pain et de fruits.

Il n'a aucune envie de se lever, même si le devoir l'appelle. Au premier effort pour se mettre debout, un vertige le force à reposer la tête sur son oreiller. Il a mal au bras gauche. Pas de quoi s'inquiéter, à son avis : il dort souvent sur ce côté-là. Il attend patiemment de retrouver une respiration régulière, et finit par s'assoupir sans s'en rendre compte.

Il sort de sa léthargie au bout d'une heure. Il appelle Olimpia, la femme de chambre, qui entre dans la pièce en traînant des pieds. « Me voilà, j'arrive ! »

Lorsqu'elle ouvre les volets, le soleil entre à flots et ses rayons frappent les draps en désordre. « Don

Ignazio, qu'est-ce qui vous arrive ? Sainte Mère de Dieu, vous êtes blanc comme un linge ! »

Ignazio réfrène une quinte de toux et s'assied avec peine. « Ce n'est rien, j'ai mal digéré mon dîner, c'est tout. Vous voulez bien me préparer une décoction de laurier et de citron ? » Il masse son estomac brûlant.

Olimpia ramasse les vêtements qu'il a éparpillés par terre, la veille au soir : il se sentait trop fatigué pour bien les ranger. La domestique refait le pli de son pantalon et lui donne des nouvelles : « Votre neveu est venu, tout à l'heure. Il était inquiet, le pauvre. Quand il a vu que vous dormiez, il a décidé de ne pas vous déranger et il est retourné au magasin. Laissez-moi une minute, je vais vous préparer votre boisson. »

Dès que la domestique a disparu, Ignazio essaie à nouveau de se lever, en s'appuyant cette fois sur sa table de chevet.

Debout, il respire mieux. Il se rase et s'habille. Il se regarde dans le miroir et se dit que sa jeunesse est loin : il a les paupières enflées, les cheveux de plus en plus grisonnants, et ses mains tremblent. Le temps est un créancier qui n'accepte pas les lettres de change.

La voix de Giuseppina retentit dans la cuisine. Elle a dû se lever tôt pour aller au marché. Elle aime bien ça, à l'entendre. En réalité, elle n'a aucune confiance en ses domestiques.

Il vient de terminer son nœud de cravate, au moment où elle apparaît à la porte, une main sur le montant, l'autre sur la poignée. « Olimpia m'a dit que tu étais souffrant. Quand nous sommes sortis, Vincenzo et moi, nous avons pensé… »

Il l'interrompt d'un ton aigre : « Je vais très bien. »

Mais un geste anodin lui arrache une plainte : ses élancements au bras gauche se sont intensifiés. Il a la nausée et titube.

Giuseppina le retient juste avant qu'il ne s'effondre. C'est la première fois depuis des années qu'ils sont si près l'un de l'autre. Il respire son parfum ; elle perçoit la gravité de son état.

Le cœur d'Ignazio bat comme un tambour, puis une douleur atroce lui déchire la poitrine.

Giuseppina ne peut plus l'empêcher de s'écrouler sur le plancher, il est trop lourd et l'entraîne dans sa chute. Une cuvette remplie d'eau éclate en morceaux.

« Olimpia ! Olimpia ! »

La servante arrive et s'affole aussitôt. « Don Ignazio, oh mon Dieu, qu'est-ce qui lui arrive ?

— Aide-moi à le porter sur son lit. »

Ignazio a perdu connaissance et il est secoué par des convulsions.

« Cours jusqu'au magasin et dis à Vincenzo de venir tout de suite. »

Olimpia répond à sa maîtresse par des hurlements annonciateurs des pires catastrophes, puis elle part en courant.

Giuseppina se retient de fondre en larmes. Le visage d'Ignazio est cireux et trempé de sueur. Elle le serre contre elle, écarte quelques cheveux de son front, déboutonne son col et arrache sa cravate.

Mais qu'est-ce qui se passe ? Non, il ne peut pas mourir, pas lui, il a toujours été là, il est… Elle l'appelle, la voix étranglée par les sanglots : « Ignazio ! Mon Ignazio ! »

La main de son beau-frère frémit.

Il ouvre les yeux et leurs regards se croisent. Il effleure la joue de Giuseppina.

En un éclair, elle comprend tout de lui. Elle prend conscience du vide qui l'attend, et de la plénitude dont elle a profité jusque-là sans même s'en rendre compte.

« Tonton ! » Vincenzo se précipite dans la chambre et s'agenouille au chevet d'Ignazio. « Tonton, qu'est-ce que... » Il lui pose les mains sur la poitrine, tandis que sa mère continue à le bercer. Il le lui arrache presque des bras. « Tonton ! Non ! »

Il crie et l'appelle, encore et encore. Il n'a pas le droit de mourir comme ça, de le laisser tout seul.

L'espace d'un instant, Ignazio semble regarder Vincenzo. Il esquisse même un sourire.

À ce moment précis, son cœur cède.

*

C'est Ignazio Messina qui prend soin d'informer l'officier d'état civil de la mort d'Ignazio Florio. Le lendemain des funérailles, il s'occupe aussi de convaincre maître Serretta, le notaire, de se déplacer jusqu'à la via dei Materassai pour y procéder à la lecture du testament.

Vincenzo, en tenue de deuil, accueille au salon les anciens habitants de Bagnara et les employés de la Maison Florio, venus en grand nombre. Assise dans un coin, tout de noir vêtue, Giuseppina paraît vieillie d'un seul coup. On la croirait vidée de ses forces, elle qui s'est toujours montrée si combative. Depuis deux jours, elle multiplie les allées et venues dans la chambre d'Ignazio, accompagnées de gestes d'hommage affectueux et de soupirs d'amertume.

À l'arrivée de maître Serretta, les parents et les employés s'asseyent autour de la table. Vincenzo reste debout près de la fenêtre, les yeux tournés vers l'extérieur et les bras croisés devant la poitrine, dans une attitude d'impassibilité apparente.

La lumière du mois de mai se répand sur les murs, les tapisseries flamandes achetées quelques années plus tôt, les tapis venus d'Orient, les meubles en ébène et en noyer. Tout cela avait été choisi par Ignazio, Vincenzo s'en rend compte seulement maintenant.

En trente ans, grâce à lui, tout a changé : il a transformé leur herboristerie en entreprise et il a fait d'eux ce qu'ils sont.

Les Florio de Palerme.

Il a métamorphosé Vincenzo en homme.

Le notaire égrène les chiffres, les parts de propriété, les legs pour les neveux restés à Bagnara, les sommes allouées aux uns et aux autres, et en particulier à Mattia et à ses enfants.

Vincenzo n'a pas cillé.

« Vous m'avez entendu, don Vincenzo ? »

Don Vincenzo. Tous les yeux sont braqués sur lui. Le nouveau chef de famille.

Maître Serretta attend une réponse à sa question.

« Oui. »

Vincenzo connaît déjà le contenu du testament de son oncle. Des années plus tôt, ils ont rédigé deux documents similaires, où chacun faisait de l'autre son héritier. En revanche, Vincenzo ignore l'existence d'un codicille tout récent ajouté par son oncle. Un signe, un message à son intention. Quand le notaire le lit, Vincenzo a l'impression de percevoir, juste à côté de lui, la présence bienfaisante du défunt.

« La société continuera de porter les noms d'Ignazio et Vincenzo Florio. »

Il signe sans dire un mot l'acceptation de l'héritage, serre la main de l'homme de loi, embrasse sur le front sa mère en pleurs et s'approche de Messina. « Je te laisse t'occuper des papiers. On se retrouve tout à l'heure au magasin. »

Il sort.

Ses pieds savent où aller.

Il avance d'un pas décidé, tête baissée, en évitant les passants. À la Cala, il rejoint l'extrémité du môle.

Comme à la mort de son père, bien des années plus tôt, il s'assied par terre.

À l'époque, il avait dit à son oncle Ignazio : « *Nous* sommes seuls. »

Maintenant, je *suis seul.*

À cette pensée, une larme solitaire coule le long de sa joue.

DU SOUFRE

avril 1830-février 1837

Addisiari e 'un aviri è pena di muriri.
« Désirer sans avoir est une douleur mortelle. »

PROVERBE SICILIEN

En 1830, Ferdinand II de Bourbon monte sur le trône du royaume des Deux-Siciles. Il est âgé de vingt ans et se montre favorable à des réformes économiques et sociales. Une politique fiscale avisée est alors menée, tandis qu'une impulsion considérable est donnée au renouvellement des infrastructures. Le royaume des Deux-Siciles se transforme ainsi en un État où l'importance accordée à la science et aux technologies aboutit, entre autres, au développement de l'industrie métallurgique, à la création d'un réseau de chemins de fer, à la construction de navires militaires équipés de coques en métal et à la mise en place du premier réseau électrique d'éclairage public. L'institution d'un système de retraite est par ailleurs une nouveauté absolue en Italie. Enfin, les efforts menés en vue d'améliorer l'exploitation des soufrières débouchent sur un affrontement ouvert avec les Anglais et les Français, bien décidés à conserver leurs approvisionnements en soufre à un prix moindre que sur les autres marchés.

Entre 1830 et 1831, des mouvements révolutionnaires entraînent l'instauration de la monarchie constitutionnelle de Louis-Philippe d'Orléans en France, et l'indépendance de la Belgique. En juillet 1831, à Marseille, Giuseppe Mazzini fonde la Giovine Italia, une association politique ayant pour objectifs déclarés « l'émancipation de l'Italie vis-à-vis des puissances étrangères », « l'unité de la patrie » et « la fondation d'une république ». Les soulèvements organisés par les mazziniens en 1833 et 1834 sont tous réprimés dans le sang.

Le soufre. *U' sùrfaru*, en sicilien.

L'or du diable.

Des pierres qui allument le feu.

La richesse maudite des marchands.

Le trésor que les propriétaires terriens ont été très heureux de découvrir sous leurs pieds, après l'avoir exécré pendant des siècles parce que sa présence rendait les terrains stériles et que ses exhalaisons empêchaient même d'y faire paître le bétail.

Désormais, des galeries tortueuses perforent le sous-sol. Des enfants et des hommes, en rangs comme des fourmis, en ressortent avec des paniers remplis de pierres jaunes, qui leur déforment le dos.

Ces pierres sont ensuite pesées et mises dans des sacs prêts pour la vente.

Puis le soufre quitte la Sicile à bord de navires qui l'exportent dans le reste de l'Europe : en France et surtout en Angleterre, qui s'est assuré l'essentiel de sa production, mais aussi en Italie du Nord.

Brûlé dans des pièces aux murs revêtus de plomb, il y est transformé, sous l'effet de la chaleur et d'émanations de vapeur d'eau, en « huile de vitriol », ancien nom de l'acide sulfurique. Cette substance précieuse est utilisée pour élaborer des teintures, ou encore dans les processus de fabrication des usines chimiques, de plus en plus nombreuses sur le continent européen.

L'or du diable est source de richesse. Il apporte du bien-être et du travail.

Partout sauf en Sicile.

Mais les Siciliens n'en sont pas conscients.

Ou du moins, pas tous.

*

Le soleil vient de se lever. Il apporte avec lui une chaleur tiède, apaisante, propre à certaines matinées de printemps comme ce début de journée d'avril 1830.

Via dei Materassai, la maisonnée s'est déjà mise en mouvement.

Giuseppina trempe un biscuit dans une tasse de lait. Des miettes flottent à la surface du liquide. « Tu reviens pour déjeuner ? »

Vincenzo ne lui répond pas. L'air sévère, vêtu d'une redingote sombre et chaussé de bottes bien cirées, il est absorbé dans la lecture d'un message qu'un garçon de courses vient de lui remettre.

« Tu as entendu ma question ? »

Il lui fait signe de se taire, froisse le papier et le jette par terre. « Sacré nom de nom !

— Qu'est-ce qu'il y a ? » Giuseppina s'approche de son fils. « Qu'est-ce que tu as ?

— Rien, ne vous inquiétez pas. »

Olimpia choisit ce moment pour entrer dans la pièce et demander, d'une voix chantante : « Je peux emporter les tasses ? » Puis elle s'aperçoit que son maître est nerveux, sa maîtresse inquiète, et son sourire s'éteint. Elle débarrasse la table et disparaît silencieusement.

Giuseppina insiste : « Il est arrivé quelque chose ? » Sa voix pleine d'anxiété résonne dans la tête de Vincenzo et sa robe noire produit un bruit de sable, au contact du plancher.

« Je vous ai déjà dit que non. » Il prend son pardessus et embrasse sa mère sur le front.

« Mais…

— Rassurez-vous et mêlez-vous de vos affaires. »

Elle garde les bras croisés autour de sa poitrine. Vincenzo, la chair de sa chair, n'est plus à elle depuis longtemps. Rien ni personne n'a accès à son monde fait d'argent, d'hommes et de marchandises.

La seule personne qui se soit jamais occupée de Giuseppina est morte depuis presque deux ans. Elle est vieille, désormais.

Elle retourne s'asseoir, d'un pas lent et le cœur lourd.

*

C'est Vincenzo qui ouvre les portes du magasin, comme son oncle avant lui. Les employés arrivent quelques minutes plus tard. Enfin, Ignazio Messina rapporte les dernières nouvelles de la Cala.

En guise d'accueil, Vincenzo leur adresse à tous une sorte de grognement et demande à son secrétaire de le rejoindre. Un coup d'œil au visage de son patron suffit à Messina pour comprendre. « Que se passe-t-il, don Vincenzo ?

— Nous avons perdu l'*Anna*.

— Oh mon Dieu ! Mais comment est-ce possible ? » Il se frappe le front. « Qu'est-ce qui a bien pu arriver ?

— Ce sont des pirates qui ont fait le coup. Le navire avait quitté le Brésil depuis moins de trois jours. Ils l'ont sans doute suivi depuis la côte et l'ont attaqué dès qu'il a mis le cap sur l'Europe.

— Nous voilà dans de beaux draps ! Ces bandits vont nous demander une rançon. Il y a des morts, des blessés ?

— Il semblerait que non, du moins à en croire la dépêche de ce matin. » Vincenzo s'affale sur son siège. « Des lâches, voilà ce qu'ils sont ! Un navire européen sans escorte, qui ne s'était jamais aventuré si loin, ils l'ont tout de suite remarqué.

— Sans doute… Nous n'avions vraiment pas besoin de ça, c'est un terrible préjudice. Cela étant, vous pouvez vous féliciter d'avoir engagé le commandant Miloro, il est très compétent et nous avons tout intérêt à nous attacher ses services. » Messina appuie ses coudes sur le bureau. « Nous sommes allés jusqu'au Brésil sans connaître les routes des clippers américains et sans recourir à des intermédiaires anglais. C'est d'une importance capitale. Vous avez de quoi vous réjouir à moitié, don Vincenzo.

— Miloro connaît les vents et les courants, il les a étudiés en détail, ce n'est pas un mousse promu capitaine du jour au lendemain. » Vincenzo tambourine des doigts sur une carte de l'Atlantique déployée devant lui. « Peu importe la cargaison, la perte est sévère, mais nous avions souscrit une assurance. Et surtout n'oublions pas le côté positif de l'affaire : nous sommes certains désormais de pouvoir acheter du café et du sucre dans les colonies sans passer par les Anglais et les Français. Et nous pouvons aussi exporter certaines de nos marchandises en Amérique, par exemple de l'huile et du vin. » Le sourire de Vincenzo conserve une nuance d'amertume et s'apparente presque à une grimace. La première tentative a échoué, mais la voie est ouverte. Il peut désormais nouer des relations commerciales avec les Américains et leur expédier des marchandises par bateau. Ben Ingham le fait d'ailleurs depuis longtemps, et il possède même des actions dans des entreprises qui construisent des voies ferrées entre l'est et l'ouest des États-Unis.

D'instinct, Messina pense au bouche à oreille, aux médisances qui ne vont pas tarder à circuler dans tout Palerme. « Quand la nouvelle va se répandre… »

Vincenzo se lève. Il caresse l'anneau de son oncle, l'alliance de la mère d'Ignazio ; il l'a retirée de sa main alors qu'il était étendu sur son lit de mort. Il imagine sa satisfaction, la façon dont il l'aurait regardé, en dissimulant son enthousiasme sous un masque d'impassibilité. « Quand la nouvelle va se répandre, les imbéciles se réjouiront de nos pertes. Mais les plus malins essaieront de nous imiter. » Il se dirige vers la porte. « Vous irez déposer notre déclaration aux assurances plus tard dans la journée. Pour le moment, suivez-moi.

— Où ça ? » Messina a tout juste le temps de

prendre sa serviette et ses papiers. Il a parfois un peu de mal à tenir le rythme de son patron.

« À la madrague. »

*

La Société commerciale Ignazio et Vincenzo Florio est beaucoup plus riche que la plupart de ses concurrentes locales, et elle a davantage diversifié ses activités : vente d'épices et de produits coloniaux, participation au capital d'une compagnie d'assurances fondée par des commerçants palermitains et étrangers, copropriété de plusieurs navires à vapeur et bateaux de charge... Elle gère en outre les madragues de San Nicolò l'Arena, de Vergine Maria et, depuis peu, de l'Isola delle Femmine. Après plusieurs années de vaches maigres, ces investissements se sont révélés rentables.

Mais aux yeux de Vincenzo, « la madrague » par excellence est celle de l'Arena. Ignazio lui vouait une telle passion qu'il avait continué à l'administrer même à l'époque où la pêche au thon avait traversé une crise profonde. Il avait coutume de dire : « Je le fais par amour. »

Un sentiment identique s'est vite emparé de Vincenzo, à son insu, et il convoite cet endroit comme on désire le corps d'une femme. Certains attachements sont ainsi : ils grandissent d'abord en vous sans se faire remarquer ; un beau jour, ils deviennent irrépressibles ; et ils durent ensuite toute une vie.

À sa descente de voiture, Messina s'avance en s'appuyant sur une canne. Vincenzo marche d'un pas plus rapide et franchit le premier la porte de l'établissement, peinte du même noir que les bateaux de pêche.

Il rejoint ensuite l'espace où sont abritées les embarcations. Le travail y bat son plein. Des voix d'hommes se mêlent à une senteur d'algues et de mer. On se prépare à mettre le navire à l'eau.

« Don Florio ! » Un marin, pieds nus, vient à la rencontre de Vincenzo. « M. le baron m'a chargé de vous dire qu'il vous attend là-bas, près de la tente.

— Merci. » Vincenzo fait signe à son secrétaire de le suivre. Ce dernier lui demande, d'un air perplexe : « Le baron ?

— Mercurio Nasca di Montemaggiore, oui. » Vincenzo dépasse un groupe d'hommes occupés à recoudre des filets en vue de la prochaine campagne de pêche, celle qui doit profiter de l'arrivée de thons en Méditerranée à la période d'accouplement. « C'est l'un des copropriétaires de la madrague, avec le monastère de San Martino delle Scale.

— Je sais bien. Mais pourquoi vous rencontrer ici ? Je veux dire… c'est bizarre, qu'un aristocrate s'abaisse à solliciter un rendez-vous dans un endroit pareil. »

Vincenzo et Messina passent devant des pêcheurs en train de calfater des embarcations. Une odeur de poix et de goudron flotte dans l'air. « Je vous laisse deviner. À votre avis, qu'est-ce qu'un baron peut bien avoir à demander à un commerçant ?

— Je ne vois qu'une possibilité.

— Et vous avez raison. » Vincenzo, plus grand d'une bonne tête que son secrétaire, se penche pour lui parler à l'oreille. « Il y a quelques jours, Nasca di

Montemaggiore m'a envoyé un billet dans lequel il me recommandait la plus grande discrétion.

— Ah. Alors les bruits qui courent à son sujet…

— Sont exacts. Il a le couteau sous la gorge. J'ai escompté certaines de ses lettres de change, et il l'a su. C'est pour ça qu'il veut me parler : il est à la recherche désespérée d'un malheureux prêteur. »

À mi-hauteur d'un chemin en pente pavé de galets, une tente blanche resplendit contre le bleu de la mer.

Le baron est assis à une table rustique. Cet homme entre deux âges porte une chemise bordée de dentelle et une redingote agrémentée de broderies, des vêtements quelque peu usés révélateurs d'un goût tourné vers le passé. Un valet en livrée est debout derrière lui et un homme à l'aspect distingué, peut-être son factotum, se tient à ses côtés.

Autour d'eux, des filets déchirés et des ancres rouillées.

« Monsieur Florio. » Le baron l'a apostrophé sur le ton d'un souverain qui daigne accorder une audience. Il tend ensuite sa main pour y recevoir l'hommage dû par tout roturier ; mais, au lieu d'y poser ses lèvres, Vincenzo la saisit et lui inflige une vigoureuse secousse. L'aristocrate la retire, serre le poing et l'appuie contre son ventre.

Vincenzo s'assied sans attendre d'y avoir été invité et ordonne au valet : « Apportez une chaise pour mon secrétaire, je vous prie. »

Le domestique obéit.

Des gouttes de sueur perlent sur le front du baron. Pourtant, l'air est encore tiède, en ce début de printemps. « Donc… » Il s'interrompt dès le premier mot.

Vincenzo reste impassible. « Donc. »

Le factotum murmure quelque chose à l'oreille de son maître, qui acquiesce avec un soulagement manifeste et lui fait signe de parler à sa place. « Son Excellence souhaiterait recourir à votre collaboration. » Sa manière d'aspirer les voyelles montre qu'il est originaire de l'intérieur de la Sicile. « Une conjoncture économique défavorable a obligé M. le baron à effectuer des dépenses imprévues, à quoi il faut ajouter les travaux rendus nécessaires par le réaménagement de son palais de Montemaggiore. Ses magasins se trouvant de surcroît dans une situation assez délicate, il manque de liquidités en ce moment, à titre tout à fait temporaire, cela va de soi, et…

— Bref, vous n'avez plus d'argent. » Vincenzo s'adresse directement à l'aristocrate, qui garde les yeux rivés sur la mer. « J'ai d'autant moins de mal à l'imaginer que ma propre activité d'entrepreneur m'expose moi aussi à de graves risques. Vous pouvez compter sur toute ma compréhension, *monsieur.* »

Le baron s'éclaircit la gorge, mais sa voix reste rauque. « Je vais être franc avec vous, monsieur Florio. J'ai besoin d'un prêt, c'est vrai. Et voilà pourquoi je vous ai demandé un entretien ici. Il ne m'a pas paru convenable de discuter affaires chez moi. »

Vincenzo ne réplique rien.

Le silence devient amer et sec, comme du sel.

« Combien ? » demande Messina.

Le factotum hésite. « Au moins huit cents *onze.* Son Excellence est disposée à offrir, à titre de garantie, sa part de propriété de la madrague. » Il sort une liasse de documents d'une serviette en cuir et les tend à Messina.

Après les avoir lus, le secrétaire lui rétorque : « Laissez-nous quelques jours, nous avons besoin de mieux évaluer l'entité du prêt et des garanties proposées. »

La voix du baron trahit une nuance de crainte et de honte. « Je… Nous avons dû faire face à des dépenses considérables et… Auriez-vous l'obligeance… de nous informer de votre décision d'ici à demain ?

— Demain ? Je ne vous croyais pas dans une situation à ce point désespérée. » La stupeur de Vincenzo semble sincère. Il se tourne vers Messina, qui secoue la tête en désignant les papiers.

Trop peu de temps.

« Vous voyez ? Même mon secrétaire m'indique que ce n'est pas possible. Il va nous falloir au moins une semaine pour estimer la valeur réelle de vos garanties. » Il n'attend pas, pour prendre congé, que le baron l'y invite. « Vous aurez notre réponse dans un délai d'une semaine. Messieurs, je vous souhaite le bonjour. »

Le baron tend une main vers lui. « Attendez ! » Il attrape son factotum par la manche, s'y agrippe et s'écrie d'une voix proche de la supplication : « Non ! Pour l'amour du ciel, non ! Il sera déjà trop tard, dites-le-lui ! »

Pendant que le factotum essaie de calmer l'aristocrate, Messina, déconcerté, range les documents, esquisse une révérence et s'éloigne sans ajouter un mot.

Il retrouve son patron devant leur voiture, feint de

ne pas voir le sentiment qui affleure dans son regard et lui dit, tout essoufflé : « Don Vincenzo, vous ne croyez pas que… vous vous êtes peut-être montré un peu trop…

— Non. Il est prêt à tout pour obtenir cet argent. Et il l'aura. Aux conditions que je dicterai. »

*

« À titre de garantie de la somme, l'emprunteur hypothèque sa part de propriété sur la totalité des équipements, des outillages, des zones de pêche, des locaux et des terrains de la madrague… »

Maître Michele Tamajo, le notaire, lit le contrat d'une voix monotone. On croirait qu'il psalmodie l'office des défunts.

Vincenzo, vêtu de sombre, reste absorbé dans des pensées secrètes. Il n'entend ni le bourdonnement d'une mouche prisonnière dans la pièce, ni le froissement des pages de l'acte officiel, ni les craquements des chaises.

Assis à bonne distance, le baron Mercurio Nasca di Montemaggiore lui jette des regards haineux. Il a les joues rouges et les paupières mi-closes. Si on pouvait tuer avec les yeux, Vincenzo Florio serait déjà mort dans d'atroces souffrances.

« Voilà. » Le notaire s'adresse au baron. « Êtes-vous bien certain de vouloir signer ? »

L'aristocrate désigne Vincenzo. « Il ne m'a pas laissé le choix, ce… cet usurier ! » Sa voix est un concentré de ressentiment.

Le jeune Florio semble soudain s'apercevoir de sa

présence. « Moi, un usurier ? Monsieur le baron, je ne dirige pas une congrégation caritative.

— Vous profitez de mes besoins de liquidités. » Sa bouche se tord en une grimace. « Vous m'obligez à brader mes biens.

— Non, monsieur. Ce n'est pas vrai. J'ai eu raison d'exiger une semaine pour évaluer vos garanties : cela m'a permis de découvrir que les équipements de la madrague sont dans un état pitoyable. Je vous ai alors proposé d'acquérir votre part de propriété sur l'établissement. En guise de réponse, vous m'avez demandé de vous verser la somme prêtée en argent liquide, pour mieux satisfaire vos créanciers. J'ai accepté. Et vous avez l'audace d'affirmer que je ne vous ai pas laissé le choix ?

— Vous n'avez pas de sang noble dans les veines, et cela se voit ! Vous êtes un individu mesquin, sans foi ni loi. » La voix du baron ressemble à un sifflement de vipère. « *Vous êtes un parvenu insolent** ! »

Vincenzo, qui vient de prendre une plume d'oie pour signer le contrat, s'immobilise. Peu importe que plusieurs années soient passées, que le dialecte sicilien ait laissé place au français. L'insulte de la baronne Pillitteri est une blessure encore cuisante. Il murmure, sur un ton glacial : « Nous pouvons en rester là, si vous le souhaitez. »

Le silence devient lourd, dans cette pièce où l'on n'entend plus que le bourdonnement de la mouche. Une goutte d'encre tombe sur le contrat.

Le baron est ruiné. Tout le monde en est conscient, y compris et surtout le notaire, qui connaît aussi l'orgueil démesuré de son client et s'efforce donc de sauver les apparences. « À vous le dernier mot, monsieur le baron. Que décidez-vous ? »

Mercurio Nasca di Montemaggiore est sans doute très tenté d'opposer une ultime résistance, de vendre les bijoux de son épouse ou de céder sa part de propriété de la madrague aux moines de San Martino delle Scale. Seulement, ces religieux sont très avares et les bijoux de sa femme valent à peine plus que de la pacotille. Il ravale un sanglot d'humiliation et finit par s'exclamer, d'une voix toujours aussi sifflante : « Seigneur Dieu, signez ! Et disparaissez de ma vue. »

Vincenzo appose sa belle signature fleurie sous la tache d'encre. Puis il laisse à Ignazio Messina et au factotum du baron le soin de régler les derniers détails administratifs. Lorsqu'il se retire au fond de la pièce, les bras croisés et les sourcils froncés, il a l'air d'un rapace.

Au bout d'un moment, Messina le rejoint. « Vous auriez pu rester au bureau, j'avais une procuration. Rien ne vous obligeait à assister à une scène aussi pénible. »

Vincenzo ne détourne pas un instant les yeux de Nasca di Montemaggiore. « À l'avenir, peut-être. Mais pas aujourd'hui. Donnez-moi la bourse.

— Mais... »

Vincenzo le foudroie du regard.

Il s'approche ensuite du baron, prostré sur sa chaise, et laisse tomber la bourse à ses pieds. L'aristocrate n'a pas le temps de la saisir. Les pièces s'éparpillent sur le tapis.

Tandis que Vincenzo Florio quitte les lieux, le

baron Nasca di Montemaggiore ramasse, à genoux, l'argent tombé au sol.

*

« Doucement, s'il vous plaît ! Vous allez tout casser ! »

Giuseppina, très agitée, s'efforce de guider les porteurs dans les méandres de sa nouvelle habitation.

Un grand appartement, au dernier étage d'un bel immeuble. Toujours via dei Materassai, mais au numéro 53.

Vincenzo l'a acheté à un voisin négociant, Giuseppe Calabrese. Ou plus exactement, il l'a acquis à titre de paiement d'une dette que Calabrese n'a pas pu rembourser à temps. Les affaires sont les affaires, et il faut savoir ravaler son orgueil.

Il s'agissait au départ de deux appartements, que Vincenzo a réunis en abattant quelques cloisons. Du haut du toit, on voit d'un côté la Cala et l'horizon marin et, de l'autre, la ville et les montagnes. Ce panorama plaît tant à Vincenzo qu'il a décidé d'aménager une terrasse, pour y passer les après-midi d'été.

Giuseppina s'affale sur une chaise et se contente d'indiquer les pièces où il faut déposer les meubles ; les femmes de chambre s'occuperont du balayage et du rangement.

Vincenzo apparaît sur le seuil. « Eh bien, maman, êtes-vous contente ?

— Et comment. C'est immense… et si lumineux. »

Elle repense au taudis du piano San Giacomo, puis à l'autre appartement de la via dei Materassai, celui où

Ignazio est mort. Des logements en location, tout juste bons pour des employés.

« Tout cela est très beau », reprend Giuseppina en regardant autour d'elle. Son fils a fait des travaux : les portes et les fenêtres ont été remplacées, les murs et les plafonds repeints, et il y a même l'eau courante. « Oh, bien sûr, l'air n'est pas aussi pur qu'à Bagnara…

— Encore ? » Vincenzo lève les yeux au ciel. « Vous n'en avez pas assez, de reparler sans cesse de votre village ? Nous sommes chez nous ici. C'est fini, la Calabre ! »

Une fois de plus, Giuseppina est contrainte de s'incliner. Elle n'a jamais eu son mot à dire sur le choix de sa résidence. Bien au contraire.

Lorsqu'elle a demandé à son fils s'ils pouvaient se permettre un appartement aussi luxueux, il a levé la tête de ses papiers, l'a regardée avec une placidité irritante et lui a rétorqué : « Peut-on savoir depuis quand vous tenez les comptes, maman ? Bien sûr que nous pouvons nous le permettre. Nous ne sommes plus de simples boutiquiers. Tenez, hier par exemple : juste après le dédouanement de la cargaison de la *Santa Rosalia*, le déchargement n'était même pas terminé que la vente aux enchères du coton commençait déjà. » Avec le temps, le rire de Vincenzo est devenu rauque. Il a maintenant trente-trois ans. « Il nous faut une demeure digne de ce nom. Tant que je serai là, vous ne manquerez de rien. »

Un ouvrier appelle Vincenzo, qui s'éloigne.

Giuseppina se lève et va regarder par la fenêtre : elle aperçoit une bonne partie de la via dei Materassai et du piano San Giacomo.

Ils en ont fait du chemin, sa famille et elle.

Au fil des années, même sa rancœur a fini par s'atténuer, et elle a complètement disparu à la mort d'Ignazio.

Il ne lui reste plus que des souvenirs. Son fils – sa créature, sa raison de vivre – est devenu aussi impénétrable qu'elle l'a été elle-même pendant si longtemps. Elle va devoir prendre son courage à deux mains pour lui parler d'un sujet qui la préoccupe au point de l'empêcher de dormir. Elle a cinquante-quatre ans, elle se sent vieille et elle sait que Vincenzo ne peut plus rester seul. Tous les hommes ont besoin d'une femme pour leur tenir compagnie, réchauffer leur lit, prendre soin d'eux, supporter leurs moments de mauvaise humeur. Et surtout, la pérennité de la Maison Florio exige l'arrivée d'enfants, d'héritiers.

Ignazio et Vincenzo ont bâti un patrimoine à préserver et à transmettre. Pour cela, du sang neuf est nécessaire, et l'épouse requise devra être issue de la noblesse. Il est grand temps, pour Vincenzo, de fonder un foyer. Giuseppina l'admet à contrecœur, mais il faudra bien lui en toucher un mot.

Elle n'aura ensuite plus d'autre choix que de s'effacer. Très vite.

Avec la conscience d'être dorénavant plus seule que jamais et, surtout, le regret amer, insidieux et cruel, d'avoir refusé l'amour de l'homme de sa vie.

*

Ce soir-là, la mère et le fils dînent en face l'un de l'autre, comme naguère dans leur ancien appartement.

La nappe et la vaisselle baignent dans une douce lumière. Trop âgée et trop mal dégrossie pour demeurer au service des Florio, Olimpia a été remplacée par une jeune fille au visage couvert de taches de rousseur et par sa mère, en charge de la cuisine et des travaux domestiques les plus lourds.

Giuseppina décide d'aborder le sujet prudemment. « Vincenzo, il faut que je te parle. »

Il lève la tête de son assiette. Une ride se creuse entre ses sourcils. « Des problèmes à résoudre ?

— Non. D'un autre côté, il pourrait y en avoir plus tard, et il serait bon d'y réfléchir à l'avance. » Elle a l'estomac noué, mais l'enjeu est trop important pour qu'elle renonce à cette discussion. « Tu as plus de trente ans. » Elle marque une pause. « Il faut penser à l'avenir, et pas seulement au tien. »

Vincenzo repose sa cuiller dans son assiette et répond à sa mère, sans la regarder : « Vous me suggérez de me marier, si j'ai bien compris ?

— Oui. » Giuseppina prend une respiration profonde. La future épouse habitera avec elle, s'assiéra à la même table, partagera le lit de son fils…

Ce ne sera pas facile.

Vincenzo boit une gorgée de vin. Pendant quelques secondes, il revoit le long cou d'Isabella Pillitteri. « Vous savez, à une certaine époque, j'ai espéré vous entendre prononcer cette phrase. Aujourd'hui, il est trop tard. » Un court instant, il plonge ses yeux d'onyx dans ceux de sa mère. Puis il se lève et l'embrasse sur le front. « Je vous laisse vous en occuper et me chercher une jeune fille. Elle devra remplir quatre conditions : me plaire ; vous convenir ; être de bonne famille ; apporter une dot satisfaisante. Je compte sur vous pour me tenir au courant. » Arrivé à la porte, il ajoute : « Ne m'attendez pas pour aller vous coucher. J'ai un rendez-vous.

— Avec qui ?

— Vous verrez, je vous réserve une surprise… »

*

Accompagnés de leurs enfants, plusieurs commerçants se tiennent sur l'escalier monumental de San Giovanni dei Napoletani. La plupart, originaires de Calabre ou de Naples, ont aussi en commun leur métier et leur lieu de vie. Sous prétexte de se retrouver à l'église, ils s'observent les uns les autres, parlent affaires et partagent des ragots à voix basse.

Les regards qu'ils échangent n'ont rien de courtois : selon toute apparence, les prières des vêpres les ont peu touchés.

Le sacristain marmonne entre ses dents : « Pas trop de temps à perdre avec la religion, on dirait. » Puis il referme derrière lui le portail, et l'on entend l'écho d'un bruit sourd.

Vincenzo est engagé dans une conversation animée avec un homme à la mâchoire carrée et à l'accent calabrais très prononcé. Son apparente familiarité ne manque pas de surprendre les autres marchands. Car à la différence de son oncle Ignazio – paix à son âme –, qui se montrait toujours affable, Vincenzo Florio a un caractère difficile, et il tend à garder ses distances.

« N'empêche, il faut bien reconnaître qu'il est d'une sacrée habileté. »

Vincenzo les entend et, au son de leur voix, il perçoit l'envie qui se mêle à l'admiration. Pourtant, dans l'immédiat, il se concentre sur son interlocuteur et lui dit : « Comme tu peux le constater, ce ne sont pas les gens venus de Bagnara ou de Naples qui manquent, pour commercer sur la côte. Mais ce ne sont pas eux qui m'intéressent. Je vois plus loin.

— Oui, tu y avais fait allusion dans une de tes lettres. Mais alors, qu'est-ce que… »

Un observateur attentif remarquerait plusieurs similitudes entre les traits des deux hommes : front haut, mains larges et fortes, teint sombre. En revanche, la coupe de vêtements du nouveau venu et un certain manque d'assurance dans ses gestes montrent qu'il ne vit pas dans la même aisance que les Florio.

Vincenzo le prend par le bras, l'emmène jusqu'au palais Steri et lui explique : « Voici la douane. À l'origine, c'était le palais d'un noble. Ensuite, c'est devenu un tribunal, et un peu plus tard, une prison pour les hérétiques, les assassins et les voleurs. » Il s'interrompt. Au-dessus de leurs têtes, la masse sombre de l'édifice a quelque chose de menaçant. Vincenzo change de sujet à brûle-pourpoint : « Pas question d'accueillir un Caïn chez moi. Alors si tu m'en veux de ce qui s'est passé quand nous étions petits…

— Permets-moi d'être sincère : autrefois, peut-être. Je voyais le désespoir de ma mère, nous souffrions de la faim, et c'était humiliant de demander de l'argent à des membres de notre propre famille. Il a fallu vendre la maison et aller vivre à Marsala… Oui, j'étais d'autant plus en colère contre ton père et ton oncle que vos affaires marchaient très bien, à ce qu'on racontait.

— Et puis vous avez commencé à recevoir régulièrement des petites sommes, réplique Vincenzo à voix basse. C'est l'oncle Ignazio qui les envoyait, sans rien dire à personne. J'ai retrouvé les traces de ses versements dans les livres de comptes. Je me rappellerai toujours la fois où tante Mattia est venue à Palerme avec toi. Mon père était mourant. Ça m'a fait un drôle d'effet de vous rencontrer. Depuis, je me suis souvent demandé ce qui serait arrivé si nous avions été plus proches. Enfin, on ne peut pas revenir sur le passé…

— Ma mère vous aimait beaucoup. Elle a toujours continué de penser à vous et elle n'a jamais oublié ton père et ton oncle dans ses prières. »

Une étrange émotion étreint Vincenzo et sa gorge se noue. « Je ne suis pas comme l'oncle Ignazio, moi, tu aurais intérêt à ne pas l'oublier. Je ne me contente pas de ce que j'ai.

— Moi non plus. »

Ces trois mots, et surtout le ton sur lequel ils ont été prononcés, apportent à Vincenzo la certitude dont il avait besoin.

« Viens me voir demain via dei Materassai. Je te présenterai Ignazio Messina et il te donnera toutes les explications nécessaires. Il est vieux et expérimenté ; dans un premier temps, ton rôle consistera à l'épauler. » Il lui tend la main. « Ensuite, tu me rejoindras à la maison. Ma mère n'est encore au courant de rien, ton arrivée lui fera un immense plaisir. »

Raffaele Barbaro, le fils de Paolo Barbaro et de Mattia Florio, sourit enfin.

*

Bien que située à proximité de l'enceinte de la ville et de la douane, la via della Zecca Regia est une ruelle silencieuse. Ses maisons étroites, qui donnent aussi sur la via dell'Alloro, sont habitées par de paisibles petits commerçants. Elles n'ont rien en commun avec les palais nobiliaires voisins.

Dans un appartement qui occupe un premier étage, l'obscurité remplace peu à peu la lumière du crépuscule. En cet automne 1832 déjà bien avancé, les journées raccourcissent et la tramontane souffle par rafales.

Quatre hommes sont réunis dans un cabinet.

« Imaginez-vous le désert de l'Afrique noire. Aride, désolé, désespérant. De temps à autre, une oasis apparaît, avec son point d'eau et ses palmiers. Eh bien, ici, c'est la même chose : on crie au miracle quand on tombe sur une véritable entreprise. » Vincenzo compte sur les doigts de sa main gauche. « Ici, nous avons quelques manufactures de coton, deux ou trois fabriques d'armes. Le reste, ce sont des boutiques où travaillent, dans le meilleur des cas, une quinzaine d'employés. Quant à la Maison Florio, elle n'a aucune usine. Nous faisons du commerce, nous mettons en relation des producteurs et des acheteurs, en notre nom propre ou pour le compte de tiers. »

De l'autre côté du bureau, Tommaso Portalupi écoute avec la plus grande attention. Arrivé depuis quelques mois à Palerme, ce négociant milanais a les tempes dégarnies, des yeux couleur noisette et un nez imposant enlaidi par des veines sombres. À ses côtés, son fils Giovanni apparaît comme sa copie conforme, en bien plus jeune.

Portalupi appuie les coudes sur la table de travail. « Monsieur Florio, moi aussi je suis intermédiaire, et si j'ai fait appel à vous, c'est parce que j'ai demandé qui était le meilleur fournisseur sur la place de Palerme. Ma tâche consiste à trouver des denrées qui seront ensuite réélaborées en Lombardie. Je m'intéresse au vin, à l'huile, au thon salé, au sumac et au soufre. Je ne veux pas m'adresser aux marchands anglais, ils me proposeraient leurs propres articles. Et je n'ai aucune intention d'acheter les marchandises de mauvaise qualité que certains grossistes ont essayé de me fourguer. Parmi celles que je viens de mentionner, lesquelles pourriez-vous me procurer, et à quelles conditions ? »

Vincenzo échange un rapide coup d'œil avec Raffaele, assis près de lui, et s'appuie contre le dossier de son siège. « Je peux vous fournir tout ce qu'on produit en Sicile. Absolument tout. Vous n'avez qu'à demander. »

La conversation est interrompue par un bruit de verre contre du métal.

La porte s'ouvre pour laisser passer une jeune fille vêtue d'une robe marron, tenant un plateau. Une odeur délicate de vanille se répand dans toute la pièce. « Maman m'a dit de vous apporter ces biscuits. Ils sortent du four. » Puis la jeune fille recule d'un pas, observe les invités et s'attarde sur Vincenzo.

Au moment où il s'apprête à saisir le verre de

liqueur que lui tend Giovanni, il se retourne. Et il la voit.

Il se dit aussitôt que ce doit être la nièce ou la fille de Portalupi. Elle a la même carnation, le même accent et le même nez imposant. Ses mouvements sont discrets et tout en retenue. D'ordinaire, le charme féminin exerce une emprise très limitée sur Vincenzo. Mais cette jeune fille au dos droit et au visage doux l'impressionne.

Les femmes de Palerme n'ont pas ce regard pur où ne perce aucune peur.

Portalupi lui caresse la joue et la congédie : « Merci, ma chérie. Tu peux nous laisser, maintenant. »

Il attend que la porte soit refermée avant de reprendre : « Du soufre, monsieur Florio. Il me faut du vin et du soufre. »

Vincenzo croise les mains. « Parfait. Quelle quantité de soufre ? Et dans quels délais ? »

*

Ce soir-là, Vincenzo remarque que sa mère est particulièrement attentionnée : elle lui sert elle-même son dîner, effleure son visage, lui demande des nouvelles de son travail.

Il est fatigué. Il a retiré sa veste, défait son nœud de cravate, déboutonné son gilet. Après une journée de labeur éreintante, il aimerait profiter d'un moment de tranquillité.

Mais l'attitude de sa mère éveille ses soupçons.

Elle se décide enfin à parler : « J'ai quelque chose à

te dire. Voilà… j'ai trouvé une jeune fille qui pourrait nous convenir. »

Ce « nous » n'échappe pas à Vincenzo. Comme si c'était Giuseppina qui devait se marier. Quant à lui, il n'a besoin ni d'une compagne ni d'une maîtresse de maison ; il lui faut juste une femme qui lui donne des héritiers sains et robustes. Pour le reste, sa mère s'occupera de tout, comme toujours. « Je vous écoute, maman.

— C'est une demoiselle de bonne famille. Elle a dix-sept ans, elle est sérieuse et bien élevée, elle a été éduquée chez des religieuses. D'ailleurs, ce sont elles qui m'en ont parlé.

— Et qu'est-ce qui vous préoccupe, alors ? Je vois bien que vous êtes inquiète. »

Les doigts de Giuseppina se crispent sur la nappe. « Sa famille est apparentée de loin au prince de Torrebruna, et on m'a fait savoir qu'elle t'accueillerait à bras ouverts. Difficile d'imaginer une alliance plus brillante. Oh, bien sûr, il y a la question de la dot. En dehors de leur titre, il ne leur reste plus qu'un entrepôt dans la région d'Enna et une maison à Palerme. » Giuseppina parle en pesant chacun de ses mots.

Les soupçons de Vincenzo ne font qu'augmenter. « Jusqu'ici, rien de rédhibitoire. Mais ? » Parce qu'il y a un *mais*, il en est certain.

« Ils mettent une condition au mariage : ils voudraient que tu ne gères plus directement nos affaires, que tu prennes un intendant et que tu cesses de t'occuper de l'herboristerie. Ils jugent ces activités indignes de leur rang. » Giuseppina se tait ; elle attend un geste, un mot.

Vincenzo n'a pas bougé un muscle. Il n'en croit pas ses oreilles. Puis il répond, à voix très basse : « Vous voudriez que je renonce à mon métier pour une femme ?

— Une femme ? Ce n'est qu'une gamine. Commence par l'épouser ; après, il sera toujours temps de voir. Quand tu feras partie de la famille, ils ne pourront plus rien dire. C'est toi qui tiendras les cordons de la bourse. »

Vincenzo renverse la tête en arrière, rit très fort et tape sur la table. « Eh bien, vous ne manquez pas d'audace ! » Sa voix trahit une amertume et une rudesse qui font peur à sa mère. « Vous vous souvenez de ce qui s'est passé, alors que je n'avais même pas vingt ans ? » Ses yeux ressemblent à de la lave en fusion. « Vous vous souvenez d'Isabella Pillitteri ? De ce que vous m'aviez dit, à l'époque ? Que je devais l'oublier parce que sa famille était ruinée. Vous vous en souvenez, oui ou non ? »

Giuseppina s'attendait à tout, mais pas à ça. Elle se lève d'un mouvement brusque. « Quel rapport ? C'était la fille et la sœur de débauchés qui ne s'intéressaient qu'à notre argent.

— Ah oui ? Et à quoi s'intéressent les Torrebruna, à votre avis ? » Il suit sa mère, qui a commencé à débarrasser la table. « Non seulement ils veulent profiter de ma richesse, mais ils ont aussi la prétention de me dicter ma conduite !

— Avec toi, pas moyen de discuter, hein ? Cette demoiselle est un ange de piété, elle n'a fréquenté que des bonnes sœurs. Elle t'obéira au doigt et à l'œil, tu seras le maître absolu. Encore une fois, c'est toi qui as l'argent ! »

Vincenzo pointe un doigt vers elle. « Ma réponse est non. Je vous avais demandé de me trouver une épouse, pas d'essayer de m'allier à des pouilleux qui se donnent de grands airs à cause de leur titre et qui, par-dessus le marché, posent des conditions. »

Giuseppina est furieuse. Pour elle, l'affaire était réglée, et au lieu de cela… Elle repose les assiettes sur la table et met les poings sur ses hanches, prête à affronter son fils. « Tu ne me pardonneras jamais ce qui est arrivé il y a quinze ans, n'est-ce pas ? Je t'avais pourtant ouvert les yeux, tu aurais même dû me remercier… Mais non, rien à faire, c'est toujours moi la coupable. Et coupable de quoi, au juste ? Tu te rappelles la façon dont sa mère t'avait traité ? Eh oui, mon cher enfant, je suis au courant. On me l'a racontée, cette scène honteuse en pleine rue ! Tu es vindicatif et sans cœur, comme ton père, voilà la vérité ! On en revient toujours là, avec les Florio : vous avez des tares qui se transmettent de génération en génération. » Sa bouche se déforme en un rictus. « Continue comme ça, tu finiras par te retrouver seul comme un chien. »

Vincenzo doit faire un effort pour s'empêcher de casser le premier objet qui lui tomberait sous la main. Giuseppina s'en aperçoit et recule, mais il l'attrape par le bras et rapproche son visage du sien pour lui dire bien en face : « Il vaut mieux être un chien galeux que le gentil toutou d'une femme qui ne veut pas de vous. »

Il lâche alors sa mère, qui titube et s'agrippe à une chaise.

Elle ne reconnaît plus son fils. Ses paupières tremblent, elle ravale ses larmes et reste là, immobile, même après que Vincenzo a quitté la pièce. Elle n'a jamais autant souffert de l'absence d'Ignazio.

Une sensation douloureuse lui comprime les côtes quand elle prend conscience de sa cruauté envers lui.

Elle s'est crue capable de rendre la vie insupportable à son mari, d'édifier entre elle-même et les Florio un mur de rancune et de trouver un allié en la personne de son fils. Ce soir, elle vient de découvrir qu'en le nourrissant à la fois de lait maternel et de fiel, elle l'a empoisonné. Empoisonné à la haine.

*

On échange des poignées de main. Des verres tintent. Une femme de chambre sert des liqueurs et des biscuits.

« À qualité égale, le prix de votre soufre est le plus compétitif sur le marché. » Engagé dans une discussion animée avec Vincenzo, Giovanni Portalupi tapote le contrat du bout des doigts. « J'ai entendu dire que vous étiez propriétaire d'une exploitation.

— J'en administre une qui appartient au baron Morillo. » Vincenzo boit une gorgée de porto. Il aime converser avec cet homme toujours si direct. « Monsieur l'aristocrate ne veut pas s'abaisser à travailler, mais il est bien content de toucher les loyers… »

Giovanni hausse les épaules. « L'argent n'a pas d'odeur… Et ce proverbe me semble tout à fait pertinent, s'agissant de soufre ! »

Les deux hommes rient.

Une femme d'âge mûr s'approche de Tommaso Portalupi et lui parle à l'oreille. Avec ses traits marqués et son regard chaleureux, elle dégage une étrange combinaison de force et de délicatesse.

Giovanni l'appelle auprès de lui : « Maman, permettez-moi de vous présenter Vincenzo Florio. Nous venons de conclure un contrat d'approvisionnement en soufre. Vincenzo, je vous présente ma mère, Antonia.

— Madame. » Après cet échange de politesses, Vincenzo déplace son regard. Il remarque une silhouette qu'il désigne d'un geste discret. « Puis-je vous demander qui est cette jeune personne ? »

Giovanni semble d'abord ne pas comprendre de qui il veut parler, puis il aperçoit sa sœur, immobile sur le seuil. La plupart du temps, personne ne lui prête la moindre attention. « Ah, Giulia. »

En entendant son prénom, la jeune fille se retourne. À force de voir sa demeure envahie d'hommes d'affaires et d'entendre parler de marchandises et de chiffres, elle a pris l'habitude de se tenir à l'écart.

« Oui, toi. Viens là. » Elle rejoint son frère. « Ma sœur aînée, Giulia. Et voici don Vincenzo Florio. »

Ce dernier les observe, surpris.

« Vraiment ? Je n'aurais jamais cru que vous étiez la plus âgée ! s'exclame-t-il.

— Je n'ai que deux ans de plus que mon frère. Trop peu pour lui tenir lieu de maman, mais assez pour le détester d'être un garçon et le cadet. »

Giovanni part d'un grand éclat de rire. « Je ne suis jamais que le préféré de notre mère.

— Moi, une préférence entre mes deux enfants ?

Allons donc ! » Antonia prend le bras de sa fille qu'elle éloigne d'un geste délicat des deux hommes. « Giulia a toujours été très têtue et Giovanni est un vrai casse-cou. Ça n'a pas été facile de les élever, croyez-moi.

— Sans doute, mais je suis sûr que c'était très amusant », répond Vincenzo sans quitter Giulia des yeux.

La jeune fille observe le bout de ses doigts. « Nous avons eu une enfance heureuse, et c'est bien assez pour moi. » Elle lève la tête et pose sur Vincenzo un regard velouté. « Aucun parent ne peut faire de plus beau cadeau à sa progéniture. »

*

En quittant le salon, Giulia éprouve un sentiment au goût doux-amer. Pendant que sa mère la précède à la cuisine, elle tourne une dernière fois la tête vers Vincenzo.

« Un homme étrange, ce Florio, tu ne trouves pas ? lui demande Antonia. Si jeune et déjà si riche. Ton père m'a dit qu'il avait une réputation de tête brûlée. Il paraît qu'en quelques années il a racheté tellement de terrains à des nobles désargentés, pour des sommes dérisoires, qu'il a accumulé une véritable fortune. Et selon certains, il prêterait même de l'argent à usure.

— J'imagine mal *mon père** commercer avec quelqu'un de peu recommandable, ce n'est pas votre avis ?

— Les affaires ne concernent que les hommes, ma fille. Elles obéissent à des règles que nous sommes incapables de comprendre… » Une violente quinte de toux l'oblige à s'interrompre et à s'asseoir. L'hiver sicilien a beau ne pas être très rigoureux, cela reste la saison la plus difficile pour les personnes souffrant de la poitrine comme Antonia.

Giulia se précipite auprès d'elle. « Ça va aller ? »

Tommaso Portalupi arrive du salon. Il a le souffle court. « Antonia… »

Son épouse, la main posée sur le cœur, s'efforce de le rassurer : « Ne vous inquiétez pas. » Elle lui caresse le visage. « Je vais mieux, depuis que nous nous sommes installés à Palerme. Le médecin avait raison, la douceur du climat me fait du bien. »

Portalupi pousse un soupir. « J'ai proposé à don Vincenzo de rester dîner. » Sa voix n'est plus qu'un murmure. « Il a beaucoup de contacts commerciaux, il est riche et très connu en ville. Nous avons tout intérêt à nous attirer sa bienveillance. Mais si tu ne te sens pas en état… »

Giulia lui saisit doucement le bras. « Je vais m'occuper de tout avec Antonietta. Elle n'est pas encore partie, n'est-ce pas ? »

Le visage de Tommaso se rembrunit. « J'ai bien peur que si, hélas. Tu vas devoir te débrouiller toute seule. » Il l'embrasse sur le front. « Je sais que tu peux faire des miracles, je compte sur toi. »

Giulia se mord la lèvre. Quand apprendra-t-elle enfin à se taire ? Elle essaie toujours de rendre service à tout le monde, et cela finit trop souvent par lui apporter des désagréments.

Sa mère a cessé de tousser, mais elle a du mal à se relever et doit se rasseoir aussitôt.

Giulia passe un tablier, puis elle ouvre la huche à

provisions en se demandant ce qu'elle va bien pouvoir préparer en l'honneur de leur hôte de marque.

Qu'est-ce qui pourrait lui plaire ? Quelque chose de fort ? Une saveur nouvelle ? Oui, mais quoi, exactement ?

Tout en continuant à fouiller dans le garde-manger, elle aperçoit dans une casserole le pot-au-feu de la veille.

Ça y est, j'y suis : du pot-au-feu, de la chapelure, des œufs… Et des épices, bien sûr. Du chou local à la place du chou de Milan ? Il faudra bien s'en contenter… Pareil pour la mortadelle, impossible de s'en procurer ici, ils ne savent même pas ce que c'est. J'émincerai du salami.

Antonia admire l'habileté de sa fille dans la préparation des *mondeghili*, ces boulettes caractéristiques de la cuisine lombarde. Elle éprouve aussi un vague sentiment de culpabilité envers Giulia qui, à vingt ans passés, n'a pas encore eu la possibilité de fonder un foyer. Depuis un an, elle a été totalement absorbée par les soins constants que nécessite la maladie de sa mère.

Parents et enfants ont eu du mal à quitter Milan, à renoncer à leur situation confortable et à leur belle maison près du quartier des Navigli. Et tout ça à cause d'elle, Antonia. Son mal avait trop progressé pour qu'elle puisse demeurer exposée au froid et au brouillard de cette ville. Pour lutter, elle avait besoin de lumière et de soleil.

Elle ne s'en juge pas moins responsable du bouleversement intervenu dans la vie de sa famille, de son déménagement forcé à Palerme. Une ville splendide, certes, mais ô combien surprenante : la misère la plus noire y côtoie des fastes aristocratiques dignes d'une cour européenne. Antonia a la nostalgie de Milan, de son atmosphère tranquille, de ses boutiques si nombreuses, de la solennité de ses grands palais, de ses odeurs, de ses saveurs et même de ses brumes matinales, qui effacent les contours du paysage et assourdissent les bruits. Elle est habituée à une beauté plus sobre, plus subtile, moins opulente, moins triviale et moins exubérante que celle de Palerme.

Mais le destin l'a amenée là, et ses enfants ont bien dû s'adapter. Pendant que Giovanni travaille avec Tommaso, Giulia est contrainte de rester avec elle à la maison, et elle n'a pas beaucoup d'occasions de se distraire. Cela dit, le devoir des filles qui vivent encore chez leurs parents ne consiste-t-il pas à prendre soin d'eux ?

Et puis, l'activité professionnelle des Portalupi a encore du mal à se développer : trop peu de contacts, trop de gens méfiants. Le marché, très fermé, est contrôlé par ceux qui le connaissent bien. Voilà pourquoi le mari d'Antonia a invité ce monsieur à dîner.

À table, il se révèle un convive aimable, bien que peu loquace. Après avoir surtout parlé affaires avec Tommaso et Giovanni, il s'adresse soudain à Giulia : « C'est donc vous qui avez cuisiné ce repas ? »

La jeune fille est prise au dépourvu par cette question si directe. « Oui. J'espère qu'il vous a plu…

— Je l'ai trouvé excellent. Et cela n'a pas dû être facile, de le préparer à la dernière minute. À votre place, je connais beaucoup de femmes qui auraient été prises de panique. » Il a un petit rire nerveux. « Ma mère, par exemple. Grâce au ciel, nous avons une domestique pour s'acquitter de ce genre de tâches. »

Giulia le remercie par un sourire et baisse la tête.

*

Ce sourire reste ensuite sur ses lèvres, et prend peu à peu une nuance d'embarras.

Pendant toute la soirée, ce Vincenzo Florio n'a pas cessé de lui adresser des coups d'œil furtifs ; ils n'ont certes jamais dépassé les bornes du respect, mais peu s'en fallait.

Giulia a toujours vécu dans un milieu très masculin ; dès son adolescence, elle a appris à garder ses distances vis-à-vis des relations de son père ou des amis de son frère.

Pourtant, la voilà troublée. Personne ne l'a jamais regardée de cette façon.

Elle se tourne et se retourne dans son lit.

*

Un peu plus loin, dans une autre chambre, Antonia Portalupi a du mal, elle aussi, à s'endormir.

Elle repense à leur invité : distingué et courtois, sans conteste ; et malgré cela, il l'a mise mal à l'aise. Dans son demi-sommeil, elle continue de se demander ce qui la déconcerte autant chez cet homme. Elle a même fait part de ses appréhensions à son mari, qui a réagi par un haussement d'épaules et ces quelques mots :

« Je ne vois rien d'étrange à ce que Giulia attire les regards des hommes, mignonne comme elle est. Et s'il lui fait la cour, tant mieux pour nous : il nous réservera ses meilleures marchandises. Allez, ne t'inquiète pas, ta fille sait très bien qu'elle doit d'abord et avant tout s'occuper de toi. »

*

L'haleine chaude de la mer se répand dans les ruelles en un souffle lent et s'insinue dans les maisons par les fissures des murs et des portes.

C'est encore l'aube, mais Vincenzo est déjà au travail à son bureau de la via dei Materassai. Cette pièce est devenue trop petite ; il va falloir imiter Ben Ingham et louer un appartement pour en faire le siège de sa société.

Tandis que Vincenzo examine la carte, déployée devant lui, de la soufrière du baron Morillo, des souvenirs resurgissent.

Il se revoit dans cette même pièce, à côté de son oncle Ignazio, à l'époque où celui-ci était assis derrière cette même table de travail. Et il se remémore un homme affligé, en face d'eux, son chapeau sur les genoux.

« Inutile de tourner autour du pot, don Florio. Je ne peux pas honorer la lettre de change que je vous ai signée. »

Ignazio avait poussé un soupir. « Don Saverio, que puis-je faire de plus ? Je vous ai déjà accordé un délai. On ne peut pas continuer comme ça, vous le savez aussi bien que moi. »

Le débiteur avait acquiescé. « Je suis venu exprès d'Agrigente pour vous en parler. Je possède une importante cargaison de soufre que je n'arrive pas à placer parce que je n'ai pas la possibilité de le transporter jusqu'à un port, et personne n'est disposé à venir le retirer sur place.

— Pourquoi ?

— Tout le monde sait que je ne suis plus solvable.

— Et d'où vous vient ce soufre ? On n'en trouve pas à tous les coins de rue… »

Le débiteur avait écarté les bras. « Sur un terrain appartenant à ma femme. Il suffit presque de se baisser pour le ramasser. Je ne peux même pas y emmener paître mes chèvres, elles meurent empoisonnées.

— Il est de bonne qualité ?

— Très pur et très propre. À croire qu'il sort tout droit de l'enfer. » Il les avait implorés, mains jointes. « Si ma lettre de change passe entre les mains d'un juge, j'irai en prison. Je vous en supplie… »

L'oncle et le neveu avaient échangé un regard. Et ils avaient aussitôt pensé à leurs associés français.

« Je vais aller examiner votre soufre, avait dit Vincenzo. S'il est d'aussi bonne qualité que vous le prétendez, je l'emporterai et je déchirerai votre lettre de change sous vos yeux. »

Marché conclu.

Les Florio avaient vendu cette cargaison de soufre à Marseille, pour un prix trois fois supérieur au montant de la dette. Après la mort de son oncle, Vincenzo avait acquis le terrain du baron Morillo.

Depuis, le soufre constituait une part importante du budget de sa société.

Les pensées de Vincenzo vagabondent, sans logique. Tout en rêvassant, il caresse l'anneau d'Ignazio.

Qui sait ce que son oncle aurait pensé de l'obstination de Giuseppina à lui chercher une fiancée parmi ces demoiselles de la noblesse à peine sorties de l'enfance, nées dans des familles où l'on se marie entre cousins, entre oncles et nièces ; elles ne brillent jamais par leur intelligence, et rarement par leur beauté. *Leur sang est aussi pourri que le bois de leurs meubles…*

« Vincenzo ? »

Perdu dans ses réflexions, il n'a pas prêté attention à l'arrivée des commis ni à l'entrée de Raffaele dans son bureau.

Vincenzo sursaute et regarde son cousin, debout devant lui. Il doit lui faire un rapport au sujet de l'achat éventuel d'un terrain où il serait question d'aménager une exploitation vinicole.

Au-dessus de la carte de la soufrière, Raffaele étale celle de la côte proche de Marsala. Vincenzo l'observe longuement avant de déclarer : « Il nous faut un accès direct à la mer : dans la région, les routes sont de simples sentiers, les gros chariots ne peuvent pas les emprunter et nous n'avons pas d'argent à perdre en frais de transport. Je veux que les tonneaux passent directement des caves à la cale des navires. » Il indique un lieu sur la carte. « Ici, quelque part entre les établissements d'Ingham et ceux de Woodhouse… C'est le meilleur endroit. »

Raffaele fouille dans ses papiers. « Le lieu-dit Inferno, donc. Deux *tummini*[1] de terrain adossés à

---

1. Dans cette région de la Sicile, le *tummino*, ou *tumolo*, était une unité de mesure agraire équivalant à un peu plus de deux mille mètres carrés. (N.d.A.)

un môle naturel. On nous le propose à soixante *onze*, mais il semblerait qu'il y ait une redevance à verser à un certain baron Spanò…

— Une broutille. Signe vite la promesse de vente et débloque les sommes nécessaires pour le paiement de l'avance. On s'intéresse beaucoup au marsala, en ce moment, ce serait trop bête de laisser passer l'occasion. Tu verras, dans quelque temps, le prix des terrains atteindra des chiffres astronomiques. »

Un commis annonce l'arrivée d'un visiteur.

Il s'agit de Giovanni Portalupi.

Raffaele lui serre la main ; Vincenzo se contente de lui adresser un signe de tête, sans quitter sa place derrière son bureau, et de lui désigner une chaise. « Monsieur Portalupi, quel bon vent vous amène ? »

Giovanni pose son chapeau sur ses genoux. « Votre soufre remporte un immense succès auprès de nos clients. Mon père et moi désirerions vous en acheter davantage. »

Vincenzo appuie son menton dans le creux de sa main. « Précisez-moi la quantité souhaitée et le prix que vous m'en offrez, et nous pourrons en parler. »

Giovanni donne plus de détails et Vincenzo laisse Raffaele lui répondre. Les deux cousins s'entendent comme larrons en foire.

Giovanni conclut : « Si je vous ai bien compris, vous serez en mesure de me donner une réponse définitive d'ici à une semaine ?

— N'en doutez pas. » Vincenzo se lève. « Et puisque vous êtes revenu en ville, j'en profite pour vous faire une proposition. Êtes-vous déjà allé au Teatro Carolino ? Il se situe tout près de l'église San

Cataldo e Santa Caterina, pas très loin des Quattro Canti.

— À vrai dire, pas encore, répond Giovanni, déconcerté.

— On y donnera un spectacle dans quelques jours, et je serais ravi de vous accueillir dans ma loge, vous et votre sœur. »

Giovanni n'est pas un imbécile. Il comprend tout de suite. « Giulia sera sans doute enchantée de venir. Je vous communiquerai notre réponse dans les meilleurs délais. »

Après le départ du jeune homme, Raffaele s'exclame : « Moi, tu ne m'as jamais invité ! » Mais il l'a dit d'un air complice, en riant.

« Ma loge est à ta disposition quand tu le souhaites, cher cousin. Et je me permets de te rappeler que tu n'es pas une femme. Maintenant allons-y, on nous attend à la chambre de commerce. »

*

L'âme de Giulia Portalupi ressemble à une mer calme qui cache sous sa surface des courants impétueux.

Après la soirée au Teatro Carolino, Vincenzo s'est arrangé pour la revoir à plusieurs reprises. Cela n'a pas été très difficile, son frère Giovanni joignant à un esprit pragmatique un goût prononcé pour les plaisirs mondains. Vincenzo l'a donc présenté aux membres de la chambre de commerce de Palerme et mis en relation avec un capitaine de navire disposé à transporter les marchandises de la Maison Portalupi ; navire dont Vincenzo – soit dit en passant – est copropriétaire.

Giovanni a en outre emmené Giulia à plusieurs dîners chez des marchands, sous prétexte qu'il n'avait pas d'épouse pour l'accompagner. Il a par ailleurs bien pris soin d'insister sur le nombre encore limité des relations amicales de sa sœur, sur le peu de possibilités dont elle dispose pour fréquenter d'autres personnes en dehors du cercle familial. En somme, il l'a décrite un peu partout comme une malheureuse vieille fille, en y mettant certes les formes, mais sans équivoque.

Vincenzo ne la reconnaît cependant pas du tout dans un tel portrait.

Il a parfois l'impression que Giovanni se comporte comme un entremetteur : par exemple, il fait toujours en sorte que Vincenzo et Giulia se retrouvent assis l'un à côté de l'autre. Et de toute évidence, cette attitude irrite la jeune fille au plus haut point.

À cette pensée, Vincenzo secoue la tête et se laisse aller à un sourire cynique. Giovanni se croit très malin, dans sa façon puérile de singer les adultes. Utiliser sa sœur pour attirer Vincenzo dans l'orbite des Portalupi est pourtant d'une rare stupidité : don Florio n'a pas la moindre intention de jouer les amoureux transis auprès de Giulia.

Il n'en demeure pas moins qu'elle a une personnalité étonnante.

Elle ne baisse pas les yeux si quelqu'un lui adresse la parole, elle ne marmonne pas des prières à tout bout de champ et elle continue à suivre la conversation, comme sa mère, même quand on parle affaires.

Mieux encore : on croirait presque qu'elle redouble alors d'attention, et cela intrigue Vincenzo. Cette jeune femme connaît la valeur de l'argent, veut comprendre comment on en gagne et plisse parfois le front lorsque les convenances lui interdisent de donner son avis.

Par ailleurs, Vincenzo est parfaitement conscient qu'il la met mal à l'aise.

Tant mieux, se dit-il.

Après Isabella, aucune femme n'a compté dans sa vie. Par passion ou pour de l'argent, elles ont été nombreuses à s'offrir à lui ; il n'en reste, dans son esprit, que le vague souvenir de corps sans visage. Et maintenant que sa mère multiplie les démarches pour lui trouver une fiancée, il ne se demande même pas à quoi ressemblera l'heureuse élue. En revanche, il s'imagine volontiers entrant la tête haute dans une demeure aristocratique. Et peu importe s'il faut, pour en arriver là, passer par l'achat d'un titre ou l'acquisition d'une dot.

Pourtant…

Giulia Portalupi excite sa curiosité. Ce n'est pas une question d'attrait esthétique, loin de là ; elle n'est pas belle. Mais elle a cette façon bien à elle, au gré de ses émotions, de pincer les lèvres ou de serrer les poings, et surtout de fixer sur vous un regard qui n'est jamais éteint, un regard toujours franc, direct et prêt à trahir les sentiments les plus divers : l'indignation, l'incrédulité, la désapprobation, l'étonnement, voire un pur et simple intérêt. L'exact opposé de son grand dadais de frère, qui croit tromper son monde en se donnant des airs roublards…

Vincenzo jongle avec ces pensées en rentrant chez

lui, les mains dans les poches, les yeux levés à la recherche des premières étoiles.

Dès son arrivée, la femme de chambre lui prend sa veste et son chapeau ; puis elle lui annonce que le dîner sera bientôt servi. Au salon, sa mère reprise du linge. « Vous faites de la couture, maman ? lui demande-t-il en l'embrassant sur le front.

— Tu ne voudrais tout de même pas porter des chemises trouées ? Et puis, ces gamines que tu as engagées ne savent pas raccommoder les vêtements. » Giuseppina éloigne le tissu de son visage. Sa vue, devenue capricieuse, a baissé.

« Elles ont été employées dans des maisons aristocratiques et elles s'acquittent très bien de leur travail. C'est plutôt vous qui voulez tout faire vous-même et trouvez toujours à redire à ce que font les autres.

— Mais oui, bien sûr ! Toujours est-il que les jeunes filles de maintenant ne daignent plus s'acquitter comme il faut de leurs tâches domestiques. Elles sont trop délicates pour ça. Quand j'avais quinze ans, j'astiquais le cuivre de mon lit avec du sable, et à la différence de ces demoiselles, je ne venais pas me plaindre d'avoir les mains gercées ! »

Vincenzo préfère ne pas prolonger la discussion. Il s'installe confortablement dans son fauteuil et ferme les yeux.

Il repense à de petites mains agiles pétrissant des boulettes milanaises au nom étrange et à la saveur épicée.

*

Au Teatro Carolino, Giovanni Portalupi se tient immobile à l'entrée du parterre. Près de lui, sa sœur agite son éventail.

La salle est bondée et tous les spectateurs parlent haut, depuis les nobles assis aux meilleures places jusqu'aux gens du peuple entassés au poulailler. Certains mangent ; une diseuse de bonne aventure et un porteur d'eau proposent leurs services.

« Tu n'aurais pas dû accepter cette invitation sans m'en parler avant. Tu sais à quel point je déteste ça, mais l'habitude est prise, on dirait. » Giulia se met un mouchoir devant le nez. « Et cette puanteur ! C'est une véritable torture, de rester enfermé par une telle chaleur.

— Diantre ! On dirait que tout t'agace, aujourd'hui. La première fois que nous sommes venus ici avec don Florio, tu étais de bien meilleure humeur. » Giovanni continue à observer la foule. « Et puisqu'il est question de lui, je me demande ce qu'il fiche. Le spectacle va bientôt commencer. »

Sa sœur referme son éventail d'un geste sec. Le vacarme et les mauvaises odeurs ne sont pas les seules causes de son irritation. « Parlons-en, justement ! Je n'apprécie pas du tout la manière dont ce Florio me regarde.

— Au contraire, tu devrais être flattée. Il est riche et toi, à vingt-quatre ans, tu n'es déjà plus dans ta première jeunesse. Attirer l'attention d'un homme comme lui n'est pas donné à toutes les jeunes filles de ton âge. À ta place, je lui en serais reconnaissante et je l'encouragerais un peu. Oh, pas trop non plus, bien entendu… dans les limites de la décence. C'est un excellent intermédiaire et papa est très satisfait de nos rapports d'affaires avec lui. »

Sous le coup de la colère et de l'humiliation, Giulia lui rétorque d'un air exaspéré : « Tu devrais avoir honte. Je ne suis pas une cargaison de soufre et je n'ai aucune intention de te servir de monnaie d'échange. Si papa était au courant de tes projets, il serait furieux. Quant à mon célibat, dois-je te rappeler, au cas où tu l'aurais oublié, que je suis restée auprès de maman pour prendre soin d'elle ? Et puis il me déplaît, ton nouvel ami. Il est vénal, cupide. Il examine les gens comme s'ils avaient tous un prix. Enfin quoi, les êtres humains ne sont pas des marchandises !

— Détrompe-toi. » Giovanni lui indique, au premier rang d'une loge, une spectatrice vêtue d'une robe en soie chinoise ; elle porte au cou un médaillon de deuil. « Regarde cette femme. C'est la duchesse Alessandra Spadafora. Quand elle est devenue veuve, la famille de son mari l'a abandonnée à son triste sort et elle s'est retrouvée sans un sou du jour au lendemain. Elle a mis ses bijoux en gage chez Ingham et elle a ensuite accepté de devenir sa maîtresse pour les récupérer.

— Qu… quoi ? »

La réaction scandalisée de Giulia semble beaucoup amuser Giovanni. « Tout le monde a un prix, ma chère sœur. Même toi. Ce n'est pas parce que tu aimerais passer tes journées à lire tes livres français…

— Veuillez excuser mon retard. »

Giovanni et Giulia se retournent.

Vincenzo est resté derrière eux tout le temps nécessaire pour écouter leur conversation.

« Oh, à la bonne heure ! » La grimace de Giovanni reste dissimulée dans l'ombre où il est plongé. « J'avais peur que tu n'aies changé d'idée. Ç'aurait été embarrassant, après nous avoir invités dans ta loge.

— J'ai été retenu au magasin. Venez. » Il les précède dans l'escalier, rejoint sa loge – obtenue elle aussi, même s'il ne l'avouera jamais, à titre de paiement d'une dette – et s'avance près du balcon. « Il y a vraiment tout Palerme, observe Giovanni.

— Eh oui, lui répond Vincenzo. Au fait, la représentation va commencer en retard : une bagarre a éclaté dans les coulisses et l'un des chanteurs ne pourra plus assurer que des rôles féminins pour le restant de ses jours… »

Les deux hommes éclatent de rire. Giulia, à l'inverse, ne se départ pas d'un silence renfrogné. Son frère a raison sur un point : elle aurait mieux aimé rester chez elle à lire, plutôt que de gâcher sa soirée dans ce théâtre qui ressemble à un marché aux bestiaux.

Giovanni s'assied à sa gauche et Vincenzo à sa droite. Il en profite pour effleurer sa main gantée posée sur l'accoudoir. Elle la retire aussitôt.

Une voix retentit sur scène. Le spectacle commence.

*

L'opéra n'est pas du goût du public, dont les huées couvrent par instants la musique.

« Trop de spectateurs avinés dans une atmosphère surchauffée… » Giovanni désigne le couloir. « Je vous propose de nous esquiver. »

Vincenzo semble d'accord. « Si ta sœur n'est pas trop fatiguée, nous pourrions nous promener un peu. Ma voiture m'attend près de l'église de la Martorana. »

Giulia esquisse une timide tentative : « À vrai dire, je préférerais… »

Son frère choisit de l'ignorer. « Excellente idée ! Allons-y, l'air est vraiment irrespirable ici. » Il se précipite hors de la loge.

Giulia n'a pas vu le coup d'œil que ces messieurs ont échangé.

Un coup d'œil de complicité masculine.

« Giovanni, attends… » Il est déjà trop tard.

Vincenzo lui offre son bras. « Permettez-moi de vous accompagner. »

Giulia est furieuse. Elle en veut à son frère de l'avoir laissée en tête à tête avec cet homme qu'elle connaît à peine et qui l'agace. « Je ne comprends pas pourquoi Giovanni s'est cru obligé de vous rendre ce service. Cette voiture vous appartient, et c'était donc à vous de faire le nécessaire pour qu'on la prépare.

— Je ne suis pas un laquais, quoi qu'en pensent encore certaines personnes.

— Mon frère non plus. »

Giulia n'a plus qu'une envie : partir. Elle s'avance sur le seuil de la loge, mais Vincenzo pose ses mains rêches sur ses épaules nues et la retient de force.

La jeune fille, suffoquée, se débat. Son devoir lui imposerait de se retourner, de gifler l'insolent et de se mettre à crier. Elle n'en fait rien, et la crainte que lui inspire cet homme n'explique pas tout.

Il l'entraîne dans la pénombre, à l'abri des regards indiscrets.

Que ressent-elle, lorsque la bouche de Vincenzo effleure sa nuque ? Lorsque sa langue se fraie un passage entre ses lèvres et que ses dents la mordent ?

Elle prononce un « non » suppliant, tout en essayant de le repousser.

Mais ce « non » n'est pas sincère. Elle en est consciente et ne comprend pas pourquoi. Ou plutôt si, elle comprend très bien et elle a honte de répondre, malgré elle, aux baisers et aux caresses de Vincenzo.

C'est lui le maître, c'est lui qui décide du moment où il la libère. Dès qu'il relâche son étreinte, Giulia se faufile dans le couloir.

Vincenzo se lance à sa poursuite, la dépasse et la précède dans l'escalier qu'elle descend, le rouge au front, en se tenant à la rampe. Ils arrivent ensemble devant la voiture ; Giovanni les y attend.

Elle avance tête baissée, avec la sensation d'être exposée nue aux regards du monde entier.

Une fois encore, elle ne remarque pas le sourire de son frère.

*

Le long de la côte, la tramontane balaie la route. Les îles Égades, en face de Marsala, semblent former des amas de fer qui se détachent contre le ciel. Des embruns saumâtres salissent les vitres de la voiture.

Un peu plus loin, des ouvriers s'affairent sur des échafaudages qui tremblent à chaque rafale de vent.

Vincenzo sait ce qu'il veut et l'imagine déjà : il ne se contentera pas d'une de ces simples bâtisses dont la campagne sicilienne regorge ; il lui faut des locaux semblables à ceux des marchands anglais, où une série d'entrepôts entourent un vaste espace central.

Dès son arrivée, il demande à Raffaele : « Les entrepôts sont terminés ? »

Son cousin le précède dans la cour et lui répond : « Je te laisse constater par toi-même. »

Des briques, des tuiles, des planches en bois, des tas de pierres, des maçons occupés à couler du mortier – autant d'obstacles qui contraignent les deux hommes à dévier maintes fois de leur chemin. Devant eux, la maison de maître appelée à devenir la résidence du directeur de l'établissement.

D'un pas décidé, Vincenzo pénètre dans le premier des édifices latéraux. Des menuisiers y plantent au sol les soutiens des tonneaux et soulèvent leur béret au passage de leur patron. Il leur fait signe de ne pas s'interrompre dans leur travail et se dirige vers le centre de la pièce.

La lumière provient à la fois de portails et de lucarnes ; au-dessus de Vincenzo, un très haut plafond repose sur des arcs en tuf. L'air est imprégné d'une odeur marine et salée.

Ce sera le cœur du chai.

Raffaele, essoufflé, rejoint enfin Vincenzo. De même que ses autres collaborateurs, il a parfois du mal à tenir son rythme. « Après les vendanges, les achats se sont mieux déroulés que nous étions en droit de l'espérer. Oh, bien sûr, Woodhouse et Ingham ont raflé une bonne partie de la mise ; mais j'ai réussi à trouver différentes sortes de moûts près d'Alcamo. Pour ce qui est du vin déjà fermenté, il sera livré ici la semaine prochaine.

— Bref, tout s'est passé comme prévu ?

— Nous avions bien planifié nos opérations, c'est vrai. Et tu avais raison : les prix des terrains environnants ont atteint des niveaux effrayants. De leur côté, les paysans se sont mis à planter des vignes là où ils cultivaient du blé. Ils ont compris comment tirer enfin un peu d'argent de ces terres caillouteuses.

— Qu'est-ce que tu crois, Raffaele ? Tout le monde a besoin de gagner sa vie. Mais revenons à nos affaires : la semaine prochaine, nous recevrons plusieurs tonneaux de cherry, on pourra commencer le raffinage. Par ailleurs, j'ai établi une liste de quelques tonneliers installés à Palerme ; essaie de voir si l'un d'eux serait disposé à transférer son atelier ici. »

Vincenzo pose la main sur un mur dont l'enduit est à peine sec. Le travail a été bien fait. Il s'essuie les doigts et fait signe à son cousin de le suivre. Au pas de course, comme d'habitude. « Tu t'es donné beaucoup de mal pour moi. D'ici à la fin du mois de septembre, nous pourrons formaliser notre accord.

— Notre accord ? » La question de Raffaele se perd dans une rafale de tramontane.

« La fondation d'une société. Entre Raffaele Barbaro et l'entreprise Ignazio et Vincenzo Florio. »

Raffaele se fige. Il est à la fois perplexe et stupéfait.

Vincenzo est obligé de s'immobiliser à son tour, puis de revenir sur ses pas. « J'ai besoin de quelqu'un de très impliqué dans mes affaires, y compris d'un point de vue financier. D'ailleurs, tu as déjà investi une partie de ton argent dans l'achat de ce terrain. Il s'agit de poursuivre dans la même voie : un tiers pour toi, deux tiers pour la Maison Florio. Ça te va ? »

Raffaele tortille la barbichette qu'il s'est laissée pousser ces derniers mois. Il a appris à bien connaître cet homme au caractère difficile, et c'est la raison précise de sa réticence à accepter sa proposition. D'un autre côté, cette offre est très alléchante, et elle ferait de lui l'un des notables du petit monde de Marsala. À Palerme, il ne sera jamais que le cousin de don Florio, un de ses employés parmi tant d'autres. « Ça me va.

— Je savais que tu dirais oui. » Vincenzo lui donne une tape dans le dos. « Ce ne sera pas facile d'administrer cette cave. Tu en es conscient, n'est-ce pas ?

— Surtout avec tous ces concurrents anglais qui se prennent pour les maîtres du monde. Oui, j'en suis conscient. » Il écarte une mèche de cheveux qui lui est tombée devant les yeux. « Vraiment, je ne m'attendais pas à une telle marque de confiance.

— Je suis convaincu que tu sauras te montrer à la hauteur de la tâche. »

Ils se dirigent vers la maison de maître.

L'esprit de Vincenzo est tout entier projeté vers l'avenir : la cour remplie de véhicules, les pyramides de tonneaux, les bouteilles portant l'étiquette FLORIO… Tout cela existera un jour, parce qu'il l'aura voulu. Il fournit quelques explications à son cousin : « Nous nous distinguerons par l'excellence de nos produits. Les autres commercialisent en majeure partie un vin bon pour des hommes de troupe et n'ont pas beaucoup mieux à proposer. Nous, au contraire, nous miserons sur le haut de gamme, à destination de nouveaux marchés : la France, le Piémont… » Avant d'entrer dans la maison, il s'arrête devant un tas de planches. « Ah, Raffaele, une dernière chose. Les ouvriers. Parle avec eux, regarde-les droit dans les yeux. Ce ne sera pas une exploitation vinicole comme les autres, ici, il faut qu'ils se sentent fiers d'y être employés. »

*

Le lendemain, Vincenzo rentre à Palerme.

Seul dans sa voiture, il sort de sa poche une lettre transmise par Giovanni juste avant son départ pour Marsala. Il en reconnaît l'écriture fine, la signature à peine esquissée, et se plonge dans sa lecture.

Votre dernière missive est inadmissible. Il croit entendre la voix de Giulia, indignée, frémissante de colère. *Il n'existe aucun lien entre nous ; vos relations d'affaires avec mon père ne vous donnent pas le moindre droit sur moi. Je ne devrais même pas lire vos messages, et sachez que je le fais bien malgré moi. Quant à votre attitude à mon égard et aux attentions dont vous me faites l'objet, elles dépassent bien trop souvent les bornes de la décence. J'admets y avoir ma part de responsabilité, puisque je n'oppose pas toujours un refus assez net à vos avances qui, je le reconnais à contrecœur, ne me laissent pas indifférente. Je n'ai rien d'une fille légère – je vous l'assure sans hésiter – et je suis néanmoins forcée d'avouer que votre présence suscite en moi un indéniable trouble.*

Par conséquent je vous supplie, s'il est vrai que vous ressentez pour moi des sentiments sincères, de ne plus vous croire autorisé à me tenir des propos tels que ceux de votre dernier courrier. Si vous nourrissez envers moi des intentions malhonnêtes, je vous prie de ne plus chercher à me voir et de ne pas abuser de ma crédulité. Dans le cas contraire, je serais contrainte d'en parler à mon père, malgré tout mon souhait de ne pas avoir à le faire. Si vous attendez de ma part une amitié franche et dévouée, vous pouvez compter sur moi. Vincenzo éclate de rire. *Mais si par malheur vous deviez à nouveau franchir les limites de la bienséance, je mettrais un terme définitif à notre correspondance.*

Giulia

Le coude appuyé contre la portière, Vincenzo réfléchit. Il a compris depuis longtemps que Giulia vacille, qu'elle est ballottée entre ses envies et ses peurs, et cette lettre le lui confirme. D'ailleurs, il se demande aussi combien d'hommes, par le passé, ont daigné lui accorder davantage qu'un simple regard distrait et essayé de deviner ce qu'elle cachait derrière sa contenance réservée, voire sévère.

Giulia connaît bien mal le désir, le sien comme celui des hommes. Vincenzo décide donc de ne rien lui épargner dans sa réponse. Il lui parlera de ses tourments intérieurs, des nuits qu'il passe éveillé à penser à elle, de son besoin de la toucher, de la façon dont il imagine ses cheveux défaits retombant sur ses épaules nues… Il hésitera d'autant moins qu'il la sait incapable de montrer sa lettre à qui que ce soit, et surtout pas à son père. Elle finira par ne plus opposer la moindre résistance au vertige qui, Vincenzo en est certain, a déjà commencé à s'emparer d'elle. Il connaît bien cette sensation : il l'éprouve lui-même lorsqu'il parvient à mettre la main sur une cargaison précieuse, lorsque des négociations difficiles aboutissent. Il ne s'agit cependant pas, en l'occurrence, d'un chargement de sumac ou d'une exploitation vinicole… Après la vente d'un stock de marchandises, on passe à un autre ; après la conclusion d'un contrat, on se consacre au suivant. Cette jeune fille, en revanche, impossible de l'oublier. Elle lui fait perdre la tête et l'enivre.

Il l'aura dans son lit, coûte que coûte.

Ils se sont revus à plusieurs reprises, chez les Portalupi ou à l'occasion de promenades sur le Cassaro. Accompagnée de son frère ou de sa mère, elle lui a lancé des regards à la fois embarrassés et langoureux. Mais en ce début d'année 1833, depuis la soirée au Teatro Carolino, ils n'ont pas eu de véritable rendez-vous.

Un jour, peu avant le coucher du soleil, Vincenzo s'est rendu chez elle sous prétexte d'y retirer un document. En lui ouvrant la porte, Tommaso n'a pas dissimulé sa surprise ; il l'a toutefois prié de l'attendre au salon, pendant qu'il allait chercher les reçus de paiement de cargaisons de soufre. Et comme Antonietta était déjà partie, il a chargé Giulia de servir une limonade à leur hôte.

Lorsqu'elle a reconnu Vincenzo, assis sur un divan plongé dans la pénombre, le verre et la carafe posés sur son plateau ont tremblé. Elle est restée pétrifiée sur le seuil de la pièce, les sourcils froncés et une question muette au bord des lèvres. Après lui avoir retiré le plateau des mains, le visiteur inattendu l'a empoignée par les bras et immobilisée derrière la porte ; puis il a approché son visage tout près du sien.

« C'est pour vous que je suis venu. »

Cette fois-ci, Giulia n'a pas baissé les yeux. Vincenzo y a perçu du désir, mais aussi une sorte de contrariété peut-être causée par son incapacité à le repousser. Alors, il lui a caressé tour à tour les lèvres, le menton et la gorge, avant d'ouvrir le plus haut bouton de sa robe marron.

Il est ensuite passé au deuxième.

À ce moment-là, Giulia lui a attrapé le poignet et l'a éloigné d'elle. Il a dégluti en silence.

« Non. » Elle l'a dit de toute sa force, de toute sa détermination.

Quelques instants plus tard, Tommaso Portalupi est revenu et il a aussitôt congédié sa fille. Elle s'est éloignée en gardant une main devant son cou, comme pour le protéger.

Lorsqu'il repense à cette scène, Vincenzo s'enflamme à nouveau. Il secoue la tête, en essayant pour la énième fois de s'expliquer la signification réelle de ce désir incandescent. Giulia est féminine jusqu'au bout des ongles, d'une sensualité à fleur de peau qui passe inaperçue aux yeux de la plupart des gens. Et elle est d'autant plus dangereuse qu'elle n'a pas conscience de son effet sur les hommes, ou en tout cas sur lui.

Avec l'arrivée du printemps, elle aura de plus en plus la possibilité de sortir seule, de profiter du soleil qui envahira les ruelles du quartier de Castellammare.

Son attitude est contradictoire. Elle craint Vincenzo et lui résiste, mais elle lui accorde des caresses et des baisers furtifs. Elle ne lui renvoie pas ses lettres passionnées, mais elle y répond par des billets où de nombreux passages paraissent dire une chose tout en suggérant son contraire. Il y a, d'un côté, la jeune fille de bonne famille aux yeux baissés qui prétend ne pas apprécier les audaces de son soupirant ; mais aussi, de l'autre, celle qui le regarde droit dans les yeux et dont les soupirs ambigus lui fouettent le sang. En sa présence, il la sent toujours tiraillée entre son désir et son sentiment de culpabilité, entre l'aiguillon de la chair et la peur.

Dans toute cette histoire, Giovanni Portalupi n'a toujours pas remarqué que sa sœur est devenue bien plus qu'un appât. Don Florio souffle bruyamment. Ce blanc-bec l'horripile, avec ses façons d'utiliser sa sœur pour favoriser leurs relations commerciales. Ni Vincenzo ni Giulia ne sont manipulables. Bien au contraire.

Et ils veulent tous les deux la même chose.

*

Le lendemain de son retour de Marsala, Vincenzo est accueilli à bras ouverts par Tommaso Portalupi, qui lui sert lui-même un verre de madère avant d'aller s'asseoir derrière son bureau.

« Alors, que me proposez-vous pour la prochaine livraison de soufre ?

— Je vous en réserve un bon quart. » Vincenzo croise les jambes. « Je dispose déjà d'agents permanents à Naples et à Marseille, mais je tiens aussi à en avoir en Italie du Nord, surtout dans le Piémont et en Lombardie.

— Le marché y est déjà très concurrentiel, et pas

uniquement dans le secteur du soufre. Votre société a des activités très variées. Il paraîtrait même que vous auriez l'intention de vous lancer dans la viticulture et le négoce de vin.

— C'est exact. » Vincenzo ne se laisse pas démonter.

Portalupi caresse son sous-main en cuir et cherche ses mots. « Permettez-moi d'être franc avec vous, don Florio. Votre choix m'étonne : entrer sur le marché du marsala en ce moment, alors que les Anglais ont le quasi-monopole de la production et de la vente, me semble très risqué.

— Vous n'êtes pas le seul à le penser. » Vincenzo se lève et arpente la pièce. « Mais je ne vise pas la même clientèle que mes honorables collègues, MM. Ingham et Woodhouse. Mes bouteilles seront servies à la table des nobles. Et peut-être même à celle des souverains. » Arrivé à la fenêtre, il observe les murs de la ville et, un peu plus loin, le bleu de la Cala. « Vos clients se sont déclarés très satisfaits du soufre que je vous ai fourni. Quelques-unes des plus importantes tanneries d'Angleterre s'adressent exclusivement à moi pour leur approvisionnement en sumac. Et le succès sera au rendez-vous pour le marsala aussi.

— L'avenir nous le dira, répond Portalupi d'une voix profonde. Vous êtes libre d'investir votre argent comme vous l'entendez. »

Les deux hommes sont déjà devant la porte lorsque Giulia et sa mère les rejoignent.

Vincenzo adresse à chacune un salut d'une amabilité distante. Antonia, encore en robe de chambre, est d'une extrême pâleur ; Giulia porte des chaussures et des gants, et s'apprête donc à sortir.

Après avoir quitté la demeure des Portalupi, Vincenzo ne s'en éloigne pas trop. Le palais Steri est tout près et il doit dédouaner des épices. Il pourrait y envoyer le directeur de l'herboristerie ou son secrétaire, mais aujourd'hui, il tient à y aller en personne.

Cette façon qu'il a de se mentir à lui-même lui arrache un sourire. Il connaît très bien la vraie raison de sa décision, et ce n'est d'ailleurs pas la première fois qu'il la prend.

Sa mère étant souvent retenue chez elle à cause de sa maladie, Giulia sort seule, la plupart du temps, à la différence de beaucoup de Palermitaines de son âge. Plusieurs sourcils désapprobateurs se sont levés, quand on l'a aperçue en ville : une jeune fille qui se promène sans personne à ses côtés, pas même une domestique… il n'y a que les étrangers pour se permettre ce genre de choses.

Avec un peu de chance, Vincenzo la croisera donc dans la rue.

*

Il ne reste que quelques minutes à la douane.

Un signe de tête suffit pour qu'un employé vienne aussitôt lui offrir ses services. Il passe devant tout le monde, ignore les bougonnements de gens qui attendent là depuis longtemps – parmi lesquels le fils de Saguto –, et désigne des ballots de tabac qui doivent être emportés jusqu'à la boutique du piano San Giacomo.

En chemin, sur le Cassaro, il est à peu près certain de rencontrer Giulia.

Elle est là en effet, un panier à la main ; elle rentre chez elle à petits pas pressés. Elle le voit la première et s'efforce de l'éviter, mais son allure ralentit.

« Bonjour, lui dit Vincenzo.

— Monsieur. » Elle garde les yeux baissés en essayant de passer outre.

Il s'empare de son panier. « Vous permettez ? »

Elle est obligée de lever la tête et s'exclame : « Vous avez le toupet de me demander ma permission, alors que vous venez de me l'arracher des mains ? » Elle tire à son tour sur l'anse.

Quelques curieux observent la scène.

Giulia finit par lâcher prise.

Il lui murmure : « Voilà qui est mieux. »

Puis ils se remettent en marche, l'un à côté de l'autre.

« Vous prenez des libertés intolérables. Il me semblait pourtant vous avoir dit que vos relations d'affaires avec mon père ne justifient pas votre attitude envers moi.

— Mais de quoi suis-je coupable ? Je ne crois pas vous avoir jamais forcée à faire quoi que ce soit contre votre volonté. » Il salue une connaissance d'un signe de tête. « C'est bien vous, si je ne me trompe, qui m'envoyez des lettres par l'intermédiaire de votre frère ? »

Giulia rougit jusqu'à la racine des cheveux. C'est vrai : elle a perdu toute sa sérénité depuis qu'elle le fréquente ; il la bouleverse à tel point qu'elle s'est montrée trop faible. « Vous êtes… dangereux. Dangereux et injuste, don Vincenzo. Si vous aviez des intentions honnêtes, vous ne vous seriez jamais permis de vous comporter comme vous l'avez fait l'autre jour, quand…

— Quand nous avons été interrompus par l'arrivée de monsieur votre père ? »

Humiliée, Giulia accélère l'allure. La via della Zecca Regia n'est pas loin ; encore quelques minutes et elle sera en lieu sûr. L'importun n'osera tout de même pas la suivre jusqu'à la maison. « D'ailleurs, à quel titre prétendez-vous me raccompagner chez moi ? C'est très inconvenant. » Elle fait tout son possible pour l'éloigner.

« Ne vous inquiétez pas, personne n'y trouvera rien à redire. Et puis, je suis là pour vous protéger.

— Votre prétendue protection me fait plutôt peur qu'autre chose. »

Soudain, derrière eux, on crie et on s'agite. Un carrosse lancé à toute vitesse les frôle. Vincenzo a tout juste le temps de pousser Giulia contre un mur.

Mais il ne lui lâche plus le bras, même après le passage du carrosse, et il lui murmure à l'oreille : « Venez avec moi. »

Elle proteste : « Don Florio, vous me faites mal. » Lorsqu'ils arrivent à la hauteur de la via dei Chiavetteri, elle l'implore : « S'il vous plaît.

— Non. » Il poursuit son chemin en la traînant de force.

Giulia, honteuse et terrorisée, pose une main sur la sienne. « Vincenzo, je t'en prie. »

Ces quelques mots l'arrêtent dans son élan. Il la scrute comme s'il la voyait pour la première fois. Son regard cru, sa voix rauque et son expression pleine de rage la bouleversent. Vincenzo s'irrite : « C'est insupportable, à la fin ! Tu n'as pas le droit de me dire ce que je dois faire ni de me supplier comme si j'étais un saint de marbre. Cette histoire entre toi et moi… il faut en finir une bonne fois pour toutes. »

Ils se retrouvent en un éclair devant l'habitation des Portalupi. Vincenzo pousse la porte cochère entrouverte. L'obscurité du porche les enveloppe.

Vincenzo laisse le panier tomber par terre, jette au loin le petit chapeau bleu de Giulia, prend son visage entre ses mains et l'embrasse ; elle tente de le repousser, mais finit par céder à ce baiser tyrannique et sensuel.

C'est lui qui se détache d'elle. Il la regarde alors d'un air hostile.

Décontenancée, Giulia avance d'un pas vers l'escalier. Il la plaque à nouveau contre le mur. « Reste là ! »

Ils sont de nouveau enlacés.

Il lui parle à l'oreille : « Je suis maudit, je souffre les supplices de l'enfer. C'est plus fort que moi, je n'y peux rien, mon envie de toi ne me laisse pas un moment de répit. Tu connais le proverbe sicilien ? *Désirer sans avoir est une douleur mortelle.* Eh bien voilà, j'en suis là. » Il la fixe droit dans les yeux, il veut qu'elle comprenne bien ; surtout, pas de malentendu. « Je n'ai pas besoin de toi comme épouse, je ne tirerai aucun avantage d'un mariage avec toi : tu es trop âgée et tu n'es pas noble, je suppose que tu en es consciente. Je te veux, ni plus ni moins. »

Giulia respire avec peine. « Ce… ce qui signifie ? »

Elle se dit que ce n'est pas possible, qu'elle a dû mal comprendre.

« Tu voudrais que je… » Giovanni lui a parlé de certaines femmes qui vivent en concubinage avec des hommes ; l'opinion publique les considère comme une variété de prostituées. « Tu me proposes de devenir… » Elle n'achève pas sa phrase et cherche une réponse sur le visage de Vincenzo. Ce qu'elle y voit dissipe ses derniers doutes.

« Ce serait toujours mieux que de rester vieille fille, non ? Qu'est-ce que ton existence t'a apporté, jusqu'à maintenant ? Tu passes tes journées à soigner ta mère et ton frère se sert de toi : s'il pouvait, il te conduirait lui-même dans mon lit, en échange d'un contrat de plus. Je sais que tu es une jeune fille sérieuse, tu n'as pas besoin de me le rappeler à tout bout de champ. Seulement, tu as envie de moi, inutile de le nier, même si tu as peur de l'admettre. Je le sais. La chair… » Il lui pose une main sur un sein. « La chair ne ment pas.

— Mais alors… » Les ongles de Giulia griffent le mur. « Tu attends de moi que je… » Elle éprouve un mélange de colère, de déception, de peine et de désir. « Comment oses-tu imaginer…

— N'essaie pas de jouer les saintes nitouches, pas avec moi. Tu me veux, je le sens. »

Quand elle lève la main pour le gifler, Vincenzo saisit son poignet.

« Lâche-moi ! » Elle tente encore de le repousser, mais il pèse trop lourd ; et puis, à dire la vérité, elle n'a pas envie qu'il s'arrête. Cette pensée, qui est à elle seule un péché, l'empêche de résister à son étreinte.

Il recommence à l'embrasser, cette fois-ci dans le

cou, et lui arrache ses dentelles avec les dents. Giulia ne parvient plus à se rebeller. Car c'est vrai, Vincenzo a raison : la chair ne ment pas.

Elle le désire, du plus profond de ses entrailles.

*

Vincenzo a fini par s'en aller. Giulia reste un instant sous le porche, le dos appuyé contre le mur, pour reprendre son souffle.

Son devoir lui imposerait d'aller trouver son père et de lui dire que Vincenzo Florio lui a manqué de respect.

Non. Elle n'y songe même pas. Elle en mourrait de honte. Et de toute façon, elle ne veut pas. Les mots de Vincenzo résonnent encore dans sa tête.

Giovanni l'exploite. Quant à ses parents, ils ont toujours compté sur elle sans jamais lui demander ce qu'elle souhaitait. Elle est pour eux une présence muette, elle fait partie des meubles.

En entrant dans son appartement, elle entend la voix de sa mère : « C'est toi, Giulia ? Je suis couchée. Ton père et ton frère viennent de sortir, tu me tiens un peu compagnie ?

— J'arrive. » Elle se voit dans un miroir : elle a les yeux et la peau rougis ; un bleu est en train d'apparaître au creux de son cou.

Vite.

Elle cache le suçon sous un châle, fait un rapide détour par la chambre de sa mère et se précipite dans la cuisine pour aider Antonietta à préparer le dîner avant son départ.

Quand on passe à table, elle n'a pas d'appétit. Un peu plus tard dans la soirée, elle se palpe le cou. Le signe laissé là par Vincenzo y est toujours. Cette marque de possession a noirci ; on dirait un poinçon.

*

Une semaine plus tard, une silhouette enveloppée dans un grand manteau sombre traverse Palerme à vive allure en se retournant souvent pour regarder derrière elle. C'est l'heure de la fermeture des magasins, celle où les commis verrouillent les portes.

Après avoir traversé le Cassaro, l'ombre pénètre dans le quartier de Castellammare, où elle se faufile dans des ruelles aussi étroites que des veines sanguines. Elle ralentit en arrivant au piano San Giacomo, s'arrête un instant et reprend sa marche, d'un pas décidé, vers la via dei Materassai. Une faible lumière filtre à travers les vitres de l'herboristerie des Florio.

Une main gantée frappe à la porte à plusieurs reprises.

Vincenzo est seul. Il lève la tête des reçus qu'il était occupé à vérifier à son bureau mal éclairé.

Il se demande qui cela peut bien être : la boutique est fermée depuis un bon moment, il est tard. À la porte, les coups redoublent d'insistance.

Depuis l'entrée, Vincenzo l'aperçoit. Il lui ouvre et s'écrie, après quelques secondes d'hésitation : « C'est toi ?

— Oui, c'est moi. »

Il s'efface pour la laisser passer, referme la porte à

clef et retourne à son bureau, suivi par un froufrou de jupons. La capuche du manteau retombe en arrière. Le visage pâle de Giulia Portalupi apparaît dans la pénombre.

« Pourquoi es-tu venue ?

— Ma mère a besoin d'une préparation pharmaceutique. Elle a de très violentes quintes de toux et elle a même craché du sang. » Elle tend un papier à Vincenzo. « Le nom des herbes est noté là-dessus.

— Ce n'est pas prudent de courir les rues à une heure pareille. Tu aurais dû m'envoyer ton frère. »

Elle garde la tête baissée. « Je tenais à venir en personne. Et Giovanni n'a rien fait pour m'en dissuader. »

Un rire sarcastique résonne dans la pièce. « Ce cher Giovanni… Je t'avais prévenue, tu t'en souviens ?

— En effet. » Sa main tendue exprime encore sa demande pressante.

Vincenzo prend l'ordonnance et la pose sur son bureau sans la regarder. « Et tu es venue malgré tout ? » Il l'oblige à lever la tête.

« Oui, murmure-t-elle d'abord. Oui ! » répète-t-elle d'une voix forte.

À cet instant, elle se déteste.

Vincenzo la prend dans ses bras, elle ferme les yeux et se serre très fort contre lui.

Elle a peur. Peur et honte. Elle chuchote : « Qu'est-ce que je vais devenir ? Ma vie sera fichue. » Elle voudrait pleurer mais elle n'y parvient pas : son corps a pris le dessus et la guide dans ses gestes. « Je vais être déshonorée, plus personne ne voudra de moi.

— Plus personne. » Il lui retire son manteau. « Plus personne n'osera te toucher. Parce que tu m'appartiens. » Il le lui susurre à l'oreille tout en déboutonnant sa robe. Puis il la débarrasse de son corset et de ses jupons.

Ils tombent par terre et font l'amour.

Car Vincenzo a raison : la chair ne ment pas. Et elle est plus forte que tout.

*

Les semaines, les mois s'écoulent.

Puis un beau soir, à la fin du mois d'octobre, tout s'accélère.

Giulia et Giovanni sont sortis se promener en compagnie de Vincenzo sous les murs de la ville, au pied du palais Butera. Dans la voiture, les deux hommes parlent de leurs affaires et de certains amis communs. Assise à côté de Giovanni, Giulia évite de regarder Vincenzo ; mais il frotte le bout de sa botte contre la cheville de la jeune femme, qui frissonne de plaisir.

Tout à coup, Giovanni se retourne pour observer une calèche décapotée et s'exclame : « Sacrebleu ! C'est Spitaleri, le grossiste en laine de la piazza Magione. J'ai quelque chose d'urgent à lui dire. » Il se penche à la portière pour attirer l'attention du marchand, qui ralentit et lui fait signe de le rejoindre.

« Va lui parler, nous t'attendons. » La phrase de Vincenzo sonne comme un ordre. Giulia se sent soudain mal à l'aise. Giovanni descend de voiture et se dirige vers la calèche de Spitaleri.

Lorsqu'il n'est plus visible, Vincenzo tire Giulia par le bras. « Viens là, toi… »

Elle ferme les yeux et se presse contre sa poitrine. Elle est comme la paille, il est comme le feu.

C'est dans cette situation compromettante que Giovanni, revenu à l'improviste, les surprend : corset délacé, jupe retroussée, cheveux en désordre, respirations haletantes…

Le rouge de la honte aux joues, Giulia essaie, tant bien que mal, de se donner une contenance. Mais Giovanni s'aperçoit avec horreur que Vincenzo ne montre pas le moindre signe d'embarras.

Incapable de supporter la vue de cette scène, le frère de Giulia plaque ses mains devant ses yeux. Il voudrait crier, insulter les deux amants, les frapper. Il se contente de marmonner, les yeux rivés sur sa sœur : « Tu… tu lui as permis de… Mon Dieu, mais qu'est-ce que vous avez fait ? »

À son tour, Giulia dissimule son visage derrière ses mains. Elle implore Giovanni : « Tais-toi, je t'en supplie, tais-toi. »

Vincenzo prend les choses en main : « Toi, le gamin, remonte en voiture ! Et plus un mot ! J'irai parler à ton père demain après-midi. »

À la maison, Giulia est couverte d'opprobre lorsqu'elle avoue sa liaison avec Vincenzo. Son frère hurle et l'accable de reproches : il la prenait pour une jeune fille sérieuse, et elle a accordé ses faveurs au premier venu.

À travers ses larmes, elle lui rétorque que c'est aussi sa faute à lui, mais il lui pose une main sur la bouche pour la forcer à se taire. « Ne dis pas de bêtises. Il a pris ce que tu lui as offert. »

Sa mère s'approche d'elle et lui dit d'une voix sifflante: « Tu n'es qu'une petite dévergondée ! » Elle lui applique un soufflet d'une violence insoupçonnable, avant d'être prise d'une quinte de toux et de s'effondrer sur le divan. Tommaso arpente le salon en tous sens, insensible aux larmes de sa fille et à la respiration saccadée de son épouse. Puis il se dresse devant Giulia et lui dit à voix basse, sur un ton menaçant, qu'il hésite entre la renvoyer à Milan et l'enfermer dans un couvent.

Elle s'enfuit dans sa chambre, se jette sur son lit et tente d'étouffer ses sanglots, la tête sous son oreiller.

Tout. Elle est prête à tout accepter, pourvu qu'on ne l'éloigne pas de Vincenzo.

Le lendemain après-midi, il se présente chez les Portalupi pour parler au père et au fils. Ils s'enferment dans le cabinet de Tommaso.

Giulia et Antonia restent au salon et se toisent en silence.

Au bout d'un moment, Giulia n'y tient plus : ces trois hommes sont en train de décider de son avenir sans se soucier de ce qu'elle peut vouloir ou attendre ; elle *doit* savoir. Elle se lève, s'approche de la porte du cabinet et en fixe le bois des yeux jusqu'à ce que ses moulures à la peinture craquelée s'impriment dans sa mémoire.

Elle écoute.

Vincenzo expose les faits avec autant de tranquillité que d'effronterie ; il déclare qu'il ne l'épousera pas, qu'il a d'autres projets. Il désire néanmoins la *protéger*, et il compte sur leur *discrétion*. « Voilà. Votre fille me plaît, je l'ai séduite et j'en assume la responsabilité, si c'est là ce que vous voulez m'entendre dire. Et puisque le mal est fait, ajoute-t-il avec une nuance de satisfaction, j'ai souhaité vous rencontrer pour vous informer de mes conditions. Je n'abandonnerai pas Giulia et je désire que vous ne la chassiez pas de chez vous. »

La stupéfaction de Tommaso Portalupi se transforme en une explosion de colère : « Vous n'avez vraiment aucun sens de l'honneur ! Vous l'avez obligée à vous céder, et vous voudriez en faire votre putain ! »

Giovanni intervient. Il menace Vincenzo de lui demander réparation. Don Florio lui réserve une réponse cinglante : « Assez d'hypocrisie. Tu étais au courant de tout.

— Je croyais que tu te montrais prévenant envers elle parce que c'est ma sœur et qu'elle est vieille fille… »

L'éclat de rire de Vincenzo équivaut à une gifle. « Toi ? Tu as agi en parfaite connaissance de cause. Tu pensais que, grâce à elle, vous deviendriez mes clients privilégiés, obtiendriez mes meilleures marchandises. Pauvre naïf ! Quand je repense à toutes les fois où tu nous as laissés seuls, où tu as détourné la tête pour ne rien voir. Giulia ne s'est peut-être pas aperçue de tes manœuvres, mais moi si. Et si j'en ai fait ma maîtresse, c'est parce qu'elle me plaît, pas pour votre argent.

— Giovanni, ne me dis pas que… »

En entendant la voix affligée de son père, Giulia sent son cœur se serrer.

Vincenzo rétorque, sans perdre son calme : « Réfléchissez un instant, monsieur Portalupi. Je ne sais pas s'il avait votre autorisation, et peu m'importe. Mais il a tout fait pour me ménager plusieurs tête-à-tête avec votre fille ; je ne lui avais pourtant rien demandé. Vous savez ce qu'on dit ici ? *Si on met de la paille près du feu, elle s'enflamme.* Et c'est exactement ce qui s'est passé. »

Une chaise tombe au sol.

Giulia recule d'un pas.

Giovanni hurle : « Assez ! Ce qui est fait est fait. Maintenant, tu dois remédier à la situation ! »

Giulia ne parvient pas à croire en la sincérité de l'indignation de son frère. Il souffre plus probablement d'avoir été confondu et humilié par Vincenzo, qui a dévoilé ses machinations à son père.

« Non. C'est hors de question.

— Alors je te dénoncerai devant tout le monde. N'espère pas t'en tirer comme ça, nous nous arrangerons pour que ta réputation soit traînée dans la boue. Il faut que les gens sachent que tu as abusé d'une jeune fille innocente et que tu refuses de l'épouser. Que tu es une canaille ! »

Vincenzo lui répond à voix si basse que Giulia a du mal à l'entendre. « Tu me menaces ? Toi ?

— Oui. Comporte-toi en homme, nom de Dieu ! »

Une longue et étrange pause suit ces quelques mots.

Giulia se représente Vincenzo regardant Giovanni assez longtemps pour l'obliger à baisser les yeux. « La moitié des commerçants de Palerme sont mes débiteurs et je suis garant des lettres de change de tous les autres. Je suis liquidateur judiciaire, membre de la chambre de commerce, copropriétaire des principaux navires qui font escale à Palerme. Je n'ai qu'un mot à dire aux bonnes personnes pour vous mettre sur la paille.

— Balivernes. Tu n'as pas autant de pouvoir. » L'affirmation de Giovanni est contredite par le tremblement de sa voix.

« Oh que si. Et cela grâce à mon argent. Ton père et toi, vous n'avez aucun moyen de m'attaquer. Vous êtes des étrangers, ici. Il suffirait d'un rien pour que plus personne ne veuille avoir de relations d'affaires avec vous, ni à Palerme ni ailleurs en Sicile. »

Un lourd silence s'abat sur la pièce.

Derrière la porte, Giulia ne sait plus quoi penser.

Tommaso Portalupi est le premier à reprendre la parole, d'une voix ferme et glaciale : « Je comprends très bien ce que vous voulez dire, monsieur. Les bruits qui courent à votre sujet sont donc exacts : vous tueriez père et mère pour parvenir à vos fins. Vous n'avez aucun sens moral, vous ne respectez rien ni personne. Votre décision nous met le couteau sous la gorge. Vous vous êtes insinué dans cette maison comme un serpent. À cause de vous, la vie de ma Giulia est gâchée à jamais ; aucun homme ne s'assied à une table où d'autres ont déjà mangé. Soyez sincère, au moins, et répondez-moi : êtes-vous vraiment décidé à prendre soin d'elle ? Je ne pourrais pas supporter l'idée qu'un jour vous risquiez de l'abandonner dans la misère. Elle a d'ores et déjà perdu l'honneur, qui est la seule vraie richesse que possède une femme.

— J'imagine que ma parole n'a plus aucune valeur à vos yeux, lui répond Vincenzo sur un ton où Giulia perçoit un léger accent de pitié. Quoi qu'il en soit, ma réponse est oui, je m'occuperai d'elle. »

Aussitôt après, la porte s'ouvre en grand.

Giulia et Vincenzo se retrouvent face à face.

Il prend son visage entre ses mains et lui chuchote : « Prépare tes affaires. Dans une semaine, tu pars d'ici. »

Les jours suivants sont les pires de toute l'existence de la jeune femme. Sa mère lui adresse à peine la parole et son père l'ignore, quand il ne lui lance pas des regards de profonde déception. Quant à Giovanni, il la traite ouvertement comme une vaurienne.

Elle prend ses repas seule dans sa chambre et avale en même temps de la nourriture et des larmes.

Le jour où Vincenzo vient la chercher, c'est pour elle une véritable libération.

Il lui a trouvé un petit entresol qui donne sur la même cour que l'appartement des Portalupi, et qu'il s'est empressé de faire repeindre et remeubler.

Giulia y fait son entrée en maîtresse de maison, suivie d'une femme de chambre mise à sa disposition elle aussi par Vincenzo.

Elle y éprouve des sensations étranges, voire incompréhensibles : un bonheur coupable, une culpabilité heureuse.

Vincenzo a été très clair : il ne l'épousera jamais. Et pourtant, elle l'aime. Avec la ténacité et la folie d'une première passion stupide, aveugle et sans espoir. Ce sentiment l'a transformée en une femme peut-être condamnée à vivre cachée, à dissimuler sa honte ; mais il la comble de joie.

Lorsqu'elle était encore une jeune fille honorable, elle vivait dans l'ombre de sa mère et de sa famille. Elle est désormais la maîtresse officielle d'un des commerçants les plus riches de la ville.

Seulement, il n'appartient pas à la noblesse, à ce milieu où entretenir une femme est une pratique acceptable. Du point de vue de nombreuses personnes, Giulia est à peine plus qu'une courtisane, et

Vincenzo restera toujours un parvenu. Même si les gens ont peur de lui – et du pouvoir de son argent –, rien ne les mettra jamais à l'abri d'un certain mépris.

Tout cela n'est cependant rien, comparé à ce qui l'attend.

*

L'aube d'une matinée de printemps, en 1835, sépare à nouveau la vie de Giulia en un avant et un après.

Elle est seule dans son appartement de femme entretenue, de maîtresse de don Florio, et se regarde dans un miroir.

Ses traits sont tirés et elle a des cernes sombres sous les yeux, après une énième nuit blanche.

Elle enlève sa chemise de nuit et se met toute nue. Ses tremblements ne sont pas dus au froid.

Sa silhouette a changé.

*

Le même jour, au 53, via dei Materassai, lorsque les femmes de chambre ouvrent les fenêtres, l'air vif et la lumière du jour envahissent la salle à manger.

En manches de chemise et en pantalon, Vincenzo prend un petit déjeuner frugal tout en parcourant quelques papiers du conseil de la chambre de commerce, dont il est membre. Son front, d'ordinaire plissé, est aujourd'hui détendu.

Sa peau a conservé l'empreinte du parfum de Giulia.

Giuseppina entre dans la pièce au moment où il se lève de table. « Il faut que je te parle. »

Son fils grignote un biscuit et se dirige vers la porte. « Je n'ai pas le temps.

— Eh bien, tu vas le prendre. Tu sais que je dois rencontrer les religieuses de Santa Caterina, tout à l'heure ? Elles ont une autre jeune fille à me présenter, la sœur d'une de leurs novices. Ravissante, à ce qu'il paraît. Qu'est-ce que je vais leur dire ? Que mon fils entretient une catin ?

— Essayez d'obtenir des précisions sur ce que veut la famille et faites-le-moi savoir. »

Giuseppina lui bloque le passage. « Tu as encore dormi chez elle, hein ? »

Vincenzo se passe une main dans les cheveux et invoque l'aide de tous les saints du paradis pour ne pas perdre patience. « Ça ne vous regarde pas.

— Bien sûr que si. J'aurai mon mot à dire aussi longtemps que tu vivras sous mon toit. Et je t'ai déjà expliqué que tu dois l'oublier, ta petite grue. Imagine – à Dieu ne plaise – qu'elle te donne un bâtard. Tu pourrais dire adieu à tes projets de mariage, et pas seulement avec une noble ou une princesse.

— Maman… » Il prend une respiration, se force à rester calme. « Je suis un homme, pas un moine. Et vous êtes ici chez moi.

— Non mais quel toupet ! Je dois vraiment te rafraîchir la mémoire ? » Rien ni personne ne pourra empêcher la mère et le fils de se disputer.

« Encore avec cette histoire de Bagnara ? Vous ne pourriez pas passer à autre chose ?

— Jamais de la vie ! C'était ma maison et tu l'as

vendue sans me demander mon accord.» Pleine de rancœur, Giuseppina suit Vincenzo jusque dans sa chambre. «Ton père et toi, vous m'avez tout pris. Et par-dessus le marché, je devrais supporter sans rien dire que tu passes tes nuits chez ta putain milanaise?»

En entendant cette phrase, Vincenzo se fige; puis il répond, d'une voix sifflante et les yeux mi-clos: «Taisez-vous!

— Non, je ne me tairai pas. Tu n'as pas idée des regards que me lancent les autres paroissiennes, à l'église.»

Vincenzo se déshabille entièrement. «Je me fiche de ce que pensent les gens.

— Qu'est-ce que tu fais? Tu te mets tout nu devant moi maintenant? Tu te crois devant ta morue?» Giuseppina détourne les yeux, le rouge aux joues.

«Je suis la chair de votre chair, non? Vous m'avez souvent vu en costume d'Adam.»

Giuseppina entend l'eau couler dans la bassine, celle-là même qu'utilisait Ignazio. «Du vivant de ton oncle, tu n'aurais jamais osé entretenir une garce au vu et au su de tout le monde… Vous vivez en état de péché mortel.»

Le bruit de l'eau s'interrompt. Vincenzo se rhabille et referme soigneusement les boutons en nacre de sa chemise, avant de répondre à sa mère: «Ce sera le moins grave des péchés dont j'aurai à me justifier devant Dieu. Et si cela vous gêne tant que je découche, trouvez-moi une brave petite épouse, je dormirai avec elle.» Il endosse sa veste d'un mouvement brusque. «Mais sachez bien que marié ou non, je ne renoncerai jamais à Giulia. Jamais.»

*

La nuit tombe lorsque Vincenzo pénètre dans la cour de l'immeuble où habitent les Portalupi. Il jette un coup d'œil aux fenêtres de leur appartement, puis se dirige vers l'entresol. Celui où Giulia et lui vivent « en état de péché mortel », pour parler comme sa mère.

Des bêtises de femmes et de prêtres.

Au moins la moitié des hommes qu'il connaît ont une maîtresse, voire une famille officieuse en plus de l'officielle. Ben Ingham, par exemple, traite les enfants de la duchesse Spadafora comme s'ils étaient les siens. En revanche, il est plus rare qu'une liaison engagée pour des questions d'intérêt se transforme en histoire d'amour.

Vincenzo préfère ne pas s'attarder sur cette pensée.

Lorsqu'il sonne à la porte, personne ne vient. Il ouvre avec sa propre clef, retire sa veste et pénètre dans le salon.

Giulia n'est pas là. Elle est peut-être passée voir ses parents.

Après une violente dispute consécutive à sa décision d'accepter la proposition de Vincenzo, elle a éprouvé des remords pendant un long moment, et ne fréquente à nouveau sa famille que depuis une date récente. Son père, toujours pragmatique, lui a vite pardonné son inconduite. Sa mère, au contraire, continue à la blâmer et à faire peser sur elle tout le poids de sa déception.

Vincenzo se sert une limonade. Il va travailler un peu en attendant le retour de Giulia.

Il ne s'aperçoit du passage des heures qu'au moment où la flamme de la lampe, agitée par le vent du soir, se met à trembloter.

À travers les fenêtres, il distingue deux ombres chez les Portalupi. Il semblerait que Giovanni et Giulia soient engagés dans une discussion assez animée.

Enfin, la jeune fille redescend et traverse la cour tête baissée. Il va l'accueillir à la porte, plus inquiet qu'il ne veut bien l'admettre.

Giulia est maintenant là, devant lui, pâle comme l'albâtre et le visage marqué par la souffrance. Elle lui caresse une joue sans prononcer un mot.

Elle l'embrasse.

Il murmure : « Qu'est-ce que… »

Elle l'interrompt en lui posant un doigt sur les lèvres. « Viens. »

Elle le prend par la main et il la suit avec ravissement dans sa chambre.

*

Il se réveille à l'aube.

Autour de lui, un plafond blanc, des rideaux qui protègent des regards indiscrets, une armoire en acajou.

Dehors, les premiers bruits de la ville.

Le souffle de Giulia lui chatouille la tempe. Il savoure ce moment de paix rare et précieux. La tiédeur et la souplesse du corps de sa maîtresse ont sur lui un effet apaisant. Avec elle, il n'a jamais besoin de se tenir sur ses gardes, de se prouver encore et toujours que c'est lui le meilleur.

Plus personne n'existe en dehors d'eux.

En se tournant de son côté, il constate qu'elle ne dort déjà plus. Il se perd dans la contemplation de ses grands yeux sombres, sérieux et calmes. « J'attends un enfant de toi. »

Pendant quelques secondes, il n'est pas sûr d'avoir bien compris.

Un enfant.

Un nouveau petit être qui grandit en elle, dans sa chair.

Un enfant. Un fils. Mon fils.

Il rejette le drap qui la couvre pour examiner son corps en détail. Ses seins ont enflé, ses hanches se sont élargies, son ventre s'est arrondi.

Bon sang ! Oui, il a bien compris.

Terrorisée par son regard, Giulia se mord la lèvre inférieure et serre convulsivement son oreiller d'une main.

Une question échappe à Vincenzo : « Tu es sûre qu'il est de moi ? »

Elle arrache une esquisse de sourire à Giulia, qui s'y était peut-être préparée. « Tu as été le premier et le seul. »

C'est vrai, et il le sait.

Soudain, Vincenzo se rend compte qu'il est nu. Il rattrape le drap et se le passe autour de la taille. Giulia reste telle quelle, elle frissonne de froid et elle a le cœur serré.

« Depuis combien de temps ?

— Je n'ai pas eu mes règles depuis trois mois. »

Elle pose sa main sur son ventre. « D'ici peu, tout le monde s'en rendra compte. »

Vincenzo se passe les doigts dans les cheveux. À quand peut bien remonter la conception ? Il a toujours pris ses précautions, mais sans doute pas assez. Ils sont ensemble depuis un an et ils ont beaucoup fait l'amour.

Le petit bâtard a fini par arriver, les prévisions de Giuseppina se sont réalisées.

« Impossible de t'épouser. Impossible. Tu en es consciente, n'est-ce pas ? » Son instinct parle à sa place, tandis que son esprit est en proie à un tourbillon d'accablement et de colère. « Tu ne corresponds pas… Ma mère continue à me chercher une fiancée. » Surtout, qu'elle n'aille pas se mettre de drôles d'idées en tête. Ce n'est pas parce qu'elle est enceinte que leur liaison deviendra indissoluble. « Il faut en parler sans tarder à ton frère ou à ton père. Si tu essaies de…

— Je sais ce que tu veux me dire. » Giulia s'assied au milieu du lit. Nue et fière.

Elle resplendit dans la lumière du jour. « Et je vais te permettre d'économiser ta salive : inutile de tenter de me convaincre d'avorter. Je garde l'enfant. »

Vincenzo recule jusqu'au bord du lit. Elle lui attrape le poignet avec une énergie inhabituelle. « Écoute-moi bien. Un jour ou l'autre, ta mère et toi, vous trouverez la fiancée idéale et tu l'épouseras. Ou bien tu finiras par te lasser de moi. Alors, il me restera au moins ça de toi, en souvenir de notre histoire. »

Vincenzo se débat. « Ce n'est pas assez, cet appartement et l'argent que je te donne ? Il te faut aussi un bâtard ? Qu'est-ce que tu t'imagines ? Que grâce à lui, tu me soutireras encore plus d'argent ? Je te l'ai déjà dit cent fois : je continuerai à subvenir à tes besoins, même si je te quitte. »

Il voudrait partir en courant et tout effacer : ce réveil, cette confusion qui lui coupe le souffle, cette petite chose qui grandit dans le ventre de sa maîtresse et qui est en train de la lui voler.

Il ne parvient même pas à imaginer ce que cela signifie, avoir un enfant. Il n'a jamais eu l'intention de devenir père.

Giulia pleure, maintenant. Elle attrape le drap, s'en recouvre et se recroqueville au centre du lit.

Il ne reste plus à Vincenzo qu'à se rhabiller et à partir. Les sanglots de la jeune femme le poursuivent jusqu'à la porte.

*

« Misérable ! Il ne manquait plus que ça ! » Antonia vocifère entre deux quintes de toux. Enfoncée dans un fauteuil, elle dodeline de la tête tandis que ses yeux écarquillés refusent de lui apporter le soulagement des larmes. « Un bâtard ! Qu'allons-nous faire, maintenant ? Comme si nous n'avions déjà pas assez d'ennuis, après ce qui s'est passé… »

Sa robe sombre boutonnée jusqu'en haut du col, Giulia tortille un mouchoir dont elle finit par effilocher les bords. Sa sensation de solitude est insupportable. Elle attendait de sa mère quelques mots de réconfort, un geste affectueux. Elle a plus que jamais besoin d'aide, et elle n'en trouve nulle part.

Une mère devrait toujours protéger ses enfants,

y compris contre eux-mêmes. La sienne en est incapable : c'est une femme fragile, obnubilée par sa propre maladie.

Quand Antonia réussit enfin à pleurer, ses sanglots paraissent ne jamais devoir s'arrêter.

*

Ils se tarissent pourtant, le soir même. Assise sur un canapé à côté de sa fille, elle suit du regard Tommaso et Giovanni, rentrés depuis peu. Elle sait qu'avant de prendre la parole elle doit attendre que son mari cesse d'arpenter le salon et que son fils arrive au bout de son chapelet d'injures contre Vincenzo.

Lorsque le silence règne enfin, elle s'éclaircit la gorge et chuchote sa proposition. Car il y aurait peut-être une solution : un peu d'argent, une sage-femme discrète, un mauvais moment à passer… et il ne resterait plus aucune trace du méfait.

Antonia se tourne ensuite vers Giulia : « Tu es sûre et certaine de ne pas vouloir…

— Ma décision est irrévocable. » Elle l'a dit les yeux baissés, mais sur un ton très ferme.

« Alors il va falloir t'en aller. » Antonia se lève, mais une nouvelle quinte de toux l'oblige à se rasseoir aussitôt. « Tu vas rentrer à Milan et tu iras loger chez la sœur de ma mère, ta grand-tante Lorena, qui habite en dehors de la ville. Tu accoucheras là-bas. Après, on verra. »

Giulia secoue la tête. « Je ne partirai pas. »

Comment faire comprendre à sa famille qu'elle se fiche au plus haut point des insultes de ces gens qui la considèrent comme une femme de mauvaise vie ? Elle est consciente de ce qui l'attend. Elle veut rester auprès de Vincenzo, et tant pis si elle ne tient pas beaucoup de place dans son existence. Elle se contentera de peu, comme toujours. Elle ramassera les miettes que les autres sont disposés à lui laisser et les conservera précieusement. Mais comme c'est difficile de l'expliquer à sa mère ou à Giovanni.

Elle ne veut pas quitter Palerme, si douloureux que cela puisse être.

« Tu partiras, lui rétorque Antonia d'un air résolu.

— Non ! »

Giulia éclate en sanglots. Depuis le début de sa grossesse, ses crises de larmes de plus en plus fréquentes sont presque devenues une habitude.

Antonia et Giovanni échangent un coup d'œil.

« Giulia, écoute-moi. » Son frère s'agenouille devant elle et lui prend les mains. « Si Florio se marie, qu'est-ce qu'il te restera, à ton avis ? Rien. Sa femme exigera que tu disparaisses de sa vie. Il n'y aura plus de place pour… »

Giulia se souvient des propos de Vincenzo, elle sait que sa mère continue de lui chercher une fiancée. Elle n'en martèle pas moins sa réponse obstinée : « Non, non, non, non… »

Et elle la répète encore les jours suivants, lorsque sa mère l'oblige à préparer ses bagages dans le plus grand secret. Antonia lui chuchote à l'oreille que Vincenzo ne voudra plus d'elle, maintenant qu'elle est enceinte : son corps déformé le dégoûtera, tôt ou tard, et il cherchera son plaisir auprès d'une jolie jeune fille. « Ce n'est qu'une crapule, je te l'ai toujours dit. Et toi, si tu lui fais encore confiance, tu n'es qu'une pauvre sotte. »

Un autre jour, Giovanni lui expose son plan : il réservera deux billets de bateau pour Gênes, l'accompagnera jusqu'à Milan et s'assurera que tout est en ordre, avant de revenir à Palerme. Giulia l'écoute à peine et lui oppose un nouveau refus.

Quant à Vincenzo, il a disparu. Lui qui passait des nuits entières enlacé à elle, il ne lui envoie plus le moindre message et ne lui rend plus la moindre visite. Elle en souffre infiniment plus que de tout le reste.

Une atroce sensation de vide finit par venir à bout de sa capacité de résistance.

Elle s'abandonne au cours des choses, subit les événements et laisse les autres choisir pour elle.

Comme si elle n'existait plus, ou n'avait peut-être même jamais existé.

Cependant…

Trouver de la place à bord d'un navire se révèle plus difficile que prévu. Parmi les capitaines et les armateurs que connaissent les Portalupi, aucun n'a de cabine disponible. Certains prétendent même ne transporter que des marchandises et n'accepter de passagers en aucune circonstance. D'autres affirment qu'ils ont vendu les derniers billets la veille. Mais ils parlent tous à voix retenue, en détournant la tête pour dissimuler leur sourire narquois.

Une fois ? Un hasard, sans doute. Deux fois ? Un coup de déveine. Trois fois ? Drôle de coïncidence. Tommaso comprend.

Et puis, un soir, on frappe à sa porte.

Les Portalupi, qui n'attendent personne, s'interrogent les uns les autres du regard.

Giulia, assise à table, est très pâle. Depuis plusieurs jours, elle est en proie à une telle torpeur qu'on la croirait détachée de tout.

Un effet de la grossesse, selon sa mère. Elle sait très bien que ce n'est pas le cas.

La femme de chambre ouvre la porte de la salle à manger.

Une voix, *sa* voix, tire Giulia de son apathie.

« Bonsoir. »

Vincenzo Florio les observe un à un, à l'exception notable de sa maîtresse.

Giovanni l'attaque de front : « Qu'est-ce que tu fais là ? Tu n'es pas le bienvenu dans cette maison. Va-t'en !

— Rassurez-vous, je ne vous dérangerai pas longtemps. » Vincenzo se saisit d'une chaise et s'assied, jambes croisées, entre Antonia et Giulia. « Il y a quelques jours, mon bon ami Ben Ingham m'a appris que vous cherchiez une cabine sur un navire à destination de Gênes, monsieur Portalupi. Je ne m'en suis d'abord pas étonné, j'ai pensé à un voyage d'affaires. » Il dévisage Tommaso. « Mais j'ai ensuite appris que vous souhaitiez réserver une cabine pour deux personnes. »

Portalupi défait la serviette qu'il avait nouée autour de son cou et repousse son assiette. « Je n'ai pas de comptes à vous rendre, monsieur.

— Détrompez-vous. Je vous ai promis de garder Giulia sous ma protection, et cela suppose qu'elle reste à Palerme. Avec moi. »

Elle soulève la tête et paraît reprendre des couleurs.

Antonia intervient : « C'est à nous de veiller sur notre fille. Elle ignore ce qui est bon ou mauvais pour elle, surtout dans son état. Sa situation deviendra vite intenable.

— Vous avez tort de le croire, madame. Giulia est une femme d'une lucidité et d'une intelligence extrêmes. Une alliance et le passage devant un prêtre ne changeraient rien à nos relations. » Vincenzo a prononcé ces mots sans sourire, sans triomphalisme et sans plaisir. « Vous, en revanche, vous vous êtes comportés comme des imbéciles : vous auriez dû vous douter que je vous empêcherais de me l'enlever. À moins que… »

Il se tourne vers sa maîtresse pour la première fois depuis son arrivée.

« À moins qu'elle n'ait décidé elle-même de partir. Dans ce cas, je m'inclinerais devant sa volonté. Mais pas devant la vôtre, messieurs. » Il tend une main à Giulia, paume en l'air.

Il voudrait lui dire : « Reste », mais il ne sait pas bien comment s'y prendre.

La jeune femme lit son souhait sur son visage. Elle lui en veut beaucoup de ce qu'il lui a infligé ces derniers jours : la solitude, le sentiment d'abandon, les nuits passées dans son lit froid. De ce qu'il ignore et qu'elle ne peut pas lui dire. Puis elle se décide à parler.

*

Minuit vient de sonner.

Giulia dort. Vincenzo est à côté d'elle. À nouveau. Enfin.

Son corps est devenu plantureux, tout en rondeurs. Et même son odeur a changé : elle a pris quelque chose de sauvage, d'affirmé, un mélange de lait et de citron.

Vincenzo, lui, ne dort pas. Il épie les pensées d'une Palerme qui se nourrit de ses propres viscères, que ses habitants détruisent et reconstruisent sans cesse. Il pense à ses affaires, aux vendanges, à la chambre de commerce. Aux problèmes que lui cause la madrague de l'Arenella : il n'en est pas encore propriétaire, mais ses vues sur elle ont déjà la précision d'un véritable projet. Car il aime cet endroit, et il voudrait en faire son royaume.

Il se souvient des cris de sa mère : elle a menacé de le mettre à la porte s'il recommençait à fréquenter Giulia, surtout maintenant que tout le monde est au courant de sa grossesse.

Auprès d'elle, il trouve une tranquillité absolue.

En écoutant sa respiration, il a l'impression qu'un autre souffle se mêle à celui de la future maman.

Celui de son enfant.

Vincenzo pose une main sur la poitrine de Giulia et descend jusqu'à son ventre. Il le sent, ce bébé. Elle lui a appris à reconnaître sa présence.

Il éprouve de l'affection, bien sûr ; lui, devenir père ! Mais d'autres sentiments viennent s'y mêler, en particulier une méfiance dont il a le plus grand mal à se débarrasser. Cette créature pas encore née finira par lui voler Giulia, qui ne lui appartiendra plus tout entière.

Cette forme de jalousie, nouvelle pour lui, l'exaspère au plus haut point.

Mais en même temps, un espoir s'insinue en lui.

Un garçon. Un héritier.

Il se tourne sur le côté. Giulia l'enlace, la poitrine appuyée contre ses épaules et le ventre contre le bas de son dos. *Ma maison est ici.* Sur cette pensée venue le surprendre à la limite entre la veille et le sommeil, Vincenzo s'endort, sans entendre les petits coups discrets qu'un enfant frappe à la porte de la vie.

*

À Palerme, janvier est parfois doux et capable de vous offrir une lumière annonciatrice du printemps. Mais lorsque le vent du nord se met à souffler, il proclame haut et fort que l'hiver ne renoncera à aucune de ses prérogatives.

À l'Arenella, la mer délivre le même message : limpide et calme tout au long du printemps, elle devient trouble et bouillonnante en hiver. En ce mois de janvier 1837 lumineux et trompeur, deux hommes marchent le long des murs de la madrague et s'emploient de leur mieux à éviter les embruns.

« Alors comme ça, le tribunal n'a toujours pas rendu sa décision ?

— Le prince de Castelforte continue de nous mettre des bâtons dans les roues. Il ne veut céder sur rien, ce fumier. » Vincenzo enfonce les mains dans ses poches ; une rafale de vent le fait frissonner malgré son pardessus. « Il ne me manque plus que sa part pour devenir l'unique propriétaire de la madrague. Même le prieur de San Martino delle Scale m'a promis de tout me vendre, y compris les entrepôts. Ce maudit Paternò est le seul à me résister. »

Vincenzo est accompagné de la seule personne qu'il juge digne de sa confiance, et qui est pour lui bien plus qu'un simple collaborateur. Carlo Giachery le scrute, avant de demander : « Toujours les mêmes boniments à propos du legs de sa femme, j'imagine ?

— Sa femme qui, soit dit en passant, n'a jamais beaucoup compté dans son existence. En réalité, il ne supporte pas l'idée d'être humilié par un négociant.

— Un *homme de peine*, pour parler comme lui. » Giachery peut se permettre une telle franchise.

« Bah. »

Leur rencontre remonte à environ deux ans, peu avant la naissance d'Angelina, la fille de Vincenzo. Ils avaient fait connaissance lors d'un dîner chez le duc Serradifalco, où quelques aristocrates et de nombreux bourgeois côtoyaient des artistes et des universitaires.

Vincenzo avait été frappé d'emblée par l'accent romain et le bagout de Giachery. « À Rome, l'architecture funéraire est un secteur en pleine expansion. Tout compte fait, merci à Bonaparte d'avoir imposé le transfert des cimetières en dehors des murs de la ville ! »

Le duc, passionné d'histoire, était alors intervenu dans la conversation : « Il faudrait le remercier de bien d'autres choses, à commencer par les progrès de notre connaissance de l'Égypte ancienne et de la Grèce. Il a sur la conscience l'anéantissement d'armées entières, je l'admets. Mais il n'empêche, nous devons lui être reconnaissants pour sa politique en faveur de la science et des arts. »

Après cette interruption, Vincenzo avait observé l'architecte, il avait écouté ses propos enthousiastes sur le commerce, sur l'art qui peut et doit s'adapter aux exigences de la vie quotidienne, sur les expériences industrielles des Anglais et des Français. À ce sujet, il lui avait même demandé : « Vous êtes donc au courant des dernières tendances architecturales en vogue dans ces deux pays, je suppose ? Des théories selon lesquelles une usine ne doit pas se contenter d'être productive, mais aussi obéir à une organisation rationnelle ? »

Carlo avait acquiescé avec énergie. « Oui. J'ai passé ma jeunesse entre Paris et la Vénétie. J'ai beaucoup voyagé et je sais de quoi je parle. N'en déplaise à certains patrons de manufacture, il ne suffit pas, pour être efficace, d'installer des machines entre quatre murs. Si on construit une filature en rase campagne, passe encore ; mais en ville, les usines seront de plus en plus appelées à faire partie intégrante du paysage, il faut tenir compte des bâtiments voisins et des attentes des citadins. Mon frère Luigi et moi, nous réfléchissons depuis longtemps à la conception de fabriques à la fois belles, fonctionnelles et bien intégrées à leur contexte urbain. »

Les deux hommes sont passés au tutoiement dès leur rencontre suivante. Ils n'ont ensuite plus cessé d'échanger des idées. Depuis un mois, Carlo occupe la chaire d'architecture civile à l'université de Palerme, mais il est aussi le plus proche collaborateur de Vincenzo. Ils ne sont ni l'un ni l'autre palermitains d'origine, et cela explique peut-être en partie la force du lien de confiance qui les unit. Giachery, qui dispose d'une procuration, s'occupe de l'acquisition de biens immobiliers et de quelques autres affaires. Et surtout, c'est un véritable ami.

Vincenzo lève la tête et pose sur les édifices un regard de désir ardent. Il voue à cette madrague un amour incommensurable. Puis il reprend sa marche et demande à Carlo : « Tu es peut-être curieux de savoir pourquoi je t'ai amené ici ?

— On ne peut rien te cacher ! Nous sommes là à tourner autour des bâtiments depuis une bonne demi-heure.

— Je veux une villa. » Il indique quelques murs. « À cet endroit précis. »

Carlo regarde tour à tour le bâtiment et don Florio. « Je ne suis pas sûr d'avoir bien compris. »

Vincenzo lui fait signe de le suivre. Tout en longeant l'établissement, il donne des explications complémentaires.

« Désolé, Vincenzo, mais je ne saisis toujours pas. Pourquoi ici ? C'est une madrague ! Tu es assez riche pour t'offrir une villa n'importe où. Je veux dire… les plus belles propriétés sont à Bagheria et à San Lorenzo. Et il y a un mois, tu m'as annoncé ton intention d'acquérir celle de maître Avellone, le notaire. Tu as changé d'avis ?

— Non. La propriété d'Avellone, c'est un investissement. » Vincenzo attrape Carlo par le bras et poursuit ses explications. « Je ne me contenterai pas d'une villa banale avec colonnades, balcons et sculptures. Je veux quelque chose d'inimaginable jusqu'à maintenant, quelque chose qui parle de ma vie, quelque chose de *différent* ; et je le veux ici. Plus qu'une villa : une maison où je me sente enfin chez moi. »

C'est à ce moment-là que Giachery *voit*.

L'horizon, réel et métaphorique, se déploie devant ses yeux.

« La mer…

— La mer, exactement. Et le monde immense qui s'étend au-delà, la richesse qu'il nous apporte. Je veux que les gens voient et comprennent. » Vincenzo marque une pause. « Tu n'es pas sicilien de naissance, et moi non plus. Tu as voyagé dans toute l'Europe, tu as vécu à Rome, et pourtant tu as choisi de t'installer ici. Parce que tu as la certitude que Palerme est une ville faite pour toi. Voilà, tu sais ce qu'il me faut. Alors donne-le-moi ! »

Cette simple phrase contient un univers entier.

*

En voiture, sur le chemin du retour, ils abordent d'autres sujets : le projet d'installation d'une filature de coton à Marsala (« Encore rien pour l'instant, pas moyen de trouver un terrain ») ; l'exploitation vinicole (« Elle pourrait être plus rentable, Raffaele ne prend pas assez d'initiatives ») ; et enfin le conseil de la chambre de commerce.

« Je crois que c'est le seul endroit où certaines personnes daignent entretenir des relations avec un simple commerçant comme moi. » Vincenzo l'a dit sur un ton où le détachement le dispute à la fierté. « Le prince de Torrebruna et le baron Battifora, par exemple : ils savent que s'ils ne veulent pas en être réduits à tout vendre, y compris leurs titres, ils vont devoir se salir les mains. Cela dit, à Palerme, il n'y a pas beaucoup de négociants qui brassent de grosses sommes d'argent, et encore moins de nobles disposés à s'engager dans des rapports d'affaires avec eux.

— L'intelligence est une denrée rare, commente Carlo en soupirant. Leur tournure d'esprit les empêche de prendre conscience que le monde a changé. » Il sort un carnet de sa poche, lit quelques notes et reprend : « Qu'est-ce que je dois faire, pour la villa à San Lorenzo ? Je continue à négocier avec le duc de Cumia ? Le terrain environnant est fertile, tu pourrais le louer à un métayer. »

Vincenzo ne quitte pas la route des yeux. Son front couvert de rides le vieillit. Tout à coup, il tressaille. « Tu disais ? »

Carlo pose une main sur son bras. « Tu penses à ce soir, n'est-ce pas ? » Il a pris la liberté de poser cette question tout en sachant très bien que Vincenzo n'aime pas qu'on se mêle de sa vie privée. À moins qu'il ne l'ait fait exprès… « Pourquoi ne pas y aller ? Après tout, c'est ton enfant.

— On verra. » Vincenzo est bien plus indécis qu'il ne serait prêt à l'admettre. « En tout cas, pas question de lui donner mon nom. » Il est tiraillé entre l'agacement et les regrets. « Encore une fille ! Et moi, je suis l'éternel dindon de la farce. »

Il désigne le carnet que Giachery tient à la main. « Reste en pourparlers avec Cumia. Avellone ne veut pas me vendre directement sa propriété, mais il n'osera pas dire non au duc. »

Carlo abonde dans son sens. « D'autant plus qu'il

est directeur général de la police. Personne ne refuse jamais rien à ces gens-là. »

*

Pourquoi ne pas y aller ?

La question de Carlo résonne dans la tête de Vincenzo tout l'après-midi, d'abord à l'herboristerie, où il passe signer quelques bons de commande, puis dans les bureaux de la Maison Florio.

Il a beaucoup plus d'argent et de pouvoir qu'il ne l'avait imaginé à la mort de son oncle Ignazio.

Mais à quoi bon, s'il ne peut pas prendre en toute liberté les décisions les plus importantes de son existence ?

*

Lorsque Giulia lui a annoncé sa deuxième grossesse, il a accueilli la nouvelle avec un mélange de sérénité et de résignation. Depuis la naissance d'Angela – que tout le monde appelle Angelina –, leur situation ne suscite plus qu'une indignation et une réprobation de façade : dans les salons palermitains, d'autres scandales plus émoustillants alimentent désormais les conversations.

Giuseppina, en revanche, a moins bien réagi. Elle ne veut pas comprendre que même si la loi requiert son consentement pour d'éventuelles noces de son fils, elle ne peut en aucun cas l'obliger à se marier. Il a presque quarante ans… mais rien à faire, sa mère refuse d'entendre raison.

Un jour elle l'avait pris à partie après être entrée en trombe dans son bureau, livide dans sa robe grise.

« Alors comme ça, tu l'as de nouveau mise enceinte ? »

Le secrétaire de Vincenzo, demeuré sur le seuil de la pièce, avait eu un geste résigné, comme pour dire : *Comment aurais-je pu l'empêcher d'entrer ?* Puis il avait refermé la porte. « Excellent après-midi à vous aussi, ma très chère mère. Oui, Giulia attend un bébé. »

Giuseppina avait caché son visage derrière ses mains. « Encore un malheur... À croire qu'elle le fait exprès. Jamais de fausse couche, elle, ça m'est exclusivement réservé. » Elle s'était dandinée sur sa chaise avant de s'y affaler. « Elle n'a toujours pas compris que tu ne l'épouseras jamais ? Et toi aussi, tu ne sais pas ce qu'il faut faire pour éviter...

— Maman ! Je vous interdis de terminer votre phrase. » Il avait prononcé ces mots d'un ton autoritaire, les mains sur les hanches. « En tout cas, si c'est un garçon, cette fois-ci, je l'épouse. Compris ?

— Mais bien sûr... » Giuseppina avait bondi de sa chaise comme une furie. « Te marier avec cette moins que rien. Tu es devenu fou ?

— Je suis surtout pragmatique. J'ai trente-sept ans et, pour tout vous dire, si je dois épouser une veuve comme le laideron que vous m'avez présenté il y a quelque temps, très peu pour moi. »

Giuseppina s'était transformée en allégorie de la mère offensée. « Tu ne prendras pas cette gourgandine pour femme. Je dois te donner ma permission, ne l'oublie pas, et tu risques de l'attendre longtemps. Ta catin n'est jamais venue me trouver, elle ne m'a jamais adressé la moindre marque de respect et elle aurait le droit, du jour au lendemain, de jouer les maîtresses de maison chez moi ?

— Parce que vous auriez accepté qu'elle vous soit présentée ?

— Pour rien au monde !

— Eh bien, alors… » Vincenzo avait ressenti l'immense lassitude qui s'emparait de lui chaque fois qu'il devait parler de Giulia avec sa mère ou de sa mère avec Giulia, ce malaise profond qui lui donnait l'impression d'être en permanence ballotté de l'une à l'autre, sans espoir d'apaisement.

Ce soir, il repense au moment où on l'a informé que l'accouchement était imminent. À l'après-midi entier passé dans l'attente. À l'annonce finale : il était père pour la deuxième fois.

D'une petite fille.

Aussitôt après, Giulia lui avait demandé de l'épouser. D'abord avec douceur, puis avec fermeté. Il avait refusé.

Elle l'avait mis à la porte.

L'inflexibilité de la jeune femme le perturbe au plus haut point. Il veut retrouver son honneur, sa dignité. Et il comprend qu'il a trouvé en Giulia une compagne encore plus orgueilleuse que lui. Un véritable exploit !

Il caresse l'anneau de son oncle Ignazio, dont les conseils ne lui ont jamais autant manqué. Il regarde l'heure à sa montre oignon, endosse sa veste et son pardessus, et sort dans la rue.

La maison de Giulia n'est pas loin.

*

Debout dans le salon, son nouveau-né dans les bras, Giulia Portalupi fait face à un prêtre; son frère est à côté d'elle; une domestique s'occupe de son autre fille. Une semaine s'est déjà écoulée depuis l'accouchement, et il n'est pas convenable d'attendre plus longtemps avant de procéder au baptême.

La dernière dispute entre Giulia et Vincenzo remonte, elle aussi, à une semaine.

Le prêtre, indécis sur l'attitude à adopter, affiche un air embarrassé. Il pose le chrême sur la table, allume quelques cierges et marmonne des prières. Giulia, perdue dans ses pensées, prête peu d'attention aux gestes de l'homme d'Église.

Elle a vécu une situation analogue après la naissance d'Angelina et l'histoire se répète donc avec cette seconde fille, que Vincenzo a refusé de reconnaître. Giulia supporte de moins en moins cet état de choses. Sa solitude et le mépris dont on l'accable sont des fardeaux lourds à porter.

Encore une cérémonie clandestine, célébrée par un prêtre entré en catimini, et pas même accompagné d'un servant. Un rite furtif dans une demeure privée, comme le veut l'usage pour les enfants illégitimes. Le père et la mère de Giulia n'ont d'ailleurs pas jugé nécessaire de se déplacer.

« Mamaaan ! » crie Angelina, très agitée.

Giovanni s'approche d'elle et la prend dans ses bras pour essayer de la faire taire. « Allons, sois sage. Maman doit faire baptiser ta petite sœur. Et tu sais quoi ? Grand-mère a fait des gâteaux. »

En entendant cette phrase, Giulia pousse un soupir. Elle aurait préféré que sa mère soit là, auprès d'elle, plutôt que de s'enfermer dans sa cuisine pour préparer des pâtisseries.

Le prêtre se met à psalmodier des chants en latin, et sa voix dure résonne dans la pièce ; puis il demande à Giulia : « Quel prénom avez-vous choisi ?

— Giuseppina. Comme sa grand-mère. »

Le religieux lui adresse un regard oblique. Il sait que la mère de Giulia s'appelle Antonia et que ce mécréant de don Vincenzo Florio est le père des deux petites bâtardes. Difficile de dire qui est le plus condamnable, entre elle qui a l'audace de se comporter en épouse légitime, et lui qui n'assume pas la moindre part de responsabilité.

La porte de l'appartement s'ouvre et se referme dans un bruit sourd. Un homme vêtu d'un manteau sombre apparaît sur le seuil.

C'est Vincenzo.

Son arrivée est suivie d'un long silence. Giulia s'immobilise et réfrène son immense envie de l'appeler près d'elle.

Puis elle regarde à nouveau le prêtre et lui fait signe de continuer.

Dès qu'il reconnaît Vincenzo, Giovanni interroge sa sœur : « Tu veux que je lui dise de s'en aller ?

— Non. » Il est venu, et elle n'en espérait pas tant.

Le prêtre applique l'huile sainte sur la poitrine du bébé et lui asperge le front d'eau bénite. La petite pleure et se démène. Au terme de la cérémonie, il note son prénom sur le certificat de baptême.

Giuseppina Portalupi, née de Giulia Portalupi, a

pour parrain Giovanni Portalupi et pour marraine Lucia, la servante.

Tandis que le religieux éteint les cierges et range les objets liturgiques, Vincenzo pénètre dans le salon.

Giovanni lui barre le passage. « Halte là.

— Je veux voir ma fille.

— Elle ne porte pas ton nom, pas plus qu'Angelina. Il faut peut-être te rappeler que tu as refusé de les reconnaître ?

— Ce n'est pas à toi que je dois des explications. » Vincenzo l'écarte d'un geste brusque.

Assise sur un divan, Giulia rhabille Giuseppina, qui se débat et pleurniche.

En guise d'accueil, elle gratifie Vincenzo d'une vague ébauche de sourire.

Il s'agenouille devant elle. « Merci d'avoir choisi ce prénom. » Il tend la main pour caresser la petite, qui tente par tous les moyens de saisir le sein de sa mère, puis il la retire.

Giulia enveloppe le bébé dans un châle et répond : « J'aimerais bien que ça serve à quelque chose. Peine perdue, n'est-ce pas ? »

Vincenzo pousse un soupir d'impatience. Il sent que derrière lui Giovanni et Angelina ne le quittent pas des yeux. « Il faut que je te parle en tête à tête. »

Angelina s'échappe des bras de son oncle, se précipite dans ceux de sa mère et pose sur Vincenzo un regard plein de méfiance. Pour elle, ce père est encore un personnage aux contours flous.

Giulia se lève, Giuseppina collée contre son sein. « D'accord. Mais je sais déjà que je vais le regretter. »

Elle raccompagne le prêtre, pendant que Giovanni

lui remet une donation « pour les orphelins de la paroisse ».

L'homme d'Église approuve d'un air grave, saisit l'argent et s'éclipse.

Une main sur le montant de la porte, Giulia dit à son frère : « Je dois parler à Vincenzo. Seul à seule.

— Tu es folle. Folle ou stupide, au choix. Qu'est-ce que tu espères encore ? Une nouvelle humiliation ? Tu n'as rien à attendre de ce monsieur. Ni une famille ni du respect. Tu es condamnée à rester… ce que tu es déjà. »

Giulia en est tout à fait consciente. Son frère a raison : elle aurait dû se réfugier à Milan dès qu'elle est tombée enceinte d'Angelina. Pourtant, elle indique l'escalier et insiste : « S'il te plaît. » Sa prière est un ordre.

Giovanni hausse les épaules. « Au point où tu en es, je ne vois pas ce qu'il pourrait t'arriver de pire. » Il appelle Angelina et murmure à sa sœur : « Je ne veux pas qu'elle vous entende vous disputer, la pauvre. »

Giulia pince les lèvres.

La petite fille, qui n'a pas cessé d'observer son père à la dérobée, court se jeter, toute joyeuse, dans les bras de son oncle. Lorsque la porte se referme, Vincenzo entend les éclats de rire de Giovanni et d'Angelina.

Avec lui, elle ne rit jamais.

*

Giulia revient au salon en robe de chambre. Giuseppina lui tète avidement le sein.

« Ton autre fille n'a même pas daigné me regarder en face.

— Je parie que tu ne t'es jamais demandé pourquoi. Tu as tort. » Sur cette réplique cinglante, elle l'engage à la suivre dans sa chambre, où elle s'assied sur le lit pour continuer d'allaiter son bébé. Intimidé, Vincenzo l'examine en silence, longuement. Il ne s'était pas encore rendu compte de la douceur que sa grossesse a donnée à ses traits.

Il murmure : « Tu es sûre de ne pas vouloir d'une nourrice ? Ta poitrine va s'abîmer. »

Elle secoue la tête. « Pourquoi es-tu revenu ? Je t'avais dit de ne plus remettre les pieds ici sans avoir parlé à ta mère. »

Vincenzo retire son pardessus et s'assied au bord du lit. « Elle est d'un tel entêtement…

— Et toi, tu ne veux pas choisir entre elle et moi. Non, non, inutile d'ajouter quoi que ce soit. » Sa voix est devenue aigre. « C'est tout de même curieux. Mettez don Florio devant sa maman : le commerçant sans scrupules, célèbre pour sa dureté en affaires, se métamorphose en petit garçon craintif.

— C'est ma mère, elle est âgée et elle n'a plus personne.

— Alors que moi, je suis la vilaine sorcière qui t'a pris au piège. Tu lui as déjà raconté comment les choses se sont réellement passées, comment tu m'as persécutée jusqu'au jour où j'ai fini par te céder ?

— Tu avais accepté mes conditions. »

Elle plaque une main sur sa bouche, comme pour retenir un cri. « Mais comment donc ! À croire que tout est ma faute. » Elle prononce ces mots sur un ton plein de rancœur. « Alors que j'ai été entraînée par des sentiments plus forts que ma volonté. »

Vincenzo s'agite, se lève, se rassoit. « Ce n'est pas aussi simple.

— Pour moi non plus. » Elle éloigne le bébé de son sein et le pose contre son épaule. « Par amour pour toi, j'aurais bravé les ragots et même le mépris des gens. Mais maintenant nous avons deux filles, Vincenzo. Elles ont besoin d'un père. Ta mère et toi, il va falloir que vous l'acceptiez, et elle serait bien avisée de renoncer à ses rêves de gloire.

— Détrompe-toi. Quand de gros intérêts sont en jeu, certains nobles sont capables de tout pardonner, y compris l'existence d'enfants illégitimes. » Il déteste que Giulia le pousse ainsi dans ses retranchements. « Et puis, ma mère ne donnera jamais son accord à notre mariage, impossible de passer outre, c'est la loi.

— Dans la mesure où tu as plus de trente ans, la loi t'oblige juste à *l'informer* de ta décision. » Giulia a les larmes aux yeux, mais elle se retient de pleurer.

Elle installe Giuseppina dans son berceau, où la petite émet un léger gargouillis qui prélude au sommeil. « Alors, si tu ne veux pas m'épouser, reconnais tes enfants ! Accorde-leur la possibilité d'avoir un père légitime. »

En voyant Vincenzo se mordre les lèvres, elle comprend qu'elle n'obtiendra rien.

« Tu n'es qu'un lâche. » Elle se lève et lui désigne la porte. « Je ne veux plus jamais te revoir. »

Il reste assis et l'attrape par le poignet. « Ne me demande pas de choisir entre toi et ma mère. »

Une illumination, violente et amère, traverse l'esprit

de Giulia, qui ne se retient plus : « C'est parce que ce sont des filles ! C'est pour ça que tu ne veux pas les reconnaître ! Avoue ! Parce qu'elles ne peuvent pas être tes héritières. » Elle se prend le front entre les mains. « Quel aveuglement ! Je comprends enfin pourquoi ta mère s'obstine et pourquoi tu ne t'opposes jamais à elle. » Elle lui jette son manteau à la figure. « Sors d'ici ! »

Vincenzo attrape son vêtement au vol et se rembrunit. « L'arrivée de ta deuxième fille t'a rendue bien effrontée. Il me semblait pourtant avoir été assez clair, il y a deux ans. »

Il avait espéré que Giulia serait d'humeur conciliante, et au lieu de cela…

« *Ma* deuxième fille est aussi la tienne et elle s'appelle Giuseppina. » Giulia ouvre grand la porte. « Tu préfères ta mère. Libre à toi. Mais alors, va-t'en et ne reviens jamais. » Elle a la gorge en feu et les mains crispées.

Soudain, Vincenzo brûle de désir. C'est vrai, le visage de Giulia est fatigué et son ventre gonflé ; mais il y a en elle quelque chose qui va au-delà de la chair, Vincenzo le sait désormais, et qui l'empêche de la quitter. Il voudrait la posséder sans plus attendre, même si son accouchement est trop récent, même s'il est défendu de toucher une femme dans son état.

Il donne un violent coup de poing sur la porte, dont le bois se fissure. Ses doigts saignent.

Giulia sursaute et recule d'un pas. Vincenzo a toujours été irascible, mais jamais violent avec elle. Et elle a peur.

D'une voix éraillée par la colère, il la prévient : « Nous n'en resterons pas là. Tu m'appartiens. »

Puis il s'enfuit.

Restée seule, Giulia s'affaisse le long de la porte refermée, se prend la tête entre les mains et pleure. Sa fatigue physique vient s'ajouter à sa solitude, à la perspective angoissante d'élever deux filles en l'absence de leur père et sans la protection de son nom. Tout l'argent du monde ne remplacera jamais le soutien qu'un homme se doit d'apporter à sa famille.

Quand elle a choisi de lui céder, elle n'imaginait pas ce qui allait se produire. Elle a été fascinée par Vincenzo au point d'oublier qu'elle risquait de tomber enceinte.

Depuis, elle a eu deux filles de lui.

Et elle se demande ce qu'il va faire. Se consoler dans les bras d'une autre, d'une femme prête à l'accepter tel qu'il est, à ne pas exiger, contrairement à elle, son respect ? Convoler en justes noces avec une brave petite fiancée choisie par sa mère ?

Soudain, la peur de le perdre la submerge.

*

Les jours et les semaines passent. Giulia étant toujours très fatiguée depuis son accouchement, Angelina passe beaucoup de temps chez sa grand-mère Antonia. De son côté, Giovanni tient compagnie à sa sœur le soir et lui raconte, pour la distraire, les derniers potins. Hier, en arrivant, il est resté sur le palier, l'air embarrassé, il a regardé Giulia et il lui a tendu une bourse. « C'est lui qui te l'envoie. Je lui ai expliqué que ta famille pourvoyait à ton entretien, mais impossible de lui faire entendre raison… Tu sais comment il est et… »

Giulia a soupiré. Vincenzo ne connaît pas d'autre manière d'exprimer ses sentiments envers elle. Elle a pris la bourse et elle a murmuré, avant de refermer la porte : « Dis-lui de venir voir ses filles, au moins. »

Aujourd'hui, alors que les petites dorment déjà et qu'elle s'apprête elle-même à aller se coucher, on frappe à la porte. Les coups sont si discrets que Giulia n'est pas certaine d'avoir bien entendu.

Elle noue la ceinture de sa robe de chambre et va voir.

En ouvrant la porte à Vincenzo, elle l'accueille par ces mots :

« Tu aurais pu te servir de tes clefs.

— N'oublie pas que tu m'as chassé d'ici.

— Tu es encore chez toi, puisque tu paies le loyer. »

Il ne relève pas la provocation, rejoint la chambre à coucher de Giulia, soulève le rideau du berceau en bois et observe Giuseppina.

« Tu lui donnes toujours le sein ?

— Oui. » Elle se tient immobile, bras croisés, les yeux fixés sur lui. « Angelina dort dans la pièce voisine, avec Lucia. Il ne faut pas les réveiller. »

Il s'éloigne du berceau. « Elles vont bien ? »

Giulia acquiesce.

Vincenzo s'approche d'elle et écarte une mèche de cheveux qui tombe sur son front. Il hésite un instant avant de reprendre : « Toi en revanche, tu es pâle comme une morte. Tu dors bien ? Tu manges assez de viande ? »

Giulia repousse sa main et gagne le salon. « Ce n'est pas une simple question de sommeil et de nourriture, tu le sais pertinemment. Une seule chose m'aiderait à aller mieux : avoir la certitude que tu prendras soin de moi et de tes filles. Et au lieu de ça…

— Je t'ai envoyé de l'argent par l'intermédiaire de ton grand dadais de frère. » Sa voix trahit une colère naissante.

« Dans ton esprit, tout n'est jamais qu'une affaire d'argent, n'est-ce pas ? Tu as une famille, maintenant.

— J'ai une maîtresse qui m'a donné deux bâtardes, ce n'est pas tout à fait pareil. »

Giulia ne trouve d'abord rien à répondre. La phrase de Vincenzo la glace d'effroi et lui coupe le souffle.

Une maîtresse. Voilà ce qu'elle continue d'être à ses yeux.

« Si tu voulais, tu pourrais tout changer. » Elle a chuchoté ce reproche d'une voix presque inaudible.

« Je ne peux rien te donner de plus, riposte Vincenzo.

— Tu ne *veux* pas me donner davantage, parce que tu es un lâche. » Elle appuie ses poings serrés sur ses yeux. « Parce que tu as gardé en tête tes maudites idées de grandeur et qu'il faudrait affronter l'hostilité de ta mère qui te traite encore comme si tu avais quinze ans. Mais tôt ou tard, tu seras bien obligé de choisir. »

Il tend une main vers elle et lui serre le cou, pas assez pour l'étrangler, mais suffisamment pour l'empêcher de bien respirer. « Je n'ai aucun choix à faire. »

Puis tout bascule. La main de Vincenzo passe derrière la nuque de Giulia, et son geste agressif se transforme en caresse. Ils s'embrassent. Ils ont envie l'un de l'autre. Trop de temps s'est écoulé depuis leur dernière étreinte et les amants ne supportent plus d'être séparés.

En s'unissant à Vincenzo, Giulia se déteste. De toujours lui pardonner. De l'aimer. D'être la première à céder après chaque dispute. De se sentir incomplète en son absence. Depuis qu'elle l'a rencontré, elle ne se suffit plus à elle-même.

Vincenzo ne rouvre pas les yeux. Cette maison est sa maison. Il n'est en lieu sûr nulle part ailleurs. Et Giulia est son unique refuge.

*

Il part quand il la croit endormie, vaincue par la fatigue. Sans un mot, sans trouver quoi dire. Elle a peut-être eu raison de le traiter de lâche.

Giulia, restée éveillée, entend la porte se refermer. Elle garde Giuseppina collée contre elle tout le restant de la nuit. Après l'amour, son lit lui paraît bien plus immense et froid que les nuits où elle y dort seule. Elle verse des larmes dans lesquelles la rage l'emporte sur la nostalgie ; sa colère est plus forte que ses regrets.

Le lendemain est un dimanche.

Après une toilette soignée, elle revêt sa plus belle robe, encore un peu étroite, mais il faudra faire avec.

Elle habille Giuseppina et dépose Angela chez sa mère en lui assurant qu'elle ne tardera pas à passer la rechercher.

À San Giacomo, la messe du matin est surtout fréquentée par des hommes et des femmes du peuple qui n'ont pas le temps de se rendre à celle de l'après-midi ; mais parmi les fidèles, il y a aussi, plus par habitude que par nécessité, Giuseppina Saffiotti Florio.

Giulia la voit entrer, avec son visage sévère et ses cheveux gris attachés sous un bonnet. À la fin de la cérémonie, elle la suit jusqu'à la via dei Materassai et l'appelle : « Donna Florio ! Donna Florio ! »

D'un geste instinctif, Giuseppina se retourne. Elle plisse les yeux et ne reconnaît pas tout de suite Giulia. Mais lorsqu'elle voit la petite fille, elle rougit violemment et reprend sa marche en accélérant l'allure. « Elle a un de ces culots, la petite dévergondée... »

« Arrêtez-vous ! » Giulia se précipite vers elle.

Plusieurs personnes apparaissent aux fenêtres, un charretier observe les deux rivales, quelques femmes ralentissent le pas.

Giulia dépasse Giuseppina et lui bloque le passage. La mère de Vincenzo est obligée de s'immobiliser.

« Donna Florio, vous ne voulez pas dire bonjour à votre petite-fille ? » Giulia parle haut et fort, pour que tout le monde entende et sache. Et de fait, les badauds ne perdent pas un mot de la conversation.

La réponse de Giuseppina sonne aussi faux qu'une râpe frottée sur du métal. « Je n'ai pas de petite-fille.

— En êtes-vous sûre ? Cette enfant porte votre prénom.

— Qu'est-ce que cela prouve ? Il n'existe pas qu'une Giuseppina à Palerme.

— Celle-ci a les yeux de votre fils. »

La mère de Vincenzo lui jette un regard involontaire. Cette gamine ne ressemble que trop à son fils : même nez, mêmes sourcils...

C'est insupportable, inacceptable et injuste.

« Une chienne ne peut jamais savoir de qui sont ses chiots, elle s'est accouplée avec trop de mâles. »

Giulia plaque sa fille contre sa poitrine, comme pour la protéger. « Vous voulez sans doute parler des chiennes sans maître. Mais le mien ne détache jamais ma chaîne. D'ailleurs ce n'est pas moi qui lui ai couru après, c'est lui qui m'a poursuivie jusque chez moi.

— Méfiez-vous tout de même, à trop tirer sur une chaîne, on risque de se blesser. » La voix de Giuseppina est déformée par la haine. « Si vous espériez mettre le grappin sur un beau parti, c'est raté ! Personne ne veut de vous ici. »

Médusée, Giulia ne trouve d'abord rien à répliquer.

Giuseppina passe devant elle d'un air satisfait. Elle l'a bien remise à sa place, cette traînée qui a osé l'interpeller en pleine rue ; sa tentative s'est retournée contre elle et elle s'est montrée pour ce qu'elle est.

La réponse de Giulia frappe les oreilles de Giuseppina au moment où elle met la clef dans la serrure. « Contrairement à ce que vous croyez, je n'ai pas accepté de garder ma chaîne au cou pour de l'argent. Mais qu'est-ce que vous pouvez y comprendre, vous qui n'avez jamais aimé personne ? »

*

En robe de chambre et pieds nus devant sa fenêtre, Vincenzo a tout entendu. Il suit Giulia du regard jusqu'à ce qu'elle disparaisse au coin de la rue.

Giuseppina, très en colère, le rejoint aussitôt. « Tu as vu comment je lui ai cloué le bec, à cette insolente ?

Elle aura beau faire, elle ne réussira jamais à salir l'honneur de notre famille. Bon débarras ! »

Vincenzo ne se retourne pas.

Il s'est longtemps demandé pourquoi, après s'être passé ce qu'il croyait être un simple caprice, il a continué à éprouver de l'attirance pour Giulia, pourquoi il a cherché à la revoir malgré leurs innombrables disputes.

Aujourd'hui, il a enfin compris.

Étonnée de ne pas obtenir de réponse, sa mère l'accompagne jusque dans sa chambre, où il s'habille en toute hâte.

« On peut savoir où tu vas ?

— Maman, occupez-vous plutôt de vos travaux de tricot. »

Non, elle n'a pas rêvé : il lui a parlé comme à une vieille folle qu'on aimerait tenir à l'écart. Son visage se transforme en un masque d'orgueil blessé et d'indignation. « Tu vas encore la retrouver, hein ? Elle t'a si bien ensorcelé que tu ne sens toujours pas son odeur de soufre infernal. Et moi ? Tu comptes me laisser toute seule ? »

Lorsqu'elle en termine avec ses invectives, Vincenzo a déjà atteint le bout de la via dei Materassai, sous les regards des curieux qui profitent du spectacle.

Il court à perdre haleine et aperçoit enfin Giulia au Cassaro. Elle avance à pas lents, tête baissée, au milieu de la foule endimanchée. Il la connaît assez pour deviner qu'elle retient ses larmes. L'humiliation de tout à l'heure a dû lui infliger une blessure cruelle.

Arrivé à côté d'elle, il lui offre ostensiblement son bras et lance ainsi un défi à tout le public.

Elle sursaute. « Mais…

— Rentrons à la maison. Chez nous. »

DE LA DENTELLE

juillet 1837-mai 1849

Unn'è u' piso và a balanza.
« La balance penche toujours du côté le plus lourd. »

PROVERBE SICILIEN

En juin 1837, l'épidémie de choléra qui frappe l'Europe depuis quelques années atteint la Sicile. Le manque d'hygiène de la majeure partie des habitants favorise sa propagation, et elle n'est vaincue qu'au début du mois d'octobre. Des témoignages de l'époque parlent de vingt mille morts pour la seule ville de Palerme.

De 1838 à 1847, la situation politique de l'île connaît un calme relatif. Toutefois, en septembre 1847, plusieurs mouvements de protestation se succèdent ; ils ont pour causes principales la pauvreté, des aspirations séparatistes tenaces et des conflits sociaux non résolus. La répression ordonnée par Ferdinand II ne fait qu'enflammer les esprits : le 12 janvier 1848, à Palerme, Giuseppe La Masa et Rosolino Pilo prennent la tête d'une insurrection contre les Bourbons et proclament l'indépendance de la ville envers le pouvoir central. Le chef du gouvernement révolutionnaire est l'amiral Ruggero Settimo ; soutenu par les nobles et les bourgeois, il s'efforce aussi d'impliquer le peuple dans le processus de prise de décision. Ferdinand finit par accepter l'octroi d'une Constitution, et la quasi-totalité des autres souverains italiens ne tardent pas à l'imiter.

Ainsi, le 4 mars 1848, Charles-Albert de Savoie promulgue le Statut albertin. Le 17 mars, Venise se révolte contre l'occupant autrichien ; trois jours plus tard, c'est au tour de Milan. Bien vite, le vent de la révolution souffle sur toute l'Europe, y compris les États pontificaux : le 24 novembre 1848, le pape Pie IX est contraint de se réfugier à Gaète ; le 7 février 1849, la République romaine est proclamée et placée sous l'autorité d'un triumvirat formé par Carlo Armellini, Giuseppe Mazzini et Aurelio Saffi.

Néanmoins, une fois encore, la réaction de la contre-révolution ne se fait pas attendre. En Sicile, elle est favorisée par la fragmentation politique de l'île (une inimitié profonde oppose par exemple Messine et Palerme) et par l'incompatibilité manifeste entre les exigences des différentes classes sociales : tandis que la noblesse et la bourgeoisie souhaitent avant tout s'enrichir, notamment en s'emparant du patrimoine ecclésiastique, le peuple espère une redistribution des terres. En mai 1849, affaibli et harcelé par les troupes des Bourbons, le gouvernement révolutionnaire préfère capituler. Ferdinand II se montre clément : les meneurs de la révolte échappent à la peine capitale et sont condamnés à l'exil. Le monarque accorde en outre son pardon à de nombreux fauteurs de troubles.

Des fils de coton, des aiguilles, des fuseaux, des petits métiers portatifs.

La dentelle est un art.

Pour en tisser quelques centimètres carrés, fil à fil, suivant un motif au dessin subtil, il faut une main ferme, de la patience et une vue aiguisée.

Les dentellières de Burano le savent bien, elles dont le talent a assuré pendant des siècles la prospérité économique de leur île. Elles ont ensuite exporté leur savoir-faire grâce à Catherine de Médicis, qui a convaincu plusieurs d'entre elles de s'installer en France et d'enseigner leur technique secrète dans des couvents. La dentelle est alors devenue un ornement vestimentaire réservé aux dames et aux messieurs les plus riches du royaume. Les écoles les plus célèbres quittent l'Italie et se déplacent vers des villes du nord de l'Europe : Valenciennes, Calais, Bruxelles, Bruges…

Plus tard, Napoléon s'entichera de ce tissu au point de l'imposer pour tous les habits de sa cour.

En Angleterre, au début de la révolution industrielle, son élaboration recourt pour la première fois à des procédés mécaniques. Lorsque la reine Victoria, le jour de ses noces, porte un voile de tulle fabriqué à la machine, tout le monde s'accorde pour prédire que la technique délicate du tissage à la main n'a plus d'avenir.

Elle survit pourtant, tout en se modifiant : de nouveaux fuseaux permettent par exemple un travail plus rapide ; on se hasarde à introduire l'usage de fils colorés ; les jeunes filles pauvres sont encouragées à exercer la profession de dentellière.

Mais il faut attendre longtemps avant que cet art vénérable ne revienne à la mode, d'abord à Venise, puis dans l'ensemble de l'Italie.

La dentelle faite à la main y devient l'apanage de quelques familles richissimes. C'est un bien rare, aussi précieux que les bijoux.

Un trésor.

*

La chaleur est insoutenable et le soleil sans pitié.

Palerme agonise. Sur le Cassaro, des animaux squelettiques tirent des chariots remplis de cadavres. Leurs conducteurs hurlent : « Qui a des morts à enterrer ? » Après un rapide échange de signes, des corps sont jetés du haut des fenêtres.

Chaque jour, la ville paie son tribut de victimes au choléra, arrivé du continent sur l'île en juin 1837, et relayé par les hommes qui se chargent de ceux que la maladie a épargnés : après l'épidémie, la révolte populaire, encouragée par des rumeurs selon lesquelles le roi serait responsable de la contagion ; on l'accuse à cor et à cri d'avoir empoisonné l'eau et la nourriture afin de décimer la population.

Les palais baroques aux façades en tuf, fermés à double tour, ressemblent à des crânes calcinés. Ils ont été abandonnés par leurs propriétaires et mis à sac par des pillards à la recherche de nourriture et d'argent. Les boutiques subissent le même sort, et sont bien souvent incendiées ; des gens meurent en pleine rue après avoir mendié en vain un croûton de pain ; Palerme n'est plus approvisionnée en blé par les campagnes. Les fumigations de chlore sont inefficaces contre la progression de la pandémie et emplissent les rues d'une fumée malodorante qui vient s'ajouter à la puanteur des bûchers allumés sur les places pour brûler des draps et des meubles. Les médecins sont restés en tout petit nombre, de même que quelques religieux qui passent d'une maison à l'autre pour donner l'extrême-onction ou bénir les morts.

Même la mer que l'on entrevoit derrière la porte Felice a pris un aspect irréel et paraît inatteignable. À la Cala, les rares navires restés en rade ont pour la plupart été placés en quarantaine.

Vincenzo longe les murs de la via degli Argentieri. Il n'a pas encore quitté la ville, mais cela ne saurait tarder. Il donne un coup de pied à un chien errant qui fouille dans des immondices et met un mouchoir devant son nez pour ne pas sentir les miasmes qu'exhale le dégorgement des égouts. Mais une odeur de mort sature l'atmosphère, pas moyen d'y échapper.

À l'entrée de la via della Zecca Regia, des hommes armés d'un fusil gardent un carrosse aux vitres teintées. Debout devant la portière et coiffée d'un chapeau à voilette, Giulia guette l'arrivée de Vincenzo. Dès qu'elle l'aperçoit, elle se précipite à sa rencontre et lui dit, sans même le saluer : « Pars avec nous. »

Il secoue la tête, lui explique pourquoi il ne peut pas et ajoute : « La maison est tout près de Monreale, Giovanni et tes parents t'y rejoindront ce soir. Ne sors sous aucun prétexte et limite autant que possible les contacts avec des inconnus. »

Les sanglots de Giuseppina et la voix plaintive d'Angela retentissent à l'intérieur du carrosse. Giulia s'agrippe désespérément à Vincenzo. « Tu vas venir vite, hein ?

— Oui, oui. Soyez prudentes, mettez tout le linge à bouillir et… »

Elle l'embrasse comme si elle ne devait plus jamais le revoir et l'implore : « Envoyons d'abord les enfants. Je reste avec toi. Qui te soignera, si tu tombes malade ? »

Il réitère son refus : c'est impossible, pour l'instant, et il tient à la savoir en lieu sûr. Il la pousse presque de force à l'intérieur du véhicule, où Angelina saute aussitôt sur ses genoux.

Derrière sa voilette, les yeux de Giulia semblent répéter à Vincenzo : *Surtout dépêche-toi. Ne me laisse pas seule.*

Il est obligé de détourner le regard. Imaginer que le choléra pourrait emporter ses filles et leur mère du jour au lendemain, qu'elles viennent peut-être de lui faire leurs adieux, lui est insupportable. Les enfants sont une proie trop facile pour cette épidémie.

La veille, il a escorté sa mère et ses domestiques jusqu'aux portes de la ville, où elles sont montées dans une voiture à destination de Marsala. Elles y seront bien à l'abri.

Mais lui ne peut pas s'en aller tout de suite. Il doit encore assurer la protection de ses entrepôts contre les voleurs, veiller au bon état de conservation des marchandises, contacter ses fournisseurs français pour leur demander de surseoir à l'envoi de cargaisons impossibles à dédouaner dans les circonstances présentes.

Soudain, Francesco di Giorgio, le responsable des relations commerciales avec les villages de Sicile, surgit en criant de la ruelle qui mène au palais Steri : « Don Florio ! Venez avec moi ! Nous n'avons pas une minute à perdre. Il est arrivé un grand malheur ! »

Les mauvais pressentiments de Vincenzo se transforment en angoisse. « Les provisions ?

— La teinture de valériane, le poivre, la cardamome, l'huile essentielle de menthe… Le peu qui nous restait a été réquisitionné. Quand j'ai quitté le magasin, toute une foule était rassemblée devant, et elle m'a semblé animée des pires intentions… Les gens sont désespérés, il paraît même qu'on aurait mis le feu à une pharmacie du quartier des Tribunali. Dans les campagnes, on accuse les prêtres de favoriser la propagation de l'épidémie et on en a tué plusieurs… Le monde est en train de devenir fou.

— Sacré nom de nom ! »

Les deux hommes courent vers l'herboristerie. En chemin, ils constatent que certaines fontaines de la piazza Garraffello ont été endommagées et qu'un X noir a été tracé sur plusieurs autres. L'odeur du chlorure de chaux utilisé comme désinfectant se mêle à celle des latrines.

Via dei Materassai, le directeur de l'herboristerie, Carmelo Caratozzolo, fait face à un attroupement et gesticule sur le seuil. « Nos réserves sont épuisées, je vous le jure ! Les navires ne sont pas arrivés, nous n'avons reçu aucun approvisionnement. Nous n'avons plus rien ! »

Un homme implore Caratozzolo, mains jointes : « Même pas un peu de laudanum ? Et comment je vais faire, moi, pour calmer les souffrances de ma femme ? Elle se tord de douleur dans son lit… »

À côté de lui, un jeune père lui fait écho : « Même pas un flacon de valériane ? C'est pour ma fille, la pauvre petite… »

Les cris et les imprécations se multiplient, tandis que la foule essaie de pénétrer de force dans la boutique.

Vincenzo doit se frayer un passage à coups de coude. La terreur qui déforme les visages de tous ces gens lui semble presque plus impressionnante que les effets du choléra, et aussi contagieuse. Elle finit par lui paralyser bras et jambes.

« Je ne vous crois pas ! hurle un vieillard qui attrape ensuite un pavé et le lance sur la vitrine. Vous avez caché vos produits, vous les gardez pour vos amis ! »

Vincenzo se ressaisit et bondit en avant, il ne peut pas laisser détruire son herboristerie sans rien faire. Ces quelques murs revêtus de boiseries contiennent toute son identité. Il est entré là pour la première fois à l'âge de onze ans, le jour où son oncle Ignazio lui a montré l'enseigne avec le lion blessé, et en un certain sens, il n'en est plus ressorti. Son oncle ne lui a jamais autant manqué, il aurait tant besoin de sa présence, de ses propos rassurants.

« Arrêtez ! » Sa voix n'est pas assez puissante pour couvrir le vacarme.

« Prenons tout ! » propose quelqu'un.

Vincenzo s'interpose entre cette masse humaine et Caratozzolo.

La foule s'immobilise. Tous les regards se concentrent sur lui, pleins de hargne et d'espoir à la fois.

« Don Florio, pour l'amour de Dieu, s'écrie le jeune père en se jetant à ses pieds. Vous au moins, aidez-nous ! »

Vincenzo se tourne vers Caratozzolo, qui secoue la tête d'un air navré, les larmes aux yeux ; il voudrait sincèrement satisfaire les attentes de tous ces pauvres gens. « Don Florio m'en est témoin. Il ne nous reste plus rien. Rien de rien ! »

Vincenzo leur montre ses paumes de main. « C'est vrai, je vous en donne ma parole. Je connais plusieurs d'entre vous. Toi, Vito, tu travailles au marché aux poissons et tu es le fils de Biagio, le charpentier ; tu as une petite fille du même âge que mon aînée. Toi, Bettina, tu es la femme de Giovanni, le menuisier. Et toi, tu es Pietro, le marbrier. Je vis dans ce quartier, comme vous et vos familles. Et si je vous jure que nous n'avons plus rien, il faut me croire.

— Ce ne sont que des mensonges ! Vous avez caché vos marchandises ! Écartez-vous de là, ne nous obligez pas à passer sur vos cadavres ! » crie une voix lointaine.

La foule marmonne, ondoie, s'agite et pousse.

Vincenzo déboutonne sa veste, son gilet et sa chemise ; il expose son torse nu, où sont apparus quelques poils blancs. « Vous avez l'intention de me tuer ? Allez-y, je ne m'enfuirai pas. Et vous constaterez de vos propres yeux que notre magasin est vide, je n'ai même plus de quoi soigner ma famille. »

Le marbrier l'invective : « Vous dites ça parce que vous voulez tout vendre à vos amis ! »

Vincenzo hésite. Se mettre en colère ? Céder au découragement ? Au bout du compte, il préfère tenter une énième justification. « Qu'est-ce que tu racontes ? Quels amis ? Tu vois des carrosses protégés par des soldats dans les parages ? » Il attrape Caratozzolo par un bras. « Il ne reste plus que moi et ce pauvre bougre pour garder l'herboristerie. Je n'ai pas bougé d'ici. Si je tombe malade, mon sort ne sera pas différent du vôtre, je mourrai comme un chien. Combien de fois faudra-t-il vous le répéter ? Nos réserves sont épuisées, et c'est pareil au palais Steri. Tant que le blocus sanitaire ne sera pas levé, aucune cargaison ne franchira la douane. »

Bettina s'avance et le saisit par la manche. L'incrédulité peinte sur son visage trahit une souffrance insoutenable. « Vous êtes le plus gros commerçant de Palerme, ce n'est pas possible qu'il ne vous reste plus rien. Ou alors, si c'est vrai… »

Vincenzo désigne la boutique. « Vous voulez vérifier ? Entrez, je vous en prie. »

L'invitation de Vincenzo résonne dans un silence soudain. Pendant quelques instants, personne ne bouge. Puis la foule se disperse, lentement ; on entend maintenant des sanglots et des cris de désespoir.

Seul le jeune père est demeuré là, toujours agenouillé à terre. Vincenzo se penche vers lui, lui pose une main sur l'épaule et lui chuchote à l'oreille : « Rentre chez toi, mon garçon, et prie. Palerme ne peut plus compter que sur l'aide de Dieu. »

Vito fond en larmes. Vincenzo compatit : comme il la comprend, désormais, cette douleur de père. Il n'a aucune difficulté à s'imaginer à sa place, un genou dans la boue, pauvre et éperdu, à la recherche désespérée de médicaments pour Angelina, Giuseppina ou, pire encore, Giulia.

Le lendemain, lorsqu'il rejoint la maison de Monreale où elles se sont réfugiées, il entend encore les gémissements de Vito. Il s'enferme dans un mutisme obstiné, impossible de lui arracher le moindre mot sur ce qu'il a vu. La nuit, incapable de trouver le sommeil, il va dans la chambre où dorment ses filles, les cheveux éparpillés sur leurs oreillers et la bouche entrouverte. Assis près d'elles, il épie leur respiration. Elles vont bien, elles sont vivantes.

Il ignore si l'on peut en dire autant de la petite fille de Vito.

*

Commerçant, industriel, propriétaire de navires, de carrières de soufre, d'exploitations vinicoles et de madragues, membre de la chambre de commerce de Palerme, assureur et intermédiaire financier, Vincenzo Florio est en pantoufles et en bras de chemise dans une modeste cuisine, à l'entresol de la via della Zecca Regia.

Nous sommes en octobre 1837. Après avoir causé plus de vingt mille décès dans la région, l'épidémie de choléra est enfin enrayée.

Vincenzo peut s'estimer chanceux : ses proches ont tous survécu.

Il vient de dîner chez sa famille illégitime. Demain, il ira trouver sa mère, via dei Materassai. La vie reprend son cours.

Giuseppina et Angelina dorment, sous la surveillance de la gouvernante. Elles sont très mignonnes et bien élevées. Giulia leur parle en français, elle l'a appris à Milan dans sa jeunesse. Et elle leur lit des contes de fées, le soir au coucher.

Elle est restée simple, pragmatique, comme lorsque Vincenzo l'a rencontrée pour la première fois.

Il l'observe faire le ménage dans la pièce, remplir le poêle de charbon, mettre des légumes à tremper et s'évertuer à ouvrir un bocal de thon salé conditionné à la madrague de l'Arenella, où Vincenzo a désormais pour associé Augusto Merle, un Italo-Français établi à Palerme.

Giulia tend le bocal à Vincenzo, qui l'ouvre en se servant d'un couteau comme levier. L'odeur de saumure qui se dégage du récipient lui évoque soudain son enfance.

Des images se confondent. Il reconnaît la cuisine du taudis du piano San Giacomo ; quelqu'un lui tourne le dos et retire des morceaux de poisson d'une jarre scellée à la cire.

Son père Paolo ? Son oncle Ignazio ?

Le personnage se retourne.

C'est son père.

Vincenzo revoit sa moustache et sa barbe fournies, son regard sévère. Paolo plonge le poisson dans de l'eau chaude pour le dessaler et explique à Giuseppina qu'ils vont le laisser mariner plusieurs semaines dans de l'huile d'olive.

Une sorte de déclic se produit en lui.

L'huile. Le thon.

Vincenzo revient au présent, ses souvenirs s'estompent. Giulia le remercie. Il se frotte les mains avec un citron pour se débarrasser de l'odeur.

Puis il dit à Giulia, de but en blanc : « Je pourrais te trouver une cuisinière. »

Elle refuse : « J'ai déjà une femme de chambre et une gouvernante, et ta mère irait encore prétendre que tu gaspilles de l'argent par ma faute. Et puis, j'aime bien faire la cuisine. »

Il insiste quand même : « La fille d'une de nos domestiques est aussi très douée, et elle peut se charger de certains travaux pénibles. Je te l'enverrai un de ces jours. »

Giulia pousse un soupir d'agacement avant de lui répondre : « Par moments, j'ai vraiment l'impression d'être ta femme : quand je te parle, tu ne m'écoutes pas. »

Il la prend par la taille. Elle se soulève sur la pointe des pieds pour trouver ses lèvres surmontées d'une moustache à l'anglaise, l'entraîne derrière elle et lui murmure : « N'oublie pas la lampe. »

Ils dorment ensemble, comme deux époux. Mais par-delà les murs protecteurs de cet entresol, la cour, la via della Zecca Regia, il y a Palerme, une maîtresse possessive, elle aussi. Vincenzo le sait : elle est jalouse, volubile, capricieuse et capable, en très peu de temps, de changer du tout au tout.

Une âme obscure se dissimule derrière son apparence solaire. Vincenzo a appris à bien la connaître. Il ne peut pas se permettre de baisser la garde : cette ville est bien moins accommodante que Giulia, elle ne pardonne rien. Elle les aimera, les Florio et lui, aussi longtemps qu'ils contribueront à sa richesse et à son bien-être. Pour le moment, elle traverse une sorte de mystérieux état de grâce. Le nombre croissant des chantiers de construction et l'apparition incessante de nouveaux édifices trahissent l'excellente santé de son économie. Elle a plus que jamais besoin de l'argent des Florio.

En veste de lin et chaussé d'élégants souliers, Carlo Giachery observe Vincenzo, perdu dans ses pensées, qui ne l'écoute plus depuis plusieurs minutes.

« Vincenzo ?

— Hein ?

— C'est ma conversation qui t'endort ? À moins que tu n'aies quelque chose à me dire et que tu ne saches pas comment t'y prendre ? »

Vincenzo esquisse un geste d'excuse. « Un peu des deux, pour tout t'avouer. De quoi parlions-nous ?

— Des récriminations des religieuses de la Badia Nuova à propos du bruit que font les métiers à tisser de ta filature de coton. Pourtant, ce serait plutôt aux moines qui vivent juste à côté de se plaindre. Difficile de comprendre ce qu'elles ont dans la tête… »

Vincenzo appuie son menton sur ses deux poings. « C'est ça, la Sicile. Dès qu'on essaie d'introduire des nouveautés, il y a toujours des gens pour pleurnicher :

ou bien les innovations les agacent, ou bien ils n'en veulent pas, ou bien ils savent mieux que toi ce qu'il faut faire, ou bien ils prennent un malin plaisir à te casser les…

— J'ai compris. » Carlo rit dans sa barbe. « J'avais l'intention d'installer des panneaux de liège, mais je ne suis pas sûr que cela suffise. D'autant plus que ces pieuses dames sont aussi dérangées par la vapeur des machines.

— Enfin quoi, ce n'est jamais que de l'eau chaude ! En Angleterre, on s'en sert depuis vingt ans, et personne n'a protesté. Elles n'ont qu'à réciter quelques rosaires supplémentaires et fermer leurs fenêtres. Maintenant, passons à autre chose. » Il tend un papier à son ami ; entre ses sourcils, une ride se creuse. « Regarde. »

Giachery met ses lunettes et commence à lire le document. « Les ventes de thon ont diminué.

— Dans toutes les madragues, pas seulement en Sicile. Et les marchés de la sardine et du maquereau sont eux aussi en chute libre.

— Ah. » Vincenzo l'invite à poursuivre sa lecture. « Quelle est l'explication, d'après toi ? Toujours cette histoire de scorbut ?

— Oui. Les Anglais contribuent à renforcer la rumeur. Je suis bien placé pour savoir que ce sont des mensonges : dans ma famille, on vend et on mange du poisson séché et salé depuis plusieurs générations ; eh bien, aucun de nous n'a perdu ses dents.

— Tout cela est quand même très difficile à comprendre. Les chiffres ne sont pas encore catastrophiques, mais ils pourraient vite le devenir. »

Vincenzo a un geste d'agacement. « On a toujours conservé la viande fraîche dans la neige des Madonies et le thon dans du sel.

— Il faudrait peut-être recourir à une autre méthode. » Carlo réfléchit à haute voix. « Le fumage, si ça se trouve, ou bien... »

Clic.

Vincenzo lève la tête.

Clic.

Il revoit son père mettre du poisson à mariner dans de l'huile d'olive après l'avoir dessalé, parce que...

Clic.

Il cherche un calendrier. « La prochaine pêche... À l'Arenella, la prochaine pêche est prévue dans dix jours. Par conséquent... »

Giachery le dévisage. L'agitation de Vincenzo a quelque chose de juvénile.

Il demande soudain à l'architecte : « Carlo, pourquoi la viande se décompose-t-elle ? » Il n'attend même pas la réponse avant de poursuivre : « Parce que les vers la mangent. Mais lorsqu'elle est cuite, elle se garde mieux. Que faut-il faire, alors, si on veut qu'elle ne soit pas avariée avant six mois, voire un an ? Qu'elle résiste en tout cas à un voyage à travers l'océan ? »

Il se penche à l'oreille de Carlo et lui chuchote son idée.

*

En mai, la pêche au thon reprend. Les marins remercient saint Pierre et saint François de Paul pour son abondance.

Le même mois, des bocaux en fer-blanc ou en verre, remplis de thon à l'huile, sont stockés dans le garde-manger des Giachery sous l'œil perplexe et néanmoins vigilant de Carolina, l'épouse de Carlo.

Il va falloir patienter tout le temps nécessaire.

Un an.

Un an pour savoir si l'essai est concluant. Si le thon cuit et imbibé d'huile, renfermé dans un récipient étanche, reste comestible au bout d'une si longue durée. Vincenzo y croit de toutes ses forces. Il n'a rien perdu de son opiniâtreté, il est plus que jamais convaincu de la nécessité d'expérimenter, envers et contre tout, pour changer les choses.

Et il veut aussi rester maître de son destin.

Un jour de juin, dans un soleil éblouissant, tandis que le linge sèche au souffle du sirocco, Giulia lui prend la main et lui annonce qu'elle est à nouveau enceinte.

*

Le 18 décembre 1838, à l'aube, quelqu'un frappe des coups insistants à la porte des Florio, via dei Materassai.

Giuseppina se lève et demande à sa domestique, partie ouvrir : « Qui est-ce ? »

Elle n'a pas le temps d'attendre la réponse : une femme de chambre essoufflée se précipite à l'intérieur de l'appartement et explique, tout en esquissant une révérence : « Je cherche don Vincenzo. Pour une affaire de la plus haute importance. Ma maîtresse… a perdu les eaux. »

Giuseppina la met dehors en l'apostrophant : « Et alors ? Vous n'avez rien à faire ici, ni toi ni ta patronne ! »

Tout à coup, Vincenzo apparaît. Ses yeux sont encore gonflés de sommeil, mais dès qu'il reconnaît la femme de chambre, son regard devient perçant. « Qu'est-ce qu'il y a, Ninetta ?

— C'est Mme Giulia qui m'envoie. Le moment est arrivé, don Florio.

— Oh non, pas aujourd'hui ! » Il se passe une main dans les cheveux. « J'ai un rendez-vous au sujet de l'exploitation vinicole, ma présence est indispensable, Giulia le sait. Dis-lui que je viendrai plus tard. Dans l'immédiat, impossible. »

La jeune fille disparaît à toute vitesse dans l'escalier.

Giuseppina claque la porte d'un geste rageur. « Comment a-t-elle osé se présenter ici ?

— Je lui en ai donné l'autorisation.

— Et l'autre qui s'obstine à se prendre pour ta femme. Qu'est-ce qu'elle veut ? Encore de l'argent ? »

Vincenzo s'habille en toute hâte. Son esprit vole vers l'entresol de la via della Zecca Regia : à l'heure qu'il est, Giulia doit déjà pousser des hurlements de douleur, il en est certain.

Il se demande aussi à quel moment de sa vie Giuseppina est devenue aussi dure de cœur. Ces dernières années, elle a beaucoup maigri et elle a tendance à se négliger. Son visage, que la vieillesse aurait dû adoucir, s'est au contraire transformé en un masque de rancœur envers le monde entier.

Vincenzo aussi montre les premiers signes de

l'âge : sa chevelure est parsemée de mèches grises, ses paupières se sont alourdies, des rides sillonnent son visage.

Il a depuis longtemps renoncé à son projet de mariage avec une jeune fille de haut rang. Il est déjà difficile d'en trouver une disposée à convoler avec un homme de quarante ans, alors si le futur époux doit, par-dessus le marché, subvenir aux besoins de trois enfants bâtards…

Et puis, malgré toute la réticence de Vincenzo à se l'avouer, Giulia est désormais bien plus qu'une épouse. C'est une compagne, un soutien. De toutes les femmes qu'il a connues, elle seule s'est montrée assez forte pour accepter la part d'ombre qu'il porte en lui. Elle passera toujours après la Maison Florio, elle le sait et elle l'aime en dépit de tout. Elle accepte son ambition, ses mouvements de colère, son mépris d'autrui.

Elle lui a tout donné.

Sauf…

Il n'ose pas aller au bout de sa pensée.

Un rai de lumière frappe l'anneau d'Ignazio. Les doigts de Vincenzo s'attardent sur son nœud de cravate.

En chemin vers son bureau, il fait un détour par l'église Sant'Agostino et s'arrête devant la sculpture de la Madonna del Parto, la Vierge qui vient d'accoucher de Jésus. Pour la première fois depuis longtemps, il formule une prière silencieuse.

Il implore un miracle.

Arrivé à l'herboristerie, il laisse une note à l'intention de Lorenzo Lugaro, le comptable ; puis il retrouve

Francesco di Giorgio à l'entrepôt du piano San Giacomo, où ils discutent d'une cargaison de sumac.

Enfin, il rencontre le propriétaire de vignobles situés entre Trapani et Paceco. À en croire les bruits venus aux oreilles de Raffaele, qui continue de diriger l'exploitation vinicole, il serait disposé à leur réserver la primeur de ses vendanges, d'une quantité et d'une qualité suffisantes pour assurer une bonne vinification.

« On m'avait dit que vous étiez un grand seigneur, et j'en ai maintenant confirmation. Votre cousin est un brave homme, mais vous, vous avez les idées claires et vous savez ce que vous voulez. Voilà pourquoi j'ai souhaité m'entretenir avec vous directement. Parce que vous êtes le patron. »

Grand, barbu, le propriétaire a les mains calleuses ; il porte néanmoins des habits luxueux, témoins d'une richesse de fraîche date. Tout en le remerciant et en le raccompagnant à la porte, Vincenzo réfléchit à cette dernière phrase.

Les soucis que lui cause l'activité vinicole de Marsala ne datent pas d'hier : elle peine à prendre de l'essor, Raffaele n'est pas à la hauteur de sa tâche, il manque d'esprit d'initiative et de courage. Vincenzo va devoir en parler avec lui au plus vite.

À midi, il peut enfin se diriger vers la via della Zecca Regia. Lugaro lui court après pour lui rapporter les dernières rumeurs entendues à la chambre de commerce et à la Cala : « Les Français et les Anglais ont l'exclusivité du transport de nombreuses marchandises, et ils ne la céderont jamais à la société de bateaux à vapeur de Naples. Personne n'osera s'opposer à eux.

— Qui vivra verra... »

Vincenzo n'a plus trop la tête au fret maritime. Toute la matinée, sans rien laisser paraître, il n'a cessé d'imaginer les cris de souffrance de Giulia, sa peau trempée de sueur et son corps tordu par l'effort.

Il a continué à croire en la possibilité d'un miracle, le seul capable de le pousser à mettre les pieds dans une église.

Il franchit la porte cochère. Lugaro, mal à l'aise, le suit.

Lorsque Vincenzo parvient à l'entresol, Giovanni, Tommaso et quelques connaissances se taisent d'un seul coup et posent sur lui des regards insistants, qui lui font mal.

« Qu'est-ce qu'il y a ? Giulia va bien, au moins ? »

Personne ne lui répond.

La panique s'empare de lui.

Toujours accompagné de Lugaro, il traverse l'appartement à vive allure et fait irruption dans la chambre de Giulia, étendue sur son lit, très pâle. Ses deux filles s'agitent autour d'elle en gazouillant.

Sa mère et la sage-femme ramassent du linge et des bassines remplies d'une eau rougeâtre.

Vincenzo s'agrippe au bord du lit. « Comment te sens-tu ? »

Antonia essaie de le chasser : « Qu'est-ce que vous faites là ? Allez retrouver les autres hommes, ma fille n'est pas encore prête. »

Giulia s'assied. « Ne vous inquiétez pas, maman, ça

va aller. Auriez-vous l'obligeance de sortir un instant ? Il faut que je parle à Vincenzo. »

Antonia et l'accoucheuse échangent un regard perplexe. Giulia aurait d'abord et avant tout besoin de repos, mais puisqu'elle a l'air d'y tenir… La sage-femme hausse les épaules, prend ses affaires et sort. Après une courte hésitation, la mère de Giulia saisit quelques serviettes tachées de sang, puis elle emmène Angela et Giuseppina. « Venez avec grand-mère, on va mettre tout ça à laver. »

Lugaro, resté au salon, referme la porte derrière elles.

Giulia et Vincenzo sont maintenant seuls.

Il a la gorge nouée. Dans cette pièce, son pouvoir, son argent, ses épices, ses bateaux, son vin et son soufre ne lui sont plus d'aucune utilité. Il réussit malgré tout à demander, d'une voix : « Tu… C'est…

— Oui. »

Ils parlent et se taisent en même temps.

Soudain, un vagissement retentit.

Giulia désigne le berceau en osier. « Regarde. »

Vincenzo s'approche et aperçoit une bouille fripée, une bouche qui fait d'étranges grimaces. Il se penche sur le petit corps enveloppé dans ses langes et l'examine avec une curiosité mêlée d'angoisse.

Giulia reste muette, elle se contente de profiter de ce moment qu'elle aimerait garder bien vivant dans sa mémoire.

Vincenzo, fasciné, effleure le bébé. « Un garçon ? »

Giulia acquiesce.

Vincenzo se met une main devant la bouche pour réfréner un sanglot. « Merci, mon Dieu. » Puis il répète, à voix si basse que personne ne peut l'entendre : « Merci, merci. »

Sa vie a un sens, désormais, comme elle en a eu un, autrefois, pour son oncle Ignazio et même pour son père, dont il n'a plus qu'un souvenir ténu. L'avenir a cessé d'être un horizon lointain recouvert d'un épais brouillard. Il a des bras, des jambes et une tête.

Vincenzo a tout à la fois envie et peur de prendre son fils dans ses bras. Il ne l'a pas fait, à la naissance de ses filles. Puis, pris d'une impulsion incontrôlable, il le soulève, une main sous sa tête et l'autre dans son dos. « Le sang de mon sang, le souffle de mon souffle, le cœur de mon cœur. »

Il est léger. Dans la lumière de cette fin d'automne, sa peau semble translucide. Il exhale une douce odeur de lait, d'amidon et de lavande.

Giulia essaie de ne pas se laisser submerger par la tendresse, en voyant ce père et ce fils ensemble ; mais elle a le cœur battant et elle voudrait les prendre tous les deux dans ses bras. Elle doit se faire violence pour parler. Pour demander. Pour exiger. Maintenant ou jamais. « Je t'ai donné un garçon. À toi de me rendre mon honneur, en échange. Il faut que tu le reconnaisses, et tes filles aussi. Tu n'as pas le droit de refuser. »

Vincenzo scrute le visage du nouveau-né : il a des traits épais, le front haut, la mâchoire carrée. C'est un Florio.

Avec, en plus, les yeux en amande de sa mère.

Vincenzo s'assied au bord du lit, le bébé serré contre lui. Il cherche la main de Giulia. « Ils porteront mon nom. Tu porteras mon nom. Je te le jure devant Dieu. »

Giulia soupire de soulagement et de fatigue. Elle retombe sur ses oreillers sans quitter des yeux l'étreinte du père et du fils, qui a tout l'aspect d'un prodige.

Des larmes libératrices coulent sur ses joues. Après ce que vient de dire Vincenzo, sa vie va changer du tout au tout. Plus besoin de se cacher. Plus de honte.

Il lui a fallu quatre ans pour obtenir cette promesse de son amant. Quatre ans à supporter la solitude, le mépris des gens et les reproches de sa famille, restée malgré tout près d'elle pour des raisons qu'elle préfère ne pas connaître.

Elle se souvient des disputes, des séparations et des réconciliations. Des insultes de Giuseppina. Du silence hostile d'Antonia. Il a fallu surmonter bien des humiliations pour en arriver là.

Giulia ne lâche pas la main de Vincenzo. « Tu vas l'appeler Paolo, comme ton père ? »

Mon père ? se demande Vincenzo. *Qui était-ce, au bout du compte ? Celui qui m'a conçu ? Ou bien celui qui m'a élevé, qui m'a permis de devenir ce que je suis ?* Il dégage sa main. « Non. » Il caresse le visage de son fils, tout en posant sur lui un regard plein de mélancolie. « Non. Il se prénommera Ignazio. »

Elle acquiesce et répète : « Ignazio. »

Ils conserveront jusqu'à la fin de leur existence le souvenir des paroles muettes qu'ils échangent alors. Un jour, ce sera Giulia qui tiendra la main de Vincenzo ; et il aura enfin le courage de lui avouer à quel point il l'a aimée.

*

La lumière déborde des fenêtres, inonde l'escalier, envahit les plafonds, redescend sur la table où elle incendie les verres de Murano et s'attarde sur la porcelaine de Capodimonte. Toute la maison en regorge.

Vêtue d'une robe du soir, Giulia procède, en attendant les invités, à une dernière inspection : rien ne manque. Les domestiques se tiennent prêts, les réserves de champagne sont en quantité suffisante, le linge de table est d'une blancheur immaculée et l'argenterie brille. Les plats sont maintenus bien au chaud sous leurs cloches en métal ; sur une *étagère**, on a disposé des cigares et des liqueurs.

C'est la première fois que Giulia donne un grand dîner. Ce soir, on fête la fondation d'une société promue par Vincenzo, « son mari », si étrangement que ces mots puissent sonner à ses oreilles.

Il s'agit d'abord et avant tout d'un repas d'affaires, d'un moment de convivialité entre hommes. Parmi les convives, outre les plus importants commerçants de Palerme, on trouve aussi des aristocrates aux titres longs comme le bras. Giulia n'a pas droit à l'erreur.

Elle se doit d'assumer toutes les obligations que lui impose son nouveau statut de membre à part entière de la famille Florio.

Pourtant, elle a encore du mal à s'habituer à cette idée. Dans son esprit, l'expression « chez moi » désignera toujours l'entresol de la via della Zecca Regia. Ici, c'est l'appartement de Vincenzo et de sa mère ; elle ne s'y est installée en qualité d'épouse qu'en janvier 1840, plus d'un an après la naissance d'Ignazio.

Vincenzo a commencé par reconnaître Ignazio, Angelina et Giuseppina. Quelques semaines plus tard, le 15 janvier 1840, il a pris Giulia pour épouse devant un officier d'état civil. Leur mariage religieux a été célébré à la même date dans la soirée, comme le veut l'usage pour les mariages réparateurs.

Hormis les deux familles et les témoins, choisis parmi les employés de la Maison Florio, personne n'a assisté à la cérémonie organisée par le prêtre de Santa Maria della Pietà, celui-là même qui avait procédé aux baptêmes des trois enfants.

Désormais âgé et perclus de rhumatismes, il a poussé un long soupir de soulagement lorsque Vincenzo a signé l'acte de mariage. Il s'est même permis de lui murmurer : « Vous voyez, ce n'était pas si difficile. »

Giulia sourit à ce souvenir. Pour devenir donna Giulia Florio, il fallait un enfant mâle.

Elle tourne et retourne son bracelet orné de perles et de diamants, en un vain effort pour dominer son anxiété.

Puis elle va jeter un coup d'œil aux chambres de ses enfants. Ignazio et Giuseppina dorment. Angelina, en revanche, écoute sa gouvernante française, Mlle Brigitte, lui lire une histoire. Giulia lui souffle un baiser du bout des doigts et referme la porte derrière elle. Encore un changement intervenu dans sa vie : ce n'est plus elle qui tient compagnie à ses enfants au moment du coucher.

Sa bonne, qui s'est approchée d'elle à la dérobée, la fait sursauter et s'en excuse : « Pardonnez-moi, je ne voulais pas vous effrayer.

— Ce n'est rien. Je vous écoute. »

Luisa est une femme entre deux âges, naguère au service d'une noble famille napolitaine. Elle répond, d'un ton hésitant : « C'est à propos de votre belle-mère, madame. Elle dit qu'elle se sent indisposée, qu'elle n'est pas en état d'accueillir les invités et qu'elle ne digérera jamais le dîner que vous avez commandé. »

Giulia se masse le front. « Je vais aller lui parler. »

C'était hélas prévisible : donna Giuseppina ne lui accordera jamais un moment de répit, surtout pas un soir comme celui-là.

Giulia gravit l'escalier intérieur qui sépare l'appartement de Giuseppina de celui du reste de la famille. Peu avant son mariage, Vincenzo a divisé son habitation en deux espaces bien délimités, afin d'éviter dans la mesure du possible les conflits entre sa femme et sa mère, voire de faciliter leur cohabitation.

Ses espoirs ont vite été déçus.

Assise à son bureau, la belle-mère de Giulia n'a pas quitté sa tenue d'intérieur, une robe en coton grise assez usée et un bonnet en dentelle.

Sa bru s'incline et la salue : « Donna Giuseppina. » Personne ne pourra prétendre qu'elle lui a manqué de respect. « Mme Luisa m'a dit que vous étiez souffrante.

— En effet. J'ai des difficultés à respirer et je ne me sens pas la force de descendre. D'ailleurs tu es là pour t'occuper de tout, n'est-ce pas ? » Elle soumet la robe de Giulia à un examen d'une minutie féroce. « Cette profusion de dentelles ! Elles ont dû coûter une véritable fortune. Et ce décolleté. Trop de coquetterie. Tu as l'air d'être habillée pour aller au théâtre.

— C'est mon mari qui m'a aidée à choisir. »

Giuseppina ne peut réprimer un geste d'agacement. « Pour certaines choses, il a aussi mauvais goût que la plupart des hommes. » Son regard semble ajouter : *Et avec toi, il est sûr de ne jamais en manquer.*

Giulia se racle la gorge et s'efforce de ne pas réagir à la provocation. Aux yeux de sa belle-mère, elle sera toujours une intruse ; autant s'y résigner. Mais impossible de ne pas la détester. « Vous êtes certaine de ne pas vouloir descendre ? Ne serait-ce que pour accueillir nos invités ; après, libre à vous de vous retirer. Il y aura le prince Trigona, le prince de Trabia, le baron Chiaramonte Bordonaro, MM. Ingham et Giachery. Si vous ne vous montrez pas, votre fils pourrait mal le prendre. » Elle s'approche d'un air docile ; mais l'humiliation lui tord l'estomac. « Vous savez que Vincenzo s'est donné beaucoup de mal pour aboutir à cet accord et convaincre ses associés d'acquérir un bateau à vapeur. Allons, juste un petit sacrifice, par amour pour lui. » Elle désigne l'armoire. « Je vais vous aider à vous changer, nous n'en aurons que pour quelques minutes.

— Inutile d'insister, je ne me sens pas bien. Apporte-moi plutôt une assiette de bouillon de poulet. » Son calme est exaspérant. « Ensuite, je te conseille de vérifier si tu es bien coiffée et si tout est en ordre. Ce n'est pas facile d'organiser une réception d'une telle importance, quand on n'a aucune expérience en la matière. »

Après avoir palpé son chignon d'un geste instinctif, Giulia ne peut s'empêcher de rétorquer : « Vous n'avez jamais offert beaucoup de fêtes ou de dîners en l'honneur de votre fils, il me semble.

— Plus que toi, en tout cas. Crois-moi, ce n'est pas facile de devenir une vraie Florio. » Elle contemple ses doigts déformés par le passage des ans. « Ils sont d'une exigence… Ils n'ont peur de rien ni de personne. Lorsqu'ils veulent quelque chose, ils finissent toujours par l'obtenir. Et avec eux, interdiction d'échouer. »

Giulia ne trouve aucune réponse appropriée et préfère baisser la tête. Son manque d'esprit de repartie la désespère et l'irrite. Mais elle sait qu'elle n'échouera pas. *Je ne serai jamais un motif de honte pour mon mari, bien au contraire ; je ferai sa fierté.* Cette pensée fugitive ne la console cependant pas longtemps.

Giuseppina reprend, sur un ton de plus en plus sévère : « J'espère qu'il y a du *falsomagro* au menu et que tu as sorti notre plus belle argenterie. Tu sais, celle que Vincenzo a fait venir d'Angleterre ?

— Oui. Et pour le rôti, je n'ai pas oublié non plus les confitures et les sauces froides. Pas plus que le thon à la trapanaise. »

Giuseppina se retourne sur sa chaise et retire son bonnet. « Et le vin français ? Je ne comprendrai jamais votre entichement pour les produits étrangers, vous, les gens du Nord. Enfin… vous êtes très enclins aux lubies, c'est bien connu. En tout cas, je ne veux pas être mêlée à tout ça. » De lourdes mèches de cheveux gris lui retombent sur les épaules. « Va voir si tout est prêt : quand leurs maîtres n'ont pas assez d'autorité, les domestiques n'en font qu'à leur tête. Dis-leur de m'apporter mon bouillon et envoie-moi ma femme de chambre, qu'elle m'aide à me préparer pour la nuit. »

Lorsque Giulia regagne l'appartement principal, elle a les joues rouges et les mains tremblantes.

Elle intercepte une servante et lui demande de monter un bouillon à l'étage. *Elle n'a qu'à se débrouiller toute seule, après tout.* La colère de Giulia ne diminue pas. Elle sait très bien pourquoi Giuseppina a refusé de venir : la responsabilité d'un éventuel échec de la réception devra retomber entièrement sur les épaules de sa belle-fille.

Elle ouvre une fenêtre et cherche un peu de réconfort dans la fraîcheur de l'air du soir, bienvenue après la chaleur et l'humidité des journées de ce mois de juillet. Son estomac se dénoue. En passant devant un miroir, elle examine sa robe de soie bleue, son collier de perles et son châle en dentelle français ; Vincenzo l'a acheté à Marseille, où il s'est rendu récemment en compagnie d'Augusto Merle. Un cadeau digne d'une princesse.

Pourtant, cela ne suffit pas à la rassurer. Après trois grossesses, sa silhouette s'est alourdie. Il lui reste l'élégance de son allure et la grâce de ses manières. *Et si ce n'était plus assez, pour satisfaire Vincenzo ? Et si donna Giuseppina avait raison ? Et s'il faisait mauvaise figure à cause de moi ?*

Une chose est certaine : ce n'est pas facile d'être l'épouse de don Florio. De but en blanc, elle s'est retrouvée à partager la vie publique d'un homme très en vue, reçu en tête à tête par les dignitaires les plus prestigieux du royaume. Auparavant, elle était toujours restée dans l'ombre ; et elle a peur de commettre des impairs.

On entend, en provenance de la rue, le bruit des

roues de carrosses sur le pavé ; des portières claquent, des voix d'hommes retentissent. L'anxiété n'est plus de mise.

*

Ben Ingham monte l'escalier aux côtés de Vincenzo. Tous deux sont en sueur et ils ont l'air fatigués, mais la satisfaction se lit sur leurs visages. « Aujourd'hui est un jour historique, mon ami. Le progrès est enfin arrivé en Sicile ! Il aura mis un certain temps, mais bon... »

Giulia les accueille à la porte. « Soyez les bienvenus, messieurs. Vos négociations se sont-elles bien passées ? »

Ingham ne s'étonne pas de sa question très directe, pourtant inhabituelle chez une femme. « Tout est paraphé et signé, les versements nécessaires ont été effectués et la Société des bateaux à vapeur siciliens est désormais une réalité. » Dans son élan d'enthousiasme, il gratifie Giulia d'un baisemain. « Très chère, vous êtes splendide ! » Il est suivi par une dame au physique sculptural, aux longs cheveux striés de gris et au cou orné d'un collier de diamants ; c'est Alessandra Spadafora, duchesse de Santa Rosalia, que Giulia avait aperçue pour la première fois, il y a de nombreuses années, au Teatro Carolino. Ingham l'a épousée en 1837 et il est ainsi devenu membre à part entière de l'aristocratie palermitaine.

Avec un sourire exempt d'affectation, la duchesse se montre cordiale envers Vincenzo et aimable envers Giulia. Elles ont toutes deux vécu un temps dans l'ombre de leurs amants, ce qui crée entre elles un lien ténu. Pour le reste, il n'y a aucun point commun entre la fille de marchand et l'aristocrate. Et même si Alessandra Spadafora s'est retrouvée dans une situation financière difficile à la mort de son premier mari, dont elle a eu deux enfants, elle appartient toujours, par sa naissance et son mariage, à la noblesse de l'île.

Giulia remercie Ingham de son compliment. Vincenzo demande tout bas à sa femme : « Où est ma mère ? Sa place est ici.

— Elle s'est barricadée dans sa chambre. Elle dit qu'elle ne se sent pas en état de descendre et elle a demandé une tasse de bouillon. » Les deux époux continuent à sourire en accueillant leurs invités, venus tout droit du cabinet de maître Caldara, le notaire, où ils ont signé l'acte constitutif de la nouvelle société.

« Tu as essayé de la convaincre ? »

En guise de réponse, Giulia hausse les sourcils.

D'autres bruits de pas et d'autres voix retentissent dans l'escalier.

« Don Florio, votre demeure est splendide. J'aurais été bien inspiré d'y venir plus tôt. » Dès son entrée, l'attention de Gabriele Chiaramonte Bordonaro est aimantée par un meuble en ébène marqueté. « Magnifique ! Chinois, n'est-ce pas ? Quelle dynastie ?

— Il vient de Ceylan. Puis-je vous présenter mon épouse, monsieur le baron ? »

Chiaramonte Bordonaro se retourne, il n'avait pas remarqué la présence de Giulia. « Ah, bonsoir, donna Florio. » Puis il gagne le salon.

Giulia et Vincenzo restent sur le seuil du palier,

en attendant les retardataires. Elle lui demande, perplexe : « C'est un vrai baron, ce goujat ?

— Il a acheté un domaine et le titre qui va avec. Il était l'intendant de ses anciens maîtres et il a accumulé une véritable fortune en prêtant de l'argent à usure. » Vincenzo tousse dans sa main. « Les gens disent déjà de moi que je suis un chien galeux, alors je te laisse imaginer ce qu'ils disent de lui… Seulement, lui, il a des armoiries à sa porte, et par conséquent… »

L'arrivée de nouveaux invités l'empêche de continuer.

Un léger trouble s'empare de son épouse.

« Don Florio… Et vous devez être donna Giulia, j'imagine ? » Giuseppe Lanza di Trabia et Romualdo Trigona, prince de Sant'Elia, s'inclinent devant la maîtresse de maison avant de l'honorer d'un baisemain.

Juste derrière eux, leurs épouses lui adressent un courtois signe de tête. Vincenzo effleure leurs mains des lèvres avant de leur présenter sa femme.

« Donna Giulia, encore merci de votre invitation. La soirée s'annonce sous les meilleurs auspices. » Cultivé, d'esprit ouvert, propriétaire d'un des palais les plus élégants de Palerme, Lanza di Trabia semble capable d'évaluer en un seul coup d'œil la valeur de tout ce qui l'entoure. Son épouse, Stefania Branciforte, est issue de la très vieille noblesse, celle dont les origines remontent à la fondation de la ville. Giulia sent son regard posé sur elle ; elle ébauche un sourire qui semble en appeler à son indulgence.

Cette matrone d'âge mûr, vêtue d'une robe amarante, porte des bijoux qui appartiennent sans doute à sa famille depuis plusieurs générations. Les yeux baissés et les mains croisées sur le ventre, elle regarde autour d'elle comme si elle craignait de se cogner contre les murs ou les meubles, et les signes sévères que lui fait son mari n'y changent rien.

Soudain, Giulia se sent pauvre, chétive. La dentelle de son châle et sa robe du soir lui paraissent sans valeur, dénuées du moindre raffinement. D'un geste instinctif, elle se tourne vers l'épouse du prince Trigona, Laura Naselli, plus jeune que la princesse de Trabia, mais dont le visage trahit la même indifférence dédaigneuse.

Giulia a l'impression d'être transparente.

Elle lit dans les pensées de ces dames : *Tiens, la maîtresse entretenue a réussi à lui passer la bague au doigt. La petite-bourgeoise a écarté les cuisses pour devenir riche… mais elle est et elle restera une petite-bourgeoise.*

Soucieuse malgré tout du respect de l'étiquette, elle les gratifie d'une révérence : ce sont des princesses, et elle soutient d'autant moins la comparaison avec elles que son passé n'est pas irréprochable. Elles répondent à sa révérence, qu'elles considèrent comme un dû, par un glacial hochement de tête, sans la regarder dans les yeux ; puis elles entrent au salon, qu'elles soumettent à un examen impitoyable.

« Ces bibelots, ce mobilier… il y a dans tout cela une certaine prétention à l'élégance. N'est-ce pas votre avis ? » demande Laura Naselli à Stefania Branciforte.

Son interlocutrice ouvre et agite son éventail. « De la *prétention*, vous avez trouvé le mot juste. »

La gorge de Giulia se noue, son visage s'enflamme et un filet de sueur lui coule sur la poitrine. Ses immenses efforts n'ont donc servi à rien ? En tout cas, ils n'ont pas suffi ; elle en a maintenant la certitude. Et elle sait aussi qu'en dépit de sa fortune, Vincenzo ne parviendra jamais à se faire accepter dans ce milieu si fermé.

Elle se rapproche de lui et tente de ravaler sa colère, son humiliation.

Trigona la salue d'un rapide « *Enchanté, madame** », puis il se perd dans la contemplation paresseuse du plafond. « Votre demeure est stupéfiante à bien des égards, don Florio. » Il jette une œillade au prince de Trabia, qui réprime un sourire. « Les temps changent, mon ami, les temps et les gens. »

Vincenzo leur désigne ses hôtes. « Venez, nos associés sont déjà là. »

Les dames se rapprochent de leurs maris, s'engagent avec eux dans des discussions animées et prennent un malin plaisir à empêcher Giulia d'y participer.

Vincenzo a tout vu, tout entendu.

Giulia est la seule à avoir remarqué le raidissement soudain de son dos. Lui aussi a compris.

*

Sous le plafond décoré du salon, les lustres brillent. La vaisselle en porcelaine de Capodimonte resplendit sur une nappe en lin et en dentelle de Flandre. Les verres en cristal de Murano attendent d'être remplis de grands crus français.

Tout en échangeant quelques mots avec ses invités, Giulia ne cesse de douter. Saura-t-elle ne pas commettre d'erreurs ? Veiller à l'ordonnancement impeccable de la réception ? Elle hésite et lance un regard suppliant à son époux, mais il est trop absorbé par sa conversation avec Ingham pour s'en apercevoir.

Ainsi livrée à elle-même, Giulia se ressaisit. L'affront reçu de ces femmes aussi arrogantes que nobles lui apporte la stimulation nécessaire à réagir. Elle redresse le buste, adresse un signe à ses domestiques et s'assied sur une chaise que l'un d'entre eux lui présente. À l'autre bout de la table, Vincenzo l'imite. Le dîner peut commencer.

Dès que les convives ont pris place, Giulia enjoint au personnel de servir le repas. Les *entrées** – de la viande en gelée et du potage – sont suivies de plusieurs plats de poisson et de viande, tous présentés sur des plateaux d'argent : *falsomagro*, thon à la trapanaise, agneau et légumes variés.

La princesse de Trabia tient sa fourchette d'une main crispée et scrute Giulia avec insistance, d'un air à la fois étonné et irrité par son aplomb. Alessandra Spadafora, en revanche, soulève son verre de vin en direction de la maîtresse de maison, d'un geste furtif.

Giulia l'en remercie d'un sourire à demi dissimulé derrière sa serviette.

Debout près de la porte, l'intendante surveille d'un regard attentif le comportement des domestiques. À la cuisine, deux servantes ont les bras plongés jusqu'aux coudes dans des baquets où elles lavent la vaisselle et les couverts, afin d'en assurer le renouvellement régulier.

Giulia, toujours très tendue, boit quelques gorgées d'eau et touche à peine à son assiette. Pour autant qu'elle puisse en juger, les ingrédients sont de premier choix, ils ont été cuisinés comme il se doit et servis à la bonne température.

Elle est si nerveuse qu'elle ne remarque pas les regards fuyants de son mari.

À l'arrivée des fruits frais, des fruits confits et des parfaits glacés, elle pousse enfin un soupir de soulagement. Personne ne s'est permis de commentaire désagréable. Mieux encore, tout le monde semble avoir mangé de très bon appétit, y compris les deux princesses qui ne se sont pourtant pas départies un instant de leur attitude guindée.

Giulia donne ensuite l'ordre de servir les liqueurs et les cigares, à l'anglaise. Au moment où elle s'apprête à se retirer dans le petit salon avec les autres femmes, tout va très vite : l'intendante vient lui murmurer quelque chose à l'oreille ; Giulia se précipite auprès de Vincenzo et lui explique la situation. Il lui serre le poignet, elle hoche la tête, s'éloigne et referme la porte derrière elle.

Puis elle observe la scène de loin, sans bouger : les deux princesses sont sur le point de partir. Elles ont prétendu être exténuées, après ce long dîner ; une fois rentrées chez elles, elles renverront leurs cochers se mettre à la disposition de leurs maris.

Giulia, qui ne croit pas une seconde à cette comédie, devine la vérité : tant qu'il s'agissait d'accompagner leurs époux à un repas d'affaires, passe encore ; d'autant plus que de grosses sommes d'argent sont en jeu. Mais se retrouver en petit comité avec *elle* ? Elles en frissonnent d'horreur à l'avance.

Qu'à cela ne tienne, partez, bon débarras. Médisez

autant qu'il vous plaira, cela ne changera rien : Vincenzo sera toujours aussi fier de moi, et nos invités de ce soir seront forcés de reconnaître que la table des Florio est digne d'un roi.

Alessandra Spadafora interrompt le fil de ses pensées en lui posant une main sur le bras. « Je vais vous quitter aussi, ma chère. Il se fait tard et je n'ai plus l'énergie de mes vingt ans ; à cet âge-là, je pouvais passer une nuit entière à m'amuser. Et toutes mes félicitations pour la réussite de votre réception ! » Puis elle ajoute, à voix basse : « Vous viendrez me voir, n'est-ce pas ? D'ailleurs, nous sommes voisines, et nous avons beaucoup de points communs. »

Giulia lui pose à son tour une main sur le bras et lui répond : « Avec plaisir. » Elle est sincère.

La princesse de Trabia prend congé de la maîtresse de maison sur une inclinaison de tête majestueuse. L'épouse de Trigona, en revanche, lui accorde une poignée de main et lui dit, d'une voix à peine audible : « Merci pour cet agréable moment. » On aurait presque l'impression que ce compliment lui arrache la langue.

Giulia a les larmes aux yeux. Elle éprouve la sensation d'avoir été reçue à un examen et, surtout, de ne pas avoir déçu son mari. La voilà soulagée et libre de se retirer dans sa chambre, de laisser ces messieurs à leurs bavardages et à leurs liqueurs.

*

Maître Caldara et Carlo Giachery arrivent aussitôt après le départ des princesses. Carlo interroge

Vincenzo, qui l'accueille sur le palier: «J'ai raté quelque chose d'important ?

— Tu veux dire, en dehors du dîner ? Non, à part les bavardages interminables de Chiaramonte Bordonaro. Il a mis à rude épreuve la patience et le noble détachement du prince de Trabia quand il lui a parlé de sa collection d'antiquités. » Il prend son ami par le bras et lui propose une eau-de-vie.

« C'est plus fort que lui. » Carlo se sert un verre de madère. « Quel dommage de ne pas avoir le baron Riso parmi nos associés !

— Je crois que ce vieux bandit est trop occupé à dresser la liste exhaustive des péchés dont il devra rendre compte devant Notre-Seigneur. Il paraît qu'il a un pied dans la tombe. »

Ingham s'approche d'eux et demande un verre de porto à un domestique, qui s'exécute aussitôt. « Le pauvre. Je n'arrive pas à me l'imaginer cloué au fond d'un lit. C'est sans doute l'effet des malédictions que les Turcs ont proférées contre lui, du temps où il était corsaire. S'il avait eu dix ans de moins, il aurait insisté pour devenir le capitaine de notre bateau à vapeur, le *Palermo*. Je dirai à notre pasteur de réciter des prières pour lui.

— Vous parlez de notre beau navire ? » Gabriele Chiaramonte Bordonaro intervient dans la conversation sans y être invité, attrape une bouteille de marsala et se sert à boire. « Comme je l'expliquais à l'instant à l'illustrissime prince de Trabia, le problème, c'est que nous ne savons pas comment le réparer, en cas d'avarie. Et je m'exprime plutôt en qualité de trésorier qu'en celle d'associé. Vous avez des mécaniciens compétents à votre disposition, monsieur Ingham ? On nous les enverra en même temps que l'embarcation ? En Sicile, vous ne trouverez que des charpentiers.

— Bien sûr que j'en ai. » Ingham ne se laisse pas désarçonner. « Ils apprendront aux gens d'ici à réparer les moteurs, et même à en fabriquer. Si on ne prend pas son courage à deux mains, si on ne se retrousse pas les manches, rien ne changera jamais, sur cette île. Et puisque les deux actionnaires majoritaires, à savoir don Florio et moi, ne nourrissent pas la moindre inquiétude, de quoi vous préoccupez-vous ?

— Ce sont tout de même nos marchandises qui seront transportées à bord de ce bateau. Nous courons des risques aussi importants que les vôtres et nos arrières sont moins bien assurés. » Chiaramonte avale une gorgée de liqueur.

Tête baissée, Vincenzo garde les yeux rivés sur son verre.

Le prince Trigona se joint à eux. « Allons, Chiaramonte, ne soyez pas injuste. » Il parle d'un ton léger, mais son visage trahit un certain agacement. « Si nous nous sommes engagés nous aussi dans cette affaire, c'est parce que nous savons que l'avenir n'attend pas. Les traditions, la prudence, d'accord. Mais il faut aussi vivre avec son temps.

— En gardant toujours un œil sur le futur. » Vincenzo lève son verre. « Un toast, messieurs. À notre entreprise ! »

Les verres tintent, on échange des poignées de main.

Quelques mots affleurent à la conscience de

Vincenzo, avant de retomber dans un oubli provisoire : *moteurs*, *usine*, *mécaniciens.*

Tout cela est appelé à germer.

*

En fin de soirée, lorsque le bruit des conversations diminue et que les invités commencent à sentir la fatigue, des bouteilles sombres sont déposées sur la table ; certaines sont encore couvertes d'une fine couche de poussière. Vincenzo en attrape une, la débouche et donne quelques explications : c'est du marsala de son exploitation vinicole, une cuvée spéciale conservée pour les occasions particulières. Il en remplit plusieurs petits verres en forme de tulipe.

Ce bon vin a un goût suave et rond, sans rien d'écœurant. Son bouquet évoque la mer, le miel et le raisin fermenté, sans oublier une légère pointe d'amertume qui fait penser aux marais salants.

Un cigare entre les lèvres, Ben Ingham attend que certains invités se soient éloignés pour demander à Vincenzo, quelque peu assoupi : « Je peux être franc avec toi ? »

Don Florio soulève à peine les paupières, mais il se tient sur ses gardes. Ce genre de précautions oratoires n'est pas du tout dans le style de Ben Ingham, pas plus que l'étrange petit air complice qui se dessine sur son visage. Il lui fait signe de continuer.

« Quand j'ai appris que tu allais épouser Giulia, j'ai d'abord été perplexe. Je veux dire, elle avait été si longtemps…

— Ce qu'a été pour toi la duchesse Spadafora ? »

Ingham éclate de rire. « *Touché* *. Mais tu conviendras avec moi que ta femme n'a pas autant d'expérience de la vie mondaine que la mienne.

— J'en conviens. » On ne saurait être plus sec.

Un sourire d'indulgence s'esquisse sur le visage austère et marqué par les ans de Ben. « Je crois que tu as pris la bonne décision. Je me souviens encore de ta recherche frénétique d'une fiancée issue de la noblesse, alors que tu avais un trésor à côté de toi. Cette femme est une perle, Vincenzo. »

Don Florio acquiesce.

Le choix obligé s'est révélé le meilleur possible.

« Ah oui, une dernière chose. » D'ordinaire plutôt réservé, le commerçant anglais se livre à des confidences, ce soir, peut-être à cause de l'alcool ou de l'euphorie provoquée par la signature du contrat. « Le jour où tu t'es lancé dans ton activité vinicole, à Marsala, j'étais convaincu que ta production ne dépasserait jamais la mienne ou celle de Woodhouse. » Il boit une gorgée avant de reprendre : « Je me suis lourdement trompé. Dieu m'est témoin que tu as été ma plus grave erreur d'évaluation. »

Vincenzo lui donne un léger coup d'épaule et lui répond à voix basse : « Quand nous avons fait nos débuts, toi, moi, mon oncle, il n'y avait rien ici : pas de manufacture, pas de négoce d'une certaine envergure, pas de société d'assurance. Nous nous sommes heurtés à peu d'obstacles et à peu de concurrents, mais tout ce que nous entreprenions semblait fou. » Il désigne le salon encore bondé. « Et maintenant…

— Tout a changé.

— Beaucoup de choses. Mais pas tout. »

Ingham observe l'assemblée : les descendants des plus vénérables familles siciliennes côtoient des hommes qui ont acquis des terres et des titres à des ventes aux enchères judiciaires. « L'ancien et le nouveau monde. Tiens, à ce propos, il faut que je te raconte une histoire. Il y a des années, quand j'ai acquis le domaine de Scala, on m'a dit que j'avais désormais droit au titre de baron. Moi ! Tu te rends compte ? » Il éclate d'un rire rauque. « Ton oncle Ignazio était encore vivant à l'époque. Un jour où je l'ai croisé dans la rue, il m'a appelé *monsieur le baron* ; je lui ai répondu qu'à ce compte-là, je devais l'appeler *monsieur le prince* ; de nous deux, c'était sans conteste lui le plus noble de cœur.

— Mon oncle était un grand seigneur, en effet. » Vincenzo est saisi d'un regret poignant.

« Bien davantage que plusieurs de tes hôtes. » Le ton d'Ingham s'adoucit pendant un très court instant. « En ce qui me concerne, je n'ai jamais oublié d'où je viens. J'ai été soldat dans l'armée anglaise, puis j'ai été envoyé ici par une famille de commerçants en tissus ruinée à la suite d'un naufrage. J'ai tout misé sur cette île et j'y suis resté même quand mes compatriotes sont partis. Dans les moments les plus difficiles, j'ai tenu bon uniquement parce que je savais que le lendemain j'aurais encore du travail. Je peux remercier Dieu pour ça, et aussi d'être toujours en vie... D'ailleurs, je ne manque pas de le faire tous les soirs avant de m'endormir. Je connais bien la Sicile et ses habitants, j'ai appris à les aimer autant qu'à les mépriser. Et je n'ai pas besoin d'un domaine ou d'un titre pour m'enorgueillir d'être un homme d'affaires dont les bateaux naviguent jusqu'en Amérique, où j'investis aussi dans les chemins de fer. »

Vincenzo ne répond rien. Il sait que l'argent et le pouvoir, à eux seuls, ne permettent pas d'être reçu dans certains milieux aristocratiques sur un pied d'égalité. L'étiquette y impose aux roturiers des marques d'égard très subtiles : reculer d'un pas, baisser la tête en signe de déférence…

Même s'il ne le dit pas, Vincenzo reste convaincu que tous ces nobles ont des préjugés enracinés au plus profond de leur être. À leurs yeux, la richesse et la compétence ne suffiront jamais.

Il faut aussi un titre.

Un palais.

Du sang bleu.

*

« Ça. Ça, c'est parfait. »

Carlo Giachery observe Vincenzo, penché sur les plans de la villa qu'il a conçue pour lui. Lumineuse, originale, entourée de verdure.

L'architecte pousse un soupir de soulagement : don Florio n'est pas facile à satisfaire. Carlo allume un cigare et en propose un à Vincenzo, qui refuse. Puis il s'assied calmement dans un fauteuil, au coin de sa table de travail. « Alors, tu es content ? »

Vincenzo prend place devant lui. « Assez, oui. Mais je ne suis pas venu ici pour ne parler que de la villa. »

Giachery étire ses jambes. « Laisse-moi deviner… La madrague de Favignana ? L'an dernier, quand les Pallavicini de Gênes te l'ont cédée en location, je me suis demandé si tu n'étais pas trop ambitieux. Tu as déjà l'Arenella, Sant'Elia et Solanto…

— Les trois réunies ne rapportent pas autant de poissons que Favignana et Formica. Voilà la raison de mon choix. »

Vincenzo marque une pause avant d'ajouter : « J'ai commandé des barils d'huile qui sont en route vers les îles Égades. Je ne vais pas tarder à y aller moi-même. Et je veux que tu m'accompagnes. »

*

Ils sont en mer dès le lendemain. Personne ne connaît leur destination. Ils longent le golfe de Castellammare et dépassent le cap San Vito ; aussitôt après, les îles Égades apparaissent à l'horizon.

À leur arrivée, une foule de pêcheurs se presse pour observer le bateau à vapeur à coque en métal qui vient d'entrer dans le port. Leurs visages sont noircis par le soleil et durcis par le sel marin ; leurs vêtements tombent en lambeaux. Derrière eux, des femmes tiennent par la main des enfants à moitié nus. Le paysage de l'île est décharné et les habitations ne sont guère plus que des taudis. La pauvreté, ici, se montre partout.

Un homme se détache du groupe de pêcheurs : son corps ressemble au tronc d'un chêne, il a des cheveux frisés et sa barbe descend jusqu'au milieu de sa poitrine. « Je m'appelle Vito Cordova et je suis le capitaine de notre petite flotte. » Il incline la tête. « Soyez les bienvenus. »

Vincenzo le dévisage puis lui tend la main. « Don

Vincenzo Florio. Je suis le nouveau locataire de la madrague.

— Vous, Excellence ?

— Moi-même. »

Cordova plisse ses yeux étroits enfoncés dans un visage ridé et couperosé, frotte sur son pantalon sa main calleuse couverte de cicatrices et serre celle de Vincenzo d'un geste hésitant. « Les messieurs de Gênes ne sont jamais venus ici. Vous êtes de la région ?

— Je suis de Palerme, et j'ai signé un bail de neuf ans avec les Pallavicini. »

Une expression de surprise apparaît sur la face burinée de son interlocuteur. Les propriétaires génois se sont toujours contentés d'envoyer leurs régisseurs et n'ont jamais daigné venir en personne. « Vous voulez voir les installations, les bateaux ?

— Volontiers. »

Cordova précède Vincenzo et Carlo de quelques pas pour leur servir de guide. Dans le sillage des trois hommes, les habitants du village forment une sorte de procession. Du sable se soulève sur leur passage, tandis que des algues sèches tourbillonnent dans des rafales de vent.

La madrague a été construite à l'endroit le plus abrité de la baie. Son toit en roseaux, ses murs lézardés et les amas de cordes disséminés çà et là en désordre trahissent la négligence de son entretien.

Vincenzo pince les lèvres et chuchote à Carlo : « Je paie aux Pallavicini un loyer de trois mille *onze* pour une madrague qu'ils m'ont vantée comme une des plus poissonneuses de Sicile... et regarde un peu dans quel état elle est.

— Ils s'en fichent complètement ! »

La voix qui vient de frapper les oreilles de Vincenzo est celle d'un vieillard assis sur un escabeau à l'entrée du bâtiment. « Ces gens-là ne pensent qu'à l'argent. »

Il adresse un regard de résignation et d'amertume à Vincenzo, qui y répond par un haussement de sourcils.

Toujours suivi de Carlo, don Florio pénètre ensuite à l'intérieur de l'édifice : le sable et la poussière sont partout ; le tuf s'effrite ; les briques sont rongées par l'air marin ; l'odeur tenace des algues se mêle à celle, plus discrète, du sel séché ; des chiens vagabondent ; des gamins courent dans tous les sens sur les cales de halage, avant d'aller se réfugier dans les jupes de leurs mères.

Au-delà de la première cour, une puanteur insoutenable rappelle à Vincenzo celle qui envahissait Palerme pendant l'épidémie de choléra.

Il échange quelques mots en sicilien avec Cordova. Carlo essaie en vain de suivre la conversation. « Mais qu'est-ce que vous racontez ?

— Il m'explique d'où vient cette odeur infecte de cimetière. De ce côté-là, qu'on appelle le *bosco*, on laisse les thons perdre tout leur sang et leurs carcasses se décomposer. De ce côté-ci, on arrime les bateaux de pêche, les *muciari*. »

Un homme au visage rougi par la chaleur sort de l'édifice. Il est vêtu d'habits chiffonnés et coiffé d'un chapeau de paille. « Qu'est-ce que vous faites là ? Allez-vous-en, et plus vite que ça ! »

Les habitants du village reculent, mais ne se dispersent pas. L'homme au chapeau s'immobilise devant Cordova et l'apostrophe, d'un ton peu aimable : « Pourquoi ne m'avez-vous pas averti, don Vito ? C'est à moi d'accueillir nos hôtes. »

Le regard du pêcheur devient insondable. « Ils sont arrivés sans prévenir. »

Vincenzo se retourne lentement. Les bras croisés sur la poitrine, Carlo attend la suite de la scène. Il connaît bien la mimique à laquelle se livre parfois Vincenzo avant de prendre la parole : « C'est vrai, personne ne savait que nous viendrions. Qui êtes-vous, monsieur ?

— Saro Ernandez, comptable, pour vous servir. Don Florio, je suppose ? Mes respects. » Il s'incline avec déférence. « Vous êtes venu comme ça, en toute simplicité ? Je veux dire… sans autre accompagnateur que votre secrétaire ?

— Pourquoi, vous y voyez un inconvénient ? Et sachez que M. Carlo Giachery n'est pas mon secrétaire, il est architecte. »

Ernandez est décontenancé. « Pour tout vous avouer, je n'attendais pas votre visite si tôt… D'après ce qu'on m'avait indiqué, vous étiez censés arriver dans quelques jours et… en somme… je ne pensais pas que vous seriez seul et…

— Je vous prends au dépourvu ! Venez, j'ai à vous parler. »

Dans le bureau très lumineux du comptable, l'air n'est fort heureusement pas vicié par l'odeur nauséabonde des poissons morts. Ernandez montre les registres à Vincenzo, qui commente :

« À ce jour, trois mille thons pêchés, donc ? Nous sommes encore en mai, et j'imagine qu'il y en aura d'autres.

— Oui, nous avons bon espoir. On en a repéré plusieurs bancs qui… »

Vincenzo lui tourne brusquement le dos et s'adresse à Cordova, demeuré sur le seuil : « Qu'en pensez-vous, capitaine ? »

Le marin hoche la tête. « À mon avis, il y en aura bien trois mille de plus. Sans oublier les sardines. »

Ernandez fouille dans ses papiers. « Et notre fournisseur habituel, M. D'Alì, nous propose du sel de qualité supérieure tout droit venu des salines de Trapani…

— Je ne suis pas intéressé, répond sèchement Vincenzo. À partir d'aujourd'hui, changement de régime. » Il s'immobilise devant Cordova, à peine plus grand que lui et sans doute du même âge, bien qu'il paraisse plus vieux. « On passe à autre chose. »

D'un geste nerveux, le comptable froisse les documents qu'il tient entre ses mains. « Que voulez-vous dire ? Je ne comprends pas. »

Vincenzo lui explique, sans le regarder : « Dorénavant, nous ne nous contenterons plus de conditionner le thon dans du sel. Comme vous le savez, beaucoup de compagnies de navigation et de gens de mer se méfient : d'après eux, le poisson salé donne le scorbut, et c'est pour ça que nous nous retrouvons avec autant d'invendus. Alors, nous allons innover. » Il scrute les yeux d'onyx de Cordova, où il aperçoit enfin une lueur. « En cet instant précis, on est en train de débarquer plusieurs *cafisi*[1] d'huile du bateau à vapeur qui nous a amenés jusqu'ici. Après avoir été coupé en tranches et bouilli, notre thon sera mis à mariner dans de l'huile à l'intérieur de récipients étanches.

— Mais… il va pourrir ! Et même s'il ne pourrit pas, il ne restera pas consommable longtemps.

— Vous vous trompez. Cela fait trois ans que j'expérimente cette méthode de conservation sur le thon de l'Arenella et de San Nicola l'Arena, en collaboration avec M. Giachery ici présent. » Ernandez balbutie de vagues objections, mais Vincenzo le foudroie du regard. « Elle fonctionne à la perfection. Nous allons réaménager l'ensemble des bâtiments de cette madrague : il va nous falloir des chaudières pour cuire le poisson, et des logements pour les travailleurs saisonniers. Grâce à nous, des familles entières trouveront un emploi, et pas seulement les marins. »

Ernandez tente une ultime protestation : « Mais ça ne s'est jamais vu ! Aucun des habitants de cette île n'a les compétences requises ! Ce ne sont que des pauvres diables.

— Eh bien, nous leur apprendrons un métier. À toutes les familles sans exception. » Vincenzo se tourne à nouveau vers Cordova. « Nous ferons comme

1. Le *cafiso*, ou *caphiso*, est une unité de volume traditionnelle de l'huile d'olive, encore utilisée de nos jours en Sicile. Sa valeur n'y est pas la même d'une région à l'autre : dans celle de Trapani, elle correspond à un peu moins de 7 litres ; dans celle de Catane, à environ 16 litres ; à l'intérieur de l'île, à environ 11 litres. (N.d.A.)

les Romains de l'Antiquité, nous ne laisserons rien perdre : la graisse de thon servira de combustible aux lampes à huile, et les arêtes broyées, d'engrais pour les sols. »

Une ébauche de sourire apparaît enfin sur les lèvres gercées du marin : « Des familles entières ?

— Oui. Il y aura du travail pour tout le monde. »

*

Les cris des mouettes, le souffle du vent, la chaleur du soleil.

Lorsque la voiture s'immobilise, Vincenzo entend le clapotis des vagues de l'Arenella. Sa madrague. Un souvenir atavique, un appel intérieur dont l'écho mystérieux résonne en lui et en lui seul.

À ses côtés, Giulia frémit d'impatience. « Nous sommes arrivés ? »

Il lui offre son bras pour l'aider à descendre. Leurs enfants, la gouvernante et Giuseppina, maintenant âgée de soixante-cinq ans, arrivent aussitôt après à bord d'une autre voiture.

Les poumons de Vincenzo se remplissent d'air marin. Il est au comble de la satisfaction. Il a devant lui la villa aux murs couleur terre cuite que Carlo Giachery a conçue pour lui, juste à côté de l'Arenella. Cet endroit suscite en lui un véritable ravissement.

Je t'ai tellement aimé. Je t'ai aimé au premier regard.

Carlo, qui l'attend sur le seuil devant une porte en bois, lui remet un trousseau de clefs. « Bienvenue chez toi. »

Vincenzo pénètre à l'intérieur, suivi de Giulia et des enfants.

L'ancienne cour de la madrague s'orne désormais d'une tonnelle, d'arbres et de plantes en pots dont les couleurs tranchent sur le gris du pavé. La partie basse du corps de bâtiment a été exhaussée et transformée en une habitation dotée de grandes fenêtres ; une terrasse donne sur une cale de halage.

Du côté de la mer, une tour carrée semble revêtue de dentelle. Ses lignes gothiques sont dignes d'un château anglais, ses fenêtres jumelées se découpent sur le ciel, un motif sculpté dans le tuf y dessine d'élégantes lignes sinueuses.

Vincenzo perçoit l'émotion de Giulia, qui s'écrie : « Elle est…

— Splendide. Je sais. Et c'est pour ça que je n'ai rien voulu te montrer avant aujourd'hui. Viens. » Il lui prend la main et demande ensuite à sa mère et à la gouvernante de les attendre.

Carlo regarde le couple entrer dans la tour et ne l'accompagne pas. Il respecte d'autant plus ce moment d'intimité que Giulia ne connaît pas encore le secret de la grande salle de la tour ; son mari en a rêvé depuis le jour où il a pu s'imaginer en seul maître et seigneur des lieux.

*

Des pas résonnent dans les pièces désertes. Une femme de chambre précède les deux époux en ouvrant les fenêtres. La lumière du soleil se déploie sur l'échiquier de majolique qui recouvre le sol. Le bruit de la mer couvre le froufroutement des jupes et le murmure des mots échangés.

Des meubles en acajou et en noyer révèlent peu à peu leurs formes : des tables, des armoires, des divans, des consoles… Il y manque encore les bibelots, mais Giulia se chargera de les trouver. Lorsque Vincenzo le lui chuchote, son regard s'illumine de joie.

Puis il longe un couloir qui donne sur la mer, s'arrête devant une porte et l'ouvre. « Va voir. »

Giulia entre dans la pièce.

La voûte d'arêtes est aussi haute et élancée que celle d'une église ; des croisées d'ogives rouge et or alternent sur les murs ; à travers les fenêtres, on peut contempler le spectacle offert par la mer, le golfe de l'Arenella et la côte palermitaine.

Giulia en a le souffle coupé ; elle tourne sur elle-même, la tête renversée en arrière, et rit comme une enfant.

Vincenzo l'attrape par la taille. « Ça te plaît ? Personne, dans tout Palerme, ne possède l'équivalent. »

Elle est si heureuse qu'elle ne réussit même pas à parler.

Lorsque les enfants font irruption dans la salle, les exclamations de stupeur, les mouvements de tête vers le plafond et les rires se succèdent.

Giulia prend Ignazio dans ses bras ; désormais âgé de quatre ans, il est capable de comprendre les explications qu'elle lui donne à propos de la décoration de la salle. Même Giuseppina, entrée la dernière, regarde autour d'elle avec un mélange d'émerveillement et de satisfaction.

Vincenzo se met un peu à l'écart pour observer

la scène. Voilà ce qu'il voulait : une demeure digne de son nom et de sa famille. Il gagne ensuite le petit salon, où Carlo allume un cigare. « Ils sont très enthousiastes.

— C'est ce que tu souhaitais, non ? Qu'ils soient tous bouche bée. » Il s'approche d'une fenêtre et indique la darse. « Tu es fou, et je l'ai été encore plus de t'écouter. Je n'aurais jamais cru possible de réaliser une pareille construction adossée à une madrague. Il n'y avait que toi pour me convaincre de me lancer dans un tel projet. Et à Palerme, par-dessus le marché.

— Il n'y avait que moi pour tout un tas de choses. Tu verras, quand je réussirai à développer le commerce du thon à l'huile à grande échelle. Depuis que nous en conditionnons et que nous en vendons, la demande est en augmentation constante. » Vincenzo n'est en rien arrogant ; il est lucide. « Voilà les réponses que j'apporterai à tous ceux qui me qualifient de *visionnaire*. Des faits. Et ce sera pareil avec la fonderie Oretea que j'ai achetée aux frères Sgroi. J'entends toujours le même refrain : impossible d'installer une usine à Palerme, cette ville supporte tout au plus des boutiques. Je sais que ce n'est pas vrai. Que si personne n'ose penser en grand, l'économie de notre île est condamnée à la stagnation, pendant que les autres pays vont de l'avant. Tu connais le proverbe ? *Laisse-moi le temps, dit la souris à la noix. Laisse-moi le temps de te ronger.*

— Toi et tes proverbes… » Carlo rit. « Tu es plus palermitain que des Palermitains de la septième génération.

— Je ne renonce jamais, tu me connais. Et toujours

à propos de la fonderie, j'aimerais que tu ailles jeter un coup d'œil au chantier de la porte San Giorgio, les travaux de construction du nouveau siège n'avancent pas assez vite. On me traite de cinglé, pour changer. Mais là aussi, tu verras, le jour où tous les bateaux auront des coques en métal et fonctionneront à la vapeur… Avoir notre propre fonderie nous permettra d'obtenir une baisse considérable du coût des pièces de rechange de nos navires. » Vincenzo se souvient de l'affaire de la meule mécanique, des insultes reçues par sa famille à l'époque, des difficultés rencontrées pour avoir le droit de vendre du quinquina.

« Il vaut toujours mieux être traité de cinglé que d'homme de peine, répond Carlo.

— Ça, je préfère en rire. » Mais le rictus de Vincenzo ressemble plus à une grimace. Certaines choses ne changeront jamais. « Surtout quand je pense à ceux qui ont utilisé cette expression pour m'injurier et à ce qu'ils sont devenus…

— J'ai bien peur que leurs médisances ne te poursuivent jusqu'à la fin de tes jours. » Carlo est devenu sérieux, tout à coup. « Tu devrais t'y être habitué. »

Vincenzo arpente la pièce, les mains derrière le dos. « M'habituer ? Oui. Me résigner ? Jamais. Certaines situations sont d'une telle absurdité : Filangeri s'obstine à voir en moi un *faquin*, comme il dit ; et dans le même temps, il m'envoie un intermédiaire pour solliciter un prêt ! C'est cette arrogance, ce manque de dignité que je ne supporte pas. » Vincenzo n'a rien perdu de la rage qu'il cultive en lui depuis toujours.

Carlo Filangeri, prince de Satriano, connaît de graves difficultés financières. À cause d'investissements hasardeux, selon certains ; à cause de son train de vie d'un luxe excessif et surtout de ses vices, selon d'autres. Ses créanciers essaient depuis longtemps d'obtenir sa mise en faillite, il a de l'eau jusqu'au menton et il ne lui reste que deux possibilités : nager ou se noyer.

Or il se trouve que Vincenzo possède la perche susceptible de le tirer d'affaire.

*

Le soir, toute la famille dîne dans sa nouvelle demeure en respectant la tradition : une offrande de pommes de terre et de légumes est réservée aux *patruneddi*, les mânes du logis, pour s'attirer leur bienveillance et un accueil favorable. Giulia observe le rituel d'un œil sceptique d'Italienne du Nord : elle trouve pour le moins ridicule cette tentative de gagner les bonnes grâces de créatures chimériques, mais elle n'insiste pas.

Après le repas, les parents accompagnent les enfants dans leurs chambres : une pour les deux petites filles, et une autre pour Ignazio. Celle de Giuseppina se situe un peu plus loin et celle de Giulia et Vincenzo, tout au bout du couloir, donne sur le golfe.

Difficile de trouver le sommeil dans cette atmosphère d'excitation générale. Même les domestiques continuent d'explorer la maison sur la pointe des pieds, en prenant soin de refermer les portes sans faire de bruit. Angelina et Giuseppina, respectivement âgées de huit et six ans, sautent de joie sur les lits.

Ignazio joue à cache-cache avec Mlle Brigitte, qui a les pires difficultés à le calmer. Vincenzo doit se fâcher pour que sa progéniture se mette bien sagement au lit, mais il entend des rires étouffés dès qu'il tourne le dos.

Puis il passe voir sa mère ; il la trouve assise au bord de son lit, les yeux fermés, un rosaire à la main et son bonnet encore sur la tête. « Vous ne vous couchez pas, maman ?

— D'abord les prières. »

Depuis quelque temps, donna Giuseppina est de plus en plus dévote. Sentiment sincère ? Effet de la vieillesse ? Peur de l'inconnu ? Nul ne le sait.

Vincenzo se penche à son oreille : « Elle vous plaît, cette maison ? »

Giuseppina acquiesce, marmonne une prière en latin et incline la tête sur le côté. « Cet endroit avait volé le cœur d'Ignazio, et maintenant il t'a volé le tien. » Elle caresse le couvre-lit. « Tu veux y habiter toute l'année ? Ça ne me déplairait pas. L'air pur me rappelle celui de Bagnara. »

Malgré cette allusion, la mère de Vincenzo parle de moins en moins de la Calabre, et jamais sur le ton de regret fielleux qu'elle avait autrefois. Son village est devenu un lieu enfoui dans sa mémoire, où elle a confiné des rêves et des désirs abandonnés pour toujours.

« Non. Nous y passerons le printemps et l'été ; le reste du temps, nous serons à Palerme. D'ailleurs, je continuerai à devoir y aller souvent pour mes affaires. On m'a aussi aménagé un cabinet ici, le travail ne manque pas.

— Je sais. »

Vincenzo souhaite bonne nuit à Giuseppina et quitte la pièce.

Giulia l'attend dans leur chambre, les cheveux défaits et un sourire engageant sur les lèvres. Elle le serre dans ses bras.

Après un long baiser tendre et passionné, il lui dit : « Je n'ai pas sommeil. Je crois que je vais aller faire un petit tour dans la cour. »

Elle lui répond : « Je t'attends » et se glisse sous les couvertures.

En longeant le couloir, Vincenzo jette un coup d'œil dans les chambres des enfants, qui se sont enfin endormis. Il traverse le salon et descend l'escalier, arrive dans la cour, franchit la porte principale.

Dehors, le calme règne. Le golfe et les lumières de Palerme semblent s'épanouir sous le ciel étoilé.

Vincenzo trempe une main dans l'eau. Elle est d'une étonnante tiédeur, pour un mois d'avril.

Puis il marche les mains dans les poches, l'esprit libre de toute préoccupation. Une vague effleure ses chaussures.

Depuis combien de temps ne s'est-il pas baigné ?

En voilà une drôle d'idée ! Je ne suis pourtant plus un gamin. Un début de rire s'étrangle dans sa gorge nouée.

Il se souvient de la première fois où il a nagé tête sous l'eau : il avait gardé les yeux ouverts, le sel les lui brûlait et ses oreilles bourdonnaient. Il se rappelle le frisson provoqué par l'eau glacée, le tiraillement entre la nécessité de respirer et la volonté de tenir bon, de rester bien à l'horizontale, de conserver cette extraordinaire impression que l'on éprouve en flottant.

La liberté. Mon Dieu. Quelle merveilleuse sensation.

Il paierait cher pour l'éprouver à nouveau.

Son désir se métamorphose en besoin. Il veut retrouver cette émotion, ne serait-ce que pour quelques instants.

Il se débarrasse en toute hâte de son gilet, de son pantalon, de sa chemise, de ses chaussures. Le souffle de la brise fraîche est à peine perceptible. Vincenzo a dépassé depuis longtemps la quarantaine : il a pris un peu d'embonpoint et ses bras ont perdu de leur vigueur, mais son torse reste très musclé, sa dentition est dans un état impeccable et il est encore capable de monter des escaliers sans s'essouffler.

Il entre dans l'eau pas à pas. La mer l'enveloppe. Il tressaille lorsqu'une vague lui frappe l'abdomen.

Soudain, Ignazio apparaît devant lui. Le souvenir devient présence. Vincenzo revoit son oncle, jeune, avec sa barbe courte et son sourire mélancolique. Il entend sa voix : « Doucement, Vincenzo, pas de précipitation, la mer ne s'en ira pas, elle est comme ta maman, elle sera toujours là pour t'accueillir. »

La vision s'anime et se colore.

C'était à Malte, un an après la disparition de son père. Ignazio l'avait emmené avec lui. Vincenzo avait visité l'île, rencontré des marchands, humé des épices inconnues.

À l'occasion de ce voyage, Ignazio s'était rendu compte que son neveu ne savait pas nager – quelle honte, pour un fils de marin ! Il avait donc décidé de lui apprendre.

Ils s'étaient jetés à l'eau ensemble, Vincenzo tout nu et Ignazio avec un linge autour des hanches. Ce jour-là, la mer était d'un bleu éblouissant.

À force de boire la tasse, de s'agripper aux bras de son oncle, de tousser, de s'étouffer, de rire et, surtout, de s'obstiner, Vincenzo avait réussi : désormais, il savait nager.

Mais il ne s'est jamais baigné la nuit. Jamais.

Eh bien, le moment est venu d'essayer.

Il plonge. Ignazio avait raison, la mer vous accueille, corps et âme.

Vincenzo sort la tête hors de l'eau pour respirer. Il a froid, mais quelle importance ? Il se sent libre, léger, et il voudrait crier, parce que, l'espace d'un instant, la part d'ombre qu'il porte en lui depuis toujours s'est dissipée. Ou du moins, elle a été refoulée jusqu'aux limites de sa conscience.

L'heure est à l'insouciance, à la déflagration d'une joie inconnue qui lui arrache à la fois des rires et des larmes.

Comme le bonheur est étrange. Vincenzo n'aurait jamais cru qu'il puisse apporter en même temps autant d'allégresse et de souffrance.

Il replonge, émerge et pousse un cri. De bien-être. De délivrance. De vie. Plus de doute possible : il est là où il devait arriver ; tout, dans son existence, était destiné à l'amener ici ; son succès est bien mérité. N'en déplaise à tous les envieux qui l'ont insulté, il est ce qu'il a choisi d'être. Il a suivi sa voie.

Il nage d'abord sur le ventre, puis sur le dos. Il peut observer la madrague depuis la mer, et les reflets des lumières sur la baie. L'une d'elles en particulier attire son attention.

Celle de la chambre où Giulia l'attend.

La Maison Florio. Sa femme. Sa villa. Sa vie.

Il se laisse porter par le courant, recrache une gorgée d'eau salée et rit.

Depuis combien de temps ne s'est-il pas senti aussi libre ?

Et d'ailleurs, l'a-t-il jamais été ?

*

La lumière douce de ce mois d'octobre a les reflets de la topaze et le moelleux du cuivre. Elle s'épanouit sur les maisons en tuf de l'Arenella et sur la mer, qui a perdu les couleurs vives de l'été et pris celles, plus estompées, de l'automne. Le sable lui-même paraît éteint, il n'a plus ce scintillement qui vous oblige à plisser les yeux.

Ignazio aura bientôt six ans. Appuyé contre le montant de la porte principale de la villa, il hésite entre aller à la plage et retourner dans la cour. Il est attiré par les paroles que la mer lui murmure à l'oreille ; et même s'il n'en comprend pas tout à fait le sens, il sait que leur valeur est infiniment supérieure au babillage de ses deux sœurs, occupées à des travaux de broderie sous la tonnelle aux côtés de leur maman et de leur gouvernante.

La mer l'appelle. Il avance d'un pas.

Giulia soulève la tête, le cherche des yeux et s'exclame, sur un ton où la tendresse se mêle au reproche : « Ignazio ! Où vas-tu comme ça ? »

Incapable de résister à cette voix, il revient en arrière.

Giulia pose son coussin de dentellière sur ses genoux et prend son fils dans ses bras. « Tu as fini les devoirs que ton précepteur t'a donnés à faire ?

— Oui. Et j'ai aussi dessiné un bateau. »

Et qu'aurait-il bien pu dessiner d'autre ? se demande Giulia en lui passant une main dans les cheveux.

Ignazio est convaincu qu'il n'existe aucune femme au monde plus jolie que sa mère. Même pas Mlle Brigitte, avec sa drôle de façon de prononcer les *r* et ses cheveux blonds.

De son côté, Giulia sait qu'aucun homme ne l'a jamais regardée et ne la regardera jamais avec les yeux remplis d'amour de son fils.

Au bruit d'une clochette et de chevaux qui s'ébrouent, tous deux se retournent vers la porte cochère que le concierge ouvre en grand. Une voiture sombre s'avance dans la cour ; Vincenzo en descend d'un bond avant qu'elle se soit immobilisée et se dirige d'un pas nerveux vers l'escalier.

Giulia vient à sa rencontre et l'appelle : « Vincenzo ! » Mais il lui adresse un geste sec pour l'éloigner, ou peut-être pour la faire taire. « Nous ne t'attendions pas si tôt », ajoute-t-elle pendant que ses filles et la gouvernante se lèvent et esquissent un salut respectueux.

« Ce n'est pas le moment, Giulia, la journée a été assez difficile comme ça, alors ne t'y mets pas toi aussi. » Sur ces mots, il disparaît derrière la porte menant à l'escalier ; on entend le heurt de ses talons sur les marches en pierre.

Ignazio voit sa mère joindre les mains devant sa poitrine et baisser la tête.

Ce n'est pas la première fois qu'il assiste à une scène de ce genre. Qu'il ressent de la colère envers son père. Elle surpasse même la crainte que lui inspire cet homme aux sourcils toujours froncés, au regard toujours sévère. Il est souvent d'une telle brusquerie envers sa maman... Ignazio ne comprend pas pourquoi.

Il s'approche d'elle en silence et la regarde d'un air tendre. Elle lui chuchote : « Ton papa est quelqu'un d'important, Ignazio. Il n'est pas méchant, il a juste des sautes d'humeur et un caractère difficile.

— Peut-être. Mais il vous fait pleurer. » Ignazio tend sa petite main, comme pour recueillir la larme restée prisonnière entre les cils de sa mère.

À l'étage, Vincenzo vocifère en claquant des portes. Contre toute attente, Giulia sourit. « J'ai tellement pleuré à cause de lui... Un peu plus, un peu moins, quelle différence ? Je connais ton père, je le connais vraiment. » Elle se recroqueville dans son châle sans quitter la tour carrée des yeux. « Je vais voir ce qui se passe. Toi, reste au jardin avec tes sœurs. » Et tandis que Vincenzo s'abandonne à un nouvel accès de colère, Giulia disparaît dans un froissement d'étoffes, engloutie par l'obscurité du couloir.

Les sœurs d'Ignazio et la gouvernante se sont remises à leurs broderies. Les voix des parents sont de plus en plus lointaines.

Tout à coup, le léger souffle du nordet lui apporte à nouveau le murmure de la mer.

Il s'esquive en toute discrétion de la villa et se retrouve devant la plage de l'Arenella.

Personne ne fait attention à lui.

Il reste appuyé contre un mur, encore indécis. Depuis quelques jours, ses parents lui interdisent d'aller se promener sur les rochers et les écueils, en bas de la tour, sous prétexte qu'ils seraient trop dangereux. Pourtant, il les a explorés tout l'été et il n'est jamais tombé ; deux ou trois fois, il s'y est même baigné. En revanche, il n'a jamais eu le courage d'imiter les fils de pêcheurs qui sautent du haut de la Balata, le gros récif situé au-delà de la baie. Mais son père lui a promis de lui apprendre, l'été prochain, à y plonger : tous les Florio doivent savoir nager, ils ont autant d'eau de mer que de sang dans les veines.

Ignazio s'éloigne du mur, traverse la plage et s'enfonce au milieu des rochers. Un crabe apparaît sur un éperon noir recouvert d'algues. Ignazio essaie de l'attraper, mais l'animal est plus rapide et file dans une crevasse.

« Non ! » Le petit garçon se penche en avant, glisse sur une algue, perd l'équilibre et tombe dans une flaque d'eau stagnante.

Il pousse un gémissement, contemple ses mains aux paumes écorchées et se relève à grand-peine.

Ses blessures lui font très mal, mais ce n'est pas son principal motif d'inquiétude. Ses vêtements et ses chaussures sont tout sales, sa mère va le gronder.

Vilain crabe. Comment remédier au désastre, maintenant ?

Ignazio se rapproche prudemment de l'eau. Il sait qu'à cet endroit la mer est profonde : l'été, les gamins de l'Arenella s'y jettent et pêchent à la main des oursins qu'ils vont ensuite manger sur la plage.

Il tente de retenir un peu de liquide dans le creux de sa paume pour nettoyer ses souliers. Au contact du sel, ses écorchures le brûlent. Il se mord la lèvre de douleur, son estomac se noue, la panique s'empare de lui. Les vagues lui paraissent de plus en plus hautes et les embruns lui fouettent le visage. Il se cramponne aux rochers, s'efforce de garder l'équilibre puis réessaie d'attraper de l'eau, cette fois-ci à deux mains. Il chancelle.

Ses battements de cœur s'accélèrent à mesure que la mer lui semble s'assombrir. Disparus, les frétillements des poissons, les danses des anémones de mer et les mouvements gracieux des algues accrochées aux récifs. Il ne reste que des vagues de plus en plus hautes qui finissent par le tremper de la tête aux pieds.

Maman va me gronder beaucoup beaucoup. Et papa…

Mieux vaut ne pas y penser.

Revenir en arrière, coûte que coûte. Ignazio ne sait pas donner de nom à la contraction qu'il ressent derrière le sternum.

Il tente de se désembourber, mais ses jambes ne lui obéissent pas.

Le vent lui fait perdre une fois de plus l'équilibre.

Lorsqu'il tombe à la mer, ses poumons se vident, comme si un homme très lourd s'asseyait sur sa poitrine. Il écarquille les yeux et tend les bras vers le haut ; les flots se referment sur lui en le couvrant d'écume. Quelque chose lui attrape les jambes et le tire vers le bas. Alors il donne de violents coups de pied, si fort qu'une de ses chaussures lui échappe.

La terreur l'aveugle. Quand il ouvre la bouche pour crier, sa gorge se remplit d'eau salée.

« Maman ! » À l'instant même où il hurle ce mot, une vague le soulève avant de l'entraîner dans un remous. « Maman ! » Son cri s'étrangle dans des quintes de toux.

« Maman ! » Après cette dernière invocation désespérée, tout devient noir autour de lui.

*

« Tu comprends ce qui se passe ? L'été dernier, nous avons présenté à l'Exposition des arts et métiers la première presse hydraulique à vapeur fabriquée en Sicile, ce n'est tout de même pas rien. Mais à côté de ça, nous ne sommes pas capables de livrer en un mois une commande de casseroles et de cuillers. Et pourquoi ? Parce que nous n'avons pas assez de charbon. Ici, il n'y en a pas, je dois en faire venir de France, les navires censés le transporter n'arrivent pas et la fonderie se retrouve à devoir payer des pénalités de retard. »

Dans son cabinet situé au cœur de la tour carrée, Vincenzo déplace des dossiers, fouille dans ses papiers, trouve enfin celui qu'il cherche, le relit et le pose sur son bureau.

Giulia observe l'agitation convulsive de son mari et lui dit à voix basse : « Tu savais bien que ce ne serait pas facile de gérer une fonderie à Palerme. Même Ben Ingham s'est retiré de l'affaire. » Elle s'approche de Vincenzo et lui pose une main sur le bras.

« Rien n'est jamais facile dans cette ville, mais cela ne signifie pas pour autant qu'on ne puisse rien faire. » Le geste de Giulia a un effet apaisant sur lui : il prend une respiration profonde. « Avec Giachery, nous avons réexaminé les clauses du contrat sur les pénalités prévues en cas de non-remise de la livraison. Je refuse de les payer. Et j'avais mis quelque part des documents qui… »

Giulia ne l'écoute plus.

Tout à coup, elle fronce les sourcils. Elle a cru entendre… Elle se rue vers la fenêtre. « Angela ! Giuseppina ! Où est votre frère ? »

Les deux petites filles et la gouvernante lèvent les yeux. « Il était avec nous, répond Mlle Brigitte en se levant et en le cherchant des yeux. *Mais oui**, il se promenait par là. Il n'est pas avec vous ? »

Giulia tressaille. Elle se trompe, oui, elle se trompe sans doute. Pourtant, elle est prête à jurer que son fils l'a appelée.

Elle descend l'escalier à la vitesse de l'éclair. « Ignazio ! »

Pas de réponse.

Il se serait caché quelque part ?

« Ignazio ! » Elle le cherche partout dans la cour, tout en continuant à hurler son prénom. Son appréhension augmente.

Vincenzo, resté dans son cabinet, hausse les épaules. Giulia est trop craintive. À l'âge de son fils, il ne manquait pas une occasion d'aller à la Cala explorer les ruelles du port, et personne ne s'est jamais inquiété outre mesure. Ignazio est sûrement parti voir les bateaux, du côté de la cale de halage et de la madrague ; à moins qu'il ne s'amuse à faire des ricochets sur la plage. Dans les deux cas, que pourrait-il bien lui arriver ?

Au fil des ans, Vincenzo aura beau repenser souvent à ce moment, impossible de déterminer ce qui l'a poussé à se mettre à la fenêtre qui donne sur les récifs. L'instinct ? Le hasard ?

Près d'un petit rocher, il voit d'abord une main et ensuite une jambe émerger des flots écumants. Un corps, enveloppé d'algues qui semblent le tirer vers le bas, est ballotté contre les écueils.

Vincenzo ne se souviendra jamais s'il a crié ou non.

En revanche, la pensée qui lui est venue à l'esprit y restera gravée pour toujours.

Non. Pas lui. Pas mon fils.

Tout en se précipitant à travers la cour, Vincenzo se débarrasse de sa veste et de son *plastron**. Lorsque Giulia comprend qu'il se dirige vers les récifs, elle plaque ses mains sur sa bouche et le suit. Arrivé à la porte cochère, il jette ses chaussures, s'élance vers la mer et plonge.

Les yeux écarquillés de Giulia emprisonnent les images de la scène tandis qu'elle crie : « Ignazio ! Ignazio ! » Elle grimpe sur les rochers, déchire l'ourlet de sa robe, glisse, tend les bras et s'obstine à appeler son fils. Elle aperçoit Vincenzo sortir la tête de l'eau, respirer et disparaître à nouveau. Un corps flotte à la surface des vagues. Ou plutôt, non, il se débat parmi les algues.

Il est vivant, n'est-ce pas ?

Derrière Giulia, serrées les unes contre les autres, Angela, Giuseppina et Brigitte pleurent. La gouvernante jure ses grands dieux, dans un mélange de français et de sicilien, qu'elle ne comprend pas comment cela a pu arriver. Sa maîtresse ne l'écoute pas ; elle continue de hurler : « Vincenzo ! Ignazio ! »

Son fils est le premier à réapparaître. Il a les yeux fermés et son visage est d'une pâleur mortelle ; mais il est secoué de frissons et il tousse... Giulia, toute tremblante, fond en larmes. *Merci, mon Dieu. S'il tousse, c'est qu'il est en vie.*

Aussitôt après, Vincenzo émerge à son tour, grelottant de froid et couvert d'écorchures. Indifférent à ses propres douleurs, il dépose son fils sur la plage et repousse Giulia, qui voudrait le prendre dans ses bras. « Surtout ne le touche pas ! Il faut qu'il recrache tout ce qu'il a avalé. » Et il lui donne de violents coups dans le dos pour l'y aider.

Ignazio remue, geint, vomit de l'eau de mer et un peu de nourriture. Lorsqu'il rouvre les yeux, l'espace d'un court instant, il ne voit que le visage terrorisé de sa mère. Alors il murmure, d'une voix enrouée par le sel et les cris qu'il a poussés : « Maman... »

Giulia éclate en sanglots. « Mon enfant... » Tandis qu'il continue à tousser et à trembler, elle l'enveloppe dans son châle. Puis Vincenzo le soulève, l'emmène vers la tour, ordonne à ses filles de courir chercher un médecin, pose enfin les yeux sur la gouvernante et l'invective dans un grondement de colère : « Disparais de ma vue, pauvre incompétente ! Et arrange-toi pour avoir débarrassé le plancher avant ce soir. Ignazio a failli mourir. Tu étais chargée de le surveiller et tu n'as rien vu ! Mon fils est ce que j'ai de plus précieux au monde. Déguerpis, et vite ! »

Bouleversée, encore en larmes, Brigitte recule et se réfugie dans sa chambre.

Giulia, toujours penchée sur Ignazio, n'a prêté aucune attention aux paroles de Vincenzo.

Angelina, au contraire, les a bien entendues. Une nuance de chagrin se dessine sur son visage, qui n'est plus celui d'une petite fille sans être encore celui d'une adolescente. Elle tire Giuseppina par le bras et lui dit, d'une voix sifflante : « Allons-nous-en d'ici ! Et arrête de pleurnicher, Ignazio n'est plus en danger. Il a voulu n'en faire qu'à sa tête et s'il a attrapé de la fièvre, tant pis pour lui. » Angelina est animée par une rage dont elle ignore l'origine. Tandis que ses chaussures crissent sur le sable durci par le sel, elle enfouit sa peine au plus profond de son cœur et y dissimule des pensées inavouables. Elle sait ce que signifient les propos de son père, et elle s'en souviendra longtemps.

*

Cette nuit-là, Giulia reste dormir aux côtés d'Ignazio. Le médecin a tenté de la rassurer : son enfant va bien ; au pire, il s'en tirera avec un gros rhume, quelques douleurs, des bleus et des écorchures. Dans l'immédiat, il prendra du sirop pour la gorge à base de miel et de réglisse, et sa mère veillera, surtout, à lui appliquer des linges chauds sur la poitrine.

Ces paroles lénifiantes et cette prescription n'inspirent à Giulia qu'une confiance limitée. Pour elle, si Ignazio a survécu, si Vincenzo l'a arraché des griffes de la mort, cela relève davantage du miracle que de la science.

Son mari a sauvé son fils.

Dans ces circonstances dramatiques, elle n'a pas perçu la moindre trace de peur ou de désespoir sur le visage de son époux, seulement une volonté à l'état pur, une détermination presque surhumaine qu'elle connaît bien.

Après avoir déposé Ignazio dans son lit, Vincenzo ne s'est plus occupé de lui et il s'est éclipsé dans son cabinet. C'est Giulia qui a changé les vêtements de leur fils et lui a donné un bouillon chaud.

Les yeux rougis et les mains encore tremblantes de peur, Giuseppina est passée le voir un peu plus tard. Elle l'a serré contre sa poitrine, lui a caressé les cheveux et lui a murmuré d'étranges mots calabrais. Giulia ne les a pas compris, mais elle sait une chose : de tous ses enfants, Ignazio est le seul auquel sa belle-mère témoigne un vague attachement.

La mère et le fils, enfin seuls, s'endorment peu à peu, la tête posée sur le même oreiller et la main dans la main. Lorsque Ignazio s'agite et tousse, Giulia le tranquillise. Puis ils glissent tous deux dans un lourd sommeil bienfaisant.

En plein milieu de la nuit, le petit garçon se réveille en sursaut. La porte a grincé, quelqu'un est peut-être entré dans la pièce. Agrippé au bras de sa mère, Ignazio scrute l'obscurité, les yeux plissés.

Son père est là.

Assis dans un fauteuil, les mains jointes, il a le visage défait et les cheveux en désordre. Son regard stupéfie Ignazio, qui y perçoit à la fois du soulagement, de la panique et de la lassitude. Et surtout, de l'affection.

Jamais il n'en a lu, auparavant, dans les yeux de cet homme.

Soudain, il comprend : son père a eu peur pour lui, et cette idée le bouleverse. Car s'il a eu peur, c'est peut-être parce qu'il l'aime.

Il voudrait lui tendre la main, lui dire d'approcher, mais il n'y parvient pas. Le sommeil et la fatigue sont trop forts. Il se rendort, bercé par une douce sensation de chaleur.

Dans l'obscurité, il ne peut pas voir que son père a les larmes aux yeux.

*

Durant les journées qui suivent l'*accident* – pour reprendre le terme que Giulia s'obstine à employer –, Ignazio est obligé de rester au lit à cause d'une fièvre plutôt due à la frayeur qu'au froid. Il passe ses après-midi seul dans sa chambre : Brigitte est partie aussi vite qu'elle a pu, et Giulia s'occupe de ses deux filles.

Recroquevillé sous ses couvertures, Ignazio feuillette un ouvrage qu'il a emprunté dans la bibliothèque paternelle. Ce n'est pas un livre pour enfants, mais peu importe. L'essentiel est de ne plus penser à la perspective terrifiante de mourir seul, les poumons envahis par des litres d'eau. C'est la première fois qu'il a eu peur de mourir. Il en est conscient, se le répète sans cesse et s'en souviendra tout le reste de son existence.

Il se plonge donc dans la découverte du livre

ouvert devant lui : il en observe les illustrations et en déchiffre, syllabe après syllabe, les mots les plus difficiles, qu'il prononce tant bien que mal à voix basse.

Il y a là des bateaux. Beaucoup de bateaux.

Après avoir passé une journée entière à discuter avec les ouvriers de la fonderie Oretea et à leur garantir que les livraisons de charbon, de fer et d'étain arriveraient à temps, Vincenzo, dès son retour chez lui, se précipite dans la chambre d'Ignazio. « Qu'est-ce que tu lis de beau ? »

Au moment où son fils lève les yeux vers lui, il ne peut pas s'empêcher de remarquer à quel point il ressemble à Giulia. Mais il a aussi quelque chose de ce grand-oncle dont il porte le prénom, cet Ignazio qui a élevé Vincenzo et s'est toujours effacé derrière lui. Une sorte de tranquillité, d'expression à la fois placide et décidée.

Le petit garçon se glisse hors de ses couvertures, ébauche un salut de la tête et tend le livre à son père sans rien dire.

« Francesco Arancio, *Situation oro-hydrographique, douanière et statistique de la Sicile.* » Vincenzo ne réussit pas à réprimer un rire discret. « Tu n'as rien trouvé d'autre ? » Cette question, Ignazio le sent, exprime un étonnement sincère et ne trahit aucune nuance de dérision.

« J'aime bien regarder les cartes géographiques et les images de bateaux à vapeur. Tenez, ajoute-t-il en désignant une page, ici, c'est la Cala. Et ils expliquent comment les fleuves rejoignent la mer, au-delà des remparts. »

Vincenzo hoche la tête et observe à la dérobée cet

enfant qui lui décrit, timidement, tout ce qu'il a vu à travers ces cartes, ces dessins et ces lignes serrées de mots écrits tout petit.

Il ne l'a pas vu grandir. Il est temps de prendre son éducation en main : Ignazio ne peut plus rester fourré dans les jupons de sa mère.

Vincenzo referme le livre, le rend à son fils et lui dit : « Après-demain, nous rentrons à Palerme. Il commence à faire froid ici. »

Le changement de saison n'est pas le seul motif de sa décision. Si Ignazio est déjà capable de lire un atlas, alors il est aussi en mesure d'entreprendre des études sérieuses et il doit le faire maintenant, sans perdre un instant.

*

Le 12 janvier 1848, à huit heures du matin, la quiétude d'un début de journée ordinaire est troublée par un bruit qui ressemble à un coup de canon.

Chez les Florio, via dei Materassai, la détonation fait trembler les vitres et provoque les cris d'effroi des servantes.

Angelina, maintenant âgée de douze ans, prend dans ses bras sa sœur Giuseppina, qui s'est mise à hurler ; sa petite frimousse encore bouffie de sommeil, Ignazio reste à l'abri sous ses couvertures, paralysé par la stupeur.

À la deuxième détonation, il bondit de son lit et court rejoindre Giulia. « Maman ! Maman ! Qu'est-ce qui se passe ? »

Elle s'agenouille et prend le visage de son fils entre

ses mains. « C'est sûrement pour l'anniversaire du roi…

— Ah bon ? » Ignazio se rend bien compte qu'elle n'y croit pas elle-même ; il ressent sa peur, son trouble.

Sur ces entrefaites, ses sœurs arrivent, très agitées, parlant toutes les deux à la fois : quand elles se sont mises aux fenêtres, elles ont vu des gens armés courir dans les rues.

À la troisième détonation, elles se jettent contre leur mère en criant tandis que les servantes recommencent à piailler et que les murs tremblent. Lorsque le bruit cesse, on entend des détonations plus sèches.

Des coups de fusil.

Non, aucun doute n'est plus possible, il ne s'agit pas de festivités. Soudain, Giulia repense aux affiches qu'elle a lues via Toledo, et qui ont ensuite été arrachées par les soldats napolitains. Elles appelaient à l'insurrection.

Elle en avait parlé avec son frère Giovanni, venu quelques jours plus tôt lui donner des nouvelles de leur mère clouée au lit par un accès de fièvre. Giulia lui avait demandé ce qu'il pensait de ces placards apparus en une nuit dans toute la ville, s'il fallait s'inquiéter.

« Le feu couvait sous la cendre depuis longtemps. Tu te souviens des révoltes de 1837, à l'époque du choléra ? Depuis, la situation s'est envenimée. Il y a d'abord eu les déportations ou les condamnations à mort des chefs du soulèvement. Ensuite, Ferdinand a placé des Napolitains à la tête des administrations de toutes les grandes villes, et les Siciliens l'ont très mal pris. Tu ne peux pas en avoir conscience, toi, tu vis dans un cocon. » En prononçant ces mots, il avait désigné d'un geste le luxe qui les entourait. « Mais un peu partout, des femmes subissent les outrages des soldats napolitains ; et si leurs maris ont le malheur de protester, ils se retrouvent en prison à la Vicaria. Sans parler de la double taxation du blé. Les Bourbons ne se préoccupent pas du sort de leurs sujets ; alors comment s'étonner que certains essaient de changer les choses, y compris par la violence ? D'après les informations dont je dispose, à Milan c'est un peu pareil : les Autrichiens oppriment la population, et tout le monde les déteste.

— Mais nous ne sommes pas à Milan, ici ! À Palerme et en Sicile, il n'y a pas les mêmes cercles de réflexion qu'en Lombardie. Je veux dire... » Giulia avait agité les mains, comme pour chasser une pensée angoissante. « Les nobles ne conçoivent même pas l'idée de renoncer à leurs privilèges ou de céder une partie de leurs terres. Chacun essaie de s'en tirer tout seul, personne ne s'efforce d'ouvrir les yeux aux paysans et aux ouvriers.

— Détrompe-toi. » Giovanni s'était penché en avant, le regard tourné vers la porte : il savait que Vincenzo n'appréciait pas ce genre de discussions, qu'il les jugeait inutiles. « À Palerme aussi, certaines personnes ont l'intention de tout changer. Des intellectuels, aussi bien parmi les nobles que parmi les bourgeois, prêts à guider ceux qui veulent devenir maîtres de leur destin. Malheureusement, ils sont encore trop peu nombreux.

— Et donc... » Plus surprise qu'apeurée, Giulia avait écarquillé les yeux.

Giovanni lui avait répondu par un soupir. « Je ne sais pas ce qui va se passer, mais j'ai entendu des rumeurs de plus en plus insistantes. Les proclamations qui invitent le peuple à prendre les armes ne sont que le dernier signal d'une longue série. Les soldats de la Garde royale les déchirent et les tournent en dérision ; ils prétendent haut et fort que si les Palermitains se rebellent, ils les recevront à coups de fusil, et au cas où les potences ne suffiraient pas, ils les pendront aux mâts des frégates de la marine. Il n'empêche : cette fois-ci, crois-moi, c'est différent, l'atmosphère n'est plus la même. Dans la rue, les civils lancent des regards de défi aux militaires et crachent sur leur passage. Palerme en a assez des impôts et des brimades. Les Bourbons sont allés trop loin. »

En ce 12 janvier 1848, jour anniversaire du monarque, Giulia comprend que son frère avait raison et que l'heure de l'insurrection a sonné. Elle ordonne à ses domestiques de fermer toutes les fenêtres. Puis la vue de ses enfants exacerbe son épouvante, et elle leur enjoint d'une voix tremblante : « Habillez-vous, vite ! Et tenez-vous prêts à partir. »

*

Vincenzo est au travail depuis l'aube, à son bureau donnant sur le piano San Giacomo et aménagé dans un immeuble qu'il a acquis depuis peu pour en faire le siège des activités commerciales de la Maison Florio. Au son de la première détonation, il lève les yeux de ses papiers. Son secrétaire Giovanni Caruso se tient debout devant lui. « Qu'est-ce qui se passe ? »

Une autre détonation retentit.

« Je ne sais pas. » Caruso écarte les bras. « Les festivités pour l'anniversaire du roi, peut-être. C'est aujourd'hui, n'est-ce pas ?

— Oui, mais… » Une troisième détonation est suivie d'une rafale de bruits plus secs. « En principe, on ne le célèbre pas à coups de fusil. »

Vincenzo se met à la fenêtre. Sur la place, la foule se dirige vers la porte Carbone et le port. Certains hommes sont armés.

« Il y a quelques jours, des affiches ont été placardées sur le Cassaro, reprend Caruso. Elles encourageaient la population à la sédition. Cela dit, je n'y crois pas ! Ce sont sans doute quelques excités qui essaient de… »

Le canon tonne à nouveau. Une batterie entière, cette fois.

« Quelques excités, hein ? » Vincenzo tape des deux mains sur la table. Ses hurlements se mêlent au vacarme extérieur. « C'est l'artillerie du Castello a Mare. On bombarde la ville depuis la mer ! »

Caruso s'approche de la fenêtre. Les bruits proviennent bien de la Cala. On ne serait tout de même pas en train d'abattre les fortifications ? « Vous avez raison. »

Vincenzo attrape sa veste, il n'y a pas une minute à perdre. S'il s'agit d'une révolte, elle s'accompagnera de désordres et de pillages. Mieux vaut tout mettre en lieu sûr. « Barricadez tous les locaux et rentrez chez vous, les employés et vous. Moi, je vais aller à l'herboristerie. Je vous enverrai un message avec mes instructions.

— Mais, don Florio, vous ne voulez tout de même pas y aller tout seul ? Attendez ! »

Vincenzo est déjà dans la rue. À l'herboristerie, il trouve les employés et les commis terrés sous les comptoirs, comme des escargots dans leurs coquilles. Il se fait prêter un manteau pour se déplacer incognito, ressort et se jette dans les ruelles. Il doit à tout prix rejoindre la fonderie Oretea pour ordonner aux ouvriers de fermer les grilles à double tour et de mettre les outillages les plus importants à l'abri. Si les rebelles ou les soldats s'attaquaient à l'usine, ce serait une véritable catastrophe. Mais lorsqu'il parvient via dei Bambinai, il est obligé de s'arrêter.

Une barricade y a été dressée. Des hommes tirent sur les troupes des Bourbons. Tout près de là, une proclamation est encore à moitié lisible :

SICILIENS, LE TEMPS DES PRIÈRES EST PASSÉ EN VAIN…
AUX ARMES, FILS DE NOTRE ÎLE :
NOS FORCES RÉUNIES SERONT INVINCIBLES.
L'AUBE DU 12 JANVIER 1848 MARQUERA LE DÉBUT
D'UNE NOUVELLE ÈRE,
L'ÉPOQUE GLORIEUSE DE NOTRE RÉGÉNÉRATION
UNIVERSELLE…

Un rebelle hurle en agitant un fusil : « Venez nous aider, si vous avez une arme et si vous êtes prêts à défendre votre patrie. Sinon, faites demi-tour et rentrez chez vous pour… » Son exhortation se transforme en un cri de douleur : il vient d'être touché au bras.

Vincenzo est forcé de revenir sur ses pas, la tête basse et le cœur en tumulte. La fonderie Oretea – *sa* fonderie, *son* défi, cet ancien atelier désormais appelé à devenir une véritable usine de travail du fer – se situe tout près des fortifications et de la porte San Giorgio. Mais dans les circonstances présentes, avec les émeutes en cours, c'est comme si elle était à Malte. Quatre ans plus tôt, Vincenzo l'a dotée de nouveaux équipements ; du fer et du charbon y sont stockés et elle regorge de produits inflammables. Il n'ose même pas imaginer…

« Ils ont attaqué le palais royal !

— Ils ont aussi incendié la caserne. Beaucoup de soldats sont morts ! »

Les cris des Palermitains lui font l'effet d'une gifle. Tout a commencé sur la piazza della Fieravecchia, paraît-il, c'est là que sont tombées les premières victimes. « Ils vont brûler les maisons des nobles ! Ils veulent la république !

— Aux armes ! »

Vincenzo suit le flux de la foule, écoute ses vociférations, glane des informations pour essayer de se faire une idée d'ensemble de la situation. Puis il se faufile via Pantelleria et court jusqu'à la via della Tavola Tonda. Sa maison est à deux pas, il y arrive le temps de réciter une prière.

Sa mère est assise dans un fauteuil au milieu du salon, son incontournable rosaire à la main. Dès qu'elle aperçoit son fils, elle lui demande : « Tu n'es pas blessé, au moins ?

— Non, non. Où sont les enfants ?

— Avec *elle*. Veille sur eux, je t'en supplie, et en particulier sur Ignazio, le sang de mon sang. »

Giulia est en tenue de voyage. Lorsqu'elle voit

Vincenzo, ses traits tirés par l'angoisse se détendent et font place à une expression de soulagement. Elle va à sa rencontre. « Oh Seigneur, que se passe-t-il ? J'étais folle d'inquiétude pour toi... »

Vincenzo serre dans ses bras Ignazio, qui a été le premier à accourir vers lui. Ensuite seulement vient le tour des deux petites filles, qui frissonnent d'épouvante.

« La ville s'est soulevée contre les Bourbons. Selon certains, la garnison se serait déjà rendue ; selon d'autres, les troupes du général De Majo se seraient retranchées dans le palais royal ; d'autres encore assurent que le roi serait sur le point de capituler. On n'y comprend plus rien... La seule certitude, c'est que l'armée ne s'attendait pas à une rébellion aussi bien organisée et aussi massive. Cette fois-ci, les meneurs ne sont pas des gamins inexpérimentés... Les gens affluent même des campagnes, un groupe entier vient sans doute de Bagheria ; j'ai reconnu des accents provinciaux et la quasi-totalité des rebelles disposent d'une arme. » Lui n'en possède aucune, et il n'a jamais voulu apprendre à s'en servir. Il a toujours été convaincu que l'argent est la plus puissante de toutes. Et il n'hésitera pas à y recourir, le cas échéant. « Il y a déjà des morts. Les soldats se retirent dans leurs casernes, au Palazzo delle Finanze ou au Noviziato. On se bat dans toutes les rues et les Palermitains contrôlent plusieurs portes de la ville.

— C'est bien ce que je pensais. Je l'ai compris quand j'ai entendu les coups de feu. Qu'est-ce que nous allons faire, maintenant ?

— Nous allons quitter le centre de Palerme. Rassemble de l'argent, des bijoux, tous nos objets de valeur. Nous nous réfugierons à l'Arenella, à la villa dei Quattro Pizzi, elle se situe au-delà des fortifications et elle est facile à défendre. »

Giulia donne des ordres, ouvre des armoires, remplit des malles. Ses domestiques s'affairent et ses filles lui obéissent sans discuter. Angelina regroupe des châles en dentelle, très précieux, et les cache au fond d'un sac.

Pendant que la gouvernante prend les dispositions nécessaires pour barricader les fenêtres, Ignazio ne cesse de demander : « Je peux emporter mon cheval de bois ? Et mes livres ? » Au milieu de cette activité frénétique, Giuseppina est la seule personne à rester stoïque ; toujours assise dans son fauteuil, elle bougonne : « Des sans-Dieu, tous autant qu'ils sont… »

Vincenzo griffonne plusieurs messages qu'il confie à un saute-ruisseau chargé de les remettre à ses principaux collaborateurs, et en particulier à Carlo Giachery. Il emporte sur lui plusieurs documents et une bourse remplie de pièces d'or. Il sait d'avance qu'il en aura besoin pour franchir les barricades et les barrages.

Une servante vient lui annoncer que les voitures sont prêtes.

Des pas résonnent dans l'escalier, des valises et des paniers oscillent. Giulia vérifie que rien ne manque et dissimule dans une poche de ses jupons ses bijoux les plus précieux, ceux que Vincenzo lui a offerts.

Il l'attend devant la porte cochère.

Il monte dans la première voiture, où sa mère et la

gouvernante sont déjà installées. Giulia les suivra dans la seconde, avec les enfants et les bagages.

Le début du trajet est d'une lenteur exaspérante : les rues sont encombrées de véhicules divers qui les obligent à ralentir, et souvent à s'immobiliser. Elles sont aussi jonchées de cadavres. À chaque arrêt, l'estomac de Giulia se noue ; et elle ne peut rien faire d'autre que serrer convulsivement ses filles contre elle.

Ignazio, en revanche, observe tout à travers les rideaux ; il n'a encore que neuf ans, et pourtant son regard est soudain devenu celui d'un adulte. On y perçoit davantage de curiosité que de crainte et, surtout, un désir intense de comprendre ce qu'il leur arrive, à lui, à sa famille et à sa ville. Puis il fixe sa mère des yeux : elle est angoissée, cela ne fait pas le moindre doute, mais elle ne marmonne pas de prières, ne cède pas aux larmes et gronde ses filles lorsqu'elles se mettent à pleurnicher. Quant à son père, au moment où il est monté en voiture, il était d'un calme absolu et son visage ne trahissait aucune émotion.

Si ses parents sont assez forts pour ne rien montrer de leur peur, alors lui aussi sera courageux, il se le promet.

*

Vincenzo garde le silence. À ses côtés, sa mère bredouille des oraisons en latin d'un ton geignard.

Soudain, la voiture s'arrête. Un chœur de voix agressives s'élève à l'extérieur.

Vincenzo tend l'oreille.

« On ne passe pas, compris ?

— Et depuis quand ? Allez, poussez-vous de là. Mes maîtres et moi, nous sommes pressés. »

Le cocher insiste et d'autres échanges peu amènes sont suivis d'un bruit de bagarre.

Lorsque Vincenzo ouvre la portière, le premier objet qui se présente à ses yeux est un pistolet pointé sur lui.

« Don Florio. Dieu vous bénisse ! » L'auteur de ces paroles est un jeune homme au visage couvert d'un léger duvet de barbe ; ses vêtements semblent témoigner de son appartenance à une famille aisée et son aspect n'a rien de celui d'un va-nu-pieds.

Vincenzo n'a pas bougé. Il a peur, mais il réussit malgré tout à répondre : « Dieu vous bénisse aussi, monsieur. Pourquoi nous empêchez-vous de poursuivre notre chemin ?

— Parce que c'est impossible. Palerme a besoin de ses nobles et de ses riches commerçants comme vous. »

Vincenzo descend de voiture d'un mouvement très lent. Il se retrouve aussitôt entouré d'une poignée d'hommes de tous âges qui ont élevé un barrage sur la route du mont Pellegrino. Divers bagages gisent, éparpillés sur le pavé poussiéreux : certains citadins ont abandonné leurs affaires dans leur fuite. « Qui a décidé que nous ne pouvions plus nous déplacer librement ?

— Tant que nous ne contrôlerons pas la totalité de la ville, personne n'y entre et personne n'en sort.

— Ah. Et me feriez-vous la grâce de m'indiquer qui vous êtes ?

— Des Siciliens libres qui combattent pour l'indépendance de leur patrie. »

Des cris d'effroi éclatent dans la voiture, une main apparaît à la portière et une petite voix aiguë proteste : « Maman, non ! » D'un pas majestueux, Giulia vient se placer à côté de Vincenzo.

« Et que voulez-vous de nous ? » Elle a parlé d'un ton si ferme que le jeune homme baisse instinctivement son pistolet.

Lorsque Vincenzo lui enjoint de remonter en voiture, elle ne daigne même pas lui répondre et reprend, toujours à l'intention du rebelle : « À Palerme, on se bat dans les rues. Nous voulons emmener nos enfants en lieu sûr. Laissez-nous passer, s'il vous plaît.

— Et vous avez pensé aux enfants des pauvres gens ? Eux aussi ont droit à une protection. Cette ville est notre mère à tous, et nous devons rester unis. Allez, madame, rentrez chez vous. »

Frémissante de rage, Giulia réfléchit à une réplique cinglante ; Vincenzo lui pose une main sur le bras et parle à sa place : « J'imagine qu'une donation pour le succès de votre cause ne serait d'aucune utilité ? »

Dans le rire du jeune homme, l'indignation le dispute à la colère. « Mais comment donc ! Vous les riches, vous êtes convaincus que votre argent vous autorise à aller là où bon vous semble et à donner des ordres à n'importe qui. » Le canon du pistolet se rapproche de la poitrine de Vincenzo. « Pour la dernière fois, rentrez chez vous. »

On entend alors un bruit de sabots.

Des cavaliers armés, aux visages fatigués et poussiéreux, font leur apparition. L'un d'eux, au front dégarni et aux joues en partie couvertes de larges favoris, se détache du groupe en s'écriant : « Michele ! Qu'est-ce qui se passe ici ? C'est comme ça que vous traitez les voyageurs, comme des bandits de grand chemin ?

— Don La Masa… » Le jeune homme range son pistolet dans sa ceinture. « Ce monsieur voulait s'enfuir de la ville.

— Et tu te permets de menacer le directeur de la Maison Florio ? Don Florio. Madame… Je m'appelle Giuseppe La Masa et je m'honore d'être un patriote. Ravi de faire votre connaissance. »

Vincenzo est indécis. Il a entendu parler de La Masa et vu son portrait dans plusieurs journaux qui le décrivent comme un dangereux agitateur ; il n'ignore pas non plus qu'il s'agit d'un des adversaires les plus célèbres et les plus recherchés de la dynastie des Bourbons.

Giulia est la première à répondre à son salut, et le gratifie même d'une inclinaison de tête. « Monsieur La Masa… Sachez que vous ne m'êtes pas inconnu et que j'ai même lu votre livre. À vrai dire, c'était plus un manifeste qu'un livre, mais il ne s'en est pas moins révélé très utile. »

Vincenzo se retourne et fixe sur son épouse des yeux écarquillés. Sa colère l'emporte sur l'étonnement. Elle a lu ce torchon ? Ce libelle subversif ? Et comment se l'est-elle procuré ? Sans doute son inconscient de frère qui le lui aura prêté.

Elle le foudroie du regard : ils rediscuteront de tout cela le moment venu.

Dans l'immédiat, il se résout à tendre la main à La Masa. « Puisque vous êtes un patriote, peut-être pouvez-vous m'expliquer pourquoi on nous empêche de rejoindre notre demeure de l'Arenella ?

— Il nous a proposé de l'argent ! s'exclame Michele d'un air scandalisé. Il a essayé de nous corrompre ! Qu'est-ce qu'on peut attendre de bon d'un fuyard ? »

La Masa plisse ses petits yeux, qui ressemblent désormais à deux fentes. Et ce n'est pas l'indignation de Michele qui éveille son attention.

« Est-ce exact ? demande-t-il à Vincenzo.

— Je voulais simplement offrir une donation à votre cause.

— Ah. » Il regarde en direction de Palerme. La fumée produite par les coups de canon et de fusil s'élève au-dessus de la ligne côtière. « Ils sont en train de détruire les murs d'enceinte. Peine perdue. » Puis il s'adresse de nouveau à Vincenzo : « Le peuple est avec nous. Il n'en peut plus des vexations de ces Napolitains qui se croient en pays conquis. Cela ne vous intéresse peut-être pas de savoir à quel point ils nous oppriment et nous refusent toute forme de liberté ; mais en votre qualité de commerçant, vous devez connaître le montant des impôts qui nous écrasent. » Puis il se tourne vers Giulia et lui dit les yeux dans les yeux, en un crescendo impétueux : « Quant à vous, madame, avez-vous une idée du nombre de jeunes filles déshonorées par les soldats de Ferdinand ? Beaucoup avaient l'âge de vos filles, et elles ont été forcées de satisfaire les envies obscènes de ces hommes sans pitié. Le roi nous envoie sa pire soldatesque, il nous traite comme une population de colonisés, pas comme ses sujets. » Il indique à nouveau la ville. « Les Siciliens ont droit à une vie meilleure. Palerme n'est pas seule à s'insurger, l'île entière a pris les armes. »

Vincenzo ne lit rien de rassurant sur le visage du tribun. Et un rapide coup d'œil lui permet de se rendre compte que personne n'a baissé les armes, que les cavaliers entourent aussi la voiture où voyagent ses enfants.

La Masa ne lui laisse pas le temps de réfléchir et lui hurle : « Don Florio, vous qui êtes un esprit éclairé, un des rares entrepreneurs dignes de ce nom établis sur notre île, acceptez-vous de contribuer au succès de notre cause ? De nous aider à construire un monde meilleur ? De mettre vos ressources et votre intelligence au service de la création d'une Sicile nouvelle ? Je vous écoute. Pouvons-nous compter sur vous ? »

*

À Palerme, en mai, les crépuscules donnent un avant-goût de l'été ; mais ils ne se laissent pas admirer aussi longtemps que pendant cette saison ; le soleil ressemble plutôt à un fugitif, pressé de quitter les montagnes pour rejoindre la mer ; aussitôt après, le monde plonge dans la nuit.

Dans l'intervalle, une douce lumière met en évidence les dommages subis par la ville au cours de la révolte. Les boulets de canon ont détruit les murs d'enceinte. Les ruelles sont encombrées des restes des barricades dressées pour entraver l'avancée des troupes royales. Les casernes, comme celle du Noviziato, ont été dévastées. La porte Felice a été couverte d'une immense bâche pour empêcher l'échange de signaux entre le palais royal et les navires mouillant au large.

Il s'en est passé des choses, durant les quatre premiers mois de l'année 1848.

Seul dans son cabinet, Vincenzo peut enfin profiter d'un moment de tranquillité après une journée éreintante.

Il entend un léger bruit.

La porte s'entrouvre ; Giulia se tient debout sur le seuil, en robe de chambre et en pantoufles. « Vincenzo, il est presque minuit. »

Il se masse les tempes. « Et alors ? »

Giulia pénètre dans la pièce et referme la porte derrière elle. « Tu ne manges presque rien. Tu dors très peu. Qu'est-ce qui t'arrive ? »

Il secoue la tête. À l'approche de la cinquantaine, ses responsabilités lui pèsent de plus en plus et il lui arrive parfois de se sentir ployer. « Retourne te coucher, Giulia. Ne t'occupe pas de tout ça, ce ne sont pas des affaires de femme. »

Elle ne bouge pas d'un centimètre et toise son époux, les lèvres serrées en une moue de désapprobation. « Tu me l'as déjà dit quand tu as appris que j'avais lu le pamphlet de La Masa. Tu as tort de croire qu'une femme est forcément une imbécile. Ce livre m'a aidée à comprendre bien des choses, et en particulier pourquoi La Masa et beaucoup d'autres, par exemple Rosolino Pilo ou Ruggero Settimo, essaient d'obtenir l'indépendance de la Sicile. Quant à savoir s'ils réussiront, c'est une autre histoire… Tu peux être en désaccord avec leurs idées, Vincenzo, mais tu ne peux pas nier qu'ils les défendent avec passion. Pour le reste, je ne suis ni ta mère ni ta fille, rien ne devrait t'empêcher de te confier à moi. Qu'est-ce qui te préoccupe ? Encore le nouveau gouvernement, n'est-ce pas ?

— Oui. » Il se met à arpenter la pièce. « Aujourd'hui, j'ai fait quelque chose que je risque de regretter. J'ai commandé une quantité considérable de fusils anglais pour le compte du gouvernement révolutionnaire. Tu mesures l'absurdité de la situation ? Ils ont proclamé la fondation du royaume de Sicile, mais ils n'ont trouvé personne pour accepter la couronne, pas plus le fils de Charles-Albert de Savoie, le duc de Gênes, que tous les autres. Aucun d'eux ne veut se mettre à dos la Grande-Bretagne, qui continue d'être hostile à l'indépendance de l'île. En mars, il y a eu la comédie des élections au Parlement ; et comme d'habitude, les nobles et les riches ont été à peu près les seuls à y participer. Et ils ont aussi tenté de remettre en vigueur la Constitution de 1812... Seulement, il manque une personnalité de référence, un souverain, un chef. Tu comprends ? Nous vivons dans un royaume sans roi ! » Il s'affale dans un fauteuil. « Comme si je n'avais pas déjà assez de soucis avec la réquisition de mes navires et le prêt que j'ai presque été forcé d'accorder.

— C'est une révolution, Vincenzo. La confusion règne et on n'est jamais assez prudent. » Elle s'approche de lui et lui caresse le visage ; il lui attrape aussitôt la main et l'embrasse sur la paume, lui qui se laisse si rarement aller à des démonstrations d'affection. « Tout le monde doit consentir des sacrifices.

— Je sais bien. Mais je ne supporte pas l'idée qu'ils

financent leur guerre avec mon argent. Il m'a fallu une vie entière pour aboutir à… tout ça. » Il désigne les dossiers éparpillés sur son bureau. « Depuis que la révolte a éclaté, nos activités ont diminué de moitié : notre établissement de crédit, notre fonderie, nos navires… Tiens, prends par exemple le *Palermo*, le navire amiral de notre Société des bateaux à vapeur siciliens : il travaillait à plein régime ; à l'heure qu'il est, le gouvernement révolutionnaire s'en sert pour des transports de troupes. Tu as trouvé le mot juste, quand tu m'as parlé de la passion de ces gens-là. Mais il faut nuancer. Malgré ses convictions chevillées au corps, Ruggero Settimo est quelqu'un avec qui on peut dialoguer. Il est conscient que la Sicile n'est pas prête à devenir une république, que les nobles s'y opposeront toujours de toutes leurs forces ; alors il essaie de jouer les médiateurs, de parvenir à des compromis. Avec Pasquale Calvi, en revanche, pas moyen de discuter : c'est le plus pontifiant et le plus têtu des républicains… Tu n'imagines pas le tort qu'ils me font, avec leurs proclamations, leurs exigences incessantes, leurs demandes de soutien à la révolution…

— Ils t'ont payé, au moins ?

Vincenzo lève les yeux au ciel. « Oui. Avec l'argenterie des églises. »

Giulia ne parvient pas à réfréner un éclat de rire. « Tu veux dire… des calices, des ciboires, des encensoirs ?

— Tout à fait. Et je ne vois pas ce qu'il y a de drôle. Impossible de les envoyer à la fonderie, cela va de soi, mais impossible aussi de les échanger contre de la monnaie sonnante et trébuchante.

— Si ta mère l'apprend, elle n'a pas fini de t'accabler de reproches… »

Vincenzo ne se déride pas. Il attrape un des rubans de la robe de chambre de Giulia et l'entortille autour de son doigt. « Même si le gouvernement révolutionnaire semble solidement implanté à Palerme, les partisans du roi et des Napolitains sont encore trop nombreux. Nous sommes au bord d'un gouffre, Giulia, il suffirait d'un rien pour tomber dedans.

— Les gens ont pourtant l'air contents. Le nouveau gouvernement fait de son mieux… »

Vincenzo pousse un soupir. « Les gens se moquent bien de savoir s'ils sont en monarchie ou en république, quand leur assiette est vide… Tu veux que je te dise la vérité ? Ce sont les aristocrates qui ont le plus intérêt à ce que les Napolitains ne remettent jamais les pieds en Sicile. De cette façon, leurs privilèges resteront intacts et ils pourront accaparer les prébendes les plus convoitées. Il y a déjà beaucoup de rejetons de familles nobles au gouvernement, ne l'oublie pas. Ils ont suivi de longues études, ils ont voyagé dans toute l'Europe et au-delà, et ils sont animés par des idéaux splendides. Mais ce n'est pas avec ça qu'on fait bouillir la marmite des pauvres. Pourtant, c'est à eux que le gouvernement doit penser en priorité, sinon… Et comme il manque d'argent, eh bien il s'adresse à moi ou à Chiaramonte Bordonaro. On est allé jusqu'à me proposer de m'enrôler dans la Garde nationale.

— Il n'empêche, ce n'est pas en veillant toute la nuit ou en sautant des repas que tu résoudras tous ces problèmes. » Giulia referme les dossiers ouverts sur le bureau. « L'argenterie des églises peut attendre un jour, et le remboursement du prêt aussi. » Elle se penche vers son mari, dépose un baiser sur son front et lui chuchote : « Allez, viens te coucher. »

Il pose les yeux d'abord sur ses dossiers, puis sur la poitrine de sa femme, dont la blancheur éclatante transparaît sous la mousseline. En dépit du passage des ans, il la désire toujours avec la même ardeur.

Il défait un nœud de sa robe de chambre et lui dit : « J'arrive… »

Leurs murmures se perdent dans le silence de la villa.

*

La tour de la villa dei Quattro Pizzi se dresse devant lui, plongée dans la lumière de l'aube couleur miel. Les fenêtres sont barricadées et la porte fermée. Le bourg de l'Arenella semble désert, personne ne se montre ni dans les rues ni sur les bateaux.

Ignazio replie la longue-vue qu'un marin lui a prêtée et déglutit. Il éprouve une angoisse nouvelle, différente de celle qu'il a ressentie quand il a failli se noyer. Il a été obligé de grandir vite : les événements récents ont contraint sa famille à quitter d'abord l'appartement de la via dei Materassai, puis la villa dei Quattro Pizzi. À dix ans, Ignazio a déjà compris que le destin peut vous enlever, du jour au lendemain, tout ce qui semblait aller de soi : les certitudes, l'aisance, le bien-être.

1848 avait été une année riche en péripéties : les Bourbons avaient été chassés de Sicile, un nouveau gouvernement avait été formé, Vincenzo et plusieurs de ses connaissances s'étaient retrouvés impliqués malgré eux dans son action ; pendant toute cette période, le père d'Ignazio avait été encore plus nerveux et irascible qu'à l'accoutumée. Et 1849 n'avait pas commencé sous de meilleurs auspices : Ignazio avait ainsi appris que Taormine, Catane, Syracuse et Noto avaient capitulé face aux Bourbons au début du mois d'avril, et que le tour de Palerme était venu. Ces nouvelles lui avaient d'autant plus embrouillé les idées que personne n'avait pris la peine d'expliquer certaines choses au petit garçon qu'il semblait encore être.

Toute sa famille avait élu domicile à bord de l'*Indépendant**, un navire à vapeur acquis quelques mois plus tôt par Vincenzo pour sa nouvelle compagnie de navigation, baptisée Ignazio e Vincenzo Florio, qui venait s'ajouter à la Société des bateaux à vapeur siciliens, mais dont il prenait seul à sa charge les pertes et les bénéfices. Les Florio s'y étaient réfugiés parce que c'était un lieu sûr. La nuit précédente, Ignazio avait entendu son père le répéter pour la énième fois à sa mère, à travers la fine paroi qui séparait sa cabine de celle de ses parents : « Je t'ai déjà dit de ne pas t'inquiéter, l'*Indépendant** bat pavillon français, j'ai été bien inspiré de ne pas en changer quand je l'ai acheté… Ni les révolutionnaires ni les Napolitains n'oseront nous attaquer, ils auraient trop peur de s'attirer les représailles de la France. »

Puis, dans le calme inquiétant de la nuit, Ignazio avait épié le bruissement de la robe de sa mère, les battements accélérés de son propre cœur et le clapotis des vagues contre la coque du bateau.

Soudain, Giulia avait chuchoté : « Demain, quoi

qu'il arrive, surtout sois prudent et pense à rester en vie. »

Cette exhortation l'avait beaucoup troublé : elle lui avait révélé d'un seul coup la crainte que sa mère avait jusque-là si bien réussi à dissimuler derrière ses regards rassurants.

Ce *demain* est arrivé, il est devenu *aujourd'hui*. En ce moment, une chaloupe conduit Vincenzo à terre ; au fur et à mesure qu'elle s'éloigne, l'estomac d'Ignazio se tord de plus en plus fort.

Les marins de l'*Indépendant** s'affairent dans un silence respectueux, tout en lorgnant du coin de l'œil ce gamin si sérieux dont les vêtements valent autant que leur paye annuelle. Ils se disent aussi qu'il ne ressemble pas du tout à son père, qu'il n'a ni sa dureté de caractère ni sa fougue.

Ignazio perçoit la curiosité, l'envie et l'étonnement dont il est l'objet ; mais il demeure impassible. Il se retourne pour observer sa mère, debout à la proue : on dirait une statue en plâtre enveloppée dans un grand manteau. C'est à ce moment-là qu'Ignazio remarque les cernes sombres sous ses yeux, les rides aux commissures de ses lèvres, les plis de son front. Jusqu'à présent, il n'y avait jamais prêté attention. Comment a-t-elle pu vieillir autant ? Quand cela s'est-il produit ? Que fait donc la vie aux êtres humains, pour laisser de telles traces sur leur peau ?

Trop de questions pour un petit garçon qui, en ce moment, dispose d'une seule certitude : le visage de sa mère est un masque de frayeur.

Le sort de la révolution étant désormais très compromis, une délégation de notables palermitains est allée à Caltanissetta pour y remettre la reddition de la ville à Carlo Filangeri, prince de Satriano et commandant en chef des troupes royales.

Seulement…

Le peuple, lui, a refusé de capituler. Il s'est à nouveau insurgé et des barricades sont réapparues un peu partout, au cri de : « Aucune concession aux Bourbons, plutôt mourir ! » Même la faim est impuissante contre la haine envers les Napolitains.

Mais les citoyens révoltés ont ensuite été abandonnés à leur triste sort : les chefs du gouvernement se sont enfuis, y compris Ruggero Settimo et Giuseppe La Masa ; les nobles se sont claquemurés dans leurs villas ou leurs palais, indifférents au destin de Palerme en proie au désarroi, affamée, épuisée, détruite.

Rien de tout cela n'est connu d'Ignazio, mais sa mère en est informée. Et elle n'a jamais autant tremblé pour son Vincenzo, parti en ville avec l'espoir que le roi accorde l'amnistie générale promise par Filangeri.

Ignazio rejoint Giulia et lui prend la main. « N'ayez pas d'inquiétude, papa ne tardera pas à revenir. »

Il a prononcé ces mots avec le courage à l'état pur dont sont parfois capables les enfants.

Giulia ne quitte pas la chaloupe des yeux et la voit se diriger vers le petit port de l'Arenella, tout près de leur villa. Elle répond d'abord d'une voix faible : « Espérons-le, Ignazio. » Ensuite, elle resserre les doigts autour de la main de son fils, qui perçoit dans ce geste une force de volonté porteuse d'espoir, et elle ajoute : « Il faut qu'il en soit ainsi. »

Il se blottit contre elle. « Oui, maman.

— Mon petit prince… » Giulia ne peut s'empêcher de sourire.

Comme elle l'aime, cet enfant si réservé. Autant Vincenzo est brusque et rude, autant Ignazio est serein et posé. Il tient beaucoup d'elle, en particulier sa patience, son regard paisible, sa générosité. Son père, en revanche, lui a légué son intelligence aiguë et sa détermination farouche, qui lui permettent de comprendre les tenants et aboutissants d'une situation, de régler son comportement en conséquence et d'obtenir toujours ce qu'il veut. Sans hâte ni caprices inutiles.

La petite tête de Giuseppina surgit de la cale. Ses cheveux tirés et attachés en chignon soulignent la pâleur de son visage anguleux ; de même que sa mère, elle porte un manteau pour se protéger de l'humidité. Angelina, quant à elle, dort encore dans sa cabine, recroquevillée sur elle-même.

« Papa est parti ? »

Giulia acquiesce et lui fait signe d'approcher. Puis elle entoure ses deux enfants de ses bras. « Prions le ciel que le roi leur concède l'amnistie, à lui et à tous les autres. »

Giuseppina lève les yeux vers sa mère et proteste : « Tout ce que papa a fait, les autres l'ont fait aussi ! » Son nez épais, semblable à celui de Giulia, accentue la sévérité de son air renfrogné.

Giulia l'embrasse sur le front. « Je sais bien, mon trésor. Mais ton père est comme le baron Chiaramonte Bordonaro, le baron Riso et le baron Turrisi : il est riche et on l'a… » Elle cherche les mots justes. « … obligé à financer le gouvernement révolutionnaire. Cela dit, le roi aussi a besoin d'argent. Je ne serais pas étonnée qu'il demande un dédommagement à ces messieurs, pour les punir de leur collaboration avec les rebelles. Et je le crois même capable de confisquer une partie de leurs biens, ce qui serait encore pire. »

Pendant que sa sœur continue de bougonner, Ignazio réfléchit. À force d'entendre ses parents parler affaires, il a compris que même si tout le monde hait l'État, chacun doit s'y soumettre. Il demande à sa mère : « Impossible de dire non au roi, n'est-ce pas ?

— Ton père préférerait mourir plutôt que de laisser salir sa réputation. Il ne permettra jamais à personne de prétendre que les Florio n'ont pas le sens de l'honneur. Et il fera son devoir. »

Il le fera, mais il se battra, pense Giulia, les yeux fixés sur Palerme qui émerge de la brume. Pour lui, l'honneur, c'est l'argent : ses usines, ses épices, son vin, ses bateaux… Ce ne sera pas facile de les lui prendre.

*

Lorsque Ignazio descend sous le pont, Angelina est éveillée et occupée à se coiffer, assise sur sa couchette. Son frère lui annonce : « Papa est parti. »

Elle ne répond rien et continue à attacher sa tresse avec des épingles. Ignazio examine son nécessaire de toilette, saisit une brosse et l'agite en la tenant par son manche en cuivre.

Angelina la lui arrache des mains et s'écrie, d'une voix stridente, lourde de rancœur : « N'y touche pas, elle est à moi ! Tu t'imagines toujours que tout t'appartient ici, hein ? »

Ignazio, déconcerté, recule d'un pas. « Qu'est-ce que j'ai fait ?

— Et tu as le culot de le demander ? » Angelina jette la brosse avec une telle violence que sa partie en céramique se fissure.

Son frère recule un peu plus.

« Sans toi, peut-être qu'on nous aurait déjà autorisés à débarquer à terre et à rentrer chez nous. Mais comme ton père ne pense qu'à toi, nous sommes forcés de rester sur ce bateau. » Les plaques rouges apparues sur le visage d'Angelina trahissent la colère qui monte en elle. « Tu n'as toujours pas compris ? Il n'a pas peur pour moi ou pour notre mère, il a peur uniquement pour toi. » Elle tend l'index vers lui.

Les paroles d'Angelina impressionnent moins Ignazio que ses gestes. Il y décèle un ressentiment qu'il juge totalement immérité : il n'a rien demandé, lui, et surtout pas un quelconque traitement de faveur.

Il pose ses petites mains devant sa poitrine. « Moi aussi, je veux rentrer à la maison. » Des larmes perlent à ses paupières. « Ce n'est pas ma faute s'il y a des soldats et…

— Tais-toi ! » Angelina bondit de sa couchette, attrape Ignazio et le secoue de toutes ses forces. « Ton père serait prêt à se faire tuer pour te protéger. Alors que nous, aucune importance ! Il n'y a que toi qui comptes pour lui, toi et personne d'autre. Un jour, tu travailleras à ses côtés et tu seras son héritier. Et tout ça parce que tu es un garçon. » Elle le repousse vers le mur.

Ignazio s'y appuie pour ne pas tomber.

« Giuseppina et moi, nous ne sommes que des

filles. » Elle pleure à son tour, mais de rage, et elle essuie vite ses larmes sur le dos de sa main. « Tant que tu n'étais pas là, il a toujours refusé d'épouser notre mère. C'est la stricte vérité. Et elle lui est restée fidèle quand même. C'est seulement après ta naissance qu'il a accepté de se marier. » Elle s'approche de la porte. « Si nous mourions, maman, ma sœur ou moi, il s'en ficherait complètement ! »

Elle sort. Ignazio, resté seul, se laisse glisser contre le mur et s'assied par terre, les jambes repliées sur la poitrine. Bien des choses lui apparaissent sous un nouveau jour : certaines réflexions des domestiques ; l'amertume et la ténacité de sa mère ; la dureté des regards d'Angelina et la mélancolie de ceux de Giuseppina ; la sévérité de son père ; l'attitude protectrice, voire jalouse, de sa grand-mère paternelle.

Mais son éclair de lucidité n'illumine qu'un instant les profondeurs de sa conscience, et laisse aussitôt la place à des sensations confuses : un vague frisson glacé, un étrange tremblement de ses membres, un léger nœud à l'estomac.

Il est trop jeune pour comprendre.

Sa vie ne lui appartient pas encore.

*

Dans son cabinet de la via dei Materassai, Vincenzo Florio attend. Personne ne sait qu'il est de retour depuis quelques heures.

Il a débarqué non loin de Palerme. Giovanni Caruso, son secrétaire, l'attendait avec une voiture et une petite escorte. Ils sont entrés en ville en faisant un détour par la campagne et en corrompant les gardes.

Dans les rues, les blessures causées par les dévastations sont encore béantes : bâtiments endommagés, portes cochères arrachées, meubles brûlés, armes abandonnées, éclaboussures de sang… Les Palermitains ont le sentiment d'avoir été trahis, et ils sont convaincus que les nobles et les bourgeois ont vendu l'indépendance de l'île au roi pour conserver leurs richesses.

Ils n'ont pas tort.

Vincenzo frissonne. Devant lui, Giovanni Caruso somnole sur un petit divan. Il fait preuve d'un dévouement qui va bien au-delà de ses obligations professionnelles.

Don Florio se sent exténué. Il a certes fait tout son possible pour ne pas trop se compromettre avec le nouveau régime ; mais il a été contraint, par la force des choses, d'assumer des responsabilités au sein de la Garde nationale lorsque les chefs de la révolte se sont enfuis et que les citadins se sont retrouvés dans une situation de désarroi total. Il a cependant pris dès que possible ses distances envers l'action du gouvernement révolutionnaire. De plus, il n'a commis aucune erreur dans la gestion de sa Maison.

Du moins jusqu'à maintenant.

Il arpente la pièce en silence avant de monter dans l'appartement à l'étage, que sa mère n'a jamais voulu quitter. Son rosaire à la main, elle s'est assoupie dans un fauteuil du salon ; des cheveux blancs dépassent de son bonnet ; ses mains décharnées sont couvertes de taches de vieillesse. Vincenzo se souvient du temps où elles étaient vigoureuses, rougies par la lessive ou blanchies par la farine. Et du jour où il les a vues ruisseler de sang.

Ce souvenir, d'abord vague, se transforme en une sensation de vide. Il aurait pu avoir un petit frère ou une petite sœur…

Il recule d'un pas. Sur le visage de Giuseppina, les rides apparaissent comme les traces d'une vie entière remplie d'amertume. Vincenzo sait que son oncle Ignazio lui manque plus que Paolo. Il éprouve pour elle, pour ses soixante-dix ans de souffrances, un mélange de peine et de tendresse.

Il redescend, traverse une enfilade de pièces, gagne sa chambre, s'étend sur son lit, cherche l'odeur de Giulia et ne la trouve pas. Les draps ont été changés, ils sentent le savon.

Que va-t-il se passer maintenant ? Jusqu'où le roi poussera-t-il la générosité ? À qui accordera-t-il son pardon ?

Les yeux fermés, Vincenzo tourne et retourne ces questions dans son esprit. Le goût désagréable de la frustration lui empoisonne la bouche.

Le prince de Satriano. Lui peut me tirer de ce mauvais pas. Il me doit bien ça.

Il y a six ans, un prêt consenti par Vincenzo a évité la honte de la faillite à Carlo Filangeri, prince de Satriano, celui-là même qui l'avait traité de *faquin*. Il l'a sauvé de la ruine précisément pour lui montrer qu'une personne supposée « inférieure » est tout à fait susceptible de rendre des services précieux, à charge de revanche.

Et aussi parce qu'il peut toujours être utile d'avoir ses entrées à la cour.

Le prince vient de l'informer, par le biais d'un intermédiaire, que sa « proximité » vis-à-vis des rebelles et la fâcheuse affaire des fusils achetés pour le compte du gouvernement révolutionnaire ne devraient pas entraîner de graves conséquences pour lui. Vincenzo sera sommé de restituer l'argenterie des églises, cela va de soi, mais selon toute probabilité, les choses devraient en rester là.

Il n'en garde pas moins une certaine inquiétude.

Car il a tiré une leçon de cette période troublée, et il n'est pas près de l'oublier : ne jamais accorder une confiance pleine et entière aux hommes politiques. Se servir d'eux ? Les manipuler ? Les acheter si nécessaire, puisque tout homme a un prix ? Autant qu'on veut. Croire en leurs promesses ? Surtout pas.

La tension de Vincenzo se relâche. La lumière du soleil lui apprend que le jour s'est levé. Après avoir changé de vêtements, il demande à l'un de ses valets de chambre de réveiller Caruso pour lui laisser le temps de se rafraîchir et de prendre un petit déjeuner.

Lorsque son secrétaire se présente devant lui, Vincenzo lui indique la table. « Il y a du café et des biscuits. Servez-vous, je vous en prie. »

Caruso mange lentement, scrute le visage de son patron et lui dit : « L'émissaire du roi devrait être arrivé. Il était attendu dès hier soir.

— Je le pense aussi. » Vincenzo marque une pause, lourde malgré tout d'une certaine appréhension. « Alors en route pour l'hôtel de ville ! »

*

Pour se déplacer en toute discrétion, Vincenzo et son secrétaire s'enveloppent dans de vieux manteaux. Au fur et à mesure qu'ils se rapprochent de leur destination, le silence des rues fait place à un brouhaha croissant et les gens sont de plus en plus nombreux. Il est sans doute arrivé quelque chose d'important. D'au-delà de la piazza dei Quattro Canti, où s'élève le gibet, monte le vacarme d'une véritable marée humaine. Caruso et Vincenzo préfèrent éviter la place et passer par la ruelle qui longe l'église et le monastère Santa Caterina. Mais avant de pénétrer à l'intérieur de l'hôtel de ville, ils doivent se frayer un passage au travers d'une foule en sueur, animée d'une virulente colère. « Dépêchons-nous, dit Vincenzo à son secrétaire, tout ça pourrait mal finir. »

Les fenêtres grandes ouvertes de l'immense vestibule laissent passer les rayons du soleil et les cris venus de l'extérieur. Un employé jette des documents dans les flammes d'une cheminée. Affalé sur une chaise, les mains jointes, le baron Turrisi a le souffle court.

Suivi d'un Gabriele Chiaramonte Bordonaro visiblement soulagé, le baron Pietro Riso s'avance à la rencontre de Vincenzo. « Le pardon royal pour nous. L'exil pour les autres. Le peuple est furieux, il ne veut pas comprendre qu'on s'en tire plutôt à bon compte : aucune condamnation à mort ! Cela étant, je ne doute pas que le roi trouvera une autre façon de se venger de nous.

— Dieu soit loué », murmure Caruso.

De son côté, Vincenzo se contente d'un hochement de tête et demande : « Qui est condamné à l'exil ? »

Riso lui répond : « Tous ceux qui se sont le plus exposés : Ruggero Settimo, Rosolino Pilo, Giuseppe La Masa, le prince de Butera… Une quarantaine de personnes au total. Ouf, tout est bien qui finit bien. »

Un homme au visage bouleversé et rouge de colère fait alors irruption dans la salle. Il pointe l'index sur don Florio et les deux aristocrates. « Honte à vous ! Vendre notre île en échange d'un plat de lentilles ! »

Le baron Turrisi essaie de le calmer : « Don Pasquale, il est trop tard. Il faut sauver ce qui peut encore l'être. Vos idéaux ne se sont pas réalisés et je comprends votre déception, mais nous n'avions pas le choix.

— Ayez la bonté de m'appeler *monsieur* Calvi, mes convictions politiques sont incompatibles avec l'usage des titres, quels qu'ils soient. Et ce n'est sûrement pas avec des hommes comme vous que nous pouvions espérer changer les choses. » Ses yeux lancent des éclairs d'indignation. « Mes fidèles et moi, nous avions rêvé d'une Sicile libre, indépendante et unie aux autres États italiens dans une vaste confédération. Aucun de vous n'y a cru avec sincérité ! Nous nous sommes battus pour rien. Et maintenant, à cause de votre veulerie, nous allons payer pour tout le monde. Mon nom est sur la liste des condamnés à l'exil, je suis obligé de quitter ma patrie ! Et je ne suis pas le seul de ses enfants à devoir subir le bannissement ! Tout cela parce que vous n'êtes que des poltrons. Si vous aviez eu un peu plus de courage, si vous aviez accepté de prendre les armes, à l'heure qu'il est, les Napolitains ne seraient pas aux portes de la ville. »

Vincenzo l'interrompt : « Monsieur Calvi, vos grandes envolées rhétoriques sont tout à fait malvenues. Remerciez plutôt le ciel de ne pas avoir été envoyé à la forteresse de l'Ucciardone, et sachez que je me serais fait un plaisir de vous y escorter. »

Mors tua, vita mea.

Pasquale Calvi avance d'un pas vers Vincenzo. Son désespoir est aussi corrosif que de l'acide. « Vous, vous seriez bien inspiré de vous taire ! Lorsque nous sommes venus vous implorer de défendre la ville, Ruggero Settimo et moi, vous nous avez éconduits, comme tous les autres et en particulier Chiaramonte Bordonaro, ce chien galeux. Capituler devant Filangeri… Bande de lâches !

— Vous auriez sans doute préféré que nous nous laissions tuer juste pour vous faire plaisir ! Eh bien, il se trouve que nous tenons à nos vies. Et pourquoi refusez-vous de reconnaître que nous avons évité un véritable bain de sang ? »

Calvi reste sourd à tous les arguments, et ses yeux se remplissent de larmes. « Vous n'êtes pas seulement un sale parvenu, Florio, vous avez l'âme noire et vous êtes d'un cynisme abject. Vous auriez dû lutter pour Palerme, au lieu de vous déculotter à la première menace pour sauvegarder vos intérêts. »

Vincenzo s'approche de lui et lui réplique d'une voix tonnante : « Vous avez une idée du nombre de gens à qui je donne du travail ? De l'importance de la Maison Florio ? »

Pasquale Calvi le repousse. « Soyez maudits, vous et

votre argent ! Allez au diable ! Je vous souhaite de verser autant de larmes que vous possédez de centimes ! »

L'exaspération de Vincenzo atteint son paroxysme. « Vous voulez me jeter un mauvais sort ? » Il ouvre et referme les poings frénétiquement. « Méfiez-vous ! Mes malédictions à moi sont à effet immédiat. »

Le baron Turrisi tente de s'interposer. « Ça suffit maintenant ! Et vous, Calvi, du calme. Comment vouliez-vous continuer à résister, après la reddition de Messine et celle de Catane ? Avec quelles armes, quelles provisions ? Vous espériez quoi ? Un demi-royaume ? Une république entourée de remparts menaçant ruine ? La bataille était perdue d'avance. Et c'est déjà beaucoup d'avoir obtenu le pardon du roi. »

Calvi le regarde comme s'il le voyait pour la première fois. Il ne cache pas son dégoût et son mépris. « Pour vous, peut-être. » Dehors, la foule vocifère et lance des pierres contre les murs de l'édifice. « Vous les entendez ? Ils n'en veulent pas, de votre capitulation. » Un pavé tombé sur le plancher en fendille le revêtement de majolique. Pasquale Calvi écarte les bras. Son visage exprime un immense chagrin. Celui d'un homme amoureux de son pays, qui a cru en un avenir meilleur, qui s'est consacré corps et âme, au péril de sa vie, à la défense de son idéal. D'un homme dorénavant voué à un destin de proscrit. « Vous avez condamné notre patrie à l'esclavage. J'espère que vous n'en dormirez plus la nuit et qu'un jour vos enfants se révolteront contre vous et votre couardise. » Il se hâte de quitter cette salle dont les cris et les coups de feu venus de l'extérieur semblent faire trembler les murs.

Turrisi se dirige vers la fenêtre et revient vite sur

ses pas. « Mieux vaut nous en aller. Nous reviendrons quand les esprits se seront apaisés. »

Chiaramonte Bordonaro, Turrisi et Vincenzo Florio sortent alors en se faufilant parmi les employés. Les portes se referment derrière eux.

DU THON

octobre 1852-printemps 1854

Nuddu si lassa e nuddu si pigghia si 'un s'assumigghia.
« On ne se quitte pas et on ne se choisit pas, si on ne se ressemble pas. »

PROVERBE SICILIEN

Tandis que, dans le reste de l'Europe, les mouvements indépendantistes se réorganisent tant bien que mal après la répression des insurrections de 1848, Ferdinand II s'efforce de restituer sa cohésion au royaume des Deux-Siciles. Toutefois, afin d'atteindre son objectif, il prend des mesures impopulaires : il impose à la Sicile une dette publique très élevée et suspend pour une durée indéterminée la Constitution promulguée par le Parlement de l'île en mars 1848. Lassés de la longue période d'instabilité qui vient de s'écouler, le peuple et les administrations locales s'inclinent devant ces décisions ; quant aux aristocrates, ils prennent leurs distances envers les tentatives de rébellion, qui continuent à se succéder mais qui constituent désormais des phénomènes isolés, liés pour l'essentiel à des contextes ruraux et sans véritable écho dans les villes.

Malgré les pressions du gouvernement anglais, Ferdinand II refuse d'alléger la fiscalité et le climat de terreur que fait régner sa police. Son royaume devient alors l'archétype d'un pouvoir réactionnaire marqué par un profond mal-être, aussi bien dans sa politique intérieure que dans ses relations internationales. Monté sur le trône en 1859, le fils de Ferdinand II, François II, se retrouve ainsi entouré d'une noblesse souvent rétrograde et jalouse de ses privilèges. Incapable de rompre avec la ligne de conduite de son père, il empêche de facto l'Italie du Sud de s'engager sur la voie du progrès économique et social.

L'élan patriotique des exilés de 1848 continue cependant d'animer les écrits et l'activité d'un grand nombre d'entre eux, en particulier Giuseppe La Masa, Ruggero Settimo et un jeune avocat combatif originaire de Ribera, dans la province d'Agrigente : Francesco Crispi.

« Le filet est jeté, les rets sont tendus, les thons s'y jetteront la nuit, à la clarté de la lune[1]. » Pendant des siècles, et jusqu'à nos jours, la réalité de la pêche au thon est restée fidèle à cette description qu'en avait donnée Hérodote au Ve siècle avant Jésus-Christ.

Ces poissons pacifiques à la peau argentée sont capables de parcourir des dizaines de kilomètres en bancs de centaines d'individus. Sur le passage de leurs masses gigantesques, les étendues marines sont agitées de lames de fond et traversées de bruits divers. Au printemps, lorsque les températures s'adoucissent, ils quittent l'Atlantique pour se reproduire en Méditerranée. Leurs chairs sont alors grasses et leurs corps prêts à l'accouplement.

C'est à ce moment-là que l'on déploie les filets maillants en nappes, selon une technique inventée par les Arabes, transmise par les Espagnols et portée à son apogée en Sicile.

---

1. Hérodote, *L'Enquête*, texte présenté, traduit et annoté par Andrée Barguet, Paris, Gallimard, « Folio classique », 1964, I, 62, p. 70. (N.d.T.)

La pêche au thon y est un rite.

Depuis des siècles, des familles entières en tirent leur subsistance : les hommes en mer et les femmes à terre, dans les madragues. En automne et en hiver, on répare les navires, on reprise les filets. Au printemps et en été, on procède à la pêche et aux différents travaux qui la suivent.

Parfois appelé « cochon de la mer », le thon est en effet un animal dont aucune partie n'est laissée inexploitée. Sa viande rouge moelleuse est mise en salaison et vendue dans de grands barils ; ses arêtes et sa peau, séchées puis broyées, servent d'engrais ; sa graisse est utilisée comme combustible pour les lampes à huile ; ses œufs sont l'ingrédient principal et précieux de la boutargue.

Toute la vie de la madrague tourne autour de lui.

Et il est depuis toujours associé au sel, comme si, jusque dans sa mort, il ne se résolvait pas à abandonner la mer, même réduite à une forme élémentaire.

*

Lieutenant général du royaume de Sicile, prince de Satriano, duc de Taormine depuis 1849 en récompense de ses mérites militaires lors de la reconquête de l'île, Carlo Filangeri est assis dans son élégant cabinet aux murs revêtus de *boiseries** et orné des armoiries de Palerme. Au-dehors, le soleil tiède de la fin du mois d'octobre s'étend sur les toits de la ville et dessine des ombres dentelées sur les merlons de la cathédrale.

Des lettres sont posées sur le bureau. Remplies de phrases enflammées, écrites avec des plumes trempées dans le fiel, elles racontent le duel épistolaire qui oppose Vincenzo Florio à Pietro Rossi.

Deux ans plus tôt, en 1850, Filangeri en personne a nommé don Florio surintendant de la Banque royale des Domaines au-delà du Phare, c'est-à-dire la Sicile. Car il était convaincu que cet homme était prêt à exercer des fonctions dépassant le cercle déjà très large de ses activités commerciales, que sa rouerie le rendrait utile aussi à l'administration de l'île.

L'aristocrate lisse ses favoris, qui descendent presque jusqu'au milieu de sa mâchoire. L'affaire est épineuse.

Pietro Rossi est le président de la Banque royale. Proche de la Couronne, puissant, estimé, méticuleux, inflexible, tout d'une pièce, il exige de quiconque la plus grande rectitude. Et sa personnalité lui interdit bien entendu d'éprouver la moindre sympathie pour quelqu'un comme Vincenzo, qui fait et défait sans cesse, met la main à une entreprise pour passer aussitôt à une autre et ne pense, en toutes circonstances, qu'à s'enrichir.

Un jour, Rossi avait même déclaré à Filangeri : « Ce déchargeur parvenu ferait aussi bien de s'en tenir au négoce. Il n'a qu'à continuer ses trafics avec ses bateaux et laisser la politique à ceux qui veulent vraiment se mettre au service de la chose publique. »

Moins d'une semaine plus tard, il apportait les preuves du manque d'exemplarité de don Florio dans l'accomplissement de sa mission, en insistant sur ses absences injustifiées aux réunions et aux séances d'enregistrement. En conclusion de son rapport, Rossi suggérait l'hypothèse d'une démission de Vincenzo, seul moyen de lui épargner la honte d'une destitution – désormais inévitable, à son avis.

Filangeri n'était pas disposé à lui infliger une telle sanction, ou du moins pas sans l'avoir entendu. Il l'avait donc convoqué pour lui expliquer la situation, mais leur entretien n'avait hélas fait que confirmer ses inquiétudes.

Vincenzo lui avait répondu, d'un ton exaspéré : « Celui-là, je le détruirai. Il me calomnie auprès de tout le monde : le ministre, le directeur des Finances, vous-même…

— Voyons, don Florio… Avouez que vous pourriez consacrer un peu plus de votre temps à la Banque royale. Assister aux réunions, par exemple. Au fond, vous ne manquez pas de proches collaborateurs et vous disposez de personnes de confiance tout à fait en mesure de vous remplacer, j'en suis convaincu. Sinon, je vous engage à renoncer à cette charge qui ne vous confère aucun prestige et vous rapporte un salaire dérisoire. Pourquoi vous compliquer la vie ?

— Je vous remercie de votre sollicitude, mais je sais gérer ma Maison, et les choses n'avancent pas si je ne m'en occupe pas moi-même, avait répliqué Vincenzo d'un air sombre. Les remarques de M. Rossi sur le comportement qu'il souhaiterait me voir adopter sont insultantes. Je ne ménage pas mes efforts, moi, je donne du travail à des dizaines de familles ; mais, selon lui, je devrais rester assis à attendre que les capitaines de mes navires viennent m'apporter des engagements de payer ou des bulletins de chargement ; jouer les ronds-de-cuir, en somme. Comprenez-moi bien. Certaines affaires doivent se régler de l'intérieur. » Puis il avait ajouté, en désignant d'un ample geste le palais où ils se trouvaient : « Pour veiller sur sa bourse, il vaut toujours mieux avoir un emploi ici, ou en tout cas des relations. Vous êtes mon ami, je vous en remercie et vous me permettrez d'être sincère : ce n'est pas la rémunération de ma fonction qui m'intéresse, c'est la possibilité qu'elle m'offre de travailler dans de bonnes conditions. » Il avait prononcé ces mots avec une expression fatiguée mais déterminée. « Il *faut* m'aider, monsieur le prince. »

Filangeri s'était humecté les lèvres et avait frotté ses paumes moites sur son pantalon. Vincenzo ne lui avait pas demandé un service, il lui avait donné un ordre. « Ce n'est pas si facile, et vous le savez parfaitement. Rossi en a référé au directeur, je suis obligé de lui transmettre son rapport et… »

Vincenzo l'avait interrompu : « Transmettez, transmettez, je vous en prie. Loin de moi l'idée de vous créer des difficultés. Je tiens simplement à vous rappeler que je sais être reconnaissant envers mes amis et implacable envers mes ennemis. D'ailleurs, vous avez pu mesurer vous-même l'étendue de mes bontés. »

Filangeri n'avait rien répliqué, il s'était contenté de dévisager ce Vincenzo Florio qui avait toujours été sa planche de salut. Lorsque son train de vie avait largement dépassé ses moyens et que l'ombre menaçante de la faillite s'était profilée à l'horizon, don Florio lui avait toujours apporté son aide. Filangeri l'avait certes tiré d'un bien mauvais pas, aussitôt après la révolution ; mais ce n'était rien en comparaison de toutes les fois où…

Il avait donc fait suivre le rapport de Rossi au directeur des Finances de la Lieutenance générale de Sicile, mais en prenant soin d'y ajouter une note où il qualifiait de très discutable la solution proposée par le directeur de la Banque royale, exprimait son souhait d'en trouver une autre et concluait qu'il n'était pas opportun d'adopter une attitude tatillonne.

En conséquence, la requête de destitution de Vincenzo Florio avait été classée sans suite.

Mais depuis, l'hostilité entre les deux hommes n'a rien perdu de sa virulence.

D'une manière ou d'une autre, tout cela finira mal. Filangeri pousse un soupir, se lève, range les papiers, se rassied lourdement. Cette affaire n'a que trop duré et elle risque de paralyser l'activité de la Banque royale. Il ira en parler au directeur des Finances, sans oublier de préciser que personne n'a intérêt à mettre des bâtons dans les roues à quelqu'un comme don Florio.

*

Sur la route qui conduit à Marsala en longeant la côte, une voiture caracole, escortée par deux cavaliers et fouettée par le vent. Elle atteint ensuite l'exploitation vinicole des Florio, franchit la porte cochère et s'immobilise dans un grincement de ressorts. Les chevaux hennissent de fatigue.

Sous le ciel lourd et terne de novembre, la mer grise, agitée, émet un mugissement troublant. Les îles Égades ne sont plus que des taches indistinctes perdues à l'horizon. L'automne 1852 est arrivé sans crier gare, apportant dans son sillage un froid sec qui épuise les terrains.

« Bienvenue ! » Giovanni Portalupi accueille son beau-frère par une poignée de main.

Vincenzo y répond sur un ton rude : « Merci. Quel sale temps ! Rien que du vent et des nuages. Si au moins il pouvait pleuvoir… » Puis, sans rien ajouter, il se dirige vers la maison de maître.

Un jeune homme descend alors de voiture. Grand et grassouillet, il dissimule ses rondeurs sous un large manteau. Il rejoint Portalupi et lui tend la main. « Monsieur… Comment allez-vous ?

— Bien, je vous remercie. Des nouvelles de votre père ?

— Il résiste vaillamment à la maladie, grâce au ciel. Il est resté à Palerme, au siège de la Maison Florio. » Vincenzo Caruso, le fils de Giovanni, sort une liasse de lettres de sa sacoche. « De la part de madame votre sœur. Elle m'a aussi chargé de vous transmettre ses salutations.

— Merci. Comment l'avez-vous trouvée ?

— Généreuse et forte, comme à son habitude. Elle s'occupe beaucoup de ses deux filles et consacre le reste de son temps au jeune Ignazio. »

Vincenzo les appelle avec impatience.

Caruso échange un clin d'œil avec Portalupi, qui lui demande : « Les nouvelles sont mauvaises ? »

Caruso acquiesce. « Ne le faisons pas attendre, je vous expliquerai plus tard, dès que nous aurons un moment de libre. »

Ce moment n'arrive qu'en fin d'après-midi, après

l'examen approfondi des registres, des bons de commande et des prévisions pour l'année suivante.

Une odeur douceâtre de vin et de bois règne dans toute la maison de maître. Il s'y mêle un chaud parfum de miel, à peine acidulé, qui rappelle les journées d'automne où le moût fermente et les tonneaux sont à moitié vides, avant d'être remplis à ras bord avec le vin nouveau.

Les trois hommes rejoignent le petit salon ; un dîner les y attend.

« Nous n'avons pas autant de parts de marché qu'Ingham, c'est vrai, mais nous sommes presque à égalité avec Woodhouse. Et malgré les droits de douane dont les Anglais nous accablent, la production est en augmentation constante. » Caruso s'assied à table et pose sa serviette sur ses genoux.

« Dieu soit loué, il y a aussi le marché français. » Giovanni Portalupi sert le vin. « Goûtez-moi ce catarratto : il vient des derniers vignobles que nous avons achetés. J'en ai mis un tonneau de côté pour les repas. »

Vincenzo claque la langue contre son palais. « Moelleux. Bouquet agréable.

— Il a été vinifié dans notre propriété d'Alcamo, une excellente région pour les blancs. » Giovanni appuie son menton sur ses poings fermés. « Je t'avais promis de ne te fournir que des produits de première qualité, et j'ai tenu parole. » Portalupi ne cache pas sa fierté, sans pour autant exagérer.

Son beau-frère lui adresse un regard furtif. « Tu as bien travaillé, je te l'accorde. Après ma mauvaise expérience avec Raffaele, j'étais réticent à employer des membres de ma famille dans mon entreprise. Mais les premiers bénéfices sont enfin au rendez-vous. »

Ils ne parlent pas de Giulia. Pas après ce qui s'est passé.

Elle a pourtant été le principal artisan de leur rapprochement. D'un côté, elle a poussé son mari à engager son frère ; de l'autre, elle a demandé à Giovanni de s'investir énergiquement dans la gestion de l'activité vinicole des Florio.

« Pour l'année prochaine, on peut tabler sur environ mille trois cents tonneaux. » Caruso continue ses calculs. « Combien d'ouvriers à temps plein ?

— Toujours soixante-dix, plus les enfants, répond Portalupi. Les presses à vapeur nous permettent d'économiser sur la main-d'œuvre. Woodhouse produit à peine plus de tonneaux que nous, mais il dépense bien davantage en salaires. »

Un domestique entre pour servir le premier plat, un épais bouillon de poisson dont l'arôme envahit la pièce. Les trois hommes mettent leurs papiers de côté et entament leur dîner. Puis Giovanni reprend, à l'intention de son beau-frère :

« Et surtout, ses méthodes de production sont dépassées. Ton véritable concurrent, c'est Ingham. Son exploitation de la Casa Bianca est équipée d'outillages à vapeur dernier cri. » Vincenzo s'essuie les lèvres avec sa serviette puis rétorque : « Ingham a beau être mon ami et mon associé, il n'a pas hésité à mettre en circulation des rumeurs injurieuses à propos de notre vin, notre agent de Messine m'en a informé preuves à l'appui. Cela veut dire qu'il nous craint. »

Portalupi pousse un profond soupir. « Vincenzo,

Ingham est une frégate et nous ne sommes qu'un brigantin.

— Plus petit et plus rapide. Notre production est inférieure à la sienne en quantité, mais du point de vue qualitatif il ne nous arrive pas à la cheville. »

Son beau-frère ébauche un sourire, le premier de la journée.

Après dîner, lorsque les trois convives sont rassasiés et détendus, Giovanni se risque à aborder une question délicate : « Et avec Pietro Rossi, comment vont les choses ?

— Mal. » Vincenzo jette sa serviette froissée sur la table. « Le mois dernier, cette ordure a convoqué une réunion le lendemain de mon départ pour Marseille. Il est prêt à tout pour me pousser à la démission. »

Giovanni joint les mains. « Tu as ta conscience pour toi, non ? Tu fais bien ton travail ? »

Caruso s'éclaircit la gorge et laisse son regard errer sur le mobilier.

Vincenzo triture de la mie de pain avant de répondre : « Ils ont programmé mes présences aux caisses les jours de départ de mes navires à vapeur et de mes bateaux à voiles. Comment voulais-tu que je fasse ? » Une telle justification a toutes les apparences d'un demi-aveu.

« Tu as pourtant des collaborateurs fiables et compétents. » Giovanni lève son verre en direction de Caruso, qui le remercie par un geste analogue.

« Ce n'est pas la question. Et n'oublie pas que si je n'avais pas eu confiance en toi, je ne t'aurais jamais engagé.

— C'est plus fort que toi, hein ? Tu ne peux pas

t'empêcher de tout contrôler jusque dans les moindres détails. » Giovanni ne fait pas seulement allusion à l'activité professionnelle de Vincenzo, mais aussi à sa vie privée.

Son beau-frère le sait très bien, mais il hausse les épaules et réplique, d'un air presque humble et résigné : « Je suis ce que je suis. »

Giovanni se sert un verre de vin, secoue la tête et part d'un grand éclat de rire. « Tu es fou.

— Pas du tout. Dans ma position, il est indispensable de faire comprendre aux autres qu'ils ne peuvent pas se permettre de me manquer de respect. Et pour y parvenir, je ne dois pas me laisser intimider. En accumulant les rapports contre moi, Rossi espère m'effrayer. Il se trompe. Si tes ennemis réussissent à flairer ta peur, ils ont gagné. » Vincenzo marque une pause. « Moi, je ne crains rien ni personne. Et aujourd'hui, je le lui ai bien montré. »

Caruso se tourne vers Giovanni. « Rossi refuse de verser à votre beau-frère sa rémunération de surintendant. Don Florio a donc envoyé un courrier au prince de Satriano pour lui demander d'exiger de Rossi qu'il la lui paie.

— Et j'ai aussi insisté sur le fait que ce n'est pas un hasard si les réunions sont toujours programmées les jours de départ de mes embarcations, précise Vincenzo. Tout ce que j'affirme dans ma lettre est vrai.

— Je n'en doute pas, mais j'imagine aussi les termes que tu as dû employer. »

La remarque de Giovanni déclenche l'hilarité générale. Dès que le domestique a fini de desservir la table, Caruso prend congé : la journée a été fatigante et il a besoin de repos. Giovanni ne tarde pas à se retirer lui aussi ; demain, il devra suivre l'exemple de son beau-frère et se lever à l'aube.

Vincenzo reste donc seul au petit salon, où le silence n'est rompu que par le bruit des rafales de vent contre les fenêtres.

Des souvenirs lui reviennent à l'esprit.

Il se rappelle sa découverte de Marsala et des terrains vierges, en bord de mer. La première vinification. Son anxiété, le jour où l'un de ses bateaux a levé l'ancre à destination de la France, une cargaison de vin à son bord.

À l'époque, son lien avec Raffaele avait conservé toute sa force. Ils étaient amis, en plus d'être cousins. Aujourd'hui, il ne sait même pas où il habite.

Une sensation d'amertume, de solitude et de ressentiment se mêle à son orgueil. Il y a quinze ans, tout était si différent.

*

Ils étaient là, dans cette même pièce, dont l'ameublement était alors réduit à l'essentiel. Il faisait jour.

Raffaele se tenait debout devant Vincenzo. « Je… Pourquoi est-ce que tu m'accuses de ne pas avoir à cœur l'exploitation ? Je m'y dévoue corps et âme autant, voire plus que toi. Comment oses-tu prétendre que je n'en fais pas assez ? » Il avait levé les bras au ciel. Son visage, encore serein quelques instants plus tôt, exprimait une incrédulité offensée. Il avait les traits tirés et le teint pâle. « Quelle erreur ai-je commise, Vincenzo ? Dis-le-moi, je t'en prie, parce que je crois vraiment avoir fait de mon mieux et… C'est comme ça que tu me remercies ? »

Vincenzo n'avait pas prêté beaucoup d'attention aux protestations de son cousin. « Ce n'est pas une question de sincérité, Raffaele. Je ne remets pas la tienne en doute, je sais que tu travailles sérieusement ; mais ça ne suffit pas, la Maison Florio a besoin d'autre chose. » Il avait cherché à ne pas être trop blessant, malgré son exaspération et le reflux acide qui lui montait à la gorge. Pourquoi Raffaele ne se contentait-il pas d'accepter sa décision sans discuter ? Pourquoi éprouvait-il le besoin de se comporter comme un mendiant ?

Affligé mais opiniâtre, Raffaele avait insisté, comme si son cousin lui volait quelque chose. Il s'obstinait à refuser de regarder la réalité en face : Vincenzo considérait l'activité vinicole comme sa chose, il n'avait aucune intention de la partager avec d'autres ; et s'il lui en avait confié la gestion, c'était pour en accroître le rendement. Or Raffaele n'avait pas été à la hauteur de sa tâche.

Le malaise n'avait donc fait que croître entre les deux hommes. Vincenzo s'était efforcé de se réfréner, mais en vain, et il avait fini par éclater : « En voilà assez, maintenant, il ne reste plus rien à ajouter. Ma décision est prise, Raffaele. J'espérais que tu adopterais un comportement différent, plus… actif, oui, c'est le mot. Je t'y ai incité à maintes reprises, je te l'ai même écrit. Peine perdue. Tu m'as toujours fait l'effet d'un curé de campagne aux prises avec une paroisse de bergers. Je ne reviendrai pas en arrière, le temps des palabres est terminé. »

Une émotion nouvelle était alors apparue sur le visage de Raffaele. Une colère croissante s'était emparée de lui et il avait demandé à Vincenzo : « Qu'est-ce que tu veux dire par là ?

— Je t'ai pourtant assez répété d'être plus entreprenant, tu t'en souviens ? Ne le nie pas. Et inutile de prétendre que tu ne comprends pas. J'ai essayé de t'ouvrir les yeux, de te rendre plus agressif. Dans le monde où nous vivons, on n'a pas le droit de se laisser marcher sur les pieds. Mais toi, tu es toujours là à prendre une infinité de précautions, tu n'es pas capable d'agir sans demander l'autorisation… » Le ton de Vincenzo trahissait son courroux. « Finissons-en, je ne supporte plus tes jérémiades. Je vais te racheter ta part du capital. Libre à toi, ensuite, d'utiliser à ta guise la somme que tu toucheras. »

Écarlate, les mains agrippées au dossier d'un fauteuil, Raffaele avait secoué la tête en signe de refus, et sa voix avait atteint son registre le plus aigu : « Non. La vérité est tout autre. Tu ne veux pas de membres de ta famille parmi tes collaborateurs parce que tu serais obligé de leur accorder ta confiance. Je ne t'ai jamais grugé, moi, avait-il ajouté en se frappant la poitrine. Seulement, tu préfères t'entourer de laquais. D'esclaves. »

Et tandis que Vincenzo observait son cousin, il avait remarqué le soudain affaissement de ses joues, comme si son visage avait commencé à fondre. Puis Raffaele avait repris : « J'y crois, moi, à cette exploitation. Je lui suis dévoué de tout mon être, je lui ai fait le sacrifice de ma vie… et tu voudrais me la prendre ? Je n'ai pas mérité un tel affront. » Il avait baissé la tête et essuyé ses yeux emplis de larmes.

Ce geste avait déclenché l'explosion de colère de Vincenzo. « Tu ne vas tout de même pas te mettre à pleurer comme un petit garçon ! Nous sommes entre adultes et nous parlons affaires. Je ne suis pas satisfait de ta gestion, point final. Quand tu m'auras revendu ta part, tout redeviendra comme avant entre nous. »

Pendant quelques instants, on n'avait plus entendu que la lourde respiration de Raffaele. Il avait ensuite relevé la tête. « Trouve un moyen quelconque, limite ma rémunération à un pourcentage sur les ventes si tu estimes que c'est la bonne solution, mais permets-moi de rester au moins comme régisseur. J'aime travailler ici et je connais bien les ouvriers. » Sa voix, redevenue plus grave, avait pris une nuance d'amertume. « On m'avait prévenu de me méfier de toi. J'ai eu grand tort de ne pas écouter. Tu es comme ton père.

— Ceux qui t'ont dit ça ne comprennent rien au commerce. Je ne peux pas me permettre d'être aussi timoré que toi : Ingham et Woodhouse sont de vrais requins, il suffirait d'un rien pour qu'ils me reprennent les quelques parts de marché que je leur ai arrachées. Et toi, tu n'as rien obtenu avec tes sempiternels “s'il vous plaît”, “veuillez m'excuser”… Il faut taper du poing sur la table, se bagarrer bec et ongles, n'avoir de pitié pour personne. Être circonspect dans certaines circonstances, audacieux dans d'autres. Mais tu es incapable de saisir la différence, tu as toujours besoin de ma présence derrière toi.

— Je t'ai préservé d'un nombre incalculable de risques inutiles, et tu ne trouves rien de mieux que de m'accuser de pusillanimité ! Me reprocher d'avoir été trop avisé ! Grâce à moi, les dettes ne se sont pas accumulées. Tu devrais m'en être reconnaissant au lieu de me licencier !

— Quand admettras-tu enfin que tu n'es pas fait pour ce métier, Raffaele ? Tu n'es ni plus ni moins qu'un secrétaire, et moi, j'ai besoin d'un associé. Tu n'as pas le caractère requis pour remplir ta mission, tu en es incapable. Mets-toi ça dans la tête une bonne fois pour toutes. »

Raffaele avait reculé d'un pas, comme s'il avait reçu une gifle. « Contrairement à ce que tu crois, tout ne se limite pas à l'argent. Il faut aussi un supplément d'âme. De l'amour et de la passion. Mais qu'est-ce que tu peux y comprendre ? Un chien-loup, voilà ce que tu es. » Il avait défait son nœud de cravate et secoué la tête. « Donne-moi la somme qui m'est due. Jusqu'au dernier centime. Maintenant. Je ne veux plus jamais entendre parler de toi. »

Il avait ensuite disparu de la vie de Vincenzo, sans exiger davantage que ce qui lui revenait de droit. En cela aussi, il avait manqué de courage. Vincenzo avait appris qu'il s'était lancé dans une double activité de négociant en vins et de régisseur de vignes, et qu'il avait choisi de demeurer à Marsala. Grand bien lui fasse !

Mais au bout de quelques mois, Vincenzo avait commencé à éprouver une sensation de vide difficile à définir et tout à fait inhabituelle chez lui. Car Raffaele avait eu raison sur un point : on ne peut pas se passer de collaborateurs dignes de confiance. Son cousin n'était pas entreprenant, certes ; mais il était fiable.

Or, mis à part Carlo Giachery et peut-être, d'une certaine manière, Ingham, Vincenzo n'avait pas d'amis.

Il avait alors pris conscience de sa solitude.

Paolo Barbaro, son père, et sa tante Mattia étaient morts depuis de nombreuses années. Giuseppina lui avait souvent demandé de l'emmener voir la tombe de sa belle-sœur, mais il avait toujours remis à plus tard. Il n'aimait pas les cimetières. Les membres de sa famille nés à Bagnara étaient tous morts. Il n'avait plus de racines.

Cela dit…

Il soulève son verre et porte un toast silencieux. Tôt ou tard, les êtres humains finissent toujours par le décevoir.

Ses racines à lui, ce sont ses entreprises. Le tronc, c'est la Maison Florio. Sa richesse et son prestige ont décuplé. Pourtant, son sentiment d'insatisfaction n'a pas disparu.

Oui, mais…

Il existe une personne qui s'est toujours accrochée à lui comme le lierre à une autre plante, pour le meilleur et pour le pire. La seule à qui il voue une confiance totale. Pour lui, elle a accepté de vivre dans l'ombre et de passer pour une courtisane aux yeux de sa propre famille. Quand il l'a repoussée, elle ne s'est pas avouée vaincue. Elle lui a accordé son pardon même quand il ne le méritait pas. Elle ne l'a jamais abandonné. En aucune circonstance.

Giulia.

*

Vincenzo est de retour à temps, via dei Materassai, pour accompagner sa famille à la messe du dimanche et rencontrer à l'église plusieurs commerçants qui entretiennent des relations d'affaires avec lui.

Le soir, après avoir refermé les registres, il quitte ses bureaux déserts et gagne son appartement. Sa mère y égrène son rosaire devant un braisier en cuivre ; elle a laissé la fenêtre entrouverte pour évacuer la fumée et l'on entend le bruit de la pluie qui remplit de boue les tuyaux d'écoulement.

« Comment vous portez-vous ? lui demande-t-il en l'embrassant sur le front.

— Bien. Et toi ? » Elle lui passe une main sur la joue en un geste demeuré inchangé depuis son enfance, à l'époque où elle lui lavait le visage dans une cuvette. « Tu m'as l'air fatigué. Ta femme te prépare assez à manger, au moins ?

— Mais oui. C'est juste que j'ai beaucoup travaillé. Et puis, ce n'est pas Giulia qui fait la cuisine, nous avons une domestique pour ça. Vous vous en souvenez, n'est-ce pas ? »

Giuseppina ne cache pas son agacement. « Une bonne épouse doit toujours surveiller le personnel domestique ; sinon, ils ne s'acquittent pas bien de leurs tâches. Et elle n'a pas de temps à perdre à lire des livres, surtout dans ces langues étrangères qu'elle est la seule à connaître. Allez, accompagne-moi dans ma chambre. »

Vincenzo ne réplique rien à l'attaque contre Giulia et il aide sa mère à se relever. Son corps, maltraité par le passage du temps, n'a plus rien d'imposant. Vincenzo continue néanmoins à voir en elle la femme sévère qui le poursuivait dans les ruelles, mais il reconnaît aussi dans ses yeux l'adoration mêlée de douceur qu'elle lui voue depuis sa naissance.

Dans sa chambre, le coffre qu'elle avait apporté de Bagnara et qui contenait son trousseau de mariée est toujours là, de même que la cuvette et le broc datant de l'époque de son mariage avec Paolo. Un crucifix en corail est accroché au mur ; un châle, posé au bord du lit, semble soudain à Vincenzo plus petit et plus élimé que dans sa mémoire.

Il le soulève et s'exclame : « Vous l'avez encore ?

— Il y a des choses dont je n'ai pas réussi à me séparer, malgré tout l'argent que vous avez rapporté à la maison, toi et… ton oncle. En vieillissant, on aimerait ralentir l'écoulement du temps ; mais il ne vous obéit pas. Alors, on s'attache aux objets. Tant qu'ils existent encore, on existe aussi. Le spectacle de la vie qui s'en va, goutte après goutte, n'a rien d'agréable. » Giuseppina s'assied sur son lit et presse le châle contre sa poitrine. Un regret lui noue l'estomac et elle reprend, avec un tout petit filet de voix : « Nous avons tort d'appeler ça des souvenirs. Ce châle et ton anneau, par exemple. » Elle désigne l'alliance de la mère d'Ignazio. « Ce sont des bouées de sauvetage, quand on se noie dans les flots de la vie. »

Lorsque Vincenzo rejoint la chambre matrimoniale, Giulia dort déjà. Les années ont été plus clémentes pour elle que pour sa mère. Depuis quelque temps, elle a des douleurs dans le dos et une digestion difficile, mais elle est restée belle. Vincenzo jette ses vêtements sur une chaise et se blottit contre sa femme qui, toujours endormie, lui prend la main et la pose sur son cœur.

*

Le bateau à vapeur tangue paresseusement dans le port de Favignana. Sous le soleil, les petites maisons du village – à peine plus que des cabanes, avec leurs murs en pierre sèche et le tuf laissé à vue – semblent avoir été dessinées par un enfant.

Une chaloupe se détache du navire et accoste sur le môle devant le fort San Leonardo, l'ancien bastion de défense des lieux. Quelques hommes et un jeune garçon en descendent, longent le village et se dirigent vers la droite, là où se dressent de vastes hangars donnant sur la mer dont les portes ressemblent à des bouches grandes ouvertes et les grilles à des dents en partie plongées dans l'eau.

Vincenzo avance d'un pas rapide, tout en profitant de la chaleur du soleil. Ignazio, maintenant âgé de quatorze ans, marche à ses côtés.

Il l'accompagne souvent à son bureau, et parfois même à l'exploitation vinicole de Marsala ; mais c'est la première fois que Vincenzo l'emmène à la madrague de Favignana, qu'il administre depuis plus de dix ans et dont il a fait un modèle de réussite. Cela n'a pourtant pas été facile : le loyer ayant toujours été et restant très élevé, don Florio a dû rassembler autour de lui tout un groupe d'associés, mais il a assumé seul les risques liés à l'introduction d'une nouvelle méthode de conservation des produits. Grand bien lui en a pris : aujourd'hui, le thon à l'huile est une denrée répandue dans toute la Méditerranée.

Lorsqu'un sourire se dessine sur les lèvres de son père, Ignazio l'interroge des yeux.

« Un souvenir m'est revenu, lui explique Vincenzo. Viens, je vais te montrer. »

Ignazio ne laisse rien voir de l'excitation qu'il ressent. Il suit Vincenzo à grandes enjambées, les yeux plissés pour se protéger contre la réverbération de la lumière, et s'exclame : « J'aime beaucoup cet endroit ! L'air est pur, le silence règne. Rien à voir avec Palerme.

— C'est parce que le vent souffle dans le bon sens. Tu verras, quand nous serons arrivés dans les ateliers. »

De fait, dès qu'ils dépassent le fort San Leonardo et le virage qui sépare le village de la madrague, leurs narines sont assaillies par une odeur nauséabonde de pourriture, de chair en décomposition, de mort. Certains, y compris Caruso, se mettent un mouchoir devant le nez. Pas Vincenzo.

Tout en luttant contre la nausée, Ignazio le regarde respirer à pleine bouche, sans tenir le moindre compte de cette puanteur infecte. Si son père en est capable, alors pourquoi pas lui ? Maintenant qu'il a grandi, sa ressemblance physique avec Vincenzo est de plus en plus marquée : il a la même anatomie, les mêmes traits ; ses yeux, en revanche, ont conservé la douceur de ceux de Giulia.

Vincenzo lui indique un vaste espace situé au-delà des hangars et lui explique : « Tu vois, là-bas ? C'est ce qu'on appelle le *bosco*, le cimetière des thons. Les ouvriers y déchargent leurs carcasses en attendant qu'elles se dessèchent au soleil. Elles dégagent cette mauvaise odeur en se décomposant. »

Ignazio acquiesce, avant de demander : « Et les bateaux, où sont-ils ?

— En mer. » Caruso s'approche d'eux. « Nous sommes en mai, en pleine période de pêche. »

Ils pénètrent à l'intérieur de l'établissement. Un coin de la cour, au-delà des arbres qui procurent un peu d'ombre, donne accès à un couloir en pierre. Devant la mer, une esplanade est couverte de filets, de cordages et d'hommes occupés à repriser les mailles déchirées.

Tandis que Caruso rejoint les bureaux, suivi d'un comptable, Vincenzo prend son fils par le bras. Ils traversent la cour et gagnent la *trizzana*, le lieu où sont arrimés les bateaux de pêche.

Le geste de Vincenzo cause à son fils autant de crainte que d'espoir. Aussi loin que sa mémoire remonte, son père ne l'a jamais tenu aussi près de lui.

Plus bas, le clapotis des vagues évoque le bruit des flots heurtant les parois d'une grotte.

« La première fois que je suis venu ici… » Vincenzo s'interrompt pour dissimuler un sourire. « J'étais avec Carlo Giachery. Je me souviens que tout était croulant, sale et délabré. Le soir, nous ne sommes même pas restés dormir sur l'île ; il n'y avait aucun gîte décent pour passer la nuit. » Après un nouveau sourire, il se retourne et regarde l'édifice situé devant lui. « J'ai envoyé quelqu'un à Palerme chercher des charpentiers et des maçons. En attendant leur arrivée, j'ai exposé aux habitants notre nouvelle méthode de production de thon à l'huile. J'ai retiré ma veste et retroussé mes manches de chemise… » Ignazio l'observe répéter les mêmes gestes. « Je voulais montrer aux chefs de famille et à leurs épouses que je n'avais pas peur de me salir les mains. » Vincenzo serre l'épaule de son fils et la secoue d'un geste affectueux. « Les gens qui travaillent pour toi doivent avoir le sentiment d'appartenir à un groupe. » Il s'interrompt à nouveau. Un rayon de soleil frappe l'anneau qu'il porte au doigt. « Je te l'ai déjà raconté des milliers de fois : mon oncle, celui dont tu portes le prénom, m'a longtemps obligé à passer des heures derrière le comptoir de l'herboristerie. Je détestais ça. Mais aujourd'hui, je me rends compte à quel point cela m'a été utile.

— Pour comprendre les gens ?

— Oui. Pour deviner ce qu'un client désire vraiment, quand il te demande quelque chose. Telle ou telle herbe parce qu'il a simplement besoin de se sentir mieux, ou parce qu'il doit soulager une vraie douleur ? Ce vin ou un autre parce qu'il est sensible à la véritable qualité du produit, ou plutôt au prestige du nom ? De l'argent pour accroître son pouvoir, ou au contraire parce qu'il traverse une période difficile ? »

Ignazio saisit l'idée. Puis il se lance dans des réflexions qui se poursuivent lorsqu'il retourne seul au village pendant que son père discute avec des mandataires génois. Les petites rues étroites sont inondées de lumière blanche ; le tuf, imprégné d'huile de thon, ne s'effrite plus ; sur la place, devant l'église principale, le sol est maintenant pavé. Par ailleurs, Vincenzo a fait venir un instituteur pour apprendre à lire et à écrire à tous ceux qui le veulent, comme en Angleterre. Enfin, autour du village, des carrières béantes, semblables à de larges ravins, ont été creusées un peu partout.

Favignana est un gros rocher de tuf, se dit Ignazio. Il suffit de gratter un peu sa surface pour en trouver une couche jaune et dense, parsemée de coquillages. Le terrain est caillouteux, et les rares jardins ou potagers de l'île ont été aménagés au prix d'immenses efforts en bas de ces mêmes carrières de tuf, là où affleure une eau saumâtre et trouble.

Quand on s'est habitué à l'odeur du thon en putréfaction, on peut prêter attention à la présence de la mer, dont le bleu éclatant, saturé et gorgé de vitalité, a quelque chose de féroce.

C'est d'elle que vient la richesse.

Favignana est une île faite de silence et de vent. Ignazio se dit qu'il aimerait habiter un tel endroit, lui appartenir, le sentir en lui comme une partie de sa chair, de ses os. Être à la fois le maître et l'enfant des lieux.

Il ne sait pas encore que ses vœux seront exaucés.

*

Un violent claquement de porte est suivi d'un bruit de pas précipités et de cris. Giulia lève les yeux de sa broderie et s'écrie en haussant un sourcil : « Mais… qu'est-ce que… »

Sa fille Giuseppina hausse les épaules. « Il me semble que c'est *mon père**. » Elles échangent un regard. « Et qu'il est dans une colère noire. »

Elles abandonnent leurs travaux de couture et se dirigent vers les pièces d'où provient le vacarme.

Giuseppina est maintenant une grande jeune fille de seize ans mince et souple, aussi douce que patiente. Ses grands yeux sombres constituent toutefois la seule beauté d'un visage par ailleurs ordinaire.

Au fur et à mesure qu'elle se rapproche de l'origine du bruit, Giulia distingue de mieux en mieux la voix de Vincenzo. Dans la salle à manger, Angelina est assise sur un fauteuil, les bras croisés et les sourcils froncés. Son père, debout devant elle, la domine de toute sa hauteur.

« Que se passe-t-il ? » demande Giulia.

Un coup d'œil rageur de son mari l'immobilise à la porte.

Elle insiste, malgré tout : « On peut savoir ce qui se passe, à la fin ?

— Monsieur mon père m'accuse de ne pas me prêter volontiers à ses projets matrimoniaux, lui répond Angelina d'un ton venimeux. Il me reproche de ne pas seconder ses desseins et de ne pas être assez belle. Comme si ce n'était pas lui et vous qui m'aviez faite comme je suis ! »

Giulia lui rétorque aussitôt, d'un air de reproche : « Je t'interdis de parler de cette façon ! » Elle connaît pourtant l'esprit caustique et le caractère irascible de sa fille aînée ; et elle est bien obligée d'admettre, en son for intérieur, qu'elle n'a pas tort. La nature n'a pas été généreuse avec sa progéniture féminine : ni Angelina ni Giuseppina ne sont agréables à regarder, elles manquent toutes les deux, et surtout la seconde, de grâce et de beauté.

Giuseppina s'approche de sa sœur et la prend dans ses bras pour la réconforter.

Pendant ce temps, Vincenzo donne des explications à son épouse : « J'ai rencontré Chiaramonte Bordonaro au cercle. J'en ai profité pour lancer l'idée d'une union entre nos deux familles, puisque Angelina a maintenant dix-huit ans… Peine perdue. Il paraîtrait que nos filles ne sont pas… intéressantes. Et qu'elles ne font rien pour le devenir. »

Les paupières mi-closes, Angelina ne quitte pas son père des yeux ; sa ressemblance avec sa grand-mère paternelle est saisissante. « Vous savez pourquoi nous ne sommes jamais invitées nulle part, ma sœur et moi ? Parce que nous n'avons jamais l'occasion de rencontrer qui que ce soit en dehors de ces quatre murs. Nous ne connaissons qu'un tout petit nombre de jeunes filles de notre âge, et la plupart nous toisent comme des femmes de chambre qui auraient emprunté les vêtements de leurs maîtresses. Nous pourrions presque affirmer que nous n'avons pas d'amies. Alors que notre frère… Vous ne perdez pas une occasion de vanter ses mérites, il est convié à toutes les mondanités imaginables, il monte à cheval au parc de La Favorita en compagnie de fils de nobles. Vous l'emmenez partout, il vous accompagne chez d'autres commerçants, vous le présentez à tout le monde… Vous n'agiriez pas autrement s'il était fils unique. Et vous vous plaignez de ne pas me trouver de mari ? Commencez par vous demander à qui la faute ! »

Giuseppina lui caresse la joue : « Calme-toi, grande sœur ! Tu ne peux pas dire ça à notre père.

— Ah oui, j'oubliais… Interdiction de faire des remarques au patron ! Et nous alors, Peppina, qu'est-ce que nous sommes ? Un mélange de rien et de néant ? Nous sommes ses filles, non ? Mais à ses yeux, il n'y a qu'Ignazio, Ignazio et encore Ignazio ! » Sur ce crescendo de rage, de jalousie et de tristesse, des larmes montent aux yeux d'Angelina.

Vincenzo serre puis desserre les poings et s'approche d'elle. « Ce qui signifie ? »

Giulia intervient : « En voilà assez maintenant ! » Ses admonestations sont d'autant plus efficaces qu'elles sont peu fréquentes : tout le monde se tait. Elle désigne d'abord ses filles du doigt. « Vous deux, filez dans votre chambre. » Puis elle se tourne vers son mari, les mains sur les hanches. « Et toi, viens avec moi. »

Elle n'attend même pas sa réponse pour se diriger d'un pas rapide, le souffle court, vers le cabinet de travail de son époux.

La fougue qui l'anime ne lui vient pas seulement de sa colère, elle s'explique aussi par des sentiments plus difficiles à démêler. Après avoir refermé la porte, elle crie à Vincenzo : « Comment as-tu pu faire une chose pareille sans me prévenir ? » Son visage ridé par les ans est cramoisi. « Tu serais prêt à vendre tes filles au plus offrant, comme une vulgaire cargaison de quinquina ? »

Vincenzo est décontenancé. « Puisqu'elles ont l'âge, pourquoi ne pas envisager un mariage avantageux ? »

Ce n'est pas la première fois qu'ils abordent le sujet ; cependant, Giulia éprouve aujourd'hui une sensation différente. Plus forte. Acide. Une lacération de la chair. Une blessure qui, elle le sait, ne cicatrisera pas sans douleur. « Ce sont deux jeunes filles comme il faut. Elles ne ressemblent peut-être pas à des statues de Vénus, mais elles sont affectueuses et gentilles. Et ce n'est certainement pas à cause de leur éducation qu'on ne les invite nulle part. Bien au contraire.

— Tu ne vas pas t'y mettre, toi aussi ? Toujours la même rengaine... Elles auront une excellente dot et il n'y a pas à discuter d'autre chose : par les temps qui courent, c'est tout ce qui intéresse les hommes. » Vincenzo est agacé. « Avec le nom qu'elles portent, elles ne peuvent pas se permettre d'accepter le premier venu.

— Tu sais très bien que le nom et l'argent ne suffisent pas. Même aujourd'hui. »

Giulia est si sûre d'elle que Vincenzo ne trouve rien à répliquer. D'ailleurs, il serait bien forcé de reconnaître qu'elle a raison.

Il va s'asseoir à son bureau et cache son visage derrière ses mains.

Ses soupçons, d'abord vagues, s'étaient renforcés mois après mois, quand il avait fait savoir autour de lui qu'il avait deux filles à marier.

À présent, il est parvenu au stade de la certitude. Gabriele Chiaramonte Bordonaro lui a jeté la vérité à la figure, tout à l'heure, avec la sincérité et l'effronterie qui le caractérisent. « Don Vincenzo, vous connaissez mon franc-parler, surtout avec vous. Alors permettez-moi de vous dire la vérité : je n'ai pas envie de marier mon fils à l'une de vos filles. Elles sont très avenantes, j'ai la plus grande estime pour vous et vous vous doutez bien que, si ce n'était pas le cas, je ne serais pas votre associé. Riche comme vous l'êtes, ce serait même très utile pour moi d'être le beau-père d'Angelina ou de Giuseppina. Seulement, ai-je besoin de vous rappeler que les affaires sont une chose et que la famille en est une autre ? D'autant plus que vos filles sont nées dans des circonstances… particulières. »

Depuis qu'il a entendu ces mots, Vincenzo ne parvient pas à se débarrasser d'une horripilante sensation d'amertume. Voilà longtemps qu'il n'a pas ressenti une humiliation aussi cuisante : pour en retrouver la trace, il doit remonter jusqu'à son adolescence. Il se lève et se met à arpenter la pièce en rapportant cette conversation à Giulia, avant de conclure à voix basse, sur un ton rempli de hargne : « C'est vrai, le nom et l'argent ne suffisent pas. Nos filles ne sont pas assez bien pour eux. Moi, tout ce que j'ai fait, la Maison Florio… rien n'est assez bien pour eux. » Perdu dans sa contemplation de Palerme épanouie sous le soleil d'octobre, il ne s'aperçoit pas que Giulia a les yeux luisants.

« Cette union avec une famille noble, tu la veux pour toi, pas pour elles. » Elle ravale un sanglot, tandis qu'une très vieille souffrance l'assaille de nouveau. « Tu aimerais qu'elles obtiennent ce que tu n'as pas pu avoir, n'est-ce pas ? »

Son mari hésite un moment. La crispation de sa main trahit l'agitation de ses pensées.

La gorge serrée, Giulia se souvient. Angelina et Giuseppina montrées du doigt parce que c'étaient deux enfants illégitimes. Leur baptême en cachette, sans la moindre réception ni le moindre toast. Leur reconnaissance seulement après la naissance d'Ignazio, le petit mâle, l'héritier de la maison.

Leur dot a de quoi faire pâlir d'envie les familles aristocratiques les plus brillantes, elles parlent français, portent des bijoux, leur voile de messe est en dentelle… Eh bien, peu importe ! Elles sont et elles resteront deux petites bâtardes. Et Giulia ne sera jamais qu'une femme entretenue. Même enfouis au plus profond de la mémoire, certains souvenirs ne disparaissent pas ; ils trouvent toujours le moyen de revenir à la surface, et de vous infliger d'atroces souffrances.

Certaines sont incurables.

Vincenzo n'a pas la moindre idée de tout cela : il ne peut même pas imaginer qu'on lui refuse quelque chose. Trop en colère pour prêter attention au chagrin de sa femme, il se contente de lui répondre : « Essaie de me comprendre, à l'époque, j'étais… » Il s'interrompt pour implorer son aide en silence.

Elle n'est plus disposée à la lui accorder. Plus maintenant. « Vincenzo, tu n'as jamais demandé l'avis de personne avant de prendre une décision. Pendant des années, j'ai vécu avec nos enfants dans une situation de précarité absolue, dans la crainte permanente que tu nous mettes à la porte après avoir épousé une jeune fille de l'aristocratie choisie par ta mère. » La voix de Giulia s'éraille et tremble, mais elle tient coûte que coûte à exprimer ce qu'elle a sur le cœur depuis si longtemps. « Tu menais ta vie sans tenir compte de nous, tu suivais ton chemin, droit devant toi… » Sa main fend l'air, comme pour balayer une protestation muette de Vincenzo. « Je n'ai pas fini, il faudra m'écouter jusqu'au bout. Je n'accepterai jamais qu'Angelina et Giuseppina subissent le même sort et les mêmes affronts que moi. Elles n'épouseront pas quelqu'un qui les méprise dans le seul but de favoriser tes intérêts et ceux de la Maison Florio. »

Vincenzo se laisse retomber sur une chaise. « Et pourtant, je t'ai épousée, Giulia. » Son regard suppliant équivaut à une demande de trêve.

« Parce que j'ai eu un garçon et que tu devais légitimer ton héritier. Si j'avais accouché d'une troisième fille, j'habiterais encore via della Zecca Regia, et tu serais sans doute l'heureux époux d'une femme de dix ans de moins que toi qui t'aurait déjà donné un fils. »

Dans cette phrase, Giulia a mis toute sa peur immuable de ne pas être à la hauteur des attentes de Vincenzo. De représenter son plus grand regret. D'incarner un échec à ses yeux.

Il se lève, la prend dans ses bras et lui parle à l'oreille : « Tu as tort et raison à la fois. Même si je l'avais trouvée, cette jeune femme, je ne lui aurais jamais permis de me parler comme tu le fais. »

La force de son étreinte surprend Giulia et l'effraie. Elle se raidit un court instant. Puis elle glisse une main sous son gilet pour la poser sur son cœur. Elle le sent troublé, nerveux.

Il murmure : « Pour ma famille, je veux ce qu'il y a de mieux.

— Dis plutôt que tu veux ce qu'il y a de mieux pour tes affaires. » Elle ne dissimule pas son exaspération. « Et de ce point de vue, l'idéal, c'est un gendre titré, capable d'ajouter du prestige au nom des Florio. Oui mais voilà, tes filles sont nées hors des liens sacrés du mariage, aucun noble ne voudra jamais d'elles. » Giulia cherche à frapper aux points les plus sensibles, à rappeler à son mari que pour beaucoup de gens il est encore un *homme de peine*, le *neveu du gars de Bagnara*. Elle attrape sa main gauche ; à l'annulaire, il porte à la fois son alliance et l'anneau de son oncle Ignazio. « Angelina a dit vrai. On ne les invite pas aux réceptions pour jeunes filles de leur âge et elles font souvent tapisserie dans les bals. Leur bonne éducation n'est pas suffisante. »

Vincenzo dégage sa main et réplique, avec tout l'entêtement dont il est capable : « Elles auront une riche dot. L'argent leur tiendra lieu de quartiers de noblesse.

— Non. L'avenir de ta Maison ne repose pas entre leurs mains, il repose dans celles d'Ignazio. C'est lui qui doit faire un beau mariage. C'est sur lui que tu dois tout miser. »

*

Demeuré seul dans son cabinet, Vincenzo réfléchit longuement à la phrase de Giulia.

Elle a raison.

Il observe sa bibliothèque, les dos en cuir des livres, leurs tranches dorées, les étagères, les portes vitrées. Tout y parle de sa vie, depuis les ouvrages en anglais jusqu'aux traités scientifiques, en passant par les manuels d'ingénierie mécanique. Pour lui, produire a toujours signifié construire.

Alors tous mes efforts ont été inutiles ? Ils n'auront servi à rien ? Travailler, bâtir un empire économique à partir du peu dont je disposais, expérimenter sans cesse, oser courir des risques que personne n'avait jamais pris en Sicile… ce n'est pas encore assez ?

Non.

« Un blason. Du sang bleu. La respectabilité. Voilà ce qu'ils exigent. » Il a prononcé ces mots à voix haute, en détachant bien les syllabes, et il en rit tout seul, d'un rire mauvais qui ne tarde pas à devenir un ricanement.

Il avait oublié la saveur si âcre de l'avilissement.

Sa rage prend alors la forme d'un cri étouffé. Il renverse d'un geste violent tous les objets posés sur son beau bureau en noyer : papiers, registres, encrier…

Une tache se répand sur le brouillon d'une lettre destinée à Carlo Filangeri, où le nom de Pietro Rossi reste seul lisible.

La colère de Vincenzo ne fait que croître. Il a l'impression que le destin se moque ouvertement de lui. En froissant son brouillon, il s'exclame : « Cet homme est la lie de la terre ! » L'encre qui coule sur ses doigts fait penser à du sang noir. Il a de plus en plus de mal à retrouver un rythme de respiration régulier.

Pietro Rossi le torture à coups d'exigences aussi inutiles qu'infinies. Il tente de le discréditer par tous les moyens, le pousse à la démission, refuse de lui verser son traitement de surintendant. Vincenzo a longtemps essayé de ne pas réagir à toutes ces provocations. Mais sa patience vient d'atteindre ses limites.

*

Quelques jours plus tôt, il s'était présenté dans les locaux de la Banque. C'était son tour de collecter l'argent transporté par les bateaux à vapeur, de l'enregistrer, d'encaisser les traites et de régler les sommes dues.

Au bout de plusieurs heures, personne ne s'était encore présenté.

Peu avant l'heure du déjeuner, les nerfs à vif, il avait empoigné son chapeau et son pardessus ; puis il s'était dirigé vers la sortie.

En descendant l'escalier, il avait rencontré Pietro Rossi qui, sans même le saluer, lui avait demandé d'un air brusque : « Où allez-vous ?

— Via dei Materassai. Je suis ici depuis ce matin et j'ai perdu assez de temps comme ça. »

Rossi lui avait barré le passage de son grand corps mince. « Il n'en est pas question. Vous avez une tâche à accomplir et vous resterez à votre poste jusqu'à trois heures.

— Monsieur Rossi, vos lubies m'ont déjà coûté une demi-journée de travail, et il n'est pas venu un seul créancier. Par ailleurs, j'attends mes certificats de service depuis le mois de mars de l'année dernière ; tant que vous ne me les aurez pas remis, je serai dans l'impossibilité de percevoir mon salaire. »

Rossi avait écarquillé les yeux et lui avait éclaté de rire au nez. « Auriez-vous l'obligeance de m'indiquer en contrepartie de quelles prestations vous prétendez être… payé ? »

Après avoir gravi quelques marches, un employé avait ralenti le pas, prêt à transformer en ragot tout ce qu'il pourrait entendre de la discussion. Vincenzo l'avait incité, d'un regard foudroyant, à passer son chemin. Puis il avait répondu à Rossi, sur le ton qu'on adopte pour expliquer quelque chose de très simple à un imbécile : « En ma qualité de surintendant de la Banque royale, et en échange de l'assistance que j'apporte aux opérations d'enregistrement, j'ai droit à une rémunération de six *onze* par mois. Et je ne pourrai pas la toucher aussi longtemps que vous n'aurez pas daigné apposer votre signature sur les certificats dont je viens de vous parler. Suis-je assez clair ou faut-il vous faire un dessin ? »

Après avoir gravi deux marches supplémentaires, Rossi lui avait répondu, les yeux dans les yeux : « Tu peux toujours courir. »

Vincenzo, suffoqué par une telle familiarité, n'avait rien trouvé à rétorquer.

Rossi avait ensuite repris, d'une voix sifflante : « Tu n'as aucune des compétences requises pour exercer tes fonctions. Malgré ton immense fortune, tu ignores tout du travail au service d'une institution. Tu ne t'intéresses qu'à tes affaires, et tu ne t'occupes de l'État que pour t'assurer qu'il s'en mêle le moins possible... Je ne t'en fais pas le reproche ; je t'engage simplement à ne pas t'obstiner davantage. » Il avait appuyé l'index sur la poitrine de Vincenzo avant de conclure : « Maintenant, à mon tour de t'expliquer quelque chose : le monde ne tourne pas autour de la via dei Materassai, de tes bateaux à vapeur et de ton argent.

— Je possède toutes les qualifications nécessaires pour remplir mes obligations, avait répondu Vincenzo en écartant le doigt de Rossi. Et d'abord, qui es-tu, pour te croire autorisé à me dire ce que je dois faire ? Commence plutôt par ne pas me forcer à venir ici les jours d'arrivée de mes bateaux, quand je dois rester dans mes bureaux, et par ne pas organiser de réunions quand je suis à Marsala.

— Tes sempiternels prétextes fallacieux... alors que nous connaissons la vérité tous les deux. » Rossi avait franchi une marche de plus et effectué un léger mouvement de côté, comme pour s'en aller. « Toi, tu as des protecteurs grâce à ta richesse. Moi, je suis en règle avec ma conscience. Mais tu ne connais sans doute pas la signification de ce mot.

— Je fais mon travail et tu dois me payer, un point c'est tout. »

Rossi l'avait dévisagé sans rien perdre de son imperturbabilité. « Non. » Et il s'était éloigné.

Pour la première fois depuis des années, Vincenzo était resté sans voix. Plus tard, il avait commencé à rédiger la lettre qu'il tient maintenant, toute froissée, dans sa main ; mais il n'avait pas trouvé les mots justes.

Ses phrases en disaient trop ou pas assez, elles avaient beau parler d'indignation et de reconnaissance, la haine était le seul sentiment authentique qui les animait. La haine de Vincenzo envers tous ceux qui continuaient à voir en lui un arriviste, un homme mesquin et grossier. Il prenait un malin plaisir à se montrer déplaisant, et à confirmer ainsi leurs préjugés qui, de toute façon, ne changeraient jamais.

Comment décrire à un étranger – car au fond, Filangeri en était un pour lui – ce qui le faisait tant souffrir aujourd'hui ? Comment lui expliquer les raisons de la réapparition de son vieux mal-être ? Comment lui montrer cette part d'ombre qu'il porte en lui depuis son enfance et qui le pousse à aller sans cesse de l'avant, à accumuler toujours plus d'argent, à s'agrandir, à se lancer dans de nouvelles entreprises ? Filangeri était riche de naissance, il ne pouvait pas comprendre.

Malgré tout l'amour de Vincenzo pour Palerme,

dont il se considère comme un fils, elle le traite en paria. Pour se faire accepter, il lui a pourtant fait une cour assidue, il lui a apporté de la richesse, du travail, du confort.

Et c'est peut-être bien cela qu'elle ne lui pardonne pas : sa réussite, son pouvoir et surtout son ouverture sur le monde, qui oblige cette ville à sortir de la somnolence où elle se complaît.

*

Lorsque Ignazio, après avoir frappé discrètement à la porte, s'avance sur le seuil de la pièce, il trouve son père le menton appuyé sur un poing, les traits tirés et l'air mauvais.

« Je peux entrer ? »

Vincenzo lui fait signe que oui. Son fils entre à pas prudents, regarde le plancher taché d'encre et couvert de papiers, et se penche pour les ramasser. Sans même lever les yeux, son père l'immobilise d'un geste sec. « Laisse. Les femmes de chambre feront le ménage. »

Ignazio remet malgré tout en ordre les documents qu'il tient à la main, les dépose sur le bureau, s'assied sur une chaise et observe son père longuement avant de se décider à parler. « Maman souhaiterait savoir si vous nous rejoignez à table. »

Vincenzo hausse les épaules. Puis il dévisage soudain l'adolescent comme s'il venait de s'apercevoir de sa présence. Il repense aux paroles de Giulia et dit à Ignazio : « On ne te méprise pas et on ne raconte pas des horreurs à ton sujet dès que tu as le dos tourné, toi, ce n'est pas comme avec mes filles. » La voix de

Vincenzo perd peu à peu de sa colère pour devenir plus calme, presque aimable.

Ignazio connaît les motifs de sa dispute avec sa mère. Et depuis un certain temps, il a en effet remarqué que les jeunes gens de son âge le traitent avec un respect et une déférence qu'aucun d'eux n'accorde à ses sœurs, et surtout pas à Giuseppina. « C'est parce que je suis un garçon, papa, personne n'oserait. »

Ces quelques mots résument à la perfection sa véritable situation. Il est le seul et unique héritier de la Maison Florio.

Vincenzo esquisse un sourire à mi-chemin entre le défi et la dérision. Il se lève, puis vient s'asseoir en face de son fils. « Un jour, quand tu étais encore petit, je t'ai surpris plongé dans la contemplation d'un atlas plus grand que toi. Tu étais très occupé à lire des explications sur les ports et l'accostage des bateaux... »

Ignazio acquiesce et se souvient : c'était juste après son accident à l'Arenella, quand il avait failli se noyer.

« Depuis, j'ai pris les dispositions nécessaires pour que tu suives de bonnes études : on t'a enseigné non seulement le latin et tous ces boniments de curés, mais aussi l'anglais, le français et, surtout, la façon dont on doit se comporter en société. Tu n'as pas reçu l'éducation d'un fils de commerçant, tu as reçu celle d'un rejeton de la noblesse. »

Ignazio ne parvient pas à réprimer un sourire. Il se rappelle ses cours d'équitation, de bonne conduite et de danse. Il se revoit faisant voltiger sa mère, aux anges, elle qui n'avait jamais eu le privilège d'apprendre !

Mais son père le tire brutalement de sa rêverie en lui posant une main sur l'épaule. «Je n'ai eu droit à aucune des choses que tu as eues dès ta naissance. Aucune. J'ai fait des études, ça oui : mon oncle Ignazio m'a forcé à m'user les yeux sur les livres, ta grand-mère peut en témoigner. Mais monter à cheval, danser… je n'en avais pas besoin pour travailler à l'herboristerie.» Il regarde ses mains tachées d'encre et encore fortes, malgré l'usure du temps et l'approche de ses cinquante-cinq ans ; puis il appuie ses coudes sur ses genoux et se perd dans ses réflexions. *Mes efforts n'ont pas suffi. Se démener, se tuer à la tâche… ce n'est pas assez pour obtenir la reconnaissance des détenteurs du vrai pouvoir, le pouvoir politique, celui qui compte.*

«Tu peux réussir là où j'ai échoué.»

Il a prononcé cette phrase à voix si basse qu'Ignazio se penche en avant, comme pour vérifier qu'il a bien entendu. Les têtes du père et du fils se touchent presque. «Savoir monter à cheval et danser te sera très utile. Il faudra aussi voyager, découvrir le monde, ne pas te contenter de la Sicile. Mener une vie d'aristocrate, en somme… C'est ça, l'objectif à atteindre, tu comprends ? Ils ne te fermeront pas leurs portes parce que tu seras assez riche pour les acheter, tous autant qu'ils sont, corps et biens. Toi, tu as eu beaucoup d'argent dès ta naissance ; moi, j'ai dû partir de ce que mon oncle m'avait laissé. Tu pourras forcer Palerme et ses habitants à admettre que les Florio sont les premiers dans tous les domaines.»

Ignazio est déconcerté. «Angelina et Giuseppina aussi ont…»

Vincenzo ne le laisse pas terminer sa phrase. «Ce

sont des filles, ne t'occupe pas d'elles. » Il se lève et oblige son fils à en faire autant. « Tu sais comment on m'appelait ? *L'homme de peine.* Moi ! » Dans l'éclat de rire de son père où la colère le dispute à la rancœur, Ignazio perçoit les traces de centaines de coups de couteau, des plaies encore ouvertes qui le poussent à agir comme un animal blessé. Cette pensée lui serre le cœur.

« Tous ceux qui ont commencé par me mépriser sont venus me trouver le chapeau à la main, tôt ou tard. » Il saisit la tête de son fils entre ses mains et le regarde droit dans les yeux. « Si on te refuse aussi ce qui m'était dû et qu'on m'a refusé, prends-le ! Le pouvoir n'est pas seulement une question de bourse bien remplie, non, il faut aussi rabaisser le caquet aux gens qui se croient supérieurs à toi. Quand on te voit, on doit avoir peur, tu as compris ? »

La perplexité d'Ignazio est à son comble. Il n'a encore que quinze ans, les exhortations de son père le mettent mal à l'aise et lui embrouillent les idées. Jusqu'à présent, Vincenzo ne lui avait jamais rien montré des réflexions qui se dissimulent derrière son front toujours courroucé.

Il voudrait lui demander pourquoi il lui dit tout ça, mais il balbutie une autre question : « Vous… vous ne croyez pas qu'il vaut mieux être respecté ? Un homme qui a peur ne sera jamais fidèle…

— Ignazio, les gens sont sincères avec les puissants, ils savent qu'ils risquent gros à ne pas l'être. Et l'argent est un des meilleurs moyens d'arriver au pouvoir. Alors je ne me lasserai pas de te le répéter : ne gaspille pas le tien et, surtout, ne fais jamais confiance à personne, ne te laisse sous aucun prétexte aller aux confidences. En toutes circonstances, pense d'abord à la sauvegarde de tes intérêts. »

Ignazio reste dubitatif. Il ne veut pas terrifier les gens comme son père. Quand Vincenzo Florio entre quelque part, la moitié des personnes présentes le craint et l'autre moitié le méprise.

Lui au contraire veut s'attirer leur respect grâce à ses qualités, pas grâce à son argent ou aux terres qu'il possède. Lorsqu'il essaie de l'expliquer à son père, il obtient pour toute réponse un rire rempli d'amertume.

Vincenzo se dirige vers la porte. « Ah, les dégâts des débuts trop faciles dans la vie ! Tu dis ça parce que tu n'as jamais rien eu à prouver à personne. Tout ce que tu as, c'est moi qui l'ai construit, et tu ne peux même pas imaginer les efforts que j'ai dû faire pour l'obtenir. » Il secoue la tête et regarde autour de lui. « Si ces murs pouvaient parler, ils auraient beaucoup de choses à te raconter… Mais assez discuté de tout ça, allons manger. »

Avec une certaine appréhension, Ignazio remarque que les cheveux de son père ont blanchi. Il l'observe s'éloigner et disparaître derrière la porte, puis il effleure des doigts la surface du bureau.

Tu ne peux même pas imaginer les efforts que j'ai dû faire pour l'obtenir.

Ce bout de phrase lui est resté en tête, et il y repensera maintes fois par la suite.

Ignazio ignore tout du caractère de Vincenzo avant sa naissance. Les pères choisissent souvent de ne révéler à personne celui qu'ils étaient avant d'avoir un enfant. Une limite nette et infranchissable doit séparer les deux périodes.

Ignazio ne peut pas savoir à quel point l'arrivée d'un fils change un homme.

*

« Quelle conduite faut-il adopter, Excellence ? demande Vincenzo. Vous êtes informé des vexations que Rossi m'inflige, et pourtant vous ne faites rien. »

Un petit sourire ironique aux lèvres, Giovanni Cassisi jette un regard en biais à Carlo Filangeri, comme s'il le jugeait responsable de cette remarque insolente.

Afin de mettre un terme définitif à ses démêlés avec Rossi, Vincenzo a décidé de se rendre à Naples et de solliciter une audience auprès du *cavaliere* Cassisi, ministre pour les Affaires de Sicile depuis dix ans. Les bons offices de Carlo Filangeri lui ont permis de l'obtenir dans de brefs délais.

L'homme politique hausse les épaules. « Parlons plutôt de votre comportement à vous, don Florio. Si vous accomplissiez votre tâche de manière plus satisfaisante… »

Vincenzo éclate d'un rire sarcastique. « Pardon ? »

Filangeri intervient à voix basse, sans quitter des yeux la pointe de ses bottes vernies : « Excellence, nous sommes ici en présence d'un des hommes d'affaires les plus importants du royaume. Nous ne pouvons pas attendre de lui qu'il obéisse à tous les caprices de… »

Vincenzo l'interrompt : « C'est tout le problème,

Excellence. Mes responsabilités ne se limitent pas à mes fonctions au sein de la Banque royale, je ne suis pas un fainéant entouré de fonctionnaires prêts à faire son travail à sa place. Vous me comprenez, n'est-ce pas ? » Il tend le bras au point d'effleurer celui du ministre qui, très mal à l'aise, le retire d'un geste instinctif. « Je suis le contribuable qui rapporte le plus d'argent aux caisses de l'État, mes importations contribuent à sa prospérité, je fournis des médicaments et du soufre à son armée… Vous, en revanche, vous n'avez pas de scrupules à me pousser au pied du mur. Vous êtes allés jusqu'à me confisquer l'argenterie que j'avais reçue en 1848 des autorités révolutionnaires, à titre de paiement… » Il marque une pause, inspire et boit une gorgée du café qu'un serviteur en livrée a déposé plus tôt devant lui.

Ses deux interlocuteurs, profondément déconcertés, ne savent plus quoi dire.

Vincenzo reprend donc : « Votre gouvernement me doit *beaucoup. Vous* me devez beaucoup, messieurs, l'un comme l'autre. »

Le ministre bondit sur ses pieds pour s'éloigner de cet impudent. « Comment osez-vous ? Non content de subventionner les rebelles, vous voudriez qu'on vous paie pour cela et vous le demandez sur un ton… Rossi n'a pas tort de réclamer votre démission. »

Vincenzo ne sourcille pas. « Ma requête est pourtant des plus légitimes. » Il s'appuie contre le dos de son fauteuil et croise les bras devant sa poitrine. « Que deviendrait le royaume des Bourbons sans la Maison Florio ? Sans ma flotte de navires marchands ? Sans les services que je rends à la Couronne ? Si je n'étais pas là pour servir d'intermédiaire entre le Trésor public et les grandes banques chaque fois que le roi se trouve en difficulté et qu'il a besoin d'un prêt ? À ma connaissance, Rossi n'a jamais rien fait de comparable à tout cela. »

Le ministre recule d'un pas supplémentaire. Une grimace apparaît sur le visage de Filangeri.

Cassisi se rassied derrière son bureau et s'éclaircit la gorge, mais il ne réplique pas.

Vincenzo est sûr de lui : pendant ce long moment de silence, ses propos s'insinuent dans l'esprit des deux hommes et les amènent peu à peu là où il veut.

Le ministre est le premier à reprendre la parole : « Nous vous écoutons.

— Je vous demande trois choses. » Vincenzo compte sur ses doigts. « Premièrement, que Rossi me laisse tranquille. Deuxièmement, qu'il signe mes certificats. Troisièmement, qu'il me verse mes salaires. Ils sont trop dérisoires pour que j'en aie un besoin réel, mais c'est une question de principe, et je tiens à souligner la différence entre une personnalité telle que moi et ce rond-de-cuir. Dorénavant, nous n'existons plus l'un pour l'autre. »

Toutes ses exigences seront satisfaites.

*

« Vive les mariés !

— Tous nos vœux de bonheur ! »

Le petit orchestre attaque une danse dont le son est couvert par les applaudissements.

Les époux s'avancent côte à côte. Luigi De Pace,

fils d'un riche armateur palermitain associé des Florio, salue à droite et à gauche et réplique aux *lazzi*. Angelina, toujours aussi menue et timide, semble néanmoins sereine. Elle porte une robe en satin et un long voile en dentelle que son père a fait confectionner à Valenciennes. Sa sœur Giuseppina se tient près d'elle, arrange ses vêtements et la prend dans ses bras.

Giulia observe sa fille aînée. Elle est heureuse et fière pour elle, mais une pointe de mélancolie vient se mêler à ces sentiments. Angelina a obtenu ce qu'elle-même n'a jamais pu avoir : une cérémonie nuptiale digne de ce nom ; une grande fête ; une dot. Par amour pour Vincenzo, Giulia a renoncé à tout. Et même depuis leur mariage, il n'a pas daigné lui accorder la moindre donation. Mais peu importe. Ce qui compte, aujourd'hui, c'est le bonheur de sa fille.

« Comme elle est élégante !

— Son voile de mariée est digne d'une reine ! »

À la fois triste et satisfaite, Giulia a gardé ces compliments pour elle.

Elle se souvient du jour où la mère de Luigi, une femme massive aux sourcils épais et aux mains robustes, avait pris l'initiative de la première invitation. Après un thé passé à échanger des banalités sur un ton facétieux, elle était entrée dans le vif du sujet : « Donna Giulia, vous me permettez de vous poser une question en toute franchise ?

— Je vous en prie.

— Mon mari a entendu dire que le vôtre, don Vincenzo, cherche à marier vos filles. C'est vrai ?

— Oui. » Giulia, aussitôt sur ses gardes, s'en était tenue à cette réponse laconique.

Son interlocutrice avait croisé les mains sur son ventre et l'avait observée, le front plissé, à l'affût d'une éventuelle réaction. Puis elle avait repris : « Notre fils Luigi pourrait peut-être vous convenir. C'est un brave garçon, respectueux, sérieux et travailleur. Il traiterait votre fille comme une princesse. Vous voulez bien en toucher un mot à votre mari ? »

Giulia en avait parlé à Vincenzo à plusieurs reprises, en prenant bien soin de ne jamais trop insister.

Bien que d'un caractère très obstiné, son époux ne manquait pas de pragmatisme : les De Pace disposaient d'un solide réseau commercial ; ils n'étaient pas aussi riches que les Florio et ils n'appartenaient pas à la noblesse, mais ils avaient cet esprit d'entreprise très ouvert que Vincenzo estimait par-dessus tout. Dès lors, les deux familles s'étaient vite accordées sur le montant de la dot et l'organisation de la cérémonie de noces.

Giulia hoche la tête. Son Angelina a trouvé un homme qui prendra soin d'elle. Luigi a presque trente ans, il a l'air attentionné, patient, et il a offert à sa fiancée une *parure** d'or et d'émeraudes.

Une seule ombre au tableau, cependant.

Quelques jours plus tôt, alors qu'Angelina essayait sa robe de mariée une dernière fois avec l'aide d'une femme de chambre et en présence de la couturière, Giulia avait observé d'un regard affectueux les gestes de sa fille devant le miroir, comme pour les conserver dans sa mémoire. C'étaient les derniers jours que cette enfant tant désirée et tant aimée passait auprès d'elle.

Leurs regards s'étaient croisés. Voyant que sa mère

avait les larmes aux yeux, Angelina lui avait demandé : « Qu'y a-t-il, maman ? »

Giulia avait fait un vague geste de la main. « Rien, tu es belle et tu es une femme, désormais, et... » Elle avait dégluti. « Je repensais à toi le jour de ta naissance, et à la façon dont tu étais toujours dans mes jupes, quand tu étais petite. Et voilà qu'aujourd'hui tu te maries. Je ne t'ai pas vue grandir... »

Angelina, qui venait d'ôter sa robe, avait aussitôt enfilé un peignoir par un mouvement instinctif de pudeur. « Je me rappelle très bien l'époque dont vous parlez. J'étais tout le temps derrière vous parce que mon père n'était jamais là, et quand il venait, si j'essayais de m'approcher de lui, il me repoussait. C'était presque un inconnu pour moi. » Elle avait prononcé ces mots en détournant la tête, avant de reprendre : « Pour lui, Peppina et moi n'avons jamais été qu'un motif d'agacement. »

Giulia s'était précipitée vers elle pour la prendre dans ses bras. « Mais non, qu'est-ce que tu racontes ? Tu sais que ton père a un caractère bourru. Ça ne l'empêche pas de vous aimer toutes les deux, il donnerait sa vie pour vous. »

Angelina avait posé une main sur celle de sa mère. « Mon père n'aime que l'argent, et vous peut-être. Il n'a d'affection ni pour ma sœur ni pour moi. De ses trois enfants, le seul qui lui soit cher, c'est Ignazio. » Elle ne l'avait pas dit sur le ton du regret, mais sur celui d'une simple constatation, si douloureuse soit-elle. Puis elle avait conclu en soupirant : « Et en toute franchise, je suis heureuse de me marier parce que je vais enfin avoir une famille et des enfants à moi, qui m'aimeront pour ce que je suis. »

Au souvenir de cette scène, le sourire de Giulia s'évanouit. Angelina a accepté de devenir la femme de Luigi d'abord et avant tout pour quitter le domicile de ses parents, cela ne fait pas le moindre doute. Elle a renoncé à l'amour en échange de la promesse d'une vie meilleure.

Cela dit… Elle jette un coup d'œil furtif sur les mariés. Ce jeune homme est décidément très prévenant, il apporte une coupe de champagne à Angelina et lui prend sans cesse la main. Angelina éclate de rire, elle paraît contente. Giulia espère qu'il existe déjà au moins un peu de tendresse entre eux. Pas de l'amour, ce serait trop demander ; mais il viendra peut-être avec le temps. Et elle voudrait surtout qu'ils soient l'un pour l'autre de bons compagnons de vie.

Elle cherche son mari des yeux. Pendant les derniers jours qui ont précédé la cérémonie, il a été d'une extrême nervosité. Il discute en ce moment dans un coin avec d'autres hommes. Ces messieurs doivent bien sûr parler affaires.

Puis elle fait signe à l'intendante d'engager ses hôtes à gagner l'intérieur de la villa, où un buffet les attend.

Elle tient, comme toujours, à ce que tout soit impeccable.

*

Ignazio, maintenant âgé de seize ans, observe lui aussi sa sœur et son beau-frère. Il soulève une coupe de champagne en direction d'Angelina, qui lui répond en lui envoyant un baiser du bout des doigts.

Elle a toujours été jalouse de lui, ils se sont chamaillés pendant des années, elle l'a souvent accusé d'être le préféré de leur père et elle a été très longtemps, trop longtemps, malheureuse et vindicative.

Il lui adresse en pensée ses vœux de bonheur les plus sincères : *Puisses-tu enfin trouver l'apaisement, et puisse ton mari être un associé loyal de la Maison Florio, comme l'a été son père.*

Puis il avale une autre gorgée de ce champagne que Vincenzo commande par caisses à M. Deonne, leur intermédiaire de confiance en France. À l'intérieur de la villa, des bouquets de lys, de roses et de fleurs de frangipanier, sorte d'emblème de Palerme, exhalent un parfum d'une telle intensité qu'il en devient entêtant.

Dans la salle où le buffet a été dressé, l'argenterie resplendit. Un peu partout, des domestiques se tiennent prêts à servir du vin aux convives.

Les Florio ont dépensé beaucoup d'argent pour cette réception. Pendant que Giulia établissait la liste des invités, Vincenzo avait déclaré : « Il faudra qu'on en entende parler pendant des mois. Les fêtes de ma famille doivent entrer dans la légende ! »

Derrière cette proclamation triomphaliste, Ignazio avait décelé, une fois de plus, le frémissement de l'éternelle hargne de son père.

Perdu dans ses pensées, il ne s'aperçoit pas que Carlo Giachery s'est approché de lui pour le saluer. « Ignazio ! Tous mes compliments pour cette belle cérémonie ! Ton père a laissé de côté sa pingrerie habituelle… »

Il lui serre la main. Ce monsieur à la voix forte et à l'esprit délié a été une présence constante dans la vie d'Ignazio, et il s'agit peut-être du seul homme que l'on puisse définir comme un ami de Vincenzo. Car en dehors de lui, don Florio n'a que des associés, son fils l'a vite compris. « Vous le connaissez aussi bien que moi, répond-il à Giachery, la perfection ou rien. »

En traversant les salles, ils échangent des commentaires sur les invités et sur le nouveau moulin à sumac que Vincenzo a fait construire juste à côté de la madrague. « Il n'y avait que ton père pour me convaincre d'aménager un moulin à proximité d'une villa ! s'exclame Carlo en riant. La Maison Florio avant tout ! »

Ce moulin dépare le paysage du golfe, c'est incontestable ; d'ailleurs, personne n'en voulait, ni les habitants de l'Arenella ni Giulia, horripilée à la seule idée des monceaux de poussière qui allaient se déposer chez elle avec sa mise en activité.

Avec toute l'opiniâtreté rageuse qui le caractérise, Vincenzo est parvenu à ses fins.

Ignazio le sait désormais : son père est sans cesse en colère contre quelqu'un ou quelque chose. Y compris en cet instant précis.

Enfin non, ce n'est pas tout à fait exact. Après un examen plus attentif, son fils le trouve plutôt contrarié : la ride qui se creuse sur son front et ses lèvres serrées le prouvent assez… Angelina se marie avec sa bénédiction et Luigi est un bon parti, certes ; mais on pouvait en imaginer de meilleurs.

Vincenzo a toujours obtenu ce qu'il voulait, hormis ce qu'il a le plus désiré. Et il reviendra donc à Ignazio d'aboutir aux résultats que le grand don Florio n'a pas pu et ne pourra jamais atteindre.

Il s'éloigne de la fenêtre où il se tient depuis que Giachery et lui se sont séparés, prend une autre coupe de champagne et se dirige vers les rochers du bord de mer. Il a besoin de solitude et de silence, loin de la foule des invités.

Le bord de sa robe en soie soulevé afin d'éviter de la salir, Giuseppina arrive dans son dos. « Ignazio ! Maman te cherche. Elle aimerait bien savoir ce que tu as et elle dit que les mariés ne vont pas tarder à ouvrir le bal. »

Comme il ne bouge pas, elle lui pose une main sur le bras. « Qu'est-ce qu'il y a ? Tu ne te sens pas bien ? »

Il se retourne et secoue la tête ; une boucle de son épaisse chevelure sombre lui retombe sur le front. « Je vais bien, Peppina, ne t'inquiète pas. » Il agite la main d'un geste exprimant l'ennui. « C'est juste qu'il y a trop de vacarme à mon goût. »

Giuseppina ne se satisfait pas de cette réponse. Elle le scrute avec intensité, droit dans les yeux, pour y lire ses pensées.

Il lui murmure : « Parfois, je me demande ce qu'aurait été notre existence, si tout ne nous avait pas été imposé dès notre naissance, si nous avions pu choisir. Au lieu de ça, nous vivons sans cesse exposés à tous les regards. » Il désigne la tour.

Giuseppina soupire et lâche sa robe ; de la poussière et des éclaboussures d'eau saumâtre ne tardent pas à tacher l'étoffe rose. « Nous ne serions pas les

Florio », répond-elle à voix basse avant de contempler ses mains couvertes de bijoux. Elle porte aux oreilles les boucles en corail que sa grand-mère lui a offertes il y a quelques semaines, en lui expliquant que son mari, Paolo, les lui avait achetées plus de cinquante ans auparavant ; elles n'ont rien de précieux, mais elles revêtent une immense valeur à ses yeux. Puis elle reprend : « Nous aurions été plus pauvres. Et nos parents ne se seraient peut-être jamais rencontrés.

— Je me demande si ç'aurait vraiment été une mauvaise chose. Pas pour notre mère et notre père, comprends-moi bien. Aujourd'hui, nous aurions fêté ce mariage à la bonne franquette autour d'un vin de pays, à la place de ce champagne français. » Ignazio fait tourner son verre entre ses doigts ; ensuite, d'un geste lent et solennel, il en verse le contenu dans la mer. « Notre père a décidé ce qu'il voulait faire, qui il voulait être. À sa manière et avec une force irrésistible. Nous, nous avons été contraints de suivre la voie qu'il avait tracée d'avance. Tous sans exception, à commencer par notre mère. »

Giuseppina ne réplique pas. Elle observe son frère et perçoit une étrange tristesse sur son beau visage : on dirait que ses yeux se sont posés sur un spectacle déchirant et qu'il souffre de ne pouvoir intervenir. Son regard impuissant semble dirigé vers des scènes jamais vécues. Et sa mélancolie transforme les non-dits en soupirs.

*

Vincenzo passe sans s'arrêter d'un invité à un autre. La fête est somptueuse, et elle paraît même recevoir la bénédiction du soleil, dont la lumière déploie un voile doré sur cette magnifique journée du 1er avril 1854.

Don Florio salue tour à tour les Pojero, ses nouveaux associés dans le secteur des transports maritimes, Augusto Merle et sa famille, Chiaramonte Bordonaro et Ingham, accompagné de son neveu Joseph Whitaker. Il a un mot d'esprit ou de remerciement pour chacun, puis il trinque avec Salvatore De Pace, le père de son gendre. Ils parlent de bateaux, d'affaires, d'appels d'offres, d'impôts.

Un petit groupe d'hommes se tient bien à l'écart. Les domestiques ont reçu l'ordre de les servir en priorité, et Vincenzo les a accueillis en personne un à un. Ils ne se mêlent pas aux autres, se réfugient derrière des regards distants et ne participent que de mauvais gré aux conversations générales qui enflamment la tablée principale.

Tout, dans leurs gestes, leurs réponses évasives et leurs mouvements de tête, indique qu'ils se sentent mal à l'aise. Ils examinent le plafond de la salle des Quattro Pizzi, en évaluent la décoration et l'ameublement et ne parviennent pas à cacher un mélange d'envie, d'admiration et d'agacement, malgré tous leurs efforts pour le dissimuler derrière une attitude *blasée**. Vincenzo, qui a toujours été très habile à décrypter le caractère de ses interlocuteurs, ne manque pas de le remarquer en les observant du coin de l'œil.

Aujourd'hui, la colère et le triomphe ont la même saveur dans sa bouche.

Ils ne réussissent pas à s'expliquer comment j'en suis arrivé là. Rien d'étonnant. Ce sont des aristocrates, ils ont des siècles de privilèges derrière eux. La noblesse de sang daigne fréquenter les gens riches comme moi, et parfois même se lancer dans le commerce. Mais considérer les bourgeois d'un autre œil ? Non, impossible. Ils ne peuvent pas savoir que toute ma vie je n'ai jamais cessé un instant de penser à mon travail, à la mer, à mes navires, à mes thons, à mon sumac, à mon soufre, à mes tissus, à mes épices. À la Maison Florio.

Il ordonne une nouvelle distribution de champagne.

En dépit de leurs titres et de leurs armoiries, ils ne possèdent pas ce qu'il possède lui.

Mais il préfère ne pas ajouter qu'en contrepartie il n'aura jamais ce qu'ils ont eux. Pour une journée au moins, la part d'ombre tapie au fond de son âme doit se faire oublier.

*

Au bout d'un long moment, le prince Giuseppe Lanza di Trabia s'approche de lui. Cet homme maintenant âgé a une voix calme et des gestes mesurés, il donne l'impression de devoir limiter ses efforts au strict minimum. « En vérité, don Vincenzo, quel faste ! Je vous présente toutes mes félicitations.

— Pour ma fille et pour mon gendre, rien n'est trop beau ! » Il lève son verre au moment où, au centre de la salle, les jeunes mariés entament un tour de danse dont la maladresse trahit leur manque d'intimité. Aussitôt après, quelques invités les imitent.

Le prince de Trabia fixe le liquide contenu dans sa coupe avant de répondre : « Votre fille fait là un beau mariage. Un mariage entre égaux. Ce sera une union heureuse. » Pour Vincenzo, chacun de ces mots est une goutte de poison.

Il n'en remercie pas moins l'aristocrate qui, tout à coup, s'éclaircit la gorge pour lui demander : « Comment vont les affaires de votre compagnie de navigation ?

— Bien. » Vincenzo reste sur la défensive. Un homme comme le prince ne pose pas de questions au hasard.

« Vous avez montré une grande prudence en vous organisant tout seul et en fondant votre propre société. Après l'expérience malchanceuse du *Palermo*...

— La malchance a bien peu à voir là-dedans, monsieur le prince. Le *Palermo* a été coulé lors d'un affrontement avec les Napolitains. Si le gouvernement révolutionnaire ne l'avait pas réquisitionné... Mais bon, on ne peut pas revenir sur le passé.

— Certes. Il n'en demeure pas moins que vous êtes à ce jour le seul armateur disposant d'une flotte mixte de bateaux à voiles et de bateaux à vapeur. » Le coup d'œil dont le gentilhomme accompagne sa phrase est des plus éloquents. « Et vous n'êtes pas du genre à vous décourager à la première difficulté. Vous venez d'acquérir à Glasgow un navire à vapeur supplémentaire, le *Corriere siciliano*, si je ne m'abuse, dont on dit le plus grand bien. À Naples, certaines personnes vous surveillent. Vos embarcations sillonnent toute la Méditerranée et vous respectez vos délais de livraison ; on ne peut hélas pas toujours en dire autant de vos concurrents napolitains. En somme, vous êtes très bien placé pour obtenir le marché public du service postal. »

Vincenzo prend son temps avant de répliquer : « Vous vous référez aux bruits qui courent à propos de sa mise en régie ? » Soudain, il voudrait être n'importe où ailleurs que dans cette salle bondée et bruyante où il est impossible de converser en parfaite tranquillité.

Le prince de Trabia esquisse un geste vague. « J'en ai entendu parler à la cour la dernière fois que je me suis rendu à Naples. Il ne s'agit pas de simples bruits : le roi n'est plus en mesure d'assurer par ses propres moyens le transport du courrier en provenance et à destination de notre île. » Il sort de son gousset sa montre au couvercle émaillé et caresse d'une main ce petit chef-d'œuvre de raffinement fabriqué par un artisan français. « Et notez bien que si je vous en parle, c'est d'abord parce que selon moi, en Sicile, il n'y a pas beaucoup de gens capables de s'en charger. Mais c'est surtout parce qu'il faut éviter à tout prix que l'appel d'offres soit remporté par des Napolitains. Le manque à gagner serait incalculable, pour Palerme et pour tout le reste de notre île. Pensez à tout cet argent qui resterait à Naples, alors qu'il pourrait être si utile ici pour créer des emplois. Sans compter que, dans ce cas de figure, nous finirions par être relégués dans une position de plus en plus marginale. Il y aurait trop de conséquences négatives pour la Sicile et les Siciliens. Vous me suivez ?

— Oh oui.

— Parfait. » Le prince lève la tête pour admirer le plafond peint. « Vous avez fini par l'avoir, votre palais, don Vincenzo. Vous n'êtes pas noble, mais votre demeure est digne d'un monarque. » Il lui serre le bras. « Réfléchissez à ce que je viens de vous dire. Et faites les démarches nécessaires. »

Sur ces mots, le prince de Trabia s'éloigne en se faufilant entre les couples de danseurs et les personnes restées assises. Puis il quitte la réception et monte dans son carrosse.

Vincenzo, une main plaquée devant sa bouche pour cacher son étonnement, s'approche d'une fenêtre. Voilà des mois que tout le monde parle de l'appel d'offres pour le service postal. Jusqu'à présent, il n'y a jamais cru.

Et voilà que…

Autour de lui, la musique est assourdissante et les coupes se lèvent pour de nouveaux toasts ; au-dessus de sa tête, le plafond peint de la salle des Quattro Pizzi retentit de milliers d'échos. Mais il reste plongé dans ses réflexions fébriles.

Le monopole du service postal pour ses navires, cela peut signifier une relation directe avec la Couronne. Sans parler de l'argent. *Beaucoup* d'argent.

En résumé, ce marché public est synonyme de pouvoir.

DU SABLE

mai 1860-avril 1866

Cent'anni d'amuri, un minutu di sdigno.
« Cent ans d'amour, une minute de dispute. »

FORMULE DE VŒU SICILIENNE

Les braises révolutionnaires siciliennes couvent sous la cendre, attisées par une intense activité de propagande clandestine et par plusieurs tentatives – manquées – de révolte populaire. Les aristocrates les plus clairvoyants et les intellectuels bourgeois, de leur côté, sont de plus en plus tentés par l'idée d'impliquer le roi de Sardaigne, Victor-Emmanuel II, dans leur projet d'affranchissement de l'île de la domination des Bourbons. La détermination de Francesco Crispi permettra d'unir ces différentes tendances : c'est lui en effet qui expose au général Giuseppe Garibaldi un plan d'insurrection « extérieure » qui, tout en soutenant les rebelles siciliens, a pour objectif ultime l'unification de l'Italie. Pour le convaincre d'agir, il organise lui-même à Palerme la révolte dite de la Gancia, qui dure du 4 au 18 avril 1860. Sans soutien explicite du roi de Sardaigne, Garibaldi se lance dans l'expédition des Mille : avec ses combattants volontaires en chemises rouges, il quitte le port de Quarto le 5 mai, débarque à Marsala le 11 et entre le 14 à Salemi, où il s'autoproclame « dictateur de Sicile » au nom de Victor-Emmanuel II. Le 28, il est accueilli à Palerme comme un libérateur. Le 7 sep-

tembre, il est à Naples. Le 26 octobre, sa rencontre avec Victor-Emmanuel II, à Teano, marque la fondation du royaume d'Italie.

Après l'Unité, les fonctionnaires du royaume de Sardaigne imposent à l'Italie méridionale et à la Sicile leur système législatif, économique, fiscal et commercial, sans l'adapter aux spécificités locales et en refusant toute forme de médiation. Le mécontentement de la noblesse ne fait que croître : elle n'est pas parvenue à conserver ses privilèges et elle a été dépouillée de son identité culturelle. Par ailleurs, le peuple continue de souffrir d'une crise économique durable qui semble sans solution.

La Sicile redevient ainsi une terre de conquête.

Sur la côte occidentale de la Sicile, les rochers alternent avec les plages de sable. Cet écosystème diversifié se caractérise par une morphologie changeante et un paysage très varié.

Les plages ne s'uniformisent que dans la région de Marsala : leur sable fin, extrêmement farineux, y est apporté par la mer à travers le canal San Teodoro, en face de l'enchanteresse Isola Lunga. Et c'est aussi à proximité de Marsala que l'on trouve le Stagnone, l'un des espaces lagunaires les plus riches de l'île : il a servi de port aux Phéniciens, de refuge aux Grecs et de place commerciale aux Romains.

Grâce à la présence de nombreuses salines – les bassins utilisés pour le raffinage du sel marin au moyen de l'évaporation de l'eau –, le climat y reste à peu près identique toute l'année et la salinité n'y subit pas d'altérations.

Ce n'est pas un hasard si les exploitations viticoles de Marsala ont été aménagées à proximité de ces plages basses. Et ce n'est pas un hasard non plus si le sable envahit les cours et les entrepôts et s'accumule sur les tonneaux.

Le voisinage de la mer, la composante calcaire du sable et la constance des températures sont en effet à l'origine du bouquet si particulier du marsala, ce vin liquoreux né par hasard et devenu ensuite le symbole d'une époque.

Car le sable qui se dépose sur les récipients en terre cuite contenant le sel est le même que celui qui tourbillonne entre les bouteilles laissées au repos dans les profondeurs des caves. Il s'y mêle des grains de sel, et il en émane un parfum de mer.

C'est lui qui confère cette sécheresse, cette ambiguïté troublante et cette saveur maritime à peine esquissée à un vin qui, sans cela, ne serait qu'un vin doux comme tant d'autres.

*

Ignazio et Vincenzo se regardent sans rien dire. Le père est assis à son bureau et le fils se tient debout en face de lui. Dehors, il fait encore nuit.

Giulia est avec eux.

« Ce pourrait être une bonne idée de partir quelques semaines, dit-elle d'un ton conciliant. Ta sœur Giuseppina serait ravie de t'accueillir. Et puis, quand tu es revenu de Marseille, l'an dernier, tu étais très enthousiaste. »

Ignazio secoue la tête en signe de refus. « Giuseppina et son mari ont été très généreux, *maman**, mais je ne partirai pas. Je resterai à Palerme auprès de vous et de mon père. Mon devoir me l'impose. La Maison Florio a plus que jamais besoin de moi. »

C'est seulement alors que Vincenzo sort de sa torpeur. Il a maintenant soixante et un ans, et le poids des ans se fait de plus en plus lourd à porter. Sous ses yeux, des poches causées par de nombreuses nuits blanches le font paraître encore plus vieux. « Soit. Nous resterons ici. » Il tend à Giulia une main qu'elle enferme aussitôt entre les siennes.

Elle se sent contrainte d'accepter, car elle a appris à ses dépens que lorsqu'un Florio prend une décision, rien ni personne ne peut l'en faire changer. Ils sont trop orgueilleux, et surtout trop obstinés pour cela.

Ignazio quitte la pièce et laisse ses parents seuls. Vincenzo, pensif, frotte sa barbe grisonnante.

À vrai dire, il n'a pas le courage de reconnaître qu'il a peur. Pas pour lui, certes. Pour son fils.

Les événements récents entraînent la Sicile vers un avenir imprévisible. L'étrange inquiétude qui domine les esprits rend tout le monde soupçonneux, hésitant, craintif.

Tout avait commencé quelques semaines plus tôt, au début du mois d'avril 1860. Les Siciliens étaient depuis trop longtemps ulcérés par la politique des Bourbons, leurs abus, leurs impôts très élevés, leurs arrestations arbitraires, leurs parodies de procès. Il y avait eu plusieurs petits signaux, semblables aux légères secousses qui précèdent parfois un cataclysme. Les émeutes de Boccadifalco, en premier lieu. Deux jours après, la révolte de la Gancia, le grand couvent franciscain situé au cœur de Palerme. Les moines avaient donné refuge aux rebelles mais l'un des religieux les avait dénoncés, par peur de représailles. Les soldats avaient encerclé les bâtiments et bloqué toutes les issues. Treize insurgés avaient été faits prisonniers, plus de vingt étaient morts. Après avoir sonné le tocsin pour appeler la ville à se soulever, les cloches avaient sonné le glas. Seuls deux hommes avaient échappé au massacre ; ils étaient ensuite restés cachés deux jours et demi au milieu des cadavres amoncelés dans la crypte ; enfin, ils s'étaient enfuis grâce à l'aide des femmes du quartier, qui avaient mis en scène une fausse dispute pour distraire les soldats.

Fallait-il voir dans tout cela d'énièmes séditions isolées, ou au contraire les signes avant-coureurs d'événements bien plus considérables ? Nul ne pouvait le dire. En ville, certains éloignaient leurs familles et mettaient leurs possessions à l'abri, tandis que d'autres se contentaient d'attendre.

Une seule certitude, dans toute cette confusion : la population en avait plus qu'assez des Bourbons.

Vincenzo se lève et s'approche de sa femme. Il n'a pas besoin de parler, elle lit tout dans ses yeux.

« J'aurais préféré qu'il parte, dit-elle d'une voix faible et inquiète.

— Je sais. » Vincenzo hoche lentement la tête. « Je pense tout le temps à ce gamin qu'on a tué après la révolte. Quelle triste fin… »

Giulia lui serre le bras. « Sebastiano Camarrone, c'est bien ça ? Celui qui avait survécu au peloton d'exécution ? »

Il acquiesce.

C'était quelques jours après l'échec de la révolte. Pour bien montrer les risques qu'on prenait à défier le souverain, les rebelles avaient été fusillés sur une place publique, en présence de leurs parents ; la plupart étaient encore adolescents. Sebastiano Camarrone avait survécu par miracle : il était blessé, bien sûr, mais vivant.

D'après les récits entendus par Vincenzo, la mère du jeune garçon avait réclamé à grands cris le pardon du roi. La loi était formelle : puisqu'on ne l'avait pas tué du premier coup, il devait avoir la vie sauve.

On l'avait pourtant achevé d'une balle dans la tête.

Les soldats avaient ensuite déposé brutalement les cadavres dans quatre cercueils. Certaines rues de la ville portaient encore les traces du sang qui avait coulé du chariot utilisé pour les emporter à la fosse commune, personne n'avait voulu les nettoyer.

« Cette histoire me hante. Il était comme notre fils, intelligent, instruit. Et ces salauds n'ont eu aucune pitié. »

Vincenzo est peu enclin à l'indignation. Mais cette fois-ci, une impression de dégoût l'emporte sur son indifférence habituelle.

« Ils se sont comportés comme des chiens, dit Giulia en cachant son visage derrière ses mains. Tu imagines la souffrance de cette pauvre mère ? C'est pour ça que je voulais qu'Ignazio s'en aille, on ne peut pas savoir ce qui va arriver maintenant. » Elle se retourne vers la porte. « Notre vie est derrière nous, alors que lui... »

Son mari lui passe un bras autour des épaules et l'embrasse sur le front. « Je sais. Mais sa décision est prise. »

Elle soupire. « Et je devrais me sentir rassurée parce que Ignazio est aussi têtu que toi ? »

Vincenzo se délivre de l'étreinte de Giulia et va dans sa chambre pour finir de se préparer. Ensuite, il fait dire à son fils de se dépêcher et demande à son garçon d'écurie de prévoir une escorte de domestiques armés pour accompagner sa voiture.

*

Le véhicule qui les conduit à Palerme quitte la villa dei Quattro Pizzi à l'aube. Une fois de plus, Vincenzo avait choisi de s'installer là plutôt que de rester dans l'appartement de la via dei Materassai. Avec ses murs épais et son accès à la mer, cette résidence est plus facile à défendre.

Les rafales du vent froid venu du large se glissent sous les paletots et font frissonner les deux hommes.

Assis en face de son fils, Vincenzo l'observe malgré la pénombre : avec son front haut et sa mâchoire volontaire, il ressemble beaucoup à son grand-père Paolo. Mais il n'a pas du tout le même caractère. Il est aimable, voire *charmant**, au point d'avoir été le premier Florio de l'histoire admis au Casino delle dame e dei cavalieri, le cercle aristocratique le plus fermé de la ville. Ce *savoir-faire** et sa grâce naturelle, il les a hérités de Giulia. Mais ce que son père admire le plus en lui, c'est sa froideur désarmante.

« Ta mère est inquiète. À juste titre. » Il écarte le rideau qui recouvre une vitre. « Tu étais encore petit quand la révolution a éclaté, il y a douze ans, et que je m'y suis retrouvé impliqué. Ce serait vraiment mieux que tu ailles à Marseille. Je me sentirais plus tranquille de te savoir loin d'ici, où on n'a pas la moindre idée de ce qui peut se passer.

— Je préfère rester. » L'expression d'Ignazio est

des plus déterminées. « Vous avez besoin d'aide pour gérer votre entreprise et je connais beaucoup de gens qui pourront me donner des informations de première main sur les événements des prochaines heures.

— Toutes mes félicitations. » Son père s'appuie contre le dossier de la banquette et croise les jambes. « Tu n'as que vingt et un ans et tu te débrouilles déjà très bien. Je pensais pourtant que la perspective d'un séjour à Marseille t'aurait séduit, surtout en ce moment… Et je pensais aussi que tu aurais pu trouver une jolie Française qui t'aurait aidé à tuer agréablement le temps en attendant que les choses rentrent dans l'ordre. Parce que j'imagine qu'avec les amies de tes sœurs, vous ne vous contentez pas d'échanger des regards langoureux. »

Ignazio rougit. Son père ne remarque ni le léger tremblement de ses lèvres ni l'accélération de sa respiration.

Le jeune homme est le seul à savoir ce que lui a coûté le refus d'un nouveau voyage en France. Il aimerait plus que tout retourner là-bas, mais il ne le peut ni ne le doit.

L'espace d'un instant, il s'abandonne à un souvenir douloureux, aussi tranchant qu'un morceau de verre, dont on ne peut cependant s'empêcher d'admirer la beauté, la luminosité et les reflets : des boucles blondes, une main gantée, une tête qui se détourne pour dissimuler des larmes… Et puis des lettres, une infinité.

Personne ne doit apprendre ce qui s'est passé à Marseille. Surtout pas son père.

Ce père qui a plus que jamais besoin de lui. Ce père

au corps de plus en plus massif, de plus en plus fatigué, de plus en plus âgé.

Ignazio ne se permettrait à aucun prix de le décevoir, de manquer à ses obligations. L'héritier de la Maison Florio doit tenir son rang.

Vincenzo s'aperçoit de sa rougeur, qu'il prend pour un signe d'embarras. Ignazio s'est toujours montré très discret à propos de ses amitiés féminines. Son père lui donne une tape sur les genoux et lui adresse un clin d'œil complice. « Ah, mon cher fils… Si tu crois que j'ignore que tu es un vrai don Juan… »

Ignazio acquiesce d'un geste vague.

« Bien, bien, assez parlé femmes. Revenons à nos affaires et écoute-moi bien, je vais t'expliquer ce que nous avons à faire. »

Après avoir relégué ses souvenirs dans un coin de son esprit, comme il est désormais habitué à le faire, Ignazio prête l'oreille à son père.

« En 1848, nous avons traversé une période très difficile : l'activité commerciale était presque réduite à néant et les impôts des Napolitains étouffaient l'économie. Aujourd'hui, les intérêts en jeu sont encore plus complexes. Cela fait déjà un bon moment que des émissaires de la maison de Savoie fréquentent les nobles et les riches. Ils ont essayé de me contacter, moi aussi, mais j'ai préféré ne pas les rencontrer, ou en tout cas pas tout de suite… Je veux d'abord me faire une idée claire de la situation. Elle est encore trop confuse, et tant que les troupes des Bourbons seront massées à la porte Carini, il n'y aura pas grand-chose à faire. On s'attend à ce que les garibaldiens passent par là, mais rien n'est moins sûr. Toute la ville est en état de siège. Il va donc falloir garder les yeux bien ouverts, comprendre dans quel sens souffle le vent et profiter des occasions qui se présenteront. L'avenir des Siciliens n'est plus entre leurs mains. Les Piémontais ont déjà annexé la Toscane et l'Émilie, ils veulent s'emparer de notre île et de tout le royaume, et cette fois-ci, ils devraient réussir, parce qu'ils ont des soutiens sur place. Cela étant, ils ne savent pas trop ce qui les attend ici… et il reste beaucoup d'incertitudes. »

Ignazio regarde dehors et répond : « Nous ferons le nécessaire pour protéger notre Maison. »

Pour Vincenzo, cette phrase est plus que suffisante.

*

Giulia, restée à la villa avec les domestiques et sa belle-mère, est inquiète et agitée. Un mouchoir dans une main et un trousseau de clefs dans l'autre, elle rejoint la chambre de Giuseppina. Une femme de chambre se tient assise sur une chaise devant la porte.

« Elle est levée ? » lui demande Giulia.

La servante, une jeune femme au physique robuste et à la peau tannée par de longues journées passées au soleil, abandonne ses travaux de couture puis répond, avec l'accent des Madonies : « Oui, madame. Elle a mangé sans faire d'histoires et elle s'est mise dans son fauteuil, comme d'habitude. »

Giulia entre dans la pièce, où un parfum de roses fraîches ne parvient pas tout à fait à masquer les relents douceâtres de la vieillesse.

Giuseppina chante à mi-voix une chanson calabraise aux paroles incompréhensibles. Depuis plusieurs semaines, elle alterne des moments de lucidité et d'autres, où le monde autour d'elle se renverse, où les fantômes d'une vie de plus de quatre-vingts ans redeviennent une réalité.

Un de ses yeux a été rendu opaque par une cataracte qu'aucun médecin n'a su guérir. D'ailleurs, le grand âge est une maladie incurable.

Giulia déglutit et tente de réprimer une sensation croissante d'angoisse et de panique. Elle tend la main pour faire une caresse à sa belle-mère, puis la retire. La pitié qu'elle éprouve est trop forte et la paralyse. « Donna Giuseppina… que diriez-vous d'une petite promenade ? »

La vieille dame soulève péniblement son corps raidi par l'arthrose. La servante lui pose un châle sur les épaules, tandis que Giulia lui offre le bras.

Elles longent les couloirs de la villa. Comme souvent ces derniers temps, une pensée revient à l'esprit de Giulia : ce n'est pas la mort qui efface les fautes et purifie la mémoire, mais la maladie. En un certain sens, si le spectacle de la décrépitude de sa belle-mère l'a dédommagée de tout le mal reçu d'elle, il lui a appris la compassion. Elle ne nourrit plus la moindre velléité de vengeance ; elle se dit qu'il existe une mystérieuse justice dans l'ordre des choses, un équilibre régi par des règles inconnues.

Les trois femmes descendent dans la cour, où Vincenzo a fait disposer quelques fauteuils et une table. Le bruit de la mer y offre un agréable fond sonore.

Giulia écrit souvent à sa fille Giuseppina, qui vit à Marseille avec son époux Francesco, le fils d'un très vieil associé de Vincenzo, Augusto Merle. De même qu'Angelina, déjà mère de trois enfants, elle vit dans l'aisance et la sérénité, et elle a accouché de son deuxième bébé il y a quelques semaines. Bien que ses lettres expriment sa nostalgie de Palerme et de sa famille, Giulia sait qu'elle est satisfaite de son mariage.

En revanche, elle s'inquiète davantage pour Ignazio, toujours si maître de lui et si dur envers autrui. Elle se demande ce qu'est devenu son « petit prince », ce garçon curieux qui s'enthousiasmait pour tout. C'est maintenant un jeune homme dont l'extrême amabilité cache un caractère inflexible, peut-être plus encore que celui de son père. Et il se montre exigeant d'abord et avant tout envers lui-même, comme s'il devait obéir à des règles qu'il se serait imposées tout seul. Voilà ce que Giulia craint le plus chez lui, cette rigidité.

La servante reprend ses travaux de couture. Giuseppina somnole ; de temps à autre, elle émet d'étranges sons et prononce des bouts de phrases incompréhensibles.

Puis, tout à coup, elle saisit la main de Giulia, dont la plume glisse sur sa feuille en y laissant un pâté. « Il faudra lui dire, à Ignazio, que je me suis trompée ; on ne vit qu'une fois. C'est toi qui devras le lui expliquer, tu m'entends ? » Giulia ne comprend pas si elle parle de son petit-fils ou de ce beau-frère qu'elle-même n'a jamais connu. Elle voit des larmes perler aux yeux de la vieille dame. « Je l'aimais et j'aurais dû l'épouser, je le sais maintenant. Je ne lui ai jamais avoué mes sentiments, c'était le frère de mon mari. Je veux à tout prix qu'il sache qu'on doit se marier par amour, pas pour l'argent… » Elle éclate en sanglots, crie et se débat. Impossible de la calmer. Le bonnet qui retient ses cheveux tombe au sol, ses lèvres s'étirent.

Poussée par un grand élan de tendresse, Giulia la prend dans ses bras et lui chuchote à l'oreille, pour l'apaiser : « Il le sait. Il le sait très bien. » Des pleurs lui montent à la gorge. Les histoires que Vincenzo lui a racontées sur cette étrange affection entre sa mère et son oncle étaient donc vraies. Giulia aide sa belle-mère à se relever et essuie ses larmes. Puis elle la ramène dans sa chambre, la met au lit et ordonne qu'on lui administre un sédatif.

En refermant la porte, elle se dit qu'elle au moins, avec Vincenzo, ne s'est pas trompée dans son choix. Même s'il lui a fallu attendre des années.

*

Le long des murs, dans les rues qui aboutissent au Cassaro et au port, sur les places ombragées et au-delà des bastions en partie détruits par les boulets de canon, le temps est immobile. Une odeur d'algues sèches provient de la mer, tandis qu'un parfum d'agrumes en fleurs arrive des montagnes.

On aurait presque l'impression que Palerme reste passive, simple spectatrice des événements. En réalité, elle n'est qu'endormie. Sous sa peau de sable et de pierre, son cœur continue de battre et son cerveau de formuler des pensées secrètes qui se diffusent ensuite parmi ses habitants.

Elles tournent toutes autour d'un seul nom : Garibaldi. Il s'est déclaré « dictateur de Sicile » au nom de

Victor-Emmanuel II, roi d'Italie ; il a appelé le peuple de l'île à prendre les armes ; ses troupes occupent déjà Alcamo et Partinico…

Mais la blessure ouverte au moment de la révolte de la Gancia n'est pas encore cicatrisée. Et selon certains bruits, Rosolino Pilo serait mort au combat à San Martino delle Scale, à moins de vingt kilomètres de Palerme, alors qu'il apportait des renforts à Garibaldi.

Vincenzo Florio ignore la tournure que va prendre la situation ; mais au moment où il se faufile dans les bureaux de la Banque royale, sa décision est prise.

Il gravit un escalier.

En sa qualité de surintendant, il contrôle, recoupe et recueille beaucoup d'informations. Il ordonne que tout l'argent comptant et les traites soient déposés au coffre. Dès que l'orage sera passé, il faudra remettre des liquidités en circulation ou les convertir dans la nouvelle monnaie du royaume. D'ici là, mieux vaut les conserver en lieu sûr.

Pour les lingots d'or, en revanche, il n'y a pas grand-chose à espérer : l'arrivée des garibaldiens n'est sans doute plus qu'une question d'heures, et il y a fort à parier qu'ils ne tarderont pas à réquisitionner ce véritable pactole.

Ensuite, Dieu seul sait ce qu'il en adviendra…

Vincenzo a été bien avisé de ne pas céder aux pressions de Pietro Rossi.

À l'heure qu'il est, au moment où tout semble s'effondrer, il se sent en droit de faire ce qu'il fait. Il ramasse et rassemble dans une sacoche des papiers appelés à devenir le sauf-conduit des Florio pour l'avenir.

*

Fouettée par des rafales de sirocco, Palerme attend.

Garibaldi est à moins de dix kilomètres et la ville hésite. Faut-il aller à la rencontre des Chemises rouges et des paysans qui leur ont prêté main-forte à la bataille de Calatafimi ? Faut-il s'obstiner dans une défense vouée à l'échec ?

Les habitants sont divisés. Certains se sont barricadés chez eux après avoir fermé portes et fenêtres à double tour ; tandis que les femmes égrènent leurs chapelets, les hommes observent ce qui se passe au-dehors en tremblant derrière leurs volets. De nombreux jeunes gens, à l'inverse, ont empoigné leurs fusils et se préparent à combattre aux côtés des libérateurs.

Le 23 mai, les garibaldiens se lancent à l'assaut depuis les montagnes. De plus ou moins loin, les Palermitains voient la poussière soulevée par les affrontements et entendent le grondement des canons. Quatre jours plus tard, lorsqu'une poignée de soldats audacieux franchit la porte Termini, son accès le plus vulnérable, la ville cède. Les Bourbons se résolvent alors à la faire bombarder par leurs vaisseaux, mais il est trop tard : après une dernière escarmouche via Maqueda, la lutte cesse.

Les Chemises rouges se répandent dans Palerme. Les jeunes ne sont plus les seuls à se rallier à ces volontaires qui parlent un italien riche en nuances, en sonorités nouvelles, en accents différents. Toutefois, en dépit des embrassades et des drapeaux agités au vent, certains regards demeurent soupçonneux et chacun met ses richesses à l'abri. Une fois les rues débarrassées des barricades dressées çà et là, les façades des édifices s'offrent aux regards.

Des Piémontais, des Vénitiens, des Romains, des Émiliens découvrent alors la beauté insolente et sensuelle d'une ville qu'ils connaissaient uniquement à travers les récits des exilés : la cathédrale et ses pinacles arabisants, le palais royal et ses mosaïques de la période normande, les somptueuses demeures baroques et leurs grands balcons arrondis... Cependant, des masures de marins et de pêcheurs alternent avec des palais aussi imposants que celui des princes de Butera.

Ce voisinage de crasse et de splendeur étonne les nouveaux venus. Ils ne parviennent pas à détacher les yeux de cette myriade de couleurs, de ces murs ocre d'où semble rayonner la lumière du soleil. Et ils ne s'expliquent pas comment la puanteur des égouts peut coexister avec le parfum des agrumes et des jasmins qui ornent les cours des habitations aristocratiques.

Pendant que ses soldats patrouillent en ville, Garibaldi déclare qu'on ne peut pas en rester là, qu'il faut aller de l'avant et libérer la totalité du royaume des Bourbons. Au même moment, ailleurs, des hommes concluent des accords. Le gouvernement provisoire s'est installé à l'hôtel de ville, l'actuel palais Pretorio, où les révolutionnaires s'étaient déjà réunis en 1848.

Douze ans après, certains rebelles y reviennent, plus âgés, plus cyniques peut-être, mais toujours aussi déterminés. Beaucoup ont des comptes à régler ou de nouveaux pactes à sceller, mais ce bâtiment bondé n'est certes pas le lieu idéal pour cela. Mieux vaut en choisir un autre, plus discret, loin de la foule et des oreilles à l'affût.

Par-delà le palais Ajutamicristo, un peu avant le cloître de la Magione, des voitures anonymes stationnent devant la porte cochère ou dans la cour d'un édifice massif et sévère, au milieu d'un brouhaha incessant.

À l'intérieur, en revanche, les gens baissent la voix lorsqu'ils passent près d'une porte couverte d'une tenture en brocart gardée par deux soldats.

Car derrière cette porte, un des chefs de l'insurrection reçoit Vincenzo et Ignazio Florio. Immobiles devant lui, les deux hommes ne trahissent pas le moindre trouble.

Ignazio observe attentivement son père et scrute tous ses gestes.

Vincenzo semble serein. Il déclare, d'un ton dénué d'emphase : « Une chose est claire à mes yeux : les informations que je suis prêt à vous fournir vous donneront une connaissance détaillée du patrimoine de la Banque royale. Je m'expose à de gros risques en vous proposant ces documents. » Il tape d'une main sur une sacoche posée sur ses genoux, celle-là même dont il s'est servi quelques jours plus tôt, lorsqu'il s'est rendu dans les locaux de la Banque.

Dans le silence de la pièce, chaque mot prononcé se détache à la manière d'une goutte qui tombe.

« Votre offre est intéressante, et je ne manquerai pas de la transmettre au général Garibaldi. Il sera par ailleurs tenu le plus grand compte de votre collaboration et de la fabrication de canons destinés aux Chemises rouges par votre fonderie Oretea.

— Je n'ai fait que mon devoir de Sicilien. Quand ils ont su que ces canons devaient tirer sur les troupes des Bourbons, mes ouvriers n'ont ménagé ni leur temps ni leur peine.

— Vous aviez cependant eu l'habileté d'attendre de voir dans quel sens le vent soufflait.

— C'est-à-dire du bon côté. »

L'interlocuteur de Vincenzo tambourine des doigts sur son bureau, avec un accent palermitain très prononcé auquel se mêlent néanmoins d'autres inflexions : « Quoi qu'il en soit, vous avez mis votre entreprise au service de la révolution, et je serai le premier à me le rappeler à l'avenir. On m'a autorisé à négocier la passation de pouvoir à la Banque royale, et vos informations confidentielles nous permettront d'établir un état des lieux très précis. Mais votre rôle n'ira pas plus loin. »

Vincenzo plisse les yeux.

Son hôte allume un cigare et secoue d'un geste lent l'allumette dont il vient de se servir. Dans la tiédeur de la fumée, ses moustaches jaunies par le tabac frémissent de plaisir. Après une première bouffée, il tapote son cigare au-dessus d'un cendrier. Non loin de là, on aperçoit le pistolet dont il a menacé les soldats napolitains, quelques jours plus tôt, lorsqu'il a pris la tête d'une colonne de garibaldiens qui a fait irruption en ville. Il dévisage Vincenzo et devine ses pensées.
« Donnant, donnant, j'imagine.

— Tout à fait. »

Vincenzo n'en dit pas davantage. Ignazio admire l'impassibilité de ces deux hommes engagés dans une joute verbale à haut risque.

« Et que voulez-vous ? demande l'interlocuteur de son père.

— L'autorisation de fonder un établissement de crédit destiné à promouvoir l'activité commerciale en Sicile. » Vincenzo croise les bras sur sa large poitrine. « Si la maison de Savoie s'empare de la Banque royale, les négociants de l'île devront trouver d'autres sources de financement. »

Le rideau de fumée qui s'exhale du cigare devient à la fois un écran à travers lequel les deux duellistes s'observent et un filet qui retient des non-dits.

« Vous êtes pour le moins quelqu'un de curieux, don Florio. Un jour vous louez vos bateaux à vapeur aux Bourbons pour surveiller la côte ; le lendemain vous vendez à leurs ennemis des informations sur la Banque royale… » Il agite la main et de la cendre s'éparpille sur le sol en majolique. « On ne peut pas dire que vous manquiez d'opportunisme.

— À l'heure qu'il est, mes navires ont été réquisitionnés par votre dictateur et je ne peux plus en disposer. Quant au reste, vous comprendrez aisément que, dans la position où j'étais, je ne pouvais rien refuser au souverain. De votre côté, l'an dernier, vous n'avez pas essayé d'entrer en contact avec moi, alors que vous avez sollicité certains de mes collègues. »

Le silence qui suit est imprégné de surprise et de méfiance.

« Ah, Palerme… On retombe toujours dans la même erreur, quand on s'imagine que ses habitants savent garder un secret.

— Il faut savoir quoi demander, et surtout à qui », renchérit Vincenzo.

Un sourire railleur s'esquisse sous les grandes moustaches de son adversaire. « Vous et votre Maison, monsieur, êtes en position de refuser n'importe quoi à n'importe qui, pour peu que vous le vouliez. Vous avez obtenu le marché public de la poste, vous détenez le monopole des transports maritimes du royaume et, grâce aux avantages fiscaux que vous a accordés la Couronne, vous payez des impôts dérisoires. Il y a douze ans, vous auriez pu soutenir la révolution ; pourtant, vous vous êtes dérobé. Inutile de le nier, j'y étais, vous le savez aussi bien que moi. Mais je consens à oublier le passé. Nous sommes ici pour discuter affaires, n'est-ce pas ? »

Ignazio voit la main de son père se contracter. Il reconnaît dans toute son attitude, et en particulier dans sa façon de triturer l'anneau de son oncle, celui dont il ne se sépare jamais, les signes d'une nervosité croissante. Vincenzo rétorque enfin : « Je n'aime pas perdre mon temps. Je veux un oui ou un non définitif. »

Son interlocuteur lisse un pli inexistant sur son pantalon, puis il répond : « Vous aurez votre établissement de crédit en échange des documents de la Banque royale. Le seul obstacle pourrait venir de Garibaldi, mais je ne pense pas qu'il s'opposera à ce projet. Pour le reste… ma porte vous sera toujours ouverte. »

Vincenzo se lève et Ignazio l'imite. « Alors permettez-moi de vous confier ce qui me tient à cœur. Aidez-nous, et vous trouverez en nous des alliés. Garantissez-moi que ma Maison ne subira pas de mesures de rétorsion et que mes navires me seront restitués en bon état. Voilà pour le présent. En ce qui concerne l'avenir, j'aimerais parler du renouvellement de ma concession postale à… ces messieurs de Turin. Acceptez-vous de me servir d'intermédiaire ? »

Une main tendue et un coup d'œil en direction de la sacoche contenant les papiers précèdent cette réponse : « Même si vous ne m'aviez pas apporté ces documents, vous auriez pu compter sur mon soutien. La Sicile a besoin d'hommes de votre envergure pour affronter le futur qui l'attend, et c'est le secrétaire d'État qui vous parle. »

Ignazio intervient alors pour la première fois dans la conversation : « Maître, votre aide nous sera des plus précieuses. Vous êtes un homme à poigne. » Il prononce ces mots tout bas, sur le ton plat et sans nuances dont on exprime une certitude, voire une évidence. Sa voix rauque ressemble à celle de son père. « Les Florio n'oublient pas ceux qui les aident. À Palerme, nous disposons de moyens d'action que ni les Bourbons ni les Piémontais ne possèdent. Et j'imagine qu'il n'est pas nécessaire de vous préciser à quoi je fais allusion. »

Francesco Crispi serre successivement la main d'Ignazio et celle de Vincenzo.

Ils ne peuvent pas encore savoir que cet ancien révolutionnaire mazzinien soupçonné d'homicide politique, futur président du Conseil, futur ministre des Affaires étrangères et futur ministre de l'Intérieur du royaume d'Italie, deviendra l'avocat de la Maison Florio.

*

C'est un jour comme tant d'autres, du moins en apparence. À la Cala, on décharge des bateaux à vapeur leurs cargaisons d'épices, d'étoffes, de bois et de sumac ; sur le môle, dans des chariots à l'arrêt, des stocks de soufre ou d'agrumes attendent d'être transportés à bord des navires. Le carillon des cloches appelant les fidèles à la messe alterne avec les cris des premières hirondelles. Plus loin, on entend les marteaux et les presses de la fonderie Oretea.

Dans les rues, entre les murs de tuf et de pierre, les habitants de Palerme déambulent. Beaucoup ont des yeux d'agate, des mains cuivrées, des cheveux roux et une peau laiteuse. Ils forment une population métisse, accueillante.

Au-delà de Castellammare, parmi les potagers et les oliveraies, là où de nouveaux quartiers prennent forme, les élégantes villas des enrichis de fraîche date ont été bâties sur les ruines de vieux palais auxquels elles redonnent vie ; elles sont entourées de jardins ornés de plantes exotiques, importées des colonies françaises ou anglaises.

C'est là qu'Ignazio Florio créera le somptueux palais de l'Olivuzza, que naîtront un autre Ignazio et un autre Vincenzo, que sera édifiée la villa Whitaker. Mais il est encore trop tôt pour raconter leur histoire, et pour décrire les villas Art nouveau qui y seront construites avant de laisser place à des immeubles en béton.

Oui, il est encore trop tôt.

Pour le moment, Palerme est comme ivre, figée sur le seuil d'un avenir lourd d'incertitudes ; elle attend de savoir ce que veulent d'elle ses nouveaux souverains, arrivés comme des libérateurs. Car elle reste méfiante, elle a subi par le passé trop de dominations étrangères. Esclave et maîtresse, elle semble se vendre à tous et n'appartient en réalité qu'à elle-même.

Vincenzo et Ignazio sont aujourd'hui au siège de la Banque nationale, récemment fondée. Le père est directeur de la filiale et son fils l'aide dans sa tâche ; en cet instant, ils parlent de leurs exportations de vin. Le marsala Florio, qui a remporté une médaille à l'Exposition nationale de Florence en 1861, est le vin de fin de repas le plus vendu dans toute l'Italie. En France, où il a obtenu une autre médaille, on le considère comme un produit de luxe.

Depuis que Vincenzo lui a confié la gestion de son exploitation vinicole, Ignazio n'a pas économisé ses efforts. « J'avais donc l'intention de créer une cuvée spéciale pour les prochaines Expositions universelles. Avoir une médaille sur l'étiquette est déjà un avantage en soi… »

Il n'a pas le temps de terminer sa phrase : un huissier essoufflé entre dans la pièce et s'incline devant Vincenzo. Son uniforme est en désordre et son visage exprime l'effarement. « Don Florio, un billet de la duchesse Spadafora pour vous. »

Vincenzo saisit l'épaisse et élégante enveloppe blanche sur laquelle une main a tracé son nom d'une écriture tremblante, puis il murmure : « L'épouse de Ben ? Qu'est-ce qu'elle peut bien me vouloir ? »

Il regarde l'huissier et hésite. Cette enveloppe lui paraît soudain très lourde. Comme s'il savait à l'avance que son contenu sera douloureux.

Il la déchire et lit.

*

Chez Ben Ingham, les curieux se pressent devant la porte cochère. À l'arrivée de Vincenzo, une foule d'employés, de marins, d'armateurs et de commerçants s'ouvre en deux pour le laisser passer.

Ignazio observe son père se diriger vers la chambre d'un pas de plus en plus lourd, le dos voûté et la tête penchée. Il le suit à l'intérieur de la pièce.

Le corps a été habillé de vêtements anglais. Des candélabres ont été installés au pied du lit et un pasteur anglican murmure des oraisons. Tout près de lui, un petit groupe de fidèles prie à genoux. Ben a toujours été très pieux.

La duchesse Spadafora est assise dans un fauteuil à côté de la dépouille de son mari. On a l'impression que quelqu'un l'a battue, tant son visage est défait et hagard. Elle tâte sans cesse son alliance : de même que Giulia, elle a fini par obtenir des noces en bonne et due forme, mais contre l'avis du neveu préféré de son époux.

Un peu plus loin, Joseph Whitaker, son épouse Sophia et un jeune homme de vingt ans prénommé Willie, le troisième de leurs douze enfants, accueillent les invités venus présenter leurs condoléances. Son chapeau à la main, Gabriele Chiaramonte Bordonaro se tient aux côtés des enfants de la duchesse.

Tous les yeux sont rivés sur le lit, incrédules.

Lorsqu'elle aperçoit Vincenzo, Alessandra Spadafora se lève et vacille aussitôt. Il se précipite alors vers elle et la prend dans ses bras. Ils sont tous deux orphelins, chacun à sa manière.

« Que s'est-il passé ? lui demande-t-il en l'aidant à se rasseoir.

— Il a eu un malaise pendant la nuit. Il est devenu tout rouge et il ne parvenait plus à respirer. » Elle tend une main et caresse le visage de Ben, dont la consistance ressemble à celle du papier ; ses rides se sont aplanies et il paraît serein. Puis la duchesse désigne une tache sombre sur la tempe. « Le docteur a dit qu'une veine avait sans doute éclaté dans sa tête. Il… il… Quand le médecin est arrivé, il était déjà… » Elle éclate en sanglots et saisit le bras de Vincenzo.

Il a la gorge nouée.

Impossible de regarder ce cadavre.

Pas lui. Il ravale ses larmes et se souvient.

Ben qui le félicite d'avoir décidé d'épouser Giulia ; qui le traite toujours en adversaire et jamais en ennemi. Ben qui, aux côtés de son oncle Ignazio, l'accompagne à bord d'un navire à destination de la Grande-Bretagne ; qui lui montre la campagne anglaise ; qui lui présente son tailleur.

Un frère, un ami, un rival, un associé, un mentor.

Vincenzo doit dire adieu à tout cela à la fois. Il est de plus en plus seul.

*

La plantation d'agrumes de la belle villa, sur les collines de San Lorenzo, se déploie devant Giulia. La pluie vient de cesser, les feuilles humides resplendissent dans le soleil de l'après-midi et il émane de la terre un parfum apaisant.

Giulia traverse une période difficile. Vincenzo,

furieux de la situation politique consécutive à l'annexion de la Sicile au royaume d'Italie, ne se départ pas un instant de son air renfrogné. Les Piémontais se comportent moins comme des souverains que comme des patrons. Ils imposent leurs lois et leurs fonctionnaires. Ils n'écoutent pas ceux qui connaissent la conduite à adopter avec ces insulaires si déroutants, pleins de défauts et toujours méfiants, certes, mais capables aussi d'un dévouement sans pareil, pour peu qu'on leur accorde un minimum d'égards. Pourtant, rien à faire. Les envahisseurs venus du Nord préfèrent régner par la force, sans prêter l'oreille à quiconque, sans chercher à comprendre.

Ignazio, quant à lui, est distant, toujours pris par ses affaires. Giulia n'a donc plus personne dont elle pourrait prendre soin : Angelina et Giuseppina ont leurs propres familles ; deux servantes restent jour et nuit auprès de sa belle-mère.

Elle ressent jusque dans sa chair la morsure de la solitude.

Mais ce qui l'angoisse le plus, c'est l'attitude de Vincenzo : il semble… se désintéresser d'elle, de ce qu'elle veut et de ce qu'elle pense. La dispute de tout à l'heure en est une preuve manifeste. Lorsque Giulia y repense, son sang ne fait qu'un tour. Comment son mari a-t-il pu lui ordonner de se taire sur un tel ton ? Pourquoi a-t-il éprouvé le besoin de lui dire toutes ces horreurs ?

Elle gagne la balustrade qui sépare la véranda du jardin et regarde en direction des arbres. La lumière du soleil luit sur les montagnes, l'orage a nettoyé l'air et balayé au loin le sable apporté par le sirocco, ce maudit sable qui s'insinue partout. Giulia n'aime pas la vie qu'elle mène dans cette villa gigantesque de deux étages munie d'une salle de bal, d'un appartement entier réservé aux invités, de plusieurs écuries et d'une exploitation agricole. Vincenzo l'a achetée il y a plus de vingt ans, avant même de se marier. Elle est sans conteste très élégante, digne d'un aristocrate, et se situe d'ailleurs à proximité de celle du prince de Lampedusa et de la Palazzina Cinese, le pavillon de chasse des Bourbons. Ce lieu agréable, couvert de plantations d'agrumes, dispose en outre d'une route bordée d'arbres qui conduit à Mondello et coupe en deux l'immense parc de La Favorita.

Vincenzo et surtout Ignazio le préfèrent désormais à la villa dei Quattro Pizzi pour y passer l'été. En revanche, le cœur et l'esprit de Giulia sont toujours prisonniers des filets qui entourent la madrague de l'Arenella ; elle fait partie de sa vie, de sa façon d'être ; si elle pouvait, elle ferait ses bagages et laisserait là son mari et son fils pour retourner dans cet endroit où elle a été si heureuse.

Elle s'appuie sur le parapet de tuf soutenu par des colonnes. Derrière elle, un domestique fait une apparition discrète et lui demande : « Donna Giulia, souhaitez-vous que je vous apporte un fauteuil ?

— Non, Vittorio, merci. »

Comprenant qu'elle a besoin de rester seule, le domestique s'éloigne.

La colère de Giulia ne diminue pas, bien au contraire ; de l'amertume vient s'y mêler.

La porte-fenêtre s'ouvre et des pas résonnent dans la véranda.

Peu après, la main de Vincenzo se pose à côté de celle de Giulia.

Tous deux gardent le silence : ils sont l'un et l'autre trop orgueilleux pour présenter des excuses.

*

Debout derrière la porte-fenêtre qui donne sur la plantation d'agrumes, Vincenzo attend. Il sait qu'il est allé trop loin, mais il estime aussi que Giulia exagère. Depuis quand s'arroge-t-elle le droit de parler avec lui de politique et d'économie d'égale à égal ? Elle en sait plus que certains hommes dans ces domaines, certes, mais ce n'est pas une raison…

Tout avait commencé pendant le déjeuner. Ignazio et lui parlaient des difficultés rencontrées à l'époque du débarquement de Garibaldi en Sicile, et en particulier de la réquisition par le « dictateur » des navires de la Maison Florio.

« Il m'avait pris trois bateaux sur cinq, sous prétexte d'y transporter ses troupes ! Et maintenant, un an après, on me reproche l'interruption de l'acheminement du courrier ! On voudrait même me coller une amende pour défaillance, comme si tout ça dépendait de moi ! » Vincenzo avait reposé sa fourchette avec une telle violence qu'elle était tombée au sol. « Un de mes bateaux a été coulé, et il faudrait que je débourse encore de l'argent ! »

Tandis qu'un domestique s'empressait de remplacer la fourchette, Ignazio s'était essuyé la bouche avec sa serviette, puis il avait répondu : « Papa, notre contrat avec les Bourbons était particulièrement avantageux pour nous. Ce dont on nous tient rigueur aujourd'hui, c'est de ne pas avoir distribué un certain nombre de documents officiels et de mandats postaux. La correspondance ordinaire, tout le monde s'en moque.

— Eh bien, à eux de se débrouiller ! Nous avons de nouveaux souverains, ils n'ont qu'à prendre les mesures nécessaires. C'est nous qui avons subi un préjudice, après tout. De quel droit est-ce qu'ils nous menacent d'une amende ?

— Tu aurais pu affréter d'autres navires. Je veux dire, c'est ce qui était prévu dans ton contrat, non ? »

Cette remarque de Giulia avait suscité, chez son mari et son fils, plus de surprise que de trouble.

Ils s'étaient retournés pour la regarder et elle avait repris : « Quand on prend des engagements…

— Nous avons jugé inopportun de mettre en danger des embarcations et des équipages supplémentaires. Nous avons utilisé les bateaux à voiles de nos autres sociétés, mais pas les bateaux à vapeur. » Ignazio avait dit cela sur un ton très calme, les yeux baissés sur son assiette vide.

Vincenzo avait insisté : « Les risques étaient trop importants. Palerme et la Sicile ont été dévastées par l'expédition de Garibaldi. Les Piémontais sont pires que les Bourbons, en tout cas pour le moment. Ils arrivent et ils changent tout, sans consulter personne, ils se comportent comme en pays conquis. On ne peut pas mettre un vapeur en danger juste pour transmettre les vœux des petits-enfants à leurs grands-mères. Les documents officiels, je comprends, mais le reste…

— Toujours est-il que tu t'es mis dans ton tort », avait conclu Giulia.

Ignazio s'était empressé de répondre avant son père, pour éviter une réaction trop violente de sa part. « *Maman**, je vous expliquerai tout en détail un de ces prochains jours. La situation est beaucoup plus compliquée qu'elle ne le semble à première vue : nos intérêts ne sont pas seuls en jeu, il faut aussi tenir compte de ceux de nos employés. Et voilà pourquoi nous avons créé, l'an dernier, notre société de bateaux à vapeur postaux. » Sur ces mots, il s'était levé. « Avec votre permission, je retourne travailler là-haut. Papa ?

— Vas-y, je te rejoindrai un peu plus tard. » Vincenzo avait indiqué des yeux l'étage supérieur où les attendaient de longs rapports sur la fonderie Oretea, désormais mise au service de l'entretien des bateaux à vapeur.

Restés seuls, Vincenzo et Giulia avaient échangé un regard dépité. Puis elle avait déclaré : « Je ne supporte pas la façon dont notre fils m'oblige à me taire sans pour autant me manquer de respect. C'est exaspérant.

— Au cas où tu ne l'aurais pas encore remarqué, Ignazio a beaucoup plus de bon sens que toi. » Vincenzo avait ensuite prié un domestique de servir les liqueurs. Ces derniers temps, il souffre d'une mauvaise digestion, longue et laborieuse.

« Non, avait rétorqué Giulia. La vérité, c'est que tu refuses d'accorder ta confiance au nouveau régime. Pourtant, je t'ai souvent entendu dire que la Sicile ne pouvait pas s'en sortir toute seule, qu'elle aurait tout intérêt à devenir un protectorat français ou anglais, ou Dieu sait quoi encore…

— Et c'est précisément ce que la maison de Savoie est en train de faire, elle nous transforme en une véritable colonie, ni plus ni moins. Elle a mis la main sur le trésor de la Couronne des Bourbons et elle l'a transféré à Turin pour régler les dépenses de sa campagne d'annexion. D'*annexion*, tu comprends ? Toute cette comédie s'est jouée entre Naples et Turin, et nous n'en sommes qu'au début, tu verras.

— Impossible de discuter avec toi, comme toujours. Dans ta famille comme en affaires, tu veux à tout prix avoir le dernier mot. Pourquoi ne pas prendre en considération ce qu'il pourrait y avoir de positif dans l'existence d'une nation unie, des Alpes à Marsala ? Ça ne signifie rien pour toi ? Tu as pensé à tous ceux qui ont sacrifié leur vie pour cet idéal ? »

Vincenzo s'était levé d'un mouvement brusque, sa patience était à bout. Il s'était mis à vociférer : « Même si nous étions gouvernés par le tsar de Russie, ça me serait parfaitement égal. Tu comprends ce que je veux dire ? L'activité de la Maison Florio ne s'arrête pas au détroit de Messine. L'important, c'est que personne ne s'en prenne à mes intérêts économiques. Mais les Piémontais ont tout l'air d'avoir décidé de me casser les… » Il s'était mis une main devant la bouche pour s'empêcher de prononcer un gros mot.

Pas avec elle.

Puis il avait repris, sur un ton glacial : « On m'a informé que je devrai moderniser mes navires postaux pour les rendre plus rapides ; sinon, je perdrai *mon* marché public et il sera attribué à une entreprise génoise. Je ferai ce qu'on attend de moi, mais j'exige d'être payé. Ils sont conscients que je suis le seul à pouvoir assurer le service là où ils en ont besoin. Et je ne les laisserai pas me voler ce que j'ai conquis de haute lutte. S'il faut faire la cour à quelques fonctionnaires aux moustaches pommadées qui se rengorgent en se gargarisant de discours interminables, soit. Mais chaque fois qu'il s'agira de défendre tout ce que j'ai créé, je n'aurai d'égards pour personne, rien ne m'arrêtera. La Maison Florio est à moi. À moi et à mon fils. Et tu as beau être une femme du Nord, comme eux, tu devrais le savoir depuis longtemps. »

Giulia avait pâli, elle s'était levée de table et avait quitté la salle à manger sans rien dire.

*

Et maintenant ? se demande Vincenzo.

Il s'approche prudemment de sa femme et l'appelle. Elle se raidit.

Giulia est opiniâtre. Au fil des ans, son caractère s'est quelque peu adouci, mais il reste en elle une faculté de résistance dont le temps ne viendra jamais à bout. Elle est comme le dracéna qui donne de l'ombre au portique de la villa : resplendissante et inflexible.

Vincenzo serait incapable de se passer d'elle, même s'il disposait de milliers de vies.

« Ne recommence jamais. » Elle martèle ces quelques mots et son accent milanais réapparaît, comme toujours lorsqu'elle est en colère. « Je t'interdis de me traiter comme une imbécile.

— Et toi, évite de me faire sortir de mes gonds.

— Nous sommes ensemble depuis trente ans, et tu me considères encore comme une étrangère. Mais n'oublie pas qui tu es. Un enfant de Calabrais venus à Palerme avec des vêtements rapiécés. » Elle crie et pointe un doigt sur sa poitrine. « Voilà ce qui m'horripile chez toi, ton entêtement à ne pas admettre que nous sommes pareils. Pourquoi ? »

Il sait qu'elle a raison. Mais il ne l'avouera à aucun prix. Un homme ne peut pas s'abaisser à présenter des excuses à une femme. Il garde donc le silence, les sourcils froncés, en proie à un mélange de ressentiment et d'indulgence : après tant d'années, il ne sait toujours pas comment dompter Giulia – et ne connaît aucun autre moyen de lui demander pardon.

Il lève les yeux au ciel et empoigne une main de son épouse ; elle se débat, mais il ne lâche pas prise.

Elle se dégage malgré tout en lui hurlant : « J'aurais dû te chasser le jour où mon frère t'a amené chez moi. Tu ne m'as apporté que du malheur.

— Ce n'est pas vrai.

— Oh si.

— Non. » Il lui attrape les poignets. « Personne ne t'aurait jamais donné ce que je t'ai donné moi. »

Elle secoue la tête et se libère à nouveau. « Tu ne m'as jamais accordé ton respect, Vincenzo. Jamais. Et si je ne m'étais pas battue bec et ongles pour obtenir ce dont j'avais besoin, tu m'aurais réduite au silence. »

Sur ces mots, elle l'abandonne à la contemplation du coucher de soleil entre les arbres.

*

« Remets du charbon dans le poêle, Maruzza, on gèle. »

La servante s'exécute aussitôt. De la fumée se soulève et se mêle au courant d'air venu de la fenêtre. En cet impitoyable mois de février 1862, il fait froid et il pleut.

Vincenzo remercie la domestique et l'invite à se retirer.

Puis il regarde Giuseppina, enfouie sous les couvertures. Le cœur de sa mère est de plus en plus faible. Des années d'une vie dure faite de colère, de regrets et de manque d'amour sont en train de parachever leur œuvre.

Un peu plus tôt, le curé de San Domenico a administré l'extrême-onction à la malade. Giulia s'est retirée juste après en demandant à son mari de l'appeler en cas d'aggravation de la situation.

Comme si le point de non-retour n'était pas déjà franchi.

Le souffle de Giuseppina peine à se frayer un chemin dans son corps de plus en plus affaibli et s'y transforme en une sorte de gargouillement. Sa main, posée sur le drap, ressemble à un moulage de cire.

Elle est vivante, mais pour combien de temps encore ? Depuis plusieurs jours, sa torpeur n'est interrompue que par de rares moments de veille pénible. Elle ne dort pas, mais glisse plutôt dans des états d'inconscience qui, chaque fois, durent un peu plus longtemps.

L'angoisse tenaille la poitrine de Vincenzo, et les interrogations qui assaillent son esprit le torturent. Pourquoi faut-il toujours autant souffrir ? Pourquoi la mort ne pourrait-elle pas se montrer compatissante, se contenter de trancher le fil, d'emporter les gens sans leur infliger un tel supplice ? Il a l'impression d'assister à un phénomène symétrique et opposé à celui de l'accouchement, à un calvaire au terme duquel il n'y aura pas la venue au monde d'un nouvel être, mais un retour dans le giron du Seigneur. *À supposer qu'il existe.*

Vincenzo s'appuie contre le dossier de son fauteuil et ferme les yeux. Il se souvient du jour où son oncle Ignazio est mort. Et il comprend maintenant à quel point le destin avait été miséricordieux envers lui.

Il s'assoupit sans s'en rendre compte.

Un froissement d'étoffe le réveille. « Maman ! » Il bondit sur ses pieds, l'appelle et s'approche d'elle, sans se soucier du vertige que ce mouvement lui cause.

Giuseppina s'agite sous ses couvertures. Il la soulève et l'assied pour faciliter sa respiration. « Comment vous sentez-vous ? Voulez-vous un peu de bouillon ? »

Elle refuse d'une grimace. Son corps exhale une odeur mêlée de talc, d'eau de Cologne, d'urine et de sueur. Une odeur de vieillesse si pénétrante qu'elle efface celle, douce et lactée, dont Vincenzo se souvient, et qui reste pour lui le parfum authentique de sa mère.

Il faudra dire à une femme de chambre de la changer. Mais pas tout de suite. Vincenzo préfère demeurer encore un peu seul auprès d'elle. Il lui caresse le front, en écarte une mèche de cheveux et pose à nouveau la même question : « Comment vous sentez-vous ?

— J'ai mal partout. On dirait que des chiens enragés me dévorent les entrailles. » Des larmes coulent le long de ses joues.

Vincenzo les essuie, puis désigne la rangée de flacons qui encombre la commode. « Si vous pouvez avaler un peu de liquide, je vais vous donner votre médicament. »

Elle lui fait comprendre qu'elle n'en veut pas, regarde en direction de la fenêtre et cherche en vain la lumière du soleil. « Il fait nuit ?

— Oui.

— Et Ignazio ? Où est-il, mon Ignazio chéri ?

— Il est sorti. »

Inutile de lui expliquer que son petit-fils préféré est désormais le principal responsable des affaires commerciales de la Maison Florio et qu'il dirige l'activité vinicole de Marsala, où il passe beaucoup de temps. Ce soir, il est en réunion avec un groupe de parlementaires siciliens dont fait partie leur nouvel avocat, Francesco Crispi.

D'un geste du doigt, Giuseppina désigne une bouteille d'eau. Vincenzo lui en sert un verre qu'il l'aide ensuite à boire, juste une gorgée, pour se tremper les lèvres.

« Aaaah. Merci. » Elle ferme les yeux, épuisée mais soulagée.

Vincenzo se dit qu'il suffit de bien peu de chose, dans certaines circonstances, pour rendre quelqu'un heureux : des draps propres ; une poignée de main ; de l'eau fraîche.

« Viens t'asseoir là », lui dit Giuseppina. Il lui obéit sans discuter. En cet instant, il est redevenu un gamin terrorisé à l'idée de se retrouver seul ; il éprouve déjà le supplice que sera pour lui l'absence de sa mère. Il porte ce fardeau intérieur depuis le jour où il a compris, encore enfant, que son père était mourant.

Le décès de Ben a déjà été très difficile à accepter.

Et maintenant, c'est la plus terrible de toutes les pertes qui m'attend.

Giulia et Ignazio seront toujours à ses côtés, cela ne fait pas le moindre doute ; mais sa mère a été pendant si longtemps sa seule famille. Il voudrait revenir en arrière, même pour quelques secondes. Il serait prêt à donner toute sa fortune pour se sentir encore une fois tout petit, bercé dans les bras de Giuseppina.

Elle lit ses pensées et l'implore, d'un filet de voix tremblant de peur : « Ne m'abandonne pas. » Il embrasse son front, puis la serre très fort contre sa poitrine. C'est lui qui la berce, et il lui murmure à l'oreille ce qu'il n'a jamais réussi à lui avouer : il lui pardonne toutes ses erreurs, dont il se rend bien compte désormais que toutes les mères les commettent, par une sorte de fatalité.

Giuseppina cherche son visage à tâtons. « Qui sait ce que tu serais devenu si Paolo avait survécu ? Si j'avais eu ce deuxième enfant ? »

Il hausse les épaules et lui chuchote qu'il n'en a pas la moindre idée. D'ailleurs, il n'a gardé presque aucun souvenir de son père.

Le regard perdu au-delà de son lit, elle ne l'écoute plus. « C'est lui qui viendra me chercher, j'en suis sûre. Le Seigneur a sondé mon cœur, Il connaît mes vilaines pensées. Mais Il devra me pardonner. »

Vincenzo essaie de la rassurer : « Bien sûr qu'Il devra. N'y pensez plus maintenant.

— Toi, tu es la chair de ma chair. »

Elle incline la tête. Sa peau paraît plus lisse et elle a retrouvé de légères couleurs.

Puis la torpeur submerge Giuseppina comme une vague. Elle a chaud, et peut-être un peu de fièvre. Sa respiration, de plus en plus lente, n'est désormais qu'un souffle à peine perceptible.

Vincenzo s'étend à côté d'elle et ferme les yeux.

Lorsqu'il se réveille, quelques minutes plus tard, Giuseppina Saffiotti Florio a cessé de vivre.

*

Nous sommes en 1865, quelques jours après Noël. Ignazio traverse les pièces de la demeure familiale, via dei Materassai. Ses chaussures sont couvertes de boue et de poussière. Le parquet reluisant reflète les flammes des lampes à gaz qu'il a fait installer quelque temps auparavant.

Il a parlé à son père de la nécessité d'acquérir une nouvelle habitation : celle-ci est trop petite, trop sombre et peu en accord avec le statut acquis par les Florio. Vincenzo a regardé son fils en soulevant un sourcil, une main immobilisée au-dessus d'un document. « Eh bien, cherches-en une et tiens-moi informé. »

Il lui fait confiance.

Ignazio, en revanche, continue de le craindre. *Ou plus exactement, non*, se dit-il en ouvrant la porte du petit salon de sa mère. *Ce n'est pas de la peur. Ce serait plutôt de la méfiance.* Une distance que le travail en commun et la confiance établie au bout de longues années de proximité n'ont pas suffi à combler.

Rien à voir avec la complicité qui le lie à sa mère, qui leur permet de se comprendre et d'exprimer leurs sentiments à demi-mot, voire par des silences éloquents.

Assise dans un fauteuil en bois dont le dossier sculpté représente un lion, Giulia tisse de la dentelle au carreau. Elle doit s'interrompre souvent : sa vue n'étant plus aussi bonne qu'autrefois et ses yeux se fatiguant vite, elle porte des lunettes, en demi-lune et à monture de corne, qu'elle retire à intervalles réguliers pour se masser la base du nez.

Lorsque Ignazio s'approche d'elle, elle lui tend la main et l'invite à s'asseoir sur un pouf, devant une grande table encombrée de fils et de fuseaux.

Ignazio observe les doigts de sa mère entrelacer des fils écrus. Elle a toujours été ainsi. Discrète. Taciturne. Et forte.

« Il faut que je vous parle, *maman**. »

Giulia hoche la tête, termine un point et lève les yeux. Ses cheveux ont beaucoup blanchi. « Je t'écoute. »

Voilà, nous y sommes. Maintenant qu'il est en face d'elle, Ignazio tergiverse. Il sait qu'on ne peut pas revenir en arrière, une fois que certains mots ont été prononcés, et il aimerait repousser le plus possible le moment de les dire.

Mais la lâcheté n'est pas inscrite dans son caractère. Si une chose doit être faite, autant ne pas tarder.

« J'ai fait la connaissance d'une jeune fille au Casino delle dame. Elle est apparentée aux Trigona et sa famille appartient à la noblesse depuis trois générations. Elle s'appelle Giovanna. » Il prend une pause et examine le bord du précieux tapis Qazvin que son père a acquis en France il y a peu. La dernière phrase est la plus difficile à formuler. « Elle pourrait devenir mon épouse. » Il reste tête baissée pendant une poignée de secondes ; quand il la relève, sa mère a les larmes aux yeux et une expression tendue.

« Tu es sûr de toi, mon fils ? »

Il voudrait lui répondre : *Non, absolument pas.* Au lieu de cela, il fait un signe d'acquiescement. « C'est une demoiselle gracieuse, aux manières parfaites. Elle sait se comporter en société et elle est issue d'une famille très pieuse, pas très riche mais… titrée. Sa mère est trop grosse, la pauvre. Elle, en revanche, est belle comme une fleur. »

Giulia dépose son matériel de couture. « Je la connais. Il s'agit de Giovanna d'Ondes, n'est-ce pas ?

— Oui. »

Giulia étreint les mains de son fils entre les siennes. « Alors je vais te répéter ce que je t'ai déjà dit souvent, mon Ignazio, parce que je tiens à ce que tu y réfléchisses autant que nécessaire : j'ai choisi le déshonneur pendant des années, pour garder ton père, et je ne l'ai jamais regretté. Jamais. » Une larme perle au bout de ses cils, mais son visage semble presque avoir rajeuni. *On dirait qu'elle sait, à propos de l'autre jeune fille*, pense Ignazio avec un frisson de honte. « Si une personne est ta raison d'exister, aucun obstacle ne sera infranchissable. Mais si vivre aux côtés de quelqu'un est une obligation, ou pire encore une corvée, alors il vaut mieux renoncer. Sinon, certains jours, vous ne réussirez même plus à vous parler, vous vous disputerez tout le temps et vous finirez par vous haïr à mort. S'il n'y a pas de liens ici, dit-elle en lui appuyant un doigt sur le cœur, et là, ajoute-t-elle en lui effleurant le front, si rien ne vous unit vraiment, vous ne trouverez jamais la sérénité. Je ne parle pas de respect, ni même de la frénésie des sens ; je parle d'affection, de la certitude d'avoir une main à serrer chaque soir au coucher et chaque matin au réveil. »

Ignazio n'a pas bougé. Pourtant, son corps lui paraît soudain très lourd et il se sent aussi essoufflé que s'il avait couru. Le parfum de rose et de lavande qui émane des vêtements de sa mère pénètre fortement ses narines. Il n'aurait jamais imaginé qu'elle puisse être d'une telle sincérité.

Elle lui caresse la joue. « Tu es sûr que c'est la bonne personne ? » Puis elle précise, en désignant les beaux objets et le riche mobilier qui les entourent : « Je ne songe pas à la nécessité de prendre soin de tout ça. Je veux dire qu'elle devra être ta reine. »

Ignazio se recule. « Compte tenu de plusieurs paramètres et du poids d'une alliance avec la noblesse, oui, c'est la bonne personne. »

Cette réponse met Giulia hors d'elle : « Tu parles du mariage comme d'un contrat commercial ! On dirait ton père ! » Elle bondit et se met à arpenter la pièce, les poings sur les hanches. « À propos, tu lui en as parlé ? Je parierais que non…

— Tu as deviné juste.

— Tant mieux. Je peux imaginer sa réaction sans risque de me tromper : il serait allé parler au père de la demoiselle et nous en serions déjà à la cérémonie de fiançailles. » Elle pousse un soupir, tente d'interpréter l'expression indéchiffrable de son fils, se rapproche de lui et reprend : « Je t'en prie, essaie avant tout d'être honnête avec toi-même, avant de l'être avec moi. Est-ce que cette jeune fille t'apportera au moins la tranquillité, à défaut de t'apporter le bonheur ? Si ton cœur bat pour une autre et que tu ne parviens pas à l'oublier, au bout du compte, tu feras du mal à trois personnes : à toi, à celle que tu aimes encore et à celle qui sera obligée de partager ta vie malgré tout. »

Ignazio est glacé d'effroi.

Sa mère sait ce qui s'est passé à Marseille. Mais comment l'a-t-elle appris ? Il avait bien dit à l'*autre jeune fille* de lui écrire exclusivement à Marsala.

Il ne tarde pas à obtenir une réponse qui le décontenance encore davantage : sa sœur Giuseppina a tout raconté à leur mère, elle était au courant.

Il baisse une fois de plus la tête. Sa peine est trop forte et il ne se sent pas capable de dissimuler ses sentiments, pas à sa mère. « La situation est sans espoir, *maman**. Et puis, j'ai des responsabilités envers vous, envers mon père, envers la Maison Florio…

— Au diable l'argent et tes parents ! Tu sais de quoi ta grand-mère Giuseppina m'a traitée, quand je suis devenue la maîtresse de ton père ? » Giulia s'agite tant que son visage devient d'un rouge pourpre. « Tu as une idée du nombre d'humiliations que j'ai dû supporter ? Pourtant, si c'était à refaire, je n'hésiterais pas. Alors je vais te poser une question pour la dernière fois. Si ta réponse est oui, j'irai moi-même chez les d'Ondes parler à la mère de Giovanna. Tu es sûr de ton choix ? »

Figé sur son siège, Ignazio ne sait pas quoi répondre. Il a l'impression de se trouver au jardin d'Éden : l'arbre est juste en face de lui, il n'a qu'à tendre la main pour cueillir la pomme ; sa mère est même prête à l'y aider. Oui mais son père… Son père souffrirait trop. Il ne supporterait pas de perdre, à cause d'un caprice, ce pour quoi il s'est battu toute sa vie. Il a fait tant de sacrifices qu'Ignazio se considère comme son débiteur ; et le moment est venu de payer sa dette.

Être reçu dans le Tout-Palerme. Avoir accès aux salons de l'aristocratie. Devenir le plus puissant des puissants. Ou bien renoncer à tout cela mais se réveiller, chaque matin de son existence, aux côtés de la femme qu'il aime. Comme à Marseille.

Non. L'autre jeune fille appartient désormais au passé, et elle doit y rester.

Ignazio plisse les yeux. L'ambition l'emporte sur ses souvenirs, dont un seul perdure dans son esprit : celui d'un baiser à la saveur de larmes et de miel, volé dans le jardin d'une maison de la campagne provençale.

*

La boucle est bouclée, se dit Giulia. *Tout commence et tout finit dans la solitude.*

Elle traverse le salon de sa demeure, via dei Materassai, gravit un escalier et gagne l'ancien appartement de sa belle-mère remis à neuf pour les accueillir, son mari et elle. Puis elle monte jusqu'au toit, sur la terrasse.

Palerme se déploie sous ses yeux, entre mer et montagnes.

Vincenzo et elle vivent désormais seuls.

Un peu plus d'une semaine auparavant, Ignazio a épousé une demoiselle aux yeux de velours et à la peau d'une blancheur d'amande. La jeune baronne Giovanna d'Ondes a reçu l'éducation qui sied à son rang ; en dehors de son titre, elle apporte en dot les dettes que sa famille, de noblesse pourtant récente, n'a pas manqué d'accumuler.

Vincenzo a enfin obtenu ce qu'il a tant désiré, pour son fils et la Maison Florio : un mariage aristocratique et l'arrivée de sang bleu dans sa famille.

Quant à Giulia, elle a ressenti envers sa bru une sympathie immédiate. Tout le monde l'appelle Giovannina parce qu'elle est délicate et menue, voire un peu trop maigre. Elle devra sortir ses griffes pour conquérir l'estime de son mari, mais Giulia ne doute pas qu'elle saura prendre exemple sur sa belle-mère… Et elle est tout aussi certaine que, sous ses airs de petite fille modèle, Giovannina dissimule un caractère d'acier.

J'espère que nos relations seront excellentes, pense Giulia. *Pourvu que mon fils ait pris la bonne décision. Pourvu qu'il ne ressente vraiment plus rien pour l'autre jeune fille.* Elle ne supporterait pas de le savoir malheureux.

Elle regarde maintenant en direction de la mer. Les mariés sont partis effectuer un court voyage de noces sur le continent ; ils auront ainsi l'occasion d'apprendre à mieux se connaître, de créer une réelle intimité entre eux.

Des pas retentissent dans l'escalier.

Elle se retourne. C'est Vincenzo.

« La domestique m'a dit que tu étais là. » Lorsqu'il se laisse tomber lourdement sur une chaise, Giulia éprouve un frisson d'inquiétude. L'extrême fatigue de son mari la préoccupe.

Il remarque la ride qui se creuse sur son front et lui fait signe d'approcher. « J'avais oublié à quoi ressemble la solitude. »

Elle émet un son à mi-chemin entre un éclat de rire et un soupir d'amertume. « Eh bien, pas moi. Tu ne te souviens donc plus de l'époque où nous étions tout le temps obligés de nous cacher ? Jusqu'au jour où mon frère nous a surpris… »

Elle se remémore ses parents, morts depuis plusieurs années. Antonia n'avait jamais renoncé à lui exprimer ses reproches et sa déception. Tommaso, au contraire, avait fini par lui pardonner.

« Tu sais, ça n'a pas été facile de rester avec toi. »

Elle a prononcé cette phrase malgré elle, et elle n'en prend conscience qu'en entendant la réponse de son mari, quelques mots murmurés sur le ton d'une confession : « Peut-être. Il n'empêche que tu n'es pas partie. »

Giulia regarde leurs mains entrelacées. À l'annulaire de Vincenzo, il manque l'anneau de son oncle Ignazio, qu'il a donné à son fils le jour de son mariage en lui disant : « Cette bague a appartenu à un autre Ignazio, qui a été un vrai père pour moi. C'est lui qui a créé notre Maison à partir de rien. Il me semble juste qu'elle t'appartienne désormais, et que tu la lègues un jour à tes enfants. »

Lorsque son fils l'a enfilée d'un air grave à son doigt, au-dessus de son alliance, Vincenzo a dû retenir son émotion.

Il regarde maintenant sa femme, la compagne de toute une vie, pour le meilleur et pour le pire.

« Non, je ne suis pas partie », lui réplique-t-elle simplement. Elle se penche vers lui et embrasse ses cheveux gris ; il serre son bras et s'abandonne contre son corps. Giulia repense à tous leurs motifs de discorde : l'attitude lâche de Vincenzo, la première fois qu'elle est tombée enceinte ; les enfants non reconnus ; le refus de l'épouser ; le mépris de Giuseppina et les avanies qu'elle lui a infligées pendant si longtemps ; le dédain de la société. « Je ne suis pas partie. »

Et elle ne voudrait pour rien au monde qu'il en soit allé autrement.

ÉPILOGUE

septembre 1868

Di ccà c'è 'a morti, di ddà c'è a sorti.
« D'un côté, la mort ; de l'autre, le destin. »

PROVERBE SICILIEN

L'air est imprégné d'une odeur intense. Un parfum de miel, de fleurs, de fruits, d'olives mûres et de raisin gorgé de soleil.

On se croirait au printemps.

C'est en réalité un mois de septembre très doux.

La villa de l'Olivuzza, destinée à devenir le palais des Florio, est immergée dans la verdure d'une immense propriété.

Ses murs aux lignes gothiques élancées sont percés d'un grand portail surmonté d'un arc, et de fenêtres jumelées agrémentées de rideaux d'une blancheur éclatante. Des abeilles bourdonnent devant les vitres. Les rayons du soleil ont perdu leur force estivale et dispensent une agréable tiédeur.

Au premier étage de l'aile droite, à l'endroit le plus tranquille de la demeure, la chambre est ornée d'une décoration et d'un mobilier fastueux : des fauteuils en velours, des tapis persans, une table de toilette en acajou, un grand lit à la tête en bois sculpté. Les deux fenêtres donnent sur le jardin. Plus bas, on entend les servantes battre le linge au lavoir. L'une d'elles chante.

Vincenzo est enfoncé dans des oreillers. Malgré la

clémence de la température, il porte une épaisse robe de chambre et une couverture supplémentaire est dépliée sur ses jambes. Un œil mi-clos perdu dans le vide, il garde une main immobile sur un drap tandis que l'autre, d'un mouvement frénétique, tire vers lui et gratte sans relâche le bord de l'étoffe.

Assise dans un fauteuil à côté de lui, Giulia l'observe et se sent défaillir.

Elle a néanmoins les yeux secs. Impossible de pleurer. Elle sait pourtant que les larmes arriveront, tôt ou tard. Elle ne le sait que trop.

Ne t'en va pas. À un moment donné, cette pensée lui échappe des lèvres, mais elle l'a murmurée d'une voix si basse que Vincenzo ne peut pas l'entendre.

Non, il ne faut pas y penser. *Il est encore là avec moi. Tant que la mort ne me l'aura pas arraché des bras, je me battrai.* L'énergie du désespoir anime son visage sillonné de rides.

Elle sort une aiguille et du fil de son panier à couture et se remet à broder la chemise de baptême qu'elle a promise à son fils et à sa belle-fille. Giovanna va bientôt accoucher d'un fils – ou d'une fille, qui sait ? L'essentiel est que l'enfant soit en bonne santé. Un petit frère ou une petite sœur pour le tout jeune Vincenzo, âgé d'à peine plus d'un an.

Giulia sourit malgré elle. Son fils s'est bien conduit : il n'a pas tardé à donner un héritier à la dynastie et il a choisi pour lui le prénom de son père, afin que la Maison Florio puisse toujours compter sur un Ignazio et un Vincenzo.

Quant à son Vincenzo à elle, l'amour de sa vie, il a vu le bébé et l'a tenu dans ses bras. Il a ensuite pu continuer à le cajoler jusqu'au mois de mai, aussitôt après l'installation dans cette nouvelle villa ayant appartenu au prince de Butera, lorsque son corps lui a joué un si mauvais tour.

C'était un soir, quatre mois plus tôt, dans cette même chambre. Ils étaient déjà couchés. Vincenzo s'était mis à se tourner et à se retourner sous ses draps.

Puis il avait dit, d'une voix assourdie : « Giulia, je ne me sens pas bien. » Elle avait bondi hors du lit et s'était précipitée vers l'interrupteur de la lumière électrique, cette nouveauté qu'Ignazio avait fait installer juste après l'achat de la villa.

Elle avait alors vu le visage décomposé de son époux, sa paupière lourde, sa bouche de travers.

Elle avait tout de suite compris.

Un médecin, appelé par l'intendante, était venu un peu plus tard. Il avait fait ingérer des médicaments au malade, dont la grimace avait disparu mais dont la voix était restée rauque.

À partir de là, Vincenzo avait changé.

Il avait confié à son fils la gestion de la totalité de leurs affaires. Rien ni personne ne l'aurait jamais forcé à le reconnaître ouvertement, mais à un peu moins de soixante-dix ans, son corps l'avait bel et bien trahi, et il ne pouvait plus se fier à lui.

Quelques jours après la crise, il avait rédigé son testament en présence de maître Quattrocchi.

Après le départ du notaire, Giulia lui avait demandé, la gorge nouée, la raison de cette démarche.

Assis dans le fauteuil de son cabinet de travail, il lui avait adressé un regard étrange, où la douceur le disputait à l'irritation. « Cette fois-ci, le Seigneur m'a tiré d'un mauvais pas. Mais on ne peut pas savoir s'il en fera autant la prochaine fois. Et je ne veux rien laisser en désordre. »

Elle l'avait embrassé sur le front et lui avait répondu : « Tu n'auras rien à laisser, puisque tu vas guérir. Il te faut simplement du repos, Vincenzo. Tu as vieilli, comme moi, et nous avons besoin d'une pause.

— Oui. » Il avait pincé les lèvres. « Une pause. » Puis il avait ajouté, à voix basse et d'un ton amer : « Je n'aurais jamais pensé que ce moment arriverait. »

Ils étaient tombés dans les bras l'un de l'autre.

Giulia avait ressenti la peur de son mari comme un coup de poing en pleine poitrine. Et la vision nette de son propre avenir, insoutenable, lui avait ôté toutes ses forces.

Auparavant, Vincenzo avait toujours ignoré la peur. Il était fort. S'il l'avait voulu, il aurait pu vaincre la mort.

Mais depuis quelques jours, son état de santé s'est détérioré, peut-être à cause d'une nouvelle crise qui a atteint son corps déjà épuisé. Son élocution est de plus en plus difficile, il ne mange presque rien et même l'arrivée imminente d'un petit-fils ou d'une petite-fille ne parvient plus à le sortir de sa torpeur. Il est à bout. Des années d'efforts continuels, de levers à l'aube et de couchers tardifs, de tension et de rage, exigent un dédommagement.

Giulia, qui l'aime comme personne d'autre au monde n'aurait pu l'aimer, sait qu'il a renoncé à se battre : il est fatigué, il en a assez de la vie qu'il mène depuis plusieurs mois, qui, à ses yeux, n'en est pas une. Vincenzo a choisi de s'en aller. Comment pourrait-il se satisfaire, lui toujours débordant d'activité, remuant comme une mer en tempête, de passer le restant de ses jours cloué dans un lit ?

*

Vincenzo n'est cependant pas tombé dans l'inconscience. Loin de là.

Il se souvient.

Deux ans plus tôt, lorsque son fils lui avait fait visiter pour la première fois cette villa entourée d'un parc où les palmiers, les dracénas et les rosiers s'étendent à perte de vue, il avait tressailli et avait demandé au cocher de s'engager sur un sentier à demi dissimulé par les oliviers, près de l'allée principale.

Puis il l'avait arrêté devant un citronnier revenu à l'état sauvage, qui tendait ses branches vers la fenêtre béante d'une maison délabrée.

Il était descendu, avait fait quelques pas vers la porte disjointe et avait dit, d'une voix tremblante et étranglée : « Oui, c'est ici. »

Derrière lui, Ignazio l'avait observé d'un air perplexe, voire craintif, et l'avait interrogé : « C'est ici que quoi, papa ? »

Vincenzo avait dégluti et s'était retourné. L'espace d'un instant, il avait cru apercevoir, à travers les arbres, son oncle Ignazio tendant la main à un petit garçon.

« C'est ici que mon père est mort. »

Ignazio avait posé un regard effaré sur ces ruines. La maison avait sans doute toujours été une humble masure, mais il n'en restait plus que la carcasse.

Vincenzo avait été à nouveau secoué d'un violent frisson ; il y avait reconnu une prémonition, plutôt qu'un simple tremblement, l'intuition que tout allait finir là où tout avait commencé. Car la vie obéissait à des cycles, et lui-même n'échapperait pas au sien.

L'éclat de rire de Vincenzo est un gargouillis de salive et de bile. Il tape sur le drap de sa seule main encore valide. Voilà à quoi il en est réduit : être un monceau de chair et d'os qu'on lave et qu'on nourrit ; regarder le visage chagriné de Giulia, qui n'a jamais été capable de lui dissimuler quoi que ce soit ; lire la compassion dans les yeux de sa belle-fille qui, il n'y a pas si longtemps, semblait terrorisée devant lui.

Elle n'était d'ailleurs pas la seule, tout le monde était terrorisé devant lui. Et maintenant, il n'est plus qu'une moitié d'homme.

Il soulève son œil sain à la recherche d'un crucifix en ivoire ; l'autre est désormais aveugle, inutile d'insister. « Seigneur Dieu, finissons-en. » Sa langue est si pâteuse que sa prière en devient incompréhensible.

Giulia se lève et se penche vers lui. Son panier de couture roule au sol, des fils et des aiguilles se renversent sur le tapis. « Vincenzo ! Tu as mal quelque part ? »

Il se tourne péniblement vers elle.

Jusqu'à quel point l'a-t-il aimée ?

C'est seulement alors qu'il acquiert une certitude absolue : aucune autre femme n'aurait pu être sa compagne ; elle n'a pas été une punition ou un pis-aller, mais un don du ciel ; sans sa patience, son affection passionnée et son dévouement, il aurait échoué en tout.

Il n'aurait jamais rien pu construire, s'il n'avait pas reconnu en elle le feu qui brûlait aussi en lui.

Au prix d'un immense effort, il approche sa main saine de celle de Giulia et saisit ses petits doigts ridés. Puis il demande à sa femme, d'une voix faible : « Est-ce que je t'ai donné assez ? » Il s'applique à parler clairement, mais sa langue n'est plus qu'un bout de chair presque morte. « Est-ce que je t'ai apporté tout ce que tu attendais de moi ? »

Giulia comprend le sens de ces propos, où beaucoup n'entendraient qu'une bouillie incompréhensible.

Ses yeux se voilent de larmes, car elle sait aussi que Vincenzo n'ira pas jusqu'à prononcer des mots plus tendres. Il faudra les penser à sa place.

Elle se rassied en face de lui, comme il l'avait fait à la naissance d'Ignazio. Et tandis que son cœur se brise, qu'elle souffre de toutes les fibres de son être, elle lui dit ce qu'elle n'a jamais osé lui avouer : « Oui, mon cher amour, tu m'as aimée assez. »

*

Quelques heures plus tard, un saute-ruisseau arrive de la via dei Materassai et annonce la naissance d'un autre garçon, qui s'appellera Ignazio le jeune. La descendance et l'avenir de la Maison Florio sont assurés.

Vincenzo comprend la nouvelle à grand-peine. Son sang mal oxygéné rencontre des obstacles dans son cerveau, forme des caillots, revient en arrière et stagne entre son cœur et ses poumons.

Un rêve lui envahit l'esprit.

Il est à l'Arenella, devant la villa dei Quattro Pizzi. Il n'a que trente ans, son corps est vigoureux et sa vue perçante. On croirait qu'il fait nuit, et pourtant les ténèbres semblent soudain dissipées par une forte lumière, comme si Vincenzo pouvait voir en dépit de l'obscurité qui l'entoure.

Est-ce vraiment un rêve, ou bien le souvenir de ce bain nocturne où le flux de la vie l'avait traversé de part en part ?

Il se déshabille et plonge dans l'eau, vers le grand large. Le reflet des rayons de soleil sur les vagues est maintenant d'une telle intensité qu'il blesse les yeux. Vincenzo se sent néanmoins léger, fort et pur comme après un baptême.

Il n'entend plus que le clapotis des flots et voit la fenêtre de la chambre à coucher de Giulia ; il sait qu'elle guette son retour. Mais à l'opposé, la voile latine d'un bateau à fond plat claque au vent.

Vincenzo tressaille. Son père Paolo tient le gouvernail ; sur le pont, son oncle Ignazio, prêt à l'accueillir, lui fait signe d'approcher et l'appelle, un grand sourire aux lèvres.

À la maison, Giulia attend son mari, qui ne se sent pas en droit de lui infliger plus longtemps les affres de l'anxiété.

Cependant, la main tendue d'Ignazio est plus forte que tout, elle exerce sur lui une attirance invincible.

« Viens, petit. » Vincenzo rit. Il est aussi jeune qu'à l'époque où ils étaient allés à Malte ensemble. Ignazio insiste : « Viens. »

Alors, Vincenzo se décide.

Il nage à vive allure vers le navire.

Giulia comprendra.

Elle le rejoindra bien vite.

ARBRE GÉNÉALOGIQUE DE LA FAMILLE FLORIO 1723-1868

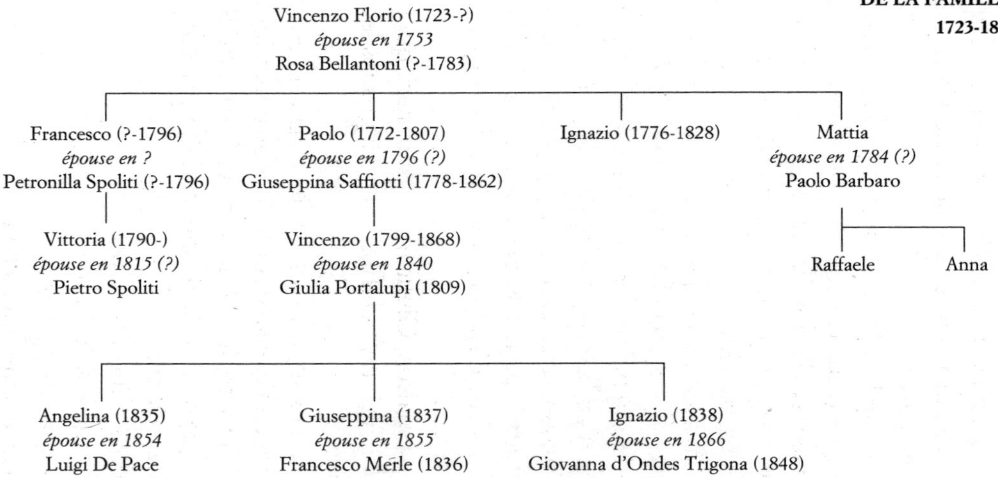

REMERCIEMENTS

J'ai toujours considéré les romans comme des enfants. Difficiles, voire capricieux, et qui réclament un dévouement absolu. Celui dont vous venez d'achever la lecture s'est montré, sans conteste, très exigeant.

Comme tous les enfants, il a des parrains et des marraines. Je dois donc remercier d'abord et avant tout trois personnes. Francesca Maccani, une femme formidable, a lu et relu cette histoire avec une passion et un zèle hors du commun, et elle a en outre attiré mon attention sur des erreurs et des incohérences. Antonio Vena est l'ami d'une valeur inestimable que tous les auteurs devraient avoir, pour sa capacité à voir au-delà du texte. Chiara Messina m'a remonté le moral dans les moments difficiles et ne m'a jamais rien refusé ; elle n'a pas cessé un instant d'« allumer la lumière ».

Un immense merci à Silvia Donzelli, mon agent si efficace, si avisée, et d'une patience infinie lors de mes crises d'angoisse. Je ne sais pas comment je m'en serais sortie sans toi.

Merci à Corrado Melluso, mon ami et conseiller, à qui je voue une estime sans bornes. Un jour, à Castellammare, il m'a dit : « Tu peux. Bien sûr que tu peux. » Merci pour ces encouragements, et pour tout le reste.

Merci à Gloria, toujours prête à m'écouter. Merci à Sara, qui connaît si bien ces livres.

Merci à Alessandro Accursio Tagano, Angelica et Maria Carmela Sciacca, Antonello Saiz, Arturo Balostro, Teresa Stefanetti, Stefania Cima et surtout mon cher, mon très cher Fabrizio Piazza : tous ces libraires, qui m'ont apporté un soutien indéfectible, sont devenus des amis précieux.

Merci, dans le désordre, à toutes celles et tous ceux qui m'ont aidée dans la rédaction de ce livre. Claudia Casano, pour ses informations d'une importance fondamentale sur la toponymie ancienne de Palerme. Rosario Lentini, qui m'a présenté les Florio dans toute leur complexité et qui m'a offert un regard objectif sur cette famille extraordinaire. Vito Corte, pour ses suggestions en matière d'architecture. Ninni Ravazza, pour ses études si utiles sur le monde des madragues.

Merci à ma famille et en particulier à mon mari et à mes enfants, qui ont toujours cru en ce que je faisais et qui m'ont accompagnée dans mes explorations téméraires de Palerme ou d'autres lieux. Merci à ma mère et à mes sœurs, qui n'ont jamais demandé de mes nouvelles. Merci à Teresina, qui sait pourquoi.

Merci à S. C., qui, j'en ai la certitude, sourit en ce moment.

Merci à la maison d'édition Nord, qui m'a fait confiance d'emblée et qui m'a réservé un accueil formidable. Merci à Viviana Vuscovich : je n'aurais pas pu imaginer de mains plus expertes que les tiennes pour promener ce livre de par le vaste monde ; et je me souviendrai toujours de notre conversation sous un ciel où le soleil et la pluie se mêlaient.

Merci à Giorgia, qui a la patience de Job et une délicatesse peu ordinaire avec une autrice qui oublie toujours tout. Merci aussi à Barbara et à Giacomo, toujours prêts à m'aider, à me soutenir, et qui savent faire le nécessaire pour calmer mes crises d'angoisse. C'est vous qui faites des éditions Nord une maison où on a l'impression d'être chez soi.

Enfin, merci à ma tailleuse de diamants, mon mentor Cristina Prasso. Merci à celle qui a fait de ce livre celui que vous tenez entre les mains. Merci pour ta passion, ton application, l'amour splendide que tu y as mis, tes paroles, ta capacité à me rendre sereine, ta patience et la qualité de ton écoute. Mon estime pour toi est incommensurable.

Une dernière chose, la plus importante. L'histoire que raconte ce livre est à la fois celle des Florio et celle de Palerme, que j'aime tant, de même que Favignana.

Les données factuelles concernant les Florio sont toutes vérifiables et contenues dans des dizaines d'ouvrages. C'est à partir d'elles que j'ai tissé la trame de mon récit. Là où la connaissance s'arrêtait, l'imagination a pris le relais, et le roman s'est ajouté à l'Histoire. Le roman, mais aussi l'envie de rendre justice à une famille d'êtres exceptionnels qui, en bien et en mal, ont marqué leur époque.

Ceci est « mon » récit au sens où je l'ai écrit tel que je l'ai conçu, sans céder à la facilité de l'hagiographie, en me plongeant dans les méandres du temps, en m'efforçant non seulement de reconstituer le destin d'une dynastie, mais encore de retrouver l'esprit d'un lieu et d'une période historique.

Table

Prologue (*Bagnara, Calabre, 16 octobre 1799*) . . 11

Des épices (*novembre 1799-mai 1807*) 35
De la soie (*été 1810-janvier 1820*). 149
Du quinquina (*juillet 1820-mai 1828*) 233
Du soufre (*avril 1830-février 1837*). 277
De la dentelle (*juillet 1837-mai 1849*). 389
Du thon (*octobre 1852-printemps 1854*) 499
Du sable (*mai 1860-avril 1866*). 561

Épilogue (*septembre 1868*) 611

Arbre généalogique de la famille Florio 621
Remerciements 623

Découvrez le début du nouveau roman
de Stefania Auci disponible
aux éditions Albin Michel :

Le Triomphe des lions

TRADUIT DE L'ITALIEN PAR RENAUD TEMPERINI

Titre original :

L'INVERNO DEI LEONI La saga dei Florio – II
Paru chez Casa Editrice Nord S.u.r.l.,
Gurppo editoriale Mauri Spagnol en 2021.

LA MER

septembre 1868-juin 1874

Aceddu 'nta l'aggia 'un canta p'amuri, ma pi' raggia.
« Le chant de l'oiseau en cage
n'est pas un chant d'amour, mais de colère. »

PROVERBE SICILIEN

Le 17 mars 1861, le Parlement réuni à Turin a proclamé la naissance du royaume d'Italie, dont Victor-Emmanuel II, roi de Sardaigne, prince de Piémont et duc de Savoie, est devenu le souverain. Les premières élections législatives du pays unifié se sont tenues en janvier de la même année : sur plus de vingt-deux millions d'habitants, un peu plus de quatre cent mille seulement ont bénéficié du droit de vote ; et ce scrutin a vu le triomphe de la Droite historique, composée en majorité de propriétaires terriens et d'industriels favorables à une très forte pression fiscale, nécessaire, selon eux, pour l'assainissement des dettes contractées lors du processus ayant conduit à l'unité. Votée le 1er janvier 1869, la « taxe sur le droit de mouture », c'est-à-dire en réalité sur le pain et les céréales, qui frappe directement les plus pauvres, provoque un vif ressentiment et suscite des protestations parfois très violentes. Bien que dénoncée par certains hommes politiques comme une « taxe moyenâgeuse bonne pour l'époque des Bourbons et des seigneurs féodaux », elle restera en vigueur jusqu'en 1884. En 1870, Quintino Sella, ministre des Finances, présente une série de mesures drastiques visant à introduire des coupes sombres « jusqu'à l'os » dans le budget de l'État.

La chute en France du Second Empire (1852-1870) et l'avènement de la Troisième République (1870-1940) ne sont pas sans conséquences pour l'Italie : le 20 septembre 1870, privés du soutien français, les États pontificaux s'effondrent. Après un court bombardement accompagné du cri « Savoie ! », les troupes italiennes pénètrent dans Rome par la brèche de la Porta Pia. Le 3 février 1871, la ville devient officiellement la capitale du royaume, auparavant établie à Turin (1861-1865), puis à Florence (1865-1871). Le 13 mai 1871, le Parlement approuve la « loi des Garanties », qui assure au pape l'inviolabilité de sa personne et la liberté d'exercer son ministère spirituel ; Pie IX, qui s'estime « prisonnier de l'État italien », la refuse dans l'encyclique Ubi nos *(15 mai 1871). Le 10 septembre 1874, dans une bulle adressée aux évêques italiens, il réaffirme sa position dite du* non expedit, *à savoir l'interdiction faite aux catholiques de participer à la vie politique italienne ; cette injonction sera toutefois contournée à maintes reprises jusqu'à son abandon officiel et définitif, en 1919.*

En Italie comme dans le reste du monde, l'achèvement de plusieurs grands travaux est suivi d'inaugurations prestigieuses : chemin de fer du Mont-Cenis (15 juin 1868), canal de Suez (17 novembre 1869), tunnel ferroviaire du Fréjus (17 septembre 1871). Ajoutées à la réduction progressive des déficits publics et à l'afflux de capitaux étrangers, ces infrastructures contribuent à faire des années 1871-1873 une période d'activité fébrile, décisive dans l'histoire de l'économie italienne pour la naissance de l'industrie nationale. Toutefois, l'élan s'interrompt en 1873, à la suite de la crise financière qui frappe l'Europe et les États-Unis : causée par une série de spéculations hasardeuses, elle perdurera, avec des périodes d'accalmie, jusqu'en 1896.

Et elle ne contribuera certes pas à combler le fossé qui se creuse de plus en plus entre le nord et le sud de l'Italie, pénalisé, entre autres, par l'absence d'investissements dans un réseau ferroviaire efficace, les autorités préférant concentrer leurs efforts sur le développement de la marine.

« En mer, il n'y a ni églises ni tavernes », disent les vieux pêcheurs. Il n'y a aucun refuge. Car, de toutes les forces de la Nature, la mer est à la fois la plus majestueuse et la plus inconstante. Face à sa volonté, l'homme ne peut que s'incliner.

Les Siciliens ont compris depuis toujours qu'avec elle, il n'y a de respect que réciproque. Elle sait se montrer généreuse : du poisson et du sel pour la nourriture de tous, du vent pour les voiles des navires, du corail pour les bijoux des saints et des rois. Mais elle est aussi imprévisible, et peut à tout moment reprendre ce qu'elle a donné. Voilà pourquoi les Siciliens la respectent, et la laissent définir leur essence même, forger leur caractère, imprimer sa marque sur leur peau – elle les soutient, les rassasie, les protège.

En mer, les frontières sont ouvertes et le mouvement, incessant. C'est pour cela que les Siciliens vivent dans une agitation perpétuelle, guettent toujours la terre par-delà l'horizon et veulent s'enfuir, chercher ailleurs ce dont ils s'aperçoivent souvent, à la fin de leur vie, qu'ils l'ont toujours eu près d'eux.

Pour les Siciliens, la mer est un père. Ils le constatent lorsqu'ils en sont loin, et qu'ils ne peuvent pas humer cette forte odeur d'algues et de sel qui les enveloppe lorsque le vent se lève, avant de se propager jusqu'au fin fond des ruelles.

Pour les Siciliens, la mer est une mère. Aimée et jalouse. Irremplaçable. Parfois cruelle.

La mer façonne et définit l'âme des Siciliens.

Servitude et liberté.

*

Au début, c'est un chuchotement, un murmure porté par une très légère brise. Né au cœur de l'Olivuzza, à l'abri des rideaux tirés, dans des pièces envahies par la pénombre. Le vent s'empare d'une voix faible qui enfle, se mêle aux larmes et aux sanglots d'une femme âgée serrant une main froide entre les siennes.

La voix dit : « Il est mort... », et elle tremble, incrédule. Les mots créent la réalité, marquent d'un sceau le fait accompli, déclarent l'irréversible. La plainte parvient jusqu'aux oreilles des serviteurs, passe ensuite sur leurs lèvres, s'en échappe et s'en remet encore au vent, qui l'entraîne dans le jardin, vers la ville. Elle rebondit de bouche en bouche, mêlée de surprise, de pleurs, de crainte, d'épouvante, de hargne.

Les yeux tournés vers l'Olivuzza, les Palermitains répètent, encore et encore : « Il est mort ! » Ils ne peuvent croire au décès d'un homme comme Vincenzo Florio. Oh, bien sûr, il était âgé et malade depuis longtemps, et il avait confié la gestion de ses affaires à son fils. Pourtant... Aux yeux de la ville, c'était un titan, un être d'une telle puissance que rien ni personne ne pouvait l'arrêter. Et le voilà foudroyé par une crise d'apoplexie.

Certains s'en réjouissent. Depuis des années, l'envie, la jalousie et la soif de vengeance se sont frayé un chemin dans de nombreux esprits. Mais leur satisfaction est vaine. Vincenzo Florio est parti n paix, dans son lit, réconforté par l'amour de son pouse et de ses enfants. Et il est mort riche, entouré tout ce que la force de sa volonté ou la chance avaient permis d'accumuler. Mieux encore : la t semble avoir eu pitié de cet homme qui n'en a ais eu pour les autres.

« Il est mort ! »

Chargés de stupeur, de peine, de colère, ces ots pénètrent dans le centre de Palerme, survolent e quartier de la Cala et descendent en flèche au nilieu des ruelles qui entourent le port. Un serviteur essoufflé les porte via dei Materassai, au terme d'une course inutile. Car ce cri, ce « Il est mort ! », est déjà entré par les portes et les fenêtres, il a glissé sur le plancher en faïence pour rejoindre la chambre à coucher d'Ignazio, où se trouve en ce moment la femme du nouveau maître de la Maison Florio.

Au bruit des hurlements et des sanglots venus de la rue, Giovanna d'Ondes Trigona lève la tête d'un geste brusque qui fait ondoyer sa longue tresse noire, et s'agrippe aux accoudoirs de son fauteuil en interrogeant du regard donna Ciccia, son ancienne gouvernante et actuelle dame de compagnie.

Des coups violents retentissent à la porte. D'un mouvement instinctif, donna Ciccia protège la tête du nouveau-né qu'elle tient dans ses bras – Ignazziddu, le deuxième enfant de Giovanna – et va ouvrir. Elle empêche le serviteur de franchir le seuil et lui demande d'un ton sec : « Qui ? »

Le Livre de Poche s'engage pour l'environnement en réduisant l'empreinte carbone de ses livres. Celle de cet exemplaire est de :
450 g éq. CO_2
Rendez-vous sur
www.livredepoche-durable.fr

PAPIER À BASE DE FIBRES CERTIFIÉES

Composition réalisée par MAURY-IMPRIMEUR

Achevé d'imprimer en avril 2022 en Espagne par
Liberdúplex - 08791 Sant Llorenç d'Hortons
Dépôt légal 1re publication : mai 2022
LIBRAIRIE GÉNÉRALE FRANÇAISE
21, rue du Montparnasse – 75298 Paris Cedex 06

86/6900/2